李白全集

上

［唐］李白 著

世界知识出版社

图书在版编目（CIP）数据

李白全集 / （唐）李白著. —北京：世界知识出版社，2022.10
ISBN 978-7-5012-6550-3

Ⅰ. ①李… Ⅱ. ①李… Ⅲ. ①唐诗－诗集②古典散文－散文集－中国－唐代 Ⅳ. ①I214.222

中国版本图书馆CIP数据核字(2022)第119902号

书　　名	李白全集 Libai Quanji
作　　者	［唐］李白
责任编辑	蒋少荣
特邀编辑	罗文娟
责任出版	赵　玥
责任校对	陈可望
封面设计	曹祎菲
出版发行	世界知识出版社
地址邮编	北京市东城区干面胡同51号（100010）
网　　址	www.ishizhi.cn
电　　话	010-65233645（市场部）
经　　销	新华书店
印　　刷	北京飞帆印刷有限公司
开本纸张	850毫米×1168毫米　1/32　31.375印张
字　　数	620千字
版次印次	2022年10月第1版　2024年9月第3次印刷
标准书号	ISBN 978-7-5012-6550-3
定　　价	89.00元(全二册)

《太白行吟图》（南宋 · 梁楷）

李白画像（南薰殿旧藏）

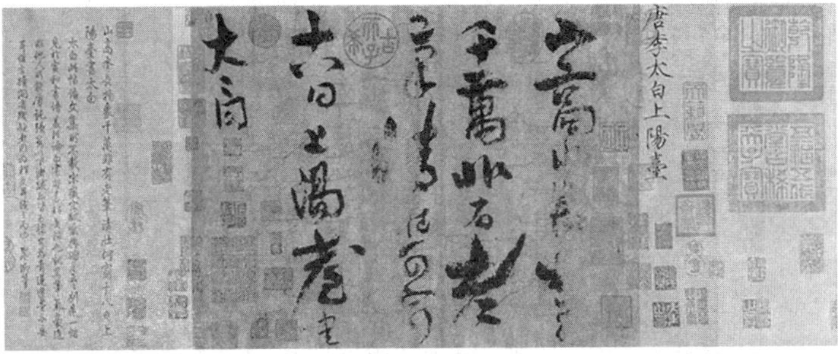

《上阳台帖》（唐·李白）

李太白文集卷第五

歌詩五十六首

樂府三

白馬篇

龍馬花雪毛金鞍五陵豪秋霜切玉劍落日明珠袍鬬雞事萬乘軒蓋一何高弓摧宜山虎手接太山猱酒後競風彩三杯弄寶刀殺人如翦草劇孟同遊遨發憤去函谷從軍向臨洮叱咤經百戰一作萬戰匈奴盡波濤一作逃歸來使酒氣未肯拜一作下蕭曹羞入原憲室荒淫隱蓬蒿

鳳笙篇

仙人十五愛吹笙學得崑丘彩鳳鳴始聞鍊氣餐金液復道朝天赴玉京玉京迢迢幾千里鳳笙去去無窮已欲歎離聲發絳脣更嗟別調流纖指此時惜別詎堪聞此地相看未忍分重吟真曲和清吹却奏仙歌響綠雲綠雲紫氣向函關訪道應尋緱氏山莫學吹笙王子晉一遇浮丘斷不還

怨歌行一作長安見內人出嫁令予代為怨歌行

十五入漢宮花顏笑一作如春紅君王選玉色侍寢金一作錦屏中薦枕嬌夕月卷衣戀春一作香風寧知趙飛燕奪寵恨無窮沉憂能傷人綠鬢成霜蓬一朝不得意世事徒一作信為空鷫鸘換美酒舞衣罷雕龍寒苦不忍言為

君奏絲桐腸斷絃亦絕悲心夜忡忡

塞下曲六首

五月天山雪無花秖有寒笛中聞折柳春色未曾看曉戰隨金鼓宵眠抱玉鞍願將腰下劍直為斬樓蘭

天兵下北荒胡馬欲南飲橫戈從百戰直為銜恩甚握雪海上飧拂沙隴頭寢何當破月氏然後方高枕

駿馬如風飈鳴鞭出渭橋彎弓辭漢月插羽破天驕陣解星芒盡營空海霧銷功成畫麟閣獨有霍嫖姚

白馬黃金塞雲砂繞夢思那堪愁苦節遠憶邊城兒螢飛秋窗滿月度霜閨遲摧殘梧桐葉蕭颯沙棠枝無時獨不見淚流空自知

塞虜乘秋下天兵出漢家將軍分虎竹戰士臥龍沙邊月隨弓影胡霜拂劍花玉關殊未入少婦莫長嗟

烽火動沙漠連照甘泉雲漢皇按劍起還召李將軍兵一作殺氣天上合鼓聲隴底聞橫行負勇氣一戰靜妖氛

來日大難

來日一身攜粮負薪道長食盡苦口焦脣今日醉飽樂過千春仙人相存誘我遠學海凌三山陸憩五嶽乘龍上三天飛目瞻兩角授以神藥金丹滿握蟪蛄蒙恩深愧短促思塡東海強銜一木道重天地軒師廣成蟬翼九五以求長生下士大笑如蒼蠅聲

宋蜀本《李太白文集》影印

出版说明

李白是中国文学史上最伟大的天才之一。他才华横溢，性格豪迈，一生游历四方，相识满天下。他的诗文飘逸豪放，句句动人，是唐代乃至整个古典文坛的一座巅峰。杜甫对他给予了很高的评价："白也诗无敌，飘然思不群。清新庾开府，俊逸鲍参军。"贺知章更是把他比作"谪仙人"，称："公非人世之人，可不是太白星精耶？"

李白一生留下诗文一千余篇。他在生前曾先后委托魏颢、贞倩和李阳冰三人将他的诗文整理编集，其中李阳冰编辑的诗集《草堂集》最为著名。只是《草堂集》所收诗篇较少，仅十卷。北宋咸平年间乐史又别收歌诗十卷，与《草堂集》校勘删重之后合编成《李翰林集》二十卷，共七百七十六篇。此外乐史还搜得李白赋、序、表、赞、书、颂等，亦排为十卷，题名《李翰林别集》。至北宋中期，藏书家宋敏求又搜得王溥家收藏李白诗集、魏颢所纂李白诗集和一些散落在民间的遗诗，与《李翰林集》《李翰林别集》校勘删重之后合编成《李太白文集》。该集"沿旧目而厘正其汇次，使各相从，以别集附于后"（宋敏求《李太白文集后序》），共三十卷，收诗一千零一篇、杂著六十五篇。此后北宋大家曾巩在宋敏求分类汇编的基础上，又对诗歌的写作时间进行考订，每类按时间先后顺序进行排列，并在诗题之下注明李白作诗时的行踪所在。这个经过曾巩考次标注的本子，被苏州太守晏知止收得，后交由毛渐刊刻于世，后世称为“苏本”。虽然“苏本”《李太白文集》早已失传，但有南宋高宗期间在四川翻刻的刊本（世称“蜀本”）留存至今。

宋敏求、曾巩编定的《李太白文集》是现今可见最早的完整的李白作品集。以后出现的各种李白文集或全集，虽有增订，但都以该版本为母本。

本书即是据这部《李太白文集》校勘增订而成。校勘的底本采用的是巴蜀书社影印出版的“蜀本”，同时参考了其他一些重要的李白诗文相关文献，比如元代萧士赟注《分类补注李太白诗》、明代唐汝询的《唐诗解》、明代朱谏的《李诗辨疑》、清代朱筠鉴定朱昆辑补的《李诗直解》、清代王琦编注的《李太白全集辑注》、瞿蜕园朱金城校《李白集校注》、詹锳主编的《李白全集校注汇释集评》等。在底本的基础上，我们还增补了“蜀本”未刊的李白诗、词共计六十七篇文两篇，附于书尾，收全了李白现存诗文。本书书名也因此改为《李白全集》。

在编辑过程中，我们除了将原版的繁体竖排改成简体横排之外，尽可能保留了底本的原貌。如原版中出现的错别字仍旧按原样保留，但在该处出注，注明相关情况。又如原版中常用“一作”“又作”标明异文，我们也悉数保留，未做删改。此外原版的一大优点，即曾巩于诗题下所注李白行踪，后世多个版本进行了删减，清代王琦注本更是全部删除，甚为可惜。本书完全按原样保留。

李白诗文毕竟是唐代所作，为方便读者阅读，我们对书中的生僻字、词一一做了现代注释，有的注音，有的释义，有的解释典故。此外我们还特别收集整理了历朝历代对于李白诗歌的诸多评论，置于相关诗篇后面，希望能帮助读者更全面、更深入地欣赏李白的作品。

这部《李白全集》看似篇幅较大，但正如季羡林先生所说："根据我个人的感受，读他的诗，只要一开始，你就很难停住，必须读下去。原因我认为是，李白的诗一气流转，这一股'气'不可抗御，让你非把诗读完不行。"

编者

二〇二二年五月

目录

第四卷　歌诗四十首

第五卷　歌诗五十六首

乐府三

第六卷　歌诗三十三首

乐府四

第七卷　歌诗六十八首

第八卷　歌诗四十一首

第九卷　歌诗三十四首

赠二

第十卷　歌诗二十九首

第十一卷 歌诗三十二首

第十二卷　歌诗四十首

寄下

第十三卷 歌诗三十六首

别

下册

第十四卷　歌诗三十五首

送上

第十五卷　歌诗四十八首

第十六卷　歌诗三十八首

第十七卷　歌诗三十首

第十八卷　歌诗四十首

第十九卷　歌诗三十六首

登览

第二十卷　歌诗六十一首

第二十一卷　歌诗四十七首

第二十二卷　歌诗四十五首

第二十三卷　歌诗五十三首

第二十四卷　歌诗六十二首

第二十五卷

第二十六卷

第二十八卷

第二十九卷

第三十卷

第一卷

草堂集序

宣州当涂县令李阳冰

李白，字太白，陇西成纪人，凉武昭王暠九世孙。蝉联珪组，世为显著。中叶非罪，谪居条支，易姓与名。然自穷蝉至舜，五世为庶，累世不大曜，亦可叹焉。神龙之始，逃归于蜀，复指李树而生伯阳。惊姜之夕，长庚入梦，故生而名白，以太白字之。世称太白之精，得之矣。

不读非圣之书，耻为郑、卫之作，故其言多似天仙之辞。凡所著述，言多讽兴，自三代已来，《风》《骚》之后，驰驱屈、宋，鞭挞扬、马，千载独步，唯公一人。故王公趋风，列岳结轨，群贤翕习，如鸟归凤。卢黄门云：陈拾遗横制颓波，天下质文翕然一变。至今朝诗体，尚有梁、陈宫掖之风，至公大变，扫地并尽。今古文集，遏而不行，唯公文章，横被六合，可谓力敌造化欤！

天宝中，皇祖下诏，征就金马，降辇步迎，如见绮、皓。以七宝床赐食，御手调羹以饭之，谓曰："卿是布衣，名为朕知，非素蓄道义，何以及此。"置于金銮殿，出入翰林中，问以国政，潜草诏诰，人无知者。丑正同列，害能成谤，格言不入，帝用疏之。公乃浪迹纵酒，以自昏秽。咏歌之际，屡称东山。又与贺知章、崔宗之等自为八仙之游，谓公谪仙人，朝列赋谪仙之歌凡数百首，多言公之不得意。天子知其不可留，乃赐金归之。遂就从祖陈留采访大使彦允，请北海高天师授道箓于齐州紫极宫，将东归蓬莱，仍羽人，驾丹丘耳。

阳冰试弦歌于当涂，心非所好，公遐不弃我，乘扁舟而相顾。临当挂冠，公又疾亟，草稿万卷，手集未修，枕上授简，俾予为序。论《关雎》之义，始愧卜商；明《春秋》之辞，终惭杜预。自中原有事，公避地八年，当时著述，十丧其九，今所存者，皆得之他人焉。时宝应元年十一月乙酉也。

李翰林集序

前进士魏颢

自盘古划天地，天地之气，艮于西南。剑门上断，横江下绝，岷、峨之曲，别为锦川。蜀之人无闻则已，闻则杰出，是生相如、君平、王褒、扬雄，降有陈子昂、李白，皆五百年矣。

白本陇西，乃放形，因家于绵。身既生蜀，则江山英秀。伏羲造书契后，文章滥觞者《六经》。《六经》糟粕《离骚》，《离骚》糠粃建安七子。七子至白，中有兰芳，情理宛约，词句妍丽，白与古人争长，三字九言，鬼出神入，瞠若乎后耳。

白久居蛾眉，与丹丘因持盈法师达，白亦因之入翰林，名动京师。《大鹏赋》时家藏一本。故宾客贺公奇白风骨，呼为谪仙子，由是朝廷作歌数百篇。上皇豫游，召白，白时为贵门邀饮。比至，半醉，令制《出师诏》，不草而成。许中书舍人，以张垍谗逐，游海岱间。年五十余，尚无禄位。禄位拘常人，横海鲲，负天鹏，岂池笼荣之！

颢始名万，次名炎。万之日，不远命驾江东访白。游天台，还广陵，见之。眸子炯然，哆如饿虎，或时束带，风流酝藉。曾受道箓于齐，有青绮冠帔一副。少任侠，手刃数人。与友自荆徂扬，路亡权窆，回棹方暑，亡友糜溃，白收其骨，江路而舟。又长揖韩荆州，荆州延饮，白误拜，韩让之，白曰："酒以成礼。"荆州大悦。

白始娶于许，生一女，一男曰明月奴。女既嫁而卒。又合于刘，刘诀。次合于鲁一妇人，生子曰颇黎。终娶于宋。

间携昭阳、金陵之妓，迹类谢康乐，世号为李东山。骏马美妾，所适二千石郊迎，饮数斗，醉则奴丹砂抚青海波。满堂不乐，白宰酒则乐。

颢平生自负，人或为狂，白相见泯合，有赠之作，谓余："尔后必著大名于天下，无忘老夫与明月奴。"因尽出其文，命颢为集。颢今登第，岂符言耶？解携明年，四海大盗，宗室有潭者，白陷焉，谪居夜郎。罪不至此，屡经昭洗，朝廷忍白久为长沙、汨罗之俦，路远不存，否极则泰，白宜自宽。

吾观白之文义，有济代命，然千钧之弩，魏王大瓠，用之有时。议者奈何以白有叔夜之短，傥黄祖过祢，晋帝罪阮，古无其贤，所谓仲尼不假盖于子夏。

经乱离，白章句荡尽。上元末，颢于绛偶然得之，沉吟累年，一字不下。今日怀旧，援笔成序，首以赠颢作、颢酬白诗，不忘故人也；次以《大鹏赋》、古乐府诸篇，积薪而录；文有差互者，两举之。白未绝笔，吾其再刊。付男平津子掌。其他事迹，存于后序。

李翰林别集序

朝散大夫行尚书职方员外郎直史馆上柱国乐史

李翰林歌诗，李阳冰纂为《草堂集》十卷。史又别收歌诗十卷，与《草堂集》互有得失，因校勘排为二十卷，号曰《李翰林集》。今于三馆中得李白赋序表赞书颂等，亦排为十卷，号曰《李翰林别集》。

翰林在唐天宝中，贺秘监闻于明皇帝，召见金銮殿，降步辇迎，如见绮皓。草和蕃书，思若悬河，帝嘉之，七宝方丈，赐食于前，御手调羹。于是置之金銮殿，出入翰林中。其诸事迹，《草堂集序》、范传正撰《新墓碑》亦略而详矣。史又撰《李白传》一卷，事又稍周。然有三事，近方得之。

开元中，禁中初重木芍药，即今牡丹也。得四本，红、紫、浅红、通白者，上因移植于兴庆池东沉香亭前。会花方繁开，上乘照夜车，太真妃以步辇从，诏选梨园弟子中尤者得乐一十六色。李龟年以歌擅一时之名，手捧檀板，押众乐前，将欲歌之。上曰："赏名花，对妃子，焉用旧乐辞焉？"遽命龟年持金花笺宣赐翰林供奉李白，立进《清平调》词三章。白欣然承诏旨，由若宿酲未解，因援笔赋之。其一曰："云想衣裳花想容，春风拂槛露华浓。若非群玉山头见，会向瑶台月下逢。"其二曰："一枝红艳露凝香，云雨巫山枉断肠。借问汉宫谁得似？可怜飞燕倚新妆。"其三曰："名花倾国两相欢，长得君王带笑看。解释春风无限恨，沉香亭北倚阑干。"龟年以歌辞进，上命梨园弟子略约调抚丝竹，遂促龟年以歌之。太真妃持颇梨七宝杯，酌西凉州蒲萄酒，笑领歌辞，意甚厚。上因调玉笛以倚曲，每曲遍将换，则迟其声以媚之。太真妃饮罢，敛绣巾重拜。上自是顾李翰林尤异于诸学士。会高力士终以脱靴为深耻，异日太真妃重吟前辞，力士曰："始为妃子怨李白深入骨髓，何翻拳拳如是耶？"太真妃因惊曰："何翰林学士能辱人如斯？"力士曰："以飞燕指妃子，贱之甚矣。"太真妃颇深然之。上尝三欲命李白官，卒为宫中所捍而止。

白尝有知鉴，客并州，识汾阳王郭子仪于行伍间，为脱其刑责而奖重之。及翰林坐永王之事，汾阳功成，请以官爵赎翰林，上许之，因而免诛。翰林之知人如此，汾阳之报德如彼。

白之从弟令问，尝目白曰："兄心肝五脏皆锦绣耶？不然，何开口成文，挥翰雾散耳！"

传中漏此三事，今书于序中。白有歌云：“吟诗作赋北窗里，万言不及一杯水。”盖叹乎有其时而无其位。呜呼！以翰林之才名，遇玄宗之知见，而乃飘零如是！宋中丞荐于圣真云：“一命不沾，四海称屈。”得非命与？白居易赠刘禹锡诗云：“诗称国手徒为尔，命压人头不奈何。”斯言不虚矣。凡百有位，无自轻焉。撰集之次，聊存梗概而已。时在绕霤州中，咸平元年三月三日序。

故翰林学士李君墓志（并序）

李华

呜呼！姑熟东南，青山北址，有唐高士李白之墓。呜呼哀哉！夫仁以安物，公其懋焉；义以济难，公其志焉；识以辩理，公其博焉；文以宣志，公其懿焉。宜其上为王师，下为伯友。年六十有二，不偶，赋《临终歌》而卒。悲夫！圣以立德，贤以立言，道以恒世，言以经俗，虽曰死矣，吾不谓其亡矣也。有子曰伯禽、天然，长能持，幼能辩，数梯公之德，必将大其名也已矣。

铭曰：

立德谓圣，立言谓贤。嗟君之道，奇于人而侔于天，哀哉！

唐故翰林学士李君碣记

尚书膳部员外郎刘全白撰　朝议郎行当涂县令顾游秦建

君名白，广汉人。性倜傥，好纵横术。善赋诗，才调逸迈，往往兴会属词，恐古人之善诗者亦不逮，尤工古歌。少任侠，不事产业，名闻京师。

天宝初，玄宗辟翰林待诏，因为和蕃书，并上《宣唐鸿猷》一篇。上重之，欲以纶诰之任委之；同列者所谤，诏令归山。遂浪迹天下，以诗酒自适。又志尚道术，谓神仙可致，不求小官，以当世之务自负，流离轗轲，竟无所成名。有子名伯禽。偶游至此，遂以疾终，因葬于此。文集亦无定卷，家家有之。代宗登极，广拔淹瘁，时君亦拜拾遗，闻命之后，君亦逝矣。呜呼，与其才不与其命，悲夫！

全白幼则以诗为君所知，及此投吊，荒坟将毁，追想音容，悲不能止。邑有贤宰顾公游秦，志好为诗，亦常慕效李君气调，因嗟盛才冥寞，遂表墓式坟，乃题贞石，冀传于往来也。

贞元六年四月七日记，沙门履文书。坟去墓记一百二十步。

唐左拾遗翰林学士李公新墓碑（并序）

宣歙池等州观察使范传正

骐骥筋力成，意在万里外，历块一蹶，毙于空谷，唯余骏骨，价重千金。大鹏羽翼张，势欲摩穹昊，天风不来，海波不起，塌翅别岛，空留大名。人亦有之，故左拾遗翰林学士李公之谓矣。

公名白，字太白，其先陇西成纪人。绝嗣之家，难求谱牒。公之孙女搜于箱箧中，得公之亡子伯禽手疏十数行，纸坏字缺，不能详备，约而计之，凉武昭王九代孙也。隋末多难，一房被窜于碎叶，流离散落，隐易姓名，故自国朝已来，漏于属籍。神龙初，潜还广汉，因侨为郡人。父客，以逋其邑，遂以客为名，高卧云林，不求禄仕。

公之生也，先府君指天枝以复姓，先夫人梦长庚而告祥，名之与字，咸所取象。受五行之刚气，叔夜心高；挺三蜀之雄才，相如文逸。瑰奇宏廓，拔俗无类。少以侠自任，而门多长者车。常欲一鸣惊人，一飞冲天，彼渐陆迁乔，皆不能也。由是慷慨自负，不拘常调，器度弘大，声闻于天。

天宝初，召见于金銮殿，玄宗明皇帝降辇步迎，如见园、绮。论当世务，草答蕃书，辩如悬河，笔不停缀。玄宗嘉之，以宝床方丈赐食于前，御手和羹，德音褒美，褐衣恩遇，前无比俦。遂直翰林，专掌密命，将处司言之任，多陪侍从之游。他日，泛白莲池，公不在宴，皇欢既洽，召公作序。时公已被酒于翰苑中，仍命高将军扶以登舟，优宠如是。既而上疏请还旧山，玄宗甚爱其才，或虑乘醉出入省中，不能不言温室树，恐掇后患，惜而遂之。

公以为千钧之弩，一发不中，则当摧撞折牙，而永息机用，安能效碌碌者苏而复上哉！脱屣轩冕，释羁缰锁，因肆情性，大放宇宙间。饮酒非嗜其酣乐，取其昏以自富；作诗非事于文律，取其吟以自适；好神仙非慕其轻举，将不可求之事求之，欲耗壮心、遣余年也。

在长安时，秘书监贺知章号公为谪仙人，吟公《乌栖曲》云："此诗可以哭鬼神矣！"时人又以公及贺监、汝阳王、崔宗之、裴周南等八人为酒中八仙，朝列赋谪仙歌百余首。俄属戎马生郊，远身海上，往来于斗牛之分，优游没身。偶乘扁舟，一日千里，或遇胜境，终年不移。时长江远山，一泉一石，无往而不自得也。晚岁，渡牛渚矶，至姑熟，悦谢家青山，有终焉之志。盘桓利居，竟卒于此。其生也，圣朝之高士；其往也，当涂之旅人。代宗之初，搜罗俊逸，拜公左拾遗，制下于彤庭，礼降于玄壤，生不及禄，殁而称官，呜呼命欤！

传正共生唐代，甲子相悬，常于先大夫文字中见与公有浔阳夜宴诗，则知与公有通家之旧。

早于人间得公遗篇逸句，吟咏在口。无何，叨蒙恩奖，廉问宣、池。按图得公之坟墓在当涂属邑，因令禁樵采，备洒扫。访公之子孙，故申慰荐。凡三四年，乃获孙女二人，一为陈云之室，一乃刘劝之妻，皆编户甿也。因召至郡庭，相见与语。衣服村落，形容朴野，而进退闲雅，应对详谛，且祖德如在，儒风宛然。问其所以，则曰："父伯禽，以贞元八年不禄而卒。有兄一人，出游一十二年，不知所在。父存无官，父殁为民，有兄不相保，为天下之穷人。无桑以自蚕，非不知机杼；无田以自力，非不知稼穑。况妇人不任，布裙粝食，何所仰给，俪于农夫，救死而已。久不敢闻于县官，惧辱祖考，乡闾逼迫，忍耻来告。"言讫泪下，余亦对之泫然。因云："先祖志在青山，遗言宅兆顷属多故，殡于龙山东麓，地近而非本意。坟高三尺，日益摧圮，力且不及，知如之何。"闻之悯然，将遂其请，因当涂令诸葛纵会计在州，得谕其事。纵亦好事者，学为歌诗，乐闻其语，便道还县，躬相地形，卜新宅于青山之阳。以元和十二年正月二十三日，迁神于此，遂公之志也。西去旧坟六里，南抵驿路三百步，北倚谢公山，即青山也，天宝十二载敕改名焉。因告二女，将改适于士族，皆曰："夫妻之道，命也，亦分也。在孤穷既失身于下俚，仗威力乃求援于他门，生纵偷安，死何面目见大父于地下？欲败其类，所不忍闻。"余亦嘉之，不夺其志，复井税、免徭役而已。

今士大夫之葬，必志于墓，有勋庸道德之家，兼树碑于道。余才术贫虚，不能两致，今作新墓铭，辄刊二石，一寘于泉扃，一表于道路，亦岘首、汉川之义也，庶芳声之不泯焉。

文集二十卷，或得之于时之文士，或得之于宗族，编辑断简，以行于代。铭曰：

嵩岳降神，是生辅臣；蓬莱谴真，斯为逸人。晋有七贤，唐称八仙，应彼星象，唯公一焉。晦以曲糵，畅于文篇，万象奔走乎笔端，万虑泯灭乎罇前。卧必酒瓮，行唯酒船，吟风咏月，席地幕天，但贵乎适其所适，不知夫所以然而然。至今尚疑其醉在千日，宁审乎寿终百年。谢家山兮李公墓，异代诗流同此路。旧坟卑庳风雨侵，新宅爽垲松柏林。故乡万里且无嗣，二女从民永于此。猗欤琢石为二碑，一藏幽隧一临歧。岸深谷高变化时，一存一毁名不亏。

翰林学士李公墓碑

前守秘书省校书郎裴敬

李翰林名白，字太白，以诗著名。召入翰林，世称才名，占得翰林，他人不复争先。其后以胁从得罪，既免，遂放浪江南，死宣城，葬当涂青山下。李阳冰序诗集，粗具行止。敬尝游江表，过其墓下，爱其才，壮其气，味其嗜酒，知其取适，作碑于墓。

且曰：先生得天地秀气耶？不然，何异于常之人耶？或曰，太白之精下降，故字太白，故贺监号为谪仙，不其然乎？故为诗格高旨远，若在天上物外，神仙会集，云行鹤驾，想见飘然之状，视尘中屑屑米粒，虫睫纷扰，菌蠢羁绊蹂躏之比。

又尝有知鉴，客并州，识郭汾阳于行伍间，为免脱其刑责而奖重之。后汾阳以功成官爵，请赎翰林，上许之，因免诛，其报也。又常心许剑舞。裴将军，予曾叔祖也，尝投书曰："如白愿出将军门下。"其文高，其气雄，世稀其本，惧失其传，故序传之。太和初，文宗皇帝命翰林学士为三绝赞，公之诗歌，与将军剑舞，洎张旭长史草书，为三绝。夫天付上才，必同灵气，贤杰相投，龙虎两合，可为知者言，非常人所知也。

夫古以名德称占其官谥者甚希，前以诗称者，若谢吏部、何水部、陶彭泽、鲍参军之类：唐朝以诗称，若王江宁、宋考功、韦苏州、王右丞、杜员外之类；以文称者，若陈拾遗、苏司业、元容州、萧功曹、韩吏部之类；以德行称者，元鲁山、阳道州；以直称者，魏文贞、狄梁公；以忠烈称者，颜鲁公、段太尉；以武称者，李卫公、英公；以学行、文翰俱称者，虞秘监。唐之得人，于斯为盛。翰林其以诗称之一也。

予尝过当涂，访翰林旧宅。又于浮屠寺化城之僧，得翰林自写《访贺监不遇》诗云："东山无贺老，却棹酒船回。"味之不足，重之为宝，用献知者。又于历阳郡得翰林《与刘尊师书》一纸，思高笔逸。又尝游上元蒋山寺，见翰林赞志公云："水中之月，了不可取，刀齐尺量，扇迷陈语。"文简事备，诚为作者，附于此云。

会昌三年二月中，敬自浐水草堂南游江左，过公墓下。四过青山，两发涂口，徘徊不忍去。与前濮州鄄城县尉李劭，同以公服拜其墓，问其墓左人毕元宥，实备洒扫，留绵帛，具酒馔祭公。知公无孙，有孙女二人，一娶刘劝，一娶陈云，皆农夫也，且曰二孙女不拜墓已五六年矣。因告邑宰李君都杰，请免毕元宥力役，俾专洒扫事。

嘻！享名甚高，后事何薄。谢公旧井，新墓角落。青山白云，共为萧索。巨竹拱木，如公卓荦。天长地久，其名不朽。此为祭文，写授元宥。

又为碑曰："贵尽皆然，名存则难，故予重名不重官。"作李翰林碑，十五字而已。

第二卷

歌诗五十九首

古风上

古风五十九首

其一

《大雅》[1]久不作，吾衰竟谁陈。
《王风》[2]委蔓草[3]，战国多荆榛[4]。
龙虎[5]相啖食，兵戈逮狂秦。
正声何微茫，哀怨起骚人。
杨马[6]激颓波，开流荡无垠。
废兴虽万变，宪章[7]亦已沦。
自从（一作蹉跎）建安来，绮丽不足珍。
圣代复元古[8]，垂衣[9]贵清真。
群才属休明[10]，乘运共跃鳞[11]。
文质相炳焕[12]，众星罗秋旻。
我志在删述，重辉映千春。
希圣[13]如有立，绝笔于获麟。

【注释】1《大雅》：《诗经》中的《大雅》部分。 2《王风》：《诗经》国风中的《王风》篇。 3 委蔓草：委弃在蔓草中。此处喻指王风衰败。 4 多荆榛：指战国末期局势混乱。 5 龙虎：互相争斗的战国七雄。 6 杨马：汉朝时期辞赋家扬雄和司马相如。杨，应为“扬”。 7 宪章：诗歌的章法。 8 元古：上古时期。 9 垂衣：比喻无为而治。10 休明：盛世。 11 跃鳞：施展才能抱负。12 炳焕：文章面貌。13 希圣：希望达到圣人的境界。

【点评】

《唐诗解》：此太白以文章自任，而有复古之思也。言《大雅》既绝，而宣尼又衰，时以无复陈诗者。王风则随蔓草消亡，世路则皆荆榛蔽塞。当七雄相啖之际，正声已微，即骚人哀怨之作，不足以追风雅。而扬、马广骚之末流，又恶足法乎？是以宪章日就沦没。至建安已后，绮丽极矣。唯我圣朝，倡复古道，变六朝之习而尚清真。于是群才并兴，如鳞之跃文；文质相杂，如星之罗。我亦欲乘时删述，垂光辉于千秋，以续获麟之统耳。夫太白以辞章之学欲空千古而绍素王，亦夸矣哉！

《李诗直解》：此太白志复古道，而以作述自任也。《诗》有《大雅》，雅者，正也，王政之所繇兴废也。《大雅》不作，则斯文衰矣。平王东迁之后，《黍离》降于《国风》，而多蔓草郑国之音。终春秋之世，不能复振。战国迭兴，王道榛塞，干戈相侵，以迄于祖龙。风俗薄，人心浇，中正之声，日远日微。一变而为《离骚》，而哀怨起矣。屈平之后，司马相如、扬雄激扬颓波，疏导其下流，使遂闳肆，注乎无穷。而世降愈下，宪章乖离，建安诸子，夸尚绮靡，摘章绣句，竞为新奇，而雄健之气繇此萎尔……扫魏晋之陋，起骚人之废，群才乘运并兴。而文质炳焕，若众星之丽秋天。故我志在删述，以垂千古。仲尼曰：“文王既没，文不在兹乎？”将复古道，舍我其谁？我故师之，如《春秋》之绝笔于获麟也。有所感而起，固有所以为终也。太白盖以自任矣。

其二

蟾蜍薄太清[1]，蚀此瑶台[2]月。
圆光亏中天，金魄遂沦没。
蝃蝀[3]入紫微，大明夷朝辉[4]。
浮云隔两耀，万象昏阴霏。
萧萧长门宫[5]，昔是今已非。
桂蠹[6]花不实，天霜[7]下严威。
沉叹终永夕，感我涕沾衣。

【注释】 **1** 蟾蜍薄太清：蟾蜍，即蛤蟆，传说月亮上有蟾蜍，此处指月亮。太清，天空。 **2** 瑶台：传说中神仙居住的地方。 **3** 蝃蝀（dì dōng）：彩虹。 **4** 大明夷朝辉：大明，太阳，此处比喻为君主。夷，伤。 **5** 萧萧长门宫：萧萧，风声。长门宫，宫名，汉武帝时期皇后陈阿娇退居的地方。 **6** 桂蠹（dù）：蠹，桂蠹，寄生在桂树上的一种虫。 **7** 天霜：比喻天子的威严。

【点评】

萧士赟:“蟾蜍薄太清”，月为之蚀，以喻武妃入后宫，而卒为王后之蠹也。“蝃蝀入紫微”，“大明夷朝晖”，以喻武妃既得幸，而玄宗卒为所惑也。日，君象；月，后象。今焉废黜，是浮云隔之不得代明矣。“万象昏阴霏”者，意谓自后卒不正中宫，浸成女宠之祸也。“萧萧长门宫”者，王后事全与汉武陈后事迹相类。二后虽各以无子巫蛊厌胜废，然推原其由，实卫子夫、武惠妃争宠，有以激之也。陈后之废，司马相如作《长门赋》。王后之废，王諲亦作《翠羽帐赋》以讽帝，先后一致。太白引以此证，最为切当。“桂蠹花不实”，是采废王后制中语。“天霜下严威”者，事发觉时，帝自临劾也。“沉叹终永夕，感我涕沾衣”者，白意若曰：夫妇君臣，俱人之大伦也。至密近者，莫如夫妇，而且不能保其终，况臣子之疏远乎？此白之所以感叹终夕而涕零也。

其三

秦皇扫六合，虎视何雄哉！
挥剑决[1]浮云，诸侯尽西来。
明断自天启（一作雄图发英断），大略驾群才。
收兵铸金人[2]，函谷正东开。
铭功会稽岭，骋望琅邪台。

刑徒七十万，起土骊山隈。
尚采不死药，茫然使心（一作人）哀。
连弩射海鱼，长鲸正崔嵬[3]。
额鼻象五岳，扬波喷云雷。
鬐鬣[4]蔽青天，何由睹蓬莱。
徐氏载秦女，楼船几时回。
但见三泉下，金棺葬寒灰[5]。

【注释】**1** 决：断开。 **2** 收兵铸金人：《史记》记载，秦始皇“收天下兵，聚之咸阳，销以为钟鐻（jù），金人十二，重各千石，置宫廷中”。 **3** 崔嵬（wéi）：高大的样子。 **4** 鬐鬣（qí liè）：鱼身上之鳍须。 **5** 寒灰：尸骨化为灰。

其四

凤飞九千仞[1]，五章备彩珍。
衔书且虚归，空入周与秦。
横绝历四海，所居未得邻。
吾营紫河车[2]，千载落风尘。
药物秘海岳，采铅[3]青溪滨。
时登大楼山，举首望仙真。
羽驾[4]灭去影，飙车[5]绝回轮。
尚恐丹液迟，志愿不及申。

徒霜镜中发，羞彼鹤上人。

桃李何处开，此花非我春。

唯应清都[6]境，长与韩众[7]亲。

【注释】1 九千仞：飞得很高。 2 紫河车：道教中修炼的玉液。 3 采铅：铅，道教炼丹药物。采铅即采药。 4 羽驾：乘鹤。 5 飙车：御奔风云。 6 清都：天帝居住的地方。 7 韩众：传说中成仙的神人。

【点评】

《李诗直解》：此太白以凤自况，而有羡乎修真也。言人之高远，譬凤翔九千仞之上。五章备夫彩珍，而衔书以入周秦。横绝历乎四海之远，终未有与之邻接者，此至人全身以远害也。然人世易尽，若非游仙，安能长生？吾秉正气以营炼紫河之车，庶千载脱落于风尘矣。为仙者亦必需于药物，而四海五岳，灵药所秘。唯清溪之滨，铅可采耳。时登大楼之上，举首以望仙真。乘鸾鹤之驾，以灭去影；御风云之车，以绝回轮。尚恐神丹金液，难以遽就，而脱落风尘之志愿，不及申耳。是徒白镜中之发，羞彼鹤上之人矣。今桃李之开花，乃世俗之春，而非我仙境之春也。唯应向清都之境，长与仙人韩众相亲，得其秘诀，而若凤凰之飞九千仞也。

其五

太白[1]何苍苍，星辰上森列。
去天三百里，邈尔与世绝。
中有绿发翁[2]，披云（一作千春）卧松雪。
不笑亦不语，冥栖[3]在岩穴。
我来逢真人，长跪问宝诀。
粲然忽自哂（一作启玉齿），授以炼药说。
铭骨传其语，竦身[4]已电灭。
仰望不可及，苍然五情热[5]。
吾将营丹砂，永与世人别。

【注释】 **1** 太白：陕西终南山。 **2** 绿发翁：人老后头发不白，而转为绿色，是仙人的发色。此处指仙人。 **3** 冥栖：栖息。 **4** 竦身：纵身向上跳。 **5** 苍然五情热：苍然，茫然。五情，喜、怒、哀、乐、怨五种情绪。

其六

代马[1]不思越，越禽不恋燕。
情性有所习，土风[2]固其然。
昔别雁门关，今戍龙庭[3]前。
惊沙乱海日，飞雪迷胡天。

虮虱[4]生虎鹖[5]，心魂逐旌旃[6]。
苦战功不赏，忠诚难可宣。
谁怜李飞将[7]，白首没三边[8]。

【注释】1 代马：代，一作岱，古代郡名，此处泛指北方。代马，北地所产之马。 2 土风：地方风俗。 3 龙庭：又称龙城，匈奴单于祭天的地方。 4 虮虱（jǐ shī）：动物身上的小虫。 5 鹖（hé）：像雉而善斗的鸟。 6 旌旃（jīng zhān）：旌旗。 7 李飞将：汉飞将军李广。 8 三边：与匈奴交界的地方。

其七

客有鹤上仙[1]，飞飞凌太清。
扬言碧云里，自道安期[2]名。
两两白玉童，双吹紫鸾笙[3]。
去影忽不见，回风送天声。
举首远望之（我欲一问之），飘然若流星。
愿餐金光草，寿与天齐倾[4]。（一作五鹤西北来，飞飞凌太清。仙人绿云上，自道安期名。两两白玉童，双吹紫鸾笙。飘然下倒景，倏忽无留行。遗我金光草，服之四体轻。将随赤松去，对博坐蓬瀛。）

【注释】1 鹤上仙：桓闿（kǎi），传说他乘鹤升天成仙而去。 2 安期：安期生，传说蓬莱上的仙人。 3 紫鸾笙：仙人吹奏的乐器。

4 寿与天齐倾：倾，倾尽。此句意为寿命与天地相始终。

【点评】

《李诗直解》：此游仙之诗，想亦赠答之词，借仙以比客也。言客有鹤上仙者，驾鹤而升天矣。在碧云之中，自言其为安期生也。其颜如白玉之幼童，两两吹凤笙以侍从矣。去忽不见，但闻回风送天籁之鸣而已。远望飘然若流星之速。而人之于世，亦若是而已矣。故愿餐金光长生之草，久视存身，与天齐倾，而岂若人世之速化哉！

其八

庄周梦蝴蝶，蝴蝶为庄周。
一体更变易[1]，万事良悠悠。
乃（一作那）知蓬莱水，复作清浅流。
青门种瓜人[2]，旧日东陵侯。
富贵固（一作苟）如此，营营[3]何所求？

【注释】 1 一体更变易：唐汝询注：言一体尚有变易，万事必无定期。

2 青门种瓜人：青门，汉长安城东南门。汉灭秦后，秦国东陵侯邵平在青门附近种瓜，所种之瓜为东陵瓜。 3 营营：十分忙碌的样子。

【点评】

萧士赟：此篇达生者之辞也。然意却有三节。谓忽然人化为异物，忽然异物化为人，一体变易，尚未能知，悠悠万事，岂能尽知乎！况又何能知桑田沧海之变乎！故侯种瓜，富贵者固如是也。既烛破此理，则尚何所求，而营营苟苟，以劳吾生哉！

其九

齐有倜傥生，鲁连[1]特高妙。
明月[2]出海底，一朝开光曜。
却秦振英声，后世仰末照[3]。
意轻千金赠，顾向平原笑。
吾亦澹荡[4]人，拂衣可同调。

【注释】 1 鲁连：鲁仲连，战国末期齐国人，为人洒脱不羁，高风亮节。曾助平原君退秦军，事成后拒绝报酬，辞别平原君，飘然而去。 2 明月：出于海底的夜明珠。 3 末照：余晖。 4 澹荡：放达，豁达。

【点评】

《唐诗解》：此慕鲁连之为人也。言鲁连立谈而名显，犹明珠乍出而扬光。彼却秦之英声，既为后世所仰，又能轻千金，藐卿相，以成其高。故我慕其风而愿与之同调也。

其十

黄河走东溟[1]，白日落西海[2]。
逝川[3]与流光，飘忽不相待。
春容舍我去，秋发[4]已衰改。
人生非寒松，年貌（一作颜色）岂长在。
吾当乘云螭[5]，吸景驻光彩[6]（一作谁能学天飞，三秀与君采）。

【注释】 **1**东溟：东海。 **2**西海：西方，与东溟相对应。 **3**逝川：《论语》：子在川上曰："逝者如斯夫！不舍昼夜。" **4**秋发：衰老时的头发。 **5**云螭（chī）：龙。 **6**吸景驻光彩：吸景，吸日月之光。光彩，好的颜色。

【点评】

《李诗直解》：此达生而学仙者之诗也。谓黄河东走，白日西落，流光迅速，不舍昼夜矣。青春容色，倏忽摧谢。不如长松贯四时而不凋易也。自非炼仙丹以驾云螭，安能吸日月之精华，驻颜色而为仙哉？

其十一

松柏本孤直[1]，难为桃李颜。
昭昭[2]严子陵，垂钓沧波间。
身将客星隐，心与浮云闲。
长揖万乘君[3]，还归富春山。
清风洒六合，邈然不可攀。
使我长叹息，冥栖岩石间。

【注释】 **1** 孤直：孤，不合群；直，坚贞不屈。 **2** 昭昭：光明磊落的样子。 **3** 万乘君：指天子。

【点评】

《唐诗解》：此经子陵钓处，仰其风采而咏之也。言松柏孤高，不能为桃李之媚色；以比子陵耿直，不能效时辈之苟荣，是以独垂钓桐江耳。彼其襟怀泊如，揖万乘而归卧，岂不伟哉！故其人虽远，我犹慕其风以兴叹，寻其踪以栖息也。按太白始为玄宗所重，已而见疏，遂傲放求还，无复恋宠。此盖以子陵自负云。

其十二

君平既弃世，世亦弃君平[1]。

观变穷太易，探元（一作玄）化群生[2]。

寂寞缀道论（一作真道），空帘闭幽情（一作清）。

驺虞不虚（一作复）来，鸑鷟[3]有时鸣。

安知天汉上，白日悬高名。

海客去已久，谁人（一作能）测沉冥[4]。

【注释】 **1** 君平既弃世，世亦弃君平：君平，《汉书》记载，君平认为卜筮虽然地位卑贱，但对众人有利，故而在成都卜筮。卜筮自足之余，教授《老子》，著书十万余言。萧士赟认为，君平有济世之才却不用，是君平弃世；世人不知君平的贤能而不用他，是世人弃君平。 **2** 群生：众人。 **3** 鸑鷟（yuè zhuó）：凤属，神鸟。 **4** 沉冥：隐匿踪迹。

【点评】

《唐诗解》：此太白废斥之后，无心用世，而托君平以见志也。言君平既与世相违，则唯高尚自守，研穷《易》理，化育群生，处寂寞以论道，闭空帘以却喧而已，将安所自见邪？但天生是人，如驺虞、鸑鷟，不终使之泯泯。即举世不获取重，天汉业已标名。不然，彼牵牛何以识其姓氏哉？方今海客之去已久，纵君平，孰能测其沉冥者？此盖太白叹其不为人知也。

其十三

胡关[1]饶风沙，萧索（一作飒）竟终古。
岁落秋草黄，登高望戎虏。
荒城空大漠，边邑无遗堵[2]。
白骨横千霜[3]，嵯峨[4]蔽榛莽[5]。
借问谁陵虐，天骄[6]毒[7]威武。
赫怒[8]我圣皇，劳师事鼙鼓[9]。
阳和[10]变杀气，发卒骚中土。
三十六万人，哀哀泪如雨。
且悲就行役，安得营农圃。
不见征戍儿，岂知关山苦。
（一本此下添争锋徒死节，秉钺皆庸竖。战士涂蒿莱，将军获圭组四句。）
李牧今不在（一作卫霍今不在），边人饲豺虎。

【注释】1胡关：胡人出入的关口。 2堵：土墙。 3千霜：千年。 4嵯峨（cuó é）：山势高峻。 5榛莽：草木丛生。 6天骄：胡人。《汉书》：胡者，天之骄子也。 7毒：肆意横行。 8赫怒：生气。 9鼙（pí）鼓：军用小鼓。 10阳和：仲秋时节温和之气。

其十四

燕赵延郭隗[1]，遂筑黄金台。

剧辛方赵至（一作往），邹衍[2]复齐来。

奈何青云士[3]，弃我如尘埃。

珠玉买歌笑，糟糠养贤才。

方知黄鹤举，千里独徘徊。

【注释】 1 郭隗：战国中期燕国人，燕国大臣。燕昭王为复兴燕国拜访郭隗，郭隗献计筑黄金台招揽天下杰出人士，为燕国招来大批有才华的人，剧辛便是其中之一。 2 邹衍：战国末期齐国人，阴阳家代表人物，五行创始人。邹衍原为齐国士大夫，后入燕国受到燕昭王重用。 3 青云士：受到君主恩宠的大臣。

【点评】

《唐诗解》：按太白素有高尚之志意，出山之后，不为时相所礼，悔恨而作是诗。言我始以天子招贤，群才争赴，故亦有希世之想。不意竟为当涂者所弃。彼其贵色贱士，无足与游，曷为而轻就之耶？方知黄鹄之徘徊不进，良有以也，吾甚愧之矣。

其十五

金华牧羊儿[1]，乃是紫烟客[2]。
我愿从之游，未去发已白。
不知繁华（一作朱颜）子，扰扰何所迫。
昆山采琼蕊（一作蕤），可以炼精魄。

【注释】 **1** 牧羊儿：赤松子黄初平。《神仙传》：黄初平者，丹溪人也。年十五，家使牧羊。 **2** 紫烟客：仙人。

其十六

天津[1]三月时，千门桃与李。
朝为断肠花，暮逐东流水。
前水复（一作非）后水，古今相续流。
新（一作今）人非旧人，年年桥上游。
鸡鸣海色动[2]，谒帝罗[3]公侯。
月落西上阳[4]（一作上阳西），余辉半城楼。
衣冠照云日，朝下散皇州[5]。
鞍马如飞龙，黄金络马头。
行人皆辟易[6]，志气横嵩丘。
入门上高堂，列鼎错珍羞。
香风引赵舞，清管随齐讴。

七十紫鸳鸯，双双戏庭幽。
行乐争昼夜，自言度千秋。
功成身不退[7]，自古多愆尤[8]。
黄犬空叹息[9]，绿珠成衅雠[10]。
何如鸱夷子[11]，散发棹（一作弄）扁舟。

【注释】 1 天津：桥名，隋唐皇城正南洛水之上。 2 海色动：天色未明时，海上水汽朦胧。 3 罗：罗列。 4 西上阳：宫名，西上阳宫。 5 皇州：京城，帝都。 6 辟易：惊退。 7 功成身不退：功成身不退则违背天道。《老子》：功成、名遂、身退，天之道。 8 愆（qiān）尤：罪过，过错。 9 黄犬空叹息：《史记》：二世二年七月，具斯五刑，论腰斩咸阳市。斯出狱，与其中子俱执，顾谓其中子曰："吾欲与若复牵黄犬俱出上蔡东门逐狡兔，岂可得乎！" 10 绿珠成衅雠（chóu）：绿珠，西晋石崇的宠妾。《晋书》记载，绿珠美艳，擅长吹笛，孙秀向石崇求取绿珠被拒绝，遂劝司马伦诛杀石崇。最终绿珠跳楼自杀，石崇亲人也被杀害。 11 鸱（chī）夷子：范蠡。范蠡助越王勾践报仇雪耻后功成身退，改名换姓，泛舟游于江湖。

【点评】

《李诗直解》：此言富贵者宜勇退而毋招尤愆也。言天津桥水，阅人多矣。当桃李艳阳之天，游者相续，年复一年，而岂旧日之人哉？公侯贵介，鸡鸣而谒帝，朝散之际，黄金饰马，观者满道，人皆惊避，气焰如山矣。入门上堂，珍羞充溢；而歌舞美姝，罗列成行，若鸳鸯之戏于庭幽也。自矜长保此乐，而日以继夜。然而功成身退，天之道也。昧此则多愆尤。安知其无李斯、石崇之祸乎？何如范蠡功成之后，抽簪勇退，变名易姓，乘扁舟以游江湖之间，终身乐之而无咎也哉！

其十七

西上（一作岳）莲花山[1]，迢迢见明星[2]。
素手把芙蓉，虚步[3]蹑太清。
霓裳曳广带，飘拂升天行。
邀我登云台[4]，高揖卫叔卿[5]。
恍恍与之去，驾鸿凌紫冥。
俯视洛阳川，茫茫走胡兵[6]。
流血涂野草，豺狼尽冠缨[7]。

【注释】 1 莲花山：华山。《华山记》：山顶有池，生千叶莲花，服之羽化，因曰华山。 2 明星：仙女。 3 虚步：一作步虚，腾空而行。 4 云台：华山上的高峰。 5 卫叔卿：服云母成仙的仙人。 6 胡兵：安禄山的兵。 7 豺狼尽冠缨：豺狼，指安禄山之流。冠缨，有位爵的人的官服。此处指安禄山谋叛之后封官。

其十八

昔我游齐都，登华不注峰。
兹山何峻秀，绿翠如芙蓉。
萧飒古仙人，了知是赤松[1]。
借予一白鹿[2]，自挟两青龙。
含笑凌倒景，欣然愿相从。

【注释】 **1** 赤松：赤松子，神农时的雨师，得道成仙而去。 **2** 白鹿：传说鹿上千岁会变白，能通灵，通常供仙人骑乘。

其十九

泣与亲友别，欲语再三咽。
勖君青松心，努力保霜雪。
世路多险艰，白日欺红颜。
分首各千里，去去何时还？

其二十

在世复几时？倏如飘风度。
空闻《紫金经》[1]，白首愁相误。
抚己忽自笑，沉吟为谁故。

名利徒煎熬，安得闲余步。
终留赤玉舄[2]，东上蓬山（一作莱）路。
秦帝如我求，苍苍但烟雾。

【注释】 **1**《紫金经》：炼制丹药的经书。紫金，丹药。 **2** 赤玉舄（xì）：传说中用赤玉做的鞋子，此处指仙人的鞋子。舄，鞋子。

其二十一

郢客吟《白雪》[1]，遗响飞青天。
徒劳歌此曲，举世谁为传？
试为《巴人》唱，和者乃数千。
吞声何足道？叹息空凄然。

【注释】 **1** 郢客吟《白雪》：《对楚王问》：客有歌于郢中者，其始曰《下里》《巴人》，国中属而和者数千人。其为《阳阿》《薤露》，国中属而和者数百人。其为《阳春》《白雪》，国中属而和者不过数十人。引商刻羽，杂以流徵，国中属而和者不过数人而已。是其曲弥高，其和弥寡。

其二十二

秦水别陇首，幽咽多悲声。

胡马顾朔雪，躞蹀[1]长嘶鸣。
感物动我心，缅然含归情。
昔视秋蛾飞，今见春蚕生。
袅袅桑枯叶（一作结），萋萋柳垂荣。
急节[2]谢流水，羁[3]心摇悬旌[4]。
挥涕且复去，恻怆何时平？

【注释】 1 躞蹀（xiè dié）：小步徘徊。 2 急节：时间迁移。 3 羁（jī）：羁绊。 4 悬旌：悬挂的旌旗，比喻心有所系不安宁。

其二十三

秋露白如玉，团圆下庭绿。
我行忽见之，寒早悲岁促。
生犹鸟过目[1]，胡乃自结束[2]。
景公一何愚！牛山泪相续[3]。
物苦不知足，登（一作得）陇又望蜀[4]。
人心若波澜，世路有（一作多）屈曲。
三万六千日[5]，夜夜当秉烛。

【注释】 1 鸟过目：鸟在眼前飞过。形容时间过得很快。 2 结束：拘束。 3 牛山泪相续：《列子》记载，齐景公曾在牛山与众臣子游，临其国流泪哀叹光阴易逝，人生难免一死。 4 登陇又望蜀:《后汉书》:光武敕彭书曰:“人苦不知足,既平陇,复望蜀。”

5 三万六千日:指人生。一年三百六十日,百年则三万六千日。

【点评】

《李诗直解》:此诗谓百年易尽,人苦不足,智者宜及时以行乐也。白露下而寒早,岁促矣。人生不过一瞬,胡为自拘束哉?奈何景公之恋恋于国而挥牛山之泪也?是人之常怀不足之叹,而谬用其心矣。不知人心波澜,世路屈曲,则百年之内,唯当夜夜游宴,以流连光景,毋令识者观之,而徒为耻笑也哉!

其二十四

大车扬飞尘,亭午[1]暗阡陌[2]。
中贵[3]多黄金,连云开甲宅。
路逢斗鸡者[4],冠盖何辉赫。
鼻息干虹蜺[5],行人皆怵惕[6]。
世无洗耳翁[7],谁知尧与跖[8]?

【注释】 **1** 亭午:中午。 **2** 阡陌:田间的路,南北为阡,东西为陌。 **3** 中贵:宫中受宠幸的内官。 **4** 斗鸡者:指贾昌。《东城老父传》记载,贾昌因擅长斗鸡受唐玄宗宠爱,其父亲死后县官为治丧车乘传至洛阳道。 **5** 虹蜺(ní):彩虹,此处指天空。 **6** 怵惕:

惊恐，恐惧。 **7**洗耳翁：许由。《高士传》记载，尧召许由为九州长，许由不忍听，到颍水边洗耳。 **8**跖：盗跖，传说中的大盗。

其二十五

世道日交丧，浇风散淳源。
不采芳桂枝，反栖恶木根。
所以桃李树，吐花竟不言。
大运有兴没，群动争飞奔。
归来广成子，去入无穷门。

【点评】

《唐诗解》：言世道交丧，淳风尽漓。彼道义如芳桂，则弃之而不采；凶邪如恶木，则趋而托焉。举世如此，所以贤者缄默全身，如桃李之无言耳。盖大运有兴必有没，今蠢然无知辈方争先驰骤其间，罔思祸乱之将及。唯有道如广成子者，迺能翻然高举，栖神太虚，而不为流俗所羁焉。夫太白以广成自负，宜绝世之滋垢也，乃从永王，以及于难，悲夫！

其二十六

碧荷生幽泉，朝日艳且鲜。
秋花冒[1]绿水，密叶罗青烟。

秀色空绝世，馨香谁为传？
坐看飞霜满，凋此红芳年。
结根未得所，愿托华池边。

【注释】 **1** 冒：覆盖。

其二十七

燕赵有秀色，绮树青云端。
眉目艳皎月，一笑倾城欢。
常恐碧草晚，坐泣秋风寒。
纤手怨玉琴，清晨起长叹。
焉得偶君子？共乘双飞鸾。

其二十八

容颜若飞电[1]，时景如飘风。
草绿霜已白，日西月复东。
华鬓不耐秋，飒然成衰蓬。
古来贤圣人，一一谁成功？
君子变猿鹤，小人为沙虫[2]。
不及广成子[3]，乘云驾轻鸿。

【注释】 **1** 飞电：时间如飞电般过得快。 **2** 君子变猿鹤，小人为沙虫：朱谏注：猿鹤、沙虫，言其物化而不存也。无论君子或小人，终究逃不过时间的变化。 **3** 广成子：传说中的得道成仙的人。

其二十九

三季[1]分战国，七雄成乱麻。
《王风》何怨怒，世道终纷拏[2]。
至人[3]洞元象[4]，高举凌紫霞。
仲尼亦（一作欲）浮海[5]，吾祖之流沙[6]。
圣贤共沦没，临歧胡咄嗟。

【注释】 **1** 季：末期。 **2** 纷拏（ná）：纷乱错杂。 **3** 至人：道德至高无上的人。 **4** 元象：天象。 **5** 仲尼亦浮海：《论语》：子曰：道不行，乘桴浮于海，从我者其由与？ **6** 吾祖之流沙：吾祖，老子李耳。《列仙传》：老子西游，（尹）喜先见其气，知有真人当过。物色而遮之，果得老子。老子亦知其奇，为著书授之。后与老子俱游流沙，化胡，服苣胜实，莫知其所终。

其三十

玄风变太古，道丧无时还。

扰扰季叶人（一作市井人），鸡鸣趋四关。
但识金马门[1]，谁（一作讵）知蓬莱山？
白首死罗绮，笑歌无休（一作时）闲。
渌酒哂丹液，青娥凋素颜（一作萋萋千金骨，风尘凋素颜）。
大儒挥金椎，琢之（一作发冢）诗礼间。
苍苍三珠树[2]，冥目焉能攀？

【注释】 1 金马门：《史记》：金马门者，宦者署门也。门旁有铜马，故谓之“金马门”。 2 三珠树：《山海经》：三珠树在厌火北，生赤水上。其为树如柏，叶皆为珠。一曰为树若彗。

其三十一

郑客西入关[1]，行行未能已。
白马华山君，相逢平原里。
璧遗镐池公，明年祖龙死。
秦人相谓曰，吾属可去矣。[2]
一往桃花源，千春隔流水。

【注释】 1 郑客西入关:《史记》：使者从关东夜过华阴平舒道。有人持璧遮使者曰:“为吾遗滈池君。”因言曰:“今年祖龙死。”使者问其故，因忽不见，置其璧去。使者奉璧具以闻。始皇默然良久，曰:“山鬼固不过知一岁事也。”退言曰:“祖龙者，人之先也。”使御府视璧，乃二十八年行渡江所沉璧也。 **2** 秦人相谓曰，吾属可去矣：萧士赟注：此两句，是暗指《史》所谓“侯生、卢生相与谋曰，始皇为人，天性刚戾，乐以刑杀为威。秦法：不得兼方，不验，辄死。贪于权势至如此，未可为求仙药，于是乃亡去”之事。

其三十二

蓐收[1]肃金气[2]，西陆[3]弦海月。
秋蝉号阶轩，感物忧不歇。
良辰竟何许？大运有沦忽[4]。
天寒悲风生，夜久众星没。
恻恻不忍言，哀歌达明发[5]。

【注释】 **1** 蓐（rù）收：古代传说中的秋神。 **2** 肃金气：肃，肃杀。金气，秋气。 **3** 西陆：秋季。 **4** 沦忽：沉没衰落。 **5** 明发：天将明时。

其三十三

北溟有巨鱼，身长数千里。
仰喷三山雪，横吞百川水。
凭凌随海运，烜赫因风起。
吾观摩天飞，九万方未已。

【点评】

朱谏：言北溟之鲲，大数千里。仰首而喷浪，则成三山之雪；张口而噏波，则吞百川之水。随海而运，则击水有三千里之远；因风而起，则摩天有九万里之程。是神物之大者，其运用之大，茫乎不可测也如此。彼君子者，蕴帝霸皇王之道，可以辟乾坤而参造化，其功业之大者，与巨鱼之喷三山、吞百川、摩天飞而凌九万者何异哉？

其三十四

羽檄[1]如流星，虎符[2]合专城。
喧呼救边急，群鸟皆夜鸣。
白日曜紫微，三公运权衡。
天地皆得一[3]，澹然四海清。
借问此何为？答言楚征兵（一作征楚兵）。
渡泸[4]及五月，将赴云南征。
怯卒非战士，炎方[5]难远行。
长号别严亲，日月惨光晶。
泣尽继以血，心摧[6]两无声。
困兽当猛虎，穷鱼饵奔鲸。
千去不一回，投躯岂全生？
如何舞干戚[7]，一使有苗平[8]？

【注释】1 羽檄：插上羽毛的檄书。 2 虎符：调遣军队的信物。 3 天地皆得一：《老子》：昔之得一者，天得一以清，地得一以宁。 4 泸：水名，流经今天四川、云南等西南地区。 5 炎方：南方炎热荒芜之地。 6 摧：伤痛。 7 干戚：楯和斧头。 8 一使有苗平：《帝王世纪》：有苗氏负固不服，禹请征之。舜曰："我德不厚而行武，非道也。吾前教由未也。"乃修教三年，执干戚而舞之，有苗请服。

【点评】

萧士赟：首四句既见征兵时景象而言。五句至八句，是设难。谓当此君明臣良、天清地宁、海内淡然、四郊无警之时，而忽有此举，果何为哉？九句至十二句，乃白问之于人，始知征兵者，讨云南质子亡去之罪也。十三句至二十二句，乃白逆知当时所调之兵，不堪受甲，悲号而别，真所谓驱市人而战之，如以困兽当虎、穷鱼饵鲸，吾见师之出，而不见师之入也。末二句则比南诏为有苗，而深叹夫当国之大臣，不能如益之赞禹、禹之佐舜，敷文德以来远人，致有覆军杀将之耻也。

其三十五

丑女来效颦[1]，还家惊四邻。
寿陵失本步[2]，笑杀邯郸人。

一曲（一作东西）斐然子，雕虫[3]丧天真。

棘刺造沐猴[4]，三年费精神。

功成无所用，楚楚且华（一作荣）身。

《大雅》思文王，颂声久崩沦。

安得郢中质[5]，一挥成斧斤（一作和风运斤）！

【注释】 **1** 丑女来效颦：《庄子》：故西施病心而颦其里，其里之丑人见而美之，归亦捧心而颦其里。其里之富人见之，坚闭门而不出。贫人见之，挈妻子而去之走。颦，皱眉。 **2** 寿陵失本步：《庄子》：且子独不闻夫寿陵余子之学行于邯郸欤？未得国能，又失其故行矣，直匍匐而归耳。寿陵，战国时燕国的邑城。 **3** 雕虫：《法言》：或问：“吾子少而好赋？”曰：“然。童子雕虫篆刻。”俄而曰：“壮夫不为也。” **4** 棘刺造沐猴：《韩非子》：燕王好微巧，卫人曰：“能以棘刺之端为母猴。”燕王说之，养之以五乘之奉。王曰：“吾试观客为棘刺之母猴。”客曰：“人主欲观之，必半岁不入宫，不饮酒食肉，雨霁日出，视之晏阴之间，而棘刺之母猴乃可见也。”燕王因养卫人，不能观其母猴。 **5** 郢中质：《庄子》：庄子送葬，过惠子之墓，顾谓从者曰：“郢人垩（è）漫其鼻端若蝇翼，使匠石斫（zhuó）之。匠石运斤成风，听而斫之，尽垩而鼻不伤，郢人立不失容。宋元君闻之，召匠石曰：‘尝试为寡人为之。’匠石曰：‘臣则尝能斫之。虽然，臣之质死久矣。’自夫子之死也，吾无以为质矣，吾无与言之矣。”

【点评】

萧士赟：此篇盖讥世之作诗赋者，不过借此以取第、干禄位而已，何益于世教哉。太白尝论诗曰：“将复古道，非我而谁？”《雅》《颂》之作，太白自负者如此。然安得《雅》《颂》之人识之，使郢中之质，能当匠石之运斤耶？

其三十六

抱玉入楚国[1]，见疑古所闻。
良宝[2]终见弃，徒劳三献君。
直木忌先伐，芳兰哀自焚。
盈满天所损，沉冥道为群。
东海泛碧水[3]（一作流），西关乘紫云[4]。
鲁连及柱史[5]，可以蹑清芬。

【注释】 **1** 抱玉入楚国：《韩非子》记载，楚国人和氏得到璞玉进献楚厉王、楚武王、楚文王，最终才得到君王的重视，楚文王命人打磨璞玉，遂得宝玉，命名为和氏璧。 **2** 良宝：和氏璧。《墨子》：子墨子曰：“和氏之璧，隋侯之珠，三棘六异，此诸侯之所谓良宝也。” **3** 东海泛碧水：《战国策》：鲁连曰：“世以鲍焦无从容而死者，皆非也。今众人不知，则为一身。彼秦，弃礼义上首功之国也。权使其士，虏使其民。彼则肆然而为帝，过而遂正于天下，则连有赴东海而死耳。吾不忍为之民也！”后面诗句里的鲁连即鲁仲连。 4 西关乘紫云：《列仙传》：李耳字伯阳，陈人也。生于殷时，为周柱下史。好养精气，贵无名，接而不施。转为守藏吏，积年，乃知其真人也。仲尼师之。去入大秦，过关，令尹喜待迎之，强使著书，作《道德上下经》二卷。5 柱史：即老子，曾做柱下史。

【点评】

萧士赟：前四句，为士不遇知己者叹也。“直木忌先伐，芳兰哀自焚”者，为才士用世，知进而不知退，适以自累其身者叹也。于是幡然自悟曰：亏盈者，天之道也，曷若沉冥隐晦，效鲁连、柱史之高举远蹈，与道为群，以保其身也哉！

其三十七

燕臣昔恸哭[1]，五月飞秋霜。
庶女号苍天[2]，震风击齐堂。
精诚有所感，造化为悲伤（一本此下添而我竟何辜？远身金殿旁）。
浮云蔽紫闼[3]，白日难回光。
群沙秽明珠，众草凌孤芳。
古来共叹息，流泪空沾裳。

【注释】 1 燕臣昔恸哭：《论衡》：邹衍无罪，见拘于燕。当夏五月，仰天而叹，天为陨霜。 2 庶女号苍天：《淮南子》：庶女叫天，雷电下击。景公台陨，支体伤折，海水大出。　**3** 紫闼：天子居住之地。

【点评】

萧士赟：前八句引兴述事。“浮云”比力士；“紫闼”比中宫；“白日”比明皇。其意谓：力士谮之于贵妃，明皇复信贵妃之言而疏之。“难回光”者，上意卒不可回也。“群沙”“众草”，以喻小人；“明珠”“孤芳”，以喻君子。“古来共叹息，流泪空沾裳”者，此乃太白自解慰之辞。谓君子为小人所谗者，自古皆然，岂独今之世哉？夫如是则唯有空自流泪沾裳，以寄吾眷恋之意云耳。

其三十八

孤兰生幽园[1]，众草共芜没。
虽照阳春晖，复悲高秋月。
飞霜早淅沥，绿艳恐休歇。
若无清风吹[2]，香气为谁发？

【注释】 **1** 孤兰生幽园:《琴操》:（孔子）自卫反鲁，过隐谷之中，见芗兰独茂，喟然叹曰:“夫兰当为王者香，今乃独茂，与众草为伍，譬犹贤者不逢时，与鄙夫为伦也。”　**2** 若无清风吹:《抱朴子》：芳兰之芬烈者，清风之功也；屈士起于丘园者，知己之助也。

【点评】

萧士赟：此亦比兴之诗也。首两句，谓君子在野，未能自拔于众人之中。三句至六句，谓虽蒙主知，而小人谗谄者，已至。孤寒之士，亦如是而已矣。末句，则谓若非在位之人引类拔萃而荐用之，则虽有德馨，亦何以自见哉？

其三十九

登高望四海，天地何漫漫！
霜被群物秋，风飘大荒寒。
荣华东流水，万事皆波澜。
白日掩徂晖[1]，浮云无定端。
梧桐巢燕雀[2]，枳棘栖鸳鸾[3]。
且复归去来，剑歌行（一作悲）路难。

（一本自第四句后云：杀气落乔木，浮云蔽层峦。孤凤鸣天霓，遗声何辛酸！游人悲旧国，抚心亦盘桓。倚剑歌所思，曲终涕泗澜。）

【注释】 1 徂（cú）晖：落日余晖。 2 梧桐巢燕雀：《庄子》：南方有鸟，其名鹓雏。子知之乎？夫鹓雏，发于南海，而飞于北海，非梧桐不止，非练实不食，非醴泉不饮。 3 枳棘栖鸳鸾：《后汉书》：枳棘非鸾凤所栖，百里岂大贤之路？

【点评】

王琦：以上皆即景而寓感叹于间，以见不得不动归来之念。意者，是时太白所投之主人，感于群小而不见亲礼，将欲去之而作此诗。

其四十

凤饥不啄粟，所食唯琅玕[1]。
焉能与群鸡，蹙（一作刺）促[2]争一餐？
朝鸣昆丘[3]树，夕饮砥柱[4]湍。
归飞海路远，独宿天霜寒。
幸遇王子晋[5]，结交青云端。
怀恩未得报，感别空长叹。

【注释】 1 琅玕（láng gān）：神话传说中的仙树。 2 蹙促：急迫。 3 昆丘：《山海经》中的大山。 4 砥柱：山名。《淮南子》：（凤凰）翱翔四海，过昆仑之疏圃，饮砥柱之湍濑。 5 幸遇王子晋：《列仙传》：王子乔者，周灵王太子晋也。好吹笙作凤凰鸣，游伊洛之间，道士浮丘公接以上嵩高山。

【点评】

《唐诗解》：谓才虽超凡，分实疏远。幸遇同声之人，荐之云表，得与万乘投交，降辇调羹，荣宠渥矣。今未及报恩而别，能无嗟叹乎？

其四十一

朝弄紫泥海[1]（一作朝弄紫沂海），夕披丹霞裳[2]。
挥手折若木[3]，拂此西日光。
云卧[4]（一作举）游八极，玉颜已千霜。
飘飘入无倪[5]，稽首祈上皇。
呼我游太素[6]，玉杯赐琼浆。
一餐历万岁，何用还故乡？
永随长风去，天外恣飘扬。

【注释】 **1** 紫泥海:《太平广记》：邻母忽失（东方）朔，累月暂归，母笞之。后复去，经年乃归。母见之大惊曰：“汝行经年一归，何以慰吾？”朔曰：“儿暂之紫泥之海，有紫水污衣，仍过虞泉湔浣，朝发中还，何言经年乎？” **2** 丹霞裳：仙衣。 **3** 若木：传说中生长在极西之地的树木。 **4** 云卧：卧在云上。 **5** 倪：边际。 **6** 太素：天上宫殿。

其四十二

摇裔双白鸥，鸣飞沧江流。
宜与海人狎，岂伊云鹤俦？

寄影宿沙月，沿芳戏春洲。
吾亦洗心者，忘机从尔游。

【点评】

朱谏：言白鸥浮游于沧江之上，唯与海翁之忘机者相亲而相狎，岂若云鹤之受制于人者乎？是白鸥也，宿沙上之月，戏春洲之芳，悠然而无所累。予亦洗心之人，于功名富贵不牵于怀，亦忘机者，鸥鸟必不我猜，虽与之而同游亦可也。

其四十三

周穆八荒意[1]，汉皇万乘尊。
淫乐心不极，雄豪安足论？
西海宴王母，北宫邀上元[2]。
瑶水[3]闻遗歌[4]，玉杯[5]竟空言。
灵迹成蔓草，徒悲千载魂。

【注释】 1 周穆八荒意:《拾遗记》：穆王即位三十二年，巡行天下。驭黄金碧玉之车，傍气乘风，起朝阳之岳，自明及晦，穷寓县之表。 2 北宫邀上元:《太平广记》：上元夫人，道君弟子也。亦玄古以来得道。总统真籍，亚于龟台金母。所降之处，多使侍女相闻，已为宾侣焉。汉孝武皇帝好神仙之道，祷醮名山，以求灵应。元封元年辛未七月七日夜，二唱之后，西王母降于汉宫。 **3** 瑶水：瑶池。 **4** 遗歌:《列子》：西王母为王谣，王和之，其辞哀焉。 **5** 玉杯:《三辅黄图》:《汉书》曰：“建章有神明台。”《庙记》曰：“神明台，武帝造，祭仙人处。上有承露盘，有铜仙人舒掌捧铜盘玉杯以承云表之露，以露和玉屑服之，以求仙道。”

其四十四

绿萝纷葳蕤，缭绕松柏枝。
草木有所托，岁寒尚不移。
奈何夭桃色，坐叹葑菲诗。
玉颜艳红彩，云发非素丝。
君子恩已毕，贱妾将何为？

【点评】

王琦：古称色衰爱驰，此诗则谓色未衰而爱已驰，有感而发，其寄讽之意深矣。

其四十五

八荒驰惊飙[1]，万物尽凋落。
浮云蔽颓阳，洪波振大壑[2]。
龙凤脱罔罟[3]，飘摇将安托？

去去乘白驹[4]，空山咏场藿[5]。

【注释】 1 惊飙：暴风。 2 大壑：大海。 3 罔罟（gǔ）：网具。罟，渔网。 4 乘白驹：《诗》：皎皎白驹，食我场藿。 5 场藿：场苗。

【点评】

萧士赟：此诗前指禄山之乱，乘舆播迁，天下惊扰。后言己之罗难，脱身羁囚，无所依托。

其四十六

一百四十年，国容何赫然！
隐隐[1]五凤楼[2]，峨峨横三川。
王侯象星月[3]，宾客如云烟。
（一本首句云：帝京信佳丽，国容何赫然！剑戟拥九关，歌钟沸三川。蓬莱象天构，珠翠夸云仙。）
斗鸡金宫（一作城）里，蹴踘瑶台边（一作走马兰台边）。
举动摇白日，指挥回青天。
当涂何翕忽[4]！失路长弃捐。
独有杨执戟[5]，闭关草《太玄》。

【注释】 1 隐隐：形容宫殿高大。 2 五凤楼：洛阳的外城门。 3 王侯象星月：王侯如星月般多。 4 当涂何翕忽：扬雄《解嘲》：

当涂者升青云，失路者委沟渠。 **5** 杨执戟：杨，应为“扬”。扬雄，汉朝时期辞赋家、思想家，著有《法言》《太玄》等。扬雄《解嘲》序：哀帝时，丁、傅、董贤用事，诸附离之者，起家至二千石。时雄方草创《太玄》，有以自守，泊如也。

其四十七

桃花开东园，含笑夸白日。
偶蒙春风荣，生（一作矜）此艳阳质。
岂无佳人色？但恐花不实。
宛转龙火飞[1]，零落早相失。
讵知南山松，独立自萧飋！

【注释】 **1** 宛转龙火飞：朱谏注：宛转，言不久也。龙火者，大火心星，东方苍龙之宿也。此星昏而中正，以六月加于地之南方，至七月则下而西流矣，是秋之时也。

其四十八

秦皇按宝剑，赫怒振威神。
逐日巡海右[1]，驱石[2]架沧津。
征卒空九寓[3]，作桥伤万人。
但求蓬岛药，岂思农鳸[4]春？

力尽功不赡，千载为悲辛。

【注释】 1海右：海边。 2驱石：《艺文类聚》：《三齐略记》曰：“始皇作石桥，欲过海观日出处。于时有神人能驱石下海，城阳十一山，石尽起立，嶷嶷东倾，状似相随而去。” 3九寓：九州。4农扈：古代农官。扈，通扈。

其四十九

美人出南国，灼灼芙蓉姿。
皓齿终不发，芳心空自持。
由来紫宫女，共妒青蛾眉。
归去潇湘沚，沉吟何足悲！

其五十

宋国梧台[1]东，野人得燕石[2]（一作宋人枉千金，去国买燕石）。
夸作天下珍，却哂赵王璧[3]。
赵璧无缁磷[4]，燕石非贞真。
流俗多错误，岂知玉与珉[5]？

【注释】 1梧台：战国齐梧宫之台。 2燕石：一说是燕山之石，一说石头似玉。 3赵王璧：《史记》：赵惠文王时，得楚和氏璧。

4 缁磷（zī lín）：缁，黑色；磷，薄。比喻坚贞高洁。《论语》：不曰坚乎！磨而不磷；不曰白乎？涅而不缁。 5 珉（mín）：像玉的石头。

其五十一

殷后乱天纪[1]，楚怀亦已昏。
夷羊[2]满中野，绿葹[3]盈高门。
比干谏而死，屈平窜湘源。
虎口何婉娈[4]？女颜空婵娟。
彭城[5]久沦没，此意与谁论？

【注释】 1 天纪：国朝纲纪。 2 夷羊：神兽。《国语》：商之兴也，梼杌（táo wù）次于丕山。其亡也，夷羊在牧。 3 绿葹（shī）：恶草。绿，一作菉；葹，苍耳。 4 婉娈（wǎn luán）：眷恋的样子。 5 彭城：城应为“咸”。王逸《楚辞章句》：彭咸，殷贤大夫也，谏其君不听，自投水而死。

其五十二

青春流惊湍，朱明[1]（一作火）骤回薄[2]。
不忍看秋蓬，飘扬竟何托？
光风灭兰蕙，白露洒葵藿[3]（一作委萧藿）。

美人不我期，草木日零落。

【注释】 1 朱明：夏天。 2 回薄：朱谏注：回旋而相薄也。薄，近而不远也。言春去夏即来也。 3 葵藿：向日葵。

【点评】

萧士赟：美人，况时君也。时不我用，老将至矣，怀才而见弃于世，能不悲夫。

其五十三

战国何纷纷，兵戈乱浮云。
赵倚两虎斗[1]，晋为六卿分。
奸臣欲窃位，树党自相群。
果然田成子[2]，一旦弑齐君。

【注释】 1 赵倚两虎斗：《史记》：相如曰："顾吾念之，强秦之所以不敢加兵于赵者，徒以吾两人在也。今两虎共斗，其势不俱生。" 2 田成子：田恒，春秋时齐大夫陈成子。《庄子》：然而田成子一旦杀齐君而盗其国。

其五十四

倚剑登高台，悠悠送春目。
苍榛蔽层丘，琼草隐深谷。
凤皇鸣西海，欲集无珍木[1]。
鷽斯[2]得匹（一作所）居（一作栖），蒿下盈万族。
晋风日已颓，穷途方恸哭[3]。

（一本首四句以下云：翩翩众鸟飞，翱翔在珍木。群花亦便娟，荣耀非一族。归来怆途穷，日暮还恸哭。）

【注释】 **1** 珍木：珍贵树木。 **2** 鷽（yù）斯：小鸟，乌鸦的一种。常用来比喻小人。 **3** 穷途方恸哭：《晋书》：（阮籍）时率意独驾，不由径路，车迹所穷，辄恸哭而反。

其五十五

齐瑟弹（一作挥）东吟，秦弦弄西音。
慷慨动颜魄，使人成荒淫。
彼女佞邪子，婉娈来相寻。
一笑双白璧，再歌千黄金。
珍色不贵道，讵惜飞光沉？
安识紫霞客，瑶台鸣玉（一作素）琴。

其五十六

越客采明珠，提携出南隅。
清辉照海月，美价倾鸿（一作皇）都。
献君君按剑[1]，怀宝空长吁。
鱼目复相哂，寸心增烦纡[2]。

【注释】 **1** 献君君按剑:《文选》：臣闻明月之珠，夜光之璧，以暗投人于道，众莫不按剑相眄者，何则？无因而至前也。 **2** 烦纡（yū）：烦闷。纡，弯曲。

其五十七

羽族禀万化，小大各有依。
啁啁亦何辜！六翮掩不挥。
愿衔众禽翼，一向黄河飞。
飞者莫我顾，叹息将安归？

其五十八

我行巫山渚，寻古登阳台。
天空彩云灭，地远清风来。
神女去已久，襄王安在哉？

荒淫竟沦没，樵牧徒悲哀！

【点评】

《唐诗解》：意谓：此非高唐托梦之地耶！今云无处所，清风徐来，不唯神女绝响，襄王亦杳然矣。我乃知荒淫足以覆国，徒使樵牧悲哀耳。

其五十九

恻恻泣路岐，哀哀悲素丝。
路岐有南北，素丝无（一作有）变移。
（一本下添万事固如此，人生无定期。田窦相倾夺，宾客互盈亏。世途多翻覆，交道方崄巇。斗酒以下同。）
谷风刺轻薄[1]，交道方崄巇[2]。
斗酒强然诺，寸心终自疑。
张陈[3]竟火灭，萧朱[4]亦星离。
众鸟集荣柯[5]，穷鱼守空（一作枯）池。
嗟嗟失欢客，勤问何所规（一作悲，又作勤问何所规）？

【注释】 1谷风刺轻薄:《诗·谷风》序:《谷风》，刺幽王也，天下俗薄，朋友道绝焉。 2崄巇（xiǎn xī）：人心险恶。 3张陈：张耳、陈余。张耳，汉朝开国功臣，与陈余为刎颈之交，秦末动乱中二人决裂。楚汉战争时，陈余立赵歇，自己代为王，韩信、张耳共同进攻赵，陈余兵败被杀。 **4** 萧朱：萧育、朱博。萧育为西汉晚期官员，西汉开国功臣萧何后人。朱博为西汉朝廷官员，二人最初关系较好，后来互生嫌隙。 **5** 荣柯：茂盛的树。柯，树木。

【点评】

萧士赟：此诗讥市道交者。太白罹难之余，友朋之交道，其不能始终如一者，谅亦多矣。徒有一类失欢之客，勤勤问劳，亦何所规益乎！

第三卷

歌诗三十一首

乐府一

远别离

远别离，古有黄英之二女[1]，乃在洞庭之南、潇湘之浦[2]。海水直下万里深，谁人不言此离苦。日惨惨兮云冥冥[3]，猩猩啼烟兮鬼啸雨。我纵言之将何补？皇穹[4]窃恐不照余之忠诚，雷凭凭[5]兮欲吼怒。尧舜当之亦禅禹。君失臣兮龙为鱼，权归臣兮鼠变虎[6]。或云尧幽囚，舜野死[7]。九疑[8]联绵皆相似，重瞳孤坟竟何是？帝子泣兮绿云间[9]，随风波兮去无还。恸哭兮远望，见苍梧之深山。苍梧山崩湘水绝，竹上之泪[10]乃可灭。

【注释】 **1** 黄英之二女：黄，应为"皇"，皇英之二女，指传说中舜的两位妃子娥皇、女英。 **2** 洞庭之南、潇湘之浦：《水经注》记载，娥皇、女英两位妃子随舜出征，在湘江溺水而亡，"神游洞庭之渊，出入潇湘之浦"。潇者，水清深也。 **3** 日惨惨兮云冥冥：惨惨，无日光；冥冥，暗淡。 **4** 皇穹：天空。 **5** 雷凭凭：雷，一作云。凭凭，形容雷声大而急切。 **6** 君失臣兮龙为鱼，权归臣兮鼠变虎：龙为鱼，龙成为鱼；鼠变虎，老鼠变成虎。君王失去良臣则龙变成鱼，臣子获得权势则老鼠变成老虎。 **7** 尧幽囚，舜野死：尧曾经被舜囚禁，舜因为勤于政事死于苍梧之野。 **8** 九疑：一作九嶷，九嶷山。《史记》记载，舜死后葬于九嶷山。九疑山在今湖南宁远县南。 9 帝子泣兮绿云间：帝子，指娥皇、女英。泣，一作绛。绿云，指竹子。 10 竹上之泪：传说舜死后，娥皇、女英两位妃子伤心痛哭，挥泪竹上，留下斑斑泪迹，后人因此认为竹上的斑点是娥皇、女英的眼泪。

【点评】

胡震亨：此篇借舜二妃追舜不及、泪染湘竹之事，言远别离之苦，并借《竹书》杂记见逼舜禹、南巡朝死之说，点缀其间，以著人君失权之戒，使其词闪幻可骇，增奇险之趣。盖体干于楚《骚》，而韵调于汉铙歌诸曲，以成为一家语，参观之，当得其源流所自。

公无渡河

黄河西来决昆仑，咆哮万里触龙门。波滔天，尧咨嗟。大禹理百川，儿啼不窥家。杀湍堙洪水[1]，九州始蚕麻。其害乃去，茫然风沙[2]。被发之叟狂而痴，清晨径（一作临）流欲奚为？旁人不惜妻止之，公无渡河苦渡之。虎可搏，河难冯[3]，公果溺死流海湄。有长鲸白齿若雪山，公乎公乎挂骨于其间，箜篌所悲竟不还。

【注释】 1 杀湍堙洪水：杀湍，减缓湍流。堙洪水，堵塞洪水。堙，一作湮。 **2** 风沙：此处指可以居住农耕之地。 **3** 虎可搏，河难冯:《诗》：不敢暴虎，不敢冯河。可以搏虎，难以涉水过河。

【点评】

萧士赟：诗谓洪水滔天，下民昏垫，天之作孽，不可违也。当地平天成，上下相安之时，乃无故冯河而死，是则所谓自作孽者，其亦可哀而不足惜也矣。故诗曰“旁人不惜妻止之”，讽当时不靖之人，自投天网，借以为喻云耳。

蜀道难

（讽章仇兼琼也）

噫吁嚱[1]，危乎高哉！蜀道之难，难于上青天。蚕丛及鱼凫[2]，开国何茫然。尔来四万八千岁，不（一作乃）与秦塞通人烟。西当太白[3]有鸟道，何（一作可）以横绝峨眉巅。地崩山摧壮士死[4]，然后天梯石栈方（一作相）钩连[5]。上有六龙回日之高标（一作横河断海之浮云），下有冲波逆折[6]之回川。黄鹤之飞尚不得（一作过），猿猱欲度愁攀缘（一作牵）。青泥[7]何盘盘，百步九折萦岩峦。扪参历井仰胁息[8]，以手抚膺坐长叹。问君西游何时还，畏途巉岩[9]不可攀。但见悲鸟号古木，雄飞雌从绕林间。又闻子规[10]啼夜月，愁空山。蜀道之难，难于上青天，使人听此凋朱颜。连峰去天不盈尺（一作入烟几千尺），枯松倒挂倚绝壁。飞湍暴流争喧豗，冰崖[11]转石万壑雷。其险也若此，嗟尔远道之人胡为乎来哉！剑阁[12]峥嵘而崔嵬，一夫当关，万人（一作夫）莫开。所守或匪亲（一作人），化为狼与豺。朝避猛虎，夕避长蛇，磨牙吮血，杀人如麻。锦城虽云乐，不如早还家。蜀道之难，难于上青天，侧身西望长咨嗟（一作令人嗟）。

【注释】 **1** 吁嚱（xī）：一作嚱嘘。 **2** 蚕丛及鱼凫：蚕丛与鱼凫均为古蜀国的王。 **3** 太白：太白山，在郿县东南五十里。 **4** 地崩山摧壮士死：《华阳国志》记载，秦惠王知道蜀王好色，答应将秦地五名女子嫁给他。蜀地派遣五人迎接秦地五名女子，行到梓潼，见一条大蛇入洞穴中，一人抓住蛇尾阻拦，没有成功，五人相助，大声呼喊着呼拽蛇，山崩裂时压杀五人与秦国五名女子及随从，山岭一分为五。 **5** 然后天梯石栈方钩连：天梯，山中拾级而上的台阶；石栈，绝壁处搭建的板；钩连，用铁索连接栈道。 **6** 冲波逆折：一作逆折冲波，冲波，又作衔波。逆折，水倒流。 **7** 青泥：青泥岭，在今甘肃徽县南。 **8** 扪参历井仰胁息：参、井为两个星宿。扪参历井，仰头看天上的星宿，距离人不远，似乎触手可及。胁息，收敛气息。整句说明蜀地山势高险。 **9** 巉（chán）岩：高而险的山岩，形容险峻陡峭的样子。 **10** 子规：杜鹃鸟名。蜀王杜宇，号望帝，传说他死后化为子规，蜀人听到子规叫，都认为是望帝。子规鸟声音听起来哀怨悲切。 **11** 冰崖：冰应作砯（pīng）。砯崖，水击打岩的声音。　12 剑阁：地名，四川剑阁县东北。

【点评】

《唐诗别裁集》：笔陈纵横，如虬飞蠖动，起雷霆乎指顾之间。任华、卢仝辈仿之，适得其怪耳。太白所以为仙才也。“锦城虽云乐，不如早还家”，是其主意。

梁甫吟[1]

长啸《梁甫吟》[2]，何时见阳春。君不见朝歌屠叟辞棘津，八十西来钓渭滨[3]。宁羞白发照渌水，逢时壮（一作吐）气思经纶[4]。广张三千六百钩（一作钓），风期[5]暗与文王亲。大贤虎变[6]愚不测，当年颇似寻常人。君不见高阳酒徒[7]起草中，长揖山东隆准公[8]。入门开说[9]（一作一开游说）骋雄辩，两女辍洗来趋风[10]。东下齐城七十二，指麾楚汉如旋蓬[11]。狂客（一作生）落拓[12]尚如此，何况壮士当群雄。我欲攀龙见明主，雷公砰訇[13]震天鼓。帝旁投壶多玉女[14]，三时[15]大笑开电光，倏烁[16]晦冥起风雨。阊阖[17]九门不可通，以额扣关阍[18]者怒。白日不照吾精诚[19]，杞国无事忧天倾[20]。猰貐[21]磨牙竞人肉，驺虞[22]不折生草茎。手接飞猱搏雕虎[23]，侧足焦原[24]未言苦。智者可卷愚者豪，世人见我轻鸿毛。力排南山三壮士，齐相杀之费二桃。[25]吴楚弄兵无剧孟，亚夫咍尔为徒劳[26]。《梁甫吟》，声正悲。张公两龙剑，神物合有时。风云感会起屠钓，大人岘屼[27]当安之。

【注释】 1梁甫吟：又写作《梁父吟》。 2《梁甫吟》：诸葛亮游独乐山时曾作《梁甫吟》。 3朝歌屠叟辞棘津，八十西来钓渭滨：传说吕尚即姜子牙曾在棘津卖食，七十岁时在朝歌集市屠牛卖肉，八十岁时在渭水垂钓。 4经纶：整理过的蚕丝。比喻为治理国家。 5风期：一作风雅、夙雅，指风度。 6虎变：《易》九五有“大人虎变”。比喻大人物行动变化莫测。 7高阳酒徒：郦食其。陈留郡雍丘县高阳乡人，历史上著名的说客，跟随汉高祖刘邦灭秦抗楚。 8隆准公：汉高祖刘邦。 9开说：一作游说，不拜。 10趋风：行动急速如风。 11旋蓬：蓬草随风旋转，形容行动迅速。 12落拓：一作落魄，穷困潦倒失意。 13砰訇（hōng）：形容雷的声音。 14帝旁投壶多玉女：《神异经》记载，东王公与天帝旁边的玉女投壶玩耍，投不中时，天帝为之笑而闪电。 15三时：早中晚三个时间，此处泛指一整天。 16倏（shū）烁：雷电光急速闪烁。 17阊阖（chāng hé）：传说中的天门。 18阍（hūn）：宫门。 19精诚：《庄子》：真者，精诚之至也。不精不诚，不能动人。 20杞国无事忧天倾：《列子》：杞国有人忧天地崩坠，身亡所寄，废寝食者。 21猰貐（yà yǔ）：神话传说中的一种吃人怪兽。 22驺虞（zōu yú）：神话传说中的仁兽。 23雕虎：即虎。以身有斑纹，似雕画而成，故称。24焦原：石头的名字。 25力排南山三壮士，齐相杀之费二桃：诸葛亮《梁甫吟》：步出齐城门，遥望荡阴里。里中有三坟，累累正相似。问是谁家坟？田疆古冶子。力能排南山，文能绝地纪。一朝被谗言，二桃杀三士。谁能为此谋？国相齐晏子。**26** 吴楚弄兵无剧孟，亚夫咍（hāi）尔为徒劳：剧孟，西汉洛阳人，以任侠闻名。亚夫，周亚夫。咍，嗤笑。景帝时，以吴王濞为首的吴楚七国，周亚夫为太尉，乘传车到河南平定叛乱时，得到任侠剧孟，周亚夫嘲笑那群作乱的人起兵不求剧孟，都是徒劳。 **27** 嵲屼（niè wù）：不安定。

【点评】

《唐诗解》：此伤不遇时，赋以见志也。言我长啸而为此吟者，以良时难值也。彼太公之隐屠钓，郦生之溷酒徒，当时人莫之识，及一遇贤君，皆得奋其智勇。我岂不能效狂客所为耶？欲见明主，而患其威灵不测，且有投壶之嬖妾在旁，能为电光风雨，是以避贤路而不通。强欲求见，则为阍者所怒。此盖指杨贵妃、力士也。因言君虽不鉴我之忠诚，然我不能无杞人之忧者，正以忠逆无分也。彼邪臣之肆虐，如猰貐之啖人；贤者之爱才，如驺虞之惜草。君苟能择用之，则我当剪除奸暴，不避险难，如接飞猱、搏雕虎、履焦原而不辞矣。如其君之不用耶，则姑韬藏其智，为愚中之豪耳。世人见我行藏落落，遂真以为愚，因忽之如鸿毛，而谋陷之以二桃，而杀三士，计亦巧矣。然独不念朝无贤人，将何以为国？徒为亚夫所笑耳。于是吟成而声益凄楚。则又自慰曰：

龙剑尚有合，君臣岂无遇？观太公起屠钓而树勋，则我当安于困厄可也。

乌夜啼

黄云城边乌欲栖，归飞哑哑[1]枝上啼。机中织锦[2]秦川女（一作闺中织妇秦家女），碧纱如烟隔窗语。停梭怅然（一作望）忆远人（一作问人忆故夫），独宿孤房（一作独宿空堂，一作知在流沙）泪如雨（一作停梭向人问故夫，知在关西泪如雨）。

【注释】 **1** 哑哑：乌鸦啼叫声。 **2** 织锦:《晋书》记载，窦滔之妻苏蕙因思念丈夫织锦作《回文旋图诗》相赠，词甚凄惋，共八百四十字，反复咏叹，回环往复，表达相思之情。

【点评】

《李诗直解》：此诗因乌夜啼之曲，而有不得志之感也。言黄云城边，天色将暮，而乌鸟欲栖，归飞哑哑，而双啼于枝上，彼亦有相聚共宿之乐也。胡秦川之女，机中织为璇玑之锦文，碧纱如烟之下自为呻吟，如隔窗语也。当其织锦之时，一念忽至，而停梭怅然以忆远人。且独宿空房之中，只影默默，谁与寤言？不觉泪落如雨矣。岂若乌之团聚于枝上哉！

乌栖曲

姑苏台上乌栖时，吴王宫里醉西施。吴歌楚舞欢未毕，青山犹衔半边日[1]。银箭金壶[2]（一作金壶丁丁）漏水多，起看秋月坠江波，东方渐高[3]奈乐何（一作尔何）！

【注释】 1 青山犹衔半边日：时间将晚。犹，一作欲。 2 银箭金壶：古代用的计时之器。 3 东方渐高：天色渐明。

【点评】

《李诗直解》：此诗因玄宗之嬖贵妃，而极言吴王之乐，以讽警也。言姑苏台上，天将暮而乌欲栖矣。吴王宫里肆筵设席，正醉西施之时也。其筵前歌舞未毕，而青山欲衔日之半边，方其乐之未已，夜以继日，听更漏之多，而起看秋月，落于江波之间。彼吴王溺爱西施婉媚，正欢娱以嫌夜短也。东方白而日渐高矣，奈乐何哉！

战城南

去年战，桑干源[1]；今年战，葱河[2]道。洗兵[3]条支[4]海上波，放马天山雪中草。万里长征战，三军尽衰老。匈奴以杀戮为耕作，古来唯见白骨黄沙田。秦家筑城[5]备胡处，汉家还有烽火燃。烽火燃不息，征战（一作长征）无已时。野战格斗死，败马号鸣向天悲。乌鸢啄人肠，衔飞上挂枯树枝（一作上枯枝）。士卒涂草莽，将军空尔[6]为。乃知兵者是凶器[7]，圣人（一作君）不得已而用之。

【注释】 **1** 桑干源：源，一作原。桑干河，今永定河上游。唐朝时军队常常在这个地方与契丹等发生战争。 **2** 葱河：葱岭河，在今天新疆地区，塔里木河支流。 **3** 洗兵：停止战争，清洗兵器。 **4** 条支：汉代西域国名。 **5** 秦家筑城：秦始皇派蒙恬修长城抵御匈奴。 **6** 尔：如此。 **7** 乃知兵者是凶器:《六韬》：圣人号兵为凶器，不得已而用之。

将进酒

（一作惜空樽酒）

君不见黄河之水天上来，奔流到海不复回。君不见高堂[1]明镜悲白发，朝如青丝暮成（一作如）雪。人生得意须尽欢，莫使金樽空对月。天生我材必有用（一作开，又云天生我身必有财，又作天生吾徒有俊材），千（一作黄）金散尽还复来。烹羊宰牛且为乐，会须[2]一饮三百杯。岑夫子，丹丘生，进酒君莫停（一作将进酒，杯莫停）。与君歌一曲，请君为我倾耳听。钟鼓馔玉不足贵（一作玉帛岂足贵）[3]，但愿长醉不用（一作复）醒。古来圣贤皆寂寞（一作皆死尽），唯有饮者留其名[4]。陈王[5]昔时（一作日）宴平乐[6]，斗酒十千恣欢谑。主人何为言少钱，径须沽取对君酌（一作且须沽酒共君酌）。五花马，千金裘，呼儿将出换美酒，与尔同销万古愁。

【注释】 **1** 君不见高堂：君不见，一作又不见。高堂，一作床头。 **2** 会须：务必如此。 **3** 钟鼓馔（zhuàn）玉不足贵：钟鼓，宴会演奏乐器。馔玉，如玉般珍美的食物。 **4** 饮者留其名:《晋书》:（张翰）答曰:“使我有身后名，不如即时一杯酒。” **5** 陈王：曹植，曾封陈王。 **6** 平乐：平乐观，汉明帝时的道观，在洛阳西门外。

【点评】

《李诗直解》：此篇虽任放达，而抱才不遇，亦自慰解之词也。君不见黄河之水自天上来乎？奔流到海，去而不复回者，以兴起人老而不复少之意也。故又言君不见高堂明镜，照白发而悲乎？朝如青丝，转瞬已成雪矣。见人生贵及时行乐，富贵何与乎？人当得意之时，须尽欢娱，莫使金樽空对皎月，以辜美景也。天生我材必有所用，千金散尽，还为复来，何必戚戚以计贫哉！且宰烹牛羊以为乐，会须一饮三百杯，势如鲸吞矣。又必与同调同心之友互相劝酬，故岑夫子、丹丘生，进酒而莫停也。今试与君歌一曲，请君侧耳为我听之。钟鼓之乐，珍玉之馐，俱不足贵，但愿长醉而不愿醒者，岂独沉湎于酒哉！因思古来圣贤，同归于尽，唯有饮者尚留其名而已。忆昔陈王宴于平乐之观，即斗酒十千，以恣欢谑。今主人何为言少钱，而不沽酒以对君酌也？虽五花之马可以代步，千金之裘可以御寒，皆珍重不可少者，而囊橐无钱，即呼儿将出以换美酒。因与岑夫子、丹丘生念明镜之白发，圣贤之寂寞，相与对酌以销万古之愁也。而富贵遇合，何庸心哉！

行行游且猎篇

边城儿，生年不读一字书，但知游猎夸轻趫[1]。胡马秋肥宜白草，骑来蹑影[2]何矜骄（一作可怜骄）。金鞭拂雪挥鸣鞘，半酣呼鹰出远郊。弓弯（一作弯弧）满月[3]不虚发，双鸧[4]迸落连飞髇[5]。海边观者皆辟易，猛气英风振沙碛[6]。儒生不及游侠人，白首垂帷[7]复何益。

【注释】1 趫（qiáo）：行动敏捷。 2 蹑（niè）影：蹑，踩踏。影，太阳的影子。蹑影，急速行走的样子。 3 弓弯满月：形容弓箭被拉满像满月的样子。 4 鸧（cāng）：黄鹂鸟。 5 髇（xiāo）：古响箭。 6 沙碛（qì）：沙漠。 7 垂帷：垂，一作下。放下幔帐。

飞龙引二首

其一

黄帝铸鼎于荆山[1]，炼丹砂，丹砂成黄金，骑龙飞去太上[2]家，云愁海思[3]令人嗟。宫中彩女[4]颜如花，飘然挥手凌紫霞，从风纵体登銮（一作鸾）车。登銮车，侍轩辕[5]，遨游青天中，其乐不可言。

【注释】 **1** 黄帝铸鼎于荆山:《史记》：黄帝采首山铜，铸鼎于荆山下。 **2** 太上：一作太清。太上即太清，道教最高的神之一太清，太上老君。 **3** 云愁海思：形容愁情思绪浩渺广大。 **4** 彩女：后宫中随从的女子。 **5** 轩辕：黄帝的号。

其二

鼎湖流水清且闲[1]，轩辕去时有弓剑[2]，古人传道流其间。后宫婵娟多花颜，乘鸾飞烟亦不还，骑龙攀天造天关[3]。造天关，闻天语，屯云河车[4]载玉女。载玉女，过紫皇[5]，紫皇乃赐白兔所捣之药方。后天而老凋三光[6]，下视瑶池见王母，蛾眉萧飒如秋霜。

【注释】 **1** 闲：水静止不动。 **2** 轩辕去时有弓剑：轩辕，黄帝轩辕氏。

弓剑，传说黄帝死后只有弓剑留存于世，因此世人也认为黄帝成仙了。 **3** 天关：星名。 **4** 屯云河车：形容河车如屯云之多。屯，一作长。 **5** 紫皇：天帝。 **6** 后天而老凋三光：后天而老，《拾遗记》：服之得道，后天而老。三光，日月星称为三光。凋，凋落。

天马歌

天马[1]来出月支窟，背为虎文[2]龙翼骨。嘶青云，振绿发[3]，兰筋[4]权奇[5]走灭没[6]。腾昆仑，历西极[7]，四足无一蹶。鸡鸣刷燕晡秣越[8]，神行电迈蹑恍惚。天马呼，飞龙[9]（一作黄）趋，目明长庚[10]臆双凫[11]，尾如流星首渴乌[12]，口喷红光汗沟[13]珠。曾陪时龙[14]跃天衢[15]，羁金络月照星（一作皇）都。逸气稜稜[16]凌九区[17]，白璧如山[18]谁敢沽。回头笑紫燕[19]，但觉尔辈愚。天马奔，恋君轩[20]，駷[21]跃惊矫浮云翻。万里足踯躅[22]，遥瞻阊阖门[23]。不逢寒风子[24]，谁采逸景[25]孙。白云在青天，丘陵远崔嵬。盐车上峻坂，倒行逆施畏日晚[26]。伯乐剪拂中道遗[27]，少尽其力老弃之。愿逢田子方[28]，恻然为我思（一作悲）。虽有玉山禾[29]，不能疗苦（一作我）肌。严霜五月凋桂枝，伏枥衔冤[30]摧两眉。请君赎献穆天子，犹堪弄影舞瑶池。

【注释】 1天马：大宛汗血马。 2虎文：老虎脊背上的花纹。 3绿发：马鬃（zōng）。 4兰筋：马目上部的筋。 5权奇：形容马善于行走。 6灭没：无声无息。 7西极：西方。 8鸡鸣刷燕晡（bū）秣（mò）越：刷，刮毛；燕，燕地；晡，申时，即午后三点至五点；秣，饲料，此处做动词，饲养。鸡鸣时在燕地给马刮毛，申时就到越地喂马，说明马速度很快。 9飞龙：骏马。 10长庚：太白星。 11臆双凫：臆，胸脯；凫，野鸭。 12渴乌：吸水用的曲筒。 13汗沟：马前腿和胸腹相连的凹处，奔跑时会流汗，故称汗沟。 14时龙：天马。 15衢（qú）：大路。此处指京城大路。 16稜稜（léng）：稜，威严、严厉。稜稜，形容威严的样子。 17九区：九州。 18如山：形容很多天马。 19紫燕：马的名字。 20君轩：天子的马车。 21駷（sǒng）：摇动马衔。 22踯躅（zhí zhú）：徘徊不前。 23阊阖门：天门。此处指宫城大门。 24寒风子：古代相马的人。 25逸景：马的名字。 26倒行逆施畏日晚：《史记》：吾日暮涂远，吾故倒行而逆施之。畏日晚，年迈衰老，时日无多。 27伯乐剪拂中道遗：伯乐，古代擅长相马的人。剪拂，修剪马毛，清洗马身。中道，中途。遗，遗弃。 28田子方：《韩诗外传》记载，田子方外出，碰到被罢用售卖的老马，认为“少尽其力而老弃其身，仁者不为也”，将其赎出。 29玉山禾：玉山，昆仑山。玉山禾，昆仑山上的木禾。 30伏枥（lì）衔冤：枥，马槽；冤，冤屈。

行路难三首

（第三首一作古兴）

其一

金樽清酒斗十千，玉盘珍羞[1]直[2]万钱。停杯投箸[3]不能食，拔剑四顾心茫然。欲渡黄河冰塞川，将登太行雪暗天（一作满山）。闲来垂钓坐（一作碧）溪上，忽复乘舟梦日边[4]。行路难，行路难，多岐[5]路，今安在？长风破浪会有时，直挂云帆济沧海。

【注释】 **1** 珍羞：羞，通馐。珍羞即珍贵菜肴。 **2** 直：通值，价值。 **3** 箸（zhù）：筷子。 **4** 日边：皇帝身边，代指朝廷。 **5** 岐：同“歧”。

其二

天道如青天，我独不得出。羞逐长安社中儿，赤鸡白狗（一作雉）赌梨栗。弹剑作歌奏苦声，曳裾王门[1]不称情。淮阴市井笑韩信，汉朝公卿忌贾生[2]。君不见昔时燕家重郭隗[3]，拥篲折节[4]无嫌猜。剧辛乐毅[5]感恩分，输肝剖胆效英（一作俊）才。昭王白骨萦蔓草，谁人更扫黄金台！行路难，归去来。

【注释】 1 曳裾（jū）王门：屈居在权贵之处做食客。裾，衣襟。曳裾，拖着衣襟。王门，权贵。 2 贾生：西汉政论家、文学家贾谊。贾谊曾居公卿之位，得到皇帝信任，嫉恨者在皇帝面前揭其短，皇帝听信谗言后逐渐疏远他，不再重用他。 3 燕家重郭隗：郭隗，战国中期燕国人，燕国大臣。燕昭王为复兴燕国拜郭隗为师，并听从其建议筑黄金台招纳天下贤士，大批有才能的人因此去往燕国施展抱负，燕国逐渐强大起来。 4 拥篲（huì）折节：篲，通彗，扫帚。折节，一作折腰，居于人下。 5 剧辛乐毅：剧辛，战国时期燕国将领，受燕昭王所招入燕国为官，曾领军大破齐国。乐毅，战国后期杰出的军事家、战略家，拜燕上将军，受封昌国君，辅佐燕昭王振兴燕国。

其三

有耳莫洗颍川水[1]，有口莫食首阳蕨[2]。含光[3]混世贵无名，何用孤高比云月。吾观自古贤达人，功成不退皆殒身。子胥[4]既弃吴江上，屈原终投湘水滨。陆机[5]雄才岂自保，李斯税驾苦不早[6]。华亭鹤唳[7]讵可闻，上蔡苍鹰[8]何足道。君不见吴中张翰[9]称（一作真）达生，秋风忽忆江东行。且乐生前一杯酒，何须身后千载名。

【注释】 1 有耳莫洗颍川水：《高士传》记载，尧欲召许由为九州长，许由不想听到，就跑到颍川水边洗耳。 2 有口莫食首阳蕨

（jué）：《史记》记载，周武王平定商末战乱，天下以周朝为宗，殷商契的后代伯夷、叔齐以此为耻，不愿食周朝之粟，在首阳山隐居，采蕨草而食，最后饿死于首阳山。蕨，草本植物。**3** 含光：隐藏光芒。 **4** 子胥：伍子胥，楚国人，春秋末期吴国大夫、军事家。《吴越春秋》记载，伍子胥助吴王夫差消灭越国后，夫差听信谗言以伍子胥有谋反之心为由将之赐死。伍子胥留遗言要家人将他的眼睛挖出挂在城门上看着越国将吴国灭掉。吴王知道后用革囊盛着伍子胥尸体投入江中。 **5** 陆机：西晋著名文学家、书法家，“少有奇才，文章冠世”。公元303年，陆机率军讨伐司马乂，大败七里涧，后遭人谗言遇害，被夷三族。 **6** 李斯税驾苦不早：李斯，秦朝著名政治家、文学家和书法家，助秦始皇统一六国，任丞相，后与赵高同谋杀扶苏立胡亥为帝。秦二世时，被赵高诬陷谋反，具五刑，腰斩于咸阳，夷三族。《史记》记载，李斯曾感叹，“当今人臣之位，无居臣上者，可谓富贵极矣。物极则衰，吾未知所税驾也”。税驾，休息。**7** 华亭鹤唳：《世说新语》：陆平原河桥败，为卢志所谗，被诛。临刑叹曰：“欲闻华亭鹤唳，可复得乎！” **8** 上蔡苍鹰：李斯是上蔡人。《太平御览》：《史记》曰：李斯临刑，思牵黄犬、臂苍鹰，出上蔡门，不可得矣。 **9** 张翰：西晋文学家，为人旷达随性。《晋书》：翰任心自适，不求当世。或谓之曰：“卿乃纵适一时，独不为身后名邪？”答曰：“使我有身后名，不如即时一杯酒。”时人贵其旷达。

长相思

长相思，在长安。络纬[1]秋啼金井栏[2]，微（一作凝）霜凄凄簟色[3]寒。孤灯不明（一作寐，又作眠）思欲绝，卷帷望月空长叹。美人如花（一作佳期迢迢）隔云端，上有青冥之高天，下有渌水之波澜。天长路远魂飞苦，梦魂不到关山难。长相思，摧心肝。

【注释】 1 络纬：蟋蟀。 2 金井栏：栏，一作阑。井上栏杆。 3 簟（diàn）色：簟，凉席。色，一作上。

【点评】

《唐诗解》：此太白被放之后，心不忘君而作。不敢明指天子，故以京都言之，意谓所思在此。而当秋虫鸣号、微霜凄厉之夕，孤灯耿耿，愁可知矣。于是望月长嗟，而思美人之所在，杳然若云表，而不可至也。以此天路辽远，即魂梦犹难仿佛，安能期其会面乎！是以相思益深，五内为之摧裂也。

上留田

行至上留田，孤坟何峥嵘。积此万古恨，春草不复生。

悲风四边来，肠断白杨声。借问谁家地，埋没蒿里茔[1]。古老向余言，言是上留田。蓬科马鬣[2]今已平，昔之弟死兄不葬，他人于此举铭旌[3]。一鸟死，百鸟鸣；一兽走，百兽惊。桓（一作常）山之禽[4]别离苦，欲去回翔不能征。田氏仓卒骨肉分，青天白日摧紫荆[5]。交让之木[6]本同形，东枝憔悴西枝荣。无心之物尚如此，参商[7]胡乃寻天兵？孤竹延陵[8]，让国扬名，高风缅邈[9]，颓波激清。尺布之谣[10]，塞耳不能听。

【注释】 **1** 蒿里茔（yíng）：蒿里，死人所葬之处，墓地，阴间。茔，墓地。 **2** 蓬科马鬣（liè）：蓬科，同蓬颗，生长蓬草的土块。马鬣，坟墓封土的形状，泛指坟墓。 **3** 铭旌：可识别死者的旗。 **4** 桓山之禽：《孔子家语》：桓山之鸟生四子焉，羽翼既成，将分于四海，其母悲鸣而送之，哀声有似于此，谓其往而不返也。 **5** 田氏仓卒骨肉分，青天白日摧紫荆：《续齐谐记》：京兆田真兄弟三人共议分财，生赀皆平均，唯堂前一株紫荆树，共议欲破三片。明日就截之，其树即枯死，状如火然。真往见之，大惊，谓诸弟曰："树本同株，闻将分斫，所以憔悴，是人不如木也。"因悲不自胜，不复解树，树应声荣茂。兄弟相感，更合财宝，遂为孝门。 **6** 交让之木：《述异记》：黄金山有楠树，一年东边荣，西边枯；后年西边荣，东边枯，年年如此。张华云："交让树也。" **7** 参商：参与商是两个星宿名，参在西边，商在东边，东西相隔，此出彼没。 **8** 孤竹延陵：孤竹，孤竹君，商朝孤竹国国君。《史记》记载，伯夷、叔齐是孤竹君的儿子，孤竹君欲立叔齐为国君，他死后，叔齐让位给伯夷，伯夷以“父命”逃开，叔齐也不肯接受而逃走。《史记》记载，季札为吴王寿的第四子，吴王死后，长子诸樊让位于季札，季札拒绝。季札封于延陵，号延陵季子。 **9** 缅邈：长远。**10** 尺布之谣：《史记》记载，汉孝文帝时，淮南厉王犯死罪，幸获赦免，流放蜀地，死在去蜀途中。民间流传歌谣，歌谣中淮南厉王说：“一尺布，尚可缝；一斗粟，尚可舂，兄弟二人不相容。”

【点评】

萧士赟：此篇主意全在“孤竹延陵，让国扬名，高风缅邈，颓波激清。尺布之谣，塞耳不能听”数句，非泛然之作，盖当时有所讽刺。以唐史至德间事考之，其为啖廷瑶、李成式、皇甫侁辈受肃宗风旨，以谋激永王璘之反而执杀之。太白目击其时事，故作是诗欤？

春日行

深宫高楼入紫清[1]，金作蛟龙盘绣楹（一作绣作楹）。佳人当窗弄白日，弦将手语弹鸣筝。春风吹落君王耳，此曲乃是《升天行》。因出天池泛蓬瀛，楼船蹙沓[2]波浪惊。三千双蛾[3]献歌笑，挝钟考鼓[4]宫殿倾，万姓聚舞歌太平。我无为，人自宁。

三十六帝欲相迎，仙人飘翩下云軿[5]。帝不去，留镐京[6]。安能为轩辕，独往入窅冥[7]。小臣拜献南山寿，陛下万古垂鸿名。

【注释】 **1** 紫清：天帝的居所。 **2** 蹙沓（cù tà）：密集迫近的样子。 **3** 双蛾：一作双娥，宫女。 **4** 挝钟考鼓：挝，击打；考，敲打。 **5** 云軿（píng）：以云为车。 **6** 镐（hào）京：西周的都城。 **7** 窅冥：一作杳冥，高远之处。

前有樽酒行二首

其一

春风东来忽相过，金樽渌酒[1]生微波。落花纷纷稍觉多，美人欲醉朱颜酡[2]。青轩桃李能几何，流光欺人忽蹉跎。君起舞，日西夕（一作将）。当年意气不肯倾，白发如丝（一作白首垂丝）叹何益。

【注释】 **1** 渌（lù）酒：渌，水清。渌酒即清酒。 **2** 酡（tuó）：饮酒后脸色变红。

其二

琴奏龙门之绿桐[1]，玉壶美酒清若空。催弦拂柱与君饮，看朱成碧颜始红（一作眼白看杯颜色红）。胡姬貌如花，当垆[2]笑春风。笑春风，舞罗衣，君今不醉欲安归？

【注释】 1 龙门之绿桐:《七发》：龙门之桐，高百尺而无枝，使琴挚斫斩以为琴。绿桐，琴。 2 当垆：卖酒的地方。

【点评】

朱谏：此《前有樽酒行》第二曲也。言鸣琴弹筝而饮美酒，饮而至醉，两目昏花，不辨物色也，看朱成碧而颜始红也。然当垆而卖酒者，乃胡姬也。胡姬之貌如花，对春风而笑，着罗衣而舞。君若对此而不醉，又将何所归乎？

夜坐吟

冬夜夜寒觉夜长，沉吟久坐坐北堂。冰合井泉[1]月入闺，金釭青凝[2]照悲啼。金釭灭，啼转多，掩妾泪，听君歌。歌有声，妾有情，情声合，两无违。一言不入意，从君万曲梁尘飞[3]。

【注释】 1 冰合井泉：天气寒冷，井水结成冰。 2 金釭（gāng）青凝：一作青釭凝明。金釭，灯盏。青凝，灯盏火焰如凝住般不动。 3 梁尘飞：《别录》：汉兴已来，善歌者鲁人虞公发声清哀，盖动梁尘。

【点评】

《李诗直解》：此寒冬夜坐，而有不得意之词也。言冬夜凝寒之极，而愈觉其夜之长。有事于怀，故沉吟久坐而坐于北堂之中。夜长寒极，则冰结于井泉，而月入于闺内。此时灯光青凝，以照我愁妇之悲啼；金釭灭息，而暗坐不寐，则啼转多矣。掩妾之泪，听君之歌，歌则有声，妾则有情。情与声两相合而无违。奈我独处无聊之人，一语有不合意，即有绕梁之妙音，虽万曲一任梁尘之飞，而非我心之乐闻也，只增其悲啼耳。

野田黄雀行

游莫逐炎洲翠，栖莫近吴宫燕[1]。吴宫火起焚尔窠，炎洲逐翠遭网罗。萧条两翅蓬蒿下，纵有鹰鹯[2]奈若（一作尔）何！

【注释】 1 游莫逐炎洲翠，栖莫近吴宫燕：朱谏注：游、栖皆谓雀也。炎洲，南方之洲也。翠，翡翠也。《越绝书》：东宫，周一里二百七十步路。西宫在长秋，周一里二十六步。秦始皇十一年，守宫者照燕，失火烧之。 2 鹰鹯（zhān）：又称晨风，猛禽。

箜篌谣

（续古词亦曰引）

攀天莫登龙，走山莫骑虎。贵贱结交心不移，唯有严陵及光武[1]。周公称大圣，管蔡宁相容[2]。汉谣一斗粟，不与淮南春[3]。兄弟尚路人（一作行路），吾心安所从。他人方寸间，山海几千重。轻言托朋友，对面九疑峰。多花必早落，桃李不如松。管鲍久已死[4]，何人继其踪？

【注释】 1 严陵及光武：严陵，严光，又名遵，字子陵，东汉隐士。光武，汉光武帝刘秀。严陵与刘秀是朋友，刘秀成为光武帝后多次聘请严陵入朝为官，严陵拒绝并且隐居在富春山。 2 管蔡宁相容：《史记》：成王少，周初定天下，周公恐诸侯畔周，公乃摄行政当国。管叔、蔡叔群弟疑周公，与武庚作乱，畔周。周公奉成王命，伐诛武庚、管叔，放蔡叔。 3 汉谣一斗粟，不与淮南春：见本卷《上留田》“尺布之谣”释义。 4 管鲍久已死：《说苑》：鲍叔死，管仲举上衽而哭之，泪下如雨。从者曰：“非君父子也，此亦有说乎？”管仲曰：“非夫子所知也。吾尝与鲍子负贩于南阳，吾三辱于市，鲍子不以我为怯，知我之欲有所明也；鲍子尝与我有所说王者，而三不见听，鲍子不以我为不肖，知我之不遇明君也；鲍子尝与我临财分货，吾自取多者三，鲍子不以我为贪，知我之不足于财也。生我者父母，知我者鲍子也。士为知己者死，而况为之哀乎？”

雉朝飞

（一有弦）

来[1]陇青青三月时，白雉朝飞挟两雌。锦衣绮翼[2]何离褷[3]，渎沐[4]采薪感之悲。春天和，白日暖，啄食饮泉勇气满，争雄斗死绣颈断。《雉子班》奏急管弦，心倾美酒尽玉椀[5]。枯杨枯杨尔生荑[6]，我独七十而孤栖。弹弦写恨意不尽，瞑目归黄泥。

【注释】 1 来：应作“麦”。 2 锦衣绮翼：绮，一作“绣”。形容白雉羽翼上的纹路。 3 离褷（shī）：鸟羽毛初生的样子，此处指白雉羽毛有文采。 4 渎沐：应为“犊牧”。犊牧子，相传战国时期齐国的处士犊牧子曾作《雉朝飞》。 5 椀：同“碗”。 6 荑（tí）：同“稊”，树木的嫩芽。《易》：枯杨生稊，老夫得其女妻，无不利。

上云乐

（老胡文康词，或范云周舍所作，今拟之。）

金天[1]之西，白日所没。康老胡雏[2]，生彼月窟[3]。巉岩[4]容仪，戌削[5]风骨。碧玉炅炅[6]（一作皎皎）双目瞳，黄金拳拳两鬓红（一作发）。华盖垂下睫，嵩岳临上唇。不睹谲诡[7]儿，岂知造化神。大道是文康之严父，元气乃文康之老亲。抚顶弄盘古，推车转天轮[8]。云见日月初生时，铸冶火精与水银[9]。阳乌[10]未出谷，顾兔[11]半藏身。女娲戏黄土，团作愚下人。散在六合间，濛濛若沙尘。生死了不尽，谁明此胡是仙真。西海栽若木，东溟[12]植扶桑。别来几多时，枝叶万里长。中国有七圣[13]，半路颓鸿荒[14]。陛下应运起，龙飞入咸阳。赤眉立盆子[15]，白水[16]兴汉光。叱咤四海动，洪涛为簸扬。举足踏紫微[17]，天关[18]自开张。老胡感至德，东来进仙倡[19]。五色师子[20]，九苞凤皇[21]。是老胡鸡犬，鸣舞飞帝乡。淋漓飒沓，进退成行。能胡歌，献汉酒，跪双膝，并两肘，散花指天举素手。拜龙颜，献圣寿，北斗戾，南山摧，天子九九八十一万岁，长倾万岁（一作年）杯。

【注释】 **1** 金天：西天，西方少昊所主导的地方。 **2** 康老胡雏：康老，一作康者。康，指西域康居国。胡，胡人。 **3** 月窟：西方月亮沉没的地方，指西域极西之处。 **4** 巉岩：高耸的样子。 **5** 戌削：容貌清癯的样子。 **6** 碧玉炅炅（jiǒng）：眼睛呈碧玉色而有光。 **7** 谲（jué）诡：一作诡谲。谲，奇怪。 **8** 天轮：《吕氏春秋》：天地如车轮，终则复始。 **9** 火精与水银：火精，太阳；水银，月亮。 **10** 阳乌：太阳。乌，神话传说中太阳上有三足金乌。 **11** 顾兔：月亮。 **12** 东溟（míng）：东海。 **13** 七圣：指唐高祖、太宗、高宗、中宗、睿宗、玄宗及武后武则天。 **14** 鸿荒：一作洪荒。朱谏注："半路颓鸿荒"者，言中衰也，盖指明皇遭安史之乱而言。 **15** 赤眉立盆子：盆子，刘盆子，汉高祖刘邦之孙城阳景王刘章之后。西汉末期，赤眉军起义，拥立刘盆子为皇帝。 **16** 白水：汉光武帝刘秀祖宅南向白水。刘秀创立东汉，并成为光武帝，故有"龙飞白水"之说。 **17** 紫微:天帝，此处指天子。 **18** 天关:天象。 **19** 仙倡：扮作神仙的演员。 **20** 师子：狮子，此处指狮子舞。 **21** 凤皇：凤凰，凤凰歌舞。

夷则格上白鸠拂舞辞

铿[1]鸣钟，考朗鼓[2]，歌《白鸠》，引拂舞。白鸠之白谁与邻，霜衣雪襟诚可珍，含哺七子能平均[3]。食不咽，性安（一作可）驯，首农政[4]，为阳春。天子刻玉杖[5]，镂形赐耆人[6]。白鹭[7]（一作鹰）亦白非纯真，外洁其色心匪仁。阙五德[8]，无司晨[9]，胡为啄我葭下之紫鳞[10]。鹰鹯雕鹗[11]，贪而好杀。凤皇虽大圣，不愿以为臣。

【注释】1铿：撞击。 2考朗鼓：考，击打。朗鼓，形容鼓的声音响亮。 3含哺七子能平均：《毛传》：鸤鸠之养其子，朝从上下，莫从下上，平均如一。 4首农政：首，一作有。白鸠为鸤鸠中的一种，鸤鸠又名布谷，布谷鸟叫时农事上为播种之时。 5刻玉杖：《后汉书》记载，年龄达到七十岁的人，政府会赐玉杖，玉杖顶端以鸠鸟作为装饰，“鸠者，不噎之鸟也，欲老人不噎”。 6耆（qí）人：年龄六十岁以上的老人。 7白鹭：水鸟，羽毛洁白。 8五德：《韩诗外传》：君独不见夫鸡乎？首戴冠者，文也；足傅距者，武也；敌在前敢斗者，勇也；得食相告，仁也；守夜不失时，信也。鸡有此五德。 9司晨：《演连珠》：鸡善司晨，虽阴晦而不辍其鸣。 10紫鳞：味道鲜美的鱼。 11鹰鹯雕鹗：此四种皆为猛禽。

【点评】

《李诗直解》：此咏白鸠之词，戒其贪暴而致意于仁君也。言为歌曲者，撞钟击鼓，歌白鸠之词，引拂其羽而舞矣。其白鸠之白也，谁与比邻乎？彼毛色之洁，霜衣雪襟，诚可珍爱，又含哺以养七子，最能朝夕平均，使食不噎而性安驯也，此其细者耳。而言其大，则有关于农政与老人也。彼于季春之月，飞鸣拂羽，以翼相击者，恐农政之后时也。又于仲秋之月，天子刻玉杖，镂鸠形，似赐耆人者，恐老人之有噎也。外此则白鹭之白妙矣，而非纯真也。外徒洁其色，而心之惨刻，则非仁也。况无五德之备，又无司晨之功，胡为啄我葭下之紫鳞乎？如鹰鹯雕鹗，不爱惜物情，唯贪而好杀。凤凰具九苞、五采、七德、六像之瑞，秉火精而为大圣，虽禽鸟之类，无所不容，但不愿惨刻贪暴者以为臣也。而白鸠之拂舞，固无愧于为臣矣。

日出入行

日出东方隈[1]，似从地底来。历天又复入西海[2]，六龙[3]所舍安在哉！其始与终古不息[4]（一作其行终古不休息），人非元气[5]，安得与之久徘徊。草不谢荣于春风，木不怨落于秋天。谁挥鞭策驱四运[6]，万物兴歇皆自然。羲和，羲和，汝奚汩没[7]于荒淫之波？鲁阳[8]何德，驻景挥戈。逆道违天，矫诬实多。吾将囊括大块[9]，浩然与溟涬[10]同科。

【注释】**1**隈（wēi）：山水等弯曲的地方。　**2**历天又复入西海：《庄子》：日出东方而入于西极。　**3**六龙：御太阳的羲和。　**4**终古不息：《庄子》：日月得之，终古不息。　**5**元气：天地初始的混沌之气。　**6**四运：四时。　**7**汩（gǔ）没：埋没。　**8**鲁阳：神话传说中的力大无比的人。《淮南子》：鲁阳公与韩构难，战酣，日暮，援戈而㧑（huī）之，日为之反三舍。　**9**大块：大地。　**10**溟涬（mǐng xìng）：天体未形成前的浑然元气。

胡无人

严风吹霜海草凋，筋干[1]精坚胡马骄。汉家战士三十万，将军兼领（一作谁者）霍嫖姚[2]。流星白羽[3]腰间插，剑花秋莲[4]光出匣。天兵照雪下玉关，虏箭如沙射金甲。云龙风虎尽（一作叠）交回，太白入月[5]敌可摧。敌可摧，旄头[6]灭，履胡之肠涉胡血。悬胡[7]青天上，埋胡紫塞[8]旁。胡无人，汉道昌。陛下之寿三千霜，但歌大风云飞扬，安用猛士兮守四方[9]。

【注释】 **1** 筋干：干，一作竿。指弓箭。 **2** 霍嫖姚：霍去病。 **3** 白羽：白羽箭。 **4** 秋莲：剑上的秋莲状花纹。 **5** 太白入月：天象，指胡人呈现出攻破之象。太白，金星。 **6** 旄头：昴七星。 **7** 悬胡：悬挂胡人之头颅。 **8** 紫塞：边塞。《古今注》：秦筑长城，土色皆紫，汉塞亦然，故称紫塞焉。 **9** 但歌大风云飞扬，安用猛士兮守四方：《大风歌》：大风起兮云飞扬，威加海内兮归故乡，安得猛士兮守四方。

北风行

烛龙[1]栖寒门[2]，光耀犹旦开。日月照之何不及此（一作日月之赐不及此），唯有北风号怒天上来。燕山雪花大如席，片片吹落轩辕台[3]。幽州思妇十二月，停歌罢笑双蛾摧[4]。倚门望行人，念君长城苦寒良可哀。别时提剑救边去，遗此虎文金鞞靫[5]。中有一双白羽箭，蜘蛛结网生尘埃。箭空在，人今战死不复回。不忍见此物，焚之已成（一作以为）灰。黄河捧土尚可塞，北风雨雪恨难裁（一作哉）。

【注释】 1 烛龙:《淮南子》：烛龙在雁门北，蔽于委羽之山，不见日。其神人面龙身而无足。 2寒门：极北之地积寒之处。 3轩辕台：轩辕，黄帝。轩辕台为黄帝与蚩尤战于涿鹿之处。 4 双蛾摧：双眉低垂。 5 鞞（bǐng）靫：藏箭室。

【点评】

《唐诗解》：此因塞外苦寒，故为戍妇之词以讽上也。言寒门幽冥，借烛龙之光以开旦，彼日月何不照此，唯使北风号怒，从天而来乎？是覆载之偏也。以此寒苦之地，而当严冬之时，雪片如席，人谁堪此？是以征戍之妇为之停歌笑、凋形容，以念其夫。既忧其寒，又疑其死，而焚其所备之箭，正以物在人亡，情不能堪耳。然夫之生死未可知，则又不能无念，故言黄河虽汹涌，尚可捧土而塞，北风雨雪，恨不能裁去之，以解征人之患也。

侠客行

赵客缦胡缨[1]，吴钩霜雪明。银鞍照白马，飒沓[2]如流星。十步杀一人，千里不留行[3]。事了拂衣去，深藏身与名。闲过信陵饮，脱剑膝前（一作上）横。将炙啖朱亥，持觞劝侯嬴[4]。三杯吐然诺[5]，五岳倒为轻。眼花耳热后，意气素霓[6]生。救赵挥金槌[7]，郸邯[8]先震惊。千秋二壮士，烜赫大梁城。纵死侠骨香，不惭世上英。谁能书阁下，白首《太玄经》。

【注释】 **1** 赵客缦胡缨：客，一作家。《庄子》：昔赵文王喜剑，剑士夹门而客三千余人……（赵）太子曰："然吾王所见剑士，皆蓬头、突鬓、垂冠、缦胡之缨、短后之衣。" **2** 飒沓：极速的样子。 **3** 十步杀一人，千里不留行：《庄子》：臣之剑，十步一人，千里不留行。 **4** 将炙啖朱亥，持觞劝侯嬴：朱亥，战国时魏国人，隐居于市井之中，早年在大梁当屠夫，因侯嬴的推荐成为信陵君的座上宾，多次立功。侯嬴，战国时期魏国人，年老时为大梁监门小吏，信陵君慕名往访，亲自为其执辔御车，迎为上客。侯嬴曾献计窃魏国兵符救赵国，自觉对魏君不忠，自刎而死。 **5** 吐然诺：许下诺言。 **6** 素霓：白虹。 **7** 救赵挥金槌：信陵君得到魏国兵符，假传魏王命令要求晋鄙出兵退秦，晋鄙心生怀疑不肯，朱亥用铁锤锤死了晋鄙得到兵符，信陵君因此以魏国出兵退秦，解救了赵国。 **8** 郸邯：应为"邯郸"。

【点评】

朱谏：言侠客之雄，自古得名者，莫如侯嬴与朱亥，而赵客之为任侠者尤有过焉。想当战国之时，间过信陵之家，解剑饮酒以相欢洽。将炙啖乎朱亥，持觞劝乎侯嬴。相结于无事，守死于危难。然诺之重，山岳为轻。既醉之后，眼花耳热，意气慷慨，有若虹霓。勃然横发于心胸，可以充塞乎宇宙。义勇之声，震惊一国，千载之下，孰不闻此二士之名乎？故虽死而无愧也。岂必从事于章句之末，如扬雄之草《太玄》，老于书阁之下乎？

关山月

明月出天山，苍茫[1]云海间。长风几万里，吹度玉门关。汉下白登[2]道，胡窥青海湾。由来征战地，不见有人还。戍客[3]望边色（一作邑），思归多苦颜。高楼当此夜，叹息未应闲（一作还）。

【注释】 1 苍茫：辽阔无垠。 2 白登：白登山，在今山西省大同市东北。公元前 201 年，韩王信勾结匈奴攻打太原，高祖刘邦追击匈奴中计，被困于白登山七天七夜，与外界隔绝，后用陈平之计脱险。 3 戍客：戍守边疆的士兵。

【点评】

《李诗直解》：此征戍者之苦情，而叹其不得归也。言月出于天山，而苍苍茫茫于云海之间。长风几万里而吹月以度玉门之关。盖天山与玉门关不甚远，而曰几万里者，以月如出于天山耳，非以天山为度也。试以战地言之，汉下白登而与冒顿为难，得窥青海而有吐蕃之变。从来征战之地，士皆丧于沙尘，而不见有人还也。今我戍卒望边色之杳杳，致劳心之切切，而颜因归思以憔悴矣。因念室家在高楼之中，而当此良夜迢迢，征夫未还，口念心唯，应叹息而未应闲也。彼此相思，两情脉脉，何日得平虏而罢征乎？

第四卷

歌诗四十首

乐府二

独漉篇

独漉[1]水中泥，水浊不见月。不见月尚可，水深行人没。越鸟从南来，胡鹰亦北度。我欲弯弓向天射，惜其中道失归路。落叶别树，飘零随风。客无所托，悲与此同。罗帏舒卷，似有人开。明月直入，无心可猜。雄剑[2]挂壁，时时龙鸣[3]。不断犀象[4]，羞涩苔生[5]。国耻未雪，何由成名。神鹰[6]梦泽[7]，不顾鸱鸢[8]。为君一击，搏鹏九天。

【注释】 1 独漉：独漉山，在今河北涿鹿县西。 2 雄剑：春秋时期干将铸造雌雄双剑，雄剑干将，雌剑莫邪。 3 龙鸣：宝剑在匣中发出声音。 4 不断犀象：剑久不用，不再锋利，都不能断犀象。 5 羞涩苔生：羞，一作绣。意为宝剑生锈，长出青苔。 6 神鹰：传说中的大鹏鸟。 7 梦泽：云梦泽。 8 鸱鸢（chī yuān）：老鹰。指普通的鸟。

【点评】

《李诗直解》：此诗比兴之意，谓士之用世，则当为国雪耻，立大功以成名也。言独漉水中之泥，浊而不见月也，水深则行人没矣。今当越鸟南来，胡雁北渡，我欲射之，惜其中道孤零而失归路也。落叶飘零，客亦如之，则悲与此同焉。罗帷舒卷，似有人开，而实无人也。不计空帏无人而皎月直入，皎月无心，固无可猜也。雄剑飞决，借以立功，今置之无用之地，安得不作龙吼乎？盖由不断犀象，则绣涩苔生，而终无用矣。士之抱经济勘乱之才，所以为国用也。国耻未雪，则勋名何立乎！请观之神鹰而可知矣。神鹰猎于梦泽之墟，凡鸟不顾，志不在小也。瞪目遥瞻，竦翮矗云，一击而九天鹏落，彼固莫大之烈哉！太白之时，国难频仍，公抱经世同仇之志，流落不偶，而功名未树，此独漉篇之所以作也。

《唐诗镜》：彷徨惊顾，妙得其神，古词何必胜此。

登高丘而望远海

登高丘，望远海。六鳌[1]骨已霜，三山[2]流安在？扶桑[3]半摧折，白日沉光彩。银台金阙[4]如梦中，秦皇、汉武空相待。精卫[5]费木石，鼋鼍[6]无所凭。君不见骊山、茂陵尽灰灭，牧羊之子来攀登[7]。盗贼劫宝玉[8]，精灵[9]竟何能。穷兵黩武今如此，鼎湖飞龙安可乘。

【注释】 1 鳌（áo）：神话传说中的大龟。 2 三山：传说中的方壶、瀛洲、蓬莱等三座海外仙山。 3 扶桑：神话传说中的神木。 4 银台金阙：银台，神话中王母居住之处。金阙，仙山上的宫阙。 5 精卫：神话传说中的一种神鸟，时常衔西山木石填东海。 6 鼋鼍（yuán tuó）：神话传说中的大鳖和猪婆龙。 7 牧羊之子来攀登:《汉书》记载，项羽火烧秦始皇骊山宫殿，牧羊孩子寻羊时入骊山失火烧掉了秦始皇的臧椁。 8 盗贼劫宝玉：《晋书》记载赤眉军曾在汉武帝陵中取过珠玉宝物。 9 精灵：秦始皇、汉武帝的精魄神灵。

【点评】

《唐诗解》：此讥明皇喜方士之无益也。言我登高望海，求所谓六鳌负山，扶桑拂日者，绝不可睹，且以银台、金阙为有之乎？何秦王、汉武之虚慕也。彼精卫虽费木石填海，鼋鼍非可凭借为梁，而谓三山可至邪？观二主之陵墓俱已灰灭，为牧孺盗贼所侵犯，而其精灵不能保护之，则仙之无意明矣。唐之人主宜鉴此。今乃穷兵黩武，一遵其迹，飞龙安可乘哉？

《诗比兴笺》：皇帝治天下，几若华胥之国。民享其利，服其教，故致成龙上升之祥。今秦皇、汉武杀人开边，毒痛天下，大伤上帝好生之德，而欲几之长生，得乎？

阳春歌

长安白日照春空，绿杨结烟[1]桑（一作垂）袅风[2]。披香殿[3]前花始红，流芳发色[4]绣户中。绣户中，相经过。飞燕皇后[5]轻身舞，紫宫[6]夫人绝世歌[7]。圣君三万六千日，岁岁年年奈乐何。

【注释】 1结烟：如缠绵的烟雾。 2桑袅风：桑枝在风中摇曳多姿。袅，摇曳的样子。 3披香殿：汉代的后宫。 4流芳发色：香气流散，色彩显现。 5飞燕皇后：赵飞燕，汉成帝时期的皇后，身轻能为掌上舞。 6紫宫：汉代未央宫的别称。 7绝世歌：汉武帝时李延年歌赞“北方有佳人，绝世而独立。一顾倾人城，再顾倾人国。宁不知倾城与倾国，佳人难再得”，使其妹得武帝宠幸。

阳叛儿

君歌《阳叛儿》，妾劝新丰[1]酒。何许最关人[2]？乌啼白门柳。乌啼隐杨花，君醉留妾家。博山炉[3]中沉香火，双咽一气[4]凌紫霞。

【注释】 1新丰：地名，在今陕西临潼县东北。 2关人：人，一作“情”。关人，牵动人。 3博山炉：香炉名称。 4双咽一气：咽，今多作“烟”。双烟一气，比喻感情难舍难分。

【点评】

《李诗直解》：此咏乐府之童谣而致情艳之词也。言君歌《阳叛儿》之谣曲，妾劝新丰之美酒，何许阳叛之古曲，最为关人？而春色已深，乌啼白门之柳矣。乌啼则隐藏于杨花，君遇知己，酣饮而醉，则留妾之家而不去也。古云："欢作沉水香，侬作博山炉。"今博山炉中用沉香之火，双烟合为一气，而袅凌紫霞之上，妾与君亦若此，愿其常留而不去可矣。

双燕离

双燕复双燕，双飞令人羡。玉楼珠阁不独栖，金窗绣户长相见。柏梁失火去，因入吴王宫。吴宫又焚荡，雏尽巢亦空。憔悴一身在，孀雌忆故雄。双飞难再得，伤我寸心中。

【点评】

萧士赟：此篇其太白自叹之作乎？首四句是喻其待诏金銮得幸时也。"柏梁失火去"，喻遭谗于还时也。中三句喻从永王璘，璘败以累遭责时也。末四句是白嗟叹之语，谓放逐之余，思君而不得再见，安得不为之伤心乎？吁，亦可哀也已。

山人劝酒

苍苍云松，落落[1]绮皓[2]。春风尔来为阿谁？胡蝶忽然满芳草。秀眉霜雪桃花貌，青髓绿发长美好。称是秦时避世人，劝酒相欢不知老。各守兔（一作麋）鹿志[3]，耻随龙虎争[4]。欻起佐（一作安）太子，汉皇乃复惊。顾谓戚夫人，彼翁羽翼成。归来商山下，泛若云无情。举觞酹巢由，洗耳[5]何（一作太）独清。浩歌望嵩岳[6]，意气还（一作遥）相倾。

【注释】 1 落落：形容品貌卓绝。 2 绮皓：商山四皓之一绮里季。 3 兔鹿志：与鹿同游，指隐逸。 4 龙虎争：指秦灭后的楚汉之争。 5 洗耳：尧时隐者许由听说尧要让位于他，感到污秽，便用清水洗耳。后世用洗耳来比喻人不愿受世俗污染。 6 嵩岳：嵩山。此处指巢父、许由居住地。

【点评】

《李诗直解》：此篇太白寓自唐廷之时事，有所感而作也。意当时之隐逸，无裨世用，而议论风生，不若四皓之高也。言苍苍然而秀者云松也，以兴落落然而超群者，绮里季也。彼与四皓隐居商山，其乐何如？故春风尔来为何人乎？而蝴蝶忽然满于芳草之间，似偏得春时之景也。且以状貌言之，秀眉白如霜雪，而颜面则如桃花之红矣。必内修养足，故骨青髓绿，虽八十有余，而长美好也。称是秦时避世之人，但劝酒与四人相欢而不知老耳。各守麋鹿疏旷之志，耻随龙虎争斗之事，宁入商山采芝以自乐焉。盖中庸之道时行则行，欻起而佐太子也。汉皇以平日之不可以势致者，见之而惊，顾谓戚夫人曰：彼之羽翼，业已有成，不可动摇矣。而惠帝得安者，谁之力乎？且功成身退，天之道也。又必时止而止，复归商山之下，泛若浮云之过太虚，去来一无情也。今举觞以酹巢、由，何为洗耳独清，而无补于人间世哉！目击时事如此，故浩歌以望嵩岳之隐者，意气还与绮皓得相倾乎？而时事卒不能救，天下非之，彼卢、王、李、吴之徒，号为隐逸，屡经召封，不能如四皓出一言，以定国本，良可羞已。

于阗采花

于阗采花人，自言花相似。明妃[1]一朝西入胡，胡中美女多羞死。乃知汉地多明姝，胡中无花可方比。丹青能令丑者妍，无盐[2]翻在深宫里。自古妒娥眉，胡沙埋皓齿。

【注释】 **1** 明妃：王昭君。王昭君避晋文帝司马昭之讳被称为明妃，后世沿用。 **2** 无盐：无盐女，古代记载里容貌丑陋的女子。

【点评】

萧士赟：太白此篇则借明妃之事以兴世之君子不遭明君，

贤不肖易置，如明皇之思张九龄，虽遣祭曲江，竟何补哉！此诗规意皆自《国风》中来，读者勿忽。

鞠歌行

玉不自言如桃李[1]，鱼目[2]笑之卞和[3]耻。楚国青蝇[4]何太多，连城白璧[5]遭谗毁。荆山长号泣血人，忠臣死为刖足[6]鬼。听曲知宁戚，夷吾因小妻[7]。秦穆五羊皮，买死百里奚[8]。洗拂[9]青云上，当时贱如泥。朝歌鼓刀叟[10]，虎变[11]磻溪[12]中。一举钓六合，遂荒营丘[13]东。平生渭水曲，谁识（一作数）此老翁？奈何今之人，双目送飞鸿。

【注释】 **1** 桃李:《史记》：桃李不言，下自成蹊。 **2** 鱼目：伪劣造假之物。 **3** 卞和:《新序》：荆人卞和得玉璞而献之，荆厉王使玉尹相之，曰:"石也。"王以和为谩而断其左足。厉王薨，武王即位。和复奉玉璞而献之。武王使玉尹相之，曰:"石也。"又以为谩而断其右足。武王薨，共王即位，和乃奉玉璞而哭于荆上中，三日三夜，泣尽而继之以血，共王闻之，使人问之曰:"天下之刑者众矣，子刑何哭之怨也？"对曰:"宝玉而名之曰'石'，贞士而戮之以'谩'，此臣之所以悲也。"共王乃使人理其璞而得宝焉。故名之曰"和氏之璧"。下句中的"泣血人""刖足鬼"均指卞和。 **4** 青蝇：黑白不分、不辨善恶的奸佞小人。 **5**连城白璧:《史记》记载秦昭王愿以十五座城池向赵王换取和氏璧。因此后世常以“价值连城”比喻价值高。 **6**刖(yuè)足:砍掉脚,古代一种刑罚。 **7**听曲知宁戚,夷吾因小妻:管仲,名夷吾。小妻,管仲的小妾。齐桓公命管仲迎接宁戚,宁戚悲歌,管仲不知其意,忧心忡忡,小妾见状进言宁戚悲歌为出仕国家之意。管仲采纳小妾之言,成功迎接宁戚入齐辅佐齐桓公治理国家。 **8**秦穆五羊皮,买死百里奚:百里奚,春秋时秦国的大夫。百里奚流亡到楚国时被楚国国君扣留,秦穆公拿五张牡黑羊皮把他赎回,用为大夫。 **9**洗拂:洗涤污垢,拂拭尘埃。比喻精心挑选人才。 **10**鼓刀叟:姜尚。 **11**虎变:《易经》:大人虎变,未占有孚。 **12**磻溪:磻,一作蟠。磻溪在今陕西宝鸡市东南。 **13**营丘:姜尚的封地。

【点评】

萧士赟:太白此词始则伤士之遭谗废弃,中则羡乎昔贤之遇合有时,终则重叹今人不能如古人之识士也。亦借此自况云尔。

幽涧泉

拂彼白石,弹吾素琴[1]。幽涧愀兮[2]流泉深。善手[3]明徽[4],高张[5]清心。寂历似千古松,飕飗[6]兮万寻。中见愁猿吊影而危处兮，叫秋木而长吟。客有哀时失志而听者，泪淋浪[7]以沾襟。乃缉商缀羽，潺湲[8]成音。吾但写声发愤[9]于妙指，殊不知此曲之古今。幽涧泉，鸣深林。

【注释】**1** 素琴：没有任何装饰的琴。 **2** 愀（qiǎo）兮：凄凉的样子。 **3** 善手：好手，高手。 **4** 徽：琴徽，琴节。 **5** 高张：琴声高扬。 **6** 飕飗（sōu liú）：形容风声。 **7** 淋浪：流泪不止的样子。 **8** 潺湲（chán yuán）：水流的样子。 **9** 写声发愤：写，宣泄，发泄。愤，一作“情”。发出言语，宣泄情感。

【集评】

《李诗直解》：此谱琴声，令哀时失志之士有所感而叹其曲之妙也。言拂彼白石之上，弹吾素琴。琴中之曲，幽涧凄而流泉深，用善手调明徽，琴声高张，以清心志。寂寂历历，似千古之松，飕飗兮风之冷而高也若万寻矣。今不用耳而用目，就琴中见之，盖琴中原有风入松之曲，而知音者若目击而存其妙也。愁猿危处而吟叫也，不起客心之悲乎？客有负道哀时之士，失志而听者，不觉泪流而沾襟也。乃缉商缀羽，若水声之潺湲以成音，而涧泉松风之声，猿鸣客愁之状，吾但写声发情于妙指，殊不知此曲之奇绝古今也。幽涧泉之曲终，响远于深林矣。

王昭君二首

（一作昭君怨）

其一

汉家秦地月，流影照（一作送）明妃。一上玉关[1]道，天涯去不归。汉月还从东海（一作方）出，明妃西嫁无来日。燕支[2]长寒雪作花，娥眉憔悴没胡沙。生乏黄金枉图画，死留青塚[3]使人嗟。

【注释】 1 玉关：玉门关，汉武帝时期开始设立的通往西域的交通要道，故址在今甘肃敦煌西北小方盘城。 2 燕支：燕支山，今甘肃张掖市山丹县东南。 3 青塚：也写作青冢，王昭君之墓，在今内蒙古自治区呼和浩特市南。

其二

昭君拂玉鞍，上马啼红颊。
今日汉宫人，明朝胡地妾。

【点评】

《唐诗笺注》：只状其诀别之情，不言怨而怨已极。昭君诗此为冠，所谓独争上截。他手形容刻画，即东方虬“单于浪惊喜，无复旧时容”，尤落第二义。真哭煞昭君矣。

中山孺子妾歌

（汉赐中山靖王哙孺子妾及英才人已下歌四篇）

中山孺子[1]妾，特以色见珍。虽不如延年妹[2]，亦是当时绝世人。桃李出深井[3]，花艳惊上春[4]。一贵复一贱，关天岂由身。芙蓉老秋霜，团扇[5]羞网尘。戚姬髡发入舂市[6]，万古共悲辛。

【注释】 **1** 孺子：中山靖王宫中之人。 **2** 延年妹：李延年之妹为汉武帝宫中李夫人。 **3** 深井：庭中央的天井。 **4** 上春：农历正月。 **5** 团扇：宫中女子所用的扇子。 **6** 戚姬髡（kūn）发入舂市：汉赵隐王如意之母戚夫人，得汉高祖宠爱，高祖崩，吕太后将戚夫人囚禁在永巷，剃掉她的头发，命她穿上囚衣舂米。

荆州歌

白帝城边足风波，瞿塘五月谁敢过？荆州麦熟茧成蛾。缫丝[1]忆君头绪多，拨谷[2]飞鸣奈妾何！

【注释】1 缫（sāo）丝：缫，剥茧抽丝。“丝”也有思念之意。 2 拨谷：布谷鸟。

【点评】

朱谏：白帝城边，五月之时，江水暴涨而多风波，瞿塘之险，舟人所戒，则上者不敢下，下者不敢上矣。斯时也，荆州之麦熟，荆州之蚕已成矣。荆州之人客于瞿塘者，其妻独居，于蚕成缫丝之时，念夫之行远，意绪之多有若乱丝。谓蚕成麦熟，春已老矣，布谷飞鸣，奈我何哉？恐亦不能解我之忧而愈增其忧也。

设辟邪伎鼓吹雉子班曲辞

辟邪伎作[1]鼓吹惊，雉子班之奏曲成。喔咿[2]振迅[3]欲飞鸣。扇锦翼，雄风生。双雌同饮啄，趫悍[4]谁能争？乍[5]向草中耿介[6]死，不求黄金笼下生。天地至广大，何惜[7]遂物情。善卷[8]让天子，务光[9]亦逃名。所贵旷士[10]怀，朗然合太清[11]。

【注释】1 作：表演。 2 喔咿：鸟叫声。 3 振迅：飞起来的样子。 4 趫（qiáo）悍：勇猛的样子。 5 乍：宁可。 6 耿介：性格耿直不屈。 7 惜：吝啬。 8 善卷：《庄子》记载舜曾让天下于善卷，他推辞不接受，隐于山林间。9 务光：隐士。《庄子》记载商汤建立商朝后让位于务光，务光拒绝，后觉得受辱，负石沉水自杀。 **10** 旷士：心胸旷达之士。 **11** 太清：自然天道。

相逢行

相逢红尘内，高揖黄金鞭。
万户垂杨里，君家阿那边？

古有所思

我思仙（一作佳）人乃在碧海之东隅，海寒多天风，白波连山（一作天）倒蓬壶[1]。长鲸喷涌不可涉，抚心茫茫泪如珠。西来青鸟东飞去，愿寄一书谢麻姑[2]。

【注释】 **1** 蓬壶：即蓬莱，传说中的海外仙山。 **2** 麻姑：神话传说中目睹沧海桑田变幻长生不老的神仙。

采莲曲

若耶溪[1]傍采莲女，笑隔荷花共人语。

日照新妆水底明，风飘香袖空中举。
岸上谁家游冶郎，三三五五映垂杨。
紫骝[2]嘶入落花去，见此踟蹰[3]空断肠。

【注释】 1若耶溪：今浙江绍兴市内溪流。 2紫骝：指代马。 3踟蹰：徘徊不前。

【点评】

《李诗直解》：此咏采莲女之娇媚而动游冶者之思慕也。言越多美姝，若耶溪边，采莲之女，妖娆嫣然，笑隔荷花，与人共语而娇音呖呖可听也。其新妆云髻，日照水底而辉映。香袂红绘，风飘空中以杨曳，此水中美丽之貌。值岸上明媚之天，谁家游冶之郎，或二三为群，或五五为群，络绎以映垂杨之间，紫骝嘶入落花。见此美艳，令人不禁徒踟蹰不置，以空断肠耳。

《唐宋诗醇》：绮而不艳，此自关乎天分。王安石云：诗人各有所得，"清水出芙蓉，天然去雕饰"，此李白所得也。于此亦可见之。

白头吟

（又一篇与此异今两存）

其一

锦水[1]东北流，波荡双鸳鸯。雄巢汉宫树，雌弄秦草芳。宁同万死碎绮翼[2]，不忍云间两分张。此时阿娇[3]正娇妒，独坐长门愁日暮。但愿君恩顾妾深，岂惜黄金买词赋[4]。相如作赋得黄金，丈夫好新多异心。一朝将聘茂陵女，文君因赠（一作赋）《白头吟》。东流不作西归水，落花辞条羞故林[5]。兔丝[6]故无情，随风任倾倒。谁使女萝[7]枝，而来强萦抱？两草犹一心，人心不如草。莫卷龙须席[8]，从他生网丝。且留琥珀枕，或有梦来时。覆水再收岂满杯，弃妾已去难重回。古时得意不相负，只今唯见青陵台[9]。

【注释】 **1** 锦水：锦江，流经四川成都平原。 **2** 翼：鸟翅膀。 **3** 阿娇：汉武帝皇后陈阿娇。陈阿娇原为汉武帝皇后，被废黜后居于长门宫。 **4** 黄金买词赋：一作将买赋。萧统《昭明文选》所选的《长门赋》序中记载，陈皇后被贬至长门宫后，为解心中悲苦，花黄金百斤请司马相如写赋，司马相如写《长门赋》感动了汉武帝，陈阿娇因此又得宠。 **5** 羞故林：羞，一作归。羞于返回故林。 **6** 兔丝：菟丝，一种寄生草本植物，攀附在其他植物上生长。 **7** 女萝：松萝，地衣类植物，依附他物生长。

8 龙须席：用龙须草编成的席子。 **9** 青陵台：在今河南省商丘市梁园区，商丘八景之一。神话中相思树所在地，后世用来指代夫妻情深。

【点评】

《李诗直解》：此诗为唐皇宠武惠妃而作。借古引喻而欲以感悟之也。言锦水之流荡，两鸳鸯，雄雌宁死，不忍分张，以匹耦之不离也。此时阿娇之妒与子夫争宠，而遭长门之怨矣。但愿回君恩之顾，而岂惜黄金买词赋以悟主乎？相如作赋以得金，又好新弃旧，而多异心焉。一朝将聘茂陵女，文君因作《白头吟》以诀别，而相如见之，宁不感悟哉！夫水之东流不复西，花之辞条羞故林。菟丝故无情之草也，随风倾倒，谁使女萝之枝反为萦抱。是女萝也，菟丝也，两草尤为一心，何人心之不如草也。今见龙须席是昔欢会之物，任他生蛛网，何忍卷去乎！琥珀枕是昔聚首之物，且留以枕之，或有梦中相遇之时也。念言及此，情想极矣。但覆水难收，弃妾难回，自古记之。而古来夫妇得意两不相负者，唯韩凭何氏二人而已。只今唯见青陵台者，冀其深有所感，而如韩之不弃也。引古为喻，期以悟之。

其二

锦水东流碧，波荡双鸳鸯。雄巢汉宫树，雌弄秦草芳。

相如去蜀谒武帝，赤车驷马[1]生辉光。一朝再览《大人》作[2]，万乘忽欲凌云翔。闻道阿娇失恩宠，千金买赋要君王。相如不忆贫贱日，官高金多聘私室。茂陵姝子皆见求，文君欢爱从此毕。泪如双泉水，行堕紫罗襟。五起[3]鸡三唱，清晨《白头吟》。长吁不整绿云鬓，仰诉青天哀怨深。城崩杞梁妻[4]，谁道土无心。东流不作西归水，落花辞枝羞故林。头上玉燕钗[5]，是妾嫁时物。赠君表相思，罗袖幸时拂。莫卷龙须席，从他生网丝。且留琥珀枕，还有梦来时。鹔鹴裘[6]在锦屏上，自君一挂无由披。妾有秦楼镜[7]，照心胜照井。愿持照新人，双对可怜影。覆水却收[8]不满杯，相如还谢文君回。古来得意不相负，只今唯有青陵台。

【注释】 **1** 驷马：驾四匹马的高车。指身份地位尊贵显赫。 **2**《大人》作：司马相如的《大人赋》。 **3** 五起：一作五更。五更天起身。 **4** 杞梁妻：华周杞梁之妻。杞梁战死沙场，妻子痛哭，城墙因之崩塌。后演变成孟姜女哭长城的民间故事。 **5** 玉燕钗：传说中汉代宫廷女子用的玉钗。 **6** 鹔鹴（sù shuāng）裘：司马相如回到成都后，穷困潦倒，便以鹔鹴裘换杨昌贳酒，与卓文君作乐。 **7** 秦楼镜：传说秦始皇宫里能够照见人身影、五脏六腑及身体内疾病的镜子，也可以照见女子的邪心。秦始皇时常用来照宫人，对有邪心者杀之。 **8** 却收：再收。

临江王节士歌

洞庭白波木叶稀[1]，燕鸿始入吴云飞。吴云寒，燕鸿苦，风号沙宿潇湘浦，节士[2]感秋泪如雨。白日当天心，照之可以事明主。壮士（一作气）愤，雄（一作寒）风生，安得倚天剑[3]，跨海斩长鲸。

【注释】 **1** 洞庭白波木叶稀:《九歌》：洞庭波兮木叶下。 **2** 节士：有高尚节操的人。 **3** 倚天剑：靠近天的剑。形容剑很长。

司马将军歌

（代陇上健儿陈安）

狂风吹古月，窃弄章华台[1]。北落[2]明星动光彩，南征[3]猛将如云雷（一作南方有事将军来）。手中电曳（一作曳电）[4]倚天剑，直斩长鲸海水开。我见楼船壮心目，颇似龙骧[5]下三蜀[6]。扬兵习战张虎旗[7]，江中白浪如银屋。身居玉帐临河魁，紫髯若戟[8]冠崔嵬。细柳[9]开营揖天子，始知灞上为婴孩。羌笛横吹《阿亸回》[10]，向月楼中吹《落梅》[11]。将军自起舞长剑，壮士呼声动九垓。功成献凯[12]见明主，丹青画像麒麟台[13]。

【注释】 **1** 章华台：在今湖北潜江县。 **2** 北落：一作北路。古代星名。 **3** 南征：出兵南下平叛荆襄叛军。 **4** 电曳：一作曳电。如闪电般迅速。 **5** 龙骧（xiāng）：骧，晋代将军王濬名号。 **6** 三蜀：蜀地行政区划，分别是蜀郡、广汉、犍（qián）为。 **7** 虎旗：画上虎的旗。 **8** 紫髯若戟：比喻须髯坚硬。紫髯，指孙权。 **9** 细柳：汉代地名，汉代将军周亚夫曾在细柳屯军。 **10**《阿亸回》：羌笛曲名。 **11**《落梅》:《梅花落》，胡笳曲。 **12** 献凯：军队得胜回归献功时演奏的乐曲。 **13** 麒麟台：汉武帝因获得麒麟而作麒麟阁，并画麒麟图像于阁中，后用来供奉名臣。汉宣帝时，因视匈奴单于为股肱，画其图像于麒麟阁。

【点评】

《李诗直解》：此乐府有《司马将军歌》，而太白则以时事言之也。当时必有弄兵于荆楚者，故曰：狂风吹旧都之月，而盗窃侮弄于章华之台也。唐廷遣将平之，北落明光，上应星象矣。诸将猛勇，势若云雷，直欲挥电剑，斩长鲸。其驾舟师而南下，则骇目壮心，如王濬下三蜀而伐吴，扬兵张旗，长江亦为之翻浪也。当时主帅尊居幕府，紫髯峨冠，而军威之肃，又如亚夫之营细柳，揖天子而不拜，真将军也。岂若灞上、荆门为儿戏哉！羌笛奏于月明之中，以写从军之乐。将军舞剑，志欲吞敌；壮士喧呼，声动天地。其敌忾功成，奏凯于天子，则画像麟台，如汉家故事，此亦颂美一时之功焉。

君道曲

（梁之雅歌有五篇，今作一章）

大君[1]若天覆，广运无不至。轩后[2]爪牙[3]常先太山稽[4]，如心之使臂[5]。小白鸿翼于夷吾[6]，刘、葛鱼水本无二[7]。土扶可成墙[8]，积德[9]为厚地。

【注释】 **1** 大君：天子。 **2** 轩后：黄帝轩辕氏。 **3** 爪牙：辅佐黄帝的臣子。 **4** 常先太山稽：常先，一作尝先。太山，一作大山。常先、太山稽均是黄帝的臣子。 **5** 使臂：身体支使手臂，比喻天子统治强势有力。 **6** 小白鸿翼于夷吾：小白，齐桓公。夷吾，管夷吾，助齐桓公创立霸业。齐桓公曾说“寡人之有仲父（管夷吾）也，犹飞鸿之有羽翼也”。 **7** 刘、葛鱼水本无二：指君臣关系融洽。刘，刘备。葛，诸葛亮。《三国志》记载，刘备曾言“孤之有孔明，犹鱼之有水也”。 **8** 土扶可成墙：扶，一作校。《北齐书》：土相扶为墙。 **9** 积德：指人的德行修为。

结韈子

燕南壮士吴门豪[1]，筑中置铅鱼隐刀[2]。
感君恩重许君命，太山一掷轻鸿毛[3]。

【注释】1燕南壮士吴门豪：燕南壮士，战国末期刺客高渐离。吴门豪，春秋时期吴国刺客专诸的儿子，专诸刺杀吴王僚之后，儿子被吴王阖闾命为卿。 2筑中置铅鱼隐刀：筑，高渐离使用的乐器。置铅，高渐离将铅放在演奏的乐器筑中以刺杀秦始皇。隐刀，专诸将刀隐藏在鱼腹中成功刺杀吴王僚。 3轻鸿毛：《燕丹子》：烈士之节，死有重于泰山，有轻于鸿毛者，但问用之所在耳。

【点评】

朱谏：谓古人感恩以死相报，如燕之高渐离置铅于筑中，吴之专诸子隐刀于炙鱼。身为刺客，志在轻生，感君之恩，许君以死。命虽重若泰山，慷慨一掷，轻若鸿毛，略无顾惜之意也。所以然者，恩重于吾身也。非舍生则不足以为报矣。《结韈子》之曲言古之游侠者，有如此矣。

结客少年场行

紫燕[1]黄金瞳，啾啾（一作稜稜）摇绿鬃[2]。
平明[3]相驰逐，结客洛门东。
少年学剑术，凌轹[4]白猿公。
珠袍曳锦带[5]，匕首插吴鸿[6]。
由来万夫勇，挟此英雄风。
托交从剧孟[7]，买醉入新丰[8]。

笑尽一杯酒，杀人都市中。
羞道易水[9]寒，从（一作徒）令日贯虹[10]。
燕丹事不立，虚没秦帝宫。
武阳[11]死灰人，安可与成功。

【注释】**1**紫燕：骏马名。 **2**啾啾摇绿鬃：啾啾，鸣声；鬃，兽颈毛。 **3**平明：天刚亮。 **4**凌轹（lì）：欺凌。 **5**珠袍、锦带：刺客的衣服。 **6**吴鸿：武器名字。 **7**剧孟：西汉初期豪侠之一。 **8**新丰：汉地名，故地在今陕西临潼县东北。传说汉高祖刘邦为取悦其父，迁移故人往新丰之地。 **9**易水：《史记》记载，荆轲刺秦前，众人在易水送别，高渐离为之歌“风萧萧兮易水寒，壮士一去兮不复还”。 **10**从令日贯虹：从，任从。日贯虹，《战国策》：聂政之刺韩傀也，白虹贯日。此处指行刺。 **11**武阳：秦舞阳。

长干行二首

其一

妾发初覆额，折花门前剧[1]。
郎骑竹马[2]来，绕床[3]弄青梅。
同居长干里，两小无嫌猜。

十四为君妇，羞颜未尝开[4]。

低头向暗壁，千唤不一回。

十五始展眉，愿同尘与灰。

常存抱柱信[5]，岂（一作耻）上望夫台。

十六君远行，瞿塘滟预堆[6]。

五月不可触，猿声天上哀[7]。

门前迟（一作旧）行迹，一一生绿（一作苍）苔。

苔深不能扫，落叶秋风早。

八月胡蝶来（一作黄），双飞西园草。

感此伤妾心，坐[8]愁红颜老。

早晚[9]下三巴，预将书报家。

相迎不道[10]远，直至长风沙。

【注释】 **1** 剧：嬉戏。 **2** 竹马：儿童把竹竿放在胯下当马骑。 **3** 床：井上的栏杆。 **4** 未尝开：一作未曾开，尚不开。 **5** 抱柱信：《庄子》记载，尾生与一女子相约在桥下，女子未来，水上涨尾生也没有离开，最后抱着桥梁柱死去。 **6** 滟预堆：预，一作滪。瞿塘峡口的巨石。 **7** 猿声天上哀：猿声，一作猿鸣。天上哀，两岸的猿声仿佛从天上传来，哀婉凄切。 **8** 坐：由于。 **9** 早晚：何时，几时。 **10** 不道：不管，不顾。

【点评】

《李诗直解》：此商人之妇夫久不归，叙其巅末而致悬望之切也。言我与君子自小而结为夫妇者，妾发初覆额之时，门前折花而嬉，郎骑竹马绕床而弄青梅，皆不识不知以乐此春光者。同居长干里，我与郎两小也，有何嫌疑猜忌哉！十四归为君妇，含羞之娇颜，未尝得开，每低头以面暗壁，郎千唤而不一回也。同室相聚一年，而至十五岁矣。熟始展眉，愿若尘之与灰，相与督合矣。常存抱柱之信，虽死不易，岂上望夫之台而伤离别乎？奈十六而君则远行矣，往瞿塘峡之滟预堆，五月水涨，不可触犯，妾愁君之历险地，君得无闻猿声而泪堕耶？自君之出也，门前径路久无往还，而当日临行迟回之迹，皆生绿苔，妾亦无心于此，任其深而不能扫也。然春而夏，夏而秋风又早矣。八月蝴蝶秉金气而黄，且双飞西园之草而不孤戏也。感此以伤妾心，而独坐深闺之中，愁肠脉脉，红颜自老，为何也？若得早晚之间以下三巴，计三巴与我长干尚有四千里之遥。预得书报，毋使妾长愁也。我则相迎，不畏道远，直至池阳风沙，上君之舟同还长干，偕老终身而毋令其再行也，此我之愿也，不知何日得如此哉？

其二

忆妾（一作昔）深闺里，烟尘不曾识。
嫁与长干人，沙头候风色。
五月南风兴，思君下巴陵[1]。
八月西风起，想[2]君发扬子[3]。

去来悲如何，见少别离多。
湘潭几日到？妾梦越风波。
昨夜狂风度，吹折江头树。
淼淼暗无边，行人在何处？
北客至（一作真）王公，朱衣满汀（一作江）中（一作北客浮云骢，经过新市中）。
日暮来投宿，数朝不肯东。
自怜十五余，颜色桃李红。
那作商人妇，愁水复愁风。

【注释】 1 下巴陵：下，一作在；巴，一作江。巴陵，今湖南省岳阳市。 2 想：看。 3 扬子：扬子江，长江从南京以下至入海口的下游河段的旧称。

古朗月行

小时不识月，呼作白玉盘。
又疑瑶台[1]镜，飞在青云端。
仙人[2]垂两足，桂树作（一作何）团圆。
白兔捣药成，问言与谁餐。
蟾蜍蚀圆影[3]，天（一作大）明[4]夜已残。
羿昔落九乌[5]，天人清且安。

阴精此沦惑[6]，去去不足观。
忧来其如何，恻怆摧心肝。

【注释】 **1**瑶台：传说中神仙居住的地方。 **2**仙人：此处指神话中的月中伐桂树的吴刚。 **3**蟾蜍蚀圆影：蟾蜍，蛤蟆。传说月亮中有蟾蜍蚀月。 **4**天明：月亮。 **5**羿昔落九乌：《淮南子》记载，尧时天上曾经有十个太阳一齐出现，地面上草木尽枯，尧命后羿射去九日，留一日，大地恢复生机。乌，传说中住在太阳上的神鸟。 **6**阴精此沦惑：阴精，月亮。沦惑，沉沦迷惑。

上之回

三十六离宫[1]，楼台与天通。
阁道步行月[2]，美人愁烟空。
恩疏宠不及，桃李伤春风。
淫乐意何极，金舆向回中[3]。
万乘出黄道，千旗扬彩红。
前军细柳北，后骑甘泉[4]东。
岂问渭川老[5]，宁邀襄野童[6]。
但慕（一作秋暮）瑶池宴，归来乐未穷。

【注释】 **1**离宫：古代皇帝游幸的别宫，非正式朝会的地方。 **2**阁道步行月：阁道，飞阁往来的通道。行月，月流行。 **3** 回中：秦朝回中宫，故址在今陕西陇县西北。 **4** 甘泉：甘泉宫，秦朝时建造的宫殿。 **5** 渭川老：此处指姜尚。传说西伯侯遇在渭水垂钓的姜子牙，认为他是能够让周兴盛的圣人，拜其为师。 **6** 襄野童:《庄子》记载，黄帝在襄野迷路，曾向襄野牧马童子问天下。

独不见

白马谁家子？黄龙[1]边塞儿。
天山三丈雪[2]，岂是远行时。
春蕙[3]忽秋草，沙鸡[4]鸣曲池。
风催寒梭[5]响，月入霜闺悲。
忆与君别年，种桃齐娥眉。
桃今百余尺，花落成枯枝。
终然独不见，流泪空自知。

【注释】 **1** 黄龙：边塞地名，故址在今辽宁朝阳市。 **2** 天山三丈雪：天山，祁连山。三丈雪，形容雪多。 **3** 春蕙：春天开的花。 **4** 沙鸡：一作莎鸡。因其叫声如纺丝声，故又名梭鸡。 **5** 梭：织布的梭子。

白纻辞三首

其一

扬清歌（一作音），发皓齿，北方佳人东邻子。且吟《白纻》停《绿水》，长袖拂面为君起。寒云夜卷霜海空，胡风吹天飘寒鸿，玉颜满堂乐未终。

其二

馆娃日落歌吹深，月寒江清夜沉沉。美人一笑千黄金，垂罗舞縠[1]扬哀音。郢中白雪[2]且莫吟，子夜吴歌动君心。动君心，冀君赏，愿作天池双鸳鸯，一朝飞去青云上。

【注释】 1 縠（hú）：有皱纹的纱。　2 郢中白雪：宋玉《对楚王问》记载，郢中有擅长演奏的人，演奏《阳春》《白雪》时随声附和的不过数十人，曲高和寡。

其三

吴刀剪彩（一作绮）缝舞衣，明妆丽服夺春辉。扬眉转袖若雪飞，倾城独立[1]世所稀。《激楚》《结风》[2]醉忘归，高堂月落烛已微，玉钗挂缨君莫违。

【注释】 1 倾城独立：代指舞者。 2 《激楚》《结风》：二者均为歌曲名。

鸣雁行

胡雁鸣，辞燕山，昨发委羽朝度关[1]。一一衔芦枝[2]，南飞散落天地间，连行接翼往复还。客居烟波寄湘吴，凌霜触雪毛体枯，畏逢矰缴[3]惊相呼。闻弦虚坠良可吁，君更弹射何为乎？

【注释】 1 昨发委羽朝度关：委羽，山名，极北之地。关，雁门关。 2 一一衔芦枝：大雁在飞行过程中衔着芦苇枝。 3 矰（zēng）缴：箭上加生丝而射。

妾薄命

汉帝重（一作宠）阿娇，贮之黄金屋[1]。
咳唾落九天，随风生珠玉[2]。
宠极爱还歇，妒深情却疏[3]。
长门一步地，不肯暂回车。
雨落不上天，水覆重难收（一作难重收）。

君情（一作恩）与妾意，各自东西流。

昔日芙蓉花，今成断根草（一作秋草）。

以色事他人，能得几时好？

【注释】 1 汉帝重阿娇，贮之黄金屋：汉武帝少时曾对其姑母馆陶长公主言，若得长公主之女陈阿娇为妻则作金屋珍藏。 2 咳唾落九天，随风生珠玉：咳唾极大如从九天落下，随风生成珠玉。汉代文学家赵壹《刺世疾邪赋》中有“势家多所宜，效唾自成珠”。此处指陈阿娇气势凌人。 3 宠极爱还歇，妒深情却疏：《汉书》记载，汉武帝最初对陈阿娇十分宠爱，立为皇后，然阿娇十余年无子，见武帝宠幸卫子夫，心生嫉妒，数次陷害卫子夫，又迷信巫蛊之术。汉武帝以皇后受巫祝迷惑不能承接天命为由，将阿娇罢居长门宫。

【点评】

萧士赟：太白之诗，其旨出于古风，往往寄兴深远，欲言时事则借古喻今。此时虽言汉武帝之事，而意则实在于明皇、王后也。二后事前后一辙，虽各以无子巫蛊厌胜，然究其所原，实卫子夫、武惠妃争宠有以激之也。陈后之废，相如作《长门赋》；王后之废，王崀作《翠羽帐赋》，冀以讽帝，而夫妇之天卒莫能回。太白此诗其作于《翠羽帐赋》之后乎？不然，何以有“雨落不上天，水覆重难收。君情与妾意，各自东西流”之语哉？辞意凄断，读之令人感叹。

幽州胡马客歌

幽州胡马客，绿眼虎皮冠。
笑拂两只箭，万人不可干[1]。
弯弓若转月，白雁落云端。
双双掉鞭行，游猎向楼兰。
出门不顾后，报国死何难。
天骄五单于[2]，狼戾好凶残。
牛马散北海[3]，割鲜若虎餐。
虽居燕支山，不道[4]朔雪寒。
妇女马上笑，颜如赪[5]玉盘。
翻飞射鸟兽，花月醉雕鞍。
旄头[6]四光芒，争战如蜂攒[7]。
白刃洒赤血，流沙为之丹。
名将古谁是？疲兵良可叹。
何时天狼灭，父子得闲安。

【注释】 **1** 干：犯。 **2** 五单于：《汉书》记载，匈奴虚闾权渠单于向汉朝请求和亲，中途病死，右贤王屠耆堂代立。大臣立虚闾权渠单于的儿子呼韩邪单于，击杀屠耆堂。诸王自立，分为五单于，分别为呼韩邪单于、屠耆单于、呼揭单于、车犁单于、乌借单于。 **3** 北海：匈奴的地名。 **4** 不道：不知道，没想到。 **5** 赪（chēng）：红色。 **6** 旄（máo）头：星宿名。 **7** 蜂攒：

如蜜蜂一样聚在一起。

门有车马客行

门有车马宾（一作客），金鞍曜朱轮[1]。
谓从丹（一作云）霄[2]落，乃是故乡亲。
呼儿扫中堂，坐客论悲辛。
对酒两不饮，停觞泪盈巾。
叹我万里游，飘摇三十春。
空谈霸王略，紫绶[3]不挂身。
雄剑藏玉匣，阴符[4]生素尘。
廓落无所合，流离湘水滨。
借问宗党间，多为泉下人。
生苦百战役，死讬[5]万鬼邻。
北风扬胡沙，埋翳周与秦。
大运且如此，苍穹宁匪仁？
恻怆竟何道，存亡任天钧。

【注释】**1** 金鞍曜朱轮：金鞍、朱轮均为车马。 **2** 丹霄：天空。 **3** 紫绶：系金印的紫色丝带，古代官员佩戴物。 **4** 阴符：《阴符经》，传说中的黄帝之书。 **5** 讬（tuō）：一作托，依托，仰赖。

君子有所思行

紫阁连终南[1]，青冥天倪色[2]。
凭崖望咸阳，宫阙罗北极。
万井[3]惊画出，九衢[4]如弦直。
渭水清银河，横天流不息。
朝野盛文物，衣冠何翕赩[5]。
厩马散连山，军容威绝域。
伊皋[6]运元化，卫霍[7]输筋力。
歌钟乐未休[8]，荣去老还逼。
圆光过满缺，太阳移中昃[9]。
不散东海金[10]，何争西辉匿[11]？
无作牛山悲，恻怆泪沾臆。

【注释】 **1** 紫阁连终南：终南，终南山，在今陕西西安南。紫阁，终南山峰名。 **2** 青冥天倪色：青冥，天上的云。天倪，天边。 **3** 万井：井，《周礼》记载“九夫为井，四井为邑”，郑玄认为万井为九万夫。此处形容街巷繁华。 **4** 九衢：道路纵横交错的样子。 **5** 翕（xī）赩：极其光辉的样子。赩，红色。 **6** 伊皋：指伊尹、皋陶，喻指贤良之臣。 **7** 卫霍：指卫青、霍去病，喻指良将。 **8** 歌钟乐未休：歌钟，歌唱奏乐。 **9** 移中昃（zè）：移中，过了正午，正午太阳为中。昃，倾斜，不周正。 **10** 东海金：东海，指疏广。《汉书》记载，东海兰陵人疏广在朝做官，年老时上书告老还乡，皇上应允并赏赐黄金二十斤，皇太子又赠黄金五十斤。回乡后，疏广将黄金用来买酒食与乡亲宴饮娱乐，共享皇上的赏赐。 **11** 何争西辉匿：曹植《赠白马王彪》诗有“白日忽西匿”，指时间过得很快。

东海有勇妇

（代关中有贞女，又作贤）

梁山感杞妻，恸哭为之倾[1]。
金石忽暂开，都由激深情[2]。
东海有勇妇，何惭苏子卿[3]。
学剑越处子[4]，超腾若流星。
捐躯报夫仇，万死不顾生。
白刃曜素雪，苍天感精诚。
十步两蹬[5]（一作跳）跃，三呼一交兵。
斩首掉国门[6]，蹴踏五藏[7]行。
豁此伉俪愤，粲然大义明。
北海李史君[8]，飞章奏天庭。
舍罪警风俗，流芳播沧瀛[9]。
志在列女籍，竹帛已光荣。
淳于免诏狱，汉主为缇萦[10]。
津妾一棹歌，脱父于严刑[11]。

十子若不肖，不如一女英。
豫让斩空衣[12]，有心竟无成。
要离杀庆忌，壮夫素所轻[13]。
妻子亦何辜，焚之买虚声。
岂如东海妇，事立独扬名。

【注释】 **1** 梁山感杞妻，恸哭为之倾：《列女传》记载，齐杞人梁殖战死，其妻枕着他的尸体在城墙下大哭，十日之后城墙崩塌。 **2** 金石忽暂开：《新序》：勇士一呼，三军皆辟，士之诚也。昔者楚熊渠子夜行，见寝石以为伏虎，关弓射之，灭矢饮羽。下视，知石也。却复射之，矢摧无迹。熊渠子见其诚心而金石为之开，况人心乎？ **3** 东海有勇妇，何惭苏子卿：王琦注：苏子卿无报仇杀人事。以此相拟，殊非伦类。按曹植《精微篇》："关东有贤女，自字苏来卿。壮年报父仇，身没垂功名。"是知"苏子卿"乃"苏来卿"之误也。 **4** 学剑越处子：《吴越春秋》记载，范蠡对越王勾践说，越地有出生南林的女子，颇受国人称赞，希望越王请她见面。勾践于是派人聘请该女子，向她请教剑戟之术。 **5** 蹶（jué）：跳跃。 **6** 掉国门：掉，吊，悬挂。国门，此处指城门。 **7** 五藏：一作五臧，即五脏，指仇人的尸体。**8** 北海李史君：李邕曾为北海太守，人称李北海。史君，即使君，官职名。 **9** 沧瀛：沧，沧州；瀛，瀛州。此处指东方之地。**10** 淳于免诏狱，汉主为缇萦：《汉书》：齐太仓令淳于公有罪当刑，诏狱逮系长安。淳于公无男，有五女，当行，会逮，骂其女曰："生子不生男，缓急非有益也。"其少女缇萦，自伤悲泣，乃随其父至长安，上书曰："妾父为吏，齐中皆称其廉平，今坐法当刑。妾伤夫死者不可复生，刑者不可复属，虽后欲改过自新，其道无由也，妾愿没入为官婢，以赎父刑罪，使得自新。"书奏，天子悲怜其意，遂下令除肉刑。 **11** 津妾一棹歌，脱父于严刑：津妾，赵河津吏的女儿娟。赵简子向南进击楚国，与津吏约定好渡河的日期。待赵简子到来，津吏喝醉睡着不能渡河，简子便要杀了他，津吏女儿娟向简子进言说明内情，并且愿意代父受死罪。简子由此释放了津吏，没有杀他。 **12** 豫让斩空衣，有心竟无成：《战国策》记载，豫让受知伯知遇之恩，在知伯被赵襄子杀害之后，豫让多次刺杀赵襄子，赵襄子被豫让的大义感动，数次释放他，豫让感其义愿伏诛，请求以剑击其衣代为刺杀之意，赵襄子应允。豫让多次拔剑刺赵襄子的衣服，并高呼"可以报答知伯了"，随后用剑自杀。 **13** 要离杀庆忌，壮夫素所轻：要离，春秋时吴国刺客。素所，一作所素。《吴越春秋》记载，要离为刺杀吴王对手庆忌，请求吴王杀他的妻子儿女以消除庆忌的疑心，吴王便焚弃他的妻子儿女。要离用计杀死庆忌后，认为自己有非仁非义非勇三恶，无颜面对天下之士，便拔剑自杀。

【点评】

《唐宋诗醇》：辞气甚古，写出义烈之情，凛凛有生气。

黄葛篇

黄葛生洛溪，黄花自绵幂[1]。
青烟[2]蔓长条，缭绕几百尺。
闺人费素手，采缉作絺绤[3]。
缝为绝国[4]衣，远寄日南[5]宫。
苍梧大火落[6]，暑服莫轻掷。
此物虽过时，是妾手中迹。

【注释】**1**绵幂：绵密而相覆盖。 **2**青烟：葛草枝繁叶茂的样子。 **3**絺绤（chī xì）：用葛织成的布。 **4**绝国：偏远之国，教化之外的地方。 **5**日南：日南郡，秦朝时的象郡，汉朝时改名为日南郡，在今越南境内。 **6**苍梧大火落：苍梧，古越之地，今广西苍梧县一带。大火，指心宿三星。大火落表明时令入秋。

第五卷

歌诗五十六首

乐府三

白马篇

龙马花雪毛，金鞍五陵[1]豪。
秋霜切玉剑[2]，落日明珠袍。
斗鸡事万乘[3]，轩盖[4]一何高。
弓摧宜山虎，手接太行猱。
酒后竞风彩，三杯弄宝刀。
杀人如剪草，剧孟同游遨。
发愤去函谷，从军向临洮。
叱咤经百战（一作万战场），匈奴尽波涛[5]（一作奔逃）。
归来使酒气，未肯拜（一作下）萧曹[6]。
羞入原宪室[7]，荒淫[8]隐蓬蒿。

【注释】 **1** 五陵:《汉书》：郡国诸豪，及长安五陵诸为节气者，皆归慕之。 **2** 切玉剑:《列子》：周穆王大征西戎，西戎献锟铻之剑，火浣之布。其剑长尺有咫，炼钢赤刃，用之切玉，如切泥焉。此处指剑锋利。 **3** 斗鸡事万乘:《东城老父传》记载，贾昌因擅长斗鸡戏得唐玄宗恩宠，“衣食右龙武军”。 **4** 轩盖：车盖。 **5** 波涛：一作“奔逃”，依上下句意应为“奔逃”。 **6** 萧曹：萧何、曹参，二人均为西汉开国功臣、丞相。 **7** 原宪室：原宪，字子思，孔子弟子。原宪居所简陋，粗茶淡饭，却安贫乐道。此处指诗人自己的住所。 **8** 淫：应为“径”。

凤笙篇

仙人十五爱吹笙，学得昆丘彩凤鸣。
始闻炼气餐金液[1]，复道朝天赴玉京[2]。
玉京迢迢几千里，凤笙去去无穷已。
欲叹离声发绛唇，更嗟别调流纤指。
此时惜别讵堪闻，此地相看未忍分。
重吟真曲和清吹，却奏仙歌响绿云。
绿云紫气向函关[3]，访道应寻缑氏山[4]。
莫学吹笙王子晋[5]，一遇浮丘[6]断不还。

【注释】 **1** 金液：道教修炼所服丹药。 **2** 玉京：道教中天帝居住之所。 **3** 函关：函谷关。 **4** 缑（gōu）氏山：山名，在河南省偃师县。 **5** 王子晋：东周人，周灵王的儿子，喜欢吹笙，修炼多年，后在缑氏山乘白鹤升天而去。 **6** 浮丘：浮丘公，古代传说中的仙人，曾经接太子王子晋上嵩山，王子晋修炼三十余年，在嵩山乘白鹤而去。

【点评】

《李诗直解》：此篇游仙之诗也。言仙人十五之时，即爱吹笙而学彩凤之鸣，且得修炼之法，炼正气而餐婉女之金液，复朝天而赴上界之玉京。玉京远，凤笙去，离声别调，讵堪闻也。此地相看，岂忍分哉！至此则吟真曲以和清吹，却奏仙歌，与凡调不同，而响入绿云之际矣。绿云与紫气相合，而知有至人之过函关，则访道而欲得仙人，应寻缑氏山头，自有骑鹤而来者。莫学周灵王之太子晋，好吹笙，作凤鸣，一遇浮丘之仙子，引上嵩高，而竟不还也。学道者必有真修而始成，不然，徒孟浪之游耳，何取哉！

怨歌行

（一作长安见内人出嫁，令予代为《怨歌行》。）

十五入汉宫，花颜笑（一作如）春红。
君王选玉色，侍寝金（一作锦）屏中。
荐枕娇夕月，卷衣恋春（一作香）风。
宁知赵飞燕，夺宠恨无穷。
沉忧能伤人，绿鬓成霜蓬。
一朝不得意，世事徒（一作信）为空。
鹔鹴换美酒，舞衣罢雕龙。
寒苦不忍言，为君奏丝桐。

肠断弦亦绝，悲心夜忡忡。

塞下曲六首

其一

五月天山雪，无花只有寒。
笛中闻《折柳》，春色未曾看。
晓战随金鼓，宵眠抱玉鞍。
愿将腰下剑，直为斩楼兰。

【点评】

朱谏：言天山之地，盛夏之时而雪未消，草木无花而寒气未解。唯闻《折柳》于笛声，而花柳之色实未尝见也。朝则随金鼓以出战，不敢以少纪律。夜则抱马鞍以就寝，不得枕席之宴安。所以忍寒而忍苦者，亦何为哉？欲斩楼兰之首献之阙下，以取封爵之荣，使吾天子无有外顾之忧也。此征戍之出塞者其志如此。

其二

天兵下北荒，胡为[1]欲南饮。
横戈从百战，直为衔恩[2]甚。

握雪海上[3]餐，拂沙陇头寝。
何当破月氏[4]，然后方高枕。

【注释】 1 为：应为“马”。 2 衔恩：感受恩惠。 3 海上：指极其偏远之地。 4 月氏：汉朝匈奴大月氏国。

其三

骏马如风飙，鸣鞭出渭桥。
弯弓辞汉月，插羽破天骄[1]。
阵解星芒尽，营空海雾销。
功成画麟阁[2]，独有霍嫖姚。

【注释】 1 天骄：匈奴人。 2 麟阁：汉代供奉功臣的麒麟阁。

【点评】

《唐诗解》：此为边士之恨词。言我马既良，戎器精好，长驱破敌，妖氛净矣。自谓可乘功竹帛，然图形麟阁终不及我辈也。汉唐命将大抵皆亲戚幸臣，太白盖有为而发。

其四

白马黄金塞[1]，云砂[2]绕梦思。

那堪愁苦节[3]，远忆边城儿。
萤飞秋窗满，月度霜闺迟。
摧残梧桐叶，萧飒沙棠[4]枝。
无时独不见，泪流空自知。

【注释】 1 黄金塞：指边塞。 2 云砂：沙漠。 3 愁苦节：秋天愁苦的季节。 4 沙棠：昆仑山上长得像棠的树木。

其五

塞虏乘秋下，天兵[1]出汉家。
将军分虎竹[2]，战士卧龙沙[3]。
边月随弓影，胡霜拂剑花。
玉关殊[4]未入，少妇莫长嗟。

【注释】 1 天兵：气势强盛的兵。 2 虎竹：虎，铜虎符，用来发兵的信物；竹，竹使符，镌刻有篆书的竹箭。 3 龙沙：白龙堆沙漠。 4 殊：还，尚且。

【点评】

《李诗直解》：此咏征戍者之不得归而致意于少妇也。言边疆之虏，每乘秋高马肥而入我塞，则征戍之兵，自天而出汉家以为防御之资也，将军握权，分虎竹以合发兵之符，壮士枕戈，卧龙沙以俟敌虏之来。此将军壮士，歇宿于沙漠之中而不得宁者，恐虏之忽至也。则弓必上弦，而边月随其影而照之；剑亦出鞘，而秋霜结为花而拂之。此时虏犹未退，而玉关殊未得入也，闺中少妇且安心以俟，而长嗟之无益矣。

其六

烽火动沙漠，连照甘泉云。
汉皇按剑起，还召李将军。
兵（一作杀）气天上合，鼓声陇底闻。
横行负勇气，一战静妖氛。

来日大难

来日一身，携粮负薪[1]。道长食尽，苦口焦唇。今日醉饱，乐过千春。仙人相存，诱我远学。海陵[2]三山[3]，陆憩五岳[4]。乘龙上三天，飞目瞻两角[5]。授以神药，金丹满握。蟪蛄[6]蒙恩，深愧短促。思填东海[7]，强衔一木。道重天地，轩师广成[8]。蝉翼九五[9]，以求长生。下士[10]大笑，如苍蝇声。

【注释】 1 携粮负薪:《汉书》：其后买臣独行歌道中，负薪墓间。 2 陵：应为“凌”，凌越。 3 三山：传说中的蓬莱、方丈、瀛洲三座仙山。 **4** 五岳：东岳泰山，南岳衡山，西岳华山，北岳恒山，中岳嵩山。 **5** 乘龙上三天，飞目瞻两角：该句部分版本写作“乘龙天飞，目瞻两角”。三天：清微天、禹余天、大赤天。 **6** 蟪蛄（huì gū）：知了。《庄子》：蟪蛄不知春秋。 **7** 思填东海：王琦注：《述异记》：昔炎帝女溺死东海中，化为精卫，其名自呼，常衔西山木石填东海。偶海燕而生子，生雌状如精卫，生雄如海燕。今东海精卫誓水处，曾溺于此川，誓不饮其水。诗意言人命短促，有如蟪蛄。今蒙恩而授之神药，使得长生，其德深矣。思欲报之，却如精卫衔一木以填东海耳，甚言其德之深而无以为报也。 **8** 轩师广成：轩，黄帝轩辕氏。广成，广成子，居住在崆峒山的仙人。《抱朴子》：黄帝过崆峒，从广成子受自然之经。 **9** 蝉翼九五：王琦注：蝉翼九五，视九五天子之位如蝉翼之轻也。 **10** 下士：品格居下的人。

塞上曲

大汉无中策，匈奴犯渭桥。
五原秋草绿，胡马一何骄。
命将征西极，横行阴山侧。
燕支落汉家，妇女无花色。
转战渡黄河，休兵乐事多。
萧条清万里，瀚海寂无波。

玉阶怨

玉阶生白露，夜久侵罗袜。
却下水精帘，玲胧望秋月。

【点评】

《李诗直解》：此拟宫词，不言怨而怨之意隐然于言外也。言玉阶之上，白露生矣。夜久而徘徊阶际，零露瀼瀼，湿侵罗袜，不得不入屋内。却下水晶之帘，而月光与水晶，相映玲珑，以望秋月，则迢迢长夜，寂坐以守之，安忍孤眠也。

襄阳曲四首

其一

襄阳行乐处，歌舞《白铜鞮》。
江城回渌水，花月使人迷。

【点评】

朱谏：此言襄阳为行乐之处，则有《白铜鞮》之歌舞。襄阳之城临于汉江，而绿水之萦回花月之间，诚有可乐之景，使人迷焉久恋而忘归也。

其二

山公[1]醉酒时，酩酊襄（一作高）阳下。

头上白接篱[2]，倒著还骑马。

【注释】 **1** 山公：山简，子季伦，西晋名士。《世说新语》：山季伦为荆州，时出酣畅，人为之歌曰："山公时一醉，径造高阳池。日暮倒载归，酩酊无所知。复能乘骏马，倒著白接篱。举手问葛强：何如并州儿？"高阳池在襄阳。强是其爱将，并州人也。

2 接篱：白帽。

【点评】

朱谏：此用襄阳旧事以为曲辞，言山简镇襄阳之时，醉酒于高阳之池。醉焉酩酊而无所知，倒着接篱之巾，又能骑马而还，则其瞑然之中而有自适之趣。至今襄阳之地，人皆以为美谈也。

其三

岘山[1]临汉江，水绿沙如雪（一作水色如霜雪）。

上有堕泪碑[2]，青苔久磨灭。

【注释】 1 岘（xiàn）山：位于今襄阳城西南，东临汉江。 2 堕泪碑：《水经注》：羊祜之镇襄阳也，与邹润甫尝登之。及祜薨，后人立碑于故处，望者悲戚。杜元凯谓之堕泪碑。

【点评】

朱谏：此亦言襄阳之旧事也。谓襄阳之岘山临于汉江，江水绿而江沙白。岘山之上则有堕泪之碑，岁久年深而生苍苔，碑上之文已磨灭矣。俯仰陈迹，未免令人一感慨也。

其四

且醉习家池[1]，莫看堕泪碑。
山公欲上马，笑杀襄阳儿。

【注释】 1 习家池：《襄阳记》：汉侍中习郁，于岘山南依范蠡养鱼法作鱼池。池边有高隄，种竹及长楸，芙蓉、菱芡覆水，是游燕名处也。山简每临此池，未尝不大醉而还，曰："此是我高阳池也。"襄阳小儿歌之。

【点评】

朱谏：言山简与羊祜皆镇襄阳。山简则醉于习池之上，羊祜则有堕泪之碑。二公旧事固不同也，我将何所从乎？且为习池之醉，不看堕泪之碑。当山公酩酊之时，上马倒载而归，襄阳小儿歌而笑之，其乐固无涯矣。又何必看此岘山之碑而使人堕泪乎？此吾所以欲为习池之醉也。按白之为此言者，乃诗人之托于高兴，不以辞而害意可也。

大堤曲

汉水临（一作横）襄阳，花开大堤暖。
佳期大堤下，泪向南云满。
春风复无情，吹我梦魂散。
不见眼中人，天长音信断。

【点评】

《唐诗解》：此为游女怀人之辞。言汉水临注襄阳而堤为汉滨之胜地。当花月春暖之时，所期之人即在此大堤之下，然既挥泪以怀之，又欲托梦以通之，而其人终不可见，音问终不可达也。则所思者，果何人哉？其必有所指矣，得非有意于朝廷耶？

宫中行乐词八首

（奉诏作五言）

其一

小小生金屋，盈盈在紫微。
山花插宝髻，石竹绣罗衣。
每出深宫里，常随步辇归。
只愁歌舞散（一作罢），化作彩云飞。

【点评】

朱谏：旧说此词白奉诏而作也。言宫中之人自小生于金屋之内，列于帝座之傍。宝髻插花，罗衣绣竹；出深宫，随步辇。从君王以游乐，其乐固无涯也。但恐歌舞一散，化为彩云，倏忽之间即飘扬而泯灭，不得常随步辇以近清光，永同此乐耳。暂随行乐，不蒙恩宠，则其望幸之意可知矣。

其二

柳色黄金嫩，梨花白雪香。
玉楼巢（一作关）翡翠，珠（一作金）殿锁鸳鸯。
选妓[1]随雕[2]（一作朝）辇，徵歌出洞房。
宫中谁第一？飞燕[3]在昭阳。

【注释】 1 妓：宫中擅长歌舞的人。 2 雕：用雕做装饰。 3 飞燕：赵飞燕，孝成赵皇后赵飞燕，擅长歌舞。

【点评】

朱谏：言宫中春暖之时，花柳鲜明而禽鸟和乐，楼殿之间皆可游玩。于是选宫人之有技艺而善于歌曲者，召之从行以同燕游。然六宫之内，三千之众，谁为第一人乎？乃赵飞燕之居于昭阳殿者为第一也。是宜与之从行而同乐焉。

其三

卢橘为秦树，蒲桃[1]出（一作是）汉宫。
烟花宜落日，丝管醉春风。
笛奏龙鸣（一作吟）水[2]，箫吟（一作鸣）凤下空[3]。
君王多乐事，何必向（一作在）回中[4]（一作还与万方同）。

【注释】 1 蒲桃：即葡萄。桃，一作萄。 2 笛奏龙鸣水：指笛声与龙在水中鸣叫的声音相似。 3 箫吟凤下空：箫声引得凤凰向下飞。 4 回中：汉武帝时期地名，回中有宫殿。

【点评】

《李诗直解》：此咏唐宫之景，而讽其与民同乐也。言唐宫中有卢橘，为秦时之树，蒲桃又出汉宫之中。春日烟花浓艳，偏宜落日；梨园丝管清溺，堪醉春风；笛之奏矣，龙吟水中；箫之鸣矣，凤下长空。此阳春艳丽之际，君王赏心以多乐事，古云：独乐不若与人，还与民偕乐，以睹万方之俱娱，使天下平康，则乐益无疆矣。

其四

玉树（一作殿）春归日（一作好），金宫乐事多。
后庭朝未入，轻辇夜相过。
笑出花间语，娇来烛下歌。
莫教明月去，留著醉姮娥。

【点评】

朱谏：此言其夜中行乐。春来后庭，玉树之美，多有可乐之事。早朝万机，无暇游适。日晏罢朝，乃得乘轻辇以相过也。其从行之宫人，笑出花间而相语，娇来竹下发清歌，欲留明月以醉嫦娥。使朝（当作昭）阳之第一人素承天子之宠爱者，酡颜于月下而婉（若）海棠之欲睡可也。

其五

绣户香风暖，纱窗曙色新。
宫花争笑日，池草暗生春。

绿树闻歌鸟，青楼见舞人。
昭阳桃李月，罗绮自（一作坐）相亲。

【点评】

《李诗直解》：此咏唐宫之景，而讥其日与妃子为亲也。言绣户之中，香风日暖；纱窗之外，曙色才新。宫里名花，争妍以笑日；池边芳草，碧暗以生春。绿树闻能歌之鸟，青楼见善舞之人。此时此景，君王之乐至矣。宜趁春和景明，敷政优优，何昭阳桃李之月，罗绮相亲，而不与贤士大夫相亲也？唐宫之乐，能保其令终哉！

其六

今日明光[1]里，还须结伴游。
春风开紫殿[2]，天乐[3]下珠楼。
艳舞全知巧，娇歌半欲羞。
更怜花月夜，宫女笑藏钩[4]。

【注释】 1 明光：明光宫，汉武帝时期的宫殿。 2 紫殿：甘泉宫边的宫殿。 3 天乐：天子之乐。 4 藏钩：名为藏钩的游戏。

【点评】

朱谏：言春时天子游于明光之宫，而宫人结伴以从游。

春风开乎紫殿，天乐下于珠楼，舞者逞巧而歌者含羞。花月之夜，宫女无事则相与藏钩以为乐也。

其七

寒雪梅中尽，春风柳上归。
宫莺娇欲醉，檐燕语还飞。
迟日明歌席，新花艳舞衣。
晚来移彩仗[1]，行乐好光辉。

【注释】 1移彩仗：彩仗，朝廷仪从。移，一作携。

【点评】

《唐诗解》：此有沉迷不反意。雪消风暖，燕语莺娇，正行乐之时也。于是陈歌席则日假其长，列舞衣则花增其艳，移仗而游，夜以继日，不觉光景流连矣。

其八

水渌南薰殿，花红北阙楼。
莺歌闻太液，风吹绕瀛洲。
素女鸣珠佩，天人弄彩球。
今朝风日好，宜入未央游。

【点评】

《李诗直解》：此诗讽唐耽游宴之乐，宜临政事于未央也。言南薰北阙，帝王勤政之地。兹阳春布德，则水绿而花红矣。今莺歌闻于太液之池，凤吹绕于瀛洲之间，且有鸣佩之素女，弄彩之天人，乐无余事矣。今朝风日正好，宜入未央游玩，以勤政事而保此乐于无穷也。是时玄宗声色迷心，政事罔念，公应诏而作此诗，言在于此，意在于彼，正得谲谏之体，使因诗而悟，则宗社生灵，庶几有幸矣。何甚惑溺之牢不可破也。

清平调词三首

其一

云想衣裳花想容，春风拂槛露华浓。
若非群玉山头见，会向瑶台月下逢。

【点评】

朱谏：明皇贵妃于沉香亭同赏木芍药，白应诏作《清平调》之词，其意归美贵妃。首章言其衣服容貌之美，于此春日花开之时，侍晏于沉香亭上。秀丽绝人之姿出于尘表，宛若群玉山头之王母与瑶台月下之仙娥也。

《唐诗解》：言明皇思得美人，见云而想其衣，见花而想其貌。春风滴露之际，良不胜情矣。此非群玉之王母，即瑶台之佚妃，岂易睹乎？盖谓未得时也。

《李诗直解》：此词极美其容貌而比之以仙也。言云之华彩想其衣裳，花之艳丽，想其容色，而妃之国色天姿不可以想象为真也。当春风而拂槛，玩之露华之中，花之娇媚，倍为浓至，而妃如是矣。此岂人间之所有哉？若非群玉山头见之，则瑶台月下逢耳。真王母天妃之属也，而可易言哉！

其二

一枝红艳露凝香，云雨巫山枉断肠。
借问汉宫谁得似，可怜飞燕倚新妆。

【点评】

朱谏："一枝秾艳露凝香"者，即所赏之芍药以状贵妃之貌娇丽而润泽也。襄王神娥空自断肠，然恐涉于荒芜，不足为异，唯汉宫之飞燕，亲妆初就，其娇姿逸态或可与之仿佛而比拟耳。以飞燕比花，花比贵妃，则贵妃之美固绝伦矣。

其三

名花倾国两相欢，长得君王带笑看。

解释春风无限恨，沉香亭北倚阑干。

【点评】

朱谏：言贵纾之对乎芍药，则名花与夫国色两皆相宜而相欢爱，非唯人之爱乎花，而花亦爱乎人也。名花国色岂徒自相欢爱而已！吾君亦长爱之，带笑而看之，殊无斁也。当此春风之时，解释万机之虑，能使吾君胸次怡然，无有少恨者，其在沉香亭之北倚阑干之时乎？对妃子赏名花，相忘于宵旰之外，其乐固无涯矣，又何有于留恨乎？

《唐诗解》：此见妃之善媚也。人与花交相为欢，并蒙天子顾盼矣。乃妃心解春风无限之恨，故方倚阑而求媚于君，盖恐恩宠难长也。春风易歇，故足恨。汉武云：叹乐极兮哀情多。太白于极欢之际加一“恨”字，意甚不浅。

鼓吹入朝曲

金陵控海浦，渌水带吴京。
铙歌[1]列骑吹，飒沓引公卿。
槌钟[2]速严妆[3]，伐鼓启重城[4]。
天子凭玉案[5]，剑履[6]若云行。
日出照万户，簪裾[7]烂明星。
朝罢沐浴闲，遨游阆风亭。

济济双阙[8]下，欢娱乐恩荣。

【注释】 1 铙（náo）歌：鼓吹曲。 2 槌钟：上朝廷朝拜的钟声。 3 严妆：严妆以待上朝。 4 启重城：开启城门。重城，古代宫门有多重。 5 玉案：案几。 6 剑履：《隋书》：大臣优礼皆剑履上殿，非侍臣解之，盖防刃也。 7 簪裾：衣冠。 8 双阙：宫殿。

秦女休行

（古词魏朝协律都尉左延年所作，今拟之。）

西门秦氏女，秀色如琼花。
手挥白杨刀[1]，清昼杀仇家。
罗袖洒赤血，英声凌紫霞。
直上西山去，关吏相邀遮。
婿为燕国王，身被诏狱加。
犯刑若履虎[2]，不畏落爪牙。
素颈未及断，摧眉伏泥沙。
金鸡[3]忽放赦，大辟[4]得宽赊。
何惭聂政姐[5]，万古共惊嗟。

【注释】 1 白杨刀：十分锋利的刀。刀：一作刃。 2 履虎：身处险境。 3 金鸡：《新唐书》：赦日，树金鸡于仗南。竿长七丈，有鸡高四尺，黄金饰首，衔绛幡长七尺，承以采盘，维以绛绳，将作监供焉。 4 大辟：死刑。 5 聂政姐：战国时刺客聂政的姐姐聂荌。《史记》记载，聂政杀侠累后因害怕牵连与自己长相相似的姐姐，以剑自毁容貌挖眼后剖腹自杀，其姐寻认弟尸，伏尸痛哭，撞死在聂政尸前。

秦女卷衣

天子居未央，妾来卷衣裳。
顾无紫宫宠，敢拂黄金床[1]。
水至亦不去[2]，熊来尚可当[3]。
微身捧日月[4]，飘若萤火[5]光。
愿君采葑菲[6]，无以下体[7]妨。

【注释】 1 黄金床：用黄金装饰的天子的床。 2 水至亦不去：《列女传》：楚昭王出游，留夫人渐台之上而去。王闻江水大至，使使者迎夫人，忘持其符。夫人曰："王与宫人约，令召宫人必以符，今使者不持符，妾不敢行。"于是使返取符。则水大至，台崩，夫人流而死。 3 熊来尚可当：《汉书》：上幸虎圈斗兽，后宫皆坐，熊逸出圈，攀槛欲上殿，左右贵人皆惊走。冯婕妤直前当熊而立，左右格杀熊。上问："人情惊惧，何故前当熊？"婕妤对曰："猛兽得人而止，妾恐熊至御座，故以身当之。"元帝嗟叹，以此倍敬重焉。 **4** 日月：此处指君王。 **5** 萤火：比喻自身的渺小。火，一作之。 **6** 葑（fēng）菲：葑、菲二者均为菜名，根须与茎叶都可以食用。 **7** 下体：根茎。

东武吟

（一作《出金门后书怀留别翰林诸公》）

好古笑流俗，素闻贤达风。
方希佐明主，长揖辞成功。
白日在高天，回光烛微躬。
恭承凤凰诏[1]，欻起云萝[2]中。
清切[3]紫霄迥，优游丹禁[4]通。
君王赐颜色，声价凌烟虹。
乘舆拥翠盖，扈从[5]金城[6]东。
宝马丽绝景，锦衣入新丰。
倚岩望松雪，对酒鸣丝桐。
因学扬子云[7]，献赋甘泉宫。
天书美片善[8]，清芬播无穷。
归来入咸阳，谈笑皆王公。
一朝去金马[9]，飘落成飞蓬。
宾友日疏散，玉樽亦已空。
才力犹可倚（一作恃），不惭世上雄。

闲作《东武吟》，曲尽情未终。
书此谢知己，吾寻黄绮翁[10]（一作扁舟寻钓翁）。

【注释】 1 凤凰诏：《晋书》：游于戏马观，观上安诏书，五色纸在木凤之口，鹿卢回转，状若飞翔焉。 2 云萝：隐居的地方。 3 清切：清贵而接近天子的官阶。 4 丹禁：天子的宫门涂上红色，宫禁十分严厉，非侍奉天子的人不得入内。 5 扈从：出行时的随从。 6 金城：京城。 7 扬子云：扬雄，西汉文学家。 8 美片善：天子嘉奖之词。 9 金马：金马门，官宦待诏的地方。 10 黄绮翁：商山四皓中的夏黄公崔广、绮里季吴实。

邯郸才人嫁为厮养卒妇

妾本丛台[1]女，扬娥入丹阙。
自倚颜如花，宁知有凋歇。
一辞玉阶下，去若朝云没。
每忆邯郸城，深宫梦秋月。
君王不可见，惆怅至明发[2]。

【注释】 1 丛台：赵国邯郸城中赵王旧台。丛：一作崇。 2 明发：清晨天光初开。

出自蓟北门行

虏阵横北荒，胡星曜精芒。
羽书速惊电，烽火昼连光。
虎竹救边急，戎车森已行。
明主不安席，按剑心飞扬。
推毂出猛将[1]，连旗登战场。
兵威冲绝漠，杀气凌穹苍。
列卒（一作阵）赤山下，开营紫塞傍。
孟冬风沙紧，旌旗（一作旆）飒凋伤。
画角[2]悲海月，征衣卷天霜。
挥刃斩楼兰，弯弓射贤王[3]。
单于一平荡，种落自奔亡。
收功报天子，行歌（一作歌舞）归咸阳。

【注释】 **1** 推毂（gǔ）出猛将:《汉书》：上古王者遣将也，跽推毂曰:“阃以内，寡人制之；阃以外，将军制之。”毂，车轮中心。**2** 画角：古代军中鼓舞士气、振奋军心的乐器。 **3** 贤王：匈奴王。

洛阳陌

白玉谁家郎，回车渡天津。

看花东陌上，惊动洛阳人。

北上行

北上何所苦，北上缘太行。
磴道[1]盘且峻，巉岩[2]凌穹苍。
马足蹶侧石，车轮摧高岗。
沙尘接幽州，烽火连朔方[3]。
杀气毒剑戟，严风裂衣裳。
奔鲸[4]夹黄河，凿齿[5]屯洛阳。
前行无归日，返顾思旧乡。
惨戚冰雪里，悲号绝中肠。
尺布不掩体，皮肤剧[6]枯桑。
汲水涧谷阻，采薪垄坂长。
猛虎又掉尾，磨牙皓秋霜。
草木不可餐，饥饮零露[7]浆。
叹此北上苦，停骖[8]为之伤。
何日王道平，开颜睹天光。

【注释】 **1** 磴道：登山栈道。 **2** 巉岩：山势高峻。 **3** 朔方：北方边郡。 **4** 奔鲸：比喻小人，此处指安禄山。 **5** 凿齿：传说中的野兽，此处指安禄山。 **6** 剧：尤其，极其。 **7** 零露：

晚上落下的露水。 **8** 停骖：停车下马。骖，马车。

短歌行

白日何短短，百年苦易满。
苍穹浩浩茫，万劫[1]太极[2]长。
麻姑垂两鬓，一半已成霜。
天公见玉女，大笑亿千场。
吾欲揽六龙，回车挂扶桑。
北斗酌美酒，劝龙各一觞。
富贵非所愿，为（一作与）人驻颓（一作颜，又作流）光[3]。

【注释】 **1** 万劫：万世。 **2** 太极：天地未分混沌时。 **3** 驻颓光：长生不老。颓光：容颜逐渐老去。

【点评】

《李诗直解》：此咏人寿不可得长，思与知友及时为乐，并自戒勖之意也。白日短而盛时不再。百年倏忽，苦易满也。唯天浩茫，有万世无极之长矣。以下皆托言之词：麻姑散发垂鬓，一半成霜。仙女如此，人可知矣。天公见玉女，开口大笑以为戏乐，而人不及时行乐乎？况六龙飞辔，常相窘乎？吾欲揽六龙之辔，回车以挂扶桑之上。借北斗酒浆，劝六龙各尽一觞，令其从容迟饮而不迅速也。念此百年易尽，富贵非所愿矣。愿与人驻此颜光，长少而不老，以游太极之天也。

空城雀

嗷嗷空城雀，身计何戚促。
本与鷦鷯[1]群，不随凤凰族。
提携四黄口[2]，饮乳未尝足。
食君糠秕[3]余，尝恐乌鸢[4]逐。
耻涉太行险，羞营覆车粟。
天命有定端，守分绝所欲[5]。

【注释】 **1** 鷦鷯（jiāo liáo）：小鸟。 **2** 黄口：幼儿。 **3** 糠秕（kāng bǐ）：种子脱落的皮或者壳。 **4** 乌鸢：猛禽。 **5** 守分绝所欲：《艺文类聚》：《益部耆旧传》曰：杨宣为河内太守，行县，有群雀鸣桑树上，宣谓吏曰："前有覆车粟，此雀相随，欲往食之。"行数里，果如其言。

发白马

将军发白马，旌节[1]渡黄河。

箫鼓[2]聒川岳，沧溟[3]涌涛（一作洪）波。
武安有震瓦[4]，易水无寒歌[5]。
铁骑若雪山，饮流涸滹沱[6]。
扬兵猎月窟[7]，转战略朝那[8]。
倚剑登燕然，边烽列嵯峨。
萧条万里外，耕作五原[9]多。
一扫清大漠，包虎[10]戢[11]金戈。

【注释】 **1** 旌节：由使者所持的传达天子命令的信物。 **2** 箫鼓：军中鼓乐器。 **3** 沧溟：沧海。 **4** 震瓦：一作瓦振。《史记》：秦军军武安西，鼓噪勒兵，武安屋瓦尽振。 **5** 易水无寒歌：《荆轲刺秦王》：高渐离击筑，荆轲和而歌，为变徵之声，士皆垂泪涕泣。又前而为歌曰："风萧萧兮易水寒，壮士一去兮不复还！" **6** 滹沱（hū tuó）：滹沱河，在今河北省西部泰戏山。 **7** 月窟：极西之地。 **8** 朝那：朝那城，今宁夏固原市。 **9** 五原：地名，靠近匈奴的边界处。 **10** 包虎：以虎皮包裹。 **11** 戢（jí）：藏。

陌上桑

美女渭桥东（一作美女细绮衣，又作游女），春还（一作还来）事蚕作。

五马飞如花（一作如花飞，又作如飞龙），青丝结金络。

不知谁家子，调笑来相谑。
妾本秦罗敷，玉颜艳名都。
绿条映素手，采桑向城隅。
使君且不顾，况复论秋胡[1]？
寒螀[2]爱碧草，鸣凤栖青梧。
托心自有处，但怪旁人愚。
徒令白日暮，高驾空踟蹰。

【注释】 **1** 秋胡:《西京杂记》：鲁人秋胡，娶妻三月而游宦，三年休还家。其妇采桑于郊，胡至郊而不识其妻也，见而悦之，乃遗黄金一镒。妻曰:“妾有夫游宦不返，幽田独处三年于兹，未有被辱于今日也。”采不顾。胡惭而退。至家，问家人:“妻何在？”曰:“行采桑于郊，未返。”既还，乃向所挑之妇也。

2 寒螀：一种小蝉。

【点评】

《李诗直解》：此咏采桑之妇虽极美艳，然托心有在，而挑之者亦何愚也。言美女在渭城之东，春来而蚕事作矣。有乘五马，而青丝系马尾，黄金络马头者，不知谁家之子！见陌上采桑之妇而来调谑也。妾本秦氏之罗敷，而玉颜艳冶，实倾名都，谁能与之并美乎？况绿条与素手相映，而采桑于城南之隅。其贞洁之性，物不能移，即使君之权，尚不顾，况复论秋胡之金，能动其心哉！盖物各有所在也。寒螀则爱碧草，鸣凤则栖青梧。苟非青梧碧草，而凤与蜚不之顾矣。是托心有处，而陌路之人调笑亦何愚也。徒令白日暝暮，即五马之高驾，空踟蹰而无益耳。

枯鱼过河泣

白龙改常服[1]，偶被豫且制。
谁使尔为鱼？徒为诉天帝。
作书报鲸鲵[2]，勿恃风涛势。
涛落归泥沙，翻遭蝼蚁噬[3]。
万乘慎出入，柏人[4]以为诫（一作识）。

【注释】 **1** 白龙改常服:《说苑》：吴王欲从民饮酒，伍子胥谏曰：“不可。昔白龙下清泠之渊，化为鱼。渔者豫且射中其目。白龙上诉天帝，天帝曰：‘当是之时，若安置而形？’白龙对曰：‘我下清泠之渊，化为鱼。’天帝曰：‘鱼固人之所射也。若是，豫且何罪？’夫白龙，天帝贵畜也；豫且，宋国贱臣也。白龙不化，豫且不射。今弃万乘之位而从布衣之士饮酒，臣恐其有豫且之患矣。”王乃止。 **2** 鲸鲵：大鱼的名字，此处比喻不义之人。**3** 翻遭蝼蚁噬:《韩诗外传》：夫吞舟之鱼，大矣。落而失水，则为蝼蚁所制。阙其辅也。 **4** 柏人：赵国地名。《史记》：上从东垣还过赵，贯高等乃壁人柏人，要之置厕，上欲过宿，心动，问曰："县名为何？”曰："柏人。”"柏人者迫于人也。”不宿而去。

丁都护（一作督护）歌

云阳上征去，两岸饶商贾。
吴牛喘月时[1]，拖船一何苦！
水浊不可饮，壶浆半成土。
一唱《都护歌》，心摧泪如雨。
万人系盘石，无由达江浒。
君看石芒砀，掩泪悲千古。

【注释】 1《世说新语》：满奋曰："臣犹吴牛，见月而喘。”刘孝标注：今之水牛唯生江、淮间，故谓之吴牛也。南土多暑，而此牛畏热，见月疑是日，所以见月则喘。

相逢行

（一云有赠）

朝骑五花马，谒帝出银台[1]。
秀色谁家子？云车[2]（一作中）珠箔开。
金鞭遥指点，玉勒[3]近迟回[4]。

夹毂相借问，疑（一作知）从天上来。

（一本更添怜肠愁欲断，斜日复相催。下车何轻盈，飘然似落梅。）

邀入青绮门[5]，当歌共衔杯。

（一作娇羞初解珮，语笑共衔杯。）

衔杯映歌扇，似月云中见。

相见不得（一作相）亲，不如不相见。

相见情已深，未语可知心。

胡为守空闺，孤眠愁锦衾。

锦衾与罗帏，缠绵会有时。

春风正澹荡，暮雨来何迟。

（一作春风正纠结，青鸟来何迟。）

愿因三青鸟[6]，更报长相思。

光景不待人，须臾发成丝。

当年失行乐，老去徒伤悲。

持此道密意，无令旷佳期。

【注释】 **1**银台：唐代宫门。 **2**云车：饰云纹的车。 **3**勒：马头络衔。 **4**迟回：徘徊。 **5**青绮门：唐代长安十二城门之一，门是青色，因名之。 **6**三青鸟：《山海经》中侍奉王母的鸟。

【点评】

《李诗直解》：此即长安狭邪行。谓相逢者皆当及时为乐，毋守空闺而旷佳期也。言胡为（当作朝）骑五花之马，因谒帝而出银台之门也。秀色美艳者，谁家之子乎？云车之中，珠帘忽开，见之者，神魂不禁矣。故金鞭遥为指点，玉勒因为迟回。带马缓步，夹毂欲相借问，人间绝少，疑从天上来矣。乃蹙入青绮门，是以青绮为窗牖，亦繁华之巨室也。此时当高歌以与之共衔杯，则乐矣。衔杯映歌扇，团团似皎月，而向云中见也。大凡相见，则思相亲，若相见不得亲，不如不相见，而使情之莫动也。今已相见，则情已深。口不言而心各自惺，彼此可知其心矣。胡为守空闺以孤眠，而愁夜来之锦衾也。锦衾与罗帏，缠绵恩好，会合宜自有时，而我相逢者，恐不相涉也。况春风淡荡，侠思固多。而阳台暮雨，来何迟哉！愿因三青鸟，而报我长相思也。且光景不待人，须臾之间，秀色之子发亦成丝。故当年而失行乐，老去徒为伤悲以无益也。青鸟传信者，即持此以言机密之意。毋令徒守空闺，久旷佳期，而会合之无时焉。安狭邪之路相逢者，宁无念乎？

千里思

（一作千里曲）

李陵没胡沙[1]，苏武还汉家[2]。

迢迢五原关，朔雪乱边花（一作愁见雪如花）。

一去隔绝国，思归但长嗟。

鸿雁向西北，因（一作飞）书报天涯。

【注释】 **1** 李陵没胡沙：汉朝将军李陵在与匈奴交战时被俘投降。 **2** 苏武还汉家：汉朝苏武出使匈奴，被匈奴王扣留，苏武不投降，被流放到极北之地放羊十多年，后回到汉朝。

树中草

鸟衔野田草，误入枯桑里。
客土[1]植危根，逢春犹不死。
草木虽无情，因依尚可生。
如何同枝叶，各自有枯荣？

【注释】 **1** 客土：取别处的土增高后的土块。

君马黄

君马黄，我马白，马色虽不同，人心本无隔。共作游冶盘[1]，双行洛阳陌。长剑既照曜，高冠何赩赫[2]。各有千金裘，俱为五侯客[3]。猛虎落陷阱，壮夫时屈厄。相知在急难，独好亦（一作知）何益？

【注释】 **1** 盘：游乐。 **2** 赩赫：赤色光耀的样子。 **3** 五侯客：身份尊贵的客人。五侯,《汉书》:河平二年,上悉封舅谭为平阿侯,商成都侯,立红阳侯,根曲阳侯,逢时高平侯,五人同日封,故世谓之“五侯”。

拟古

融融白玉辉,映我青峨眉。
宝镜似空水,落花如风吹。
出门望同子,荡漾不可期。
安得黄鹤羽,一报佳人知。

【点评】

萧士赟:兴者,谓当盛年之时,揽镜自照,叹其颜色之美,未有仇匹。复伤世之阅人如水镜之无心,而人者暂少忽老,则似乎风中之花。时难得而易失,亦犹有志之士,当强仕之时而不得进用。虽有致君之心,无自而遂。君门万里固不可期矣。复曰“安得黄鹤羽,一报佳人知”者,复冀夫在位之人,或者能汲引而进之于君侧也。其亦不忍自绝于君之意欤?

折杨柳

垂杨（一作杨柳）拂渌水，摇艳（一作艳裔）东风年。
花明玉关雪，叶暖金窗烟。
美人结长想，对此心凄然。
攀条折春色，远寄龙庭前（一作龙沙边）。

【点评】

《李诗直解》：此戍妇感柳条之摇艳，伤春而思远也。言垂杨拂水，临风摇艳，春色至矣。况花之色，如玉关之飘雪；叶之暖，似金窗之铺烟。空闺美人，向不知愁者，对此不动情乎？乃结长想而心为之凄然，悔教夫婿觅封侯矣。因攀条折此春色，远寄老上之龙庭，令夫婿见此春色而动归心焉。

凤凰曲

嬴女吹玉箫[1]，吟弄天上春。
青鸾不独去，更有携手人。
影灭彩云断，遗声落西秦。

【注释】 1 嬴女吹玉箫:《列仙传》：萧史者，秦穆公时人也。善吹箫，能致孔雀白鹤于庭。穆公有女字弄玉，好之，公遂以女妻焉。

日教弄玉作凤鸣，居数年，吹似凤声，凤凰来止其屋，公为作凤台，夫妇止其上，不下数年。一旦皆随凤凰飞去。故秦人为作凤女祠于雍，宫中时有箫声而已。

少年子

青云少年子，挟弹章台左。
鞍马四边开，突如流星过。
金丸[1]落飞鸟，夜入琼楼卧。
夷齐[2]是何人？独守西山饿。

【注释】 **1** 金丸:《西京杂记》：韩嫣好弹，常以金为丸，所失者日有十余。长安为之语曰:“苦饥寒，逐金丸。”京师儿童每闻嫣出弹，辄随之，望丸之所落辄拾焉。 **2** 夷齐：伯夷、叔齐。《史记》：武王平殷乱，天下宗周，而伯夷、叔齐耻之，义不食周粟。隐于首阳山，采薇而食之。及饿而死，作歌，其辞曰:“登彼西山兮，采其薇矣。以暴易暴兮，不知其非矣。神农虞夏，忽焉没兮，我安适归矣！吁嗟徂兮，命之衰矣。”遂饿死于首阳山。

紫骝马

紫骝行（一作骄）且嘶，双翻碧玉蹄。
临流不肯渡，似惜锦障泥[1]。
白雪关山（一作城）远，黄云海戍迷。
挥鞭万里去，安（一作何）得念（一作恋）春闺。

【注释】 1 障泥：马鞍旁边用皮做成用来挡泥水的东西。《世说新语》：王武子善解马性，尝乘一马，着连乾障泥，前有水终不肯渡。王云：“此必是惜障泥。”使人解去，便径渡。

【点评】

《李诗直解》：此诗从军远戍，有国而忘家之意也。言征戍之远，赖马以行。紫骝行且嘶，而骁腾之势，只见碧玉蹄之双翻矣。临流不渡似惜锦障泥而恐其淹没，是马性之灵觉如此。且隆寒白雪，关山既尚远；昏暮黄云，海戍又已迷。皆赖此马以行，而极边寒之景也。但丈夫既以身许国矣，则挥鞭向万里而去，安得恋春闺而以私情为念哉！国尔忘家，正我壮夫之事也。

少年行二首

（后一首亦作小放歌行）

击筑饮美酒[1]，剑歌易水湄。
经过燕太子[2]，结托并州儿[3]。
少年负壮气，奋烈自有时。
因声鲁勾践[4]，争情（一作博）勿相欺。

【注释】 1 击筑饮美酒:《史记》：荆轲嗜酒，日与狗屠及高渐离饮于燕市。酒酣以往，高渐离击筑，荆轲和而歌于市中，相乐也。 2 燕太子：燕国太子燕丹。 3 并州儿：指游侠。 4 鲁勾践：战国时期赵国游侠。《史记》：荆轲游于邯郸，鲁勾践与荆轲博，争道，鲁勾践怒而叱之，荆轲默而逃去。

其二

五陵年少金市东，银鞍白马度春风。
落花踏尽游何处，笑入胡姬酒肆中。

白鼻騧

银（一作金）鞍白鼻騧[1]，绿地障泥锦。

细雨春风花落时（一作春风细雨落花时），挥鞭直就胡姬饮。

【注释】1 騧（guā）：黑嘴黄马。

【点评】

《李诗直解》：此少年狂侠之景也。豪侠年少之人，乘白鼻騧，被以银鞍，蔽以绿地五色锦。当细雨蒙湿，不堪冶游。且春风花落，春意堪怜，跨马挥鞭直入酒肆，就胡姬相对以酌春酒，以乐春景也。不亦狂荡骄艳之情状哉！

豫章行

胡风吹代马[1]（一作燕人攒赤羽），北拥鲁阳关。
吴兵照海雪[2]，西讨何时还？
半渡上辽津[3]，黄云惨无颜。
老母与子别，呼天野草间。
白马（一作百鸟）绕旌旗，悲鸣相追攀。
白杨秋月苦，早落豫章山。
本为休明人[4]，斩虏素不闲。
岂惜战斗死，为君扫凶顽？
精感石没羽[5]，岂云惮险艰？
楼船若鲸飞，波荡落星湾。

此曲[6]不可奏，三军鬓成斑。

【注释】 **1** 代马：古代国产名马。 **2** 海雪：指湖水。 **3** 上辽津：上辽水，亦作上僚水，源起并流经江西。 **4** 休明人：太平时代的人。休明，清平盛世。 **5** 精感石没羽：《西京杂记》：（李广）他日复猎于冥山之阳，又见卧虎，射之没矢饮羽，进而视之，乃石也，其形类虎。退而更射，镞破笴折而石不伤。余尝以问扬子云，子云曰："至诚则金石为开。" **6** 此曲：指《豫章行》曲。

沐浴子

沐芳莫弹冠，浴兰莫振衣[1]。
处世忌太洁，志（一作至）人贵藏晖[2]。
沧浪有钓叟[3]，吾与尔同归。

【注释】 **1** 沐芳莫弹冠，浴兰莫振衣：《渔父》：屈原曰："吾闻之，新沐者必弹冠，新浴者必振衣。安能以身之察察，受物之汶汶者乎？" **2** 藏晖：藏匿锋芒。 **3** 沧浪有钓叟：《渔父》：渔父莞尔而笑，鼓枻而去。乃歌曰："沧浪之水清兮，可以濯吾缨，沧浪之水浊兮，可以濯吾足。"

第六卷

歌诗三十三首

乐府四

高句骊

金花折风帽，白马小迟回。
翩翩舞广袖，似鸟海东来。

【点评】

朱谏：此云金花帽者，盖罗帽上贴金花也。白马迟回，舞时而缓为鞮勒之状也。广袖舞者，所着之衣，其袖大也。“似鸟海东来”者，言如海东青之快疾也。今乐工家亦有《海东青打天鹅》之曲，一人弹筝，一人舞。音调奋迅而激烈，岂亦高句骊之遗意欤！

静夜思

床前看月光[1]，疑是地上霜。
举头望山月[2]，低头思故乡。

【注释】 1 看月光：王士祯《唐人万首绝句选》、沈德潜《唐诗别裁集》《李诗直解》写作“明月光”。 2 山月：《李诗直解》《唐宋诗醇》

写作“明月”。

【点评】

朱谏:《静夜思》，亦乐府之曲名也。静夜见月而思故乡情也。乐府之所谓“思”者，不知何事？李白则以思乡言之。旧注不存其题意，今则无所考矣。

《李诗直解》：此篇乃太白思乡之诗也。言床前忽见皎月之光，则不寐可知。其地上之白疑是霜矣。举头望之，皎月在天；低头思之，故乡何在？一种踟蹰踯躅之意，有言不能言者。

明代郭濬《增订评注唐诗正声》：悄悄冥冥，千里旅情，尽此十字。

明代徐增《而庵说唐诗》：因疑则望，因望则思，并无他念，真静夜思也。

清代沈德潜《唐诗别裁集》：旅中情思，虽明说却不说尽。

渌水曲

渌水明秋日，南湖采白苹。
荷花娇欲语，愁杀荡舟人。

【点评】

《李诗直解》：此乐府之琴操曲也。言渌水之清，明映秋月。而南湖之滨采取白苹，不唯苹也，而湖中之荷花，亦艳丽矣。花娇逞色而半含半吐，似人之欲语。然荡舟者见之，宁不爱其馨香，憎其妩媚，而愁煞人也乎哉！

凤台曲

尝闻秦帝女，传得凤皇声。
是日逢仙子，当时别有情。
人吹彩箫去，天借绿云迎。
心（一作曲）在身不返，空余弄玉名。

猛虎行（一作吟）

朝作《猛虎行》，暮作《猛虎吟》。（一作行亦《猛虎吟》，坐亦《猛虎吟》）肠断非关《陇头水》[1]，泪下不为雍门琴[2]。旍旗（一作旌旗）缤纷两河道，战鼓惊山欲倾倒。秦人半作燕地囚，胡马翻衔洛阳草[3]。一输一失关下兵，朝降夕叛幽蓟城。巨鳌[4]未斩海水动，鱼龙[5]奔走安得宁。颇似楚汉时，翻覆无定止。朝过博浪沙[6]，暮入淮阴市。张良未遇韩信贫，刘项存亡在两臣。暂到下邳受兵略，来投漂母[7]作主人。贤哲栖栖[8]古如此，今时亦弃青云士。有策不敢犯龙鳞[9]，窜身南国避胡尘。宝书玉剑挂高阁。金鞍骏马散故人。昨日方为宣城客，掣铃[10]交通二千石[11]。有时六博快壮心（一作快寸心），绕床三匝呼一掷[12]。楚人每道张旭奇，心藏风云世莫知。三吴邦伯[13]皆（一作多）顾眄，四海雄侠两追随（一作皆相推）。萧曹[14]曾作沛中吏，攀龙附凤当有时。溧阳酒楼三月春，杨花茫茫（一作漠漠）愁杀人。胡雏绿眼吹玉笛，吴歌《白纻》飞梁尘。丈夫相见（一作到处）且为乐，槌牛挝鼓会众宾。我从此去钓东海，得鱼笑寄情相亲。

【注释】 **1**《陇头水》：古乐府中的离别曲。 **2** 雍门琴：《说苑》记载，雍门子周曾弹琴令孟尝君悲伤落泪。 **3** 秦人半作燕地囚，胡马翻衔洛阳草：萧士赟注："秦人半作燕地囚"者，唐都长安秦地也。京师既陷，则人被驱虏而归于幽燕也。"胡马翻衔洛阳草"者，贼兵屯东京时牧马于洛阳也。 **4** 巨鳌（áo）：此处指叛军。鳌，海里的大龟或大鳖。 **5** 鱼龙：平民百姓。 **6** 博浪沙：《史记》：良尝学礼淮阳。东见仓海君。得力士，为铁椎重百二十斤。秦皇帝东游，良与客狙击秦皇帝博浪沙中，误中副车。秦皇帝大怒，大索天下，求贼甚急，为张良故也。良乃更名姓，亡匿下邳。 **7** 漂母：《史记》：淮阴侯韩信者，淮阴人也。始为布衣时，贫，无行，不得推择为吏；又不能治生商贾。常从人寄食饮，人多厌之者。常数从其下乡南昌亭长寄食，数月，亭长妻患之，乃晨炊蓐食。食时信往，不为具食。信亦知其意，怒，竟绝去。信钓于城下，诸母漂，有一母见信饥，饭信，竟漂数十日。信喜，谓漂母曰：“吾必有以重报母。”母怒曰：“大丈夫不能自食，吾哀王孙而进食，岂望报乎！” **8** 恓恓（xī）：惶惶不安的样子。一作凄凄。 **9** 龙鳞：《韩非子》：夫若龙之为虫也，可扰狎而骑也，然其喉下有逆鳞径尺，人有婴之，则必杀人。人主亦有逆鳞，说之者能无婴人主之逆鳞，则几矣。 **10** 掣铃：王琦注：唐时官署多悬铃于外，出入则引铃代传呼。 **11** 二千石：官员俸禄。此处指当时的宣城太守。 **12** 一掷：《晋书》：后在东府，聚摴蒱大掷，一判应至数百万，余人并黑犊以还，唯刘裕及毅在后。毅次掷得雉大喜，褰衣绕床叫，谓同坐曰：“非不能卢，不事此耳。” **13** 邦伯：地方治理官员。 **14** 萧曹：萧何、曹参。《史记》：平阳侯曹参者，沛人也。秦时为沛狱掾，而萧何为主吏，居县为豪吏矣。

从军行

从军玉门道，逐虏金微山。
笛奏《梅花曲》，刀开明月环。
鼓声鸣海上，兵气拥云间。
愿斩单于首，长驱静铁关。

秋思

春阳如昨日，碧树鸣黄鹂。
芜然蕙草暮，飒尔凉风吹。
天秋木叶下，月冷沙鸡悲。
坐愁群芳歇，白露凋华滋。

春思

燕草如碧丝，秦桑低绿枝。
当君怀归日，是妾断肠时。
春风不相识，何事入罗帏？

【点评】

萧士赟：燕草者，燕地之草；秦桑者，秦地之桑也。燕北地寒，草生迟，当秦桑低绿之时，燕草方生，如丝之碧也。秦桑低枝者，兴思妇之断肠也。言其夫方萌怀归之心，犹燕草之方生，妾则思君之久，先已肠断矣。犹秦桑之已低枝也。末句则兴此心贞洁，非外物所能动也。此诗可谓得《国风》不淫不诽之体矣。

秋思

阏氏黄叶落，妾望白登台。
海上（一作月出）碧云断，单于（一作蝉声）秋色来。
胡兵沙塞合，汉使玉关回。
征客无归日，空悲蕙草摧。

【点评】

《唐诗解》：此为征妇之词。燕支盖屯戍之所，故念彼叶落。而我登台望之，此正碧云断绝，单于入寇之时也。苟塞上之胡兵已合，则玉关之使不通，征客岂有还期？空悲蕙草之摧耳。盖自惜其容华凋谢也。魏文云："寄书浮云往不还。"此言碧云断，亦谓音问绝也。两国和则通使，汉使回则兵不解矣。

子夜吴歌

（春夏秋冬）

春

秦地罗敷女，采桑绿水边。
素手青条上，红妆白日鲜。

蚕饥妾欲去，五马莫留连。

夏

镜湖[1]三百里，菡萏[2]发荷花。
五月西施采，人看隘若耶。
回舟不待月，归去越王家。

【注释】 1镜湖：又称鉴湖，在今浙江省绍兴市会稽山。 2菡萏（hàn dàn）：荷花苞。

【点评】

朱谏：言镜湖之阔，初夏之时，西施乘舟以采莲。观之者众，而地有所不能容。回舟月下而归于越王之家，贮于崇台之上，衣罗縠而习于歌舞，美质终难以自弃也。吴人至今歌咏其事，其流风亦远矣。

秋

长安一片月，万户捣衣声。
秋风吹不尽，总是玉关情。
何日平胡虏，良人罢远征。

【点评】

《李诗直解》：此征妇因夫远戍，感秋寄衣而窃自深其冀幸来归之情也。言君戍玉关，妾处长安。皎月之下，为君捣衣，情往玉关矣。不唯一处然也，长安城中，不下万户之众，家各捣衣。砧声相接，虽以秋风之狂，吹之不尽。其何故哉？总是征妇皆因夫在玉关，情不容已，而捣衣众多，固各有“寒到君边衣到无”之意也。因自深其冀幸曰：何日来王庭，得平此虏，使我良人罢此远征而聚首以偕老乎？感秋风而起远念，情愈深矣。

冬

明朝驿使发，一夜絮征袍。
素手抽针冷，那堪把剪刀。
裁缝寄远道，几日到临洮。

【点评】

朱谏：言戍者在边守临洮，以备吐蕃。其妻在家忧夫之寒，汲汲焉絮征袍以寄之也。忍苦寒而理针剪，缝此征袍。临洮之远相去几程，未知何日而可到也。寒期已迫，仍恐衣到之迟迟也。

对酒

松子栖金华，安期入蓬海。
此人古之仙，羽化竟何在？
浮生速流电，倏忽变光彩。
天地无凋换，容颜有迁改。
对酒不肯饮，含情欲谁待？

估客乐

海客乘天风，将船远行役。
譬如云中鸟，一去无踪迹。

少年行

君不见，淮南少年游侠客，白日球猎夜拥掷。
呼卢[1]百万终不惜，报仇千里如咫尺。
少年游侠好经过，浑身装束皆绮罗。
兰蕙相随喧妓女，风光去处满笙歌。
骄矜自言不可有，侠士堂中养来久。
好鞍好马乞与人，十千五千旋沽酒。

赤心用尽为知己，黄金不惜栽桃李[2]。
桃李栽来几度春，一回花落一回新。
府县尽为门下客，王侯皆是平交人。
男儿百年且乐命，何须徇书受贫病？
男儿百年且荣身，何须徇节甘风尘？
衣冠半是征战士，穷儒浪作林泉民。
遮莫[3]枝根长百丈，不如当代多还往。
遮莫姻亲连帝城，不如当身自簪缨。
看取富贵眼前者，何用悠悠身后名。

【注释】 **1** 呼卢：一种赌博游戏。 **2** 栽桃李：帮助他人。 **3** 遮莫：尽教。

捣衣篇

闺里佳人年十余，嚬蛾[1]对影恨离居。
忽逢江上春归燕，衔得云中尺素[2]书。
玉手开缄长叹息，狂夫犹戍交河[3]北。
万里交河水北流，愿为双鸟泛中洲。
君边云拥青丝骑，妾处苔生红粉楼。
楼上春风日将歇，谁能揽镜看愁发！
晓吹员管[4]随落花，夜捣戎衣向明月。

明月高高刻漏长，真珠帘箔掩兰堂。
横垂宝幄[5]同心结，半拂琼筵苏合香。
琼筵宝幄连枝锦，灯烛荧荧照孤寝。
有使凭将金剪刀，为君留下相思枕。
摘尽庭兰不见君，红巾拭泪坐氤氲。
明年若更征边塞，愿作阳台一段云。

【注释】 1 嚬蛾：皱眉。 2 尺素：用来书写的一尺左右的绢。一般指代书信。 3 交河：西北边陲之地，在今天新疆境内。 4 员管：乐器。员，应为“筼”。 5 宝幄（wò）：精美的帐子。

【点评】

《李诗直解》：此戍妇幽郁之情。谓夫之滔滔不归，唯托之梦以相从于边塞也。言深闺之佳人年才十余耳，锁眉对影，以恨离居者，以夫之不得聚合也。忽逢燕归而得征夫书信，开缄捧读，不觉浩叹。叹我狂夫犹戍于交河之北焉。万里交河，水皆北流，我与狂夫愿化为双燕，同泛交河之中洲可矣。盖妾念君之劳，君不知妾之苦也。君荷戈带甲，设敌之来也，云拥青骑之骏马。妾孤身独处，自君之去也，苔生红粉之妆楼。且流光一掷者，时也。春风将歇，谁能揽镜以看愁发乎？晓吹筼管以随落花，见春去而声亦悲也。夜捣征衣而向皎月，又念远而情益切矣。然今皎月高悬于永夜，珠帘空掩于兰堂。夫妇同心之结，横垂孤帷氤氲苏合之香，半拂琼筵。自我狂夫于役，则此琼筵宝幄，繁华锦绣之物，皆置之无用之地矣。独有灯烛荧荧以照吾孤寝耳。有便凭将金剪刀，为君留下相思之枕以待君看，况庭兰乃妇人所佩以宜男者，今已摘尽，而不见君归，则芳年为之辜负，不觉红巾拭泪，氤氲而无色矣。今春已去，复待明年。明年若更征边塞而滔滔不归，妾愿作阳台之云，如神女之梦，以从狂夫于四方也。此亦极其怀思之形容欤！

去妇词

古来有弃妇，弃妇有归处。
今日妾辞君，辞君遣何去！
本家零落尽，恸哭来时路。
忆昔未嫁君，闻君却周旋。
绮罗锦绣段，有赠黄金千。
十五许嫁君，二十移所天。
自从结发日未几，离君缅山川。
家家尽欢喜，孤妾长自怜。
幽闺多怨思，盛色无十年。
相思若循环，枕席生流泉。
流泉咽不扫，独梦关山道。
及此见君归，君归妾已老。

物华恶衰贱，新宠方妍好。
掩泪出故房，伤心剧秋草。
自妾为君妻，君东妾在西。
罗帏到晓恨，玉貌一生啼。
自从离别久，不觉尘埃厚。
常嫌玳瑁孤，犹羡鸳鸯偶。
岁华逐霜霰，贱妾何能久？
寒沼落芙蓉，秋风散杨柳。
以此憔悴颜，空持旧物还。
余生欲何寄，谁肯相牵攀？
君恩既断绝，相见何年月？
悔倾连理杯，虚作同心结。
女萝附青松，贵欲相依投。
浮萍失绿水，教作若为流。
不叹君弃妾，自叹妾缘业。
忆昔初嫁君，小姑才倚床。
今日妾辞君，小姑如妾长。
回头语小姑，莫嫁如兄夫。

长歌行

桃李得日开，荣华照当年。

东风动百物，草木尽欲言。
枯枝无丑叶，涸水吐清泉。
大力运天地，羲和无停鞭。
功名不早著，竹帛将何宣？
桃李务青春，谁能贯白日？
富贵与神仙，蹉跎成两失。
金石犹销铄[1]，风霜无久质。
畏落日月后，强欢歌与酒。
秋霜不惜人，倏忽侵蒲柳[2]。

【注释】 1 销铄（shuò）：消除，消失。 2 倏忽侵蒲柳：《世说新语》：顾悦与简文同年，而发蚤白。简文曰："卿何以先白？"对曰："蒲柳之姿，望秋而落；松柏之姿，经霜弥茂。"

【点评】

萧士赟：《古诗》："浩浩阴阳移，年命如朝露。人生忽如寄，寿无金石固。万岁更相送，圣贤莫能度。服药求神仙，多为药所误。不如饮美酒，被服纨与素。"又："人生非金石，岂能长寿考！奄忽随物化，荣名以为宝。"此诗意全出于此。富贵神仙，蹉跎两失，亦白自叹之意欤？

长相思

日色欲尽花含烟，月明如素秋不眠。赵瑟初停凤凰柱，蜀琴欲奏鸳鸯弦。此曲有意无人传，愿随春风寄燕然。忆君迢迢隔青天。昔时横波目，今为流泪泉。不信妾肠断，归来看取明镜前。

歌吟上

襄阳歌

（襄汉）

落日欲没岘山西，倒著接篱（一作行客辞归）花下迷。襄阳小儿齐拍手，栏街争唱《白铜鞮》。傍人借问笑何事，笑杀山公[1]醉似泥。鸬鹚杓[2]，鹦鹉杯[3]，百年三万六千日，一日须倾三百杯。遥看汉水鸭头渌，恰似蒲萄初酦醅[4]。此江若变作春酒，垒曲便筑糟丘台。千金骏马换少妾，醉坐雕鞍歌《落梅》[5]。车旁侧挂一壶酒，凤笙[6]龙管[7]行相催。咸阳市中叹黄犬[8]，何如月下倾金罍[9]？君不见，晋朝羊公一片古碑材[10]，龟头剥落生莓苔！泪亦不能为之堕，心亦不能为之哀。谁能忧彼身后事，金凫银鸭葬死灰。清风朗月不用一钱买，玉山自倒非人推。舒州杓，力士铛[11]（一作黄金爵，白玉瓶），李白（一作酒仙）与尔同死生。襄王云雨今安在？江水东流猿夜声。

【注释】1 山公：山简，魏晋名士。公，一作翁。 2 鸬鹚杓（lú cí sháo）：鸬鹚形的酒杓。鸬鹚，一种水鸟。 3 鹦鹉杯：酒器名。 4 酦醅（pò pēi）：重酿未滤的酒。 5《落梅》:《落梅花》，笛曲名。 6 凤笙：形状似凤的笙。 7 龙管：竹笛。 8 叹黄犬:《史记》：斯出狱，与其中子俱执，顾谓其中子曰："吾欲与若复牵黄犬，俱出上蔡东门逐狡兔，岂可得乎？"遂父子相哭，而夷三族。 9 金罍（léi）：用金装饰的酒器。罍，酒器。 10 晋朝羊公一片古碑材:《晋书》：祜乐山水，每风景必造岘山置酒，言咏终日不倦。祜卒，襄阳百姓于岘山祜平生游憩之所，建碑立庙，岁时餐祭焉。望其碑者，莫不流涕。杜预因名为堕泪碑。羊公，羊祜（hù），西晋时期的战略家、政治家、文学家，为人清廉正直。 11 舒州杓，力士铛：均为酒器。

南都行

南都信佳丽，武阙横西关。
白水真人[1]居，万商罗鄽阛[2]。
高楼对紫陌，甲第连青山。
此地多英豪，邈然不可攀。

陶朱[3]与五羖[4]，名播天壤间。
丽华[5]秀玉色，汉女娇朱颜。
清歌遏流云，艳舞有余闲。
遨游盛宛洛，冠盖随风还。
走马红阳城[6]，呼鹰白河湾。
谁识卧龙客[7]，长吟愁鬓斑。

【注释】**1** 白水真人：刘秀。《宋书》：莽忌恶汉，而钱文有金，乃改铸货泉以易之。既而光武起于舂陵之白水乡，货泉之文为白水真人也。 **2** 鄽阛（chán huán）：街市。 **3** 陶朱：陶朱公范蠡。 **4** 五羖（gǔ）：五羖大夫百里奚。 **5** 丽华：汉光武帝刘秀皇后阴丽华。 **6** 红阳城：汉代侯国。 **7** 卧龙客：卧龙先生诸葛亮。

江上吟

（一作江上游）

木兰之枻[1]沙棠舟[2]，玉箫金管坐两头。
美酒樽（一作当）中置千斛，载妓随波任去留。
仙人有待乘黄鹤，海客无心随（一作狎）白鸥[3]。
屈平词赋悬日月，楚王台榭空山丘。
兴酣落笔摇五岳，诗成啸傲凌沧洲。
功名富贵若长在，汉水亦应西北流。

【注释】1 枻（yì）：船桨。 2 沙棠舟:《山海经》：有木焉，其状如棠。黄华赤食，其味如李而无核，名曰沙棠。可以御水，食之使人不溺。 3 白鸥:《列子》：海上之人有好沤鸟者，每旦之海上，从沤鸟游。沤鸟之至者，百住而不止。

【点评】

《唐诗解》：此因世途迫隘而肆志以行乐也。言泛珍异之舟，奏金玉之管，多赍美酒，载妓适情，随波去留，意无所着。彼仙之乘鹤，犹有所待，人与鸥狎，乃为无心。时盖不减忘机之客矣。因想屈平尽忠于君作《离骚》以讽谏，其文堪与日月争光，然而主危国削，无补于楚，我又何必眷眷于朝廷乎？唯以诗酒自娱耳。今兴酣之际，落笔足以摇五岳，笑傲可以凌沧洲，何借于功名富贵，而使之长在耶？汉水西流，必无之理也。

侍从宜春苑，奉诏赋龙池，柳色初青、听新莺百啭歌

（长安）

东风已绿瀛洲草，紫殿红楼觉春好。池南柳色半青青，萦烟袅娜拂绮城。垂丝百尺挂雕楹，上有好鸟相和鸣，闲关[1]早得春风情。春风卷入碧云去，千门万户皆春声。是时君王

在镐京，五云[2]垂晖耀紫清。仗出金宫随日转，天回玉辇绕花行。始向蓬莱看舞鹤，还过茝若[3]听新莺。新莺飞绕上林苑，愿入《箫韶》[4]杂凤笙。

【注释】 1 闲关：鸟鸣叫声。闲，一作间。 2 五云：五色云。 3 茝（zhǐ）若：汉代宫殿名。 4《箫韶》：舜时期的乐曲。

【点评】

《唐诗解》：此太白供奉翰林时作。言风气始和，渚间之草先绿，柳色继之而青，其条下垂，或拂宫城，或悬殿柱。则有新莺集其上，而声随风转，遍乎宫中。时天子为若周王之在镐，祥云护之。于是整队仗驾，玉辇出宫而游，已听新莺之哢。我愿其声入于箫韶，足以当虞庭之仪凤矣。

玉壶吟

列士击玉壶，壮心惜暮年。

三杯拂剑舞秋月，忽然高咏涕泗涟（一作秋月忽高悬）。

凤凰初下紫泥诏[1]，谒帝称觞登御筵。

揄扬九重万乘主，谑浪赤墀[2]青琐[3]贤。

朝天数换飞龙马，敕赐珊瑚白玉鞭。

世人不识东方朔，大隐金门是谪仙。

西施宜美复宜嚬，丑女效之徒集身。

君王虽爱蛾眉好，无奈宫中妒杀人。

【注释】 1 紫泥诏：诏书用紫色泥封故称紫泥诏。 2 赤墀：赤泥涂地。3 青琐：门上用青色涂抹的连锁。青琐为天子所用。

笑歌行

笑矣乎，笑矣乎！
君不见，曲如钩[1]，古人知尔封公侯。
君不见，直如弦，古人知尔死道边。
张仪[2]所以只掉三寸舌，苏秦[3]所以不垦二顷田。
笑矣乎，笑矣乎！
君不见，沧浪老人[4]歌一曲，还道沧浪濯吾足。
平生不解谋此身，虚作《离骚》遣人读。
笑矣乎，笑矣乎！
赵有豫让[5]楚屈平，卖身买得千年名。
巢由[6]洗耳有何益？夷齐[7]饿死终无成。
君爱身后名，我爱眼前酒。
饮酒眼前乐，虚名何处有？
男儿穷通当有时，曲腰向君君不知。
猛虎不看机上肉，洪炉不铸囊中锥。

笑矣乎，笑矣乎！

宁武子[8]，朱买臣[9]，叩角行歌背负薪。

今日逢君君不识，岂得不如佯狂人！

【注释】 **1** 曲如钩:《后汉书》：直如弦，死道边；曲如钩，反封侯。 **2** 张仪：战国时期的纵横家、外交家和谋略家。《史记》记载张仪通楚，遭“掠笞数百，不服，释之。其妻曰：‘嘻！子毋读书游说，安得此辱乎？’张仪谓其妻曰：‘视吾舌尚在不？’其妻笑曰：‘舌在也。’仪曰：‘足矣。’”。 **3** 苏秦:《史记》：苏秦喟然叹曰：“此一人之身，富贵则亲戚畏惧之，贫贱则轻易之，况众人乎？且使我有雒阳负郭田二顷，吾岂能佩六国相印乎？” **4** 沧浪老人:《楚辞》：渔父莞尔而笑，鼓枻而去，乃歌曰：“沧浪之水清兮，可以濯吾缨。沧浪之水浊兮，可以濯吾足。” **5** 豫让：春秋战国时期晋国人。豫让为报智伯知遇之恩多次刺杀赵襄子未遂，自知报仇无望，请求剑刺赵襄子衣服以示为智伯报仇后，拔剑自杀。 **6** 巢由：巢父、许由。《高士传》：巢父者，尧时隐人也……尧之让许由也，由以告巢父。巢父曰：“汝何不隐汝形，藏汝光，若非吾友也。”击其膺而下之。由怅然不自得，乃过清泠之水洗其耳，拭其目曰：“向贪言负吾之友矣。”遂去，终生不相见。 **7** 夷齐：伯夷、叔齐。 **8** 宁武子：宁戚，曾辅佐齐桓公称霸。《吕氏春秋》：宁戚饭牛居车下，望桓公而悲，击牛角疾歌。桓公闻之，抚其仆之手曰：“异哉！之歌者非常人也。”命从车载之，桓公反之，从者以请，桓公赐之衣冠，将见之。宁戚见，说桓公以治境内。明日复见，说桓公以为天下，桓公大说。 **9** 朱买臣：西汉大臣。《汉书》：朱买臣，字翁子，吴人也。家贫好读书，不治产业。常艾薪樵卖以给食，担束薪行且诵书。

悲歌行

悲来乎，悲来乎！
主人有酒且莫斟，听我一曲悲来吟。
悲来不吟还不笑，天下无人知我心。
君有数斗酒，我有三尺琴[1]。
琴鸣酒乐两相得，一杯不啻千钧金。
悲来乎，悲来乎！
天虽长，地虽久，金玉满堂应不守。
富贵百年能几何，死生一度人皆有。
孤猿坐啼坟上月，且须一尽杯中酒。
悲来乎，悲来乎！
凤鸟不至河无图[2]，微子去之箕子奴[3]。
汉帝不忆李将军，楚王放却屈大夫。
悲来乎，悲来乎！
秦家李斯早追悔[4]，虚名拨向身之外。
范子何曾爱五湖[5]，功成名遂身自退。

剑是一夫用[6]，书能知姓名。

惠施不肯干万乘[7]，卜式[8]未必穷一经。

还须黑头取方伯[9]，莫漫白首为儒生。

【注释】 **1** 三尺琴:《博雅》：神农氏琴长三尺六寸六分。 **2** 河无图:《易经》：河出图，洛出书，圣人则之。 **3** 微子去之箕子奴:《史记》：纣愈淫乱不止。微子数谏不听，乃与大师、少师谋，遂去。比干曰："为人臣者，不得不以死争。"乃强谏纣。纣怒曰："吾闻圣人心有七窍。"剖比干，观其心。箕子惧，乃佯狂为奴，纣又囚之。 **4** 秦家李斯早追悔:《史记》：具斯五刑，论腰斩咸阳市。斯出狱，与其中子俱执，顾谓其中子曰："吾欲与若复牵黄犬，俱出上蔡东门逐狡兔，岂可得乎！" **5** 范子何曾爱五湖:《吴越春秋》：范蠡曰："臣闻君子俟时，计不数谋，死不被疑，内不自欺。臣既逝矣，妻子何法乎？王其勉之，臣从此辞。"乃乘扁舟，出三江，入五湖，人莫知其所适。 **6** 剑是一夫用:《史记》：项籍少时学书不成，去。学剑又不成。项梁怒之，籍曰："书，足以记名姓而已。剑，一人敌，不足学。学万人敌。" **7** 惠施不肯干万乘:《吕氏春秋》：魏惠王谓惠子曰："上世之有国，必贤者也。今寡人实不若先生，愿得传国。"惠子辞。王又固请曰："寡人莫有之国于此者也，而传之贤者，民之贪争之心止矣。欲先生以此听寡人也。"惠子曰："若王之言，则施不可而听矣。王固万乘之主也，以国与人犹尚可；今施布衣也，可以有万乘之国而辞之，此其止贪争之心愈甚也。" **8** 卜式：西汉官员。 **9** 方伯：泛指古代地方官员。

豳歌行上新平长史兄粲

（陕西）

豳谷[1]稍稍振庭柯[2]，泾水浩浩扬湍波。
哀鸿酸嘶暮声急，愁云苍惨寒气多。
忆昨去家此为客，荷花初红柳条碧。
中宵出饮三百杯，明朝归揖二千石。
宁知流寓[3]变光辉，胡霜萧飒绕客衣。
寒灰寂寞竟谁暖，落叶飘扬何处归？
吾兄行乐穷曛旭[4]，满堂有美颜如玉。
赵女长歌入彩云，燕姬醉舞娇红烛。
狐裘兽炭[5]酌流霞[6]，壮士悲吟宁见嗟？
前荣后枯相翻覆，何惜余光及棣华。

【注释】 1 豳（bīn）谷：豳城，遗址在今陕西彬县。 2 庭柯：庭院中的树。 3 流寓：诗人流落新平。 4 曛（xūn）旭：日出为旭，日落为曛，曛旭是一整天。 5 兽炭：兽形状的炭。 6 流霞：美酒。

西岳云台歌送丹丘子

西岳峥嵘何壮哉！黄河如丝天际来。
黄河万里触山动，盘涡毂（一作谷）转秦地雷。
荣光休气纷五彩，千年一清圣人在[1]。
巨灵[2]咆哮擘[3]两山，洪波喷流射东海（一作箭射流东海）。
三峰[4]却立如欲摧，翠崖丹谷高掌开。
白帝金精运元气，石作莲花云作台。
云台阁道连窈冥（一作人不到），中有不死丹丘生。
明星玉女备洒扫，麻姑搔背指爪轻。
我皇手把天地户，丹丘谈天与天语。
九重出入生光辉，东求蓬莱复西归。
玉浆傥惠故人饮，骑二茅龙[5]上天飞。

【注释】 **1** 千年一清圣人在:《拾遗记》：黄河千年一清，至圣之君以为大瑞。 **2** 巨灵：河神。 **3** 擘（bò）：劈开。 **4** 三峰：华山上的三座山峰。 **5** 二茅龙:《列仙传》：呼子先者，汉中关下卜师也。老寿百余岁。临去呼酒家老妪曰：“急装。当与妪共应中陵王。”夜有仙人持二茅狗来至，呼子先，子先持一与酒家妪，得而骑之，乃龙也。上华阴山，常于山上大呼，言：“子先酒家母在此。”

元丹丘歌

元丹丘，爱（一作好）神仙。朝饮颍川（一作水）之清流，暮还嵩岑之紫烟。三十六峰长周旋。长周旋，蹑星虹。身骑飞龙耳生风，横河跨海与天通。我知尔游心无穷。

扶风豪士歌

洛阳三月飞胡沙[1]，洛阳城中人怨嗟。天津流水波赤血，白骨相撑如乱麻。我亦东奔向吴国（一作来奔溧溪上），浮云四塞道路赊[2]。东方日出啼早鸦，城门人开扫落花。梧桐杨柳拂金井，来醉扶风豪士家。扶风豪士天下奇，意气相倾山可移。作人不倚将军势，饮酒岂顾尚书期？雕盘绮食会众客，吴歌赵舞香风吹。原尝春陵[3]六国时，开心写意君所知。堂中各有三千士，明日报恩知是谁？抚长剑，一扬眉，清水白石何离离[4]？脱吾帽，向君笑。饮君酒，为君吟。张良未逐赤松去[5]，桥边黄石[6]知我心。

【注释】 1 洛阳三月飞胡沙：指安禄山造反攻陷洛阳。 2 赊：路途遥远。 3 原尝春陵：战国四公子，平原君赵胜、孟尝君田文、春申君黄歇、信陵君魏无忌，四人都好招致门客。 4 离离：清白坦荡。 5 张良未逐赤松去:《史记》：留侯乃称曰：“家世相韩，韩灭，不爱万金之资为韩报仇强秦，天下振动。今以三寸舌为帝者师；封万户，位列侯，此布衣之极，于良足矣。愿弃人间事；欲从赤松子游耳。” **6** 黄石：黄石公。《高士传》记载，张良隐匿下邳时，步游沂水圯上，与黄石公相遇，黄石公三次丢鞋试探张良，后传其《太公兵法》。

【点评】

《唐诗解》：按豪士无姓氏可考，疑扶风人而就居于吴者。太白避禄山之乱，尝舍其家，故作此歌赠之。言洛阳为贼所踞，屠戮之惨极矣。我因避难东奔，道路修逮。当啼鸦开曙之时，始至吴国。则民俗宁静，花柳满城。于是就豪士而取醉焉。因言其人乃天下之奇士，能意气相许，不附权贵。其豪饮则有陈遵之风。而饮馔歌舞者又极丰美，真不减孟尝君辈矣。吾想四君心事，豪士所知。其客虽多，谁当报恩者？今我抚剑以扬其状貌，脱帽以露其三态，饮酒而赠以长歌。谅扶风豪士必能察吾之行藏者。倘张良未随赤松，勋业犹未可料，此心唯桥边黄石知之耳。若得展其抱负，则所以报豪士之恩者未必非我也。张良，白自谓，黄石，指豪士也。

同族弟金城尉叔卿（一作升）烛照山水壁画歌

高堂粉壁图蓬瀛，烛前一见沧洲清。洪波汹涌山峥嵘，皎若丹丘隔海望赤城。光中乍喜岚气灭，谓逢山阴晴后雪。回溪碧流寂无喧，又如秦人月下窥花源。了然不觉清心魂，只将叠嶂鸣秋猿。与君对此欢未歇，放歌行吟达明发。却顾海客扬云帆，便欲因之向溟渤。

白毫子歌

淮南小山白毫子，乃在淮南小山里。夜卧松下雪，朝餐石中髓[1]。小山连（一作联）绵向江开，碧峰巉岩渌水回。余配白毫子，独酌流霞杯。拂花弄琴坐青苔，绿萝树下春风来。南窗萧飒松声起，凭崖一听清心耳。可得见，未（一作不）得亲，八公[2]携手五云去，空余桂树愁杀人。

【注释】 1石中髓：石钟乳，用来入药。 2八公：《水经注》：忽有八公，皆须眉皓素，诣门希见。门者曰："吾王好长生，今先生无住衰之术，未敢相闻。"八公咸变成童，王甚敬之。八士并能炼金化丹，出入无间。乃与安登山，埋金于地，白日升天，余药在器，鸡犬舐之者俱得上升。

第七卷

歌诗六十八首

歌吟下

梁园吟

（一作梁园醉酒歌　梁宋）

我浮（一作乘）黄河（一作云）去京关，挂席欲进（一作往）波连山。

天长水阔厌远涉，访古始及平台间。

平台为客忧思多，对酒（一作醉来）遂作《梁园歌》。

却忆蓬池阮公咏，因吟渌水扬洪波。

洪波浩荡迷旧国，路远西归安可得？

人生达命岂假愁，且饮美酒登高楼。

平头[1]奴子摇大扇，五月不热疑（一作如）清秋。

玉（一作素）盘杨（一作青）梅为君设，吴盐[2]如花皎白（一作如）雪。

持盐把酒但饮之，莫学夷齐事高洁。

（一作何用孤高比云月，又作嗤嗤书空字还灭。）

昔人豪贵信陵君，今人耕种信陵坟。

荒城虚（一作远）照碧山月，古木尽入苍梧云。

梁王宫阙（一作宾客）今安在？枚马[3]先归不相待。

舞影歌声散渌池，空余汴水东流海。

沉吟此事泪满衣，黄金买醉未能（一作莫言）归。

连呼五白行（一作投）六博[4]，分曹赌酒酣（一作看）驰晖[5]。

歌且谣，意方远，东山高卧时（一作忽，又作还）起来，欲济苍生未应晚。

【注释】 **1** 平头：头巾名。 **2** 吴盐：吴地产出的盐。 **3** 枚马：枚乘与司马相如，二人都是汉代文学家，擅长写赋。《司马相如传》：会景帝不好辞赋，是时梁孝王来朝，从游说之士齐人邹阳、淮阴枚乘、吴严忌夫子之徒，相如见而悦之。因病免，客游梁，得与诸侯游士居。 **4** 五白行六博：五白与六博都是游戏。 **5** 驰晖：日光。

【点评】

《唐诗解》：按天宝三载，白供奉翰林，为杨妃所毁，赐金放还。此初出京师游梁而作也。言我身随云逝，涉历波涛，既至平台而客思方浩，此歌之所以作也。因忆阮公昔尝羁此而有蓬池之咏，我亦阻洪波而不得西归，途穷甚矣。然未足为达命者之累，且当适情于酒也。况僮驯循习，摇扇生凉，盐梅丰甘，佐觞特妙，酣畅足乐，奚借首阳之高洁为哉！彼昔人于此称豪贵、盛宫阙者，非魏之信陵、汉之梁王乎？今古墓犁为田矣，宾客消亡，歌舞散而无余矣。所睹者云月，所存者汴水，能不令人泣下乎？亦唯痛饮以消之耳。于是与同游者博戏赌酒以娱西驰之日。而曰我之歌谣也，托意甚远，方如谢公之臣东山，起济苍生未晚也。观此则知太白非终于酒者。易曰：天地蔽，贤人隐。青莲之狂，时昏使之也。不然，何以拔子仪于缧绁哉？

鸣皋歌送岑征君

（时梁园三尺雪，在清泠池作。）

若有人兮思鸣皋[1]，阻积雪兮心烦劳。洪河[2]凌兢不可以径度，冰龙鳞[3]兮难容舠[4]。邈仙山（一作神仙）之峻极兮，闻天籁之嘈嘈。霜崖缟皓以合沓兮，若长风（一作虹）扇海，涌沧溟之波涛。玄猿[5]绿罴[6]，舔舕[7]岌（一作崟）危。咆柯振石，骇胆慄魄，群呼而相号。峰峥嵘以路绝，挂星辰于岩嶅[8]。送君之归兮，动鸣皋之新作。交鼓吹兮弹丝，觞清泠之池阁。君不行兮何待？若返顾之黄鹤。扫梁园之群英，振《大雅》于东洛。巾征轩[9]兮历阻折，寻幽居兮越巘崿[10]。盘白石兮坐素月，琴松风[11]兮寂（一作昇）万壑。望不见兮心氛氲，萝冥冥兮霰纷纷。水横洞以下渌，波小声而上闻。虎啸谷而生风，龙藏溪而吐云。冥（一作寡）鹤清唳，饥鼯[12]嚬呻[13]。块[14]独处此幽默兮，愀[15]（一作啼）空山而（一作兮）愁人。鸡聚族以争食，凤孤飞而无邻。蝘蜓[16]嘲龙，鱼目混珍。嫫母[17]衣锦，西施负薪[18]。若使巢由桎梏于轩冕兮，亦奚异于夔龙[19]蹩躠[20]于风尘？哭何苦而救楚，笑何夸而却秦！吾诚不能学二子沽名矫节以耀世兮，固将弃天地而遗身。白鸥兮飞来，长与君兮相亲。

【注释】1 鸣皋:《诗经》：鹤鸣于九皋，声闻于野。 2 洪河：黄河。 3 冰龙鳞：王琦注：冰龙鳞者，冰有锯齿，参差如鳞也。 4 舠（dāo）：小船。 5 玄猿：黑色的猿。 6 罴（pí）：熊。 7 舔啖（tiǎn tàn）：吐舌的样子。 8 嶅（áo）：山多小石。 9 巾征轩：王琦注：巾征轩者，以帷蒙征车之上也。 10 巘崿（yǎn è）：山峦。 11 松风：琴曲《风入松》。 12 鼯（wú）：形似松鼠的动物。 13 嚬呻（pín shēn）：呻吟。 14 块：孤独的样子。一作魂。 15 愀（qiǎo）：悲伤，忧伤。 16 蝘蜓（yǎn diàn）：石龙子，蜥蜴。 17 嫫（mó）母：古代丑女。 18 西施负薪：《吴越春秋》：越王使相者于国中得苎萝山鬻薪之女曰西施、郑旦。 19 夔龙：舜时的贤臣。 20 蹩躠（bié xiè）：用力的样子。

【点评】

《唐诗解》：此送征君归隐，因发衰世之慨也。言君思鸣皋乃为冰雪所阻，河不可逾，山不易陟。其间唯天籁悲鸣，霜崖稠叠，猿罴哀号，峰岩险绝，四者非人所居也。君曷为而归此乎？良有所不得已耳。我于是作歌以送之，且张乐设饮于清泠之阁。君复有待而不行，若黄鹤之反顾，何哉？其意欲扫梁园之群英而振大雅于东洛，必布名天下而后归隐，然终不可为也。于是巾车入山，栖迟岩壑，使我望不可见，中心繁乱者，以君之所居藤萝杳冥，洪波冲激，是龙虎之所居也，寡鹤饥鼯之所吟唳也，君奈何处此幽默而愀然愁人乎？正以群小在位，贤者无依，真伪混淆，妍媸失所，是以厌世之浊，感此穷栖耳。借令君恋世荣而不去，则是巢、由桎梏于轩冕是也，其奚异乎夔龙舍维清之任，力作于风尘哉？至若包胥、连子，排患解纷，庶几可以自显，君又谓其沽名矫节而不为，则唯弃世遗身而与白鸥相亲耳。

鸣皋歌奉饯从翁清归五崖山居

昨忆鸣皋梦里还，手弄素月清潭间。觉时枕席非碧山，侧身西望阻秦关。麒麟阁上春还早，著书却忆伊阳好。青松来风吹石道，绿萝飞花覆烟草。我家仙公爱清真，才雄草圣[1]凌古人。欲卧鸣皋绝世尘。鸣皋微茫在何处？五崖峡（一作溪）水横樵路。身披翠云裘，袖拂紫烟（一作云）去。去时应过嵩少[2]间，相思为折三花树[3]。

【注释】 **1** 草圣：汉代书法家张芝。 **2** 嵩少：嵩山和少室山。 **3** 三花树：贝多树，一年开三次花。

僧伽歌

真僧法号号僧伽，有时与我论三车[1]。
问言诵咒几千遍，口道恒河沙复沙。
此僧本住南天竺，为法头陀[2]来此国。
戒得长天秋月明，心如世上青莲色。
意清净，貌稜稜[3]，亦不减，亦不增。
瓶里千年舍利骨，手中万岁胡孙藤[4]。
嗟予落泊江淮久，罕遇真僧说空有。
一言忏尽波罗夷，再礼浑除犯轻垢。

【注释】 **1** 三车：佛经中的羊车、鹿车、牛车。一说是佛经比喻门外三乘教，一说是佛教中的三种境界。 **2** 头陀：佛教中对游历僧人的称呼。 **3** 稜稜：威严的样子。 **4** 胡孙藤：藤杖。

白云歌送刘十六归山

楚山秦山皆白云，白云处处长随君。
长随君，君入楚山里，云亦随君渡湘水。
湘水上，女罗衣[1]，白云堪卧君早归。

【注释】 **1** 女罗衣：隐居者所穿的衣服。此处自喻品性高洁之人。罗，一作萝。

【点评】

《李诗直解》：此送刘君归山而见白云之堪隐也。言刘十六，楚人而游于秦者。秦楚之山，皆有白云。此白云也，在俗士若不相涉，在高人自为契合。无论在楚在秦，白云处处常随君也。君入楚山里，白云亦随君而渡湘江之水矣。湘水之上，女萝覆之，若为衣然。当此青山碧萝，白云可怡，君堪隐卧以脱尘网。胡不早归而恋恋于秦哉！

金陵歌送别范宣

（金陵）

石头巉岩如虎踞，凌波欲过沧江去。
钟山龙盘走势来，秀色横分历阳树。
四十余帝三百秋，功名事迹随东流。
白马小儿[1]谁家子？泰清[2]之岁来关囚。
（一作白马金鞍谁家子？吹唇虎啸凤皇楼。）
金陵昔时何壮哉！席卷英豪天下来。
冠盖散为烟雾尽，金舆玉座成寒灰。
扣剑悲吟空咄嗟，梁陈白骨乱如麻。
天子龙沉景阳井[3]，谁歌《玉树后庭花》？

此地伤心不能道，目（一作日）下离离[4]长春草。
送尔长江万里心，他年来访南山皓[5]。

【注释】1白马小儿：南北朝时期的侯景。《隋书》：大同中童谣曰："青丝白马寿阳来。"其后，候景破丹阳，乘白马，以青丝为羁勒。　2泰清之岁来关囚：梁武帝太清二年发生侯景之乱，梁武帝父子被囚。即太清，梁武帝年号。　3天子龙沉景阳井：《六朝事迹》：台城中景阳宫井也。按《南史》，隋克台城，陈后主与张丽华、孔贵嫔俱入井，隋军出之。　4离离：草木茂盛的样子。5南山皓：即秦末避难的商山四皓。

劳劳亭歌

（在江宁县南十五里，古送别之所，一名临沧观。）

金陵劳劳送客堂，蔓草离离生道旁。
古情不尽东流水，此地悲风愁白杨。
我乘素舸同康乐[1]，朗咏清川飞夜霜。
昔闻牛渚吟五章，今来何谢袁家郎[2]。
苦竹寒声动秋月，独宿空帘归梦长。

【注释】1康乐：谢灵运，东晋著名文学家，出身陈郡谢氏，袭封康乐县公。　2袁家郎：袁宏，小字虎。《世说新语》：袁虎少贫，尝为人佣载运租。谢镇西经船行，其夜清风朗月，闻江渚间估客船上有咏诗声，甚有情致，所诵五言，又其所未尝闻，叹美不能已。

【点评】

《李诗直解》：此于送客之亭而伤分别之苦也。言天下伤心之处，唯劳劳送客之亭。人生莫苦于离别，春风亦知别苦。故有意迟迟，而不遣柳条青，恐人折之以赠行也。夫亭曰劳劳，则人不得安逸，而百年易尽，离别苦多，亭得不伤心哉？

横江词六首

其一

人言横江好，侬道横江恶。

一风三日吹倒山（一作猛风吹倒天门山），白浪高于瓦官阁。

【点评】

朱谏：此李白游金陵时渡横江而作。言人皆谓横江为好，我独谓横江为恶者，何也？若大风一起，连日不休，将有摧山之势，则江中白浪高于城中瓦官之阁矣。此所以为恶也，安得谓之好耶？

其二

海潮南去过寻阳，牛渚由来险马当。
横江欲渡风波恶，一水牵愁万里长。

【点评】

朱谏：言横江与牛渚相对，乃在浔阳之下、马当之上。而牛渚之险，则又过乎马当矣。横江欲渡，而畏风波之恶；一水牵愁，则有万里之长。愁与水俱无尽也。

其三

横江西望阻西秦，汉水东连（一作楚水东流）扬子津。
白浪如山那可渡，狂风愁杀峭帆人。

【点评】

朱谏：此李白在横江而思归也。言横江西望长安，乃吾故乡。道路阻隔，不得归矣。然汉水自西而来者，乃入于横江，通乎扬子之津。水能东行而人不得以西归，反水之不如矣。且横江之浪，其高如山，哪可渡哉？风狂帆峻，是以愁也。

其四

海神来过恶风回，浪打天门石壁开。

浙江八月何如此？涛似连山喷雪来。

【点评】

朱谏：言横江之上，海神过而恶风作，白浪冲击于天门之间，两崖石壁豁然若开，诚天下之至险也。涛若连山喷雪而来，虽浙江八月之潮亦不及乎此也。

其五

横江馆前津吏迎，向余东指海云生。

郎今欲渡缘何事？如此风波不可行。

【点评】

《李诗直解》：此咏风波之险，不可冒行也。言横江馆前，管济渡之津吏来迎，向东指曰："凡风起则云先生。今海云忽生，必有大风也。郎今欲渡缘何事乎？此飘风鼓雷，雪浪排空。虽有事，亦不可行矣。"

其六

月晕天风雾不开，海鲸东蹙百（一作众）川回。

惊波一起三山动，公无（一作莫）渡河归去来！

【点评】

《李诗直解》：此咏天风之恶而劝其归去来也。言月晕而知天风，雾气昏暗，鲸鱼跋浪，沧溟且开，而百川不为回乎？是以惊涛一起，三山为之动摇。公当此时，毋渡河也。渡则恐有倾覆之虞。且归去来，以俟风波之息可耳。

金陵城西楼月下吟

金陵夜寂（一作静）凉风发，独上高（一作西）楼望吴越。

白云映水摇空（一作秋）城，白露垂珠滴秋月（一作沾衣湿秋月）。

月下沉（一作长）吟久不归，古来（一作今）相接眼中稀。

解道澄江净如练，令人长（一作还）忆谢玄晖。

东山吟

（去江宁城二十五里，晋谢安携妓之所。一云醉过谢安东山）

携奴东土山，怅然悲谢安。
我妓今朝如花月，他妓古坟荒草寒。
白鸡梦[1]后五（一作三）百岁，洒酒浇君同所欢。
酣来自作青海舞，秋风吹落紫绮冠。
彼亦一时，此亦一时。
浩浩洪流之（一作高）咏何必奇？

【注释】 1 白鸡梦:《晋书》:（谢安）自以本志不遂，深自慨失。因怅然谓所亲曰:“昔桓温在时，吾常惧不全。忽梦乘温舆行十六里，见一白鸡而止。乘温舆者，代其位也；十六里止，今十六年矣。白鸡主酉，今太岁在酉，吾病殆不起乎？”

秋浦歌十七首

（秋浦）

其一

秋浦长似秋，萧条使人愁。
客愁不可渡，行上东大楼。

正西望长安，下见江水流。
寄言向江水，汝意忆侬不？
遥传一掬泪，为我达扬州。

其二

秋浦猿夜愁，黄山堪白头。
青溪非陇水，翻作断肠流。
欲去不得去，薄游成久游。
何年是归日？雨泪下孤舟。

【点评】

朱谏：此白客于秋浦而思乡也。白本陇西李氏之裔，故在秋浦闻黄山之猿而夜愁，见清溪则思陇水而悲也。夫山猿岂能使人白头，清溪使人断肠哉？盖忧戚之生于情，触物而动，物无彼此，而情则一也。白之客于秋浦，欲归不得，初意又谓暂游于此，今乃淹留已久，归期未定，泛舟上下于清溪，挥泪如雨之多也。

其三

秋浦锦驼鸟，人间天上稀。
山鸡羞渌水，不敢照毛衣。

其四

两鬓入秋浦，一朝飒已衰。
猿声催白发，长短尽成丝。

其五

秋浦多白猿，超腾若飞雪。
牵引条上儿[1]，饮弄水中月。

【注释】 1 条上儿：树枝条上的幼猿。

其六

愁作秋浦客（一作曲），强看秋浦花。
山川如剡县，风日似长沙。

其七

醉上山公马，寒歌宁戚[1]牛。
空吟白石烂，泪满黑貂裘[2]。

【注释】 1 宁戚：《史记》：宁戚饭牛车下，而桓公任之以国。 2 黑貂裘:《战国策》:(苏秦)说秦王书十上而说不行，黑貂之裘敝，黄金百斤尽，资用乏绝，去秦而归。

其八

秋浦千重岭，水车岭（一作人行路）最奇。
天倾欲堕石，水拂寄生枝。

其九

江祖一片石，青天扫画屏。
题诗留万古，绿字锦苔生。

其十

千千石楠[1]树，万万女贞[2]林。
山山白鹭（一作鹇）满，涧涧白猿吟。
君莫向秋浦，猿声碎客心。

【注释】 1 石楠：千年红。 2 女贞：蜡树。

其十一

逻人横鸟道，江祖出鱼梁。
水急客舟疾，山花拂面香。

其十二

水如一匹练，此地即平天。
耐可乘明月，看花上酒船。

其十三

渌水净素月，月明白鹭飞。
郎听采菱女，一道夜歌归。

其十四

炉火照天地，红星乱紫烟。
赧郎[1]明月夜，歌曲动寒川。

【注释】 1 赧（nǎn）郎：冶炼工人。

其十五

白发三千丈，缘愁似个长。
不知明镜里，何处得秋霜。

【点评】

朱谏：言人之白发如此之长者，何也？因愁多而致然也。照于镜中皓然如霜，不知明镜之中，何由有此霜乎？乃白发之如霜也。岂真霜耶？设为怪问之辞而含不尽之意。白之诗清新而变化者如此。按此白在秋浦作客，而自言其多愁而易老也。

《李诗直解》：此因胸怀不遂而生迟暮之感也。言幼学、壮行，老至则无能为也。今白发盈头，有三千丈之多，缘我之愁与发而俱长矣。不知明镜之里，何处得此秋霜之白也？回视少壮之时，宁得不愁乎？

其十六

秋浦田舍翁，采鱼水中宿。
妻子张白鹇[1]，结罝[2]映深竹。

【注释】 1 鹇（xián）：鸟。 2 罝（jū）：网。

其十七

桃波一步地，了了语声闻。
阇与山僧别，低头礼白云。

当涂赵炎少府粉图山水歌

峨眉高出西极天，罗浮直与南溟连。
名工绎思挥彩笔，驱山走海置眼前。
满堂空翠如可扫，赤城霞气苍梧烟。
洞庭潇湘意渺绵，三江七泽情洄沿[1]。
惊涛汹涌向何处，孤舟一去迷归年。
征帆不动亦不旋，飘如随风落天边。
心摇目断兴难尽，几时可到三山巅？
西峰峥嵘喷流泉，横石蹙水[2]波潺湲[3]。
东崖合沓[4]蔽轻雾，深林杂树空芊绵[5]。
此中冥昧失昼夜，隐机寂听无鸣蝉。
长松之下列羽客，对坐不语南昌仙[6]。
南昌仙人赵夫子，妙年历落[7]青云士。
讼庭无事罗众宾，杳然如在丹青（一作霄）里。
五色粉图安足珍，真山可以全吾身。
若待功成拂衣去，武陵桃花笑杀人。

【注释】 **1** 洄沿：逆流而上，顺流而下。 **2** 蹙水：因被阻挡水流不畅。 **3** 潺湲：水流动的样子。 **4** 合沓：重叠聚集。 **5** 芊绵：草木繁盛的样子。 **6** 南昌仙：西汉时期的梅福曾做南昌县尉，后辞官离开家人去九江，世人传闻他成为仙人。 **7** 历落：磊落坦荡。

【点评】

《唐诗解》：此观图而有慕仙意，言山之极天者非峨眉，连海者非罗浮乎！今公之笔力，能驱走山海，则是兼二山形胜而有之。潇湘、洞庭无非君图中物也。见孤舟之逝，而发三山之想，因少府所画，而忆南昌之仙，盖以梅福况赵也。因言赵以妙年，而志在青云，便当及此时而仙去。必功成然后拂衣，则年岁已暮，徒为武陵桃花所笑耳。

永王东巡歌十一首

（永王军中）

其一

永王正月东出师，天子遥分龙虎旗。
楼船一举风波静，江汉翻为雁鹜池。

【点评】

朱谏：此白美永王璘承命而东巡也。言永王于天子即位之初，承命出师，以巡东南。分以龙虎之旗，任以藩屏之职，王乃启行楼船，一举而风波即静，江汉之地皆为我王雁鹜之池也。以江汉为雁池，则我王封疆之广，而天子锡命之厚从可知也。又曰：按此诗意盖愿永王出师成功，以侈封爵，因其东巡而期之如此也。

其二

三川北虏乱如麻，四海南奔似永嘉[1]。
但用东山谢安石[2]，为君谈笑静胡沙。

【注释】 1 四海南奔似永嘉：王琦注：晋怀帝永嘉五年，刘曜陷洛阳，百官士庶死者三万余人，中原衣冠之族相率南奔，避乱江左。天宝十四年，安禄山起兵北地，遂破两京，士君子多以家渡江东，与永嘉时事极相似。 2 谢安石：谢安，字安石，东晋文学家、政治家。

其三

雷鼓嘈嘈喧武昌，云旗猎猎过寻阳。
秋毫不犯三吴悦，春日遥看五色光[1]。

【注释】 1五色光:《越绝书》：军上有气、五色相连，与天相抵，此天应，不可攻，攻之无后。

其四

龙盘虎踞帝王州，帝子金陵访古丘。
春风试暖昭阳殿，明月还过鳷鹊楼[1]。

【注释】 1鳷（zhī）鹊楼：指南朝宫观。

其五

二帝巡游俱未回[1]，五陵松柏使人哀。
诸侯不救河南地，更喜贤王远道来。

【注释】 1二帝巡游俱未回：杨齐贤注：二帝，明皇幸蜀，肃宗即位灵武，俱未回长安也。

【点评】

朱谏：言禄山陷长安，明皇、肃宗俱出于外，未复于京师。祖宗陵墓之荒凉，松柏萧条，使人哀痛，则长安之地，何日复见朝会之盛乎？夫洛阳者，天子之陪都也，今为逆贼所据，倚为巢穴以瞰长安。必先定洛阳而后可取长安也。今者侯王将帅罔知缓急之序，不救河南之洛阳以踣盗贼之根本，则其拔蔓愈炽，仍恐难于扑灭。更喜贤王引兵远来，自南而北，以征洛阳。攻其腹心则党类可散，叛逆可平，旧京可复，二帝不日而旋驾，五陵松柏亦生辉矣。

其六

丹阳北固是吴关，画出楼台云水间。
千岩烽火连沧海，两岸旌旗绕碧山。

【点评】

朱谏：言丹阳、北固系是三吴之关隘、东南要害之区也。民居富庶，闾阎相望，故楼台如尽出于云水之间。吾王东巡于此，则军威壮盛，烽火连乎沧海，旌旗绕乎碧山，诚可树保障之功，仰副天子之命也。

其七

王出三江按五湖，楼船跨海次扬都。
战舰森森罗虎士，征帆一一引龙驹。

其八

长风挂席势难回，海动山倾古月[1]摧。
君看帝子浮江日，何似龙骧[2]出峡来。

【注释】 1古月：实为“胡”。 2龙骧：龙骧将军王濬，在西晋统一大业中因灭吴建立卓越功勋。

【点评】

朱谏：言永王之东巡也，舟师顺流而下，乾坤为之震动。有如王濬统兵出峡以伐吴，成功指日而待也。

其九

祖龙浮海不成桥，汉武寻阳空射蛟。
我王楼舰轻秦汉，却似天皇欲渡辽[1]。

【注释】 1渡辽:《旧唐书》：甲申，上亲率铁骑与李勣会围辽东城。

【点评】

朱谏：言始皇造桥以渡海，汉武射蛟于寻阳，皆为浪游而无所益于民者。唯我贤王率舟师以赴难，非秦汉之浪游，如我太宗文皇帝之伐辽，东讨桀惊之夷，征不庭之国，辅王室以正四方也。岂秦皇、汉武之可同日而语乎？

其十

帝宠贤王入楚关，扫清江汉始应还。
初从云梦开朱邸，更取金陵作小山。

【点评】

朱谏：言永王领荆州大都督之命，必须扫清江汉，殄绝叛寇，以一区宇，及功成而始还于朝也。开朱邸于云梦，作小山于金陵，固其侯封以蕃王室，庶乎功成以仰答天子之休命也。

其十一

试借君王玉马鞭，指麾戎虏坐琼筵。
南风一扫胡尘静，西入长安到日边。

【点评】

朱谏：借君王之玉鞭以指挥者，永王受天子之命以从事也。坐于琼筵，麾斥戎虏，嘘其南风，以扫胡尘；乘胜逐北，西入长安以到日边，复我先王之故土。乘舆不日而返，正庶有以副天子之重托也。

上皇西巡南京歌十首

其一

胡尘轻拂建章台，圣主西巡蜀道来。
剑壁门高五千尺，石为楼阁九天开。

【点评】

朱谏：禄山陷长安，明帝幸蜀，后以蜀为南京，李白作此歌。意谓胡尘轻拂于建章之台，天子蒙尘，西巡于蜀。剑门高峻，石作楼阁，倚于九天之上，以壮帝居，诚陪都之形胜也。曰轻拂者，讳之之辞，如《春秋》云逊于齐，不敢斥言之也。

其二

九天开出一成都，万户千门入画图。
草树云山如锦绣，秦川得及此间无？

【点评】

朱谏：言成都人物之富，山川之美，虽云今日之新都，而草树云山之胜，过于旧都，宜为天子驻跸之所，盖天子以四海为家，随其所至皆京邑也。

其三

德阳春树似新丰，行入新都若旧宫。
柳色未饶秦地绿，花光不减上林红。

【点评】

《唐诗解》：汉高作新丰以娱太公，今肃宗既受禅，是以蜀都为新丰也。其地花柳无减旧都，上皇庶可无忧矣。

其四

谁道君王行路难，六龙西幸万人欢。
地转锦江成渭水，天回玉垒作长安。

【点评】

朱谏：言世人之行路皆有所难也，唯天子之行，无所凝滞，复何难哉？御六龙以周四海，则无所不通矣。故西幸于蜀而人心皆悦也。且天子以四海为家，长安渭水固为旧都，今兹西幸，锦江即渭水，玉垒即长安矣。随吾皇所至之地，造化亦为之斡旋也。

其五

万国同风共一时，锦江何谢曲江池？
石镜更明天上月，后宫亲（一作新）得照娥眉。

【点评】

朱谏：言万国同风，而天下一统，则舆图之盛，无此疆彼界之殊，故蜀之锦江，无异于长安之曲江也，蜀山石镜之光明者，今不曰石镜，而曰天上之月，月则悬于吾皇之后宫，得以照妃嫔之蛾眉也。锦江不减于曲江，石镜悬照乎宫娥，则天子所幸之地即为都会之区，又何有于新旧之分乎？

其六

濯锦[1]清江万里流，云帆龙舸[2]下扬州。
北地虽夸上林苑，南京还有散花楼[3]。

【注释】 **1** 濯锦：锦江。 **2** 龙舸：王琦注：龙舸，画龙于大舟之首及两旁者也。 **3** 散花楼：萧士赟注：散花楼在锦城之上，太白别有诗咏之。

【点评】

朱谏：此亦言蜀中之形胜。江南之名郡曰扬州，长安之大苑曰上林，是吾国家旧时境内富庶之地，游畋之所也。吾皇今虽暂幸于蜀，而蜀之锦江云帆，顺流可以径达于扬州，则扬州为不远矣。蜀为南京，而有散花之高楼，又可以方于上林之旧苑也。随吾皇之所至，皆为吾皇之舆图，何有于彼此远近之殊乎？

其七

锦水东流绕锦城，星桥北挂象天星。
四海此中朝圣主，峨眉山上（一作下）列仙庭。

【点评】

朱谏：言锦水绕乎城外，星桥贯乎城中，成都乃形胜之地也。今者天子驻跸于此，四海来朝，则锦水星桥之傍，眉山之下，列仙仗于仙庭。天子高拱于穆清之上，有如上帝之御于钧天清都也。

其八

秦开蜀道置金牛，汉水元通星汉流。
天子一行[1]遗圣迹，锦城长作帝王州。

【注释】 1 一行：唐朝僧人一行，著名天文学家和释学家。

【点评】

《李诗直解》：此因玄宗幸蜀而改为南京者，由符谶之前定也。言秦蜀向不相通，秦欲灭蜀，愚弄蜀王开道，以置金牛，而道路通矣。其汉水源出嶓冢之山，东至汉中，而与星汉同流也。盖明皇之幸蜀，事非偶然，一行谶之于先，明皇符之于后，是天子与一行遗此圣迹。而锦城之地，因玄宗之巡幸，而改为南京者，乃长作帝王之州矣。

其九

水渌天清不起尘，风光和暖胜三秦。
万国烟花随玉辇，西来添作锦江春。

【点评】

朱谏：言关中之地，极天下之形胜，今成都之山水风光，又有胜于关中者，何也？天子西巡，万国咸宾，烟花绕于辇毂之下，而添作锦江之春也。夫以天下之春为一方之春，则物色增新，在在生辉，所以胜于关中也。噫，其大有不胜者，白亦不得而言矣。

其十

剑阁重关蜀北门，上皇归马[1]若云屯。

少帝长安开紫极[2]，双悬日月照乾坤。

【注释】 1 归马：回归京城。 2 紫极：星宿名，王者之象。

【点评】

朱谏：言大剑、小剑阁道之险，是为重关，乃蜀之北门也。上皇西巡，毕事而归，马若云屯，何其盛也！少帝即位于灵武，御长安之旧京，开紫极之正位以临天下，有如日月双照于乾坤而并耀于云霄之上也。盖上皇自蜀而西归，肃宗自灵武而即位，重华既协而继统有光辉矣。

峨眉山月歌

（峡路）

峨眉山月半轮秋，影入平羌江水流。
夜发清溪向三峡，思君不见下渝州。

【点评】

《李诗直解》：此为峨眉山月歌，因舟行而思友人也。言峨眉山月，当秋时而有半轮之明，皓月之影照入平羌，而江水载之而流，我乘舟夜发清溪之县，向三峡而行，不得与我友同发，而思君不见，随流迅速已下渝州之境矣。回首巴渝，停云弥切，惆怅之怀，何时已哉？

峨眉山月歌送蜀僧晏入中京

我在巴东三峡时，西看明月忆峨眉。
月出峨眉（一作峨眉山月）照沧海，与人万里长相随。
黄鹤楼前月华白，此中忽见峨眉客。
峨眉山月还送君，风吹西到长安陌。
长安大道横九天，峨眉山月照秦川。
黄金师子乘高座，白玉麈尾[1]谈重玄[2]。
我似浮云滞[3]吴越，君逢圣主游丹阙[4]。
一振高名满帝都，归时（一作来）还弄峨眉月。

【注释】 1 麈尾（zhǔ wěi）：古人驱虫、掸尘的工具。 2 重玄：唐朝时的道家思潮。 3 滞：一作殢（tì），滞留。 4 丹阙：宫庭。

【点评】

《李诗直解》：此作峨眉山月之歌送蜀僧入京，而冀其有所遇也。言我在巴东三峡之时，西看皎月，以忆峨眉，何其峻极于天也。月出峨眉，实照沧海，与人万里常相随而不去。又于黄鹤楼前，玩此月华，忽见峨眉之客，来自峨眉山也。峨眉山月，还以送君，清风吹此，西到长安陌矣。长安大道，横于八方之中，峨眉山月，不以秦川远而不照也。然秦川亦菩萨所在，黄金狮子乘八万四千之高座，执玉柄麈尾以谈玄。晏僧固得参禅之所矣。奈我以浮云无定之身，殢滞吴越之地，不得与君同行也。君行必逢圣主而游丹阙，使高名满于帝都也。其倦游而归，皎月亦随之而归，而正可弄峨眉之月矣。我宁无忆乎哉！

赤壁歌送别

（江夏）

二龙争战决雌雄[1]，赤壁楼船扫地空。
烈火张天照云海，周瑜于此破曹公。
君去沧江望（一作弄）澄碧，鲸鲵唐突留余迹。
一一书来报故人，我欲因（一作观）之壮心魄。

【注释】 1 二龙争战决雌雄:《汉书》: 项羽从之，乃使人谓汉王曰:“天下匈匈，徒以吾二人。愿与王挑战，决雌雄，毋徒罢天下父子为也。”

江夏行

忆昔娇小姿，春心亦自持。为言嫁夫聓[1]，得免长相思。谁知嫁商贾，令人却愁苦。自从为夫妻，何曾在乡土？去年下扬州，相送黄鹤楼。眼看帆去远，心逐江水流。只言期一载，谁谓历三秋。使妾肠欲断，恨君情悠悠。东家西舍同时发，北去南来不逾月。未知行李[2]游何方，作个音书能断绝！适来往南浦，欲问西江船。正见当垆[3]女，红妆二八年。一种为人妻，独自多悲恓。对镜便垂泪，逢人只欲啼。不如轻薄儿，旦暮长追随。悔作商人妇，青春长别离。如今正好同欢乐，君去容华谁得知？

【注释】 1 聓（xù）：同"婿"。 2 行李：指在外经商的丈夫。 3 垆：又写作卢，卖酒的地方。

怀仙歌

一鹤东飞[1]过沧海，放心散漫知何在。
仙人浩歌望我来，应攀玉树长相待。
尧舜之事不足惊，自余嚣嚣[2]真可轻。
巨鳌莫载三山去，吾（一作我）欲蓬莱顶上行。

【注释】1 一鹤东飞:《搜神后记》：丁令威，本辽东人，学道于灵虚山，后化鹤归辽，集城门华表柱。时有少年举弓欲射之，鹤乃飞，徘徊空中而言曰:“有鸟有鸟丁令威，去家千年今始归，城郭如故人民非，何不学仙冢累累！” 2 嚚（yín）嚚：据其他版本及文意应为“嚣嚣”。

玉真仙人[1]词

玉真之真（一作仙）人，时往（一作西上）太华峰。
清晨鸣天鼓，飙欻[2]腾双龙。
弄电不辍手，行云本无踪。
几时入少室，王母应相逢。

【注释】1 玉真仙人：唐朝玉真公主。 2 飙欻（biāo xū）：迅速的样子。

清溪行

（宣城 一作宣州青溪）

清溪清我心，水色异诸水。
借问新安江，见底何如此？

人行明镜中，鸟度屏风[1]里。
向晚猩猩啼，空悲远游子。

【注释】 1 屏风：喻指山峰重峦叠嶂。

酬殷佐明见赠五云裘歌

（谢朓宅在当涂青山下）

我吟谢朓诗上语[1]，朔风飒飒吹飞雨。
谢朓已没青山空，后来继之有殷公。
粉图珍裘五云色，晔如晴天散彩虹。
文章彪炳光陆离，应是素娥玉女之所为。
轻如松花落金粉，浓似苔锦含碧滋[2]。
远山积翠横海岛，残霞霏丹映江草。
凝毫采掇花露容，几年功成夺天造。
故人赠我我不违，著令山水含晴晖（一作清辉）。
顿惊谢康乐，诗兴生我衣。
襟前林壑敛暝色，袖上烟霞收夕霏。
群仙长叹惊此物，千崖万岭相萦郁。
身骑白鹿行飘摇，手翳紫芝[3]笑披拂。
相如不足夸鹔鹴，王恭鹤氅[4]安可方？
瑶台雪花数千点，片片吹落春风香。

为君持此凌苍苍，上朝三十六玉皇。
下窥夫子不可及，矫手[5]相思空断肠。

【注释】 1 谢朓诗上语：谢朓《观朝雨诗》：朔风吹飞雨，萧条江上来。谢朓，字玄晖，斋号高斋，出身陈郡谢氏，南齐诗人。 2 碧滋：张铣注：碧滋，谓草色翠而繁滋。 3 紫芝：灵芝。 4《世说新语》：孟昶未达时，家在京口，尝见王恭乘高舆，披鹤氅裘，于时微雪，昶于篱间窥之，叹曰："此真神仙中人！" 5 矫手：举手。

临路歌

大鹏飞兮振八裔，中天摧兮力不济。
余风激兮万世，游扶桑兮挂石袂。
后人得之传此，仲尼亡乎谁为出涕？

历阳壮士勤将军名思齐歌（并序）

历阳壮士勤将军，神力出于百夫。则天太后召见奇之，授游击将军，赐锦袍玉带，朝野荣之。后拜横南将军。大臣慕义，结十友，即燕公张说、馆陶公郭元振为首。余壮之，遂作诗。

太古历阳郡，化为洪川在。

江山犹郁盘，龙虎秘光彩。
蓄泄数千载，风云何霮䨴[1]。
特生勤将军，神力百夫倍。

【注释】 1 霮䨴（dàn duì）：浓云密布的样子。

草书歌行

少年上人号怀素[1]，草书天下称独步。
墨池[2]飞出北溟鱼，笔锋杀尽中山兔[3]。
八月九月天气凉，酒徒辞客满高堂。
笺麻素绢排数箱，宣州石砚墨色光。
吾师醉后倚绳床，须臾扫尽数千张。
飘风骤雨惊飒飒，落花飞雪何茫茫。
起来向笔不停手，一行数字大如斗。
怳怳[4]如闻神鬼惊，时时只见龙蛇走。
左盘右蹙如惊电，状同楚汉相攻战。
湖南七郡凡几家，家家屏障书题遍。
王逸少[5]，张伯英[6]，古来几许浪得名？
张颠[7]老死不足数，我师此义不师古。
古来万事贵天生，何必要公孙大娘浑脱舞！

【注释】 1 怀素：俗姓钱，字藏真，永州零陵人，唐代书法家，以“狂草”名世，史称“草圣”。 2 墨池：《太平寰宇记》：墨池，王右军洗砚池也。并旧宅在蕺山下，去县二里余。 3 中山兔：王羲之《笔经》：诸郡毫唯中山兔肥而毫长可用。 4 恍恍（huǎng）：仿佛。 5 王逸少：王羲之，字逸少，东晋时期著名书法家，人称“书圣”。 6 张伯英：张奂，字然明，东汉时期名将，书法家张芝的父亲。 7 张颠：张旭，唐代书法家，擅长草书，喜欢饮酒，世称“张颠”，与怀素并称“颠张醉素”。《国史补》：旭饮醉，辄草书，挥笔大叫，以头揾水墨中而书之，天下呼为张颠。醒后自视，以为神异不可复得。

古意

君为女萝草，妾作兔丝花。
轻条不自引，为逐春风斜。
百丈托远松，缠绵成一家。
谁言会面易，各在青山崖。
女萝发馨香，兔丝断人肠。
枝枝相纠结，叶叶竟飘扬。
生子不知根，因谁共芬芳？
中巢双翡翠，上宿紫鸳鸯。
君识二草心，海潮亦可量。

山鹧鸪词

苦竹岭头秋月辉，苦竹南枝鹧鸪飞。
嫁得燕山胡雁婿，欲衔我向雁门归。
山鸡翟雉来相劝，南禽多被北禽欺。
紫塞严霜如剑戟，苍梧欲巢难背违。
我心誓死不能去，哀鸣惊叫泪沾衣。

和卢侍御通塘曲

君夸通塘好，通塘胜耶溪。
通塘在何处？宛在寻阳西。
青萝袅袅拂烟树，白鹇[1]处处聚沙堤。
石门中断平湖出，百丈金潭照云日。
何处沧浪垂钓翁，鼓棹渔歌趣非一。
相逢不相识，出没绕通塘。
浦边清水明素足，别有浣纱吴女郎。
行尽渌潭潭转幽，疑是武陵春碧流。
秦人鸡犬桃花里，将此通塘渠见羞。
通塘不忍别，十去九迟回。
偶逢佳境心已醉，忽有一鸟从天来。
月出青山送行子，四边苦竹秋声起。

长吟《白雪》望星河，双垂两足扬素波。

梁鸿德耀会稽日[2]，宁知此中乐事多？

【注释】 1 鹇（xián）：鸟。 2 梁鸿德耀会稽日：《高士传》：梁鸿字伯鸾，扶风平陵人也……妻乃下请，鸿曰：“吾欲裘褐之人可与俱隐深山者，尔今乃衣绮缟，傅粉墨，岂鸿所愿哉！”妻曰：“以观夫子之志耳。妾自有隐居之服，乃更为椎髻，着布衣，操作而前。”鸿大喜曰：“此真梁鸿妻也，能奉我矣！”字之曰德曜孟光。居有顷，乃共入霸陵山中，以耕织为业，咏诗书弹琴以自娱……乃易姓运期，名耀，字侯光，与妻子居齐鲁之间。有顷，又去，适吴，居皋伯通庑下，为人赁舂。每归，妻为具食，举案齐眉。伯通察而异之，乃方舍之于家。

第八卷

歌诗四十一首

赠一

赠孟浩然

（襄汉）

吾爱孟夫子，风流天下闻。
红颜弃轩冕[1]，白首卧松云。
醉月频中圣，迷花不事君。
高山安可仰[2]，从此揖清芬。

【注释】 **1** 轩冕:《庄子》：古之所谓得志者，非轩冕之谓也；今之所谓得志者，轩冕之谓也。 **2** 高山安可仰:《诗经》：高山仰止，景行行止。

【点评】

《唐诗解》：此美孟之高隐也。言夫子之风流，所以能闻天下者，以少无宦情、老不改节也。彼其醉月迷花，高尚不仕，正如高山，非可仰而得者，我唯一揖清芬为幸耳。盖始相识而尊礼之如此。

《李诗直解》：此赠孟浩然之风流而赞其隐德之清高也。吾爱孟夫子之风流，天下闻矣。少之时，弃轩冕而不仕；老之时，卧松云而固隐。唯隐则身闲而得以流连花月之中，故醉月常病于酒，迷花不事其君。此之品望，正风流之表表者。令人起高山仰止之思，而徒此以揖清芬也。吾安得不爱耶？

赠从兄襄阳少府皓（一作晧）

结发未识事，所交尽豪雄。
却秦[1]不受赏，击晋（一作救赵）宁为功？
托身白刃里，杀人红尘中。
当朝揖高义，举世钦英风。
小节岂足言？退耕舂[2]陵东。
归来无产业，生事如转蓬。
一朝狐（一作乌）裘敝，百镒黄金空[3]。
弹剑徒激昂，出门悲路穷。
吾兄青云士，然诺闻诸公。
所以陈片言，片言贵情通。
棣华傥不接，甘与秋草同。

【注释】 **1** 却秦：“却秦”与“击晋”均指鲁仲连。 **2** 舂：应为“春”。 **3** 一朝狐裘敝，百镒黄金空：《战国策》：（苏秦）说秦王书，十上而说不行，黑貂之裘敝，黄金百斤尽。

赠张公洲革处士

列子居郑圃[1]，不将众庶分。
革侯遁南浦，常恐楚人闻。
抱瓮灌秋蔬，心闲游天云。
每将瓜田叟，耕种汉水滨（一作渍）。
时登张公洲，入兽不乱群[2]。
井无桔槔[3]事，门绝刺绣文[4]。
长揖二千石，远辞百里君。
斯为真隐者，吾党慕清芬。

【注释】 1 列子居郑圃:《列子》：子列子居郑圃四十年，人无识者。国君卿大夫视之，犹众庶也。 2 入兽不乱群:《庄子》：孔子曰："善哉！辞其交游，去其弟子，逃于大泽，衣裘褐，食杼栗。入兽不乱群，入鸟不乱行。鸟兽不恶，而况人乎！" 3 桔槔（jié gāo）：井上汲水的工具。 4 刺绣文:《史记》：夫用贫求富，农不如工，工不如商，刺绣文不如倚市门。

淮海对雪赠傅霭

（一作淮南对雪赠孟浩然）

朔雪落吴（一作潮）天，从风渡溟渤。

海树（一作木）成阳春，江沙皓明月。

飘摇四荒外，想像千花发。

瑶草生阶墀，玉尘散庭阙。

兴从剡溪起，思绕梁山[1]发。

寄君郢中歌[2]，曲罢心断绝。

（一云剡溪兴空在，郢路歌未歇。寄君《梁父吟》，曲尽心断绝。）

【注释】 1梁山：即梁园，汉梁孝王兔园。《文选》：岁将暮，时既昏。寒风积，愁云繁。梁王不悦，游于兔园。乃置旨酒，命宾友，召邹生，延枚叟，相如末至，居客之右。 2郢中歌：《文选》：宋玉对曰："客有歌于郢中者，其始曰《下里》《巴人》，国中属而和者数千人。其为《阳阿》《薤露》，国中属而和者数百人。其为《阳春》《白雪》，国中有属而和者，不过数十人。引商刻羽，杂以流徵，国中属而和者，不过数人而已。是其曲弥高，其和弥寡。"

【点评】

朱谏：此白在淮海对雪而赠傅霭也。言朔雪落于吴天，而随风渡于淮海，梅花开而江沙白。斯时也，见雪怀人，而起剡溪之兴；赋雪授简，而发梁园之思。怀人而人不可得而见矣，则将赠以白雪之歌。歌曲既终，心若断绝，何伤悲也！

赠徐安宜

白田见楚老，歌咏徐安宜。
制锦不择地，操刀良在兹。
清风动百里，惠化[1]闻京师。
浮人[2]若云归，耕种满郊岐。
川光净麦陇，日色明桑枝。
讼息但长啸，宾来或解颐[3]。
青槐拂户牖，白（一作碧）水流园池。
游子滞安邑，怀恩未忍辞。
繄[4]君树桃李，岁晚托深期。

【注释】 1 惠化：施惠教化。 2 浮人：流动的人群。 3 解颐：舒展面貌。 4 繄（yī）：文言助词。一作翳。

赠任城卢主簿潜

（鲁中）

海鸟知天风，窜身鲁门东。
临觞不能饮[1]，矫翼思凌空。
钟鼓不为乐，烟霜谁与同？
归飞未忍去，流泪谢鸳鸿。

【注释】 1 临觞不能饮:《庄子》：昔者海鸟止于鲁郊，鲁侯御而觞之于庙，奏《九韶》以为乐，具太牢以为膳，鸟乃眩视忧悲，不敢食一脔，不敢饮一杯，三日而死，此以己养养鸟也，非以鸟养养鸟也。

【点评】

朱谏：李白客游于鲁，不遇而悲，乃以爰居自况，作为此诗，以赠任城卢主簿。意谓爰居智鸟也，能知海上多风，而先避于鲁之东门。鲁侯御而觞之，鸟不能饮，思欲矫翼以高飞也。享以韶乐，虽有钟鼓，亦不为乐。其离群无朋者，凄凉于烟霜之下，又谁与之而同处乎？欲飞而归也，又不忍去，以彼鸳鸿尝有同类之好，须流泪一谢之，然后去耳。按李白寓山东，作酒楼于任城，结竹溪之六逸。任城卢（主）簿必能知白而敬礼者。白将南游会稽，故以诗别。其意云云，卢亦非常人矣。

早秋赠裴十七仲堪

远海动风色，吹愁（一作秋）落天涯。
南星变大火[1]，热气余丹霞。
光景不可回，六龙转天车。
荆人[2]泣美玉，鲁叟悲匏瓜[3]。
功业若梦里（一作中），抚（一作推）琴发长嗟。
裴生[4]信（一作实）英迈，崛起多才华。

历抵海岱豪，结交鲁朱家[5]。
（一作历游赵魏豪，结交列如麻。）
良图竟未展，意欲飞丹砂。
破产且救人，遗身不为家。
复携两少女（一作妾），艳色惊荷花。
双歌入青云，但惜白日斜。
穷（一作沧）溟出宝贝，大泽饶龙蛇。
明主傥（一作必）见收，烟霄[6]路非赊[7]。
知飞万里道，勿使岁寒差。
（一作时命若有会，归应炼丹砂。）

【注释】1 南星变大火：朱谏注：夏正六月加于地之南方，至秋则下而西流矣。时暑退将寒，自南而西，故曰变，变即流也。 2 荆人泣美玉：荆人指卞和。详细释义见前注。 3 鲁叟悲匏瓜：《论语》：孔子曰："吾岂匏瓜也哉？焉能系而不食。" 4 裴生：裴生，即裴仲堪。 5 朱家：《史记》：鲁朱家者，与高祖同时。鲁人皆以儒教，而朱家用侠闻。所藏活豪士以百数，其余庸人不可胜言。 6 烟霄：天子所在。 7 赊：远。

赠范金乡二首

其一

君子枉清眄，不知东走迷[1]。
离家未几月，络纬鸣中闺。
桃李君不言，攀花愿成蹊。
那能吐芳信，惠好相招携[2]。
我有结绿[3]珍，久藏浊水泥。
时人弃此物，乃与燕玙（一作石）齐。
拂拭欲赠之，申眉[4]路无梯。
辽东惭白豕，楚客羞山鸡。
徒有献芹心，终流泣玉（一作血）啼。
只应自索漠，留舌示山妻。

【注释】 1 不知东走迷:《韩非子》：慧子曰：“狂者东走，逐者亦东走，其东走则同，其所以东走之为则异。故曰：同事之人，不可不审察也。” 2 惠好相招携:《诗经》：惠而好我，携手同行。3 结绿：美玉的名字。 4 申眉：朱谏注：申眉，凡欲辩论者，必扬眉以吐辞也。

【点评】

《唐诗解》：此因金卿好士，而有自荐之意焉。言君尝自屈己以顾盼我，故我迷路之遥，忘岁之晏，以往从君。君虽如桃李之无言，然我慕其芳洁，而愿与之投交也。安得剖心相信成永好耶！以我之怀才遁逸，正犹美玉深藏，即自以为奇，而人莫之宝也。聊欲拂拭之以赠君，则恐先容者无其人，而有白豕山鸡之辱。假令我徒有自献之心，而君终不以为宝，则岂恪情去留哉！唯使山妻视我舌存否耳。此必太白困厄时所作，然豪迈之意，至死不挠。

其二

范宰不买名[1]，弦歌对前楹。
为邦默自化[2]，日觉冰壶清。
百里鸡犬静，千庐机杼鸣。
浮人少荡析[3]，爱客多逢迎。
游子睹嘉政，因之听颂声。

【注释】 **1** 买名:《淮南子》：于是博学以疑圣，华诬以胁众，弦歌鼓舞，缘饰诗书，以买名誉于天下。 **2** 自化:《老子》：我无为而民自化，我好静而民自正，我无事而民自富，我无欲而民自朴。 **3** 荡析：朱谏注：荡析，流荡而分析也。

【点评】

朱谏：言范宰之为政，务实而不务名。弦歌不下于堂，无为而民自化；中心淡若，清如冰壶，闾阎无征科之扰，家家务机杼之功；招集流民，不令失所；好贤礼士，多所逢迎，皆嘉政也。我为游客，适来境内，睹兹嘉政，因以听民间之颂声，而闻歌谣之载路矣。

赠瑕丘王少府

皎皎鸾凤姿，飘飘神仙气。
梅生[1]亦何事，来作南昌尉？
清风佐鸣琴，寂寞道为贵（一作为谁贵）。
一见过所闻，操持难与群。
毫挥鲁邑讼，目送瀛州云。
我隐屠钓[2]下，尔当玉石分[3]。
无由接高论，空此仰清芬。

【注释】 **1** 梅生：梅福，字子真。少年求学长安，是《尚书》和《谷梁春秋》专家。西汉南昌县尉，后辞官归隐寿春。 **2** 屠钓：朱谏注:（姜）太公屠于朝歌，而钓于磻溪。 **3** 玉石分：美玉与石头的区别，指好坏之分。

东鲁见狄博通

去年别我向何处？有人传道游江东。
谓言挂席度沧海，却来应是无长风。

见京兆韦参军量移东阳二首

（吴中）

其一

潮水还归海，流人却到吴。
相逢问愁苦，泪尽日南珠[1]。

【注释】 1 日南珠:《文选》：渊客慷慨而泣珠。日南，郡名，在今越南中部。

【点评】

《李诗直解》：此太白在吴中逢韦参军，而极言其情也。言潮水起于海，而还归于海，复其源也。今参军量移东阳，是流人而却到吴矣。相逢而问及愁苦之事，不觉言之伤心，而日南之珠，俱为泪尽矣，我何以为情耶！

其二

闻说金华渡，东连五百滩。
全胜若耶好，莫道此行难。
猿啸千溪合，松风五月寒。
他年一携手，摇艇入新安。

【点评】

朱谏：京兆韦参军量移东阳，而白赠之以此诗也。言闻金华之渡，东连东阳而有五百之滩，虽会稽之胜，亦不能过乎此也。移官东阳，乃入佳境，谁云此行之为难乎？猿啸而千溪合，松风而五月寒，其景物清幽，所以异乎若耶也。他日，我将与子相携驾舟，更由东阳以入新安，尽东南之胜概可也。盖东阳、新安二水合流于严濑之下，故从东阳泛舟可入新安也。

赠丹阳横山周处士唯长

周子横山隐，开门临城隅。
连峰入户牖，胜概凌方壶。
时枉《白纻词》，放歌丹阳湖。
水色傲溟渤，川光秀菰蒲[1]。

当其得意时，心与天壤俱。
闲云随舒卷，安识身有无?
抱石耻献玉[2]，沉泉笑探珠[3]。
羽化如可作，相携上清都[4]（一作携手止清都）。

【注释】 **1** 菰蒲:（gū pú）：菰和蒲，水生草本植物。 **2** 抱石耻献玉：楚人卞和献玉。详情见前注。 **3** 探珠：朱谏注：探珠者，嗜利也。 **4** 清都：天帝居住的地方。

玉真公主别馆苦雨，赠卫尉张卿二首

（长安）

其一

秋坐金张馆[1]，繁阴昼不开。
空烟送雨色，萧飒望中来。
翳翳[2]昏垫[3]苦，沉沉忧恨催。
清秋何以慰，白酒盈吾杯。
吟咏思管乐[4]，此人已成灰。
独酌聊自勉，谁贵经纶才?
弹剑[5]谢公子，无鱼良可哀。

【注释】1 金张馆：玉真公主别馆。 2 翳翳：光线暗淡的样子。 3 昏垫：《尚书》：下民昏垫。 4 管乐：管仲与乐毅。 5 弹剑：《战国策》：齐人有冯谖者，贫乏不能自存，使人属孟尝君，愿寄食门下。孟尝君曰："客何好？"曰："客无好也。"曰："客何能？"曰："客无能也。"孟尝君笑而受之曰："诺。"左右以君贱之也，食以草具。居有顷，倚柱弹其剑，歌曰："长铗归来乎！食无鱼。"

其二

苦雨思白日，浮云何由卷。
稷卨[1]和天人，阴阳仍骄蹇。
秋霖[2]剧倒井，昏雾横绝巘。
欲往咫尺涂，遂成山川限。
潨潨[3]奔溜泻，浩浩惊波转。
泥沙塞中途，牛马不可辨[4]。
饥从漂母食[5]，闲缀羽林（一作陵）简。
园家逢秋蔬，藜藿[6]不满眼。
蟏蛸[7]结思幽，蟋蟀伤褊[8]浅。
厨灶无青烟，刀机生绿藓。
投箸解鹔鹴，换酒醉北堂。
丹徒布衣者，慷慨未可量。
何时黄金盘，一斛荐槟榔。

功成拂衣去，摇裔沧洲旁。

【注释】 1稷卨（xiè）：后稷与后契，二人都是舜的臣子。卨，同契。 2秋霖：秋雨。 3潨（cóng）：水流聚合的地方。 4牛马不可辨：《庄子》：秋水时至，百川灌河，泾流之大，两涘渚崖之间，不辩牛马。 5饥从漂母食：《史记》：信钓于城下，诸母漂，有一母见信饥，饭信，竟漂数十日。 6藜藿（lí huò）：粗劣的饭菜。 7蟏蛸（xiāo shāo）：蜘蛛。 8褊（biǎn）：狭小，狭隘。

赠韦秘书子春

谷口郑子真[1]，躬耕在岩石。
高名动京师，天下皆藉藉。
其人竟不起，云卧从所适。
苟无济代心，独善亦何益？
唯君家世者，偃息逢休明[2]。
谈天信浩荡，说剑纷纵横。
谢公不徒然[3]，起来为苍生。
秘书何寂寂，无乃羁豪英！
且复归碧山，安能恋金阙？
旧宅樵渔池，蓬蒿已应没。
却顾女几峰，胡颜见云月？

徒为风尘苦，一官已白须。

气同万里合，访我来琼都。

披云睹青天，扪虱[4]话良图。

留侯将绮季[5]，出处未云殊。

终与安社稷，功成去五湖[6]。

【注释】 **1** 谷口郑子真:《高士传》：郑朴，字子真，谷口人也。修道静默，世服其清高。成帝时元舅大将军王凤以礼聘之，遂不屈。扬雄盛称其德，曰:“谷口郑子真，耕于岩石之下，名振京师。” **2** 休明：清明。 **3** 谢公不徒然:《晋书》：征西大将军桓温请为司马，将发新亭，朝市咸送，中丞高崧戏之曰:“卿屡违朝旨，高卧东山，诸人每相与言，安石不肯出，将如苍生何？苍生今亦将如卿何？” **4** 扪虱（mén shī）:《晋书》：桓温入关，猛被褐而诣之，一面谈当世之事，扪虱而言，旁若无人。 **5** 留侯将绮季：西汉初期，高祖刘邦欲立戚夫人儿子赵如意为太子，吕后求助留侯张良，张良出计请商山四皓相助，最终打消了刘邦的念头。留侯即西汉开国功臣之一的张良。季：一作里。 **6** 功成去五湖：范蠡帮助勾践报仇后，辞官而去，泛舟游五湖。

赠韦侍御黄裳二首

其一

太华生长松，亭亭凌霜雪。
天与百人[1]高，岂为微飙折！
桃李卖摇[2]艳，路人行且迷。
春光扫地尽，碧叶成黄泥。
愿君学长松，慎勿作桃李。
受屈不改心，然后知君子。

【注释】 **1** 人：应为“尺”。 **2** 摇：应为“阳”。

其二

见君乘骢马[1]，知上太山道。
此地果摧轮[2]，全身以为宝。
我如丰年玉，弃置秋田草。
但勖冰壶心，无为叹衰老。

【注释】 **1** 骢（cōng）马：青白毛色的马。 **2** 此地果摧轮：曹操《苦寒行》：北上太行山，艰哉何巍巍！羊肠坂诘屈，车轮为之摧。

赠薛校书

我有吴趋[1]曲，无人知此音。
姑苏成蔓草，麋鹿空悲吟。
未夸观涛作[2]，空郁钓鳌心[3]。
举手谢东海，虚行归故林。

【注释】 **1** 趋：应为“越”。 **2** 观涛作：《文选》：将以八月之望，与诸侯逮方交游兄弟，并往观涛乎广陵之曲江。 **3** 钓鳌心：安旗注：后遂以钓鳌喻远大抱负或豪迈之举。

赠何七判官昌浩

有时忽惆怅，匡坐至夜分。平明空啸咤，思欲解世纷。心随长风□□□□□□□□□□□□九十诵古文。不然拂□□□□□□□勋[1]。老死阡陌间，何因扬清芬？夫子今管乐，英才冠三军。终与同出处，岂将沮溺[2]群？

【注释】 **1** 宋本原书文字模糊，根据其他版本补漏完整如下：心随长风去，吹散万里云。羞作济南生，九十诵古文。不然拂剑起，沙漠收奇勋。 **2** 沮溺：《论语》：长沮、桀溺耦而耕。此处指隐士。

读诸葛武侯传书怀，赠长安崔少府叔封昆季

汉道昔云季，群雄方战争。
霸图各未立，割据资豪英。
赤伏起颓运，卧龙得孔明。
当其南阳时，陇亩躬自耕。
鱼水三顾合[1]，风云四海生。
武侯立岷蜀[2]，壮士吞咸京[3]。
何人先见许？但有崔州平[4]。
余亦草间人（一作士），颇怀拯物情。
晚途值子玉[5]，华发同衰荣。
托意在经济，结交为弟兄。
无令管与鲍，千载独知名。

【注释】**1** 鱼水三顾合：刘备三顾茅庐请诸葛亮相助争天下。《三国志》：于是与亮情好日密。关羽、张飞等不悦，先主解之曰："孤之有孔明，犹鱼之有水也。愿诸君勿复言。"羽、飞乃止。 **2** 武侯立岷蜀：朱谏注：立岷蜀者，佐汉而都于蜀也。咸京，咸阳，关中之地，汉之长安旧都也，后为魏所据，故《出师表》云：臣当率三军北定中原，以复旧都。又尝曰：明年取魏，后年取吴，此皆亮之志也。 **3** 士：应为"志"。 **4** 崔州平：诸葛亮隐居时的朋友。 **5** 子玉：崔瑗，字子玉，东汉著名书法家、文学家、学者。

赠郭将军

将军少年出武威（一云将军豪荡有天威），入掌银台护紫微。
平明拂剑朝天去，薄暮□[1]鞭醉酒归。
爱子临风吹玉笛，美人腾（一作向，又作娇）月舞罗衣。
畴昔雄豪如梦里，相逢且欲醉春晖。（一云今日相逢俱失路，何年灞上弄春辉。）

【注释】 1 宋本此处脱字，据其他版本写作“垂”。

驾去温泉宫后赠杨山人

少年落托楚汉间，风尘萧瑟多苦颜。
自言介虿[1]（一作管葛）竟谁许，长吁莫错[2]还闭关。
一朝君王垂拂拭，剖心输丹雪胸臆。
忽蒙白日[3]回景光，直上青云生羽翼。
幸陪鸾辇[4]出鸿都，身骑飞龙天马驹。
王公大人借颜色，金章紫绶来相趋。
当时结交何纷纷，片言道合唯有君。
待吾尽节报明主，然后相携（一作携手沧洲）卧白云。

【注释】 1 介虿（chài）：同“芥蒂”，梗塞之意。虿：同“蒂”。

2莫错：朱谏注：莫错，犹寂寞也。 **3**白日：指君主。 **4**鸾辇：天子车驾。

温泉侍从归逢故人

汉帝长杨苑，夸胡羽猎归。
子云叨侍从，献赋有光辉。
激赏摇天笔，承恩赐御衣。
逢君奏明主，他日共翻飞。

【点评】

朱谏：李白侍从明皇游温泉，归逢故人，而作此诗，以子云从成帝于长杨之事言之。昔者汉成帝游于长杨之苑，大夸胡人以多禽兽，遂为羽猎之举。子云侍从，献赋讽谏，辞严义正，有光辉焉。蒙天子之激赏，有御衣之颁赐。我今侍从温泉，乃与子云同一揆也。乃是天子之近臣，安敢蔽贤以固宠也？归途逢君，知君之才，以俟他日当荐于朝，同升诸公，相与翻飞于云霄之上也。

赠裴十四

朝见裴叔则[1]，朗如行玉山。
黄河落天走东海，万里写又[2]胸怀间。
身骑白鼋不敢度，金高南山买君顾。
徘徊六合无相知，飘若浮云且西去。

【注释】 **1** 裴叔则:《世说新语》：裴令公有俊容仪，脱冠冕，粗服乱头皆好，时人以为玉人。见者曰:“见裴叔则，如玉山上行，光映照人。” **2** 又：应为“入”。

赠崔侍御

黄河三尺鲤，本在孟津居。
点额不成龙[1]，归来伴（一作作）凡鱼。
故人东海客，一见借吹嘘。
风涛傥相因，更欲凌昆墟[2]。
何当赤草[3]使，再往召相如。

【注释】 **1** 点额不成龙:《水经注》:《尔雅》云：鳣（zhān）、鲔（wěi）也。出巩穴，三月则上度龙门，得度则为龙矣，否则点额而还。 **2** 昆墟:《山海经》：海内昆仑之墟，在西北，帝之下都。

昆仑之墟，方八百里，高万仞。 3 草：应为“车”。

上李邕

大鹏一日同风起[1]，抟摇直上九万里。
假令风歇时下来，犹能扫[2]却沧溟水。
世人见我恒殊调，见余大言皆冷笑。
宣公[3]犹能畏后生[4]，丈夫未可轻年少。

【注释】 1 大鹏一日同风起：《庄子》：鹏之徙于南冥也，水击三千里，抟扶摇而上者九万里，去以六月息者也。 2 扫（chōu）：弹拨。 3 宣公：宣父。《新唐书》：（贞观）十一年，诏尊孔子为宣父。公：应为“父”。 4 畏后生：《论语》：后生可畏，焉知来者不如今也？

述德兼陈情上哥舒大夫

天为国家孕英才，森森矛戟拥灵台。
浩荡深谋喷江海，纵横逸气走风雷。
丈夫立身有如此，一呼三军皆披靡。
卫青漫作大将军，白起真成一竖子。

雪谗诗赠友人

（四言）

嗟余沉迷，猖獗已久。
五十知非[1]，古人常有。
立言补过[2]，庶存不朽。
包荒[3]匿瑕，蓄此顽丑。
《月出》[4]致讥，贻愧皓首。
感悟遂晚，事往日迁。
白璧何辜[5]，青蝇屡前。
君轻折轴[6]，下沉黄泉。
众毛飞骨，上陵青天。
萋菲暗成[7]，贝锦粲然。
泥沙聚埃，珠玉不鲜。
洪炎烁山，发自纤烟。
沧波荡日，起乎微涓。
交乱四国，播于八埏[8]。
拾尘掇蜂，疑圣猜贤。
哀哉悲夫，谁察予之贞坚！
彼妇人之猖狂，不如鹊之强强；
彼妇人之淫昏，不如鹑之奔奔。
坦荡（一作皎皎）君子，无悦簧言[9]。
擢发赎罪，罪乃孔多。

倾海流恶[10]，恶无以过。
人生实难，逢此织罗。
积毁销金，沉忧作歌。
天未丧文[11]，其如余何？
妲己灭纣，褒女惑周。
天维荡覆，职此之由。
汉祖吕氏，食其在傍。
秦皇太后，毐亦淫荒。
螮蝀作昏，遂掩太阳。
万乘尚尔，匹夫何伤！
辞殚意穷，心切理直。
如或妄谈，昊天是殛。
子野[12]善听，离娄[13]至明。
神靡遁响，鬼无逃形。
不我遐弃，庶昭忠诚。

【注释】 **1** 五十知非:《淮南子》：蘧伯玉年五十而知四十九年非。 **2** 立言补过:《左传》：太上有立德，其次有立功，其次有立言，虽久不废，此之谓不朽。 **3** 苞荒：包含荒秽。苞，一作包。 **4**《月出》:《诗传》:《月出》，刺好色也。在位不好德而悦美色焉。 **5** 白璧何辜:《论衡》：谗言伤善，青蝇污白，同一祸败，《诗》以为兴。 **6** 君轻折轴:《史记》：臣闻之，积羽沉舟，群轻折轴，众口铄金，积毁销骨。 **7** 萋菲暗成:《诗经》：

萋兮斐兮，成是贝锦，彼谮人者，亦已太甚！菲，一作斐。 8 八埏（yán）：八方。 9 簧言：《诗经》：巧言如簧，颜之厚矣。 10 倾海流恶：《为李密檄洛州文》：罄南山之竹，书罪无穷；决东海之波，流恶难尽。 11 天未丧文：《论语》：天之将丧斯文也，后死者不得与于斯文也；天之未丧斯文也，匡人其如予何？ 12 子野：春秋时期晋国乐师师旷，擅长弹琴，辨音能力极强。 13 离娄：传说中黄帝时视力极强的人。

赠参寥子

白鹤飞天书[1]，南荆访高士。
五云[2]在岘山，果得参寥子。
肮脏[3]辞故园，昂藏[4]入君门。
天子分玉帛，百官接话言。
毫墨时洒落，探元有奇作。
著论穷天人，千春秘麟阁。
长揖不受官，拂衣归林峦。
余亦去金马[5]，藤萝同所欢。
相思在何处，桂树青云端。

【注释】 1 天书：朱谏注：天书者，天子之书也。 2 五云：五色祥云。 3 肮脏：同“抗脏”，高亢耿直的样子。 4 昂藏：器宇轩昂的样子。

5 金马:《史记》：金马门者，宦署门也。门傍有铜马，故谓之曰金马门。

赠饶阳张司户璲

（燕魏太原）

朝饮苍梧泉，夕栖碧海烟。
宁知鸾凤意，远托椅桐前[1]。
慕蔺[2]岂曩古，攀嵇[3]是当年。
愧非黄石老，安识子房贤。
功业嗟落日，容华弃徂川。
一语已道意，三山期著鞭。
蹉跎人间世，寥落壶中天。
独见游物祖[4]，探元穷化先。
何当其携手，相与排冥（一作置）筌[5]。

【注释】 1 远托椅桐前:《庄子》：夫鹓鶵发于南海而飞于北海，非梧桐不止，非练实不食，非醴泉不饮。 2 慕蔺:《史记》：司马相如者，蜀郡成都人也，字长卿。少时好读书，学击剑，故其亲名之曰犬子。相如既学，慕蔺相如之为人，更名相如。 3 嵇：嵇康。4 物祖：朱谏注：物祖，物之始也。即天地太始之道也。5 排冥筌：朱谏注：排，开也。冥，深也。筌，取鱼之器。

赠清漳明府侄

我李百万叶，柯条布中州。
天开青云器，曰[1]为苍生忧。
小邑且割鸡[2]，大刀伫烹牛。
雷声动四境，惠与清漳流。
弦歌咏唐尧，脱落隐簪组[3]。
心和得天真，风俗由（一作独）太古。
牛羊散阡陌，夜寝不扃户。
问此何以然？贤人宰吾土。
举邑树桃李，垂阴亦流芬。
河堤绕渌水，桑柘连青云。
赵女不冶容[4]，提笼昼成群。
缲丝鸣机杼，百里声相闻。
讼息鸟下阶，高卧披道帙[5]。
蒲鞭[6]挂檐枝，示耻无扑抶。
琴清月当户[7]，人寂风入室。
长啸无一言，陶然上皇逸。
白玉壶冰水[8]，壶中见底清。
清光洞毫发，皎洁照群情。
赵北美佳政，燕南播高名。
过客览行谣，因之诵德声（一作得颂声）。

【注释】 **1** 曰：应为“日”。 **2** 小邑且割鸡:《论语》：子之武城，闻弦歌之声，夫子莞尔而笑曰:“割鸡焉用牛刀？” **3** 脱落隐簪组：萧士赟注:“脱落隐簪组”者，隐于簪缨之间，乃大隐居廛及吏隐之意，犹东方朔所言避世于朝廷者是也。此两句使事而不为事所廛，学者正好看大匠手段。 **4** 冶容:《周易》：冶容诲淫。**5** 道帙：朱谏注：道帙，道书也。清净之学也。 **6** 蒲鞭：《后汉书》:（刘宽）典历三郡，温仁多恕，虽在仓卒，未尝疾言遽色。常以为“齐之以刑，民免而无耻”。吏人有过，但用蒲鞭罚之，示辱而已，终不加苦。 **7** 琴清月当户:《南史》:不妄交接，门无杂宾。有时独醉，曰:“入吾室者但有清风，对吾饮者唯当明月。” **8** 白玉壶冰水：朱谏注：玉壶冰水者，以玉壶而盛冰水，清之极也。

赠临洺县令皓弟

（时被讼停官）

陶令去彭泽，茫然元古心。
大□□[1]成曲，但奏无弦琴。
钓水路非远[2]，连鳌意何深。
终期龙伯国，与余相招寻。

【注释】 **1** 原字缺漏，据其他版本写作“音自”。 **2** 钓水路非远:《列子》：龙伯之国，有大人，举足不盈数步而暨五山之所，一钓而连六鳌，合负而趣，归其国。

赠郭季鹰

河东郭有道[1]，于世若浮云。
盛德[2]无我位，清光独映君。
耻将鸡并食，长与凤为群。
一击九千仞[3]，相期凌紫氛。

【注释】 **1** 郭有道：郭太，东汉人。博学有才，擅长论议，名士“八顾”之一。 **2** 盛德：《史记》：老子曰：“吾闻之，良贾深藏若虚，君子盛德容貌若愚。” **3** 一击九千仞：《汉书》：凤皇翔于千仞兮，览德辉而下之。

邺中赠王大，劝入高凤石门山幽居

一身竟无托，远与孤蓬征。
千里失所依，复将落叶并。
中途偶良朋，问我将何行。
欲献济时策，此心谁见明？
君王制六合，海塞无交兵。

壮士伏草间，沉忧乱纵横。
飘飘不得意，昨发南都城。
紫燕[1]枥上嘶，青萍[2]匣中鸣。
投躯寄天下，长啸寻豪英。
耻学琅邪人，龙蟠[3]事躬耕[4]。
富贵吾自取，建功及春荣。
我愿执手□[5]，尔方达我情。
相知同一已，岂唯弟与兄！
抱子弄白云，琴歌发清声。
临别意难尽，各希存令名[6]。

【注释】 1 紫燕：骏马名。 2 青萍：剑名。 3 龙蟠：萧士赟注：《宾戏》：泥蟠而天下者，应龙之神也。 4 躬耕：指诸葛亮。 5 原本此处缺字，根据其他版本应为“尔手”。 6 令名：好的名声。《孝经》：士有争友，则身不离于令名。

赠华州王司士

（陕西）

淮水不绝波澜高，盛德未泯生英髦[1]。
知君先负庙堂器，今日还须赠宝刀。

【注释】 1髦（máo）:《尔雅》：髦，选也，俊也。

赠卢征君昆弟

明主访贤逸[1]，云泉[2]今已空。
二卢竟不起，万乘高其风。
河上[3]喜相得，壶中趣[4]每同。
沧洲即此地，观化游无穷。
木落海水清，鳌背睹方蓬。
与君弄倒影，携手凌星虹。

【注释】 1贤逸：隐居的贤能的人。 2云泉：隐居之地。 3河上：河上公。《神仙传》：河上公者，莫知其姓字。汉文帝时，公结草为庵于河之滨。帝读《老子经》，颇好之，敕诸王及大臣皆诵之。有所不解数事，时人莫能道之。闻时皆称河上公解《老子》经义旨，乃使赍所不决之事以问。 4壶中趣：壶中仙境。

赠新平（一作丰）少年

韩信在淮阴，少年相欺凌。

屈体若无骨，壮心有所凭。
一遭龙颜君[1]，啸吒从此兴。
千金答漂母，万古共嗟称。
而我竟胡（一作何）为，寒苦坐相仍。
长风入短袂，内（一作两）手如怀冰。
故友不相恤，新交宁见矜！
摧残槛中虎[2]，羁绁韝[3]上鹰。
何时腾风云，搏击申所能？

【注释】 **1** 龙颜君:《史记》：高祖为人，隆准而龙颜。 **2** 槛中虎:《汉书》：猛虎处深山，百兽震恐；及其在阱槛之中，摇尾而求食，积威约之渐也。 **3** 韝（bài）：朱谏注：韝，臂衣也。

赠崔侍御

长剑一杯酒，男儿方寸心。
洛阳因剧孟，托（一作访）宿话胸襟。
但仰山岳秀[1]，不知江海深。
长安复携手，再顾重千金。
君乃輶轩[2]佐，余叨翰墨林。
高风摧秀木[3]，惊弹落虚禽[4]。
不取回舟兴，而来命驾[5]寻。

扶摇应借便（一作力），桃李愿成阴。
笑吐张仪舌，愁为庄舄吟[6]。
谁怜明月夜，肠断听秋砧。

【注释】 **1** 但仰山岳秀：安旗注：山岳秀，谓其风标；江海深，谓其胸次。 **2** 輶（yóu）轩：轻便车。 **3** 高风摧秀木：《文选》：夫忠直之迕于主，独立之负于俗，理势然也。故木秀于林，风必摧之。 **4** 惊弹落虚禽：朱谏注：虚弹落乎惊禽，喻被谗而怀乎忧畏也。一作虚弹落惊禽。 **5** 命驾：《世说新语》：嵇康与吕安善，每一相思，千里命驾。 **6** 庄舄吟：《史记》：越人庄舄仕楚执珪，有顷而病。楚王曰："舄，故越之鄙细人也，今仕楚执珪，贵富矣，亦思越不？"中谢对曰："凡人之思故，在其病也，彼思越则越声，不思越则楚声。"使人往听之，犹尚越声也。

走笔赠独孤驸马

都尉朝天跃马归，香风吹人花乱飞。
银鞍紫鞚[1]照云日，左顾右盼生光辉。
是时仆在金门里，待诏公车谒天子。
长揖蒙垂国士恩，壮心剖出酬知己。

一别蹉跎朝市间，青云之交不可攀。

傥其公子重回顾，何必侯嬴长抱关。

【注释】 1 鞚（kòng）：马勒。

第九卷

歌诗三十四首

赠二

赠嵩山焦炼师（并序）

（洛阳）

嵩丘有神人焦炼师者，不知何许妇人也。又云生于齐梁时，其年貌可称五六十。常胎息[1]绝谷，居少室庐，游行若飞，倏忽万里。世或传其入东海，登蓬莱，竟不能测其往也。余访道少室，尽登三十六峰，闻风有寄，洒翰遥赠。

二室[2]凌（一作倚）青天，三花[3]含（一作明）紫（一作绿）烟。
中有蓬海客，宛疑麻姑仙。
道在喧莫染，迹高想已绵。
时餐金鹅药[4]（一作金蛾蕊），屡读青苔篇[5]。
八极恣游憩，九垓长周旋。
下瓢酌颍水[6]，舞鹤来伊川[7]。
还归空山上，独拂秋霞眠。
萝月挂朝镜，松风鸣夜弦。
潜光[8]隐嵩岳，炼魄栖云幄。
霓衣何飘摇（一作葳蕤），凤吹（一作羽驾）转绵邈。
愿同西王母[9]，下顾东方朔。
紫书[10]傥可传，冥（一作铭）骨誓相学。

【注释】 1 胎息:《抱朴子》: 得胎息者，能不以鼻口嘘吸，如在胞胎之中，则道成矣。 2 二室: 嵩山东边为太室，西边为少室，嵩山则为各山峰的总称。 3 三花:《初学记》: 汉世有道士，从外国将贝多子来，于嵩高西脚下种之，有四树，与众木有异，一年三花，白色香美。 4 金鹅药:《艺文类聚》:《临海记》曰: 石山望之如雪，山有湖，传云金鹅之所集，八桂之所植。 5 青苔篇: 修道之书。青: 一作古。 6 下瓢酌颍水:《吕氏春秋》: （许由）遂之箕山之下，颍水之阳，耕而食，终身无经天下之色。 7 舞鹤来伊川:《列仙传》: 王子乔者，周灵王太子晋也。好吹笙，作凤凰鸣，游伊、洛之间，道士浮丘公接上嵩高山……至时，果乘白鹤，驻山头，望之不得到。举手谢时人，数日而去。 8 潜光: 此处指隐居。 9 愿同西王母:《博物志》: 汉武帝好仙道，祭祀名山大泽，以求神仙之道。时西王母遣使乘白鹿告帝当来，乃供帐九华殿以待之……唯帝与母对坐，其从者皆不得进。时东方朔窃从殿南厢朱鸟牖中窥母。母顾之，谓帝曰: "此窥牖小儿，尝三来盗吾此桃。" 帝乃大怪之，由此世人谓方朔神仙也。 10 紫书: 修道的经书。

口号赠杨征君

（此公时被征）

陶令辞彭泽[1]，梁鸿入会稽[2]。

我寻《高士传》，君与古人齐。
云卧留丹壑，天书降紫泥[3]。
不知杨伯起[4]，早晚向关西。

【注释】 **1** 陶令辞彭泽：陶渊明辞去彭泽县令归隐。 **2** 梁鸿入会稽：见本卷《和卢侍御通塘曲》注释。 **3** 天书降紫泥：古代皇帝诏书用紫泥作封。 **4** 杨伯起：杨震，字伯起，东汉时期名臣，明经博览，有“关西孔子杨伯起”之称。

【点评】

《唐诗解》：卢鸿始栖隐，而终就征，故以潜鸿美其处，以伯起赞其出也。言陶公之弃官，梁之避地，传所称高士。君既齐此二人矣，然云卧邱壑，而天书降之，乃不知伯起已向乎关西也。时盖因其出而深喜之，鸿竟辞归不屈。

秋日炼药院镊白发赠元六兄林宗

木落识岁秋[1]，瓶水知天寒。
桂枝日已绿，拂雪凌云端。
弱龄接光景，矫翼攀鸿鸾。
投分三十载，荣枯同所欢。
长吁望青云，镊白[2]坐相看。

秋颜入晓镜，壮发凋危冠。
穷与鲍生贾[3]，饥从漂母餐。
时来极天人，道在岂吟叹？
乐毅[4]方适赵，苏秦[5]初说韩。
卷舒固在我，何事空摧残？

【注释】 **1** 木落识岁秋：《淮南子》：见一叶而知岁之将暮，睹瓶中之冰而知天下之寒。 **2** 镊白：摘掉白发。 **3** 穷与鲍生贾：《史记》：管仲曰："吾始困时，尝与鲍叔贾，分财利多自与，鲍叔不以我为贪，知我贫也。" **4** 乐毅：字永霸，战国后期杰出的军事家、战略家。《史记》：于是使乐毅约赵惠文王，别使连楚、魏，令赵嚪说秦以伐齐之利。诸侯害齐湣王之骄暴，皆争合从与燕伐齐。乐毅还报，燕昭王悉起兵，使乐毅为上将军，赵惠文王以相国印授乐毅。乐毅于是并护赵、楚、韩、魏、燕之兵以伐齐，破之济西。 **5** 苏秦：字季子，战国时期的纵横家、外交家和谋略家。苏秦游说列国，提出"合纵"六国以抗秦的战略思想，并组建合纵联盟，任"从约长"，兼佩六国相印。著作有《苏子》三十一篇。

书情赠蔡舍人雄

（梁宋）

尝高谢太傅[1]（一作尝闻谢安石），携妓东山门。

楚舞醉碧云，吴歌断清猿。

暂因苍生起，谈笑安黎元。

余亦爱此人，丹霄冀飞翻。

遭逢圣明主，敢进兴亡言。

娥眉积谗妒[2]，鱼目嗤玙璠[3]。

白璧竟何辜（一作本无瑕），青蝇遂成冤。

一朝去京国，十载客梁园。

猛犬吠九关[4]，杀人愤精魂。

皇穹雪冤枉，白日开氛昏。

太阶得夔龙，桃李满中原。

倒海索明月，凌山采芳荪[5]。

愧无横草[6]功，虚负雨露恩。

迹谢云台阁，心随天马辕。

夫子王佐才[7]，而今复谁论？

曾飙振六翮[8]，不日思腾骞。

我纵五湖棹，烟涛恣崩奔。

梦钓子陵湍[9]，英氛缅犹存。

徒希客星[10]隐，弱植不足援。

千里一回首，万里一长歌。

黄鹤不复来，清风奈愁何！

舟浮潇湘月（一作江横罗刹石），山倒洞庭波。

投汨[11]笑古人，临濠[12]得天和。

闲时田亩中，搔背牧鸡鹅。

别离解相访，应在武陵多。

【注释】 **1** 尝高谢太傅:《世说新语》：谢公在东山畜妓。简文曰:“安石必出。既与人同乐，亦不得不与人同忧。”谢太傅，谢安，字安石。 **2** 娥眉积谗妒:《离骚》：众女嫉余之蛾眉兮。 **3** 玙璠（yú fán）：美玉。 **4** 猛犬吠九关:《楚辞》：岂不郁陶而思君兮，君之门以九重。猛犬狺狺而迎吠兮，关梁闭而不通。 **5** 芳荪（sūn）：香草名。 **6** 横草：行于草野之中，使草倒伏。此处比喻极轻微。 **7** 王佐才:《汉书》：刘向称“董仲舒有王佐之材，虽伊、吕亡以加，管、晏之属，伯者之佐，殆不及也”。 **8** 六翮（hé）：鸟的羽翼。 **9** 梦钓子陵湍：严光，又名遵，字子陵，东汉著名隐士。《后汉书》:（严光）除为谏议大夫，不屈，乃耕于富春山，后人名其钓处为严陵濑焉。 **10** 客星：古代对彗星等星体的称呼。《后汉书》：帝从容问光曰:“朕何如昔时？”对曰:“陛下差增于往。”因共偃卧，光以足加帝腹上。明日，太史奏客星犯御坐甚急。帝笑曰:“朕故人严子陵共卧耳。” **11** 投汨：屈原投汨罗江而死。《史记》:（屈原）怀石自投汨罗以死。 **12** 临濠:《庄子》：庄子与惠子游于濠梁之上。庄子曰:“鲦鱼出游从容，是鱼之乐也。”

忆襄阳旧游赠济阴马少府巨

昔为大堤客，曾上山公楼[1]。
开窗碧嶂满，拂镜沧江流。
高冠佩雄剑，长揖韩荆州[2]。
此地别夫子，今来思旧游。
朱颜君未老，白发我先秋。
壮志恐蹉跎，功名若云浮。（一作有意未得言，怀贤若沉忧。）
归心结远梦，落日悬春愁。
空思羊叔子[3]，堕泪岘山头。（一作何时共携手，更醉岘山头。）

【注释】 1 山公楼：山简守襄阳时期有山公楼。 2 韩荆州：荆州大都督府长史韩朝宗。 3 羊叔子：羊祜，字叔子，西晋时期的战略家、政治家、文学家。《晋书》：祜乐山水，每风景，必造岘山，置酒言咏，终日不倦……襄阳百姓于岘山祜平生游憩之所建碑立庙，岁时飨祭焉。望其碑者莫不流涕，杜预因名为堕泪碑。

对雪献从兄虞城宰

昨夜梁园雪，弟寒兄不知。
庭前看玉树，肠断忆连枝。

【点评】

朱谏：李白对雪以诗献于兄：言昨夜遇雪，我居旅次，无衣无褐，何以御寒？兄方食禄，而锦衣重裘，固不知弟有若是之寒也。雪中之树，皎如白玉，我行庭中，见此玉树，未免为之而断肠也。因树而忆连枝之人也：夫兄弟者，一本而生，如木之枝实相连者，睹雪中之木，念连枝之人，弟之寒也，兄可不知之乎？

访道安陵遇盖寰为予造真箓临别留赠

清水见白石，仙人识青童[1]。
安陵盖夫子[2]，十岁与天通。
悬河[3]与微言，谈论安可穷！
能令二千石，抚背惊神聪。
挥毫赠新诗，高价掩山东。
至今平原客，感激慕清风。
学道北海仙，传书蕊珠宫[4]。
丹田了玉阙，白日思云空。
为我草真箓，天人惭妙工。
七元[5]洞豁落，八角辉星虹。
三灾[6]荡璇玑[7]，蛟龙翼微躬。
举手谢天地，虚无齐始终。

黄金献高堂，答荷难克充。
下笑世上事，沉魂北罗酆[8]。
昔日万乘坟，今成一科蓬。
赠言若可重，实此轻华、嵩[9]。

【注释】 **1**青童：仙人旁边的仙童。 **2**盖夫子：盖寰（huán）。 **3**悬河：《晋书》：郭象字子玄，少有才理，好老庄，能清言。太尉王衍每云："听象语，如悬河泻水，注而不竭。" **4**蕊珠宫：道教中的仙宫。 **5**七亢：亢应做元。七元，七窍的元气。 **6**三灾：《法苑珠林》：二十小劫中间有三小灾，次第轮转。一疾疫灾，二刀兵灾，三饥馑灾。 **7**璇玑：北极星。 **8**罗酆：罗酆山，道教传说中的名山，地府所在之地。 **9**华、嵩：华山、嵩山。

杂言用投丹阳知己兼奉宣慰判官

客从昆仑来，遗我双玉璞[1]。云是古之得道者西王母食之余，食之可以凌太虚。爱之颇谓绝，今昔求识，江淮人犹乎比石。如今虽在卞和手，□□正憔悴，了了知之亦何益？恭闻士有调相如[2]，始从镐京还，复欲镐京去。能上秦王殿，何时回光一相眄？欲投君，保君年，幸君持取无弃捐。无弃捐，服之与君俱神仙。

【注释】 **1** 玉璞：可用作修道之药的玉。 **2** 相如：蔺相如，战国时期赵国著名的政治家、外交家。蔺相如奉赵王之命带和氏璧见秦王换十五城池，秦王十分喜爱和氏璧，欲据为己有而不给城池交换。蔺相如以指出和氏璧瑕疵为由夺回和氏璧，并举璧触柱威胁秦王，秦王遂作罢，和氏璧因此安然归还赵国。

赠崔郎中宗之

（金陵）

胡鹰（一作雁）拂海翼，翱翔鸣素秋。

惊云辞沙朔，飘荡迷河洲（一作胡雁度日边，两龙天地秋。哀鸣沙塞寒，风雪迷河洲）。

有（一作乃）如飞蓬人[1]，去逐（一作去）万里游。

登高望浮云，仿佛如旧丘。

日从海旁没，水向天边流。

长啸倚孤剑，目极心悠悠。

岁晏归去来，富贵安所求！

仲尼七十说[2]，历聘[3]莫见收。

鲁连逃千金[4]，珪组[5]岂可（一作不足）酬？

时哉苟不会，草木为我俦。

希君同携手，长往南山幽。

【注释】 1 飞蓬人：流浪漂泊的人。飞蓬，没有根基随风飘荡的蓬草。 2 仲尼七十说：《淮南子》：孔子欲行王道，东西南北，七十说而无所偶。 3 聘：《诗集传》：聘，问也。 4 鲁连逃千金：鲁仲连。《史记》：平原君乃置酒，酒酣起前，以千金为鲁连寿。鲁连笑曰："所贵于天下之士者，为人排患释难解纷乱而无取也。即有取者，是商贾之事也，而鲁连不忍为也。"遂辞平原君而去，终身不复见。 5 珪（guī）组：指官爵。珪，古代王侯在举行典礼时拿的玉器。组，佩印用的丝带。

赠崔咨议

騄骥[1]本天马，素非伏枥驹。
长嘶向（一作起）清风，倏忽[2]凌九区。
何言西北至，却是东南隅。
世道有翻覆，前期（一作程，又作途）难预图。
希君一（一作前，又作相）剪拂[3]（一作佛便），犹可骋中衢。

【注释】 1騄（lù）骥：骏马。騄，一作绿。 2 倏忽：急速的样子。 3 剪拂：王琦注：剪拂，谓修剪其毛鬣，洗拭其尘垢。

赠昇州王使君忠臣

六代帝王国，三吴佳丽城。
贤人当重寄，天子借高名。
巨海一边静，长江万里清。
应须救赵策，未肯弃侯嬴。

【点评】

朱谏：此送昇州王使君。言昇州乃六朝之旧都，三吴之故地，实江南之要冲也，唯贤人可以当此重寄，天子乃借君之高名，以为一方之屏翰也。且昇州之地，阻海带江，付托得人，则巨海静于一边，而无扬波之警；长江清于万里，而有天堑之险。夫天子得人，则天下安；贤人得友，则功业著，如公子无忌之救赵，用侯嬴之谋，则战而成功，故凡谋国者必资于贤才也。君如用人，岂弃我乎！

赠别从甥高五

鱼目高太山，不如一玙璠。
贤甥即明月，声价动天门。
能成吾宅相，不减魏阳元[1]。
自顾寡筹略，功名安所存？

五木[2]思一掷，如绳系穷猿。
枥中骏马空，堂上醉人喧。
黄金久已罄，为报故交恩。
闻君陇西行，使我惊心魂。
与尔共飘摇，雪天各飞翻。
江水流或卷，此心难具论。
贫家羞好客，语拙觉辞繁。
三朝空错莫，对饭却惭冤。
自笑我非夫，生事多契阔。
蓄积万古愤，向谁得开豁?
天地一浮云，此身乃毫末。
忽见无端倪，太虚可苞括。
去去何足道，临岐空复愁。
肝胆不楚越[3]，山河亦衾俦[4]。
云龙[5]若相从，明主会见收。
成功解相访，溪水桃花流。

【注释】 1 魏阳元:《晋书》：魏舒，字阳元，任城樊人也。少孤，为外家宁氏所养。宁氏起宅，相宅者云:"当出贵甥。"外祖母以魏氏甥小而慧，意谓应之。舒曰:"当为外氏成此宅相。" 2 五木:游戏工具。 3 肝胆不楚越:《庄子》：自其异者视之，肝胆楚越也;自其同者视之，万物皆一也。 4 俦：一作裯（chóu），被单。 5 云龙：比喻君臣。

赠裴司马

翡翠黄金缕，绣成歌舞衣。
若无云间月，谁可比光辉？
秀色一如此，多为众女讥。
君恩移昔爱，失宠秋风归。
愁苦不窥邻，泣上流黄机[1]。
天寒素手冷，夜长烛复微。
十日不满匹，鬓蓬乱若丝。
犹是可怜人，容华世中稀。
向君发皓齿，顾我莫相违。

【注释】 1 流黄机：织布机。

叙旧赠江阳宰陆调

太伯让天下[1]，仲雍扬波涛。
清风荡万古，迹与星辰高。
开吴食东溟，陆氏世英髦。
多君秉古节，岳立冠人曹。
风流少年时，京洛事游遨。
腰间延陵剑，玉带明珠袍。

我昔斗鸡徒，连延五陵豪。
邀遮相组织，呵吓来煎熬。
君开万丛人，鞍马皆辟易。
告急清宪台，脱余北门厄。
间宰江阳邑，剪棘树兰芳。

（一本自陆氏世英髦以下云：夫子时峻李，岳立冠人曹。风流少年时，京洛事游遨。骖驔红阳燕，玉剑明珠袍。一诺许他人，千金双错刀。满堂青云士，望美期丹霄。我昔北门厄，摧如一枝蒿。□虎挟鸡徒，连延五陵豪。邀遮来组织，呵吓相煎熬。君披万人丛，脱我如貔牢。此耻竟未刷，且食绥山桃。非天雨文章，所祖托风骚。苍蓬老壮发，长策未逢遭。别君几何时，君无相思否？鸣琴坐高楼，渌水净窗牖。政成闻雅颂，人吏皆拱手。投刃有余地，回车摄江阳。错杂非易理，先威挫豪强。下与此同。）

城门何肃穆，五月飞秋霜。
好鸟集珍木，高才列华堂。
时从府中归，丝管俨成行。
但苦隔远道，无由共衔觞。
江北荷花开，江南杨梅熟。
正好饮酒时，怀贤在心目。
挂席候海色，当风下长川。
多酤[2]新丰醁[3]，满载剡溪船。
中途不遇人，直到尔门前。
大笑同一醉，取乐平生年。

【注释】 **1** 太伯让天下:《史记》记载，太伯、仲雍、季历均为周太王的儿子，周太王欲立季历及其儿子昌，太伯、仲雍避让，远走荆蛮，文身断发。后季历果然立为王，其子昌为文王。二人建立勾吴，为后来吴地的发展奠定基础。 **2** 酤（gū）：买酒。**3** 醁（lù）：美酒。一作绿。

赠从孙义兴宰铭

（亚相李公重之以能政，中丞李公免罢以移官。）

天子思茂宰，天枝[1]得英才。
朗然清秋月，独出映吴台。
落笔生绮绣，操刀振风雷。
蠖屈[2]虽百里，鹏骞[3]望三台。
退食[4]无外事，琴堂向山开。
绿水寂以闲，白云有时来。
河阳富奇藻[5]，彭泽[6]纵名杯。
所恨不见之，犹如仰昭回。
元恶昔滔天，疲人散忧[7]草，
惊川无活鳞，举邑罕遗老。
誓雪会稽耻，将奔宛陵道。
亚相素所重，投刃应《桑林》[8]。
独坐[9]伤激扬，神融一开襟。

弦歌欣再理，和乐醉人心。

蠹政[10]除害马，倾巢有归禽。

壶浆候君来，聚舞共讴吟。

农夫弃蓑笠，蚕女堕缨簪。

欢笑相拜贺，则知惠爱深。

历职吾所闻，称贤尔为最。

化洽一邦上，名驰三江外。

峻节冠云霄，通方[11]堪远大。

能文变风俗，好客留轩盖。

他日一来游，因之严光濑[12]。

【注释】 **1** 天枝：天子的旁支。 **2** 蠖（huò）屈：原意为像尺蠖般屈曲之形，此处比喻人不得志。蠖，昆虫名。 **3** 騫：腾飞，飞起。 **4** 退食：减食。 **5** 河阳富奇藻：河阳令潘岳，文章辞藻华丽。 **6** 彭泽：指陶渊明，曾经做过彭泽县令。 **7** 忧：应为“幽”。 **8** 投刃应《桑林》:《庄子》：庖丁为文惠君解牛。手之所触，肩之所倚，足之所履，膝之所踦，砉然响然，奏刀騞然，莫不中音，合于《桑林》之舞，乃中《经首》之会。 **9** 独坐:《后汉书》：光武特诏御史中丞与司隶校尉、尚书令会同并专席而坐，故京师号曰“三独坐”。 **10** 蠹（dù）政：坏的朝政。蠹，蛀虫。 **11** 通方：通晓为政之道。方，为政之道。 **12** 严光濑：严光，东汉隐士。

草创大还赠柳官迪

天地为橐籥[1]，周流行太易[2]。
造化合元符，交构腾精魄。
自然成妙用，熟[3]知其指的？
罗络四季间[4]，绵微[5]一无隙。
日月更出没，双光岂云只。
姹女[6]乘河车，黄金充辕轭。
执枢相管辖，摧伏伤羽翮。
朱鸟[7]张炎威，白虎[8]守本宅。
相煎成苦老，消烁凝津液。
仿佛明窗尘，死灰同至寂。
铸冶入赤色，十二周律历。
赫然称大还，与道本无隔。
白日可抚弄，清都在咫尺。
北酆[9]落死名，南斗上生籍。
抑予是何者？身在方士格。
才术信纵横，世途自轻掷。
吾求仙弃俗，君晓损胜益。
不向金阙游，思为玉皇客。
鸾车速风电，龙骑无鞭策。
一举上九天，相携同所适。

【注释】 **1** 天地为橐籥（tuó yuè）：橐籥，古代冶炼时鼓风吹火的装置。《老子》：天地之间，其犹橐籥乎？虚而不屈，动而愈出。 **2** 太易：天地万物尚未生成时的混沌状态。太：一作大。 **3** 熟：应为“孰”。 **4** 罗络四季间：朱谏注：罗络，周匝而遍也。 **5** 绵微：延长而细也。 **6** 姹（chà）女：道教炼丹对水银的称呼。 **7** 朱鸟：朱雀，古代神兽，五行属火。 **8** 白虎：古代神兽，五行属金。 **9** 北酆：罗酆山，地府所在之地。

赠崔司户文昆季

双珠出海底，俱是连城珍。
明月两特达[1]，余辉照傍人。
英声振名都，高价动殊邻[2]。
岂伊箕山[3]故，特以风期亲。
唯昔不自媒[4]，担簦[5]西入秦。
攀龙九天上，别忝岁星臣[6]。
布衣侍丹墀[7]，密勿草丝纶。
才微惠渥[8]重，谗巧生缁磷[9]。
一去已十年，今来复盈旬。
清霜入晓鬓，白露生衣巾。
侧见绿水亭，开门列华茵[10]。
千金散义士，四座无凡宾。

欲折月中桂，持为寒者薪。
路傍已窃笑，天路[11]将何因？
垂恩傥丘山[12]，报德有微身。

【注释】 **1** 特达：朱谏注：特达，独出于众也。 **2** 殊邻：遥远之地。 **3** 箕（jī）山：《高士传》云：许由字武仲。尧闻致天下而让焉，乃退而遁于中岳颍水之阳，箕山之下隐。 **4** 自媒：《管子》：自媒之女，丑而不信。 **5** 担簦（dēng）：原意为背着伞，此处指奔走。簦，有长柄的笠。 **6** 岁星臣：朱谏注：东方朔为岁星之精，待诏金马门，为近侍之臣，故白以之自喻也。时白亦以待诏而供奉翰林。 **7** 丹墀：红色的宫殿石阶。 **8** 惠渥：恩惠。 **9** 缁磷：变黑变薄。《论语》：不曰坚乎？磨而不磷。不曰白乎？涅而不缁。 **10** 列华茵：朱谏注：列华茵者，延宾也。 **11** 天路：入朝之路。 **12** 丘山：朱谏注：丘山，言重大也。

赠溧阳宋少府陟

李斯未相秦，且逐东门兔[1]。
宋玉事襄王，能为《高唐赋》。
尝闻《绿水曲》，忽此相逢遇。
扫洒青天开，豁然披云雾。
威蕤紫鸾鸟，巢在昆山树[2]。

惊风西北吹，飞落南溟去。
早怀经济策，特受龙颜顾。
白玉栖青蝇[3]，君臣忽行路。
人生感分义，贵欲呈丹素[4]。
何日清中原，相期廓天步[5]。

【注释】 **1** 东门兔：《史记》：二世二年七月，具斯五刑，论腰斩咸阳市。斯出狱，与其中子俱执，顾谓其中子曰："吾欲与若复牵黄犬俱出上蔡东门逐狡兔，岂可得乎？"遂父子相哭，而夷三族。 **2** 巢在昆山树：杨齐贤注：昆山即昆仑山，有凤巢其树。 **3** 白玉栖青蝇：《宴胡楚真禁所》：青蝇一相点，白璧遂成冤。 **4** 丹素：丹心。 **5** 天步：朱谏注：廓，大也。天步，天运也。

戏赠郑溧阳

陶令日日醉，不如五柳春。
素琴本无弦，漉酒[1]用葛巾。
清风北窗下，自谓羲皇人[2]。
何时到溧（一作栗）里[3]，一见平生亲。

【注释】 **1** 漉（lù）酒：滤酒。 **2** 自谓羲皇人：《宋书》：（陶潜）尝言五六月北窗下卧，遇凉风暂至，自谓是羲皇上人。 **3** 溧里：陶渊明故居，在今江西九江市南陶村西。

赠僧崖公

昔在朗陵[1]东，学禅白眉空。
大地了镜彻，回旋寄轮风。
揽彼造化力，持为我神通。
晚谒太山君，亲见日没云。
中夜卧山月（一作夜卧雪上月），拂衣[2]逃人群。
授余金仙道[3]，旷劫[4]未始闻，
冥机[5]发天光，独朗谢垢氛。
虚舟不系物，观化游江渍[6]。
江渍遇同声，道崖乃僧英。
说法动海岳，游方[7]化公卿。
手秉玉麈尾，如登白楼亭。
微言注百川，亹亹[8]信可听。
一风鼓群有，万籁各自鸣。
启开七窗牖，托宿掣雷霆。
自云历天台，搏壁蹑翠屏。
凌兢[9]石桥去，恍惚入青冥。
昔往今来归，绝景无不经。
何日更携手，乘杯向蓬瀛？

【注释】 1 朗陵：朗陵山，在今河南确山县西南。 2 拂衣：归隐。 3 金仙道：指佛家。 4 旷劫：形容时间长久。 5 冥机：悟道之机。 6 濆（fén）：水边。 7 游方：周游四方。 8 亹亹（wěi）：勤勉不倦。 9 凌兢：战战兢兢的样子。

游溧阳北湖亭望瓦屋山怀古赠同旅

（一作《赠孟浩然》）

朝登北湖亭，遥望瓦屋山。
天清白露下，始觉（一作知）秋风还。
游子托主人，仰观眉睫间。
日（一作目）色送飞鸿，邈然不可攀。
长吁相劝勉，何事来吴关？
闻有贞义女[1]，振穷溧水湾。
清光了在眼，白日如披颜。
高坟五六墩，崒兀[2]栖猛虎。
遗迹翳九泉，芳名动千古。
子胥昔乞食，此女倾壶浆。
运开展宿愤，入楚鞭平王[3]。
凛冽天地间，闻名若怀霜。
壮夫或未达，十步九太行。
与君拂衣去，万里同翱翔。

【注释】 1 贞义女:《越绝书》:子胥遂行至溧阳界中，见一女子，击絮于濑水之中。子胥曰:“岂可得托食乎？” 女子曰:“诺。” 即发箪饭，清其壶浆而食之。子胥食已而去，谓女子曰:“掩尔壶浆，毋令之露。” 女子曰:“诺。” 子胥行五步，还顾。女子自纵于濑水之中而死。子胥遂行。 2 崒兀（zúwù）：险峻的样子。 3 入楚鞭平王:《吴越春秋》：吴王入郢，止留，伍胥以不得昭王，乃掘平王之墓，出其尸，鞭之三百，左足践腹，右手抉其目，诮之曰:“谁使汝用谗误之口，杀我父兄，岂不冤哉！”

醉后赠从甥高镇

马上相逢揖马鞭，客中相见客中怜。
欲邀击筑悲歌□[1]，正值倾家无酒钱。
江东风光不借人，枉杀落花空自春。
黄金逐手快意尽，昨日破产今朝贫。
丈夫何事空啸傲？不如烧却头上巾。
君为进士不得进，我被秋霜生旅鬓。
时清不及英豪人，三尺童儿唾廉蔺[2]。
匣中盘却[3]装鲭鱼[4]，闲在腰间未用渠。
且将换酒与君醉，醉归记[5]宿吴镈诸[6]。

【注释】 1 欲邀击筑悲歌□:《史记》：荆轲嗜酒，曰与狗屠及高渐离于燕市，酒酣以往，高渐离击筑，荆轲和而歌于市中，相乐也。□，宋本缺字，其他版本此处写作“饮”。 **2** 廉蔺：廉颇、蔺相如。 **3** 却：应为“剑”。 **4** 鲭鱼：鱼名。鲭，（cuò）。 **5** 记：应为“托”。 **6** 镈诸：即专诸，春秋时吴国刺客，曾用放在鱼肚中的鱼肠剑刺杀吴王僚。

赠秋浦柳少府

秋浦旧萧索，公庭人吏稀。
因君树桃李，此地忽芳菲。
摇笔望白云，开帘当翠微。
时来引山月，纵酒酣清辉。
而我爱夫子，淹留未忍归。

【点评】

朱谏：言秋浦旧时萧条，今来繁华，则柳少府之政可知矣。且少府公事多暇，赋诗看山，对月饮酒，又得悠然以自适也。因此我愈相爱，客游虽久，未忍遽去耳。

赠崔秋浦三首

其一

吾爱崔秋浦，宛然陶令风。
门前（一作栽）五杨柳，井上（一作夹）二梧桐。
山鸟下听事，檐花落酒中。
怀君未忍去，惆怅意无穷。

【点评】

朱谏：言我爱崔君为秋浦之令，以其宛然有陶令之风也。门前栽杨柳，井上树梧桐，讼庭不喧，而山鸟下于厅事；公余举杯，而檐花落于酒中，身虽为令，而清闲自适如此，是即古之渊明也。我所以眷眷于怀，欲相依归而不忍去，临别惆怅，意有未尽，安能遽尔而他往哉！

其二

崔令学陶令（一作君似陶彭泽），北窗常昼眠。
抱琴时弄月（一作待秋月），取意任无弦。
见客但倾酒，为官不爱钱。
东皋多种黍，劝尔早耕田（一作东皋春事起，种黍早归田）。

【点评】

朱谏：言崔秋浦之为令，即陶令也。高卧北窗，抱琴弄月，嗜酒轻财，耕田种黍，其风致之高迈，与渊明前后同一揆也。曰“早归田”者，是时崔秋浦尚在官，但用渊明为令故事拟之，而无拘于去就也。诗人不泥，泥之者失于凿矣。

其三

河阳花作县[1]，秋浦玉为人[2]。
地逐名贤好，风随惠化春。
水从天汉落，山逼画屏新。
应念金门客，投沙吊楚臣[3]。

【注释】 1 河阳花作县：《白氏六帖》：潘岳为河阳令，种桃李花，人号“河阳一县花”。 2 玉为人：《晋书》：楷风神高迈，容仪俊爽，博涉群书，特精理义，时人谓之“玉人”，又称“见裴叔则如近玉山，映照人也”。 3 投沙吊楚臣：《史记》：贾生为长沙王太傅。贾生既辞往行，闻长沙卑湿，自以寿不得长，又以谪去，意不自得。及渡湘水，为赋以吊屈原。

【点评】

《李诗直解》：此颂崔公之惠化而伤已之忠而见弃也。昔潘岳令河阳，风流种花，是以花作县也。今崔公宰秋浦，温润如玉，是以玉为人也。秋浦之地，得崔令而好，犹河阳之地，得潘岳而好矣。况民风随崔公之惠化而生春乎！故秋浦之水，从天上云汉而落，膏泽下于民也。秋浦之山，逼堂座画屏而新，威严立于上也。公之德政如此，应念我金门供奉之客，如贾谊之左投长沙，作赋以吊屈平，忠而见弃，我今亦弃而不用，以视秋浦何如哉！

望九华山赠韦青阳仲堪

昔在九江上，遥望（一作观）九华峰。
天河挂绿水，秀出（一作山）九芙蓉。
我欲一挥手，谁人可相从？
君为东道主，于此卧云松。

【点评】

朱谏：韦仲堪居青阳，故李白即青阳之景以赠之。言我昔在九江之上，遥望九华之山，其瀑布飞流，有若天河之悬挂；九峰峙列，有若秀出之芙蓉。我将挥手以招同游之侣，不知何人可以相从乎。唯君有山水之情，多尘外之想，所居又近于九华，宜为东道之主人，与我共入此山，卧于云松之下，嚣嚣然乐以忘斯世，可也。

赠柳圆

竹实满秋浦，凤来何苦饥[1]？
还同月下鹊，三绕未安枝。
夫子即琼树，倾柯拂羽仪[2]。
怀君恋明德，归去日相思。

【注释】 1 凤来何苦饥：《庄子》：夫鹓鶵，发于南海而飞于北海，非梧桐不止，非练实不食，非醴泉不饮。 2 羽仪：《易·渐卦》：鸿渐于陆，其羽可用为仪。

闻谢杨儿吟猛虎词因有此赠

同州隔秋浦，闻吟《猛虎词》。
晨朝来借问，知是谢杨儿。

宿清溪主人

夜到清溪宿，主人碧岩里。
檐楹挂星斗，枕席响风水。
月落西山时，啾啾夜猿起。

【点评】

《李诗直解》：此宿清溪而咏所见所闻之夜景也。言我夜到清溪宿矣，主人居碧岩之里，使与尘世不同，故檐楹之间挂明星朗斗，目之所见也。枕席之上，响风声水声，耳之所闻也。又见月落西山之时，闻夜猿之声，啾啾然起也。其夜景固属清爽，而旅怀亦未免岑寂矣。

赠王判官，时余归隐居庐山屏风叠

（寻阳）

昔别黄鹤楼，蹉跎淮海秋。
俱飘零落叶，各散洞庭流。
中年不相见，蹭蹬[1]游吴越。
何处我思君？天台绿萝月。
会稽风月好，却绕剡溪回。
云山海上出，人物镜中来。
一度浙江北，十年醉楚台。
荆门倒屈宋[2]，梁苑倾邹枚[3]。
苦笑我夸诞，知音安在哉？
大盗[4]割鸿沟，如风扫秋叶。
吾非济代人，且隐屏风叠。
中望[5]天中望，忆君思见君。

明朝拂衣去，永与海鸥群。

【注释】 **1** 蹭蹬（cèng dèng）：路途险阻难行。此处比喻潦倒困顿。 **2** 荆门倒屈宋：荆门，湖北江陵、襄阳一带。屈宋，屈原、宋玉。 **3** 梁苑倾邹枚：梁苑即梁园，汉梁孝王刘武所筑。邹枚，邹阳、枚乘，二人均为西汉时期的文学家，曾随梁孝王游览梁园。 **4** 大盗：指安禄山等造反的人。 **5** 望：应为“夜”。

在水军宴赠幕府诸侍御

（永王军中）

月化五白（一作百）龙，翻飞凌九天。
胡沙惊北海，电扫洛阳川。
虏箭两[1]宫阙，皇舆成播迁。
英王受庙略，秉钺[2]清南边。
云旗卷海雪，金戟罗江烟。
聚散百万人，弛张在一贤。
霜台降群彦[3]，水国奉戎旃[4]。
绣服[5]开宴语，天人借楼船。
如登黄金台，遥谒紫霞仙。
卷身编蓬下，冥机四十年。
宁知草间人[6]，腰下有龙泉[7]。

浮云在一决，誓欲清幽燕。
愿与四座公，静谈《金匮》[8]篇。
齐心戴朝恩，不惜微躯捐。
所冀旄头[9]灭，功成追鲁连。

【注释】1两：应为“雨”。 2秉钺：朱谏注：秉钺者，天子赐诸侯斧钺而后专征伐也。 3群彦：永王的幕僚。 4戎旃（zhān）：军旗，指军队。旃，赤色曲柄的旗。 5绣服：指侍御史。 6草间人：隐居者。 7龙泉：龙泉剑，代指宝剑。 8《金匮》：兵书。 9旄头：胡人星宿，通常是兵乱的预兆。

赠潘侍御论钱少阳

绣衣柱史何昂藏[1]，铁冠[2]白笔横秋霜。
三军论事多引纳，阶前虎士罗干将[3]。
虽无二十五老者[4]，且有一翁钱少阳。
眉如松雪齐四皓，调笑可以安储皇。
君能礼此最下士，九州拭目瞻清光。

【注释】1昂藏：气宇轩昂的样子。 2铁冠：古代御史官员所戴的帽子。 3干将：宝剑名。 4虽无二十五老者：《说苑》：介子推行年十五而相荆，仲尼闻之，使人往视，还曰：“廊下有二十五俊士，堂上有二十五老人。”仲尼曰：“合二十五人之智，智于汤武；并二十五人之力，力于彭祖。以治天下，其固免矣乎！”

赠武十七谔（并序）

门人武谔，深于义（一作诗）者也。质木沉悍，慕要离[1]之风，潜钓川海，不数数[2]于世间事。闻中原作难，西来访余。余爱子伯禽[3]在鲁，许将冒胡兵以致之。酒酣感激，援笔而赠。

马如一匹练，明日过吴门。
乃是要离客，西来欲报恩。
笑开燕匕首，拂拭竟无言。
狄犬吠清洛，天津成塞垣。
爱子隔东鲁，空悲断肠猿[4]。
林回[5]弃白璧，千里阻同奔。
君为我致之，轻赍[6]涉淮源。
精诚合天道，不愧远游魂（一作邓攸魂）。

【注释】 **1** 要离：春秋时刺客。 **2** 数数：急切。 **3** 伯禽：李白的儿子。 **4** 断肠猿：《世说新语》：桓公入蜀，至三峡中，部伍中有得猿子者，其母缘岸哀号，行百余里不去，遂跳上船，至便即绝。破视其腹中，肠皆寸寸断。公闻之怒，命黜其人。 **5** 林回：《庄子》：林回弃千金之璧，负赤子而趋。或曰：“为其布与？赤子之布寡矣。为其累与？赤子之累多矣。弃千金之璧，负赤子而趋，何也？”林回曰：“彼以利合，此以天属也。” **6**轻赍（jī）：朱谏注：赍，装也。轻赍，言其行李之薄也。赍，带着。

第十卷

歌诗二十九首

赠三

赠张相镐二首

（时逃难病在宿松山作，后一首亦作书怀重寄张相公。）

神器[1]难窃弄，天狼窥紫宸[2]。
六龙迁（一作驾）白日，四海（一作九洛）暗胡尘。
昊穹[3]降元宰，君子方经纶。
澹然养浩气，欻起持天钧。
秀骨象山岳，英谋合鬼神。
佐汉解鸿门[4]，兴唐（一作功成）思退身（一作生唐为后身）。
拥旄[5]秉金钺，伐鼓乘朱轮。
虎将如雷霆（一作电），总戎向东巡。
诸侯拜马首，猛士骑鲸鳞。
泽被鱼鸟悦，令行草木春。
圣智（一作逢圣）不失时，建功及良辰。
丑虏安足纪，可贻帼与巾。
倒泻溟海珠，尽为入幕珍。
冯异[6]献赤伏，邓生[7]欻来臻。
庶同昆阳举，再睹汉仪新。
昔为管将鲍，中奔吴隔秦。
一生欲报主，百代期荣亲。

其事竟不就，哀哉难重陈。
卧病古松滋，苍山空四邻。
风云激壮志，枯槁惊常伦。
闻君自天来，目张气益振。
亚夫得剧孟[8]，敌（一作七）国空（一作定）无人。
扪虱对桓公，愿得论悲辛。
大块方噫气，何辞鼓青苹。
斯言倘不合，归老汉江滨。

【注释】 **1** 神器：朱谏注：窃弄者，言其不知天位之重，意欲盗窃若侮弄也。 **2** 紫宸：天帝居所。 **3** 昊穹：天空。 **4** 佐汉解鸿门：张良在鸿门宴中解了刘邦之危，此处以张镐类比张良。 **5** 拥旄：统率军队。 **6** 冯异：东汉开国名将、军事家，协助刘秀建立东汉。《后汉书》：移檄上状，诸将皆入贺，并劝光武即帝位。 **7** 邓生：邓禹，东汉初年军事家。《后汉书》：及汉兵起，更始立，豪桀多荐举禹，禹不肯从。及闻光武安集河北，即杖策北渡，追及于邺。光武见之甚欢。 **8** 亚夫得剧孟：汉朝周亚夫平定叛乱时得到豪侠剧孟。

其二

本家（一作家本）陇西人，先为汉边将[1]。
功略盖天地，名飞青云上。

苦战竟不侯，当年颇惆怅。
世传崆峒勇[2]，气激金风壮。
英烈遗厥孙，伯[3]代神犹王。
十五观奇书，作赋凌相如。
龙颜惠殊宠，麟阁凭天居（一作侍从乘明庐）。
晚途未云已，蹭蹬遭谗毁。
想像晋末时，崩腾胡尘起。
衣冠陷锋镝，戎虏盈朝市（一作荆棘生朝市）。
石勒[4]窥神州，刘聪[5]劫天子。
抚剑夜吟啸，雄心日千里。
誓欲斩鲸鲵，澄清洛阳水。
六合（一作三台）洒霖雨，万物（一作六合）无凋枯。
我挥一杯水，自笑何驱驱[6]！
因人耻成事，贵欲决良图。
灭虏不言功，飘然陟（一作向）蓬壶。
唯有安期[7]舄[8]，留之沧海隅。

【注释】 1 汉边将：汉将军李广，陇西人。 2 世传崆峒勇：《尔雅》：空桐之人武。 3 伯：应为“百”。 4 石勒：本名訇勒，十六国时期后赵开国皇帝。 5 刘聪：十六国时期汉赵皇帝，杀兄继帝位。 6 驱驱：据其他版本及文意应为“区区”。 7 安期：安期生。《列仙传》：安期先生者，瑯琊阜乡人也，卖药东海边，时人皆言千岁翁。秦始皇东游，请见，与语三日三夜，赐金璧度数千万，出于阜乡亭，皆置去，留书，以赤玉舄一双为报，曰："后数年，求我于蓬莱山。" 8 舄（xì）：鞋子。

赠闾丘宿松

阮籍为太守，乘驴上东平。
剖竹[1]十日间，一朝风化清。
偶来拂衣去，谁测主人情？
□□[2]理宿松，浮云知古城。
扫地物莽然，秋□□[3]草生。
□□[4]还旧巢，迁人返躬耕。
何惭宓子贱[5]，不减陶□[6]明。
□□[7]千载后，却掩二贤名。

【注释】 1 剖竹：汉代郡守的使符。 2 □□：宋本原书此处模糊不清，其他版本写作"夫子"。 3 □□：宋本原书此处缺失，据其他版本有写作"来百"。 4 □□：宋本原书此处模糊不清，其他版本写作"飞鸟"。 5 宓子贱：名不齐，字子贱，孔子弟子。 6 □：宋本原书此处模糊不清，其他版本写作"渊"。 7 □□:宋本原书此处模糊不清，其他版本写作"吾知"。

狱中上崔相涣

（寻阳）

胡马渡洛水，血流征战场。
千门闭秋景，万姓危朝霜。
贤相燮[1]元气，再欣海县康。
台庭[2]有夔龙[3]，列宿[4]粲成行。
羽翼三元圣，发辉两太阳。
应念覆盆[5]下，雪泣拜天光。

【注释】1燮（xiè）：调和，调理。 2台庭：朱谏注：台，三台，宰相之位也。 3夔龙：舜时期的两位臣子。 4宿：星宿。 5覆盆：朱谏注：覆盆之下，至暗处也，故冤者引以为喻。

系寻阳上崔相涣三首

其一

邯郸四十万，同日陷长平。
能回造化笔，或冀一人生。

其二

毛遂不堕井[1]，曾参宁（一作不）杀人[2]？
虚言误公子，投杼惑慈亲。
白璧双明月，方知一玉真。

【注释】 1 毛遂不堕井：毛遂，战国时赵国平原君门客。《西京杂记》记载，赵国有两个毛遂，其中野人投井而死，有人告知平原君，平原君很伤心。后来才知道投井而死的是野人毛遂而不是平原君的门客毛遂。 2 曾参宁杀人：《史记》：昔曾参之处费，鲁人有与曾子同姓名者杀人，人告其母曰："曾参杀人。"其母织自若也。顷之，一人又告之曰："曾参杀人。"其母尚织自若也。顷又一人告之曰："曾参杀人。"其母投杼下机，逾墙而走。

其三

虚传一片雨[1]，枉作阳台神。
纵为梦里相随去，不是襄王倾国人。
（此一首恐非上崔相。）

【注释】 1 虚传一片雨：楚襄王与巫山神女的故事。

中丞宋公以吴兵三千赴河南，军次寻阳，脱余之囚，参谋幕府，因赠之

独坐[1]清天下，专征出海隅。
九江皆渡虎，三郡尽还珠。
组练[2]明秋浦，楼船入□□[3]。
风高初选将，月满欲平胡。
杀气横千里，军声动□□[4]。
□□[5]惭剑术，黄石[6]借兵符。
戎虏行当剪，鲸鲵立可诛。
□□[7]非剧孟，何以佐良图？

【注释】 1 独坐：指御史中丞。 2 组练：组甲被练。 3 □□：宋本原书此处模糊不清，其他版本写作“郢都”。 4 □□：宋本原书此处模糊不清，其他版本写作“九区”。 5 □□：宋本原书此处模糊不清，其他版本写作“白猿”。 6 黄石：传说黄石公曾传授张良《太公兵法》。详情见《经下邳圯桥怀张子房》注。 7 □□：宋本原书此处模糊不清，其他版本写作“自怜”。

流夜郎赠辛判官

（流夜郎）

昔在长安醉花柳，五侯七贵同杯酒。
气岸遥凌豪士前，风流肯落他（一作谁，又作诸）人后！
夫子红颜我少年，章台走马著金鞭。
文章献纳麒麟殿[1]，歌舞淹留玳瑁筵[2]。
与君自谓长如此，宁知草动风尘起！
函谷忽惊胡马来，秦宫桃李向胡开。
我愁远谪夜郎去，何日金鸡放赦[3]回？

【注释】 1 麒麟殿：汉长安城未央宫中殿名。此处指翰林院。 2 玳瑁筵：华丽的宴会。 3 金鸡放赦：《新唐书》：赦日，树金鸡于仗南，竿长七丈，有鸡高四尺，黄金饰首，衔绛幡长七尺，承以彩盘，维以绛绳，将作监供焉。

赠刘都使

东平刘公斡[1]，南国秀余芳。
一鸣即朱绂[2]，五十佩银章。
饮冰[3]事戎幕，衣锦华水乡。
铜官几万人，诤讼清玉堂。

吐言贵珠玉，落笔回风霜。
而我谢明主，衔哀投夜郎。
归家酒债多，门客粲成行。
高谈满四座，一日倾千觞。
所求竟无绪，裘马欲摧藏。
主人若不顾，明发钓沧浪。

【注释】 **1** 刘公翰：刘桢，字公干，东汉末年东平宁阳人，建安七子之一。翰，据其他版本及文意应为“干”。 **2** 朱绂（fú）：佩玉或印章的红色丝带。绂，丝绳。 **3** 饮冰：《庄子》：今吾朝受命而夕饮冰，我其内热与？

赠常侍御

安石[1]在东山，无心济天下。
一起振横流，功成复萧[2]洒。
大贤有舒卷，季叶[3]轻风雅。
匡复属何人？君为知音者。
传闻武安将[4]，气振长平瓦。
燕赵期洗清，周秦保宗社。
登朝若有言，为访南迁贾[5]。

【注释】 1 安石：谢安，字安石。 2 萧：应为“潇”。 3 季叶：末世。 4 武安将：白起，战国时代军事家、秦国名将，担任秦国将领战功卓著，被封为武安君。秦赵长平之战，白起领兵大败赵军，坑杀赵国降卒四十万，赵国因此元气大伤，一蹶不振。 5 南迁贾：贾，贾谊。《史记》：贾生既辞往行，闻长沙卑湿，自以寿不得长，又以适去，意不自得。及渡湘水，为赋以吊屈原。

赠易秀才

少年解长剑，投赠即分离。
何不断犀象[1]？精光[2]暗往时。
蹉跎君自惜，窜逐我因谁？
地远虞翻[3]老，秋深宋玉悲。
空摧芳桂色，不屈古松姿。
感激平生意，劳歌[4]寄此辞。

【注释】 1 断犀象：剑很锋利，可以割断犀象皮革。 2 精光：朱谏注：精光，剑光也。 3 虞翻：三国时期吴国学者。《三国志》：翻性疏直，数有酒失。权与张昭论及神仙，翻指昭曰：“彼皆死人，而语神仙，世岂有仙人邪！”权积怒非一，遂徙翻交州。 4 劳歌：朱谏注：劳歌，犹悲歌也。

经乱离后，天恩流夜郎，忆旧游书怀赠江夏韦太守良宰

（江夏、岳阳）

天上白玉京[1]，十二楼五城[2]。
仙人抚我顶，结发受长生[3]。
误逐世间乐，颇穷理乱情。
九十六圣君，浮云挂空名。
天地赌一掷，未能忘战争。
试涉霸王略[4]，将期轩冕荣。
时命乃大谬，弃之海上行。
学剑翻自哂[5]，为文竟何成？
剑非万人敌，文窃四海声。
儿戏不足道，五噫出西京[6]。
临当欲去时，慷慨泪沾缨。
叹君倜傥才，标举冠群英。
开筵引祖帐[7]，慰此远徂[8]征。
鞍马若浮云，送余骠骑亭。
歌钟不尽意，白日落昆明[9]。
十月到幽州，戈鋋[10]若罗星。
君王弃北海，扫地借长鲸[11]。
呼吸走百川，燕然可摧倾。
心知不得意（一作语），却欲栖蓬瀛。

弯弧[12]惧天狼，挟矢不敢张。
揽涕黄金台，呼天哭昭王。
无人贵骏骨，绿耳[13]空腾骧。
乐毅倘再生，于今亦奔亡。
蹉跎（一作苍忙）不得意，驱马过贵乡。
逢君听弦歌，肃穆坐华堂。
百里独太古[14]，陶然卧羲皇[15]。
征乐昌乐馆，开筵列壶觞。
贤豪间青娥，对烛俨成行。
醉舞纷绮席，清歌绕飞梁。
欢娱未终朝，秩满（一作解印）归咸阳。
祖道[16]拥万人，供帐遥相望。
一别隔千里，荣枯异炎凉。
炎凉几度改，九土中横溃。
汉甲连胡兵，沙尘暗云海。
草木摇杀气，星辰无光彩。
白骨成丘山，苍生竟何罪？
函关壮帝居，国命悬哥舒。
长戟三十万，开门纳凶渠[17]。
公卿奴犬羊，忠谠醢与菹[18]。
二圣出游豫，两京遂丘墟。
帝子许专征，秉旄[19]控强楚。
节制非桓文[20]，军师拥熊虎。

人心失去就，贼势腾风雨。

唯君固房陵，诚节冠终古。

仆卧香炉[21]顶，餐霞漱瑶泉。

门开九江转，枕下五湖连。

半夜水军来，寻阳满旌旃。

空名适自误，迫胁上楼船。

徒赐五百金，弃之若浮烟。

辞官不受赏，翻谪夜郎天。

夜郎万里道，西上令人老。

扫荡六合清，仍为负霜草[22]。

日月无偏照，何由诉苍昊?

良牧[23]称神明，深仁恤交道。

一忝青云客，三登黄鹤楼。

顾惭祢处士[24]，虚对鹦鹉洲。

樊（一作樊）山霸气尽，寥落天地秋。（一作彤桔冠白笔，爽气凌清秋。）

江带峨眉雪，横穿三峡流。

万舸此中来，连帆过扬州。

送此万里目，旷然散我（一作烦）愁。

纱窗倚天开，水树绿如发（一作水渌树如发）。

窥日（一作光）畏衔山[25]，促酒喜见月。

吴娃与越艳，窈窕夸铅红。

呼来上云梯，含笑出帘栊。

对客《小垂手》，罗衣舞春风。
宾跪请休息，主人情未极。
览君荆山作，江鲍[26]堪动色。
清水出芙蓉，天然去雕饰。
逸兴横素襟，无时不招寻。
朱门（一作旌）拥虎士，列戟何森森！
剪凿竹石开，萦流涨清深。
登楼（一作台）坐（一作入）水阁，吐论多英（一作奇）音。
片辞贵白璧[27]，一诺轻黄金。
谓我不愧君，青鸟（一作鸾）明丹心。
五色云间鹊，飞鸣天上来。
传闻赦书至，却放夜郎回。
暖气变寒谷，炎烟生死灰。
君登凤池去，勿弃贾生[28]才。
桀犬尚吠尧，匈奴笑千秋[29]。
中夜四五叹，常为大国忧。
旌旆[30]夹两山，黄河当中流。
连鸡不得进，饮马空夷犹。
安得羿善射，一箭落旄头！

【注释】**1** 白玉京：天帝居住之所。 **2** 十二楼五城：《汉书》：方士有言，黄帝时为五城十二楼，以候神人。 **3** 受长生：接受道家仙人的长生之术。 **4** 霸王略：称霸的策略。 **5** 学剑翻自哂：

《史记》：项籍少时，学书不成，去，学剑又不成。项梁怒之，籍曰："书足以记姓名而已。剑，一人敌，不足学；学万人敌。"于是项梁又教籍兵法。 **6** 五噫出西京：《后汉书》：（鸿）因东出关，过京师，作《五噫之歌》曰："陟彼北芒兮，噫！顾览帝京兮，噫！宫室崔嵬兮，噫！人之劬劳兮，噫！辽辽未央兮，噫！"肃宗闻而非之，求鸿不得。乃易姓运期，名耀，字侯光，与妻子居齐鲁之间。 **7** 祖帐：为人饯行时在路边设的帷帐。 **8** 徂（cú）：行走。 **9** 昆明：昆明池，故址在今陕西西安市西南。 **10** 铤（chán）：铁柄短矛。 **11** 长鲸：指安禄山。 **12** 弯弧：弓箭。 **13** 绿耳：骏马名，传说周穆王八骏之一。 **14** 百里独太古：太古，远古时代。《三国志》：先主领荆州，统以从事守耒阳令，在县不治，免官。吴将鲁肃遗先主书曰："庞士元（庞统）非百里才也，使处治中、别驾之任，始当展其骥足耳。" **15** 陶然卧羲皇：《晋书》：尝言夏月虚闲，高卧北窗之下，清风飒至，自谓羲皇上人。 **16** 祖道：饯行之道。 **17** 凶渠：叛军将领。 **18** 忠谠醢（hǎi）与菹（zū）：忠诚正直之人。醢，原意为肉酱，另一种释义为古代把人剁成肉酱的酷刑。菹，腌菜。 **19** 秉旄：军队。 **20** 桓文：齐桓公和晋文公。 **21** 香炉：山峰名，在庐山北部。 **22** 负霜草：负着霜的草。 **23** 良牧：太守。 **24** 祢处士：祢衡。祢衡《鹦鹉赋序》：时黄祖太子射，宾客大会，有献鹦鹉者，举酒于衡前曰："祢处士，今日无用娱宾，窃以此鸟自远而至，明慧聪善，羽族之可贵，愿先生为之赋，使四座咸共荣观，不亦可乎！"衡因为赋，笔不停缀，文不加点。 **25** 衔山：太阳落山。 **26** 江鲍：南朝诗人江淹与鲍照。 **27** 壁：应为“璧”。 **28** 贾生：贾谊，西汉初年著名政论家、文学家，世称贾生。文帝时任博士，受人排挤，谪为长沙王太傅，故后世亦称贾长沙、贾太傅。 **29** 千秋：汉武帝时丞相车千秋。 **30** 旌旆（pèi）：军旗。

江夏使君叔席上赠史郎中

凤凰丹禁[1]里，衔出紫泥书[2]。
昔放三湘去，今还万死余。
仙郎久为别，客舍问何如。
涸辙[3]思流水，浮云失旧居。
多惭华省[4]贵，不以逐臣疏。
复如竹林下[5]，而陪芳宴初。
希君生羽翼，一化北溟鱼。

【注释】 **1** 丹禁：天子居住之地。 **2** 紫泥书：诏书。 **3** 涸辙：《庄子》：周昨来有中道而呼者，周顾视车辙中有鲋鱼焉，周问之曰：“鲋鱼来，子何为者邪？”对曰：“我东海之波臣也，君岂有升斗之水而活我哉？” **4** 华省：华丽的官署。省，官署。 **5** 复如竹林下：朱谏注：竹林谓叔侄，白与江夏也。

【点评】

《唐诗解》：太白叔为江夏守时，白流夜郎，会赦还，顾其叔，而史郎中在焉，故有此赠。言风书放赦，得还三湘。万死之余，诚足怜悯。郎中果就客舍而问我。我之放还，如涸辙之鱼思得流水。向之所居，已付诸浮云矣。君乃华省之贵幸，不以我放逐而见疏，复从我叔于竹林下，使我得陪芳宴如往昔，意亦厚矣。安得君生羽翼，如鲲鹏之化？涸辙其有赖欤！盖冀其升迁而拔己也。

流夜郎半道承恩放还，兼欣克复之美，书怀示息秀才

黄口为人罗[1]，白龙乃鱼服[2]。
得罪岂怨天！以愚陷网目。
鲸鲵[3]未翦灭，豺狼屡翻覆。
悲作楚地囚[4]，何由秦庭哭[5]。
遭逢二明主，前后两迁逐。
去国愁夜郎，投身窜荒谷。
半道雪屯蒙[6]，旷如鸟出笼。
遥欣克复美，光武安可同？
天子巡剑阁，储皇守扶风。
扬袂正北辰，开襟揽群雄。

胡兵出月窟，雷破关之东。
左扫因右拂，旋收洛阳宫。
回舆入咸京，席卷六合通。
叱咤开帝业（一作宇），手成天地功。
大驾还长安，两日忽再中。
一朝让宝位，剑玺传无穷。
愧无秋毫力，谁念矍铄翁。
弋者何所慕？高飞仰冥鸿。
弃剑学丹砂，临炉双玉童。
寄言息夫子，岁晚陟方蓬。

【注释】 **1** 罗：罗网。 **2** 白龙乃鱼服：改装出行。《说苑》：昔白龙下清泠之渊。化为鱼，渔者豫且射中其目。 **3** 鲸鲵：《六代论》：扫除凶逆，剪灭鲸鲵。 **4** 楚地囚：《左传》：晋侯观于军府，见锺仪，问之曰："南冠而系者，谁也？"有司对曰："郑人所献楚囚也。" **5** 秦庭哭：《左传》记载，申包胥去秦国请求出兵帮楚国被拒绝，于是申包胥"立依于庭墙而哭，日夜不绝声，勺饮不入口七日"。 **6** 屯蒙：王琦注：屯蒙者，艰难蒙晦之义。

巴陵赠贾舍人

贾生[1]西望忆京华，湘浦南迁莫怨嗟。

圣主恩深汉文帝，怜君不遣到长沙。

【注释】 1 贾生:《史记》：于是天子后亦疏之，不用其议，乃以贾生为长沙王太傅。贾生既辞往行，闻长沙卑湿，自以寿不得长，又以适去，意不得。及渡湘水，为赋以吊屈原。

【点评】

《唐诗解》：首美其恋主，次勉其无怨，次又为婉言以谕之。意谓文帝论贾生于长沙，而地极远；今君巴陵之谪，稍近于彼。是今皇之待君，非汉主比矣。李集以此诗为伪作，观其词，微觉不类。然文极和缓，亦自足传。

博平郑太守自庐山千里相寻，入江夏北市门见访，却之武陵，立马赠别

大梁[1]贵公子，气盖苍梧云。
若无三千客，谁道信陵君？
救赵复存魏[2]，英威天下闻。
邯郸能屈节，访博从毛薛[3]。
夷门得隐沦[4]，而与侯生亲。
仍要鼓刀者[5]，乃是袖链人。
好士不尽心，何能保其身？

多君重然诺，意气遥相托。
五马[6]入市门，金鞍照城郭。
都忘虎竹贵，且与荷衣乐。
去去桃花源，何时见归轩？
相思无终极，肠断朗江（一作陵）猿。

【注释】 **1** 大梁：战国时魏国都城，河南开封。 **2** 救赵复存魏：信陵君魏无忌窃符救赵。 **3** 访博从毛薛：《史记》：公子闻赵有处士毛公藏于博徒，薛公藏于卖浆家。公子欲见两人，两人自匿不肯见。公子闻所在，乃闲步往从此两人游，甚欢。 **4** 夷门得隐沦：《史记》：魏有隐士曰侯嬴，年七十，家贫，为大梁夷门监者。公子闻之，往请，欲厚遗之。不肯受，曰："臣修身洁行数十年，终不以监门困故而受公子财。"公子于是乃置酒大会宾客，坐定，公子从车骑，虚左，自迎夷门侯生。 **5** 仍要鼓刀者：《史记》：至邺，矫魏王令代晋鄙。晋鄙合符，疑之，举手视公子曰："今吾拥十万之众，屯于境上，国之重任，今单车来代之，何如哉？"欲无听。朱亥袖四十斤铁椎，椎杀晋鄙，公子遂将晋鄙军。 **6** 五马：指太守。

江上赠窦长史

汉求季布鲁朱家[1]，楚逐伍胥去章华[2]。

万里南迁夜郎国，三年归及长风沙。
闻道青云贵公子，锦帆游弈[3]西江水。
人疑天上坐楼船，水净霞明两重绮。
相约相期何太深，棹歌摇艇月中寻。
不同珠履三千客[4]，别欲论交一片心。

【注释】 **1** 汉求季布鲁朱家:《史记》：季布者，楚人也。为气任侠，有名于楚。项籍使将兵，数窘汉王。及项羽灭，高祖购求布千金，敢有舍匿，罪及三族。季布匿濮阳周氏，周氏曰：“汉购将军急，迹且至臣家，将军能听臣，臣敢献计，即不能，愿先自到。”季布许之，乃髡钳季布，衣褐衣，置广柳车中，并与其家僮数十人，之鲁朱家所卖之。朱家心知是季布，乃买而置之田。 **2** 楚逐伍胥去章华：伍胥，伍子胥。《史记》记载，楚平王因听信谗言杀害伍子胥父亲及兄，伍子胥从楚国逃到吴国。章华台在楚地，此处指代楚国。 **3** 游弈：巡逻。弈，一作戏。 **4** 不同珠履三千客:《史记》：春申君客三千余人，其上客皆蹑珠履，以见赵使，赵使大惭。

赠王汉阳

天落白玉棺[1]（一作天上堕玉棺），王乔辞叶县。
一去未千年，汉阳复相见。

犹乘飞凫舄，尚识仙人面。
鬓发何青青！童颜皎如练。
吾曾弄海水，清浅嗟三变[2]。
果惬麻姑言，时光速流电。
与君数杯酒，可以穷欢宴。
白云归去来，何事坐交战。

【注释】 **1** 天落白玉棺:《后汉书》：王乔者，河东人也。显宗世，为叶令。乔有神术，每月朔望，常自县诣台朝。帝怪其来数，而不见车骑，密令太史伺望之。言其临至，辄有双凫从东南飞来。于是候凫至，举罗张之，但得一只舄焉。乃诏尚方诊视，则四年中所赐尚书官属履也。每当朝时，叶门下鼓不击自鸣，闻于京师。后天下玉棺于堂前，吏人推排，终不摇动。乔曰："天帝独召我邪？"乃沐浴服饰寝其中，盖便立覆。宿昔葬于城东，土自成坟。其夕，县中牛皆流汗喘乏，而人无知者。百姓乃为立庙，号叶君祠。 **2** 清浅嗟三变:《神仙传》：汉桓帝时，王远方平降于蔡经家，令人与麻姑相闻。麻姑来，乃一好女子，年可十七八，入拜，方平为起立。麻姑曰："接待以来，见东海三为桑田。向到蓬莱，水又浅于往者。"

赠汉阳辅录事二首

其一

闻君罢官意，我抱汉川湄。
借问久疏索[1]，何如听讼时。
天清江月白，心静海鸥知。
应念投沙客[2]，空余吊屈悲。

【注释】 1 疏索：冷落。 2 投沙客：贾谊。

其二

鹦鹉洲横汉阳渡，水引寒烟没江树。
南浦登楼不见君，君今罢官在何处？
汉口双鱼白锦鳞，令传尺素报情人。
其中字数无多少，只是相思秋复春。

【点评】

《李诗直解》：此咏录事之解官，太白思之，因寄书而志其不忘也。言鹦鹉洲横列于汉阳之渡口，水引寒烟，即江树亦没而不见。我今南浦登楼，不见君之在汉阳也。君今解印罢官，而在何方乎？汉口双鱼，白锦为鳞，令传尺素之书以报情人。其中叙阔字数，无有多少，只是相思之意，秋而复春，是历四时而不相忘也。君知乎哉！

江夏赠韦南陵冰

胡骄马惊沙尘起，胡雏[1]饮马天津水。
君为张掖近酒泉，我窜三巴九千里。
天地再新法令宽，夜郎迁客带霜寒。
西忆故人不可见，东风吹梦到长安。
宁期此地忽相遇，惊喜茫如堕烟雾。
玉箫金管喧四筵，苦心不得申一（一作长）句。
昨日绣衣[2]倾绿樽，病如桃李竟何言[3]！
昔骑天子大宛马，今乘欵段[4]诸侯门。
赖遇南平[5]豁方寸，复兼夫子持清论。
有似山开万里云，四望青天解人闷。
人闷还心闷，苦辛长苦辛。
愁来饮酒二千石，寒灰重暖生阳春。
山公[6]醉后能骑马，别是风流贤主人。
头陀[7]云月多僧气，山水何曾称人意。
不然（一作能）鸣笳桉[8]鼓戏沧流，呼取江南女儿歌棹讴。
我且为君槌碎黄鹤楼，君亦为吾倒却鹦鹉洲。
赤壁争雄如梦里，且须歌舞宽离忧。

【注释】1 驺：应为“雏”。　2 绣衣：指官员。　3 桃李竟何言：《史记》：桃李不言，下自成蹊。　4 欵段：欵，同款。款段，行动迟缓。　5 南平：南平太守李之遥，李白族弟。　6 山公：山简。　7 头陀：头陀寺。　8 桉：应为“按”。

赠别舍人弟台卿之江南

去国客行远，还山秋梦长。
梧桐落金井，一叶飞银床。
觉罢把朝镜[1]，鬓毛飒已霜。
良图委蔓草，古貌成枯桑。
欲道心下事，时人疑夜光[2]。
因为洞庭叶，飘落之潇湘（一作流浪至潇湘）。
令弟经济士（一作才），谪居我何伤（一作出门见我伤）。
潜虬隐尺（一作斗）水，著论谈兴亡。
玄遇王子乔，口传不死方。
入洞过天地，登真朝玉皇。
吾将抚尔背，挥手遂翱翔（一作携手凌苍苍）。

【注释】1 把朝镜：一作揽朝镜，揽明镜。　2 时人疑夜光：朱谏注：夜光，珠也。疑者，识之而未真也。

赠卢司户

秋色无远近，出门尽寒山。
白云遥相识，待我苍梧间。
借问卢耽鹤[1]，西飞几岁还。

【注释】 1 卢耽鹤:《水经注》: 邓德明《南康记》曰: 昔有卢耽（一作耽），仕州为治中。少栖仙术，善解云飞，每夕辄凌虚归家，晓则还州。尝于元会至朝，不及朝列，化为白鹤。至阙前四翔欲下，威仪以石掷之，得一只履。耽惊还就列，内外左右莫不骇异。

【点评】

《李诗直解》: 此赠卢司户之情景，而问其还期也。言秋天摇落之色，无远无近，出门皆是寒山。山上之白云，与我相识，遥待我于苍梧之间也。借问仙人卢耽之鹤，今已西飞矣。不知其何年得归，而与之会晤焉。

赠从弟南平太守之遥二首

（时因饮酒过度贬武陵后诗故赠）

其一

少年不作意[1]，落拓无安居。
愿随任公子[2]，欲钓吞舟鱼。
常时饮酒逐风景，壮心遂与功名疏。
兰生谷底人不锄，云在高山空卷舒。
汉家天子驰驷马，赤车蜀道迎相如。
天门九重谒圣人，龙颜一解四海春。
彤庭左右呼万岁，拜贺明主收沉沦[3]。
翰林秉笔回英眄，麟阁峥嵘谁可见？
承恩初入银台门[4]（一作承恩侍从甘泉宫），著书独在金銮殿。
龙驹雕镫白玉鞍，象床绮食（一作席）黄金盘。
当时笑我微贱者，却来请谒为交欢。
一朝谢病游江海，畴昔相知几人在？
前门长揖后门关，今日结交明日改。
爱君山岳心不移，随君云雾迷所为。
梦得池塘生春草，使我长价登楼诗。
别后遥传临海作，可见羊何共和之[5]。

【注释】 1 作意：应为“得意”。 2 愿随任公子:《庄子》：任公子为大钩巨缁，五十犗以为饵，蹲乎会稽，投竿东海，旦旦而钓，期年不得鱼，已而大鱼食之。 3 沉沦：沉沦埋没的人。 4 银台门：指翰林院。 5 可见羊何共和之:《宋书》：灵运既东还，与族弟惠连、东海何长瑜、颍川荀雍、太山羊璿之，以文章赏会，共为山泽之游，时人谓之四友。

其二

东平与南平，今古两步兵。
素心爱美酒，不是顾专城。
谪官桃源去，寻花几处行？
秦人如旧识，出户笑相迎。

【点评】

朱谏：言晋之阮籍为东平之相，因嗜酒求为步兵校尉，以就兵厨之酒。今南平太守亦以饮酒而谪武陵，则与阮籍相同。是二步兵也，其好酒者根乎天性，固非官职之所能拘，岂以太守有专城之寄者，而自加爱惜乎！今尔谪官于武陵，武陵乃桃源旧地，为秦人避乱之所也。君至桃源寻花行乐，秦人相见，有如旧识，则当出户相迎，一笑于桃花之下，欣然俱为忘世之人矣，岂眷眷于官职者乎？

醉后赠王历阳

（历阳）

书秃千兔毫[1]，诗裁两牛腰[2]。
笔踪起龙虎，舞袖拂云霄。
双歌（一作寄）二胡姬，更奏（一作唱）远清朝。
举酒挑朔雪，从君不相饶。

【注释】 1 书秃千兔毫:《晋书》：虽秃千兔之翰，聚无一毫之筋。

2 诗裁两牛腰：王琦注：苏颂曰："诗裁南牛腰"，言其卷大如牛腰也。

赠历阳褚司马，时此公为稚子舞

北堂[1]千万寿，侍奉有光辉。
先同稚子舞，更著老莱衣[2]。
因为小儿啼，醉倒月下归。
人间无此乐，此乐世中稀。

【注释】 1 北堂：代指母亲。 2 老莱衣:《列女传》：老莱子孝养二亲，行年七十，婴儿自娱，著五色采衣。尝取浆上堂，跌仆，因卧地为小儿啼，或弄乌鸟于亲侧。

对雪醉后赠王历阳

有身莫犯飞龙鳞[1]，有手莫辫猛虎须。
君看昔日汝南市[2]，白头仙人隐玉壶。
子猷闻风动窗竹[3]，相邀共醉杯中渌。
历阳何异山阴时，白雪飞花乱人目。
君家有酒我何愁，客多乐酣秉烛游。
谢尚自能鸲鹆舞[4]，相如免脱鹔鹴裘。
清晨兴罢（一作鼓棹）过江去，他日西看却月楼（一作千里相思明月楼）。

【注释】 **1** 飞龙鳞:《韩非子》：夫龙之为虫也，可扰狎而骑也。然其喉下有逆鳞径尺，人有婴之者，则必杀人。人主亦有逆鳞，说之者能无婴人主之逆鳞，则几矣。 **2** 君看昔日汝南市:《后汉书》：费长房者，汝南人也。曾为市掾。市中有老翁卖药，悬一壶于肆头，及市罢，辄跳入壶中。市人莫之见，唯长房于楼上睹之，异焉，因往再拜奉酒脯。 **3** 子猷闻风动窗竹：子猷，王羲之之子王徽之，字子猷。《晋书》：时吴中有一士大夫家有好竹，欲观之，便出坐舆造竹下，讽啸良久。主人洒扫请坐，徽之不顾。将出，主人乃闭门，徽之便以此赏之，尽欢而去。尝寄居空宅中，便令种竹。或问其故，徽之但啸咏，指竹曰：“何可一日无此君邪！” **4** 鸲鹆（qú yù）舞：晋代舞蹈。鸲鹆，鸟名，八哥。

【点评】

《李诗直解》：此对雪酣饮，喜王历阳之多酒，而预言别后之思也。言人之于世，以远害为先，故有身莫敢犯龙鳞，有手莫辫虎须，触之者未有不受害者也。君看汝南卖药之仙人，跳入玉壶，藏身以为宝耳。又王子猷，兴趣人也，闻风动竹，相邀醉酒得矣。今历阳不减山阴，况白雪飞乱，正当饮酒之时也。幸君家有酒，我何愁哉！客多畅饮酣乐，固宜秉烛以继雪夜。且鸲鹆，舞雪之鸟也，酒酣则谢尚自能为鸲鹆之舞。鹔鹴，御寒之裘也，酒多则相如庶免典鹔鹴之裘。然我与客，得君家之酒而益风流也。奈聚散无常，来日清晨，便鼓棹渡江矣。千里相思，在皓月之楼，安心遽为命驾乎！我则隐玉壶，以想杯中绿耳。

第十一卷

歌诗三十二首

赠四

赠宣城宇文太守兼呈崔侍御

（宣城）

白若白鹭鲜[1]，清如清唳蝉。
受气有本性[2]，不为外物迁。
饮水箕山上，食雪首阳巅。
回车避朝歌，掩口去盗泉[3]。
岧峣广成子，倜傥鲁仲连。
卓绝二公外，丹心无间然。
昔攀六龙飞，今作百炼铅。
怀恩欲报主，投佩向北燕。
弯弓绿弦[4]开，满月不惮坚。
闲骑骏马猎，一射两虎穿。
回旋若流光，转背落双鸢。
胡虏三叹息，兼知五兵权。
枪枪突云将，却掩我之妍。
多逢剿绝[5]儿，先著祖生鞭[6]。
据鞍空矍烁[7]，壮志竟谁宣？
蹉跎复来归，忧恨坐相煎？
无风难破浪，失计长江边。

危苦惜颓光[8]，金波忽三圆。
时游敬亭上，闲听松风眠。
或弄宛溪月，虚舟信洄沿。
颜公[9]三十万，尽付酒家钱。
兴发每取之，聊向醉中仙。
过此无一事，静谈《秋水篇》。
君从九卿来，水国有丰年。
鱼盐满市井，布帛如云烟。
下马不作威，冰壶照清川。
霜眉邑中叟，皆美太守贤。
时时慰风俗，往往出东田。
竹马数小儿，拜迎白鹿前。
含笑问使君，日（一作早）晚可回旋？
遂（一作还）归池上酌，掩抑清风弦。
曾标横浮云（一作游云端），下抚谢朓肩。
楼高碧海出，树古青萝悬。
光禄紫霞杯，伊昔忝相传。
良图扫沙漠，别梦绕旌旃。
富贵日成疏，愿言杳无缘。
登龙有直道，倚玉[10]阻芳筵。
敢献绕朝策[11]，思同郭泰船[12]。
何言一水浅，似隔九重天。
崔生何傲岸，纵酒复谈玄。

身为名公子，英才苦迍邅[13]。
鸣凤托高梧，凌风何翩翩。
安知慕群客，弹剑拂秋（一作青）莲[14]？

【注释】1 白鹭鲜：白鹭的羽毛。 2 受气有本性：朱谏注：受气者，万物之生，皆禀天地阴阳之气也。 3 盗泉：《水经注》：洙水西南流，盗泉水注之。泉出卞城东北卞山之阴。《尸子》曰：孔子至于暮矣，而不宿于盗泉；渴矣而不饮，恶其名也。 4 绿弦：弓箭名。 5 剿绝：原意为杀伐灭绝，此处形容人的骁勇。 6 祖生鞭：《晋书》：与范阳祖逖为友，闻逖被用，与亲故书曰："吾枕戈待旦，志枭逆虏，常恐祖生先吾著鞭。"其意气相期如此。 7 烁：应为"铄"。 8 颓光：光阴衰颓。 9 颜公：《宋书》：先是颜延之为刘柳后军功曹，在寻阳，与潜情款。后为始安郡，经过寻阳，日日造潜。每往必酣饮致醉。临去，留二万钱与潜。潜悉送酒家，稍就取酒。 10 倚玉：《世说新语》：魏明帝使后弟毛曾与夏侯玄共坐，时人谓蒹葭倚玉树。 11 绕朝策：谋略、策略。绕朝，秦国大夫。 12 郭泰船：《后汉书》：郭泰始见河南尹李膺，膺大奇之，遂相友善，于是名震京师。后归乡里，衣冠诸儒送至河上，车数千两。林宗唯与李膺同舟而济，众宾望之，以为神仙焉。 13 迍邅（zhūn zhān）：行动迟疑难进。 14 秋莲：宝剑名。

赠宣城赵太守悦

赵得宝符盛[1]，山河功业存。
三千堂上客，出入拥平原[2]。
六国杨[3]清风，英声何喧喧！
大贤茂远业，虎竹光南藩。
错落千丈松，虬龙盘古根。
枝下无俗草，所植唯兰荪。
忆在南阳时，始承国士恩。
公为柱下史，脱绣[4]归田园。
伊昔簪白笔[5]，幽都逐游魂。
持斧佐三军[6]，霜清天北门。
差池宰两邑[7]，鹗[8]立重飞翻。
焚香入兰台[9]，起草多芳言。
夔龙一顾重，矫翼凌翔鹓。
赤县扬雷声，强项闻至尊。
惊飙摧秀木[10]，迹屈道弥敦。
出牧历三郡，所居猛兽奔。
迁人同卫鹤[11]，谬上懿公轩。
自笑东郭履[12]，侧惭狐白温。
闲吟步竹石，精义忘朝昏。
憔悴成丑士，风云何足论。
弥猴骑土牛，羸马夹双辕[13]。

愿借羲皇景，为人照覆盆[14]。
溟海不震荡，何由纵鹏鲲。
所期要津日，倜傥假腾骞。

【注释】 1 赵得宝符盛:《史记》：简子乃告诸子曰：“吾藏宝符于常山上，先得者赏。”诸子驰之常山上，求，无所得。毋恤还，曰：“已得符矣。”简子曰：“奏之。”毋恤曰：“从常山上临代，代可取也。”简子于是知毋恤果贤，乃废太子伯鲁，而以毋恤为太子。 2 平原:《史记》：平原君赵胜者，赵之诸公子也。诸子中胜最贤，喜宾客，宾客盖至者数千人。 3 杨：应为“扬”。 4 脱绣：脱去绣衣，指辞官。 5 簪白笔:《太平御览》：帝尝大会殿中，御史簪白笔，侧阶而坐。上问左右：“此为何官？何主？”左右不对，辛毗曰：“谓御史，旧时簪笔以奏不法，今者直备官，但珥笔耳。” 6 持斧佐三军:《汉书》：武帝末，郡国盗贼群起，暴胜之为直指使者，衣绣衣，持斧，逐捕盗贼，督课郡国，东至海，以军兴诛不从命者，威振州郡。佐，一作冠。 7 差池宰两邑:《左传》：谓我敝邑，迩在晋国，譬诸草木，吾臭味也，而何敢差池。 8 鹗：大鸟。 9 兰台：御史台。 10 惊飙摧秀木：朱谏注：惊飙喻时乱，秀木喻贤臣。摧，一作颓。 11 迁人同卫鹤:《左传》：卫懿公好鹤，鹤有乘轩者。 12 东郭履:《史记》：东郭先生久待诏公车，贫困饥寒，衣敝，履不完。行雪中，履有上无下，足尽践地。道中人笑之，东郭先生应之曰：“谁能履行雪中，令人视之，其上履也，其履下处乃似人足者乎？”及其拜为二千石，佩青緺（guā）出宫门，行谢主人。故所以同官待诏者，等比祖道于都门外。荣华道路，立名当世。 **13** 弥猴骑土牛，羸马夹双辕：朱谏注：弥猴骑土牛，言难进也。羸马，瘦马也。以一瘦马而夹于两辕，使负二车之重，亦难进也。 **14** 覆盆:《论衡》：视天若覆盆之状，故视日上下然似若出入地中矣。

赠从弟宣州长史昭

淮南（一作北）望江南，千里碧山对。
我行倦（一作尽）过之，半落青天外。
宗英[1]佐雄郡，水陆相控带。
长川[2]豁中流，千里泻吴会。
君心亦如此，包纳无小大。
摇笔起风霜，推诚结仁爱。
讼庭垂桃李，宾馆罗轩盖。
何意苍梧云，飘然忽相会。
才将圣不偶，命与时俱背。
独立山海间，空老圣明代。
知音不易得，抚剑增感概[3]。
当结九万期[4]，中途莫先退。

【注释】 1 宗英：朱谏注：宗英者，宗族之英俊者也。 2 长川：长江。 3 概：应为“慨”。 4 当结九万期:《庄子》：鹏之徙于南冥也，水击三千里，抟扶摇而上者九万里。

书怀赠南陵常赞府

岁星[1]入汉年，方朔见明主。
调笑当时人，中天谢云雨[2]。
一去麒麟阁，遂将朝市乖。
故交不过门，秋草日上阶。
当时何特达，独与我心谐。
置酒凌歊台，欢娱未曾歇。
歌动白纻山，舞回天门月。
问我心中事，为君前致辞。
君看我才能，何似鲁仲尼？
大圣犹不遇，小儒安足悲！
云南五月中，频丧渡泸师。
毒草杀汉马，张兵夺秦旗。
至今西二河，流血拥僵尸。
将无七擒略[3]，鲁女惜园葵[4]。
咸阳天地枢，累岁人不足。
虽有数斗玉，不如一盘粟。

赖得契宰衡[5]，持钧慰风俗。
自顾无所用，辞家方未归。
霜惊壮士发，泪满逐臣衣。
以此不安席，蹉跎身世违。
终当灭卫谤[6]，不受鲁人讥。

【注释】 **1** 岁星：东方朔。 **2** 云雨：指天子的恩泽。 **3** 七擒略：诸葛亮七擒孟获的谋略。 **4** 鲁女惜园葵：《列女传》记载，鲁国漆室有一位女子，悲叹鲁国国君老了而太子幼小，奸佞之人多。邻居认为她忧虑过多，她说晋国有客人居住她家，马践踏了她园中葵，她因此整年没有葵可吃。“今鲁君老悖，太子少愚，奸伪日起。夫鲁国有患者，君臣父子皆被其辱，祸及众庶。妇人独安所避乎？吾甚忧之。子乃曰：‘妇人无舆者，何哉？’邻妇谢曰：‘子之所虑，非妾所及。’三年，鲁果乱。齐、楚攻之，鲁连有寇。男子战斗，妇人转输，不得休息。” **5** 宰衡：宰相。 **6** 卫谤：孔子两次在卫国遭到诽谤。

于五松山赠南陵常赞府

为草当作兰，为木当作松。
兰秋香风远，松寒不改容。
松兰相因依，萧艾[1]徒丰茸。

鸡与鸡并食，鸾与鸾同枝。
拣珠去沙砾，但有珠相随。
远客投名贤，真堪写怀抱。
若惜方寸心，待谁可倾倒？
虞卿弃赵相[2]，便与魏齐行。
海上五百人，同日死田横[3]。
当时不好贤，岂传千古名！
愿君同心人，于我少留情。
寂寂还寂寂，山门迷所适。
长剑归乎来（一作歌归来），秋风思归客。

【注释】 **1** 萧艾：野蒿。 **2** 虞卿弃赵相：《史记》：（秦）昭王乃遗赵王书曰："王之弟在秦，范君之仇魏齐在平原君之家。王使人疾持其头来，不然，吾举兵而伐赵，又不出王之弟于关。"赵孝成王乃发卒围平原君家，急，魏齐夜亡出，见赵相虞卿。虞卿度赵王终不可说，乃解其相印，与魏齐亡。 **3** 田横：秦末起义首领，原是齐国贵族，秦末自立为王反秦。《史记》记载，汉朝建立后，田横不愿投降，率门客逃往海岛。刘邦多次派人劝降，田横被迫回洛阳，在返回途中自杀。海岛上的五百门客听说田横自杀后也自杀。

自梁园至敬亭山见会公，谈陵阳山水，兼期同游，因有此赠

（宣州作）

我随秋风来，瑶草恐衰歇。
中途寡名山，安得弄云月？
渡江如昨日，黄叶向人飞。
敬亭惬素尚[1]，弭棹[2]流清辉。
冰谷明且秀，陵峦抱江城。
粲粲[3]吴与史，衣冠耀天京。
水国饶英奇，潜光[4]卧幽草。
会公真名僧，所在即为宝[5]。
开堂振白拂[6]，高论横青云。
雪山扫粉壁，墨客多新文。
为余话幽栖，且述陵阳美。
天开白龙潭，月映清秋水。
黄山望石柱，突兀谁开张？
（一作白柱插星汉，西崖谁开张。）
黄鹤久不来，子安在苍茫。
东南焉可穷？山鸟飞绝处（一作猿狖绝行处）。
稠叠千万峰，相连入云去。
闻此期振策[7]，归来空闭关。
相思如明月，可望不可攀。

何当移白足[8]，早晚凌苍山？
且寄一书札，令予解愁颜。

【注释】 1 素尚：朱谏注：素尚，犹素愿也。 2 弭棹：朱谏注：弭棹，谓停舟也。 3 粲粲：鲜明的样子。 4 潜光：隐居。 5 所在即为宝：朱谏注：宝者，佛家之尊号也。故释氏有三宝之名，而曰世尊者也。 6 白拂：白色拂尘。 7 振策：朱谏注：策，杖也。振策，行而动其杖也。 8 白足：《法苑珠林》：前魏太武时，沙门昙始甚有神异，常坐不卧，五十余年。足不蹑履，跣行泥秽中，奋足便净，色白如面，俗呼曰白足阿练。

赠友人三首

其一

兰生不当户，别是闲庭草。
夙被霜露欺，红荣已先老。
谬接瑶华[1]枝，结根君王池。
顾无□□[2]美，叨沐清风吹。
余芳若可佩，卒岁长相随。

【注释】 1 瑶华：朱谏注：瑶华，华之至珍而贵者也。 2 宋本二字模糊不清，其他版本写作“馨香”。

其二

袖中赵匕首[1]，买自徐夫人。
玉匣闭霜雪，经燕复历秦。
其事竟不捷，沦落归沙尘。
持此愿投赠，与君同急难（一作岁寒）。
荆卿[2]一去后，壮士多摧残。
长号易水上，为我扬波澜。
凿井当及泉，张帆当济川。
廉夫唯重义，骏马不劳鞭。
人生贵相知，何必金与钱。

【注释】 **1** 袖中赵匕首:《史记》：太子豫求天下之利匕首，得赵人徐夫人匕首，取之百金，使工以药焠之，以试人，血濡缕，人无不立死者，乃装为遣荆卿。 **2** 荆卿：荆轲。

其三

慢世薄功业，非无胸中画。
谑浪万古贤，以为儿童剧。
立产如广费，匡君怀长策。

但苦山北寒[1]，谁知道南宅。
岁酒上逐风，霜鬓两边白。
蜀主思孔明，晋家望安石。
时来列五鼎，谈笑期一掷。
虎伏避胡尘，渔歌游海滨。
弊裘耻妻嫂[2]，长剑托交亲。
夫子秉家义，群公难与邻。
莫持西江水，空许东溟臣。
他日青云去，黄金报主人。

【注释】 **1** 但苦山北寒:《三国志》: 初，孙坚兴义兵讨董卓，徙家于舒。坚子策与瑜同年，独相友善，瑜推道南大宅以舍策。升堂拜母，有无通共。 **2** 弊裘耻妻嫂:《史记》:（苏秦）说秦王书十上而说不行，黑貂之裘敝，黄金百斤尽，资用乏绝，去秦而归，羸縢履蹻，负书担橐，形容枯槁，面目黧黑，状有愧色。归至家，妻不下纴，嫂不为炊。

陈情赠友人

延陵有宝剑[1]，价重千黄金。
观风历上国，暗许故人深。
归来挂坟松，万古知其心。

懦夫感达节，壮气激素衿。
鲍生荐夷吾[2]，一举致齐相。
斯人无良朋，岂有青云望?
临财不苟取[3]，推分固辞让。
后世称其贤，英风邈难尚。
论交但若此，有道孰云丧?
多君骋逸藻[4]，掩映当时人。
舒文振颓波，秉德[5]冠彝伦。
卜居乃此地，共井[6]为比邻。
清琴弄云月，美酒娱冬春。
薄德中见捐，忽之如遗尘。
英豪未豹变[7]，自古多艰辛。
他人纵以疏，君意宜独亲。
奈何成离居，相去复几许。
飘风吹云霓，蔽目不得语。
投珠冀有报，按剑恐相拒。
所思采芳兰，欲赠隔荆（一作脩）渚。
沉忧心若醉，积恨泪如雨。
愿假东壁辉[8]，余光照贫女。

【注释】 1 延陵有宝剑:《新序》:延陵季子将西聘晋，带宝剑以过徐君。徐君观剑，不言而色欲之，延陵季子为有上国之使，未献也，然其许之矣。致使于晋，顾反，则徐君死于楚。于是脱剑致之嗣君。从者止之曰:“此吴国之宝,非所以赠也。”延陵季子曰:“吾非赐之也。先日吾来,徐君观吾剑,不言而色欲之,吾为有上国之使,未献也,虽然,吾心许之矣。今死而不进,是欺心也。爱剑伪心,廉者不为也。”遂脱剑致之嗣君。嗣君曰:“先君无命,孤不敢受剑。”于是季子以剑带徐君墓树而去。徐人嘉而歌之曰:“延陵季子兮不忘故,脱千金之剑兮挂坟墓。” **2** 鲍生荐夷吾:《史记》:管仲夷吾者,颍上人也。少时常与鲍叔牙游,鲍叔知其贤。管仲贫困,常欺鲍叔,鲍叔终善遇之,不以为言。已而鲍叔事齐公子小白,管仲事公子纠。及小白立为桓公,公子纠死,管仲囚焉。鲍叔遂进管仲。管仲既用,任政于齐,齐桓公以霸,九合诸侯,一匡天下,管仲之谋也。 **3** 临财不苟取:《史记》:管仲曰:“吾始困时,尝与鲍叔贾,分财利多自与,鲍叔不以我为贪,知我贫也。” **4** 逸藻:超逸的文藻。 **5** 秉德:朱谏注:秉德,执德也。德,一作义。 **6** 共井:杨齐贤注:周制:九夫为井,四井为邑,则八家共一井。 **7** 豹变:《周易》:君子豹变,其文蔚也。 **8** 愿假东壁辉:《列女传》:齐女徐吾者,齐东海上贫妇人也。与邻妇李吾之属会烛相从夜绩。徐吾最贫而烛数不属。李吾谓其属曰:“徐吾烛数不属,请无与夜也。”徐吾曰:“是何言与?妾以贫烛不属之故,起常先,息常后,洒扫陈席,以待来者,自与蔽薄,坐常处下,凡为贫,烛不属故也。夫一室之中,益一人烛不为暗,损一人烛不为明,何爱东壁之余光,不使贫妾得蒙见爱之恩,长为妾役之事,使诸君常有惠施于妾,不亦可乎?”李吾莫能应,遂复与夜,终无复言。

赠从弟洌

楚人不识凤[1]，重（一作高）价求山鸡。
献主昔云是，今来方觉迷。
自居漆园北[2]，久别咸阳西。
风飘落日去，节变流莺啼。
桃李寒未开，幽关岂来蹊？
逢君发花萼，若与青云齐。
及此桑叶绿，春蚕起中闺。
日出拨谷鸣，田家攘锄犁。
顾余乏尺土，东作谁相携？
傅说[3]降霖雨，公输造云梯。
羌戎事未息，君子悲涂泥[4]。
报国有长策，成功羞执珪。
无由谒明主，杖策还蓬藜。
他年尔相访，知我在磻溪[5]。

【注释】**1**楚人不识凤:《太平广记》：楚人有担山鸡者，路人问曰：“何鸟也？”担者欺之曰:“凤皇也。”路人曰:“我闻有凤皇久矣，今真见之。汝卖之乎？”曰:“然。”乃酬千金，弗与。请加倍，乃与之。方将献楚王，经宿而鸟死。路人不遑惜其金，唯恨不得以献耳。国人传之，咸以为真凤而贵，宜欲献之。遂闻于楚王，王感其欲献己也，召而厚赐之，过买凤之直十倍矣。

2 漆园北：庄子。庄子曾作漆园吏。北，一作地。 **3** 傅说：《史记》：帝武丁即位，思复兴殷，而未得其佐。三年不言，政事决定于冢宰，以观国风。武丁夜梦得圣人，名曰说。以梦所见视群臣百吏，皆非也。于是乃使百工营求之野，得说于傅险中。是时说为胥靡，筑于傅险。见于武丁，武丁曰是也。得而与之语，果圣人，举以为相，殷国大治。故遂以傅险姓之，号曰傅说。 **4** 涂泥：《左传》：赵孟问其县大夫，则其属也。召之，而谢过焉，曰："武不才，任君之大事，以晋国之多虞，不能由吾子，使吾子辱在泥涂久矣，武之罪也。敢谢不才。"遂仕之，使助为政。 **5** 磻溪：在今陕西宝鸡市东南。传说吕尚垂钓处。

赠闾丘处士

贤人有素业，乃在沙塘陂。
竹影扫秋月，荷衣落古池。
闲读《山海经》，散帙卧遥帷。
且耽田家乐，遂旷（一作广）林中期。
野酌劝芳酒，园蔬烹露葵。
如能树桃李，为我结茅茨。

【点评】

朱谏：言处士之在素业，读博物之书，卧遥帷之内，且耽田家之乐，不废耕获之勤，所以旷我林中之期，而不得如所约也，兹焉造君沙塘之陂，就君以酌；君则劝我之美酒，烹园葵以为蔬，田家之乐，我得共之矣。君于陂傍若能更树桃李，阴成之日，可以托处，又当为我结茅茨之小庐，我将与君相依以终老可也。

赠钱征君钱少阳

（一作送赵云卿）

白玉一杯酒，绿杨三月时。
春风余几日？两鬓各成丝。
秉烛唯须饮，投竿[1]也未迟。
如逢渭水猎，犹可帝王师[2]。

【注释】 **1** 投竿：投竿垂钓。 **2** 帝王师：吕尚。

【点评】

《唐诗解》：此以行乐劝征君，复冀其用世也。言有如玉之酒，而当将暮之春，光景无几矣，况尔我俱垂白乎？秉烛夜游犹恐不足耳。然君才必非终草泽者，及今投竿亦未为晚，如周家有卜猎之主，君犹足为帝王之所师也。

《李诗直解》：此送云卿负耆德而隐，故以太公方之也。

言我送云卿，白玉一杯之酒，正绿杨三月之时，春风不过几日耳，两鬓各成丝矣。日月易迈，行乐及时，故秉烛唯以须饮，投竿亦未为迟。以君之才德，毋以老而不遇也。如逢西伯之主猎于渭川之滨，载之以归，犹可作帝王师矣，云卿勉乎哉！

赠宣州灵源寺仲濬公

敬亭白云气，秀色连苍梧。
下映双溪水，如天落镜湖。
此中积龙象[1]，独许濬公殊。
风韵逸江左，文章动海隅。
观（一作了）心同水月，解领得明珠。
今日逢支遁[2]，高谈出有无。

【注释】 1 龙象：《大智度论》：那伽，或名龙，或名象，是五千阿罗汉、诸阿罗汉中最大力，以是故言如龙如象。 2 支遁：东晋高僧、佛学家、文学家。

赠僧朝美

水客凌洪波，长鲸涌溟海。
百川随龙舟，嘘噏竟安在?
中有不死者，探得明月珠。
高价倾宇宙，余辉照江湖。
苞卷金缕褐，萧然若空无。
谁人识此宝，窃笑有狂夫。
了心何言说，各勉黄金躯。

赠僧行融

梁日汤惠休[1]，常从鲍照游。
峨眉史怀一[2]，独映陈公出。
卓绝二道人，结交凤与麟。
行融亦俊发，吾知有英骨。
海若[3]不隐珠，骊龙[4]吐明月。
大海乘虚舟，随波任安流。
诗赋旃檀阁，纵酒鹦鹉洲。
待我适东越，相携上白楼。

【注释】 1梁日汤惠休:《宋书》: 时有沙门释惠休，善属文，辞采绮艳。湛之与之甚厚。世祖命使还俗。本姓汤，位至扬州从事史。日，应为“有”。 **2** 史怀一:《陈子昂别传》：友人赵贞固、凤阁舍人陆余庆、殿中侍御史毕构、监察御史王无竞、亳州长史房融、右史崔泰之、处士太原郭袭征、道人史怀一，皆笃岁寒之交。 **3** 若：海神的名字。 **4** 骊龙:《庄子》：夫千金之珠，必在九重之渊，而骊龙颔下。

赠黄山胡公求白鹇（并序）

闻黄山胡公有双白鹇，盖是家鸡所伏，自小驯狎，了无惊猜，以其名呼之，皆就掌取食。然此鸟耿介，尤难畜之。余平生酷好，竟莫能致。而胡公辍赠于我，唯求一诗，闻之欣然，适会宿意，因援笔三叫，文不加点以赠之。

请以双白璧，买君双白鹇。
白鹇白如锦，白雪耻容颜。
照影玉潭里，刷毛琪树间。
夜栖寒月静，朝步落花闲。
我愿得此鸟，玩之坐碧山。
胡公能辍赠，笼寄野人还。

登敬亭山南望怀古，赠窦主簿

敬亭一回首，目尽天南端。
仙者五六人，常闻此游盘。
溪流琴高[1]水，石耸麻姑坛[2]。
白龙降陵阳[3]，黄鹤呼子安。
羽化骑日月，云行翼鸳鸾。
下视宇宙间，四溟皆波澜。
决绝目下事，从之复何难。
百岁落半途，前期浩漫漫。
强食不成味，清晨起长叹。
愿随子明去，炼火烧金丹。

【注释】 **1** 琴高:《搜神记》：琴高者，赵人也。能鼓琴，为宋康王舍人。行涓、彭之术，浮游冀洲涿郡间二百余年。后辞入涿水中取龙子，与诸弟子期之曰:“明日皆洁斋，候于水旁，设祠屋。”果乘赤鲤鱼出，来坐祠中。且有万人观之，留一月，乃复入水去。 **2** 麻姑坛:《新定九域志》：花姑山，亦谓之麻姑山，昔麻姑修道，于此上升，有仙坛在焉。 **3** 白龙降陵阳:《水经注》：水出陵阳山，下迳陵阳县，西为旋溪水。昔县人（陵）阳子明钓得白龙处。后三年，龙迎子明上陵阳山，山去地千余丈。后百余年，呼山下人，令上山半与语，溪中子安问子明钓车所在。后二十年，子安死山下，有黄鹤栖其冢树，鸣常呼子安。

赠汪伦

（白游泾县桃花潭，村人汪伦常酝美酒以待白。伦之裔孙至今宝其诗。）

李白乘舟将欲行，忽闻岸上踏歌声。
桃花潭水深千尺，不及汪伦送我情。

【点评】

朱谏：按此诗直叙实事，略无纤巧句语，而大方家格力过于唐之诗人绝句亦远矣，杜子绝句尤多老劲粗率之气，李杜所以名家也。

《唐诗解》：伦，一村人耳，何亲于白？既酝酒以候之，复临行以祖之，情固超俗矣。太白于景切情真处，信手拈出，所以调绝千古。后人效之，如“欲问江深浅，应如远别情”，语非不佳，终是杯棬杞柳。

《唐诗别裁》：若说汪伦之情比于潭水千尺，便是凡语，妙境只在一转换间。

《唐诗笺注》：相别之地，相别之情，读之觉娓娓兼至，而语出天成，不假炉炼，“将”字、“忽”字，有神有致。

《诗法易简录》：言汪伦相送之情深耳，直说便无味，借桃花潭水一衬之，便有不尽曲折之意。

经乱后将避地剡中留赠崔宣城

双鹅飞洛阳[1]，五马渡江徼。
何意上东门，胡雏[2]更长啸。
中原走豺虎[3]，烈火焚宗庙。
太白昼经天[4]，颓阳掩余照[5]。
王城皆荡覆，世路成奔峭。
四海望长安，嚬眉寡西笑。
苍生疑落叶，白骨空相吊。
连兵似雪山，破敌谁能料？
我垂北溟翼，且学南山豹[6]。
崔子贤主人，欢娱每相召。
胡床紫玉笛，却坐清[7]云叫。
杨花满州城，置酒同临眺。
忽思剡溪去，水石远清妙。
雪昼天地明，风开湖山貌。
闷为洛生咏[8]，醉发吴越调。
赤霞动金光，日足森海峤[9]。
独散万古意，闲垂一溪钓。
猿近天上啼，人移月边棹。
无以墨绶[10]苦，来求丹砂要。
华发长折腰，将贻陶公诮。

【注释】 1 双鹅飞洛阳:《晋书》:孝怀帝永嘉元年二月，洛阳东北步广里地陷，有苍白二色鹅出，苍者飞翔冲天，白者止焉。此羽虫之孽，又黑白祥也。陈留董养曰:“步广，周之狄泉，盟会地也。白者，金色，国之行也。苍为胡象，其可尽言乎？”是后，刘元海、石勒相继乱华。 2 胡雏：朱谏注：上东门，洛阳之东门也。胡雏，胡人之年少者，谓石勒也。 3 豺虎：朱谏注：豺虎，谓叛逆之徒，安史之类也。 4 太白昼经天:《汉书》：太白经天，天下革，民更王。 5 颓阳掩余照：朱谏注：阳，君象也。颓阳，斜日，喻君之暮景也。 6 南山豹:《列女传》：妾闻南山有玄豹，雾雨七日而不下食者何也，欲以泽其毛而成文章也，故藏而远害。 7 清：应为“青”。 8 闷为洛生咏：朱谏注：吴越调者，即吴歈越吟，亦歌咏之音调也。盖洛有洛调，吴越则有吴越之调。是时洛阳陷没，白避地而来吴越，故闷为洛咏，而醉发吴越之调，以见为客在此，而心不忘乎彼也。 9 峤：朱谏注：海峤者，海边之山也，吴越近海而多山。 10 墨绶:《汉书》：秩比六百石以上皆铜印墨绶。此处指县令。

【点评】

《唐诗解》：此避乱隐身招同志也。天宝之末，几同永嘉，禄山之奸，无减石勒，故借晋事为喻。言乱征始见，而胡雏谋逆，遂至扰乱中原，焚毁宗庙，民人流离，白骨相吊，丧乱极矣。故我欲如鹏之高举，豹之深藏，以全身于乱世。乃崔子为宣城主人，又能置酒设乐以相留也。我想剡中山水多奇，渔钓其间，足以自乐。今崔君幸勿为墨绶所苦，空老一生。当来就我，以求丹砂延年之术。苟白首而恋此微官，且将贻诮于渊明矣。

献从叔当涂宰阳冰

（当涂）

金镜霾六国，亡秦乱天经[1]。
焉知高光[2]起，自有羽翼生。
萧曹[3]安屹屼，耿贾[4]摧搀抢[5]。
吾家有季父，杰出圣代英。
虽无三台[6]位，不借四豪[7]名。
激昂风云气，终协龙虎精。
弱冠[8]燕赵来，贤彦[9]多逢迎。
鲁连擅谈笑，季布折公卿。
遥知礼数绝，常恐不合并。
惕想[10]结宵梦，素心久已冥。
顾惭青云器，谬奉玉樽倾。
山阳五百年[11]，绿竹忽再荣。
高歌振林木，大笑喧雷霆。
落笔洒篆文，崩云使人惊。
吐辞又炳焕，五色罗华星。

秀句满江国，高才掞[12]天庭。
宰邑艰难时，浮云空古城。
居人若薙[13]草，扫地无纤茎。
惠泽及飞走[14]，农夫尽归耕。
广汉水万里，长流玉琴声。
《雅》《颂》播吴越，还如太阶平。
小子别金陵，来时白下亭。
群凤怜客鸟，差池相哀鸣。
各拔五色毛[15]，意重太山轻。
赠微所费广，斗水浇长鲸。
弹剑歌《苦寒》，严风起前楹。
月衔天门晓，霜落牛渚清。
长叹即归路，临川空屏营。

【注释】 **1** 乱天经:《庄子》：乱天之经，逆物之情，玄天弗成。 **2** 高光：汉高祖刘邦和汉光武帝刘秀。 **3** 萧曹：萧何与曹参。 **4** 耿贾：耿弇与贾复。 **5** 搀抢：一作欃枪，彗星。 **6** 三台：《晋书》：三台六星，两两而居，起文昌，列抵太微。一曰天住，三公之位也。在人曰三公，在天曰三台，主开德宜符也。 **7** 四豪：战国四公子。 **8** 弱冠:《礼记》：二十曰弱冠。 **9** 贤彦：朱谏注：贤彦，谓当时之贤士大夫也。 **10** 惕想：朱谏注：惕想，惕然而思念也。 **11** 山阳五百年:《魏氏春秋》：康寓居河内之山阳县，与之游者未尝见其喜愠之色。与陈留阮籍、河内山涛、河南向秀、籍兄子咸、琅邪王戎、沛人刘伶相与友善，游于竹林，号为七贤。 **12** 掞（yàn）:光照。 **13** 薙（tì）：除草。 **14** 惠泽及飞走：《后汉书》：古者至化之世，猛兽不扰，皆由恩信宽泽，仁及飞走。 **15** 五色毛：凤凰的羽毛。

寄上

安陆白兆山桃花岩寄刘侍御绾

（安陆下作春归桃花岩寄许侍御）

云卧三十年，好闲复爱仙。
蓬壶虽冥绝[1]，鸾鹤[2]心悠然。
归来桃花岩，得憩云窗眠。

（一本云幼采紫房谈，早爱沧溟仙。心迹颇相误，世事空徂迁。归来丹岩曲，得憩青霞眠。）

对岭人共语，饮潭猿相连[3]。
时升翠微上，邈若罗浮巅。
两岑抱东壑，一嶂横西天。
树杂日易隐，崖倾月难圆。
芳草换野色，飞萝摇春烟。
入远[4]构石室，选幽[5]开山田。

独此林下意，杳无区中缘。

永辞霜台客[6]（一作绣衣客），千载方来旋[7]。

【注释】 1 蓬壶虽冥绝：蓬壶，《拾遗记》：三壶，则海中三山也。一曰方壶，则方丈也；二曰蓬壶，则蓬莱也；三曰瀛壶，则瀛洲也。形如壶器。朱谏注：冥绝，远也。 2 鸾鹤：朱谏注：鸾鹤，仙人之所驭者。鹤，一作凤。 3 饮潭猿相连：《尔雅翼》：（猿）尤好攀援，其饮水，辄自高崖或大木累累系相接下饮，饮毕，复相收而上。 4 入远：朱谏注：入远者，入于岩之深远处也。 5 选幽：朱谏注：选幽者，择其幽胜之地也。 6 霜台客：朱谏注：霜台客，谓侍御也。 7 千载方来旋：《搜神后记》：丁令威，本辽东人，学道于灵虚山，后化鹤归辽，集城门华表柱。时有少年举弓欲射之，鹤乃飞，徘徊空中而言曰："有鸟有鸟丁令威，去家千年今始归。"

【点评】

《李诗直解》：此咏桃花岩之仙境，欲其高卧不出，而与侍从永辞也。言我卧于云霞之间者已久，本好闲也，而复爱仙。蓬壶仙迹，虽自冥绝，而乘鸾跨鹤，心则悠然。今归来桃花岩，始得憩云窗以眠。以此山之景言之，则见对岭之上，人可共语；饮潭之下，猿尝相连。时升翠微之上，邈若罗浮之巅。有两岑以抱东壑，一嶂以横西天，固岩之本体也。而围之变景，则茂树之参杂，而白日易隐；悬崖之倾欹，而皎月难圆。芳草与野色同也，而若换野色；飞萝与春烟合也，而若摇春烟。入深远之处，构石室以为居；选幽闲之地，开山田以为食。独此林下之清意，杳无世中之尘缘矣。此所以永辞霜台之贵客，至千载而方来还也。其云卧爱仙之意，至此得遂，故人乎，当俟我于千载之时，我则乘鸾鹤来相晤语耳。

淮南卧病书怀，寄蜀中赵征君蕤

（淮南）

吴会一浮云，飘如远行客。

（一作万里无主人，一身独为客。）

功业莫从就[1]，岁光屡奔迫。

良图俄弃捐，衰疾乃绵剧。

古琴藏虚匣，长剑挂空壁。

楚怀秦钟仪[2]，越吟比庄舄[3]。

（一作卧来恨已久，兴发思愈积。）

国门遥天外，乡路远山隔。

朝忆相如台[4]，夜梦子云宅[5]。

旅情初结缉[6]，秋气方寂历。

风入松下清，露出草间白。

故人不在此（一作可见），而我（一作幽梦）谁与适。

寄书西飞鸿，赠尔慰离柝[7]。

【注释】 **1** 莫从就：朱谏注：莫从就者，言无所从而得成也。 **2** 楚怀秦钟仪：一作楚冠怀钟仪。秦，应为“奏”。 **3** 庄舄：《史记》：越人庄舄仕楚执珪，有顷而病。楚王曰：“舄故越之鄙细人也，今仕楚执珪，贵富矣，亦思越不？”中谢对曰：“凡人之思故，在其病也。彼思越则越声，不思越则楚声。”使人往听之，犹尚越声也。 **4** 相如台：《初学记》：王褒《益州记》曰：“司马相如宅，在州西笮桥北百步许。李膺云：市桥西二百步，得相如旧宅，今海安寺南有琴台故墟。” **5** 子云宅：《太平寰宇记》：子云宅，在（成都）少城西南角，一名草玄堂。子云，扬雄，字子云。 **6** 结绁：郁结。 **7** 离柝：柝，应是析。朱谏注：离析，分散也。

寄弄月溪吴山人

尝闻庞德公[1]，家住洞湖水。
终身栖鹿门，不入襄阳市。
夫君弄明月，灭影清淮里。
高踪邈难追，可与古人比。
清阳杳莫睹，白云空望美。
待号[2]辞人间，携手访松子。

【注释】 1庞德公：荆州襄阳人，东汉末年名士、隐士。早年与徐庶、诸葛亮等人交往密切，后来在鹿门山隐居。 2待号：朱谏注：待号者，仙人皆有名号，仙成则得号矣。号，一作我。

秋山寄卫尉张卿及王征君

（会稽）

何以折相赠，白花青桂枝。
月华若夜雪，见此令人思。
虽然剡溪兴，不异山阴时。
明发怀二子，空吟《招隐诗》。

【点评】

朱谏：此白寄赵卫尉、王征君也。言秋山之中，将何物以相赠乎？则有白花青桂枝也。然桂花之白，有如夜雪，见雪思人，忽起剡溪之兴，如王子猷在山阴时，雪夜乘舟欲访戴安道，是以明发不寐，有怀卫尉与王征君也；怀而不得见，空吟《招隐》之诗，徒欲折桂相赠而已。

望终南山寄紫阁隐者

（长安）

出门见南山，引领[1]意无限。
秀色难为名，苍翠日在眼。
有时白云起，天际自舒卷。
心中与之然，托兴每不浅。
何当造幽人，灭迹栖绝巘。

【注释】 1引领：朱谏注：引，延也；领，颈也。谓延颈而望也。

【点评】

《唐诗解》：此慕终南之胜，而有栖隐之意焉。言山色清幽，已是娱目；及睹白云之舒卷，则此心与之俱化矣，宜其托兴不浅也。安得造彼幽人而与之皆隐乎！

《唐诗合解》：忽见天际白云无心舒卷，因思凡事有个舒卷，我无客心，与白云而俱化矣。心既超脱，托兴每深，但何时得造紫阁峰前，与幽人相对，捐除尘事，灭迹云栖于孤峰之绝顶乎？

夕霁杜陵登楼寄韦繇

浮阳[1]灭霁景，万物生秋容。
登楼送远目，伏槛观群峰。
原野旷超缅，关河纷错重。
清晖映竹日（一作水竹），翠色明云松。
蹈海寄遐想，还山迷旧踪。
徒然迫晚暮，未果谐心胸。
结桂空伫立，折麻恨莫从[2]。
（一作采菊竟谁举，游兰恨英从）
思君达永夜，长乐[3]闻疏钟[4]。

【注释】**1** 浮阳：朱谏注：浮阳者，日将夕而赤光下流也。　**2** 折麻恨莫从：朱谏注：蹈海、还山、折麻，皆隐者事也。　**3** 长乐：汉代长乐宫。　**4** 疏钟：朱谏注：疏钟者，金声长，击之宜疏也。

秋夜宿龙门香山寺，奉寄王方城十七丈，奉国莹上人，从弟幼成令问

（洛阳）

朝发汝海东，暮栖龙门中。
水寒夕波急，木落秋山空。

望极九霄迥，赏幽万壑通。
目皓沙上月，心清松下（一作里）风。
玉斗[1]生（一作横）网户，银何[2]耿花宫。
兴在趣方逸，欢余情未终。
（一作咫尺世喧隔，微冥真理融。）
凤驾忆王子[3]，虎溪怀远公[4]。
桂枝[5]坐萧瑟（一作销歇），棣华[6]不复同。
流恨（一作浪）寄伊水，盈盈焉可穷？

【注释】**1**玉斗：北斗。 **2**何：应为“河”。 **3**王子：王子乔。 **4**虎溪怀远公：《芦山记》：远法师居庐阜三十余年，影不出山，迹不入俗，送客过虎溪，虎辄鸣号。昔陶元亮居栗里山南，陆修静亦有道之士，远师尝送此二人，与语合道，不觉过之，因相与大笑，今世传《三笑图》。 **5**桂枝：《晋书》：武帝于东堂会送，问诜曰：“卿自以为何如？”诜对曰：“臣举贤良对策，为天下第一，犹桂林之一枝，昆山之片玉。” **6**棣华：《诗经》：棠棣之华，鄂不韡韡（wěi）。凡今之人，莫如兄弟。后因以棣华喻兄弟。

春日独坐寄郑明府

燕麦青青游子悲，河堤弱柳郁金[1]枝。
长条一拂春风去，尽日飘扬无定时。

我在河南别离久，那堪对此当窗牖！
情人[2]道来竟不来，何人共醉新丰酒。

【注释】 **1** 郁金：郁金香。一说是树名。 **2** 情人：朋友。

寄淮南友人

红颜悲旧国，青岁歇芳洲。
不待金门诏，空持宝剑游。
海云迷驿道，江月隐乡楼。
复作淮南客，因逢桂树留。

【点评】

朱谏：此白再至淮南，寄友人也。言我少年之时，曾游长安，今既老矣，徒自伤悲。春来作客，滞此芳洲之上，不待金门之诏，空持宝剑而游。但见海云迷乎驿道，而江月隐乎乡楼，归路漫漫，企望莫及。再作淮南之客，因逢桂树，又欲扳援，于此滞留，何时而可以归乎？

《李诗直解》：此惜友人之不遇而以诗赠别也。言当少壮之时，以红颜而悲旧国，青岁而歇芳洲，竟不待诏于金马门，空持宝剑以远游也。路途所见者，海云与驿道相连，江月隔乡楼而隐。此去复作淮南之客，因逢桂树以淹留也，能不思忆乎！

沙丘城下寄杜甫

（齐鲁）

我来竟何事？高卧沙丘城。
城边有古树，日夕连秋声。
鲁酒不可醉，齐歌空复情。
思君若汶水，浩荡寄南征。

【点评】

朱谏：此白在沙丘寄杜甫诗也。言我来此地竟何事乎？客居无聊，乃高卧于沙丘之城。城边多有古树，日晚秋声。鲁酒之薄，不能醉人；齐歌之艳，徒自伤怀。此地思君，意同汶水，我将此意，寄之南流，庶乎达于君之左右也。

《唐诗解》：时子美南游，太白北迈，憩沙丘而闻秋声，因以寄忆也。言鲁酒齐歌咸不足以消愁，独汶水南流若解人意，可以寄我思君之情耳。

闻丹丘子于城北山营石门幽居，中有高凤遗迹，仆离群远怀，亦有栖遁之志，因叙旧以寄之

春华（一作弄）沧江月，秋色碧海云。

离居盈寒暑，对此长思君。
思君楚水南，望君淮山北。
梦魂虽飞来，会面不可得。
畴昔在嵩阳，同衾卧羲皇[1]。
绿萝笑簪绂[2]，丹壑贱岩廊[3]。
晚途各分析，乘兴任所适。
仆在雁门关，君为峨眉客。
心悬万里外，影滞两乡隔。
长剑复归来，相逢洛阳陌。
陌上何喧喧，都令心意烦。
迷津觉路失，托势随风翻。
以兹谢朝列，长啸归故园。
故园恣闲逸，求古散缥帙[4]。
久欲入（一作寻）名山[5]，婚娶殊未毕。
人生信多故，世事岂唯一！
念此忧如焚，怅然若有失。
闻君卧石门，宿昔契弥敦。
方从桂树隐，不羡桃花源。
高风起遐旷，幽人迹复存。
松风清瑶瑟，溪月湛芳樽。
安居偶佳赏，丹心期此论。

【注释】 **1** 羲皇:《晋书》:（陶潜）尝言夏月虚闲，高卧北窗之下，清风飒至，自谓羲皇上人。 **2** 簪绂（zān fú）：冠簪和缨带。此处指仕宦显贵。 **3** 岩廊：朝堂。《汉书》：盖闻虞舜之时，游于岩廊之上，垂拱无为，而天下太平。 **4** 缥帙（piǎo zhì）：淡青色的书衣。此处指书卷。朱谏注：帙，书衣也。 **5** 久欲入名山：《后汉书》：向长，字子平，河内朝歌人也。隐居不仕。建武中，男女娶嫁既毕，敕断家事勿相关，当如我死也。于是遂肆意，与同好北海禽庆，俱游五岳名山，竟不知所终。

第十二卷

歌诗四十首

寄下

淮阴书怀寄王宗成一首

（再到淮南，一作王宋城）

沙墩至梁苑，二十五长亭。
大舶夹双橹，中流鹅鹳鸣。
云天扫空碧，川岳涵余清。
飞凫从西来，适与佳兴并。
眷言王乔舄[1]，婉娈故人情。
复此亲懿会[2]，而增交道荣。
沿洄且不定，飘忽怅徂征。
暝投淮阴宿，欣得漂母迎。
斗酒烹黄鸡，一餐感素诚。
予为楚壮士，不是鲁诸生[3]。
有德必报之，千金耻为轻。
缅书羁孤意，远寄棹歌声。

【注释】 1王乔舄：《搜神记》：汉明帝时，尚书郎河东王乔为邺令。乔有神术，每月朔，尝自县诣台。帝怪其来数，而不见车骑，密令太史候望之。言其临至时，辄有双凫从东南飞来，因伏伺，见凫，举罗张之，但得一双舄。使尚书识视，四年中所赐尚书官属履也。 2 亲懿会：朱谏注：懿，美也。懿会，犹嘉会也。3 鲁诸生:《史记》：于是叔孙通使征鲁诸生三十余人。鲁有两生不肯行，曰:“公所事者且十主，皆面谀以得亲贵。今天下初定，死者未葬，伤者未起，又欲起礼乐。礼乐所由起，积德百年而后可兴也。吾不忍为公所为。公所为不合古，吾不行。公往矣，无污我！”叔孙通笑曰:“若真鄙儒也，不知时变。”

闻王昌龄左迁龙标遥有此寄

扬州花落（一作杨花落尽）子规啼，闻道龙标过五溪。
我寄愁心与明月，随君到夜郎西。

【点评】

《唐诗解》：当花鸟将尽之时，适闻君有此行。于是因明月而寄此愁心，欲其随风而直至君所也。

《李诗直解》：此闻王昌龄之贬谪而远有所怀也。言杨花落尽之时而子规啼，春将阑矣。此时闻昌龄左迁龙标，而过五溪荒远之地，不得晤言，而怀想弥切。我将愁心寄与皎月，则心也、月也，随风以入君怀，而直到夜郎之西，君可挹皎月而知故人之怀矣。

寄王屋山人孟大融

我昔东海上，劳山餐紫霞。
亲见安期公[1]，食枣大如瓜。
中年谒汉主，不惬还归家。
朱颜谢春晖，白发见生涯。
所期就金液，飞步登云车。
愿随夫子天坛上，闲与仙人扫落花。

【注释】 1 安期公：安期生。《史记》：少君言于上曰："臣尝游海上，见安期生，食臣枣，大如瓜。安期生仙者，通蓬莱中，合则见人，不合则隐。"

忆旧游寄谯郡元参军

（金陵）

忆昔洛阳董糟丘，为余天津桥南造酒楼。黄金白璧买歌笑，一醉累月轻王侯。海内贤豪青云客，就中与君（一作与君一见）心莫逆[1]。回山转海不作难，倾情倒意无所惜。我向淮南攀桂枝，君留洛北愁梦思。不忍别，还相随。相随迢迢访仙城，三十六曲水回萦。一溪初入千花明，万壑度尽松风声。银鞍金络到平地，汉东太守来相迎。紫阳之真人，邀我吹玉笙。餐霞楼上动仙乐，嘈然宛似鸾凤鸣。袖长管催欲轻举，汉中太守醉起舞（一作汉东太守酣歌舞）。手持锦袍覆我身，我醉横眠枕其股。当筵意气凌九霄，星离雨散不终朝，分飞楚关山水遥。余既还山寻故巢，君亦归家度渭桥。君家严君勇貔虎，作尹并州遏戎虏。五月相呼度太行，摧轮不道羊肠苦。行来北凉岁月深，感君贵义轻黄金。琼杯绮食青玉案，使我醉饱无归心。时时出向城西曲，晋祠流水如碧玉。浮舟弄水箫鼓鸣，微波龙鳞莎草绿。兴来携妓恣经过，其若杨花似雪何！红（一作鲜）妆欲醉宜斜日（一作如花落），百尺清潭写翠娥。翠娥婵娟初月辉，美人更唱舞罗衣。清风吹歌入空去，歌曲自绕行云飞。此时行（一作欢）乐难再遇，西游因献《长杨赋》。北阙青云不可期，东山白首（一作发）还归去。渭桥南头（一作涡水桥南）一遇君，酂台[2]之北又离群。问余别恨今多少，落花春暮争纷纷。（一作莺飞求友满芳树，落花送客何纷纷。）言（一作情）亦不可尽，情（一作言）亦不可及。呼儿长跪[3]缄此辞，寄君千里遥相忆。

【注释】 1莫逆:《庄子》：子祀、子舆、子犁、子来，四人相与语曰:“孰能以无为首，以生为脊，以死为尻，孰知死生存亡之一体者，吾与之友矣。”四人相视而笑，莫逆于心，遂相与为友。 2酂（zàn）台:《元和郡县志》：秦、汉旧县，属砀郡，汉属沛郡。萧何封酂侯，即此邑也。魏酂县属谯郡。后魏省。隋开皇十六年，复置酂县，属沛郡，武德四年改属亳州。

3 呼儿长跪:《饮马长城窟行》：呼儿烹鲤鱼，中有尺素书。长跪读素书，书中竟何如？上加餐饭，下长相忆。

月夜江行寄崔员外宗之

飘摇江风起，萧飒海树秋。
登舻美清夜，挂席移轻舟。
月随碧山转，水合青天流。
杳如（一作然）星河上，但觉云林幽。
归路方浩浩，徂川[1]去悠悠。
徒悲蕙草歇，复听菱歌愁。
岸曲迷后浦，沙明瞰前洲。
怀君不可见，望远增离忧。

【注释】 1 徂川：朱谏注：徂，往也。徂川，川流之往而不息者也。

【点评】

《李诗直解》：此咏月夜江行之景，而怀崔君之离别也。言月夜之时，江风起而海树皆秋气矣。登舟挂帆，乘风之速也，月随碧山而因之沿转，水合青天而与之同流。杳如星河之上，但觉云林之幽矣。所归之路，方浩浩以远；所游之川，又悠悠以长。此时秋气正肃，而蕙草已歇，复听采菱之歌，而生愁思也。

且江岸之曲舟方过，而后浦即迷。又江沙之明月未至，而前洲已见。倘此际而与同舟，更快月夜江行之美也。奈怀君不可见，徒望远以增离别之忧耳。安得随风以入君怀哉！

宿白鹭洲寄杨江宁

朝别朱雀门，暮栖白鹭洲。
波（一作沙）光摇海月，星影入城楼。
望美金陵宰[1]，如思琼树忧。
徒令魂作梦，翻觉夜成秋。
绿水解人意，为余西北流。
因声玉琴里，荡漾寄君愁。

【注释】 1望美：朱谏注：望美者，犹言望美人也。金陵宰，指其人而言也。江宁在金陵城中。

新林浦阻风寄友人

（一云金陵阻风雪书怀寄杨江宁）

潮水定可信[1]，天风难与期。
清晨西北转，薄暮东南吹。

以此难挂席，佳期益相思。

（一云以此难挂席，洄沿颇淹迟。使索金陵书，又叨贤宰知。弦歌止过客，惠化闻京师。）

海月破圆（一作团）景[2]，菰蒋生绿池。
昨日北湖梅，开花已满枝。

（一作昨日北湖花，初开未满枝。）

今朝（一作看）白门柳，夹道垂青丝。
岁物忽如此，我来定（一作复）几时？
纷纷江上雪，草草客中悲。
明发新林浦（一作反桥浦），空吟谢朓诗[3]。

【注释】 **1** 潮水定可信：王琦注：潮水昼夜再来，其大小早晏，依期而至。不爽时刻，故人谓之潮信。 **2** 破圆景：朱谏注：破圆影者，月缺也。 **3** 谢朓诗：谢朓有《之宣城郡出新林浦向板桥》诗。

寄韦南陵冰，余江上乘兴访之，遇寻颜尚书，笑有此赠

南船正东风，北船[1]来自缓。
江上相逢借问君，语笑（一作声）未了风吹断。
闻君携妓访情人[2]，应为尚书不顾身。

堂上三千珠履[3]客，甕中百斛金陵春[4]。
恨我阻此乐，淹留楚（一作此）江滨。
月色醉远客，山花开欲燃。
春风狂杀人，一日剧三年。
乘兴嫌太迟，焚却子猷船。
梦见五柳枝，已堪挂马鞭。
何日到彭泽，长（一作狂）歌陶令前。

【注释】 1 北船：韦冰的船。 2 情人：指颜真卿。 3 珠履：缀有珠子的鞋子。 4 金陵春：酒名。

题情深树寄象公

肠断枝上猿[1]，泪添山下樽。
白云见我去，亦为我飞翻。

【注释】 1 肠断枝上猿：《世说新语》：桓公入蜀，至三峡中，部伍中有得猿子者。其母缘岸哀号，行百余里不去，遂跳上船，至便即绝。破视其腹中，肠皆寸寸断。

北山独酌寄韦六

巢父将许由，未闻买山隐[1]。
道存迹自高[2]，何惮去人近？
纷吾下兹岭，地闲喧亦泯。
门横群岫开，水凿众泉引。
屏高而在云，窦深莫能准。
川光昼昏凝，林气夕凄紧。
于焉摘朱果，兼得养玄牝[3]。
坐月观宝书，拂霜弄瑶轸。
倾壶事幽酌，顾影还独尽。
念君风尘游，傲尔令自哂
（一作安知世上人，名利空蠢蠢）。

【注释】 **1** 买山隐:《世说新语》：支道林因人就深公买印山。深公答曰:“未闻巢、由买山而隐。” **2** 道存迹自高:《高士传》：子若处高岸深谷，人道不通，谁能见子？ **3** 玄牝:《老子》：谷神不死，是谓玄牝。玄牝之门，是谓天地根。

寄当涂赵少府炎

晚登高楼望，木落双江清。

寒山饶积翠，秀色连州城。
目送楚云尽，心悲胡雁声。
相思不可见，回首故人情。

【点评】

朱谏：此白寄赵炎少府之诗。言晚登高楼而望，但见木叶落而双江清，寒山饶于积翠，而秀色连乎州城。望尽楚地之云，而心悲胡雁之声。抚景相思，不可得见，登楼回望，眷恋吾故人之情，未能遽尔而相忘也。

寄东鲁二稚子

（在金陵作）

吴地桑叶绿，吴蚕已三眠[1]。
我家寄东鲁，谁种龟阴田？
春事已不及，江行复茫然。
南风吹归心，飞堕酒楼前。
楼东一株桃，枝叶拂青烟。
此树我所种，别来向三年。
桃今与楼齐，我行尚未旋。
娇女字平阳，折花倚桃边。
折花不见我，泪下如流泉。

小儿名伯禽，与姐亦齐肩。

双行桃树下，抚背[2]复谁怜？

念此失次第[3]，肝肠日忧煎。

裂素[4]写远意，因之汶阳川。

【注释】 **1** 三眠：王琦注：蚕将蜕，辄卧不食，古人谓之俯。荀卿《蚕赋》“三俯三起，事乃大已”是也。后人谓之眠。《本草》“蚕三眠三起，二十七日而老”是也。 **2** 抚背：朱谏注：抚背者，抚其背而恤之也。如司马温公天少寒则抚其兄之背曰：“衣得无薄乎？”此谓抚摩其背而爱怜之也。 **3** 失次第：朱谏注：失次第者，言忧心烦乱，起坐间皆失其次序也。 **4** 素：朱谏注：素，白纸也。

独酌青溪江石上寄权昭夷

（秋注）

我携一樽酒，独上江祖石。

自从天地开，更长几千尺？

举杯向天笑，天回日西照。

永愿坐此石，长垂严陵钓。

寄谢山中人，可与尔同调。

禅房怀友人岑伦

李白自注：南游罗浮，兼泛桂海，自春徂秋不返。仆旅江外，书情寄之。

（浔阳）

婵娟罗浮月，摇艳桂水云。
美人竟独往，而我安能群？
一朝语笑隔，万里欢情分。
沉吟彩霞没，梦寐琼芳歇。
归鸿度三湘，游子在百越。
边尘染衣剑，白日凋华发。
春气变楚关，秋声落吴山。
草木结悲绪，风沙凄苦颜。
朅[1]来已永久，颓思如循环。
飘飘限江裔[2]，想像空留滞。
离忧每醉心，别泪徒盈袂。
坐愁青天未[3]，出望黄云蔽。
目极何悠悠，梅花南岭头。
空长灭征鸟，水阔无还舟。
宝剑终难托，金囊非易求。
归来倘有问，桂树[4]山之幽。

【注释】 1 朅（qiè）：离去。 2 裔：水边。 3 未：应为“末”。
4 桂树：朱谏注：桂树，隐居者之事也，白盖自谓。

庐山谣寄卢侍御虚舟

我本楚狂[1]人，凤歌笑（一本作哭）孔丘。手持绿玉杖（一作枝），朝别黄鹤楼。五岳寻仙不辞远，一生好入名山游。庐山秀出南斗[2]傍，屏风九叠云锦张，影落明湖青黛光。金阙前开二峰长，银河倒挂（一作泻）三石梁。香炉[3]瀑布遥相望，回崖沓嶂崚（一作何）苍苍。翠影红霞映朝日（一作照千里），鸟飞不到吴天长。登高壮观天地间，大江茫茫去不还。黄云万里动风色，白波九道流雪山。好为庐山谣，兴因庐山发。闲窥石镜[4]清我心，谢公行处苍苔没（一作绿萝开处悬明月）。早服还丹无世情，琴心三叠[5]道初成。遥见仙人彩云里，手把芙蓉朝玉京[6]。先期汗漫九垓上，愿接卢敖[7]游太清。

【注释】 **1** 楚狂：春秋时楚国狂士，名陆通，字接舆。《论语》：楚狂接舆歌而过孔子，曰："凤兮凤兮，何德之衰！往者不可谏，来者犹可追。已而已而，今之从政者殆而。" **2** 南斗：二十八星宿之一。 **3** 香炉：《艺文类聚》：东南有香炉山，孤峰秀起，游气笼其上，则氤氲若烟水。 **4** 石镜：《太平寰宇记》：石镜，在庐山东悬崖之上，其状团圆，近之则照见形影。 **5** 琴心三叠：道教修炼方法。 **6** 玉京：道教中元始天尊居住之处。 **7** 卢敖：《淮南子》：卢敖游于北海，经乎太阴，入乎玄阙，至于蒙谷之上。见一士焉，深目而玄鬓，泪注而鸢肩，丰上而杀下，轩轩然，方迎风而舞。顾见卢敖，慢然下其臂，遁逃乎碑下。卢敖就而视之，方倨龟壳而食蛤梨。卢敖与之语，曰："唯敖为背群离党，穷观于六合之外者，非敖而已乎？敖幼而好游，至长不渝，周行四极，唯北阴之未窥，今卒睹夫子于是，子殆可与敖为友乎？"若士者，齤然而笑，曰："吾与汗漫期于九垓之外，吾不可以久驻。"若士举臂而竦身，遂入云中。

下寻阳城，泛彭蠡，寄黄判官

浪动灌婴井[1]，寻阳（一作吾知）江上风。

开帆入天镜，直向彭湖东。

落影转疏雨，晴云散远空。

名山发佳兴（一作返景照疏雨，轻烟淡远空。中流得佳兴），清赏亦何穷？

石镜[2]挂遥月，香炉灭彩虹（一作瀑布洒清壁，瑶山挂彩虹）。

相思俱对此，举目与君同。

【注释】 1灌婴井:《元和郡县志》：州理域，古之湓口城也。汉高帝六年灌婴所筑。建安中，孙权经此城，权自标地，令人掘之，正得古井，铭云："汉六年，颍阴侯开。三百年当塞，后不满百年，当为应运者所开。"权以为己瑞。井极深，大江中风浪，井水辄动。 2石镜：朱谏注：月喻镜，虹喻香烟，各以其类而象之也。

书情寄从弟邠州长史昭

自笑客行久，我行定几时？
绿杨已可折，攀取最长枝。
翩翩（一作翻翻）弄春色，延伫寄相思。
谁言贵此物？意愿（一作厚）重琼蕤。
昨梦见惠连[1]，朝吟谢公诗。
东风引碧草，不觉生华池。
临玩[2]忽云夕，杜鹃夜鸣悲。
怀君芳岁歇，庭树落红滋[3]。

【注释】 **1** 惠连：谢灵运族弟谢惠连，并称“大小谢”。 **2** 临玩：朱谏注：临玩者，临池而玩草也。 **3** 红滋：朱谏注：红滋，色红而润泽者也。

寄上吴王三首

其一

淮王爱八公，携手绿云[1]中。
小子添枝叶，亦攀丹桂丛。
谬以词赋重，而将枚马[2]同。

何日背淮水？东之观上风。

【注释】 **1** 绿云：朱谏注：绿云，犹青云也，贵之之辞。 **2** 枚马：汉辞赋家枚皋、司马相如。

其二

坐啸庐江静，闲闻进玉觞。
去时无一物，东壁挂胡床。

【点评】

朱谏：言王之抚振乎庐江也，坐啸无为而郡自治；引觞酌酒而无烦剧之劳也。闲静如此，其廉可知。他日任满而归，又岂有余物乎？但见东壁之上挂一胡床而已。胡床微物，亦不携之而去，廉如裴潜，无愧古人，于今亦罕见矣。

其三

英明庐江守，声誉广平[1]籍。
扫洒黄金台，招邀青云客。
客曾与天通[2]，出入清禁中。
襄王怜宋玉[3]，愿入兰台宫。

【注释】1 广平:《晋书》：会广平太守缺，宣帝谓袤曰：“贤叔大匠垂称于阳平、魏郡，百姓蒙惠化。且卢子家、王子雍继踵此郡，使世不乏贤，故复相屈。”袤在广平，以德化为先，善作条教，郡中爱之。征拜侍中，百姓恋慕，涕泣路隅。 2 与天通：朱谏注：天，谓天子也。与天通者，近侍之臣也。 3 襄王怜宋玉：《风赋》：楚襄王游于兰台之宫，宋玉、景差侍。

寄王汉阳

南湖秋月白，王宰夜相邀。
锦帐郎官醉，罗衣舞女骄。
笛声喧沔鄂，歌曲上云霄。
别后空愁我，相思一水遥。

【点评】

《李诗直解》：此别后追溯旧日临别之乐，以诗寄之，以见相思之深也。言昔日当南湖秋月正白，王宰曾夜来相邀，维时宴乐繁华之景况，至今犹可记忆。锦帐有郎官之醉，罗衣看舞女之娇。而且离筵饯别，更有歌吹之盛，笛声喧彻于沔鄂之间，歌曲响播于云霄之上。乐撤筵散，而相别矣，空愁我逆旅之难也。我今相思，一水遥远，而回想水月交辉，歌舞杂奏之景，宁可得耶？

春日归山寄孟六浩然

朱绂[1]遗尘境，青山谒梵筵。
金绳开觉路，宝筏[2]度迷川。
岭树攒飞栱，岩花覆谷泉。
塔形标海日，楼势出江烟。
香气三天[3]下，钟声万壑连。
荷秋珠已满，松密盖初圆。
鸟聚疑闻法，龙参若护禅。
愧非流水韵，叨入伯牙弦[4]。

【注释】 **1** 朱绂（fú）：朱谏注：绂，绶也；朱绂，贵者之服也。 **2** 筏：朱谏注：筏，所以渡水者也。释家以能悟为渡，以不能悟为迷。 **3** 三天：三界。《法苑珠林》：三界：一欲界，二色界，三无色界。 **4** 伯牙弦：《吕氏春秋》：伯牙鼓琴，锺子期听之。方鼓琴而志在太山，锺子期曰："善哉乎鼓琴，巍巍乎若太山。"少选之间，而志在流水，锺子期又曰："善哉乎鼓琴，汤汤乎若流水。"锺子期死，伯牙绝弦，终身不复鼓琴。

【点评】

《李诗直解》：此咏归山之景，全入于禅，而唯浩然为知音也。言佛土与人世不同，今朱绂堪遗尘境，青山乃谒梵筵。知觉之路，赖金绳为引而始开；昏迷之川，由宝筏为乘而得度。

则我之悟性，至此而不复迷也。而所居之处，则岭头之树，若攒飞栱之间，岩际之花，乃覆泉谷之上。塔形之耸，标映海月；楼势之高，出绕江烟。香气浮于三天，钟声连乎万壑。荷虽秋而珠已满，松虽密而盖初圆。鸟聚疑闻法而来，龙参若护禅而至。种种山光物态，皆非常之妙境也。其得诸境而契于心者亦寡矣。故唯流水之韵，伯牙志之，锺期知之。愧我非其人，而叨入伯牙之弦耳。浩然以为何如哉？

流夜郎永华寺寄浔阳群官

（流夜郎）

朝别凌烟楼，贤豪满行舟。
暝投永华寺，宾散予独醉。
愿结九江流，添成万行泪。
写意寄庐岳，何当来此地。
天命有所悬，安得苦愁思？

流夜郎至西塞驿寄裴隐

（上峡）

扬帆借天风，水驿[1]苦不缓。

平明及西塞，已先投沙[2]伴。
回峦引群峰，横蹙楚山断。
砯[3]冲万壑会，震沓[4]百川满。
龙怪潜溟波[5]，候时救炎旱。
我行望雷雨，安得霑枯散[6]？
鸟去天路长，人悲春光短。
空将泽畔吟，寄尔江南管[7]。

【注释】 **1** 水驿：朱谏注：水驿，舟行之程也。 **2** 投沙：指屈原投汨罗江自杀。 **3** 砯（pīng）：水冲击岩石的声音。 **4** 震沓：朱谏注：震沓者，震动而重叠之意。 **5** 溟波：朱谏注：溟波，深波也。 **6** 枯散：朱谏注：枯散，木之无用者也，此白之自喻也。 **7** 管：朱谏注：管，笔也，言笔之为辞也。

自汉阳病酒归寄王明府

（回红夏）

去岁左迁夜郎道，琉璃砚水长枯槁。
今年敕放巫山阳，蛟龙笔翰生辉光。
圣主还听《子虚赋》，相如却欲论文章。
愿扫鹦鹉洲，与君醉百场。
啸起白云飞七泽，歌吟绿水动三湘。

莫惜连船沽美酒，千金一掷买春芳。

【点评】

《李诗直解》：此太白因流遇赦，喜而自夸，纵饮病酒以为乐也。言去年为永王璘之祸，贬流夜郎，琉璃砚水长枯槁而不为之挥洒矣。今年蒙圣主之恩，敕放在巫山之阳，若蛟龙得云雨，笔翰为之生光辉焉。圣主还喜《子虚》之赋，相如却与论文章，如我之以文词供奉翰林，承圣主之殊恩，或得以复见于今也。今且无论，愿扫鹦鹉洲，与君频醉百场。啸起舞蹈，若白云之飞七泽；歌吟流韵，致渌水之动三湘，亦文彩，亦风流也。我与君莫惜连船共沽美酒，岂惜费哉！即千金为之一掷，且买春景之芳华，以为乐耳。而我左迁之枉，抑为之顿消矣。

望汉阳柳色寄王宰

汉阳江上柳，望客引东枝[1]。
树树花如雪，纷纷乱若丝。
春风传我意，草木度前知（一作草木发前墀）。
寄谢弦歌宰[2]，西来定未迟。

【注释】 1 望客引东枝：朱谏注："望客"者，托为柳之望客而言也。

"引东枝"者，枝皆引而东向也。　**2** 弦歌宰:《论语》: 子之武城，闻弦歌之声。夫子莞尔而笑曰:"割鸡焉用牛刀？"子游对曰:"昔者偃也闻诸夫子曰：君子学道则爱人，小人学道则易使也。"

江夏寄汉阳辅录事

谁道此水广？狭如一匹练。
江夏黄鹤楼，青山汉阳县。
大语犹可闻，故人难可见。
君草陈琳檄[1]，我书鲁连箭[2]。
报国有壮心，龙颜不回眷。
西飞精卫鸟，东海何由填！
鼓角徒悲鸣，楼船习征战。
抽剑步霜月，夜行空庭遍。
长呼结浮云，埋没顾荣扇[3]。
他日观军容，投壶[4]接高宴。

【注释】 **1** 陈琳檄:《三国志》：琳避难冀州，袁绍使典文章。袁氏败，琳归太祖。太祖谓曰:"卿昔为本初移书，但可罪状孤而已，恶恶止其身，何乃上及父祖邪？"琳谢罪，太祖爱其才而不咎。　**2** 鲁连箭：鲁仲连。　**3** 顾荣扇:《晋书》：周纪与荣及甘卓、纪瞻潜谋起兵攻敏。荣废桥敛舟于南岸，敏率万余人出，不获济，荣麾以羽扇，其众溃散。 **4** 投壶：古代的游戏。

早春寄王汉阳

闻道春还未相识，走傍寒梅访消息。
昨夜东风入武阳（一作昌），陌头杨柳黄金色。
碧水浩浩云茫茫，美人不来空断肠。
预拂青山一片石，与君连日醉壶觞。

江上寄巴东故人

汉水波浪远，巫山云雨飞。
东风吹客梦，西落此中时。
觉后思白帝，佳人与我违。
瞿塘饶贾客，音信莫令希。

江上寄元六林宗

霜落江始寒，枫叶绿未脱。

客行悲清秋，永路苦不达。
沧波眇川汜[1]，白日隐天末。
停棹依林峦，惊猿相叫聒。
夜分河汉转，起视溟涨阔。
凉风何萧萧，流水鸣活活[2]。
浦沙净如洗，海月明可掇。
兰交[3]空怀思，琼树讵解渴。
勖哉沧洲心，岁晚庶不夺。
幽赏颇自得，兴远与谁豁[4]。

【注释】 **1** 汜:《尔雅》：水决复入为汜。 **2** 活活：水流声。 **3** 兰交：《易》：二人同心，其利断金。同心之言，其臭如兰。 **4** 豁：排遣，消解。

寄从弟宣州长史昭

尔佐宣城郡，守官清且闲。
常夸云月好，邀我敬亭山。
五落洞庭叶，三江游未还。
相思不可见，叹息损朱颜。

【点评】

朱谏：言尔佐夫宣州之郡，守官既清，又且闲暇。我于昔日尝至宣州，尔与我言，每夸敬亭云月之好，邀我以共游宴之情。自别之后，浮洞庭，泛三江，迄今五载，尚未还也。别久相思，不得相见，劳心叹息，损我朱颜，不觉令人易老矣。

泾溪东亭寄郑少府谔

（宣城）

我游东亭不见君，沙上行将白鹭群。
白鹭闲时散飞去，又如雪点青山云。
欲往泾溪不辞远，龙门蹙波虎眼转。
杜鹃花开春已阑，归向陵阳钓鱼晚。

【点评】

《李诗直解》：此怀郑少府而言其情景也。言我游东亭，不见少府，徘徊沙上，将白鹭为群矣。白鹭飞去，又如雪点青山之云，其洁白益显也。欲往泾溪以见君，岂辞远哉！龙门水涨，虎眼泉转，皆泾溪之景也。杜鹃花开，春色阑矣。归向陵阳，学子明之钓鱼，恐其晚而不得鱼也。少府得无念乎！

宣城九日，闻崔四侍御与宇文太守游敬亭，余时登响山，不同此赏，醉后寄崔侍御二首

其一

九日茱萸熟，插鬓伤早白。
登高望山海，满目悲古昔。
远访投沙人，因为逃名客。
故交竟谁在？独有崔亭伯[1]。
重阳不相知，载酒任所适。
手持一枝菊，调笑二千石。
日暮岸帻[2]归，传呼隘阡陌。
彤襜[3]双白鹿，宾从何辉赫！
夫子在其间，遂成云霄隔。
良辰与美景，两地方虚掷。
晚从南峰归，萝月下水壁。
却登郡楼望，松色寒转碧。
咫尺（一作望美）不可亲，弃我如遗舄。

【注释】 **1** 崔亭伯：崔骃，字亭伯，东汉大臣，与班固、傅毅齐名。朱谏注：白盖借同姓之人以喻侍御也。 **2** 岸帻：《资治通鉴》：隗至，百官迎于道，隗岸帻大言，意气自若。 **3** 彤襜（chān）：朱谏注：彤襜，谓宇文太守。襜，一种古代短便衣。

其二

九卿天上落，五马道傍来。
列戟朱门晓，褰[1]帷碧嶂开。
登高望远海，召客得英才。
紫丝[2]欢情洽，黄花逸兴催。
山从图上见，溪即（一作向）镜中回。
遥羡重阳作，应过戏马台[3]。

【注释】 1 褰（qiān）：揭起。 2 丝：应为“绶”。 3 戏马台：朱谏注：戏马台，在彭城。宋公刘裕九日登台，命谢灵运、谢宣远等作诗送孔令。

【点评】

《唐诗解》：侍御来自辇毂，若从天而下；太守迎之道傍，因邀与登高也。于时列戟之处，朱门初晓，褰帷而行，碧山快心。且太守登高望海，已自壮观；复得侍御以为客，岂非胜赏乎！是结欢于紫绶，托兴于黄花也。我既不能从游，而所登之山，见之图上；所泛之溪，仿佛镜中，想慕极矣。况侍御重阳之作，复胜于戏马诸篇，不益堪羡乎！

寄崔侍御

宛溪霜夜听猿愁，去国长为不系舟[1]。
独怜一雁[2]飞南海，却羡双溪解北流。
高人屡解陈蕃榻[3]，过客难登谢朓舟。
此处别离同落叶，明朝分散敬亭秋。

【注释】 **1** 不系舟：朱谏注：不系舟，摇曳不定也。 **2** 一雁：朱谏注：一雁南飞，白自喻也。 **3** 陈蕃榻：《后汉书》：时陈蕃为太守，以礼请署功曹，穉不免之，既谒而退。蕃在郡不接宾客，唯穉来特设一榻，去则县之。

【点评】

《唐诗解》：言霜夜听猿，其愁可知。况去国以来，居无所定，既如不系之舟，形单影只；又若孤飞之雁，身虽南游，而心则思北，故羡双溪之能北流也。虽崔君好士，邑中高人尽解榻其家，而我为过客，又将远去，谢朓北楼难再登矣。因叹我与君别离于此，譬如敬亭之落叶，日就分散，宁有会合之时乎？

泾溪南蓝山下有落星潭，可以卜筑，余泊舟石上，寄何判官昌浩

蓝岑竦天壁，突兀如鲸额。
奔蹙横澄潭，势吞落星石。
沙带秋月明，水摇寒山碧。
佳境宜缓棹，清辉能留客。
恨君阻欢游，使我自惊惕。
所期俱卜筑，结茅炼金液。

【点评】

《李诗直解》：此美蓝岑山水之佳，爱其风景而欲卜居也。言蓝岑壁立，如鲸额之突兀。众流横聚澄潭，而奔蹙之势，则吞落星石矣。白沙带秋月以同明，潭水影寒山而摇碧。当此佳境，宜缓棹随波，是清辉之景能留客也。恨君自阻欢游，我乃独掉澄渊之中。若喜若惧，而警惕安能置哉！睹此风景，可以卜筑，相期同为结茅，烧炼金液，服以飞升，不然虚负此山水之佳丽矣。

早过漆林渡寄万巨

西经大蓝山，南来漆林渡。

水色倒空青，林烟横积素。
漏流昔吞翕，沓浪竞奔注。
潭落天上星，龙开水中雾。
巉岩注公栅，突兀陈焦墓[1]。
岭峭纷上干，川明屡回顾。
因思万夫子，解渴同琼树。
何日睹清光[2]，相欢咏佳句。

【注释】 **1** 陈焦墓:《三国志》:是岁，安吴民陈焦死，埋之。六日更生，穿土中出。 **2** 清光: 好的风采。

游敬亭寄崔侍御

（一本作登古城望府中奉寄崔侍御。其不同处悉重出。）
我家敬亭下，辄继谢公作。
（一作我登谢公楼，辄继敬亭作。）
相去数百年，风期宛如昨。
登高素秋月（一作高城素秋日），下望青山郭。
府中鸿鹭群（一作俯视鸳鸯群），饮啄自鸣跃。
夫子虽蹭蹬，瑶台雪中鹤。
独立窥浮云，其心在寥廓[1]。
时来一顾我，笑饭葵与藿。

（一作时来顾我笑，一饭与葵藿。）

世路如秋风，相逢尽萧索。

腰间玉巨剑[2]，意许无遗诺。

（一作愿为经冬柏，不逐天霜落。）

壮士不可轻（一作疏），相期在云阁（一作相随在云阁）。

【注释】 1 寥廓：朱谏注：寥，深也；廓，空也；言天宇之深逮而空阔也。 2 玉巨剑：以玉作装饰的剑。

三山望金陵寄殷淑

三山怀谢朓，水澹（一作绿水）望长安。

芜没河阳县，秋江正北看。

卢龙霜气冷，鳷鹊月光寒。

耿耿忆琼树，天涯寄一欢。

自金陵泝流过白壁山玩月达天门寄句容王主簿

沧江泝流归，白壁见秋月。

秋月照白壁，皓如山阴雪[1]。

幽人停宵征，贾客忘早发。

进帆天门山，回首牛渚没。

川长信风[2]来，日出宿雾歇。

故人在咫尺，新赏成胡越。

寄君青兰花，惠好[3]庶不绝。

【注释】 1 山阴雪:《世说新语》：王子猷居山阴。夜大雪。眠觉，开室命酌酒，四望皎然。因起彷徨，咏左思《招隐》诗，忽忆戴安道。 2 信风：朱谏注：信风者，海风之来，每有信期，如朝多东风，暮多西风。又有所谓报风者。每月十七八，风稍大，将作时，先一日水面有黑沫如尘垢状，浮于潮头。海人素识者，急引舟避山湾中，否则多覆溺。此所谓信风也。 3 惠好:《诗》：惠而好我，携手同行。

第十三卷

歌诗三十六首

别

秋日鲁郡尧祠亭上宴别杜补阙范侍御

（中鲁）

我觉秋兴逸，谁云秋兴悲[1]？

山将落日去，水与晴空宜。

鲁酒白玉壶，送行驻金羁[2]。

歇鞍憩古木，解带挂横枝。

歌鼓川上亭，曲度[3]神飙吹。

（一本无歌鼓川上亭，曲度神飙吹十字，却添南歌忆郢客，东传齐儿，清波忽澹荡，白雪纷逶迤。一隔范杜游，此欢各弃遗三韵。）

云归碧海夕，雁没青天时。

相失各万里，茫然空尔思。

【注释】 1 秋兴悲：《秋兴赋》：善乎宋玉之言曰："悲哉秋之为气也，萧瑟兮，草木摇落而变衰。僇（lù）栗兮，若在远行，登山临水送将归。" 2 金羁：白马。《白马篇》：白马饰金羁。 3 曲度：曲调。

【点评】

《李诗直解》：此秋天日暮宴别，而不觉茫然自失也。言我觉秋兴甚逸，而谁云秋兴悲乎？秋山日落，而水与晴空两相宜者，正秋气之逸也。当此之时，携薄酒以送行，则歇鞍憩古木以维马，解带挂横枝以畅饮。歌鼓于川亭之上；曲度有神飙之吹，而落日渐去矣。云之归碧海也，雁之没青天也，此时不得不分袂矣。我与二公相别，各有万里之行，徒令我茫然自失，而岂不尔思乎？则行日远耳，故当更尽一杯酒也。

留别鲁颂

谁道太山高？下却鲁连节。
谁云秦军众？摧却鲁连舌。
独立天地间，清风洒兰雪。
夫子还倜傥，攻文继前烈。
错落石上松，无为秋霜折。
赠言镂宝刀，千岁庶不灭。

别中都明府兄

吾兄诗酒继陶君，试宰中都天下闻。
东楼喜奉连枝会，南陌还为落叶分。
城隅（一作江城）渌水明秋日，海上青山隔暮云。

取醉不辞留夜月，雁行中断惜离群。

【点评】

《唐诗解》：此兄弟分别之辞。言吾兄虽适情于诗酒，然有声于吏职，故既喜其会，遂伤其别。且言城隅秋色非不佳也，弟别后而云水隔矣。若取醉于月下以尽今夕之欢，我固不敢辞。但兄弟中道分离，自有深可惜者，虽醉而不能忘情也。

梦游天姥吟留别

（一作别东鲁诸公）

海客谈瀛洲，烟涛微茫（一作弥漫）信难求。越人语（一作道）天姥，云霓明灭或（一作安）可睹。天姥连天向天横，势拔（一作枝）五岳掩赤城。天台四万八千丈，对此欲（一作绝）倒东南倾。我欲因之（一作冥搜）梦吴越，一夜飞度镜湖月。湖月照我影，送我至剡溪。谢公宿处今尚在，渌水荡漾清猿啼。脚著谢公屐[1]，身登青云梯[2]。半壁见海日，空中闻天鸡[3]。千岩万转路不定，迷花倚石忽已暝。熊咆龙吟殷岩泉，慄深林兮惊层巅。云（一作枫）青青兮欲雨，水澹澹兮生烟。列缺霹雳，丘峦崩摧。洞天石扇（一作扉），訇然中（一作而）开。青冥浩荡不见底，日月照耀金银台[4]。霓为衣兮风为马，云之君兮纷纷而来下。虎鼓瑟兮鸾回车，仙之人兮列如麻。忽魂悸以魄动，恍惊起而长嗟。唯觉时之枕席，失向来之烟霞。世间行乐亦如此，古来万事东流水。别君去兮何时还？且放白鹿青崖间，须行即骑访名山。安能摧眉折腰事权贵，使我不得开心颜！

【注释】 1 谢公屐:《南史》：寻山陟岭，必造幽峻，岩嶂数十重，莫不备尽。登蹑常着木屐，上山则去其前齿，下山去其后齿。 2 青云梯：王琦注：青云梯，谓山岭高峻，如上入青云，故名。 3 空中闻天鸡:《述异记》：东南有桃都山，上有大树名曰桃都，枝相去三千里，上有天鸡，日初出照此木，天鸡则鸣，天下之鸡皆随之鸣。 4 金银台：神仙居住的地方。

【点评】

《唐诗解》：此将之天姥，托言梦游，以见世事皆虚幻也。瀛洲在海其说近虚；天姥在越，其言可信。盖此山有极天之峻，超拔五岳，而掩赤城之标。天台虽高，对此犹倾倒也。此皆越人所述。我欲因其言以梦游吴越，则心神固已随镜湖之月而飞度矣。湖月照影以下，皆述梦中所历。言既经谢公投宿之处，而又深入穷岩，时闻霹雳之声，丘峦若崩摧者，乃洞天石扇之开也。其中浩荡无极，日月所照，皆仙境矣。所见之人，皆霓衣风马，来往猋疾，鸟兽皆能鼓瑟，回车而仙者，又不胜其众。于是魂魄动而惊起，乃叹曰：此枕席间岂复有向来之烟霞哉！乃知世间行乐亦如此梦耳。古来万事亦岂有在者乎？皆如流水之不返矣。我今别君而去，未知何时可还，且放白鹿于山间，归而乘之，以遍访名山，安能屈身权贵，使不得豁我之襟怀乎？

留别曹南群官之江南

我昔钓白龙[1]，放龙溪水傍。
道成本欲去，挥手凌苍苍。
时来不关人[2]，谈笑游轩皇[3]。
献纳少成事，归休辞建章。
十年罢西笑，览镜如秋霜。
闭剑琉璃匣，炼丹紫翠房[4]。
身佩豁落图[5]，腰垂虎盘囊[6]。
仙人借彩凤，志在穷遐荒。
恋子四五人，徘徊未翱翔。
东流送白日，骤歌兰蕙芳。
仙宫两无从，人间久摧藏[7]。
范蠡说句践[8]，屈平去怀王。
飘摇紫霞心，流浪忆江乡。
愁为万里别，复此一衔觞。
渌水帝王州，金陵绕丹阳。
楼台照海色，衣马摇川光。

及此北望君，相思泪成行。
朝云落梦渚，瑶草[9]空高堂。
帝子隔洞庭，青枫满潇湘。
怀归路绵邈，览古情凄凉。
登岳眺百川，杳然万恨长。
却恋蛾[10]眉去，弄景偶骑羊[11]。

【注释】 **1** 钓白龙:《列仙传》：陵阳子明，铚乡人。好钓鱼，于旋溪获得白龙，子明惧，解钩拜而放之。后得白鱼，腹中有书，教子明服食之法。子明遂上黄山采五石脂，沸水而服之。三年，龙来迎去，止陵阳山上百余年。 **2** 时来不关人：朱谏注：时谓所逢之时也。“时来不关人”，言得时之亨不待乎人力之助也。 **3** 轩皇：朱谏注：轩皇，皇帝，谓时君也。 **4** 紫翠房:《海内十洲记》：又有墉城，金台玉楼相映如流精之阙，光碧玉之堂，琼华之室，紫翠丹房。锦云烛日，朱霞九光。西王母之所治也。 **5** 豁落图：朱谏注：豁落者，道家所谓豁落斗七元星君之一也。 **6** 虎盘囊：朱谏注:《神仙传》：安期生先生乘麒麟，着朱衣，带玉佩及虎头鞶囊。盘，一作鞶（pán）。 **7** 摧藏：朱谏注：摧藏，摧折而藏伏也。 **8** 范蠡说句践：王琦注：脱句践，谓脱身辞句践而去也。说，一作脱。 **9** 瑶草:《山海经》：姑瑶之山，帝女死焉，其名曰女尸，化为瑶草，其叶胥成，其花黄，其实如兔丘，服之媚于人。 **10** 蛾：应为“峨”。 **11** 弄景偶骑羊：朱谏注：景，日也。偶，与之为偶也。《搜神记》：前周葛由，蜀羌人也。周成王时，好刻木作羊卖之。一旦乘木羊入蜀中，蜀中王侯贵人追之，上绥山。绥山多桃，在峨眉山西南，高无极也。随之者不复还，皆得仙道。

留别于十一兄逖裴十三游塞垣

太公渭川水[1]，李斯上蔡门。钓周猎秦安黎元，小鱼䲭[2]兔何足言？天张云卷有时节，吾徒莫叹羝触藩[3]。于公白首大梁野，使人怅望何可论？既知朱亥为壮士，且愿束心秋毫[4]里。秦赵虎争血中原，当去抱关救公子。裴生览千古，龙鸾炳天章。悲（一作高）吟雨雪动林木[5]，放书辍剑思（一作悲）高堂。劝尔一杯酒，拂尔裘上霜。尔为我楚舞，吾为尔楚歌。且探虎穴[6]向沙漠，鸣鞭走马凌黄河。耻作易水别，临歧泪滂沱。

【注释】 1 太公渭川水:《搜神记》：吕望钓于渭阳，文王出游猎，占曰:“今日猎得一兽，非龙非螭，非熊非罴，合得帝王师。”果得太公于渭之阳，与语大悦，同车载而还。 2 䲭（jùn）：狡兔。 3 羝（dī）触藩:《易》：羝羊触藩，羸其角。羝，公羊。藩，篱笆。 4 秋毫：毛笔。 5 悲吟雨雪动林木:《艺文类聚》:《琴操》曰：曾子耕太山之下，天雨雪，冻，旬日不得归。思其父母，作《梁山歌》。 6 且探虎穴:《三国志》：蒙年十五六，窃随（邓）

当击贼。当顾见大惊，呵叱不能禁止。归以告蒙母。母恚欲罚之，蒙曰："贫贱难可居，脱误有功，富贵可致。且不探虎穴，安得虎子？"

留别王司马嵩

鲁连卖谈笑，岂是顾千金。
陶朱虽相越，本有五湖心。
余亦南阳子，时为《梁甫吟》。
苍山容偃蹇[1]，白日惜颓侵。
愿一佐明主，功成还旧林。
西来何所为？孤剑托知音。
鸟爱碧山远（一作凤集碧相秀），鱼游沧海深。
呼鹰过上蔡，卖畚[2]向嵩岑。
他日闲相访，丘中有素琴。

【注释】1 偃蹇（yǎn jiǎn）：骄傲。 2 卖畚（běn）：《晋书》：王猛，字景略，北海剧人也，家于魏郡。少贫贱，以鬻畚为业。尝货畚于洛阳，乃有一人贵买其畚，而云无直，自言："家去此无远，可随我取直。"猛利其贵而从之，行不觉远，忽至深山，见一父老，须发皓然，踞胡床而坐，左右十许人，有一人引猛进拜之。父老曰："王公何缘拜也！"乃十倍偿畚直，遣人送之。猛既出，顾视，乃嵩高山也。畚，撮垃圾、粮食等的器具。

还山留别金门知己

（一本云出金门后书怀留别翰林诸公）

好古[1]笑流俗，素闻贤达风。
方希佐明主，长揖辞成功。
白日[2]在青天，回光瞩（一作照）微躬。
恭承凤凰诏[3]，欲起云罗[4]（一作藤萝）中。
清切[5]紫霄迥，优游丹禁通。
君王赐颜色，声价凌烟虹[6]。
乘舆拥翠盖，扈从金城东。
宝马骤（一作丽）绝景[7]，锦衣入新丰。
倚岩望松雪，对酒鸣丝桐。
方（一作因）学扬子云，献赋[8]甘泉宫。
天书美片善[9]，清芳（一作芬）播无穷。
归来入咸阳，谭笑皆王公。
一朝去金马，飘落成飞蓬。
宾友（一作从）日疏散，玉樽亦（一作寻）已空。
长才（一作才力）犹可倚，不惭世上雄。
闲来《东武吟》，曲尽情未终。
书此谢知己，扁舟（一作沧波）寻钓翁。

【注释】 **1**古：朱谏注：古，古道也。《论语》曰：好古敏以求之者也。 **2**日：朱谏注：日，君象也。 **3**凤凰诏：《十六国春秋》：（石）虎与皇后在台上有诏书，以五色纸着凤凰口中，凤既衔诏，侍人放数百丈绯绳，辘轳回转，状若飞翔，飞下端门。凤以木作之，五色文耳，脚皆用金。 **4**罗：应为"萝"。 **5**清切：朱谏注：清切，禁地也。刘桢诗云"拘限清切禁"，言天子之内禁清而且近也。 **6**烟虹：朱谏注：烟虹喻高远也。 **7**绝景：骏马名。 **8**献赋：《汉书》：召雄待诏承明之庭。正月，从上甘泉，还奏《甘泉》以风。 **9**片善：朱谏注：片善者，称赏之辞也。

夜别张五

吾多张公子，别酌酣高堂。
听歌舞银烛，把酒轻罗霜。
横笛弄秋月，琵琶弹《陌桑》。
龙泉解锦带，为尔倾千觞。

【点评】

朱谏：李白《夜别张五》，而称其为公子者，必宦族也。言吾重张公子，而与之酌别，酣饮于高堂之上，作乐以为乐，卖剑以尽觞，庶几见吾之别情耳。

魏郡别苏少府因

（北游）

魏都接燕赵，美女夸芙蓉。
淇水流碧玉，舟车日奔冲。
青楼夹两岸，万室喧歌钟。
天下称豪贵（一作豪贵游），游此（一作此中）每相逢。
洛阳苏季子，剑戟森词锋。
六印[1]虽未佩（一作说赵复过秦），轩车若飞龙。
黄金数百镒，白璧有几双。
散尽空掉臂，高歌赋还（一作临）邛。
合纵又连横，其意未可封。
落拓乃如此，何（一作谁）人不相从？
远别隔两河[2]，云山杳千重（一作云天满愁容）。
何时更杯酒，再得论心胸。

【注释】1 六印：苏秦曾佩六国相印。 2 远别：朱谏注：远别者，李白将为北游也。两河，河内、河东，皆魏地也。

留别西河刘少府

秋（一作我）发[1]已种种，所为竟无成。

闲倾鲁壶酒，笑对刘公荣[2]。
谓我是方朔，人间落岁星。
白衣千万乘，何事去天庭？
君亦不得意[3]，高歌羡鸿冥。
世人若醯鸡[4]，安可识梅生[5]。
虽为刀笔吏[6]，缅怀在赤城。
余亦如流萍，随波乐休明。
自有两少妾，双骑骏马行。
东山春酒绿，归隐谢浮名。

【注释】 **1** 秋发：朱谏注：秋发，犹言老发也。物至秋而皆老，故老人之发曰秋发。 **2** 刘公荣：《世说新语》：刘公荣与人饮酒，杂秽非类，人或讥之，答曰："胜公荣者不可不与饮，不如公荣者亦不可不与饮，是公荣辈者又不可不与饮，故终日共饮而醉。"朱谏注：此以公荣指刘少府，谓同姓也。 **3** 不得意：朱谏注：不得意者，居卑职也。时刘少府必以事而遭迁谪者也。 **4** 醯（xī）鸡：蠛蠓（miè měng），昆虫。 **5** 梅生：王琦注：梅生，谓梅福。福常为南昌尉，故以比刘少府。 **6** 刀笔吏：《汉书》：萧何、曹参皆起秦刀笔吏。

颍阳别元丹丘之淮阳

（河南）

吾将元夫子，异姓为天伦。
本无轩裳[1]契，素以烟霞亲。
尝恨迫世网，铭意俱未伸。
松柏虽寒苦[2]，羞逐桃李春。
悠悠市朝间，玉颜日缁磷。
所共重山岳，所得轻埃尘[3]。
精魄渐芜秽，衰老相凭因。
我有锦囊[4]诀，可以持君身。
当餐黄金药，去为紫阳宾。
万事难并立，百年犹崇晨[5]。
别尔东南去，悠悠多悲辛。
前志庶不易，远途期所遵[6]。
已矣归去来，白云飞天津。

【注释】**1** 轩裳：朱谏注：乘轩而衣裳，贵人之服饰也。 **2** 松柏虽寒苦：朱谏注：松柏喻自守之坚，桃李喻显达者。 **3** 所共重山岳：朱谏注：所共者，指丹霞而言，丹药之术也；所得者，指轩裳而言，富贵之事也。 **4** 锦囊：朱谏注：锦囊诀，仙家授受之秘诀也。 **5** 崇晨：王琦注：崇晨，犹诗所谓崇朝，谓从旦至食时也。 **6** 前志：朱谏注：前志，谓烟霞之亲也。远途者，期为紫阳宾也。

留别广陵诸公

（淮南，一作留别邯郸故人）

忆昔作少年，结交赵与燕[1]。
金羁络骏马，锦带横龙泉。
寸心无疑事[2]，所向非徒然。
晚节觉此[3]疏，猎精[4]草《太玄》。
空名束壮士，薄俗弃高贤。
中回圣明顾[5]，挥翰凌云烟。
骑虎不敢下，攀龙忽堕天。
还家守清真，孤洁[6]励秋蝉。
炼丹费火石[7]，采药穷山川。
卧海不关人[8]，租税辽东田。
乘兴忽复起，棹我溪中船。
临醉谢葛强，山公欲倒鞭[9]。
狂歌自此别，垂钓沧浪前。

【注释】 **1** 结交赵与燕：朱谏注：赵燕多豪侠之士。 **2** 寸心无疑事：朱谏注：无疑事者，信以与人也。向犹往也。非徒然者，言不虚往也。 **3** 此：朱谏注："此"指少年结交而言。 **4** 猎精：朱谏注：猎精，犹言采取其精华也。 **5** 中回圣明顾：朱谏注：中谓壮岁时也，本上文少年、晚节而言也。圣明，谓天子也。回顾者，承君之恩为供奉居翰林时也。 **6** 孤洁：王琦注：蝉出自土壤，升于高木之上。吟风饮露，不见其食。故郭璞《蝉赞》：虫之精洁，可贵唯蝉。潜蜕弃秽，饮露恒鲜。 **7** 火石：朱谏注：火石者，修炼之具也。 **8** 不关人：朱谏注：不关人者，不涉乎人事也。 **9** 倒鞭：朱谏注：倒鞭者，醉而垂其鞭也。

广陵赠别

玉瓶沽美酒，数里送君还。
系马垂杨下，衔杯大道间。
天边看绿水，海上见青山。
兴罢各分袂，何须醉别颜？

【点评】

《李诗直解》：此广陵赠别友人赋，景中具见思忆之情也。言持玉壶，沽美酒，于数里之外送君。马系于垂杨之下，杯衔于大道之间，看绿水于天边，望青山于海上，君从此渐远矣。但送君于有别时，兴罢宜分袂而去，不须至醉颜而始别也。此正见不忍别之意。

感时留别从兄徐王延年（一作延平）从弟延陵

天籁何参差，噫然大块吹。
玄元包橐籥[1]，紫气何逶迤[2]（一作融怡）。
七叶[3]运皇化，千龄光本枝。
仙风生指树，大雅歌《螽斯》[4]。
诸王若鸾虬[5]，肃穆列藩维。
哲兄锡茅土[6]，圣代含荣滋。
九卿领徐方[7]，七步继陈思[8]。
伊昔全[9]盛日，雄豪动京师。
冠剑[10]朝凤阙[11]，楼船侍龙池。
鼓钟出朱邸，金翠照丹墀。
君王一顾眄，选色献蛾眉。
列戟十八年，未曾辄迁移。
大臣小喑呜[12]，谪窜天南垂。
长沙不足舞，贝锦且成诗。
佐郡浙江西，病闲绝趋驰。
阶轩日苔藓，鸟雀噪檐帷[13]。
时乘平肩舆，出入畏人知。
北宅聊偃憩，欢愉恤茕嫠[14]。
羞言梁苑地，烜赫耀旌旗。
兄弟八九人，吴秦各分离。
大贤达机兆[15]，岂独虑安危？

小子谢麟阁，雁行忝肩随。
令弟字延陵，凤毛出天姿。
清英神仙骨，芬馥茝兰蕤。
梦得春草句，将非惠连谁？
深心紫河车[16]，与我特相宜。
金膏犹罔象，玉液尚磷缁。
伏枕[17]寄宾馆，宛同清漳湄。
药物多见馈，珍羞亦兼之。
谁道溟渤深？犹言浅恩慈。
鸣蝉游子意，促织念归期。
骄阳何火赫，海水烁龙龟。
百川尽凋枯，舟楫阁中逵。
策马采凉月，通宵出郊岐。
泣别目眷眷，伤心步迟迟。
愿言保明德，王室伫清夷。
掺袂何所道，援毫投此辞。

【注释】 1 橐籥（tuó yuè）：冶炼用以鼓风吹火的器具。 2 逶迤：朱谏注：逶迤，舒迟貌。 3 七叶：杨齐贤注：唐至肃宗凡七叶。 4《螽斯》：王琦注:《埤雅》：螽斯，虫之不妒忌，一母百子者也。故诗以为子孙众多之况。 5 鸾虬（qiú）：杨齐贤注：虬，龙无角者；鸾，神鸟。应为“虯”。 6 锡茅土:《后汉书》：诸王封者，受茅土，归以立社稷，礼也。 7 徐方：徐州。

8 陈思：陈思王曹植。 9 金：应为“全”。 10 冠剑:《后汉书》：若夫长剑高冠，纡朱怀金者，布满宫闱。 11 凤阙:《三辅故事》：北有圜阙，高二十丈，上有铜凤凰，故曰凤阙也。 12 大臣小喑呜：朱谏注：大臣谓当时宰执之有权力者，如林甫、国忠之类也。喑呜，怒意。 13 檐帷：门帘类的东西。 14 茕嫠（qióng lí）：茕，无兄弟；嫠，无丈夫。泛指寡妇。 15 大贤达机兆：朱谏注：大贤，谓徐王也。机兆者，发动先见之微者也。 16 紫河车：王琦注：紫河车，丹药也。朱谏注：河车、金膏、玉液皆炼丹次第之名。罔象，恍惚无实之意。 17 伏枕：朱谏注：伏枕，病而卧也。宾馆、清漳者，白之侄聿为临漳宰，白尝为客于彼也。

别储邕之剡中

借问剡中道，东南指越乡。
舟从广陵去，水入会稽长。
竹色溪下绿，荷花镜里香。
辞君向天姥，拂石卧秋霜。

【点评】

朱谏：此李白别友人储邕而往剡中也。言借问剡溪之在何处乎？在乎东南之越州，舟从广陵而去，由水路而入于会稽，溪边多绿竹，而水面有荷花，此剡中之景也。然剡在天姥山之下，我若往剡必向天姥拂石而卧秋霜以适吾逍遥之情而后已也。

留别金陵诸公

（金陵）

海水昔飞动，三龙纷战争。
钟山危波澜，倾侧骇奔鲸。
黄旗一扫荡[1]，割壤[2]开吴京。
六代更霸王，遗迹见都城（一作遗都见空城）。
至今秦淮间，礼乐秀群英。
地扇邹鲁学[3]，诗腾颜谢[4]名。
五月金陵西，祖余白下亭。
欲寻庐峰顶，先绕汉水行。
香炉紫烟灭，瀑布落太清。
若攀星辰去，挥手缅含情。

【注释】 1 黄旗一扫荡：朱谏注：黄旗扫荡者，孙大帝之有江东也。 2 割壤：朱谏注：割壤，分土也，谓三国瓜分南北而鼎峙也。开吴京者，吴初建都于金陵也。 3 邹鲁学：《史记》：邹鲁滨洙泗，犹有周公遗风。俗好儒，备于礼。 4 颜谢：《宋书》：与陈郡谢灵运俱以词彩齐名，自潘岳、陆机之后，文士莫及也。江左称颜、谢焉。

口号

食出野田美，酒临远水倾。
东流若未尽，应见别离情。

【点评】

朱谏：此亦送别之诗，言酒食所以饯别也。食则出于野田而美，酒则临于远水而倾。送别之情有似东流之水，水流不尽，而别情亦未尽也。

金陵酒肆留别

白门柳花满（一作酒）店香，吴姬压酒[1]唤客尝。
金陵子弟来相送，欲行不行各尽觞。
请君问取东流水，别意与之谁短长？

【注释】 1 压酒：朱谏注：压酒者，酒熟而汁滓，相将则盛之以囊，置槽中，压以重物，去滓而取汁也。

【点评】

《唐诗解》：此太白将去金陵留别故旧也。景方丽而酒复佳，无论行者当饮，即不行者亦当尽觞，正以别意相缠如流水之无已耳。

《李诗直解》：此咏金陵留别，而言其情之长也。风吹柳花，飘落于满店香者，如人之无定也。吴姬压酝美酒以劝客尝，盖为祖道之意耳。金陵子弟来相送者，欲行矣而又不忍遽行，子弟奉我，各尽其觞，取醉以别，情则渥矣。请君试问东流之水，今日之别意与之相较，谁为短长？水之流而不息，即情之永而不忘也。

金陵白下亭留别

驿亭三杨树，正当白下门。
吴烟暝长条，汉水啮古根。
向来送行处，回首阻笑言。
别后若见之，为余一攀翻。

【点评】

朱谏：此李白于白下亭留别，言驿亭之柳树，其数有三，正在都城之外，当白下之门。吴地之烟暗其长条，烟浓而叶密也。江汉之水啮其古根，水深而树老也。门出东南之区，亭乃祖饯之地，向来都人之送行者，皆会于此，折柳以相赠，临别之时，回首一顾，而阻于笑言，盖见柳伤情，不暇言笑，而欢意为之顿减矣。虽有长条，宜亦不忍攀也。今与诸公分别亭下，又何忍于折此柳乎？唯于既别之后为我一攀翻焉。庶几睹物思人，不我遐弃，是则驿亭之柳，非唯可以赠别，亦可以系别后之相思也。

别东林寺僧

东林送客处，月出白猿啼。
笑别庐山远，何烦过虎溪？

【点评】

《唐诗解》：猿每夜啼，故于月出而闻其声，此时始与僧别，则绸缪久而送之远也。故以方惠远之于渊明云。

窜夜郎于乌江留别宗十六璟

（疑乌江及宗字误）

君家全盛日，台鼎何陆离。
斩鳌翼娲皇，炼石补天维。

一回日月顾，三入凤凰池。
失势[1]青门傍，种瓜[2]复几时？
犹会旧宾客，三千光路歧。
皇恩雪愤懑[3]，松柏含荣滋[4]。
我非东床人[5]，令姊忝齐眉。
浪迹未出世，空名动京师。
适遭云罗[6]解，翻谪（一作遣）夜郎悲。
拙妻莫邪剑，及此二龙随。
惭君湍波苦，千里远从之。
白帝晓猿断，黄牛[7]过客迟。
遥瞻明月峡，西去益相思。

【注释】 **1** 失势：朱谏注：失势者，楚客、晋卿皆以临淄王隆基讨内乱而败也。 **2** 种瓜：《三辅黄图》：长安城东出南头第一门霸城门，民见门色青，名曰青城门，或曰青门。门外旧出佳瓜。广陵人邵平为秦东陵侯。秦破为布衣，种瓜青门外。 **3** 皇恩雪愤懑：朱谏注：皇恩雪愤，未有所考。岂楚客等虽败，而朝廷犹有宽恩耶？ **4** 松柏含荣滋：朱谏注：松柏，墓前之木也。荣滋，茂也。 **5** 东床人：《世说新语》：郗太傅在京口，遣门生与王丞相书求女婿。丞相语郗信："君往东厢任意选之。"门生归，白郗曰："王家诸郎亦皆可嘉，闻来觅婿，咸自矜持。唯有一郎在东床上坦腹卧，如不闻。"郗公云："正此好！"访之，乃是逸少（王羲之），因嫁女与焉。 **6** 云罗：朱谏注：遭云罗者，以永王璘而系狱也。　7 黄牛：黄牛滩，在今湖北宜昌市。

留别龚处士

龚子栖闲地，都无人世喧。
柳深陶令宅，竹暗辟彊园。
我去黄牛峡，遥愁白帝猿。
赠君卷施草，心断竟何言。

【点评】

朱谏：言龚处士栖闲之地幽静而无尘喧，宅畔有柳，柳之深也如陶令之宅；园中有竹，竹之茂也如辟疆之园。我得暂游于此，今将别去，上黄牛之峡，望白帝之城，听猿而愁也。别必有赠，赠君以卷耳之草，嗟我怀人，心亦断矣，竟何言哉！

赠别郑判官

窜逐勿复哀，惭君问寒灰[1]。
浮云无本意[2]，吹落章华台。
远别泪空尽，长愁心已摧。

三年吟泽畔，憔悴几时回？

【注释】 1 寒灰：朱谏注：寒灰，死灰也，死灰不复燃矣。 2 无本意：应为“本无意”。

【点评】

朱谏：此赠郑判府，意则自陈。言我以获罪而遭窜逐，无复我哀者矣。承君顾问，是犹不弃乎死灰也。我之纵迹有如浮云去住无定，偶然吹落于章华之台，留滞于湖湘之间。与君远别，徒尽其泪，自此长愁，心已摧矣。二年行吟于泽畔，形容憔悴有若屈原之见逐也，何时而可以还乎？

黄鹤楼送孟浩然之广陵

（江夏岳阳）

故人西辞黄鹤楼，烟花三月下扬州。

孤帆远影（一作映）碧山尽，唯见长江天际流。

【点评】

《入蜀记》：太白登此楼送孟浩然诗云：“征帆逮映碧山尽，唯见长江天际流。”盖帆樯映远山尤可观，非江行久不能知也。

《李诗直解》：此诗赋别时之景而情在其中也。言我故人孟君西辞黄鹤楼之地而行矣。当春景烟花之时，三月而下扬州，我送之江干，跂予望之。孤帆远影，碧空已尽，帆没而不见矣。唯见长江飞流无际，故人已远，予情徒为之怅怅耳。

《唐诗解》：黄鹤，分别之地；扬州，所往之行；烟花，叙别之景；三月，纪别之时。帆影尽则目力已极，江水长则离思无涯，怅望之情俱在言外。

将游衡岳，过汉阳双松亭，留别族弟浮屠谈皓

秦欺赵氏璧，却入邯郸宫。
本是楚家玉，还来荆山中。
符彩照沧溟[1]，精辉陵白虹。
青蝇一相点，流落[2]此时同。
卓绝道门[3]秀，谈玄乃支公[4]。
延萝结幽居，剪竹绕芳丛。
凉花拂户牖，天籁[5]（一作乐）鸣虚空。
忆我初来时，蒲萄开景风。
今兹大火[6]落，秋叶黄梧桐。
水色梦沅湘，长沙去何穷。
寄书访衡峤，但与南飞鸿。

【注释】1 符彩照沧溟：朱谏注：丹彩，红光也。泻沧溟，凌白虹，言其光之烛于上下也。符彩照，一作丹彩照，丹彩泻。 2 流落：朱谏注：流落，白自谓也。同者，言己之被谗，犹玉之受污也。此时，被谗还山之时也。 3 道门：朱谏注：道门，释氏之法门也。 4 支公：支遁。《太平广记》：（支遁）年二十五出家，每至讲肆，善标宗会，而章句或有所遗，时为守文者所陋。谢安闻而喜之，曰："乃比古人之相马也。略其玄黄，而取其骏也。"时谢安、殷浩等，并一代名流，皆著尘外之狎。 5 天籁：王琦注：天籁乃虚空之际，自然音响。 6 大火：朱谏注：《国风》云："七月流火。"言大火，心星，七月西行而下流，落即下流之谓也。

江夏别宋之悌

楚水清若空，遥将碧海通。
人分千里外，兴在一杯中。
谷鸟吟晴日，江猿啸晚风。
平生不下泪，于此泣无穷。

【点评】

朱谏：此李白于江夏别宋之悌，言楚水至清，望之若空，似无水者，遥遥东流，通于碧海。君将顺流而下，分离于千里之外，眷眷之情，唯此一杯之内，君可不自尽其兴以相欢乎？当此分别之时，谷鸟吟乎晴日，江猿啸乎晚风，景物凄凉，增吾感慨，虽以平生之刚肠，不能不自痛也。临歧下泪，岂有穷乎？

《李诗直解》：此别宋之悌而甚言情之无已也。今我相别之地，楚水轻空，远与碧海相通。人固分于千里之外，兴则尽于一杯之中。迁谷之鸟，遇晴日而催吟，江岸之猿，至晚风而哀啸。此时此景，有难为情者。平生于离别，未尝下泪，于此则泣之无穷，而握手恋恋，何忍分哉！

留别贾舍人至二首

其一

大梁白云起，飘摇来南洲。
徘徊苍梧野，十见罗浮秋。
鳌抃山海倾[1]，四溟扬洪流。
意欲托孤凤，从之摩天游。
凤苦道路难，翱翔还昆丘。
不肯衔我去，哀鸣惭不周。
远客谢主人，明珠难暗投。
拂拭倚天剑，西登岳阳楼。
长啸万里风，扫清胸中忧。

谁念刘越石[2]，化为绕指柔。

【注释】 1 鳌抃（biàn）山海倾：抃，一作挟。《尔雅翼》:《天问》曰："鳌戴山抃，何以安之？"抃者，两手相击也。言鳌以首戴山，傥用前两手相击，则山上之仙圣何以安乎？ 2 刘越石：刘琨，字越石，东晋人。刘琨《重赠卢谌》：何意百炼刚，化为绕指柔。

其二

秋风吹胡霜，凋此檐下芳。
折芳怨岁晚，离别凄以伤。
谬攀青琐贤，延我于此堂。
君为长沙客，我独之夜郎。
劝此一杯酒，岂唯道路长。
割珠两分赠，寸心贵不忘。
何必儿女仁，相看泪成行！

【点评】

《唐诗解》：按乾元元年，太白在楚坐永王璘事流夜郎，时至亦坐贬岳州。此将之夜郎而留别也。言风吹胡霜，使檐下之芳悉已凋落。以比禄山造乱，波及者众，虽在野之臣亦被其余毒也。我与舍人俱已放逐，国步由此而益衰，是芳凋而岁亦暮矣。于此时而离别，能无凄怆乎！君本宫省之臣，我乃妄自攀援，遂得接遇于此。然君尚为长沙之客，我独有夜郎之行，其情更可悯矣。君又杯酒相劝，倦倦无已，岂特以道路悠远之故耶？正欲如割珠分赠，心不相忘耳。又何必如儿女之挥涕哉！

渡荆门送别

（荆州）

渡远荆门外，来从楚国游。
山随平野尽，江入大荒流。
月下飞天镜，云生结海楼。
仍怜故乡水，万里送行舟。

【点评】

朱谏：此李白渡荆门而送别也。言远渡乎荆门之外，来游于楚国之中。但见山尽于平野，江流于大荒。月之落也，如天镜之飞，云之生也，结海蜃之楼。夫蜀水会于荆门，蜀乃吾之故乡也。今于荆门送行，是并吾乡之水送子之舟，悠悠万里，情何既乎？夫水曰故乡，其怀土之情亦可哀矣。

《李诗直解》：此荆门送别，赋其景而起故乡之思也。言渡荆门而游楚国也，目中所见，则山随平野邈旷之中而尽，江入大荒空阔之处而流。月色之下，圆飞天镜，云气之生，象结海楼。当此之时，送别江干，仍怜故乡之水，万里随舟以送行也。今见水若见故乡矣，得无念乎？

闻李太尉大举秦兵百万出征东南，懦夫请缨，冀申一割之用，半道病还，留别金陵崔侍御十九韵

（后至金陵）

秦出天下兵，蹴踏燕赵倾。
黄河饮马竭，赤羽[1]连天明。
太尉杖旄钺[2]，云旗绕彭城。
三军受号令，千里肃雷霆。
函谷绝飞鸟，武关拥连营。
意在斩巨鳌，何论鲙长鲸（一作鲵与鲸）。
恨无左车略，多愧鲁连生。
拂剑照严霜，雕戈鬘胡缨。
愿雪会稽耻[3]，将期报恩荣。
半道谢病还，无因（一作由）东南征。
亚夫未见顾，剧孟阻先行。
天夺壮士心，长吁别吴京。
金陵遇太守，倒屣[4]欣（一作相）逢迎。
群公咸祖饯[5]，四座罗朝英。

初发临沧观[6]，醉栖征虏亭。

旧国见秋月，长江流寒声。

帝车[7]（一作居）信回转，河汉纵复横。

孤凤向西海，飞鸿辞北溟。

因之出寥廓，挥手谢公卿。

【注释】 **1** 赤羽：装饰赤羽的军旗。 **2** 旄钺（máo yuè）：旄，用牦牛尾装饰的旗子。钺，方形兵器。 **3** 愿雪会稽耻：《春秋繁露》：大夫蠡、大夫种、大夫庸、大夫睪、大夫车成，越王与此五大夫谋伐吴，遂灭之，雪会稽之耻。 **4** 倒屣：朱谏注：倒屣者，谓匆遽不及整履而倒着之也。 **5** 祖饯：饯行。 **6** 临沧观：送别的地方。《太平寰宇记》：临沧观，在劳劳山上，有亭七间，名曰新亭。吴所筑，宋改为新亭，中间名临沧观。晋周颢与王导等常春日登之会宴，颢曰："风景不殊，举目有江山之异。"即此。谓之劳劳亭，古送别所。 **7** 帝车：《史记》：斗为帝车，运于中央，临制四乡。

别韦少府

（宣州）

西出苍龙门，南登白鹿原。

欲寻南（一作商）山皓，犹恋汉皇恩。

水国远行迈，仙经深讨论。
洗心句溪月，清耳敬亭猿。
筑室在人境，闭关无世喧。
多君枉高驾，赠我以微言。
交乃意气合，道因风雅存。
别离有相思，瑶瑟与金樽。

南陵别儿童入京

（一云古意）

白酒新（一作初）熟山中归，黄鸡啄黍秋正肥。
呼童烹鸡酌白酒，儿女[1]歌笑牵人衣。
高歌取醉欲自慰，起舞落日争光辉。
游说万乘苦不早，着鞭跨马涉远道。
会稽愚妇轻买臣，余亦辞家西（一作方）入秦。
仰天大笑出门去，我辈岂是蓬蒿人！

【注释】 1 儿女：朱谏注：儿，伯禽；女，平阳也。

南陵五松山别荀七

六即颍水荀[1]，□[2]惭许郡宾[3]。
相逢太史奏，应是聚贤人[4]。
玉隐且在石，兰枯还见春。
俄成万里别，立得贵清真。

【注释】 1颍水荀：荀淑。《后汉书》：荀淑，字季和，颍川颍阴人，荀卿十一世孙也。少有高行，博学而不好章句，多为俗儒所非，而州里称其知人。 2宋本此处缺失，据其他版本应为“何”。 3许郡宾：陈寔，颍川许县，东汉时期名士，以德行清高闻名于世，与钟皓、荀淑、韩韶合称为“颍川四长”。 4聚贤人：《异苑》：陈仲弓从诸子侄造荀季和父子，于时德星聚，太史奏：“五百里内，有贤人聚。”

别山僧

（泾县作）

何处名僧到水西[1]？乘舟（一作杯）弄月宿泾溪。
平明别我上山去，手携金策[2]踏云梯。
腾身转觉三天[3]近，举足回看万岭低。
谑浪肯居支遁下？风流还与远公[4]齐。

此度别离何日见？相思一夜暝猿啼。

【注释】1 水西:《江南通志》：水西山，在泾县西五里，下临泾溪，循溪而入，最幽胜。旧建宝胜、崇庆、白云三寺，浮屠对峙，楼阁参差，碧水浮烟，咫尺万状。 2 金策：锡杖。 3 三天:《云笈七签》：其三清境者，玉清、上清、太清是也。又名三天。其三天者，清微天、禹余天、大赤天是也。 4 远公：释慧远。东晋高僧，俗姓贾，雁门楼烦人，净土宗始祖。

赠别王山人归布山

王子析道论[1]，微言破秋毫。
还归布山隐，兴入天云高。
尔去安可迟？瑶草恐衰歇。
我心亦怀归，屡梦松上月。
傲然遂独往，长啸开岩扉。
林壑久已芜，石道生蔷薇。
愿言弄笙鹤[2]，岁晚来相依。

【注释】1 析道论：朱谏注：析，分也，解也。道即老子所谓道也。 2 弄笙鹤：王子乔弄笙骑鹤成仙。

李白全集

下

［唐］李白 著

世界知识出版社

李白全集

第十四卷

歌诗三十五首

送上

南阳送客

（楚汉）

斗酒勿与薄，寸心贵不忘。
坐惜故人去，偏令游子伤。
离颜怨芳草，春思结垂杨。
挥手再三别，临歧空断肠。

【点评】

《李诗直解》：此南阳送客而叙离别之情也。言我以斗酒祖饯，勿以为薄，但寸心恋恋，贵不忘耳。坐惜故人已去，谁为俦侣？而偏令我游子之伤怀也。故离颜怨芳草之凄凄，恐王孙之不归也。春思结垂杨之袅袅，因行役之折赠也。我与君挥手而别，复再三以别者，此心之恋恋耳。临兹相分之歧路，不空断肠哉！

送张舍人之江东

（淮南）

张翰[1]江东去，正值秋风时。

天清（一作晴）一雁远，海阔孤帆迟。

白日行欲暮，沧波杳难期。

（一作白日行已晚，欲暮杳难期。）

吴洲好（一作如）见月，千里幸相思。

【注释】 1 张翰:《世说新语》：张季鹰辟齐王东曹掾，在洛见秋风起，因思吴中菰菜羹、鲈鱼脍，曰:“人生贵得适意尔，何能羁宦数千里以要名爵。”遂命驾便归。

【点评】

朱谏：此白送张舍人之江东，言张翰之思莼鲈弃官而归，正值秋风之时，天宇清明，一雁飘然而远举，海水空阔，孤帆悠扬而迟回。临歧分手，白日易晚，图为再会。而沧波之远，又难期也。既别之后，君到吴洲，如或见月，亦必为我而相思矣。

送王屋山人魏万还王屋

（魏诗附）

王屋山人魏万，云自嵩、宋沿吴相送[1]，数千里不遇。乘兴游台越，经永嘉，观谢公石门。后于广陵相见。美其爱文好古，浪迹方外，因述其行而赠是诗。（一作见王屋山魏万，云自嵩历兖，游梁入吴，计程三千里，相访不遇。因下江东寻访诸名山，往复百越。后于广陵一面，遂乘兴共过金陵。美此公爱奇好古，独往物表，因述其行李，遂有此赠。）

仙人东方生[2]，浩荡弄云海。
沛然乘天游，独往失所在。
（一作东方不辞家，独访紫泥海。时人少相逢，往往失所在。）
魏侯继大名，本家聊摄城[3]。
卷舒入元化[4]（一作杂仙隐），迹与古贤并。
十三弄文史，挥笔如振绮[5]。
辩折田巴生，心齐鲁连子。
西涉清洛源，颇惊人世喧。
采秀[6]卧王屋，因窥洞天门。
朅[7]来游嵩峰，羽客何双双！
朝携月光子，暮宿玉女窗。
鬼谷上窈窕，龙潭下奔潨。
东浮汴河水，访我三千里。
逸兴满吴云，飘摇浙江汜。
挥手杭越间，樟亭望潮还。

涛卷海门石，雪横天际山。
白马走素车，雷奔骇心颜。
遥闻会稽美，一弄（一作且度）耶溪水。
万壑与千岩，峥嵘镜湖里。
秀色不可名，清辉满江城。
人游月边去，舟在空中行。
此中久延伫，入剡寻王许。
笑读《曹娥碑》，沉吟黄绢语。
天台连四明，日入向国清。
五峰转月色，百里行松声。
灵溪恣沿越，华顶殊超忽。
石梁横青天，侧足履半月。
眷（一作忽）然思永嘉，不惮海路赊。
挂席历海峤，回瞻赤城霞。
赤城渐微没，孤屿前峣兀。
水续万古流，亭空千霜月。
缙云川谷难，石门最可观。
瀑布挂北斗，莫穷此水端。
喷壁洒素雪，空濛生昼寒。
却寻恶溪去，宁惧恶溪恶。
咆哮七十滩，水石相喷薄。
路创李北海（李公邕昔为括州，开此领路），岩开谢康乐（恶溪有谢康乐题诗处，一作领路始北海，岩诗题康乐）。

松风和猿声，搜索[8]连洞壑。
径出（一作岸接）梅花桥[9]，双溪纳归潮。
落帆金华岸，赤松若可招。
沈约八咏楼，城西孤岧峣[10]。
岧峣四荒外，旷望群川会。
云卷天地开，波连浙西大。
乱流新安口，北指严光濑。
钓台碧云中，邈与苍梧对。
稍稍来吴都，徘徊上姑苏。
烟绵横九疑，漭荡（一作荡漭）见五湖。
目极心更远，悲歌但长吁。
回桡楚江滨，挥策扬子津。
身著日本裘（裘则朝卿所赠，日本布为之），昂藏出风尘。
五月造我语，知非佁儗[11]人。
相逢乐无限，水石日在眼。
徒干五诸侯，不致百金产。
吾友扬子云，弦歌播清芬。
虽为江宁宰，好与山公群。
乘兴但一行，且知我爱君。
君来几何时，仙台应有期。
东窗绿玉树，定长三五枝。
至（一作即）今天坛人，当笑尔归迟。
我苦惜远别，茫然使心悲（一作□）。

黄河若不断，白首长相思。

【注释】1送：应为“访”。 2东方生：东方朔。 3聊摄城：今山东聊城。 4元化：朱谏注：元化者，天地之大化也。 5振绮：朱谏注：振绮者，言其挥辞之艳丽也。 6秀：芝草。 7朅（qiè）：离去。 8搜索：往来的样子。 9梅花桥：朱谏注：梅花桥当在金华东南水口，疑即今之大溪桥也。乃缙云、永康、东阳、义乌诸水合流处，是为双溪。自东南转流西北而下，严濑也。 10岧峣（tiáo yáo）：山高峻的样子。 11佁儗（yǐ nǐ）：痴呆。

金陵酬李翰林谪仙子

（王屋山人魏万作）

君抱碧海珠，我怀蓝田玉。
各称希代宝，万里遥相烛。
长卿慕蔺久，子猷意已深。
平生风云人，暗合江海心。
去秋忽乘兴，命驾来东土。
谪仙游梁园，爱子在邹鲁。
二处一不见，拂衣向江东。
五两挂淮月，扁舟随长风。

南游吴越遍，高揖二千石。
雪上天台山，春逢翰林伯。
宣父敬项托，林宗重黄生。
一长复一少，相看如弟兄。
惕然意不尽，更逐西南去。
同舟入秦淮，建业龙盘处。
楚歌对吴酒，借问承恩初。
宫买长门赋，天迎驷马车。
才高世难容，道废可推命。
安石重携妓，子房空谢病。
金陵百万户，六代帝王都。
虎石踞西江，钟山临北湖。
湖山信为美，王屋人相待。
应为歧路多，不知岁寒在。
君游早晚还，勿久风尘间。
此别未远别，秋期到仙山。

送当涂赵少府赴长芦

我来杨都市，送客回轻舸。
因夸吴太子，便睹广陵涛。
仙尉赵家玉，英风凌四豪[1]。

维舟至长芦，目送烟云高。
摇扇对酒楼，持袂把蟹螯[2]。
前途倘相思，登岳一长谣。

【注释】 **1** 英风凌四豪：朱谏注：七国四豪有赵之信陵君，此皆用赵姓故事以美之也。 **2** 蟹螯：《世说新语》：毕茂世云："一手持蟹螯，一手持酒杯，拍浮酒池中，便足了一生。"

送友人寻越中山水

闻道稽山去，偏宜谢客[1]才。
千岩泉洒落，万壑树萦回。
东海横秦望，西陵绕越台。
湖清霜镜[2]晓，涛白雪山来。
八月枚乘笔，三吴张翰杯。
此中多逸兴，早晚向天台。

【注释】 **1** 谢客：谢灵运。《诗品》：初，钱塘杜明师，夜梦东南有人来入其馆，是夕，即灵运生于会稽。旬日而谢玄亡。其家以子孙难得，送灵运于杜治养之，十五方还都，故名客儿。 **2** 霜镜：《太平御览》：王羲之云："每行山阴道上，如镜中游。"王献之望镜湖澄澈，清流泻注，乃云："山川之美，使人应接不暇。"霜，一作双。

【点评】

《李诗直解》：此咏越中山水之佳而古人以比友之逸兴也。闻道友人向越之稽山而去。此处山水甚佳，偏宜谢客之才，以为吟咏也。千岩宜树而泉落，则有飞流瀑布之奇；万壑宜泉而树萦回，则有茂林修竹之妙。东海横秦望之山，西陵绕越王之台。湖山之澄清也，若双镜之晓光。涛之白波也，似雪山之奔来。此风景之佳丽，不可无诗酒以乐之。今有枚乘八月之笔，复有张翰三吴之杯，则此中多逸兴矣。早晚之间更向天台仙境之处，以为契娱。友人之行，洵可乐矣。

送族弟凝之滁求婚崔氏

与尔情不浅，忘筌已得鱼[1]。
玉台挂宝镜[2]，持此意何如？
坦腹东床下，由来志气疏。
遥知向前路，掷果定盈车。

【注释】 1忘筌已得鱼:《庄子》：筌者所以在鱼，得鱼而忘筌；蹄者所以在兔，得兔而忘蹄；言者所以得意，得意而忘言。吾安得夫忘言之人而与之言哉！ 2玉台挂宝镜:《世说新语》：温公丧妇。从姑刘氏家值乱离散，唯有一女，甚有姿慧。姑以属公觅婚，公密有自婚意，答云:“佳婿难得，但如峤比云何？”姑云:“丧败之余，乞粗存活，便足慰吾余年，何敢希汝比？”却后少日，公报姑云：“已觅得婚处，门地粗可，婿身名宦，尽不减峤。”因下玉镜台一枚，姑大喜。既婚交礼，女以手披纱扇，抚掌大笑曰：“我固疑是老奴，果如所卜。”玉镜台，是公为刘越石长史，北征刘聪所得。

【点评】

朱谏：此送弟求婚崔氏。言我与尔兄弟之情本不浅也，今恐尔有室家溺于衽席，恩义或殊于兄弟，犹得鱼者之忘其筌耳。此戒之之辞也。又言汝如温峤，以玉镜台而得佳偶，意何如乎？如羲之坦腹于东床，志气自不凡也。尔貌甚都，有如潘岳。今往乎滁，人皆悦汝，前途之掷果定将盈尔之车矣。吾亦乐夫崔氏得此佳婿焉。

送友人游梅湖

送君游梅湖，应见梅花发。
有使寄我来[1]，无令红芳歇。
暂行新林浦，定醉金陵月。
莫惜一雁书，音尘坐胡越[2]。

【注释】1有使寄我来：《太平御览》：陆凯与范晔为友，在江南寄梅一枝，诣长安与晔，并赠诗曰："折梅逢驿使，寄与陇头人。江南无所有，聊寄一枝春。" **2** 胡越:《汉书》：意合则胡越为兄弟。

送崔十二游天竺寺

还闻天竺寺，梦想怀东越。
每年海树霜，桂子落秋月。
送君游此地，已属流芳歇。
待我来岁行，相随浮溟渤。

【点评】

朱谏：送崔十二游天竺因动在己之怀思，且言崔之此行亦已晚矣。须我来年与尔同往，相从浮海，以尽其兴。庶乎及时览胜，无所遗漏斯可也。

送杨山人归天台

客有思天台，东行路超忽。
涛落浙江秋，沙明浦阳月。
今游方厌楚，昨梦先归越。

且尽秉烛欢，无辞[1]凌晨发。
我家小阮贤[2]，剖竹[3]赤城边。
诗人多见重，官烛未曾然。
兴引登山屐，情催泛海船。
石桥如可度，携手弄云烟。

【注释】 **1** 无辞：朱谏注：无辞者，言无得以为辞也。 **2** 小阮贤：王琦注：小阮，谓阮籍之侄阮咸也。 **3** 剖竹：指代郡守。竹，郡守的竹使符。

送温处士归黄山白鹅峰旧居

黄山四千仞，三十二莲峰。
丹崖夹石柱，菡萏金芙蓉。
伊昔升绝顶，下窥天目松。
仙人炼玉处，羽化[1]留余踪。
亦闻温伯雪[2]（一作云），独往[3]今相逢。
采秀辞五岳，攀岩历万重。
归休[4]白鹅岭，渴饮丹沙井。
凤吹[5]我时来，云车[6]尔当整。
去去陵阳东，行行芳桂丛。
回溪十六度，碧嶂尽晴空。

他日还相访，乘桥蹑彩虹。

【注释】 1 羽化：王琦注：羽化，谓仙人解形而去也。 2 温伯雪：温雪子，名伯，字雪子，春秋时期人。朱谏注：借伯雪以喻处士也。 3 独往：朱谏注：独往者，离群而遁世也。 4 归休：《庄子》：归休乎君，予无所用天下为。 5 凤吹：王子乔好吹笙。 6 云车：仙人乘坐的车。

送方士赵叟之东平

长乘[1]晚洞视，五藏无全牛。
赵叟得秘诀，还从方士游。
西过获麟[2]台，为我吊孔丘。
念别复怀古，潸然空泪流。

【注释】 1 长乘：朱谏注：长桑君，古之仙人。乘，应为“桑”。 2 获麟：《左传》：西狩于大野，叔孙氏之车子钽商获麟，以为不祥，以赐虞人。仲尼观之曰：“麟也。”然后取之。

送韩准裴政（一作正）孔巢父还山

（鲁中）

猎客张兔罝[1]，不能挂龙虎。
所以青云人，高歌（一作卧）在岩户。
韩生信英（一作豪）彦，裴子含清真。
孔侯复秀出，俱与云霞亲。
峻节凌远松，同衾卧盘石。
斧冰漱寒泉，三子同（一作传）二屐。
时时或乘兴，往往（一作去去）云无心。
出山揖牧伯[2]，长啸轻衣簪。
昨宵梦里还，云弄竹溪月。
今晨鲁东门，帐饮[3]与君别。
雪崖滑去马，萝迳迷归人。
相思若烟草，历乱无冬春。

【注释】 **1** 兔罝：捕兔的网。 **2** 牧伯：朱谏注：牧伯，郡之大夫也。
3 帐饮：王琦注：帐饮，谓于旷地张帐而饮也。

送杨少府赴选

大国置衡镜，准平天地心[1]。

群贤无邪人，朗鉴穷清深。
吾君咏《南风》，衮冕弹鸣琴。
时泰多美士，京国会缨簪。
山苗[2]落涧底，幽松出高岑。
夫子有盛才，主司得球琳[3]。
流水非郑曲，前行遇知音。
衣工剪绮绣，一误伤千金。
何惜刀尺余，不裁寒女衾[4]？
我非弹冠[5]者，感别但开襟。
空谷无白驹，贤人岂悲吟。
大道安弃物？时来或招寻。
尔见山吏部[6]，当应无陆沉[7]。

【注释】 **1** 准平天地心：朱谏注：准平天地心者，言衡镜之公与天地同心而无所偏也。 **2** 山苗：朱谏注：山苗，涧松喻贤才也。 **3** 球琳：美玉名，比喻良才。 **4** 不裁寒女衾：朱谏注：以衣工比当时之大臣，以寒女比当时之贤才处于贫贱者也。 **5** 弹冠：入朝做官。 **6** 山吏部：山涛。 **7** 陆沉:《庄子》：是自埋于民，自藏于畔。其声销，其志无穷，其口虽言，其心未尝言，方且与世违而心不屑与之俱。是陆沉者也。

对雪奉饯任城六父秩满归京

龙虎谢鞭策，鸳鸾不司晨。
君看海上鹤，何似笼中鹑？
独用天地心[1]，浮云乃吾身。
虽将簪组狎，若与烟霞亲。
季父有英风，白眉超常伦。
一官即梦寐，脱屣[2]归西秦。
窦公敞华筵，墨客尽来臻。
燕歌落胡雁，郢曲回阳春[3]。
征马百度嘶，游车动行尘。
踌躇未忍去，恋此四座人。
饯离驻高驾，惜别空殷勤。
何时竹林下[4]，更与步兵[5]邻？

【注释】 **1** 独用天地心：朱谏注：言独者，以见君子之异乎众人也。用天地心者，言其用心如天地之大也。 **2** 脱屣：朱谏注：屣，不蹑跟者也，脱屣，言易也。 **3** 燕歌落胡雁，郢曲回阳春：朱谏注：燕歌，燕地之歌，郢曲，楚曲也。落雁、回春，言其歌曲之妙。 **4** 竹林下：《晋书》：咸任达不拘，与叔父籍为竹林之游。**5** 步兵：《晋书》：籍闻步兵厨营人善酿，有贮酒三百斛，乃求为步兵校尉。

鲁郡尧祠送吴五之琅琊

尧没三千岁[1]，青松古庙存。
送行奠桂酒，拜舞清心魂[2]。
日色促归人，连歌倒芳樽。
马嘶俱醉起，分首[3]更何言？

【注释】**1** 三千岁：朱谏注：三千岁，自尧至唐，甲子之大数也。 **2** 清心魂：朱谏注：清心魂者，悦怿而一于敬也。 **3** 首：应为“手”。

【点评】

朱谏：李白于尧祠送人，遂以尧祠起咏，言尧之没已久矣，青松古庙至今尚存，百世瞻仰有如一日。我今送行于此，饯别之际自奠酒于庙中，再拜起舞，清心致敬。盖古昔先贤栖灵之所，乃后人瞻仰而兴思者也，岂敢慢乎？然于此送行，日又晚矣。日色催人，似不可留。于是连续而歌，倒樽而饮，以尽别情，宾主皆醉。马鸣萧萧，起而分手将远离矣，夫何言乎？不言则其感伤之意可知矣。

鲁郡尧祠送窦明府薄华还西京

（时久病初起作）

朝策犁眉䯄[1]，举鞭力不堪。强扶愁疾向何处？角巾微服（一作步）尧祠南。长杨扫地不见日，石门喷作金沙潭。笑夸故人（一作笑谑伯明）指绝境，山光水色青于蓝。庙中往往来击鼓，尧本无心尔何苦？门前长跪双石人，有女如花日歌舞。银鞭绣毂往复回，簸[2]林蹶[3]石鸣风雷。远烟空翠时明灭，白鸥历乱长飞雪。红泥亭子赤（一作朱）栏干，碧流环转青锦湍。深沉百丈洞海底，那知不有蛟龙盘？君不见绿珠潭水流东海，绿珠红粉沉光彩（一作白首同归翳光彩）。绿珠楼下花满园，今日曾无一枝在。昨夜秋声阊阖来，洞庭木落骚人哀。遂将三五少年辈，登高送远（一作远望）形神开。生前一笑轻九鼎，魏武何悲铜雀台。我歌白云[4]倚窗牖（一作大开口），尔闻其声但挥手。长风吹月渡海来，遥劝仙人一杯酒。酒中乐酣宵向分，举觞酹尧尧可闻？何不令皋繇[5]（一作陶）拥彗横八极，直上青天挥（一作扫）浮云。高阳小饮真琐琐，山公酩酊何如我？竹林七子去道赊，兰亭雄笔安足夸？尧祠笑杀五（一作镜）湖水，至今憔悴空荷花。尔向西秦我东越，暂向瀛洲访金阙。蓝田太白若可期，为余扫洒石上月。

【注释】 1 䯄（guā）：黑嘴的黄马。 2 簸（bǒ）：摇动。 3 蹶（jué）：动摇的样子。 4 白云：《穆天子传》记载，西王母在瑶池为穆天子谣:“白云在天，山陵自出。道里悠远，山川间之。将子无死，尚复能来。” **5** 皋繇: 皋陶，上古时期华夏部落首领，为人正直，治法严明。《史记》: 皋陶为大理，平，民各伏得其实。

【点评】

《唐诗解》: 此因送友人入京而起恋主之思焉。意谓君之返国有期，我之入朝无日，徒使心驰魏阙耳。此情既难语人，此别复难会面，宜其怅然之无已也。

金乡送韦八之西京

客自长安来，还归长安去。
狂风吹我心，西挂咸阳树。
此情不可道（一作论），此别何时遇。
望望不见君，连山起烟雾。

送薛九被谗去鲁

宋人不辨玉，鲁贱东家丘[1]。
我笑薛夫子（一作而我笑夫子），胡为两地游？
黄金消众口[2]，白璧竟难投[3]。

梧桐生蒺藜，绿竹乏佳实。
凤凰宿谁家[4]？遂与群鸡匹。
田（一作方）家养老马，穷士归其门[5]。
蛾眉笑躄者，宾客去平原。
却斩美人首，三千还骏奔。
毛公一挺剑，楚赵两相存。
孟尝习（一作悦）狡兔，三窟赖冯谖。
信陵夺兵符，为用侯生言。
（一作朱生击晋鄙，为感信陵恩。）
春申一何愚，刎首为李园。
贤哉四公子，抚掌黄泉里。
借问笑何人？笑人不好士。
尔去且勿喧（一作论），桃花竟何言[6]。
沙丘无漂母，谁肯饭王孙？

【注释】 1 鲁贱东家丘:《辩圣论》：当仲尼在世之时，世人不言为圣人也。伐树削迹，干七十君而不一值。或以为东家丘，或以为丧家犬。 2 黄金消众口:《国语》：故谚曰："众心成城，众口铄金。"消，一作销。 3 白璧竟难投:《史记》：明月之珠，夜光之璧，以暗投人于道路，人无不按剑相眄者，何则，无因而至前也。 4 凤凰宿谁家:《韩诗外传》：凤乃止帝东园，集帝梧桐，食帝竹实，没身不去。 5 田家养老马，穷士归其门:《韩诗外传》：昔者田子方出，见老马于道，喟然有志焉。以问于御者曰："此何马也？"御曰："故公家畜也，罢而不能用，故出放之也。"田子方曰："少尽其力，而老弃其身，仁者不为也。"束帛而赎之。穷士闻之，知所归心矣。 **6** 桃花竟何言:《史记》：桃李不言，下自成蹊。花，一作李。

单父东楼，秋夜送族弟沈之秦（一作西京）

（时凝弟在席）

尔从咸阳来，问我何劳苦。沐猴而冠[1]不足言，身骑土牛滞东鲁。沈弟欲行凝弟留，孤飞一雁秦云秋。坐来黄叶落四五，北斗已（一作稍）挂西城楼。丝桐感人弦亦（一作已）绝，满堂送客皆惜别。卷帘见月清兴来，疑是山阴夜中雪[2]。明日斗酒别，惆怅清路尘。遥望长安日，不见长安人。长安宫阙九天上，此地曾经为近臣。一朝复一朝，白发心不改。屈平憔悴滞江潭[3]，亭伯流离放辽海。折翮翻飞随转蓬（一作翼短天长去不穷），闻弦虚坠下霜空。圣朝久弃青云士，他日谁怜张长公[4]（一作谁肯相思张长公）？

【注释】 **1** 沐猴而冠:《史记》：项王见秦宫室皆以烧残破，又心怀思欲东归，曰："富贵不归故乡，如衣绣夜行，谁知之者！"说者曰："人言楚人沐猴而冠耳，果然。" **2** 山阴夜中雪:《世说新语》：王子猷居山阴，夜大雪，眠觉，开室命酌酒，四望皎然。

3 屈平憔悴滞江潭:《楚辞》：屈原既放，游于江潭，行吟泽畔，颜色憔悴，形容枯槁。平，一作原。 4 张长公:《史记》：释之卒。其子曰张挚，字长公，官至大夫，免。以不能取容当世，故终身不仕。

【点评】

《唐诗解》：此因弟入京，自伤沦落也。言尔从京师来，问我何自劳苦，意欲使求仕。我想沐猴而冠者乌足道，宁骑土牛滞此耳。盖言朝士匪人也。沈（况）与凝俱来，今凝留而沈（况）独往，如雁之孤飞。况又逢此秋景，是以感及丝桐，凄及坐客。月色虽好，终难久淹，明当斗酒而与君别也。君之行切近省闼，使我怅然怀清路之尘。然日可见君不可见也。宫阙虽遥，昔尝近侍于此；年虽往，而心不移。爱君徒切，君终不我顾也。是以滞如屈原，放如亭伯，被谤之余惊魂未定，安能谋进乎？且朝廷既弃高洁之士，则我虽抱长公之操，谁复有怜之者，终于湮灭无闻，悲夫！

送族弟凝至晏堌单父三十里

雪满原野白，戎装出盘游。
挥鞭布猎骑，四顾登高丘。
兔起马足间，苍鹰下平畴[1]。

喧呼相驰逐，取乐销人忧。
舍此戒禽荒[2]，微声列齐讴。
鸣鸡发晏堌，别雁惊涞沟。
西行有东音[3]，寄与长河流。

【注释】 **1** 平畴：田野。 **2** 禽荒：《尚书》：内作色荒，外作禽荒。**3** 东音：朱谏注：东音，寄音于东也。

鲁城北郭曲腰桑下送张子还嵩阳

送别枯桑下，凋叶落半空。
我行懵道远，尔独知天风？
谁念张仲蔚[1]？还依蒿与蓬。
何时一杯酒，更与李膺[2]同。

【注释】 **1** 张仲蔚：《高士传》：张仲蔚者，平陵人也。与同郡魏景卿俱修道德，隐身不仕。明天官博物，善属文，好诗赋。常居穷素，所处蓬蒿没人。闭门养性，不治荣名，时人莫识，唯刘龚知之。 **2** 李膺：东汉时期名士，东汉“八俊”之首。

【点评】

朱谏：此白送张子还嵩阳也。言鲁城之北，桑叶凋落已过半矣。岁暮天寒，我行远道，懵然不知。尔枯桑也，独能知天之风，我反桑之不如矣。君如仲蔚所居之地，蓬蒿没人，谁复有念君者？我与君为相知耳。送君北郭，远返嵩阳。何时更有一杯之酒，再得与君而同饮乎？按白以仲蔚比张子，以李膺自比，此皆用同姓古人以相议拟，不肯少贬。此白平生自负之志也。

送鲁郡刘长史迁弘农长史

鲁国一杯水[1]，难容横海鳞[2]。
仲尼且不敬，况乃寻常人。
白玉换斗粟，黄金买尺薪。
闲[3]门木叶下，始觉秋非春。
闻君向西迁，地即鼎湖邻。
宝镜[4]匣苍藓，丹经埋素尘。
轩后上天时，攀龙遗（一作唯）小臣。
及此留惠爱，庶几风化淳。
鲁缟[5]如白烟，五缣[6]不成束。
临行赠贫交，一尺重山岳。
相国齐晏子，赠行不及言[7]。
托阴当树李，忘忧当树萱[8]。
他日见张禄，绨袍怀旧恩[9]。

【注释】 1一杯水：朱谏注：水之至小者也。 2横海鳞：朱谏注：横海鳞，鱼之至大者。 3闲：应为“闭”。 4宝镜:《太平广记》:黄帝铸十五镜，其第一，横径一尺五寸，法满月之数也，以其相差各校一寸。 5缟：本色的缯。 6缣：细绢。 7相国齐晏子，赠行不及言:《晏子春秋》：曾子将行，晏子送之曰：“君子赠人以轩，不若以言。吾请以言乎？以轩乎？”曾子曰：“请以言。”晏子曰：“婴闻之，君子居必择居，游必就士。择居所以求士，求士所以避患也。婴闻汩常移质，习俗移性，不可不慎也。” 8萱:《萱草赋》：唯平章之萱草，欲忘忧而树之。 9他日见张禄，绨袍怀旧恩:《史记》:范雎既相秦，秦号曰张禄，而魏不知，以为范雎已死久矣。魏闻秦且东伐韩、魏，魏使须贾于秦。范雎闻之，为微行，敝衣间步之邸，见须贾。须贾见之而惊曰：“范叔固无恙乎！”范雎曰：“然。”须贾笑曰：“范叔有说于秦邪？”曰：“不也。雎前日得过于魏相，故亡逃至此，安敢说乎！”须贾曰：“今叔何事？”范雎曰：“臣为人庸赁。”须贾意哀之，留与坐饮食，曰：“范叔一寒如此哉！”乃取其一绨袍以赐之。

送族弟单父主簿凝摄宋城主簿，至郭南月桥，却回栖霞山，留饮赠之

吾家青萍剑，操割有余闲。
往来纠二邑，此去何时还？

鞍马月桥南，光辉歧路间。
贤豪相追饯，却到栖霞山。
群花散芳园，斗酒开离颜。
乐酣相顾起，征马无由攀。

鲁郡东石门送杜二甫

醉别复几日，登临遍池台。
何言石门路（一作下），重有金樽开。
秋波落泗水，海色明徂来[1]。
飞蓬各自远，且尽林[2]中杯。

【注释】 **1** 来：应为“徕”。 **2** 林：应为“手”。

【点评】

朱谏：此白于鲁东门送杜子美也。言既醉而别，复有几日之相聚乎？俱客于鲁，相与登临，极其欢洽，而一旦分携于石门之路，不知此后复于何日重相会乎？斯时也，秋波落于泗水之中，海色明于徂徕之上。吾二人者，迹若飞蓬，随风飘转，各自分散，再会之期不能预定。今兹酌别，且尽掌中之杯，以相缱绻可也。按白游山东之时，适杜甫趋庭之日，故得相会于此。杜将先归，而白送之也。杜尝寻白，误落苍耳中，岂亦在此地欤？二公平生相知相敬，斯文气谊之厚可见矣。

鲁郡尧祠送张十四游河北

猛虎伏尺草，虽藏难蔽身。
有如张公子，骯髒在风尘。
岂无横腰剑，屈彼淮阴人。
击筑向北燕，燕歌易水滨。
归来太山上，当与尔为邻。

【点评】

朱谏：此送张十四游河北也。言猛虎虽伏于浅草之中，而文章炳耀，终莫能掩，非浅草所能隐蔽也。有如张公子者，虽在风尘之内，而骯髒挺拔者，自出于稠人之上。岂无腰间之剑，而肯曲折于少年之常人乎！盖丈夫所抱者大，弗以小节而自沮。又如高渐离击筑于北燕，荆轲高歌于易水，意气激昂，皆享出也。张公子之虎伏者，今将远游于河北矣，与此数子又可异乎！其慷慨大节，略相似矣。河北之游，有时而归，或来于太山之上，我当与尔为邻，相与遨游于石门、竹溪之上，以从隐遁可也。时白在鲁，故望其复从河北而来归也。

杭州送裴大泽时赴庐州长史

（吴中）

西江天柱远，东越海门深。

去割辞亲恋，行忧报国心。

好风吹落日，流水引长吟。

五月披裘者，应知不取金。

【点评】

朱谏：裴长史之任庐州，白在杭州送之。意谓庐在西江，近于天柱；杭在东越，近于海门。自杭至庐，千有余里，去则舍辞亲之恋，行则怀报国之忧。移孝为忠，国而忘家矣。好风吹乎落日，流水引乎长吟。送别之时，光景如此，情可知也。且君之操身，廉而不污，有如古人虽处至贫，亦不苟取。当盛暑，披裘负薪，不肯拾遗金于道路，是能固守其穷者也。以此居官，夫何愧乎？

灞陵行送别

（长安）

送君灞陵亭，灞水流浩浩。上有无花之古树，下有伤心之春草。我向秦人问路岐，云是王粲南登之古道。古道连绵走西京，紫关落日浮云生。正当今夕断肠处，骊歌愁绝不忍听。

【点评】

《唐诗解》：此因离别所经，赋其地以兴慨也。水流、古树，春草伤心，昔人亦尝登此道而兴怀矣。今与我友分别，而睹薄暮之景已足断肠，况又闻啼鸟之音乎！称西京者，明恋阙也。举黄鹂者，感求友也。

送贺监归四明应制

久辞荣禄遂初衣[1]，曾向长生说息机[2]。
真诀自从茅氏得，恩波宁阻洞庭归？
瑶台含雾星辰满，仙峤浮空岛屿微。
借问候栖珠树鹤，何年却向帝城飞？

【注释】 1 初衣：朱谏注：此隐居之服，即所谓初服也。 2 息机：朱谏注：无为也。

【点评】

《唐诗解》：时太白供奉翰林，故有是作。言知章辞禄慕仙，既得诀于茅氏，天子当锡以恩，使涉洞庭而归也。倘归而栖身于瑶台仙峤之表，烟雾杳冥，星辰岛屿若有若无，则迥离尘境矣。如是，且将跨鹤腾空，栖珠树而不返，故问其何岁当还，毋使吾君之望尔也。盖冀其登仙而又讽其恋阙，益以见朝廷眷顾之无已也。

送窦司马贬宜春

天马白银鞍，亲承明主欢。
斗鸡金宫（一作闺）里，射雁[1]碧云端。
堂上罗巾贵，歌钟清夜阑。
何言谪南国，拂剑坐长叹？
赵璧为谁点，隋珠[2]枉被弹。
圣朝多雨露，莫厌此行难。

【注释】 1 射雁：朱谏注：田猎也。斗鸡、射雁，皆明皇时游乐之事。

2 隋珠：《淮南子》：譬如隋侯之珠，和氏之璧，得之者富，失之者贫。

送羽林陶将军

将军出使拥楼船，江上旌旗拂紫烟。
万里横戈探虎穴，三杯拔剑舞龙泉。

莫道词人无胆气，临行将赠绕朝鞭。

送程刘二侍御使兼独孤判官赴安西幕府

安西幕府多才雄，喧喧唯道三数公。
绣衣貂裘明积雪，飞书走檄如飘风。
朝辞明主出紫宫，银鞍送别金城空。
天外飞霜下葱海，火旗云马[1]生光彩。
胡塞尘清计日归，汉家草绿遥相待。

【注释】 1 火旗云马：王琦注：火旗，谓旗之赤似火；云马，谓马之多似云。

送侄良携二妓赴会稽戏有此赠

携妓东山去，春光半道催。
遥看二桃李，双入镜中开。

送贺宾客归越

镜湖流水漾清波（一作春始波），狂客[1]归舟逸兴多。
山阴道士如相见，应写《黄庭》换白鹅[2]。

【注释】 **1** 狂客:《旧唐书》: 知章晚年尤加纵诞，无复规检，自号“四明狂客”。 **2** 换白鹅:《太平御览》: 山阴有道士养群鹅，羲之意甚悦。道士云: “为写《黄庭经》，当举群鹅相赠。”乃为写讫，笼鹅而去。

送张遥之寿阳幕府

寿阳信天险，天险横荆关。
苻坚百万众，遥阻八公山。
不假筑长城，大贤在其间。
战夫若熊虎，破敌有余闲。
张子勇且英，少轻卫霍[1]孱[2]。
投躯紫髯将[3]，千里望风颜。
勖尔效才略，功成衣锦还。

【注释】 **1** 卫霍: 卫青与霍去病。 **2** 孱: 同“孱”，谨慎。 **3** 紫髯将: 孙权，此处指淮西军幕将帅。

第十五卷

歌诗四十八首

送中

送裴十八图南归嵩山二首

其一

何处可为别？长安青绮门[1]。
胡姬招素手，延（一作留）客醉金樽。
临当上马时，我独（一作因）与君言。
风吹（一作惊）芳兰折，日没鸟雀喧。
举手指飞鸿，此情难具论。
同归无早晚，颍水有清源。

【注释】 1青绮门:《三辅黄图》：长安城东出南头第一门霸城门，民见门色青，名曰青城门，或曰青门。

【点评】

朱谏：此送裴图南归嵩山。言图南之归，何处而可为别乎？在乎长安之青绮门。盖自长安往嵩山者，由青门而去也。胡姬延客，共醉金樽。临歧分手，我独有赠言也。方今之时，君子之道日消，若芳兰被风之损折，难独存矣。小人之道日长，如鸟雀薄暮而喧噪，乃自得也。其见机而作者，又若飞鸿之冥冥，将与世而相遗矣。此情此意，有难以尽言者，唯宜高蹈而远引，同归于嵩山之下颍水之滨，栖迟自适，斯可也。

其二

君思颍水绿，忽复归嵩岑。
归时莫洗耳，为我洗其心。
洗心得真情，洗耳徒买名[1]。
谢公终一起，相与济苍生。

【注释】 1 买名：朱谏注：买名者，有意于求名，如买物然，盖以利言也。买，一作卖。

【点评】

朱谏：前诗期之同归于颍水，此言忽复归于嵩山，盖颍水在嵩山之下，由颍水以入嵩也。昔者，巢父因尧让天下而洗其耳，仍恐未必出于真情。唯能洗心，乃真情也。洗耳者，或涉于好名，君归嵩山，宜洗其心，愿勿以好名为事。然君子不果于忘世也，当如谢公始卧东山，终为苍生而一起，治其乱，扶其危，斯可也。

《李诗直解》：此送裴友归山而讽其必不固隐也。言君思颍上之绿水而处此，何忽然而复归嵩山也？我思天下人隐而盗名者多矣。今君之归也，毋若许由之洗耳，为我洗其心而退藏可也。洗心得情之真，洗耳则徒买名声于天下，何益哉！不观之谢公乎？时止则止，时行则行。一起而济天下之苍生，是与中庸之道合也。裴君勉矣。

同王昌龄送弟襄归桂阳二首

（一作同王昌龄崔国辅送李舟归郴州）

其一

秦地见碧草，楚谣[1]对清樽。
把酒尔何思？鹧鸪啼南园。
余欲罗浮隐，犹怀明主恩。
踌躇紫宫[2]恋，孤负[3]沧洲言。
终然无心云，海上同飞翻。
相期乃不浅，幽桂有芳根。

【注释】 **1**楚谣：桂阳，地属楚国。 **2**紫宫：天子居住之所。 **3**孤负：同“辜负”。

【点评】

朱谏：白送族弟襄归桂阳，言在秦地春日草绿之时，则为楚歌以对清樽之酒，将以送适楚之人也。尔归桂阳，想鹧鸪以（通已）啼于南园矣，故欲归之心甚速，且桂阳之地近于罗浮。罗浮者，天下之名山也，我欲就彼而隐居。未遽去者，犹怀明主之旧恩，以此眷恋乎紫宫，孤负沧洲之至愿。然终是无心之云，翻飞于桂阳罗浮之上矣。相期之意不浅，将与子攀桂徜徉以卒岁也。

其二

尔家何在潇湘川，青莎白石长江边。
昨梦江花照江日，几枝正发东窗前。
觉来欲往心悠然，魂随越鸟飞南天。
秦云连山海相接，桂水横烟不可涉。
送君此去令人愁，风帆茫茫隔河洲。
春潭琼草绿可折，西寄长安明月楼。

【点评】

《唐诗解》：此述弟襄思归之意，而又冀其相忆也。首为己问之辞，言尔家何在乎？彼潇湘间有青莎白石，临江而居者是也。襄因自述梦还其家而见江花之发，觉而欲往，则魂随越鸟而飞度矣。思归虽切，然云水阻修，恐难即至，使我既忧其行，又念其隔。尔若还家而见潭草可折，则当西寄长安，以慰我登楼望月之怀耳。

送外甥郑灌从军三首

其一

六博争雄好彩来，金盘一掷万人开。
丈夫赌命报天子，当斩胡头衣锦回。

【点评】

《李诗直解》：此时禄山之乱，外甥从军而勉其建功报国也。言郑甥壮侠之气豪视天下，每用六博争雄喝彩，金盘一掷，则万人辟易。此盖丈夫拚赌性命，以报天子之恩。当斩禄山之头，立功授职，着锦衣而还故乡也。

其二

丈八蛇矛[1]出陇西，弯弧拂箭白猿啼[2]。
破胡必用《龙韬》[3]策，积甲应将熊耳齐。

【注释】 1 蛇矛：朱谏注：矛，有枝兵也。蛇矛，状长而细曲者也。

2 白猿啼:《淮南子》：楚王有白猿，王自射之，则搏矢而熙。使养由基射之，始调弓矫矢，未发而猿拥柱号矣。 3《龙韬》：朱谏注：太公兵法《六韬》有《龙韬》。

【点评】

朱谏：此送外甥郑灌从军，言其有骁勇之姿，手握丈八蛇矛，生于雄武之地，豪悍勇猛，宜乎无敌。弯弓拂箭而白猿已啼，盖其射艺之精，而锋镝之下无遗物也。夫勇必有谋，可能制胜，须运《六韬》之筹策，师尚父之鹰扬，扫荡胡氛，破其丑类，使其解甲投降，如光武之伏赤眉，积甲与熊耳山而相齐也。

其三

月蚀西方破敌时，及瓜[1]归日未应迟。
斩胡血变黄河水，枭首当悬白鹊旗[2]。

【注释】 1 及瓜:《左传》：齐侯使连称、管至父戍葵丘，瓜时而往，曰:“及瓜而代。” 2 白鹊旗：朱谏注：白鹊旗，盖画鹊于旗，如鸟隼之旗也。白主兵，鹊喜，岂亦报捷之旗欤?

【点评】

朱谏：言太白食月，胡亡之兆，天意亡胡，敌可破矣。破敌成功，及期而归，必不迟也。歼厥渠魁，枭首于旗，将以暴其恶而声其罪于天下矣。

送于十八应四子举落第还嵩山

吾祖吹橐籥，天人[1]信森罗。
归根[2]复太素[3]，群动熙元和。
炎炎[4]四真人，摛辩若涛波。
交流无时寂，杨墨日成科。
夫子闻洛诵，夸才才故多。
为金好踊跃，久客方蹉跎。
道可东卖之[5]，五宝[6]溢山河。
劝君还嵩丘，开酌眄庭柯。
三花如未落，乘兴一来过。

【注释】 **1** 天人:《庄子》: 不离于宗，谓之天人。 **2** 归根:《道德经》: 致虚极，守静笃。万物并作，吾以观复。夫物芸芸，各复归其根。归根曰静，是谓复命。 **3** 太素:《列子》: 太素者，质之始也。 **4** 炎炎: 朱谏注: 炎炎，犹赫赫也，盛貌，盖赞之之辞。 **5** 道可东卖之: 朱谏注: 卖道者，谓枉道轻身以求人也。东，应为“束”。 **6** 五宝:《逸周书》: 民生而有欲、有恶、有乐、有哀、有德、有则。则有九聚，德有五宝，哀有四忍，乐有三丰，恶有二咎，欲有一极。

送别

寻阳五溪水，沿洄直入巫山里。
胜境由来人共传，君到南中自称美。
送君别有八月秋，飒飒芦花复益愁。
云帆望远不相见，日暮长江空自流。

送族弟绾（一作琯）从军安西

汉家兵马乘北风，鼓行[1]而（一作向）西破犬戎。
尔随汉将（一作尔挥长剑）出门去，剪虏若草收奇功。
君王按剑望边色，旄头已落胡天空。
匈奴系颈数应尽[2]，明年应（一作驱）入蒲桃宫[3]。

【注释】 1 鼓行:《汉书》：我引兵鼓行而西，必举秦矣。 2 系颈：朱谏注：凡降人皆以组自系其颈也。数，胡运也。数尽，谓胡运将终也。 3 蒲桃宫：汉哀帝时的宫殿。桃，同萄。

送梁公昌从信安王北征

入幕推英选，捐书事远戎。

高谈百战术，郁作万夫雄。
起舞莲华剑，行歌明月宫。
将飞天地阵[1]，兵出塞垣通。
祖席留丹景，征麾拂彩虹。
旋应献凯入，麟阁伫深功。

【注释】 1 天地阵:《六韬》：武王问太公曰：“凡用兵为天阵、地阵、人阵奈何？”太公曰：“日月星辰斗柄，一左一右，一向一背，此谓天阵。丘陵水泉，亦有前后左右之利，此谓地阵。”

送白利从金吾董将军西征

（长安）

西羌延国讨，白起佐军威。
剑决浮云气，弓弯明月辉。
马行边草绿，旌卷曙霜飞。
抗手凛相顾，寒风生铁衣。

【点评】

朱谏：白利从董金吾西征，白送之，谓西羌久为边患，以致朝廷用师讨之，有如白起者，为之大将，以佐军威，剑决浮云，弓弯明月，勇气可以冠三军也。马行边草，旗卷曙霜，先声可以慑敌人也。临歧相别，举手回顾，寒风凄凄，生于铁衣之上，则凛然有不可犯之威矣。羌贼闻之，宁不为之寒心乎！

《李诗直解》：此送白利西征而壮其行色也。言西羌叛逆，而国家讨之。今白利善兵如白起，以佐董将军之威也。飞剑之气上决浮云，张弓之势，腰弯皎月。马行矣，时值边草之绿。旌卷矣，晨有晓霜之飞。我今相别之际，抗手相顾，凛然寒风以生铁衣。其严肃之景若此，而奏凯之音，立以俟耳。

送张秀才从军

六驳食猛武，耻从驽马群。
一朝长鸣去，矫若龙行云。
壮士怀远略，志存解世纷。
周粟犹不顾，齐珪安肯分？
抱剑辞高堂，将投崔冠军。
长策扫河洛，宁亲归汝坟。
当令千古后，麟阁著奇勋。

【点评】

朱谏：此白送张秀才从军也。以六驳而兴猛士，言驳马之食虎豹，其猛无比，岂驽马所可群哉！矫矫然若云中之龙也，壮士之怀远略者，岂时俗之所能拘哉！其立志之大者，将欲解世纷以拯时乱也。故夷、齐不食周粟，仲连不析乎齐珪，一则欲存君臣之大义，一则欲息国之兵争，皆古之贤人也。尔宜以古人为法，抱剑出门，自投于崔节度之麾下，献长策以扫河洛之腥膻，削僭伪以靖王室之多难，待至功成，宁亲于汝坟之傍，著奇勋于后世，而图形于麟阁之上，斯可也。此亦儒者之能事也，可不勉哉！

送崔度还吴，度故人礼部员外辅国之子

（幽燕）

幽燕沙雪地，万里尽黄云。
朝吹归秋雁，南飞日几群。
中有孤凤雏，哀鸣九天闻。
我乃重此鸟，彩章五色分。
胡为杂凡禽，鸡鹜轻贱君？
举手捧尔足，疾心若火焚。
拂羽泪满面，送之吴江渍。
去影忽不见，踌躇日将曛。

送祝八之江东，赋得浣纱石

（峡西）

西施越溪女，明艳光云海。

未（一作来）入吴王宫殿时，浣纱古石（一作石右）今犹在。

桃李新开映古（一作杏）查，菖蒲犹短出平沙。

昔时红粉照流水，今日青苔覆落花。

君去西秦适东越，碧山青江几超忽。

若到天涯思故人，浣纱石上窥明月。

送侯十一

（梁宋）

朱亥已击晋，侯嬴尚隐身。

时无魏公子，岂贵抱关人！

余亦不火食[1]，游梁同在陈。

空余湛卢剑，赠尔托交亲。

【注释】 1 不火食:《庄子》：孔子围于陈、蔡之间，七日不火食。

鲁中送二从弟赴举之西京

（再至鲁中。一作族弟锽）

鲁客[1]向西笑，君门若梦中。
霜凋逐臣发，日忆明光宫。
复羡二龙[2]去，才华冠世雄。
平衢骋高足[3]，逸翰[3]凌长风。
舞袖拂秋月，歌筵闻早鸿。
送君日千里，良会何由同？

【注释】 **1** 鲁客：朱谏注：鲁客，白自谓也。时白客于鲁，故以鲁客自谓。 **2** 二龙：朱谏注：二龙者，兄弟之喻也。后汉许劭与兄许虔并知名当时，人呼为二龙。 **3** 高足：良马。 **4** 逸翰：朱谏注：鸟之善飞者也。

【点评】

朱谏：白于鲁中送二弟赴举西京，言我为鲁地之客，西望长安，欣然而笑，非不乐也。然而君门万里，远若梦中，徒尔怀思，而卒莫能至也。我之不幸而见逐，发已白矣。日忆明光之宫，一念之诚，未尝敢忘也。复羡吾之二弟，俱有冠世之才华，辟如良马之骋乎平衢，而高材疾足之莫及。逸翰之遇乎长风，而摩空拂云之不已。兹当赴举于西京，歌舞以饯送，自鲁而往乎长安，日行千里之远，天伦之乐何时而复可同乎！是则吾虽不遇，而吾弟之遇者亦可慰吾之宿心矣。

奉饯高尊师如贵道士传道箓毕归北海

（并州）

道隐不可见，灵书藏洞天。

吾师四万劫，历世递相传。

别杖留青竹，行歌蹑紫烟。

离心无远近，长在玉京悬。

【点评】

朱谏：此白因高师传道箓归北海而饯之，言道之隐晦，不可得而见也，所可见者，寓于书耳。书为《灵书》，藏于洞天之中，世世相传，今至吾师已历四万劫矣。吾师得此《灵书》，传箓既毕，相别而归，留青竹杖，蹑紫烟而凌虚，将自此而至夫玉京矣。吾之思君者，又何尝有远近之殊哉！

金陵送张十一再游东吴

（金陵）

张翰黄花句，风流五百年。

谁人今继作？夫子世称贤。
再动游吴棹，还浮入海船。
春光白门柳，霞色赤城天。
去国难为别，思归各未旋。
空余贾生泪，相顾共凄然。

【点评】

《李诗直解》：此送张君再游东吴而有所感也。言张翰黄花散金之句，文采风流，今已五百年矣。谁人能继作？唯夫子世称贤也。夫东吴乃张君旧游之地，今再鼓其棹，而弄扁舟以浮海矣。此时我送之，则春光在白门之柳。张君往矣，则霞色映赤城之天。故人之去国，更难为别，而思归之心，各未得旋，空余贾生之泪。而我与张君相顾凄然，莫不含悲也。况我居异地，得知友以排遣。张君往而我益索居矣，可奈何？

送纪秀才游越

海水不满眼[1]，观涛难称心。
即知蓬莱石，却是巨鳌簪[2]。
送尔游华顶，令余发舄[3]吟。
仙人居射的[4]，道士住山阴。

禹穴寻溪入，云门隔岭深。
绿萝秋月夜，相忆在鸣琴。

【注释】 **1** 不满眼：朱谏注：不满眼者，言其小也。 **2** 巨鳌簪：朱谏注：蓬莱，仙山，在海中。会稽旧志：蓬莱山正值会稽，故会稽有蓬莱阁。梅溪《会稽赋》云："直海上之蓬莱。"蓬莱之山，古人以为巨鳖之戴簪也。 **3** 舄：庄舄。朱谏注：庄舄，越人，仕楚为执珪，病而思越为越吟。 **4** 仙人居射的：会稽射的山，传说是仙人居住之所。

【点评】

朱谏：送纪秀才游越，此白在金陵时作也。言海水之大尚不足观，广陵之涛乃一方小水耳，何足观乎？由广陵而会稽，则有蓬莱之石，乃巨鳖之簪也，庶乎可以观矣。且会稽之胜概，不一而足。又有法华之名山，予尝寓焉。今因送汝，未免起怀旧之思，犹庄舄之仕楚，终不忘越，犹作越人之吟也。然射的之山，仙人所居；山阴之地，道士所住；禹穴沿溪，云门隔岭；皆我旧游之境。今虽久别而离居，思鸣琴以自适，不可得矣。送子往彼，能忘情乎！

送长沙陈太守二首

其一

长沙陈太守，逸气凌青松。
英主赐玉马，本是天池龙。
湘水回九曲，衡山望五峰。
荣君按节去，不及（一作得）远相从。

其二

七郡长沙国，南连湘水滨。
定王垂舞袖，地窄不回身。
莫小二千石，当安远俗人。
洞庭乡路远，遥羡锦衣春。

【点评】

朱谏：言荆南七郡而长沙为旧国，南连湘水之滨，乃汉定王所封之都也。定王尝以地狭不足回旋，今者君为郡守，食二千石之禄，乃古诸侯之爵也，安可以为小哉！夫官爵之崇卑，要以尽职为贵。君为长沙，当安远俗之人，使遐方之赤子皆得其所，斯无负朝廷用人之意。长沙、洞庭，乡路虽远，我亦遥羡夫君有昼锦之荣也。岂陈太守之家在洞庭之旁，去长沙为不远者欤？

送杨燕之东鲁

关西杨伯起，汉日旧称贤。
四代五公族，清风播人天[1]。
夫子华阴居，开门对玉莲。
何事历衡霍，云帆今始还？
君坐稍解颜，为我（一作君）歌此篇。
我固侯门士[2]，谬登圣主筵。
一辞金华殿，蹭蹬长江边。
二子鲁门东，别来已经年。
因君此中去，不觉泪如泉。

【注释】 1播人天：朱谏注：人天者，犹言人间天上也。播人天者，言其清风扬于两间也。 2侯门士：《汉书》：王氏宾客满门，五侯争名，其客各有所厚，不得左右，唯护尽入其门，咸得其惧心。

送蔡山人

我本不弃世，世人自弃我。

一乘无倪[1]舟，八极纵远柂[2]。

燕客期跃马，唐生安敢讥?

采珠勿惊龙，大道可暗归[3]。

故山有松月，迟尔玩清晖。

【注释】 **1** 无倪: 朱谏注: 无倪者，无涯际也。 **2** 柂（duò）: 同“舵”，船舵。 **3** 采珠勿惊龙，大道可暗归: 朱谏注: 采珠勿惊龙，谓取富贵者，不宜触人主之怒也。大道可暗归者，谓退当隐晦以全其身也。

【点评】

朱谏: 此送蔡山人，言我本济世之人，无有弃世之心，乃世人不我用而自弃乎我耳! 故我得以逍遥于物外，乘无倪之舟，纵八极之舵，为汗漫之游，于功名富贵无所累也。尔如蔡泽，自期跃马以取富贵。彼唐举者，虽工于相人之术，安敢戏言以相讥乎! 苟能探骊龙颔下之珠，勿惊其睡，则免齑粉之害。可遵大道而暗归，则得珠而身全矣。尔或一出，倘有所就，即当知几而潜退。故山松月，我将待尔同玩其清辉可也。

送萧二十一之鲁中兼问稚子伯禽

六月南风吹白沙[1]，吴牛喘月气成霞[2]。
水国郁（一作歊）蒸不可处，时炎道远无行车。
夫子如何涉江路？云帆袅袅金陵去。
高堂倚门望伯鱼，鲁中正是趋庭处。
我家寄在沙丘旁，三年不归空断肠。
君行既识伯禽子，应驾小车骑白羊。

【注释】**1** 六月南风吹白沙：王琦注:《晋书》：惠帝元康中，京洛童谣曰:“南风起，吹白沙，遥望鲁国何嵯峨，千岁髑髅生齿牙。” **2** 吴牛喘月气成霞：王琦注:《埤雅》:《风俗通》曰：吴牛望月而喘，言使之苦于日，是故见月而喘。盖伤禽惊于虚弦，疲牛望月而喘，物之惮怯，见似而惊，有如此者。

送杨山人归嵩山

我有万古宅，嵩阳玉女峰。
长留一片月，挂在东溪松。
尔去掇仙草，昌蒲花紫茸[1]。
（一作君行到此峰，餐霞驻衰容。）
岁晚或相访，青天骑白龙[2]。

【注释】 1 菖蒲花紫茸:《神仙传》: 嵩山石上菖蒲，一寸九节，服之长生。 2 青天骑白龙: 王琦注:《广博物志》: 瞿武，后汉人也。七岁绝粒，服黄精紫芝，入峨眉山，天竺真人授以真诀，乘白龙而去。

【点评】

《唐诗解》: 此因嵩山多仙迹，而以谪仙自负也。意谓我虽被谪人间，然嵩山本我之故宅，松溪明月乃我所玩弄者也。若尔去而欲寻仙草，则当取菖蒲饵之以求长生，我当乘白龙以相访耳。

《李诗直解》: 此送杨山人归中岳而勉其学仙也。言我有万古不朽之宅，在嵩阳玉女之峰，长留一片皎月，挂在东溪松上，令常皎而不昏焉。尔今归去嵩山，采仙草以为食，而菖蒲一寸九节，服之长生，而其花则紫色茸茸，为可挹也。至岁晚或相访之时，必其得道，乃向青天，驾白龙以相晤言耳。

送殷淑三首

其一

海水不可解，连江夜为潮。
俄然浦屿阔，岸去酒船遥。

惜别耐取醉，鸣棖且长谣[1]。
天明尔当去，应有便风飘。

【注释】 **1**鸣棖且长谣：王琦注：若太白此篇送客非观渔，停舟饮酒非挂帆长行，所谓鸣榔者，当是击船以为歌声之节，犹叩舷而歌之义。棖，一作榔。

其二

白鹭洲前月，天明送客回。
青龙山后日，早出海云来。
流水无情去，征帆逐吹开。
相看不忍别，更进手中杯。

其三

痛饮龙筇下，灯青月复寒。
醉歌惊白鹭，半夜起沙滩。

送岑征君归鸣皋山

岑公相门子，雅望归安石。

奕世[1]皆夔龙，中台竟（一作有）三拆。
至人达机兆[2]，高揖九州伯。
奈何天地间，而作隐沦客？
贵道皆（一作能）全真，潜辉卧幽邻（一作鳞）。
探元入窅[3]默，观化游无垠。
光武有天下，严陵为故人。
虽登洛阳殿，不屈巢由身。
余亦谢明主，今称偃蹇臣。
登高览万古[4]，思与广成邻。
蹈海[5]宁受赏，还山非问津。
西来（一作终期）一摇扇，共拂元规[6]尘。

【注释】 1 奕世：杨齐贤注：累世也。 2 机兆：朱谏注：机，事机。兆，朕兆。皆理之先见者，治乱之所由分也。 3 窅（yǎo）：深远的样子。 4 览万古：朱谏注：览万古者，知万古之情也。览，一作觉。 5 蹈海：指鲁仲连之事。 6 元规：庾亮，字元规，东晋名士。《晋书》：时亮虽居外镇，而执朝廷之权。既据上流，拥强兵，趣向者多归之。导内不能平，常遇西风尘起，举扇自蔽，徐曰：“元规尘污人。”

送范山人归太山

鲁客抱白鹤（一作鸡），别余往太山。
初行若片雪（一作云），杳在青崖间。
高高至天门，海日（一作日观）近可攀。
云生望不及，此去何时还？

【点评】

朱谏：此送范山人归太山，言鲁客抱白鹤，将携仙禽以从仙也。往于何所乎？别我而往于太山也。初行之时，飘若浮云。而凌空轻举，至于青崖之间。高出天门之上，近乎日观，而云生缥缈，望之不可及矣。此去太山，将与仙游，未知何时而还，复与我而相会乎？

送韩侍御之广德令

昔日绣衣何足荣，今宵贳酒[1]与君倾。
暂就东山赊月色，酣歌一夜送泉明[2]。

【注释】 1贳（shì）酒：赊酒。 2泉明：陶渊明。

白云歌送友人

楚山秦山多白云，白云处处长随君。
君今还入楚山里，云亦随君渡湘水。
水上女萝衣白云，早卧早行君早起。

送通禅师还南陵隐静寺

我闻隐静寺，山水多奇踪。
岩种朗公橘，门深杯渡松。
道人制猛虎，振锡还孤峰。
他日南陵下，相期谷口逢。

送友人

青山横北郭，白水绕东城。
此地一为别，孤蓬万里征。
浮云游子意，落日故人情。
挥手自兹去，萧萧班马鸣。

【点评】

《唐诗解》：即分离之地而叙景以发端，念行迈之遥而计程以兴慨。游子之意，飘若浮云，故人之情，独悲落日，行者无定，居者难忘也。而挥手就道，不复能留，唯闻班马之声而已。黯然消魂之思，见于言外。

《李诗直解》：此送友人而言相别之情景也。言别之处青山直横北郭；别之时，白水已绕东城。此地一为分别，而孤蓬飘转，为万里之征矣。故尔游子之意，若浮云而易散；我故人之情，当落日而倍切。自兹挥手而去乎？萧萧班马乃作别离之声，而有不忍舍之意焉。我于友人何如哉？

《唐诗合解》：前解叙送别之地，后解叙送友之情。

送别

斗酒渭城边，垆头醉不眠。
梨花千树雪，杨叶万条烟。
惜别倾壶醑，临分赠马鞭。
看君颍上去，新月到应圆。

【点评】

《李诗直解》：此送别祖饯而预计其程期也。今扬子之行，我以斗酒饯于渭城之边，且傍垆头以便取酒，而醉不眠矣。

此时春色之浓，梨花布千树之雪，杨叶垂万条之烟。我惜别则倾一壶之酒，临行则赠策马之鞭。看君之向颍上而去矣，计其程途，新月到彼应当圆满也。

江上送女道士褚三清游南岳

吴江女道士[1]，头戴莲花巾。
霓裳不湿雨，特异阳台神。
足下远游履，凌波生素尘。
寻仙向南岳，应见魏夫人[2]。

【注释】 1女道士：朱谏注：道士本男子为之，女人入道者，谓之女道士，削发者为尼僧。道士所戴之巾，如莲花之状。 2魏夫人：《南岳魏夫人传》：魏夫人者，晋司徒剧阳文康公舒之女，名华存，字贤安。幼而好道，静默恭谨，志慕神仙，味真耽玄，欲求冲举，吐纳气液，摄生夷静，住世八十三年，以晋成帝咸和九年，岁在甲午，太乙元仙遣飙车来迎，夫人乃托剑化形而去。位为紫虚元君，领上真司命南岳夫人，比秩仙公，使治天台大霍山洞台中，主下训奉道，教授当为仙者，男曰真人，女曰元君。

送友人入蜀

见说蚕丛路，崎岖不易行。
山从人面起，云傍马头生。
芳树笼秦栈，春流绕蜀城。
升沉应已定，不必访君平。

【点评】

《唐诗解》：友人入蜀，必经剑阁，故举蚕丛之路，忧其行。路虽险绝，景非不佳，复以芳树春流慰其意。既至于蜀，宜访先民，则以君平终焉。山从人面起者，面之所向无非山也。云傍马头生者，路入青天行云际也。升沉不必问，是矫俗语。杜云："凭将百钱卜，漂泊问君平。"太白岂尝睹其诗又反之欤?

送赵云卿

白玉一杯酒，绿杨三月时。
春风余几日，两鬓各成丝。
秉烛唯须饮，投竿也未迟。
如逢渭川猎，犹可帝王师。

送李青归华阳川

伯阳仙家子，容色如青春。
日月秘灵洞，云霞辞世人。
化心养精魄，隐几窅天真。
莫作千年别[1]，归来城郭新。

【注释】 1 莫作千年别:《搜神后记》：丁令威本辽东人，学道于灵虚山，后化鹤归辽，集城门华表柱，时有少年举弓欲射之，鹤乃飞，徘徊空中而言曰:“有鸟有鸟丁令威，去家千年今始归。城郭如故人民非，何不学仙冢累累？”遂高上冲天。

【点评】

朱谏：此送李青也。言尔即李伯阳老子也。长生不老，容颜如少，深居洞天，远迹尘世，化心而无累也。能炼形而不朽，隐几而静处也。藏天真而不露，传谷神之秘诀，得啬养之良方，乃老子之后身也。休得如丁令威化鹤而去，一去千年而始归。及至归来，而城郭亦更新矣，况人民乎？吾今日之送别者，亦欲尔之早归耳。

送舍弟

吾家白额驹，远别临东道。他日相思一梦君[1]，应得池塘生春草。

【注释】 1 他日相思一梦君:《诗品》：康乐每对惠连，辄得佳语。后在永嘉西堂，思诗竟日不就，寤寐间，忽见惠连，即成“池塘生春草”。

送别

（得书字）

水色南天远，舟行若在虚。
迁人[1]发佳兴，吾子访闲居。
日落看归鸟，潭澄怜（一作羡）跃鱼[2]。
圣朝思贾谊[3]，应降紫泥书。

【注释】 1 迁人：朱谏注：迁人，白自谓也。吾子，谓所送之人也。发佳兴者，言虽迁逐而兴致自若也。访闲居者，访我于闲居中也。 2 潭澄怜跃鱼:《汉书》：古人有言曰：“临渊羡鱼，不如退而结网。” 3 贾谊：朱谏注：贾谊，以喻所送之人。此人必以言事而谪官者也。

【点评】

朱谏：白送别分韵赋诗，而得书字。曰“水色南天远”者，盖于江上送之南行。言我今日虽为迁逐之臣，犹有佳兴，随物遇时，亦能自乐；君不我弃，而访我于闲居之中，依落日而看鸟，俯清潭而羡鱼，虽是闲居，自有可乐之地也。朝廷思欲用人，贤才必不久弃，君如贾谊，当膺宣召，将有紫泥之书起君而大用也。

送鞠十少府

试发清秋兴，因为吴会吟。

碧云敛海色，流水浙江心。

我有延陵剑，君无陆贾金。

艰难此为别，惆怅一何深！

【注释】 1陆贯金:《汉书》：陆贾有五男，出所使越橐中装，卖千金，分其子，子二百金，令为生产。

【点评】

朱谏：此送鞠少府之官于吴会也。言古人有秋兴之作，我今逢秋而发兴，乃为吴会之吟。吴会之地，近乎江海，但见碧云敛海色，流水折于江心。延陵季子，吴产也，尝挂剑于徐君之墓，而敦信义；西汉陆贾，越使也，尝装橐有千金之赀。我今艰难与君为别，既无延陵之剑，又乏陆贾之金，无物将赠，不能为情，惆怅之意一何深也！

送张秀才谒高中丞（并序）

（寻阳）

余时系寻阳狱中，正读《留侯传》。秀才张孟熊蕴灭胡之策，将之广陵谒高中丞。余喜子房之风，感激于斯人，因作是诗以送之。

秦帝沦玉镜[1]（一作六雄灭金虎），留侯降氛氲。
感激黄石老，经过沧海君。
壮士挥金槌，报仇六合闻。
智勇冠终古，萧陈[2]难与群。
两龙争斗时，天地动风云[3]。
酒酣（一作纵横）舞长剑[4]，苍卒解汉纷。
宇宙初倒悬，洪沟[5]势将分。
英谋信奇绝，夫子扬清芬[6]。
（一作夫子称卓绝，超然继清芬。）
胡月入紫微，三光[7]乱天文。
高公镇淮海，谈笑廓妖氛。
采尔幕中画，戡难光殊勋。
我无燕霜[8]感，玉石俱烧焚？

但洒一行泪，临歧竟何云？

【注释】 1 沦玉镜：朱谏注：沦玉镜者，喻其失道也。 2 萧陈：萧何、陈平。 3 两龙争斗时，天地动风云：朱谏注：两龙，楚汉也。动风云者，战争之状也。 4 酒酣舞长剑：朱谏注：酒酣舞剑者，鸿门之会也。《汉书》：沛公与羽会于鸿门，项庄拔剑起舞，意在沛公，项伯亦拔剑起舞，常以身翼蔽沛公，庄不得击。既而沛公去，留张良谢项羽。 5 洪沟：《史记》：汉四年，“项王乃与汉约，中分天下，割鸿沟以西者为汉，鸿沟而东者为楚”。洪，一作鸿。 6 夫子扬清芬：朱谏注：夫子，谓张秀才也；扬清芬者，言其能继留侯之遗芳也。 7 三光：杨齐贤注：日月星为三光。 8 燕霜：《太平御览》：《淮南子》曰：“邹衍事燕惠王尽忠，左右谮之，王系之狱，仰天哭，夏五月天为之下霜。”

寻阳送弟昌峒鄱阳司马作

桑落洲渚连，沧江无云烟。
寻阳非剡水，忽见子猷船[1]。
了见欲相近，末[2]迟杳若仙。
人乘海上月，帆落湖中天。
一睹无二诺，朝欢更胜昨。
尔则吾惠连[3]，吾非尔康乐[4]。

朱绂白银章[5]，上官佐鄱阳。
松门拂中道，石镜回清光。
摇扇及干越，水亭风气凉。
与尔期此亭，期在秋月满。
时过或未来，两乡心已断。
吴山对楚岸，彭蠡当中州。
相思定如此，有穷尽年愁。

【注释】 **1** 子猷船:《世说新语》：王子猷居山阴，夜大雪，眠觉，开室，命酌酒。四望皎然，因起彷徨，咏左思《招隐诗》。忽忆戴安道，时戴在剡，即便夜乘小船就之。经宿方至，造门不前而返。人问其故，王曰:“吾本乘兴而行，兴尽而返，何必见戴？” **2** 末：应为“来”。 **3** 惠连：南朝宋文学家，谢灵运的族弟，深受谢灵运赏识。 **4** 康乐：康乐公谢灵运。 **5** 朱绂白银章：朱谏注：朱绂银章，郡守之职也。司马为郡佐，故以此称之。

饯校书叔云

少年费白日，歌笑矜朱颜。
不知忽已老，喜见春风还。
惜别且为欢，徘徊桃李间。
看花饮美酒，听鸟临晴山。

向晚竹林寂，无人空闭关。

【点评】

朱谏：白叔李云为校书郎，白饯别而为此诗。言少年之时，虚费白日，但知歌笑宴乐，自恃朱颜之未老也。不知岁月易过，忽然发白，而老至矣。老而不可以再少，虽若可悲，然春风之去而复还，似可喜也。于此之时，虽云惜别，亦当为欢，须留连于桃李之下，看花而饮乎美酒，听鸟而临乎晴山，聊因景物之繁华，以叙天伦之乐事。迨晚分携，各自归矣，则竹林之间又寂然而幽阒，空自闭门而独处，谁复与我而相娱乎！

送王孝廉觐省

（庐江）

彭蠡将天合，姑苏在日边。
宁亲候海色，欲动孝廉船。
窈窕晴江转，参差远岫连。
相思无昼夜，东泣似长川。

【点评】

朱谏：此送王孝廉省亲。言彭蠡之湖，与天相连；而姑苏之台，与日相近。孝廉省亲，自彭蠡而下姑苏，舟行以风，风之顺逆，占海色以可知，海色清明，而孝廉之船可行矣。江流深逮而旋转，远岫参差而连绵。此别之后，我之相思无时而已，东望姑苏，潸然出涕，如长川之不止也。

同吴王送杜秀芝举入京

秀才何翩翩，王许回也贤[1]。
暂别庐江守，将游京兆天。
秋山宜落日，秀木[2]出寒烟。
欲折一枝桂，还来雁沼[3]前。

【注释】 1 回也贤:《论语》：子曰:“贤哉，回也！一箪食，一瓢饮，在陋巷，人不堪其忧，回也不改其乐。贤哉，回也！” 2 秀木：《文选》：木秀于林，风必摧之。木，一作水。 3 雁沼：原是汉代梁王所建兔园中的雁池。此处指吴王府。

第十六卷

歌诗三十八首

送下

洞庭醉后送绛州吕使君杲流沣州

（江夏）

昔别若梦中，天涯忽相逢。
洞庭破秋月，纵酒开愁容。
赠剑刻玉字，延平两蛟龙。
送君不尽意，书及雁回峰[1]。

【注释】 1 雁回峰:《方舆胜览》：回雁峰，在衡阳之南，雁至此不过，遇春而回，故名。或曰峰势如雁之回。

与诸公送陈郎将归衡阳（并序）

仲尼旅人，文王明夷。苟非其时，圣贤低眉。况仆之不肖者，而迁逐枯槁，固非其宜。朝心不开，暮发尽白。而登高送远，使人增愁。陈郎将义风凛然，英思逸发。来下曹城之榻，去邀才子之诗。动清兴于中流，泛素波而径去。诸公仰望不及，连章祖[1]之。序慚起予，辄冠名贤之首；作者嗤我，乃为抚掌之资乎？

衡山苍苍入紫冥，下看南极老人[2]星。

回飙吹散五峰雪，往往飞花落洞庭。
气清岳秀有如此，郎将一家拖金紫。
门前食客乱浮云，世人皆比孟尝君。
江上送行无白璧[3]，临岐惆怅若为分？

【注释】 **1** 祖：送行。 **2** 南极老人:《史记》：狼北地有大星，曰南极老人。老人见，治安；不见，兵起。常以秋分时候之于南郊。**3** 白璧:《吕氏春秋》：郈成子为鲁聘于晋，过卫，右宰谷臣止而觞之，陈乐而不乐，酒酣而送之以璧。

江夏送倩公归汉东（并序）

谢安四十，卧白云于东山；桓公累征，为苍生而一起。常与支公[1]游赏，贵而不移。大人君子，神冥契合，正可乃尔。仆与倩公面，不忝古人。言归汉东，使我心痗[2]。夫汉东之国，圣人所出。神农之后，季良为大贤。尔来寂寞，无一物可纪。有唐中兴，始生紫阳先生。先生六十而隐化，若继迹而起者，唯倩公焉。蓄壮志而未就，期老成于他日。且能倾产重诺，好贤攻文。即惠休上人[3]与江、鲍往复，各一时也。仆平生述作，罄其草而授之。思亲遂行，流涕惜别。今圣朝已舍季布，当征贾生。开颜洗目，一见白日，冀相视而笑于新松之山耶？作小诗绝句，以写别意。李白辞曰：胡入汉东国，川藏明月辉[4]。宁知丧乱后，更有一珠归。

【注释】 **1** 支公：支遁，东晋高僧。 **2** 痗（mèi）：病。 **3** 惠休上人：《宋书》：时有沙门释惠休，善属文，辞采绮艳，湛之与之甚厚。世祖命使还俗，本姓汤，位至扬州从事史。 **4** 川藏明月辉：《文选》：石韫玉而山晖，水怀珠而川媚。

送赵判官赴黔府中丞叔幕

廓落[1]青云心，结交黄金尽。
富贵翻相忘，令人忽自哂。
蹭蹬鬓毛斑，盛时难再还。
巨源[2]咄石生，何事马蹄间？
绿萝长不厌，却欲还东山[3]。
君为鲁曾子[4]，拜揖高堂里。
叔继赵平原[5]，偏承明主恩。
风霜推（一作催）独坐，旌节[6]镇雄藩。
虎士秉金钺，蛾眉开玉樽。
才高幕下去，义重林中言[7]。
水宿五溪月，霜啼三峡猿。
东风春草绿，江上候归轩。

【注释】 1廓落：朱谏注：廓落，犹言寥落也，广大寂寞之意。 2巨源：山涛。《晋书》：州辟部河南从事，与石鉴共宿，涛夜起蹴鉴曰："今为何等时而眠耶？知太傅卧何意？"鉴曰："宰相三不朝，与尺一令归第，卿何虑也。"涛曰："咄！石生无事马蹄间邪！"投传而去。未二年，果有曹爽之事，遂隐身不交世务。 3东山：《晋书》：（谢）安虽受朝寄，然东山之志始末不渝，每形于言色。 4鲁曾子：孔子弟子曾参。 5叔继赵平原：朱谏注：叔，即中丞也。平原君，赵姓之先也。 6旌节：《旧唐书》：天宝中，缘边御戎之地，置八节度使。受命之日，赐之旌节，谓之节度使，得以专制军事。行则建节符，树六纛。外任之重，无比焉。 7义重林中言：《晋书》：（阮）咸任达不拘，与叔父籍为竹林之游，当世礼法者讥其所为。

送陆判官往琵琶峡

水国秋风夜，殊非远别时。
长安如梦里，何日是归期？

送梁四归东平

玉壶挈美酒，送别强为欢。

大火南星[1]月，长郊北路难。
殷王期负鼎，汶水起垂竿。
莫学东山卧，参差老谢安。

【注释】 **1** 大火南星：朱谏注：星火，东方苍龙七宿。火，谓大火，夏至之中也。南星者，此星昏而中正加于地之南方，仲夏之月也。

【点评】

朱谏：送梁四归东平也，言挈酒送别而强为欢，当此仲夏，送之北行，以归于东平也。汝有隐德，可以待用，如遇商汤，则当如伊尹，负鼎俎而取阿衡之任；汝居汶水，则当如太公，投钓竿而作霸王之佐，安可学谢安高卧东山，因循而终老乎？

江夏送友人

雪点翠云裘，送君黄鹤楼。
黄鹤振玉羽，西飞帝王州。
凤无琅玕实，何以赠远游？
徘徊相顾影，泪下汉江流。

送郗昂谪巴中

瑶草寒不死，移植沧江滨。
东风洒雨露，会入天地（一作池）春。
予若洞庭叶，随波送逐臣。
思归未可得，书此谢情人。

【点评】

《李诗直解》：此送郗昂谪巴蜀，而动思归之情也。言瑶草之芳，虽隆冬不死，今移栽于沧江之滨，得其地也。东风动而雨露洒落，会入天地，皆春色矣，是君虽谪而沐其恩也。以予言之，则若洞庭之落叶矣，随波漂流，以送谪逐之臣，而宁不动思归之心乎？思归未可得，书此以谢情人之入蜀者，不胜瞻云西顾之思矣。

江夏送张丞

欲别心不忍，临行情更亲。
酒倾无限月，客醉几重春。
藉草[1]依流水，攀花赠远人。
送君从此去，回首泣迷津。

【注释】 1 藉草：朱谏注：藉草，铺草于下而上承乎物也。古人以兰茅借物，取其洁也。

【点评】

朱谏：此送张丞，言不忍别，故于临别之时而情更亲。对月倾酒，当春而醉，藉草临流，攀花相赠，送君去矣。回首穷途，尚尔淹滞，偎偎然若无所之也，如之何而不悲乎！

赋得白鹭鸶送宋少府入三峡

白鹭拳一足，月明秋水寒。
人惊远飞去，直向使君滩。

【点评】

朱谏：古人送别必有诗，诗必有题，题随所遇而命，如人数而分。白于送宋少府入峡之时，分得“白鹭鸶”一题，遂谓白鹭飞向使君滩。盖使君滩乃三峡之地，正宋少府所往之处也。就物说物而归于情，辞意亲切而妩媚，孰谓白之诗为空疏乎！

送二季之江东

初发强中作，题诗与惠连。
多惭一日长，不及二龙贤。
西塞当中路，南风欲进船。
云峰出远海，帆影挂清川。
禹穴藏书地，匡山种杏田。
此行俱有适，迟尔早归旋。

【点评】

朱谏：白送二弟之江东，言灵运有初发强中之作，乃题诗与弟惠连者也。我虽稍长，忝为尔兄，而我之贤，不及二弟。今日之行，可无言乎？尔往江东，当西塞之山前，乘南风而进船，云峰出乎海上，帆影挂乎晴川，将至禹穴藏书之地，而经董奉种杏之田，则自西江而抵乎会稽矣。二季此行，各有所适，或之会稽，或之匡庐，非徒行也。事若得竣，亦宜早旋，毋得劳我久相望也。

江西送友人之罗浮

（南昌）

桂水分五岭，衡山朝九疑。

乡关眇安西，流浪将何之？
素色[1]愁明湖，秋渚晦寒姿。
畴昔紫芳意，已过黄发[2]期。
君王纵疏散，云壑借巢夷[3]。
尔去之罗浮，我还憩峨眉。
中阔道万里，霞月遥相思。
如寻楚狂子[4]，琼树有芳枝。

【注释】 **1** 素色：朱谏注：素色，秋色也。 **2** 黄发：老人头发由白变黄，是长寿的象征。 **3** 君王纵疏散，云壑借巢夷：朱谏注：君王纵疏散者，李白自谓诏赐还山时也。巢、夷，巢父、伯夷也。 **4** 楚狂子：楚狂接舆。《列仙传》：陆通者，云楚狂接舆也。好养生，食橐卢、木实及芜菁子，游诸名山，在蜀峨眉山上，世世见之，历数百年去。

宣州谢朓楼饯别校书叔云

（一作陪侍御叔华登楼歌）

弃我去者，昨日之日不可留；乱我心者，今日之日多烦忧！长风万里送秋雁，对此可以酣高楼。蓬莱[1]文章建安骨[2]，中间小谢又清发。俱怀逸兴壮思飞，欲上青天（一作云）览明月。抽刀断水水更流，举杯消愁愁更（一作复）愁。人生（一作男儿）在世不称意，明朝散发弄扁舟（一作举棹还沧州）。

【注释】 1蓬莱:《后汉书》：是时学者称东观为老氏藏室，道家蓬莱山。 2建安骨：王琦注：东汉建安之末，有孔融、王粲、陈琳、徐干、刘桢、应玚、阮瑀及曹氏父子所作之诗，世谓之“建安体”。风骨遒上，最饶古气。

【点评】

《唐诗解》：此厌世多艰思栖逸也。言往日不返，来日多忧，盍乘此秋色登楼以相醇畅乎？子校书蓬莱宫，所构之文有建安风骨；我若小谢，亦清发多起，此皆飞腾超拔者也。然不得近君，是以愁不能忘。而以抽刀断水起兴，因言人生既不称意，便当适志扁舟，何栖栖仕宦为也！

《李诗直解》：此饯别校书叔，论其文彩，而动乘桴之感也。言光阴迅速，愁思难遣，昨日既不可留，今日又多烦忧。长风送雁，对此酣畅，从来文章为不朽耳。今蓬莱文章，建安之骨，中间小谢，亦清发而超群也。俱怀飘逸之兴，雄壮之思，欲上青天以揽明月，而文章之高远光明不可及矣。我今抽刀断水，水痕潜没而水更流；举杯消愁，愁思旋生而愁忧复愁。人生贵得意耳，何我之在世，而流落不乘意也！叔今往矣，我亦明日散发弄扁舟于江湖之间，一任东西之漂泊耳。

宣城送刘副使入秦

君即刘越石，雄豪冠当时。
凄清《横吹曲》，慷慨《扶风词》。
虎啸俟腾跃，鸡鸣遭乱离。
千金市骏马，万里逐王师。
结交楼烦[1]将，侍从羽林儿。
统兵捍吴越，豺虎不敢窥。
大勋竟莫叙，已过秋风吹[2]。
秉钺[3]有季公，凛然负英姿。
寄深[4]且戎幕[5]，望重必台司。
感激一然诺，纵横两无疑。
伏奏[6]归北阙，鸣驺忽西驰。
列将咸出祖，英寮惜分离。
斗酒满四筵，歌笑宛溪湄。
君携东山妓[7]，我咏《北门》诗。
贵贱交不易，恐伤中国[8]葵。
昔赠紫骝驹，今倾白玉卮[9]。
同欢万斛酒，未足解相思。
此别又千里（一作此外别千里），秦吴[10]眇天涯。
月明关山苦，水剧陇头悲。
借问几时还，春风入黄池。
无令长相思，折断绿杨枝。

【注释】 1楼烦：朱谏注：楼烦，胡地名。沛公有楼烦将，善骑射，楚挑战三合，楼烦辄射杀之。及遇项羽，瞋目一叱，人马辟易数里。 2秋风吹：朱谏注：秋风吹，喻时之晚也。 3秉钺：朱谏注：秉钺者，唐制，大将有功皆赐节钺。 4寄深：朱谏注：寄深者，朝廷委托之重也。 5戎幕：王琦注：戎幕，节度使之幕府。 6伏奏：朱谏注：奏者，主帅奏其功于天子也。伏奏者，臣子对君之辞，如云伏睹、伏献之类。 7东山妓：东山，代指谢安。《晋书》：安虽放情丘壑，然每游赏，必以妓女从。 8国：应为“园”。 9卮（zhī）：盛酒器。 10秦吴：朱谏注：宣城，古吴地也。

泾川送族弟錞

（时卢校书草序常侍御为诗）

泾川三百里，若耶羞见之。
锦石[1]照碧山，两边白鹭鸶。
佳境千万曲，客行无歇时。
上有琴高[2]水，下有陵阳祠。
仙人不见我，明月空相知。
问我何事来，卢敖[3]结幽期。
蓬山振雄笔，绣服挥清词。
江湖发秀色，草木含荣滋。

置酒送惠连，吾家称白眉[4]。
愧无海峤作，敢阙河梁诗？
见尔复几朝，俄然告将离。
中流漾采鹢[5]，列岸丛金羁。
叹息苍梧凤[6]，分栖琼树枝。
清晨各飞去，飘落天南垂。
望极落日尽，秋深暝猿悲。
寄情与流水，但有长相思。

【注释】 **1** 锦石：朱谏注：锦石，石之有纹如锦者也。 **2** 琴高：《水经注》：赵人有琴高者，以善鼓琴，为康王舍人，行彭、涓之术，浮游砀郡间二百余年，后入砀水中取龙子，与弟子期曰：皆洁斋待于水旁，设屋祠。果乘赤鲤鱼出，入坐祠中，砀中有可万人观之，留月余，复入水也。 **3** 卢敖：秦代方士，曾为秦始皇求仙及长生不老药，后逃出隐居。 **4** 白眉：《三国志》：马良字季常，襄阳宜城人也。兄弟五人，并有才名，乡里为之谚曰：“马氏五常，白眉最良。”良眉中有白毛，故以称之。 **5** 采鹢（yì）：朱谏注：彩鹢，舟也。鹢，水鸟。船首必画鹢形，取其迅也。 **6** 苍梧凤：朱谏注：苍梧凤，喻己与弟也。

五松山送殷淑

秀色发江左，风流奈若何。
仲文了不还，独立扬清波。
载酒五松山，颓然《白云歌》。
中天度落月，万里遥相过。
抚酒惜此月，流光畏蹉蛇。
明日别离去，连峰郁嵯峨。

送崔氏昆季之金陵

（一作秋夜崔八丈水亭送崔二）

放（一作吴）歌倚东楼，行子期晓发。
秋风渡江来，吹落山上月。
主人出美酒，灭烛延清光。
二崔向金陵，安得不尽觞。
水客弄归棹，云帆卷轻霜。
扁舟敬亭下，五两[1]先飘扬。
峡石入水花，碧流日更长。
思君无岁月，西笑[2]阻河梁。

【注释】 1 五两：朱谏注：五两，舟人用鸡羽以候风者。 2 西笑：朱谏注：西笑，见前，彼以长安言，此以金陵言，皆帝都所在，繁华之地，众人之共趋者也。

登黄山凌歊台送族弟溧阳尉济充（一作统）泛舟赴华阴

（当涂）

鸾乃凤之族，翱翔紫云霓。
文章辉（一作耀）五色，双在琼树栖。
一朝各飞去，凤与鸾俱啼。
炎赫五月中，朱曦[1]烁河堤。
尔从泛舟役[2]，使我心魂凄。
秦地无草木[3]，南云喧鼓鼙。
君王减玉膳，早起思鸣鸡。
漕引救关辅[4]，疲人免涂泥。
宰相作霖雨，农夫得耕犁。
静者伏草间，群才满金闺[5]。
空手无壮士[6]，穷居使人低。
送君登黄山，长啸倚（一作上）天梯。
小舟若凫雁，大舟若鲸鲵。
开帆散长风，舒卷与云齐。
日久牛渚晦，苍然夕烟迷。

相思在何所（一作定何许），杳在洛阳西。

【注释】 1朱曦：烈日。 2泛舟役：朱谏注：泛舟役，漕粟也。 3秦地无草木：朱谏注：秦地者，关中长安之地，唐所都也。无草木者，荒索之状。草木，一作碧草。 4漕引救关辅：朱谏注：水运曰漕，挽舟曰引，谓以舟载米，由水路而转运也。关辅，关内三辅之地，即长安之京师也。 5金闺：金马门。 6空手无壮士：朱谏注：空手无壮士者，言虽壮士，若空手而无权，亦不能有所施为，与愚人相等也。手，一作乎。

送储邕之武昌

黄鹤西楼月，长江万里情。
春风三十度，空忆武昌城。
送尔难为别，衔杯惜未倾。
湖连张乐[1]地，山逐泛舟行。
诺谓楚人重，诗传谢朓清。
《沧浪》吾有曲，寄入棹歌声。

【注释】 1张乐：朱谏注：张，陈也。张乐者，陈设其乐也。

酬答上

酬谈少府

（襄汉）

一尉居倏忽，梅生[1]有仙骨。

三事或可羞，匈奴哂千秋。

壮心屈黄绶，浪迹寄沧洲。

昨观荆岘作，如从云汉游。

老夫当暮矣，蹀[2]足惧骅骝。

【注释】 1 梅生：梅福。 2 蹀（dié）：踏。

【点评】

朱谏：李白《酬谈少府》之诗，必少府休官归家时也。言梅福居官不久去而从仙，不肯屈身于乱世。虽三公之贵，亦且羞而不为。苟材不称其位者，亦为夷狄所哂，如田千秋之为宰相，匈奴以为非用贤也。志大而禄未称，则壮心屈于黄绶，不能如所愿也。身虽仕宦，意则仙游，而浪迹寓于沧洲矣。昨者得见少府荆、岘之作，飘然尘外之遐思，如从云汉以遨游，文词清妙，固所难及。老夫暮年，深加敬畏，如骅骝蹀足千里，岂驽骀之能及乎？

酬宇文少府见赠桃竹书筒

桃竹书筒绮绣文，良工巧妙称绝群。
灵心圆映三江月，彩质叠成五色云。
中藏宝诀[1]峨眉去，千里提携长忆君。

【注释】 1 宝诀：王琦注：宝诀，仙书也。

五月东鲁行答汶上翁

（鲁中）

五月梅始黄（一作禾黍绿），蚕凋桑柘空。
鲁人重织作，机杼鸣帘栊。
顾余不及仕，学剑来山东。
举鞭访前涂，获笑[1]汶上翁。
下愚（一作宵人）忽壮士，未足论穷通。
我以一箭书，能取遼[2]城功。
终然不受赏，羞与时人同。
西归去直道，落日[3]昏阴虹。
此（一作我）去尔勿言，甘心如转蓬。

【注释】 1 获笑：朱谏注：犹言取笑，言其为所哂也。 2 遼：应为

“聊”。 3 落日：朱谏注：落日昏阴虹者，喻世衰而时乱也。

早秋单父南楼酬窦公衡

白露见日灭，红颜随霜凋。
别君若俯仰，春芳辞秋条。
太山嵯峨夏云在，疑是白波涨东海。
散为飞雨川上来，遥帷却卷清浮埃。
知君独坐青轩下，此时结念同怀者。
我闭南楼著道书，幽帘清寂若仙居。
曾无好事来相访，赖尔高文一起予。

山中答俗人

（一云答问）

问余何意（一作事）栖碧山，笑而不答（一作语）心自闲。
桃花流水窅（一作宛）然去，别有天地非人间。

【点评】

《李诗直解》：此山中问答，言其心闲自适而与美景相宜也。言山中之人，问我何事而栖碧山乎？则笑而不答。彼固未知我之心，而我之心自闲也。则见桃花流水杳然而去，是别有一天地，而非尘世之景矣。此乃心与景融，景与心会。而桃花流水，超然世外，政其事也，俗人知乎哉？

答友人赠乌纱帽

领得乌纱帽，全胜白接篱。
山人不照镜，稚子道相宜。

酬张司马赠墨

（吴中）

上党碧松烟，夷陵丹沙末。
兰麝[1]疑珍墨，精光[2]乃堪掇。
黄头奴子双鸦鬟，锦囊养之怀袖[3]间。
今日赠余兰亭去，兴来洒笔会稽山。

【注释】 **1** 兰麝:《墨经》：凡墨药尚矣，魏韦仲将用真珠、麝香二物，后魏贾思勰用梣木、鸡白、真珠、麝香四物。 **2** 精光:《墨经》：凡墨色，紫光为上，墨光次之，青光又次之，白光为下。 **3** 养之怀袖:《墨经》：凡蓄故墨，亦利频风日时，以手润泽之，时置于衣袖中弥善。

答湖州迦叶司马问白是何人

青莲居士谪仙人，酒肆藏名三十春。
湖州司马何须问，金粟如来是后身。

答长安崔少府叔封游终南翠微寺太宗皇帝金沙泉见寄

（长安）

河伯见海若，傲然夸秋水。
小物昧远图，宁知通方士（一作宁识通方理）？
多君紫霄意，独往苍山里。
地古寒云（一作雪）深，岩高长风起。
初登翠微岭，复憩金沙泉。
践苔朝霜滑，弄波夕月圆。
饮彼石下流（一作潭），结萝宿溪烟。
鼎湖梦渌水，龙驾空（一作何）茫然。
早行子午间（一作关，又作峰），却登山路远。（一作却叹山路远，又作颇识关路远。）

灭[1]琴听霜猿，拂烛乃星饭[2]。
人烟无明异，鸟道绝往返。
攀崖倒青天（一作到青山），下视白日晚。
既过（一作遇）石门[3]隐，还唱（一作闻）石潭歌。
涉雪搴紫芳（一作采紫茎），濯缨[4]想清波。
此（一作斯）人不可见，此地君自过。
为余谢风泉，其如幽意何！

【注释】 **1** 灭：应为“拂”。 **2** 拂烛乃星饭：朱谏注：云星饭者，见星而饭，及次日之昏也。拂：应为“灭”。 **3** 石门：朱谏注：石门、石潭，皆终南佳境，必游时所过之地。 **4** 濯缨：朱谏：濯缨，应石潭。

赠李十二左司郎中崔宗之

凉秋八九月，白露空园庭。
耿耿[1]意不畅，梢梢（一作悄悄）风叶声。
思见雄俊士，共话今古情[2]。
李侯忽来仪，把袂[3]苦不早。
清论既抵掌[4]，玄谈又绝倒。
分明楚汉事，历历王霸道。
担囊无俗物，访古千里余。

袖有匕首剑，怀中茂陵书[5]。
双眸光照人，词赋凌《子虚》。
酌酒弦素琴，霜气正凝洁。
平生心事中，今日为君说。
我家有别业，寄在嵩之阳。
明月出高岑，清溪澄素光。
云散窗户静，风吹松桂香。
子若同斯游，千载不相忘。

【注释】 **1** 耿耿：烦躁不安的样子。 **2** 今古情：朱谏注：今古情，今世古诗之可感慨者也。 **3** 把袂：朱谏注：把袂者，相见而执其袂也。 **4** 抵掌：朱谏注：抵掌者，喜而抚其掌也。 **5** 茂陵书：《史记》：相如既病免，家居茂陵。天子曰："司马相如病甚，可往从悉取其书，若不然，后失之矣。"使所忠往，而相如已死，家无书。问其妻，对曰："长卿固未尝有书也，时时著书，人又取去，即空居。长卿未死时，为一卷书，曰：有使者来求书奏之。无他书。"其遗札书言封禅事，奏所忠，忠奏其书，天子异之。

酬崔五郎中

（崔诗赋）

朔云横高天，万里起秋色。
壮士心飞扬[1]，落日空叹息。
长啸出原野，凛然寒风生。
幸遭圣明时，功业犹未成。
奈何怀良图，郁悒独愁坐（一作空独坐）？
杖策寻英豪，立谈乃知我。
崔公生人秀，缅邈青云姿。
制作参造化，托讽[2]含神祇。
海岳尚可倾，吐诺终不移。
是时霜飙寒，逸兴临华池。
起舞拂长剑，四座皆扬眉。
因得穷欢情，赠我以新诗。
又结汗漫期，九垓[3]远相待。
举身憩蓬壶，濯足弄沧海。
从此凌倒景，一去无时还。
朝游明光宫，暮入阊阖关。
但得长把袂，何必嵩丘山。

【注释】 **1** 心飞扬：朱谏注：心飞扬者，志有所向，不自安也。 **2** 托讽：朱谏注：托讽者，托物而讽咏也。 **3** 九垓：指天空极其高远。

以诗代书答元丹丘

青鸟（一作乌）海上来，今朝发何处？
口衔云锦字（一作书），与我忽飞去。
鸟去凌紫烟，书留绮窗前。
开缄方（一作时）一笑，乃是故人传。
故人深相勖，忆我劳心曲。
离居在咸阳，三见秦草绿。
置书双袂间，引领不暂闲。
长望（一作叹）杳难见，浮云横远山。

金门答苏秀才

君还石门日，朱火[1]始改木。
春草如有情，山中尚含绿。
折芳愧遥忆，永路当自勖。
远见故人心，平生以此足。
巨海纳百川，麟阁多才贤。
献书入金阙[2]，酌醴奉琼筵。
屡忝白云唱，恭闻《黄竹篇》。
恩光[3]照拙薄，云汉希腾迁。
铭鼎傥云遂，扁舟[4]方渺然。

我留在金门，不去卧丹壑。
未果三山期，遥欣一丘乐[5]。
玄珠寄罔象[6]，赤水非寥廓。
愿狎东海鸥，共营西山药[7]。
栖岩君寂蔑，处世余龙蠖[8]。
良辰不同赏，永日应闭居。
鸟吟檐间树，花落窗下书。
缘溪见绿条[9]，隔岫窥红蕖。
采薇行笑歌，眷我情何已。
月出石镜间，松鸣风琴[10]里。
得心自虚妙，外物空颓靡。
身世如两忘，从君老烟水。

【注释】 **1** 朱火：朱谏注：夏火也。 **2** 献书入金阙：朱谏注：献书金阙者，贺知章荐白，召见金銮殿，论当世事，而奏颂一篇也。 **3** 恩光：天子的恩惠。 **4** 扁舟：杨齐贤注：扁舟，言功成名遂身退，如范蠡扁舟泛五湖也。 **5** 一丘乐：《汉书》：桓生欲借其书，嗣报曰："若夫严子者，绝圣弃智，修生保真，清虚淡泊，归之自然，独师友造化，而不为世俗所役者也。渔钓于一壑，则万物不奸其志，栖迟于一丘，则天下不易其乐。" **6** 玄珠寄罔象：朱谏注：玄珠，喻道也。象罔，即恍惚之意。罔象，一作象罔。 **7** 西山药：仙药。《折杨柳行》：西山一何高，高高殊无极。上有两仙童，不饮亦不食。与我一丸药，光耀有五色。服药四五日，身体生羽翼。 8 龙蠖:《周易》: 尺蠖之屈，以求信（伸）也。龙蛇之蛰，以存身也。 9 条: 一作篠，细竹子。 10 松鸣风琴: 朱谏注: 松琴，松风如琴也。

酬坊州王司马与阎正字对雪见赠

（陕右）

游子东南来，自宛适京国。
飘然无心云，倏忽复西北。
访戴昔未偶，寻嵇[1]此相得。
愁颜发新欢，终宴叙前识。
阎公汉庭旧[2]，沉郁富才力。
价重铜龙楼，声高重门侧。
宁期此相遇，华馆陪游息。
积雪明远峰，寒城冱[3]春色。
主人苍生望，假我青云翼。
风水[4]如见资，投竿佐皇极。

【注释】 1 寻嵇:《世说新语》: 嵇康与吕安善，每一相思，千里命驾。 2 汉庭旧: 朱谏注: 阎为正字，太子官也。汉更秦法，建太子而辅以官，故曰汉庭之旧。 3 冱（hù）: 闭塞。一作锁。 4 风水: 朱谏注: 风水，犹烟水也，为渔者所居。

酬中都小吏携斗酒双鱼于逆旅见赠

（齐鲁）

鲁酒若琥珀（一作琥珀色），汶鱼紫锦鳞。
山东豪吏有俊气，手携（一作持）此物赠远人。
意气相倾两相顾，斗酒双鱼表情素。
酒来我饮之，鲙作别离处。
双鳃呀呷鳍鬣[1]张，跋刺[2]银盘欲飞去。
呼儿拂机霜刃挥，红肥花落白雪霏。
为君下箸一餐饱（一作罢），醉著金鞍上（一作走）马归。

【注释】 **1** 鳍鬣：王琦注：鳍鬣，鱼之翅也，在背上曰鳍，在鳃下曰鬣。 **2** 跋刺：鱼跃声。

酬张卿夜宿南陵见赠

月出鲁城东，明如天上雪。
鲁女惊莎鸡[1]，鸣机[2]应秋节。
当君相思夜，火落金风高。
河汉挂户牖，欲济无轻舠[3]。
我□□[4]林丘，云龙忽相见。
客星[5]动太微，朝去洛阳殿。

尔来□□□，□□□□[6]余。
□□[7]下邳□[8]，家有圯桥书。
傅说[9]未梦时，终当起岩野。
万古骑辰星[10]，光辉照天下。
与君各未遇，长策[11]委蒿莱。
宝刀隐玉匣，锈涩空莓苔。
遂令世上愚，轻我土与灰。
一朝攀龙去，蛙黾[12]安在哉?
故山定有酒，与尔倾金罍[13]。

【注释】 **1**莎鸡：蟋蟀。 **2**鸣机：织布机的声音。 **3**舠（dāo）：小船。 **4**宋本模糊不清，根据其他版本应为“昔辞”。 **5**客星：朱谏注：凡星非本垣，自外而至者，谓之客星。 **6**宋本此处模糊不清，根据其他版本应为“得茂彦，七叶仕汉”。 **7**宋本此处模糊不清，根据其他版本应为“身为”。 **8**宋本此处模糊不清，根据其他版本应为“客”。 **9**傅说:《太平御览》:《帝王世纪》曰：武丁于是思建良辅，梦天赐贤人，姓傅名说，乃使百工写其像求诸天下，见筑者胥靡，衣褐带索，役于虞虢之间，傅岩之野，名说。登以为相。 **10**骑辰星:《庄子》：傅说得之，以相武丁，奄有天下，乘东维，骑箕尾。 **11**长策：朱谏注：长策者，可久之道也。 **12**蛙黾（wā měng）：朱谏注：蛙，即蛙子；黾，蛙属也。 **13**罍（léi）：盛酒器。

酬岑勋见寻，就元丹丘对酒相待，以诗见招

黄鹤东南来，寄书写心曲。
倚松开其缄，忆我肠断续。
不以千里遥，命驾来相招。
中逢元丹丘，登岭宴碧霄。
对酒忽思我，长啸临清飙。
蹇余未相知，茫茫绿云垂。
俄然素书及，解此长渴饥。
策马望山月，途穷造阶墀。
喜兹一会面，若睹琼树枝。
忆君我远来，我欢方速至。
开颜酌美酒，乐极忽成醉。
我情既不浅，君意方亦深。
相知两相得，一顾轻千金。
且向山客笑，与君论素心。

答从弟幼成过西园见赠

一身自潇洒，万物何嚣喧。
拙薄谢明时，栖闲归故园。
二季过旧壑，四邻驰华轩。

衣剑照松宇，宾徒光石门。
山童荐珍果，野老开芳樽。
上陈樵渔事，下叙农圃言。
昨来荷花满，今见兰苕繁。
一笑复一歌，不知夕景昏。
醉罢同所乐，此情难具陈。

酬王补阙惠翼庄庙宋丞泚赠别

学道三十春，自言羲和人。
轩盖宛若梦，云松长相亲。
偶将二公合，复与三山邻。
喜结海上契，自为天外宾。
鸾翮我先铩，龙性君莫驯。
朴散不尚古，时讹皆失真。
勿踏荒溪波，朅来浩然津。
薜带何辞楚，桃源堪避秦。
世迫且离别，心在期隐沦。
酬赠非炯诫，永言铭佩绅。

第十七卷

歌诗三十首

酬答下

答王十二寒夜独酌有怀

（再入吴中）

昨夜吴中雪，子猷佳兴发。万里浮云卷碧山，青天中道流孤月。孤月苍浪[1]（一作波）河汉清，北斗错落长庚明。怀余对酒夜霜白，玉床金井[2]冰峥嵘。人生飘忽百年内，且须酣畅万古情。君不能狸膏[3]金距[4]学斗鸡，坐令鼻息吹虹霓。君不能学哥舒，横行青海夜带刀，西屠石堡取紫袍。吟诗作赋北窗里，万言不值一杯水。世人闻此（一作之）皆掉头，有如东风射马耳。鱼目亦笑我，请（一作谓）与明月同。骅骝[5]拳跼[6]不能食，蹇驴[7]得志鸣春风。《折杨》《黄花》合流俗，晋君听琴枉清角。巴（一作儿）人谁肯和《阳春》？楚地犹来贱奇璞。黄金散尽交不成，白首为儒身被轻。一谈一笑失颜色，苍蝇贝锦[8]喧谤声。曾参岂是杀人者[9]，谗言三及慈母惊。与君论心握君手，荣辱于余亦何有！孔圣犹闻伤凤麟，董龙更是何鸡狗[10]！一生傲岸苦不谐，恩疏媒劳[11]志多乖。严陵高揖汉天子，何必长剑拄颐事玉阶？达亦不足贵，穷亦不足悲。韩信羞将绛灌[12]比，祢衡耻逐屠沽儿[13]。君不见李北海，英风豪气今何在？君不见裴尚书，土坟三尺蒿棘（一作下）居？少年早欲五湖去，见此弥将钟鼎疏。

【注释】1 苍浪：王琦注：沧浪，犹沧凉，寒冷之意。苍，一作沧。2 玉床金井：王琦注：床，井栏也。玉床金井者，言其美丽之饰，如玉如金也。 3 狸膏：《艺文类聚》：《庄子》：庄子谓惠子曰："羊沟之鸡，三岁为株，相者视之，则非良鸡也。然而数以胜人者，以狸膏涂其头。" 4 金距：《左传》：季、郈之鸡斗，季氏介其鸡，郈氏为之金距。 5 骅骝（huá liú）：骏马。 6 拳跼（jú）：局促不能舒展。跼，弯曲。 7 蹇驴：跛足的驴子，比喻愚钝的人。 8 贝锦：华丽的织锦。此处比喻谗言。 9 曾参岂是杀人者：《战国策》：昔者曾子处费，费人有与曾子同名姓者而杀人。人告曾子母曰："曾参杀人。"曾子之母曰："吾子不杀人。"织自若。有顷焉，一人又曰："曾参杀人。"其母尚织自若也。顷之，一人又告之曰："曾参杀人。"其母惧，投杼，逾墙而走。 10 董龙更是何鸡狗：《资治通鉴》：秦司空王堕性刚毅，右仆射董荣，侍中强国皆以佞幸进，堕疾之如雠，每朝见，荣未尝与之言。或谓堕曰："董君贵幸如此，公宜小降意接之。"堕曰："董龙是何鸡狗？而令国士与之言乎！" 11 媒劳：媒人疲劳无功。此处指所行之事不能与天子相合，终究是疲劳无功。 12 绛灌：绛侯周勃、颍阴侯灌婴。 13 祢衡耻逐屠沽儿：《后汉书》：是时许都新建，贤士大夫四方来集。或问衡曰："盍从陈长文、司马伯达乎？"对曰："吾焉能从屠沽儿耶！"

酬裴侍御对雨感时见赠

（金陵）

雨色秋来寒，风严清江爽。
孤高绣衣人，萧洒青霞赏。
平生多感激，忠义非外奖。
祸连积怨生，事及徂川往。
楚邦有壮士[1]，鄢郢翻扫荡。
申包哭秦庭，泣血将安仰。
鞭尸辱已及，堂上罗宿莽[2]。
颇似今之人，蟊贼[3]陷忠谠。
渺然一水隔，何由税归鞅？
日夕听猿愁，怀贤盈梦想。

【注释】 **1** 壮士：指伍子胥。 **2** 宿莽：冬生不死的草被称为宿莽。 **3** 蟊（máo）贼：吃禾苗的害虫。此处比喻危害国家的人。

赠李十二

摄监察御史崔成甫

我是潇湘放逐臣，君辞明主汉江滨。

天外常求太白老，金陵捉得酒仙人。

酬崔侍御

（崔诗附）

严陵不从万乘游，归卧空山钓碧流。
自是客星辞帝坐，元非太白醉扬州。

【点评】

《李诗直解》：此太白酬崔侍御而以子陵自比，元非好酒也。言严子陵高尚其事，不从帝游，归卧富春山而钓碧流，自适其志也。后帝物色求之，三聘而至，及以足加帝腹。太史奏为客星犯帝，除谏议不拜，是自辞帝座而不仕耳。元非若太白之酒星，喜游人间而醉扬州之地，其意固各有在也。

玩月金陵城西孙楚酒楼，达曙歌吹，日晚乘醉著紫绮裘乌纱巾，与酒客数人棹歌秦淮，往石头访崔四侍御

昨玩西城月，青天垂玉钩。
朝沽金陵酒，歌吹孙楚楼。

忽忆绣衣人，乘船往石头。
草里乌纱巾，倒披紫绮裘。
两岸拍手笑，疑是王子猷。
酒客十数公，崩腾醉中流。
谑浪掉海客，喧呼傲阳侯[1]。
半道逢吴姬，卷帘出揶歈。
我忆君到此，不知狂与羞。
月下一见君，三杯便回桡[2]。
舍舟共连袂，行上南渡桥。
兴发歌《渌水》，秦客为之摇（一作讴）。
鸡鸣复相招，清宴[3]逸云霄。
赠我数百字，字字凌风飙。
系之衣裘上，相忆每长谣。

【注释】 **1** 阳侯：波神。 **2** 桡：船桨。 **3** 清宴：清雅宴会。

江上答崔宣城

太华三芙蓉，明星玉女峰。
寻仙下西岳，陶令忽相逢。
问我将何事，湍波历几重？
貂裘非季子[1]，鹤氅似王恭[2]。

谬忝燕台召[3]，而陪郭隗踪。
水流知入海，云去或从龙。
树绕芦洲月，山鸣鹊镇钟。
还期如可访，台岭荫长松。

【注释】 **1** 季子：苏秦，字季子。战国时期著名的纵横家、外交家和谋略家。《战国策》：李兑送苏秦明月之珠、和氏之璧、黑貂之裘、黄金百镒。苏秦得以为用，西入于秦。 **2** 王恭：东晋名士。《晋书》：恭美姿仪，人多爱悦，或目之曰：濯濯如春月柳。尝被鹤氅裘，涉雪而行。孟昶窥见之，叹曰："此真神仙中人也。" **3** 燕台召：朱谏注：燕台、郭隗，白被荐而待诏金门时也。

答族侄僧中孚赠玉泉仙人掌茶（并序）

余闻荆州玉泉寺近清溪诸山，山洞往往有乳窟，窟中多玉泉交流。中有（一作见）白蝙蝠，大如鸦。按仙经：蝙蝠一名仙鼠，千岁之后，体白如雪（一作银）。栖则倒悬，盖饮乳水[1]而长生也。其水边处处有茗草罗生，枝叶如碧玉。唯玉泉真公常采而饮之，年八十余岁，颜色如桃花。而此茗清香滑热，异于他者，所以能还童振枯，壮（一作扶）人寿也。余游金陵，见宗僧中孚，示余茶数十片，拳然重叠，其状如手，号为仙人掌茶。盖新出乎玉泉之山，旷古未觌，因持之见遗，兼赠诗，要余答之，遂有此作。后之高僧大隐，知仙人掌茶发乎中孚禅子及青莲居士李白也。

常闻玉泉山，山洞多乳窟[2]。
仙鼠如白鸦，倒悬深（一作清）溪月。
茗生此中石，玉泉流不歇。
根柯洒芳津，采服润肌骨。
楚[3]老卷绿叶，枝枝相接连。
曝成仙人掌，似拍洪崖[4]肩。
举世未见之，其名定谁传?
宗英乃禅伯，投赠有佳篇。
清镜烛无盐[5]，顾惭西子妍。
朝坐有余兴，长吟播诸天[6]。

【注释】 **1** 乳水：王琦注:《本草拾遗》：乳穴水，近乳穴处流出之泉也。人多取水作饮、酿酒，大有益。其水浓者，称之重于他水；煎之，上有盐花，此真乳液也。 **2** 乳窟：朱谏注：乳窟，出乳香者也。乳香出于深山巨石石罅，有白浆流出，若乳状，渐凝而坚。 **3** 楚：一作从。《说文》：丛木也。 **4** 洪崖:《列仙传》:古仙人洪崖先生，黄帝之近臣，能歌善舞，三皇时伎人也。 **5** 无盐:《新序》：齐有妇人，极丑无双，号曰无盐女，其为人也，臼头深目，长壮大节，昂鼻结喉，肥项少发，折腰出胸，皮肤若漆。 **6** 诸天：王琦注：佛书言三界有三十二天，自四天王天至非有想非无想天，总谓之诸天。

酬裴侍御留岫师弹琴见寄

君同鲍明远[1]，邀彼休上人[2]。
鼓琴乱《白雪》，秋变江上春。
瑶草绿未衰，攀翻寄情亲。
相思两不见，流泪空盈巾。

【注释】 1 鲍明远：鲍照。《南史》：鲍照，字明远，东海人，文辞瞻逸，尝为古乐府，文甚遒丽。 2 休上人：惠休。《宋书》：时有沙门释惠休，善属文，辞采绮艳，湛之与之甚厚。世祖命使还俗，本姓汤，位至扬州从事史。

张相公出镇荆州，寻除太子詹事，余时流夜郎，行至江夏，与张公相去千里，公因太府丞王昔使车寄罗衣二事，及五月五日赠余诗，余答以此诗

（流夜郎至江夏）

张衡殊不乐，应有《四愁诗》。
惭君锦绣段[1]，赠我慰相思。
鸿鹄复矫翼[2]，凤皇忆故池。
荣乐一如此，商山老紫芝[3]。

【注释】 1 惭君锦绣段:《四愁诗》：美人赠我锦绣段，何以报之青玉案。 2 鸿鹄复矫翼：朱谏注：“鸿鹄复矫翼”者，出镇荆州，寻复为詹事也。 3 商山老紫芝:《乐府诗集》:《采芝操》:《琴集》曰：“《采芝操》，四皓所作也。”《古今乐录》曰：“南山四皓隐居，高祖聘之，四皓不甘，仰天叹而作歌。”

醉后答丁十八以诗讥予搥碎黄鹤楼

黄鹤高楼已搥碎，黄鹤仙人无所依。
黄鹤上天诉玉帝，却放黄鹤江南归。
神明太守再凋[1]饰，新图粉壁还芳菲。
一州笑我为狂客，少年往往来相讥。
君平[2]帘下谁家子？云是辽东丁令威。
作诗掉[3]我惊逸兴，白云绕笔窗前飞。
待取明朝酒醒罢，与君澜漫寻春晖。

【注释】 1 凋：应为“雕”。 2 君平:《汉书》：蜀有严君平，皆修身自保，非其服弗服，非其食弗食……君平卜筮于成都市……裁日阅数人，得百钱足自养，则闭肆下帘而授《老子》。 3 掉：应为“调”。

答裴侍御先行至石头驿，以书见招，期月满泛洞庭

君至石头驿，寄书黄鹤楼。
开缄识远意，速此南行舟。
风水无定准，湍波或（一作成）滞留。
忆昨新（一作初）月生，西檐若琼钩。
今来何所似？破镜[1]悬清秋。
恨不三五明，平湖泛澄流。
此欢竟莫遂，狂杀王子猷。
巴陵定近远，持赠□[2]人忧。

【注释】**1** 破镜：缺月。 **2** 宋本此处模糊不清，据其他版本应是“解”。

答高山人兼呈权顾二侯

虹霓[1]掩天光，哲后[2]起康济。
应运生夔龙，开元扫氛翳。
太微[3]廓金镜，端拱[4]清遐裔。
轻尘集嵩岳[5]，虚点盛明意。
谬挥紫泥诏[6]，献纳青云际。

谗惑英主心，恩疏佞臣计。
彷徨庭阙下，叹息光阴逝。
未作仲宣[7]诗，先流贾生涕[8]。
挂帆秋江上，不为云罗[9]制。
山海向东倾，百川无尽势。
我于鸥夷子[10]，相去千余岁。
运阔英达稀，同风遥执袂[11]。
登舻望远水，忽见沧浪枻[12]。
高士何处来，虚舟[13]眇安系。
衣貌本淳古，文章多佳丽。
延引故乡人，风义未沦替。
顾侯达语默，权子识通蔽[14]。
曾是无心云，俱为此留滞。
双萍易飘转，独鹤思凌厉。
明晨去潇湘，共谒苍梧帝[15]。

【注释】 **1** 虹霓：朱谏注：虹霓喻小人也，说者谓为当时太平公主之辈。 **2** 哲后：杨齐贤注：哲后，指玄宗。 **3** 太微：《晋书》：太微，天子庭也，五帝之座也。 **4** 端拱：王琦注：端拱，谓端居拱手，犹垂拱无为之义。 **5** 轻尘集嵩岳：朱谏注：轻尘至微，白自喻也。嵩岳至尊，以喻君也。 **6** 谬挥紫泥诏：朱谏注：挥诏者，白之供奉翰林而草诏也。《汉旧仪》：皇帝六玺，皆以武都紫泥封。 **7** 仲宣：王粲，字仲宣。《三国志》：年十七，司徒辟诏除黄门侍郎，以西京扰乱，皆不就，乃之荆州依刘表。**8** 贾生涕:《汉书》：谊数上疏陈政事，多所欲匡建。其大略曰：臣窃唯事势，可为痛哭者一，可为流涕者二，可为长太息者六，若其他背理而伤道者，难遍以疏举。 **9** 云罗：如云一样的罗网。 **10** 鸱夷子:《史记》：范蠡浮海出齐，变姓名，自谓鸱夷子皮，耕于海畔。 **11** 执袂：朱谏注：执袂者，意合也，故相离者谓之判袂。 **12** 枻（yì）：船桨。 **13** 虚舟：随意漂流的舟。**14** 通蔽：杨齐贤注：通蔽，通塞也。 **15** 苍梧帝：王琦注：苍梧帝，谓虞舜。

答杜秀才五松山见赠

（五松山，南陵铜坑西五六里。宣城）

昔献《长杨赋》[1]，天开云雨欢。当时待诏承明里，皆道扬雄才可观。敕赐飞龙二天马，黄金络头白玉鞍。浮云蔽日去不返[2]，总为秋风摧紫兰。角巾东出商山道，采秀行歌咏芝草。路逢园绮[3]笑向人，而君解来一何好。闻道金陵龙虎盘，还同谢朓望长安。千峰夹水向秋浦，五松名山当夏寒。铜井炎炉歊九天，赫如铸鼎荆山[4]前。陶公[5]攫铄呵赤电，回禄[6]睢盱扬紫烟。此中岂是久留处？便欲烧丹从列仙。爱听松风且高卧，飕飗[7]吹尽炎氛过。登崖独立望九州，《阳春》欲奏谁相和？闻君往年游锦城，章仇尚书倒屣[8]迎。飞笺络绎奏明主，天书降问回恩荣。骯髒[9]不能就珪组，至今空扬高道名。夫子工文绝世奇，五松新作天下推。吾非谢尚邀彦伯[10]，异代风流各一时。一时相逢乐在今，袖拂白云开素琴，弹为《三峡流泉》音。从兹一别武陵去，去后桃花春水深。

【注释】 **1** 昔献《长杨赋》：杨应为“扬”。《汉书》：从至射熊馆，还，（扬雄）上《长扬赋》，聊因笔墨之成文章，故借翰林以为主人，子墨为客卿，以风。 **2** 浮云蔽日去不返：《文子》：日月欲明，浮云蔽之；河水欲清，沙土秽之；丛兰欲修，秋风败之。 **3** 园绮：东园公与绮里季。《汉书》：汉兴，有东园公、绮里季、夏黄公、角里先生。此四人者，当秦之世，避而入商雒深山，以待天下之定也。 **4** 铸鼎荆山：《史记》：黄帝采首山铜，铸鼎于荆山下，鼎既成，有龙垂胡髯下迎黄帝。 **5** 陶公：《列仙传》：陶安公者，六安铸冶师也，数行火，火一旦散，上行紫色冲天，安公伏冶下求哀。须臾，朱雀止冶上，曰：“安公，安公，冶与天通，七月七日，迎汝以赤龙。”至期，赤龙到，大雨。而安公骑之东南上。一城邑数万人众共视之，皆与辞决云。 **6** 回禄：火神。 **7** 飕飗（sōu liú）：风声。一作飕飕。 **8** 倒屣：《三国志》：时邕才学显著，贵重朝廷，常车骑填巷，宾客盈坐，闻粲在门，倒屣迎之。粲至，年既幼弱，容状短小，一坐尽惊。邕曰：“此王公孙也，有异才，吾不如也，吾家书籍文章尽当与之。” **9** 骯髒：高亢伟直的样子。 **10** 谢尚邀彦伯：袁宏，字彦伯。东晋玄学家、文学家、史学家。《晋书》：宏有逸才，文章绝美，曾为《咏史诗》，是其风情所寄。少孤贫，以运租自业。谢尚时镇牛渚，秋夜乘月，率尔与左右微服泛江。会宏在舫中讽咏，声既清会，辞又藻拔，遂驻听久之。遣问焉，答云：“是袁临汝郎诵诗，即其咏史之作也。”尚倾率有胜致，即迎升舟，与之谭论，申旦不寐，自此名誉日茂。尚为安西将军，豫州刺史，引宏参其军事。

至陵阳山登天柱石，酬韩侍御见招隐黄山

韩众[1]骑白鹿，西往华山中。
玉女千余人，相随在云空。
见我传秘诀，精诚与天通[2]。
何意到陵阳，游目送飞鸿。
天子昔避狄[3]，与君亦乘骢[4]。
拥兵五陵下[5]，长策遏胡戎。
时泰[6]解绣衣，脱身若飞蓬。
鸾凤[7]翻翕翼，啄粟坐樊笼。
海鹤[8]一笑之，思归向辽东。
黄山过石柱，巘崿[9]上攒丛。
因巢翠玉树，忽见浮丘公[10]。
又引王子乔，吹笙舞松风。
朗咏《紫霞篇》[11]，请开蕊珠宫。

步纲[12]绕碧落，倚树招青童。
何日可携手，遗形入无穷？

【注释】 1 韩众：传说中的神仙。 2 与天通：朱谏注：与天通者，言其游于天也。 3 天子昔避狄：朱谏注："天子昔避狄"者，禄山陷京师，明皇幸蜀也。 4 与君亦乘骢：朱谏注：与乘骢者，命为御史也。 5 拥兵五陵下：朱谏注：拥兵、驭戎者，盖以御史之职而监军事也。 6 时泰：朱谏注：时泰者，安史之难平也。 7 鸾凤：朱谏注：鸾凤，比当时之有爵位者。 8 海鹤：朱谏注：海鹤以比高洁之士，谓韩侍御也。 9 巘崿（yǎn è）：山峰。 10 浮丘公：朱谏注：黄帝与浮丘公游于黄山，驻天都峰，今有浮丘仙坛。 11《紫霞篇》：萧士赟注：《紫霞篇》，即《黄庭内景经》也。 12 纲：萧士赟注：纲，罡气也，即禹步交乾履斗之法。

酬崔十五见招

尔有鸟迹书[1]，相招琴溪饮。
手迹尺素中，如天落云锦[2]。
读罢向空笑，疑君在我前。
长吟字不灭，怀袖且三年。

【注释】 1 鸟迹书：《书断》：按古文者，黄帝史仓颉所造。颉首有四目，通于神明，仰观奎星圜曲之势，俯察龟文鸟迹之象，博采众美，合而为字，是曰古文。 **2** 云锦：朝霞。

【点评】

《李诗直解》：此答崔君以书见招，而志其不忘也。言尔有古文鸟迹之书，招我琴溪饮矣。手迹在尺素之中，其文字之藻丽，如天之灿然落云锦。我捧而读罢，心神爽豁，向空而笑，恍如君在我前而与之会晤焉。因此长吟，置怀袖之中而字不灭者，且三年于兹。盖因情之深而宝藏之不磨耳。

游宴上

游南阳白水登石激作

（襄阳）

朝涉白水源，暂与人俗疏。
岛屿佳境色，江天涵清虚。
目送去海云，心闲游川鱼。
长歌尽落日，乘月归田庐。

游南阳清冷泉

惜彼落日暮，爱此寒泉清。
西耀游水流，荡漾游子情。
空歌[1]望云月，曲尽长松声。

【注释】 1空歌：萧士赟注：道家步虚词有碧落空歌。

寻鲁城北范居士，失道落苍耳中，见范置酒摘苍耳作

（鲁中）

雁度秋色远，日静无云时。
客心不自得，浩漫将何之？
忽忆范野人，闲园养幽姿。
茫然起逸兴，但恐行来迟。
城壕失往路，马首迷荒陂。
不惜翠云裘[1]，遂为苍耳欺。
入门且一笑，把臂君为谁？
酒客爱秋蔬，山盘荐霜梨。
他筵不下箸，此席忘朝饥。
酸枣垂北郭，寒瓜蔓东篱。

还倾四五酌，自咏《猛虎词》。
近作十日欢，远为千载期。
风流自簸荡，谑浪偏相宜。
酣来上马去，却笑高阳池[2]。

【注释】 **1** 翠云裘：朱谏注：翠云裘，裘之翠色如云而美者也。 **2** 高阳池：《世说新语》：山季伦为荆州，时出酣畅。人为之歌曰："山公时一醉，径造高阳池。日暮倒载归，茗艼无所知。复能乘骏马，倒着白接篱。举手问葛强，何如并州儿？"

东鲁门泛舟二首

其一

日落沙明天倒开，波摇石动水萦回。
轻舟泛月寻溪转，□[1]是山阴雪后来。

【注释】 **1** 宋本原字模糊，根据其他版本写作"疑"。

【点评】

《李诗直解》：此东鲁门泛舟又缀其景也。言日落沙明，而余光映水，若天之倒开也。波摇则石似动，而水复萦回，其间驾轻舟，泛明月，寻溪之弯曲而转。此时心爽神怡，恍若山阴雪后而来，而情与景，两相适也。

其二

水作青龙盘石堤，桃花夹岸鲁门西。
若教月下乘舟去，何啻风流到剡溪？

秋猎孟诸夜归，置酒单父东楼观妓

倾晖[1]速短炬，走海无停川。
冀餐圆丘[2]草，欲以还颓年。
此事不可得，微生若浮烟。
俊[3]发跨名驹，雕弓控鸣弦。
鹰豪鲁草[4]白，狐兔多肥鲜。
邀遮相驰逐，遂出城东田。
一扫四野空，喧呼鞍马前。
归来献所获，炮炙宜霜天。
出舞两美人，飘飖若云仙。
留欢不知疲，清晓方来旋。

【注释】 **1** 倾晖：朱谏注：倾晖，落日也。 **2** 圆丘：朱谏注：圆丘，仙丘也。在阆风顶。 **3** 俊：应写作“骏”。 **4** 鲁草：朱谏注：鲁草，鲁地之草也。

游太山六首

（一作天宝元年四月从故御道上太山）

其一

四月上太山，石平御道[1]开。
六龙过万壑，涧谷随萦回。
马迹绕碧峰，于今满青苔。
飞流洒绝巘，水急（一作色）松声哀。
北眺崿嶂奇，倾崖向东摧。
洞门闭石扇[2]，地底兴云雷。
登高望蓬瀛，想象金篆台[3]。
天门一长啸，万里清风来。
玉女四五人，飘摇下九垓。
含笑引素手，遗我流霞杯。
稽首再拜之，自愧非仙才。
旷然小宇宙[4]，弃世何悠哉。

【注释】 **1** 御道：朱谏注：御道，天子所行之道也。 **2** 洞门闭石扇：

杨齐贤注：唐贞观中，长公弼与华阴云台观刘法师在莲花峰东隅至二石壁，高千余仞，下临无底之谷，一迳阔数寸，法师与公弼侧足而立，公弼以指叩石壁，遂划然开一门，中有天地日月。**3** 金箓（lù）台：杨齐贤注:《汉志》：齐威宣燕昭使人入海求蓬莱方丈瀛洲。此三神山诸仙人及不死之药皆在焉。其物禽兽尽白，而黄金银为宫阙。未至望之如云，及至反居水下。箓，一作银。 **4** 小宇宙：朱谏注：小宇宙，犹言别自一乾坤也。

【点评】

《唐诗解》：此纪泰山之胜而有遗世之意也，首言明皇登封曾于石屏之傍以开御道，骋六龙于壑谷之间，今其马迹犹存，而苍苔已满，转目皆空花矣。我但历览泉石之奇秀，又登高以望海中神山，长啸生风，玉女来下，旷然视宇宙为小，又何难遗尘世哉。

其二

清晓骑白鹿，直上天门山。
山际逢羽人[1]，方瞳[2]好容颜。
扪萝欲就语，却掩青云关。
遗我鸟迹书[3]，飘然落岩间。
其字乃上古，读之了不闲。
感此三叹息，从师方未还。

【注释】 1 羽人：得道成仙的人。 2 方瞳：杨齐贤注：老聃其瞳方。仙书云：眼方者，寿千岁。 3 鸟迹书:《说文解字序》：黄帝之史仓颉，见鸟兽蹄迒之迹，知分理之可相别异也，初造书契。

其三

平明[1]登日观，举手开云关[2]。
精神四飞扬，如出天地间。
黄河从西来，窈窕入远山。
凭崖览八极，目尽长空闲。
偶然值青童，绿发双云鬟。
笑我晚学仙，蹉跎凋朱颜。
踌躇忽不见，浩荡难追攀。

【注释】 1 平明：黎明。 2 云关：王琦注：云关，云气拥蔽如门关也。

【点评】

《李诗直解》：此咏太山登眺之情景，而感学仙之迟也。言天晓之时，陟日观之峰，举手以开云雾之关，不觉精神四下飞扬，俨然身在天地之上，如出人间世也。则见黄河之水，从西窈窕以入远山之中，复凭崖以揽八方。故目尽处，长空自闲，而无所阻碍。盖因日观之高也。境地既高，宜与天神相通，乃偶然而值青童，绿发云鬟，便有道气，况彼得授老君灵书，紫文修行之诀。笑我晚来学仙，蹉跎岁月，而致朱颜之凋也。踌躇之间，忽然不见，我欲复攀，而天地浩荡，何处追寻乎，徒令人怅怅，犹落尘世已耳。

其四

清斋[1]三千日，裂素写道经。
吟诵有所得，众神卫我形。
云行信长风，飒若羽翼生。
攀崖上日观，伏槛窥东溟。
海色动远山，天鸡已先鸣[2]。
银台出倒景，白浪翻长鲸。
安得不死药，高飞向蓬瀛。

【注释】 1 清斋：朱谏注：不饮酒，不茹荤曰斋。释道家以断饮食为清斋。 2 天鸡已先鸣：《述异记》：东南有桃都山，上有大树，名曰桃都，枝相去三千里。上有天鸡，日初出，照此木，天鸡即鸣，天下鸡皆随之鸣。

其五

日观东北倾，两崖夹双石。
海水落眼前，天光遥空碧。

千峰争攒聚，万壑绝凌历。
缅彼鹤上仙，去无云中迹。
长松入霄汉，远望不盈尺。
山花异人间，五月雪中白。
终当遇安期，于此炼玉液。

【点评】

朱谏：言日观之峰，倾于东北，两厓并立而高出，下瞰东海如在眼前，天光映乎逮空，而上下同一碧也，千岩翁秀，而万壑萦回，鹤背仙人，飘摇空中而去，无踪迹。峰头长松，上接青天，似不盈尺。山花异乎人间，而五月吐白于雪中也。夫五月花开，而雪犹未消，山深境异有如此也。吾游此地，终当遇安期之仙人，相与炼玉液，以求乎长生。

其六

朝饮王母池，暝投天门关。
独抱绿绮琴，夜行青山月。
山明月露白，夜静松风歇。
仙人游碧峰，处处笙歌发。
寂听娱清辉，玉真连翠微。
想象鸾凤舞，飘摇龙虎衣。
扪天摘匏瓜，恍惚不忆归。

举手弄清浅，误攀织女机。
明晨坐相失，但见五云飞。

秋夜与刘砀山泛宴喜亭记

明宰试舟楫，张灯宴华池。
文招梁苑客，歌动郢中儿。
月色望不尽，空天交相宜。
令人欲泛海，只待长风吹。

携妓登梁王栖霞山孟氏桃园中

碧草已满地，柳与梅争春。谢公自有东山妓，金屏笑坐如花人。今日非昨日，明日还复来。白发对绿酒，强歌心已摧。君不见梁王池上月，昔照梁王樽酒中。梁王已去明月在，黄鹂愁醉啼春风。分明感激眼前事，莫惜醉卧桃园东。

观鱼潭

观鱼碧潭上，木落潭水清。

日暮紫鳞跃，圆波处处生。
凉烟浮竹尽，秋月照沙明。
何必沧浪去，兹焉可濯缨。

第十八卷

歌诗四十首

游宴下

与从侄杭州刺史良游天竺寺

（吴中）

挂席凌蓬丘，观涛憩樟楼。
三山动逸兴，五马同遨游。
天竺森在眼，松门飒惊秋。
览云测变化，弄水穷清幽。
叠嶂隔遥海，当轩写归流。
诗成傲云月，佳趣满吴洲。

【点评】

朱谏：此白过杭州之时与侄刺史良同游天竺寺而作。言挂席欲至乎三山之蓬丘，而观涛先憩于浙东之樟亭。三山虽然动我之逸兴，而未易到。五马同我之遨游，而西湖天竺之胜，森然已在吾目中矣。九里青松，其风飒然，境界清凉如秋先至，诚无异衿蓬丘與三山也。览浮云之卷舒，则知天地变化之无常，涉南北之涧水，则知源泉幽深而流远。叠嶂崔嵬节隔遥响，空谷传声之远也。涧水萦回写于轩前，归流映带之长也。天竺胜概适此良游，不待云月已为奇观，而佳趣满乎三吴之地矣，曾何减于蓬莱与三山乎？

同友人舟行游台越作

楚臣[1]伤江枫，谢客[2]拾海月。
《怀沙》去潇湘，挂席泛冥渤。
蹇予访前迹，独往造穷发[3]。
古人不可攀，去若浮云没。
愿言[4]弄倒景，从此炼真骨。
华顶窥绝冥，蓬壶望超忽。
不知青春度，但怪绿芳歇。
空持钓鳌心，从此谢魏阙。

【注释】 **1**楚臣：屈原。 **2**谢客:《诗品》：初，钱塘杜明师夜梦东南有人来入其馆，是夕，即灵运生于会稽。旬日，而谢玄亡。其家以子孙难得，送灵运于杜治养之。十五方还都，故名“客儿”。 **3**穷发：极北之地。 **4**愿言：思念。

下终南山过斛斯山人宿置酒

（长安）

暮从碧山下，山月随人归。
却顾所来径，苍苍横翠微。
相携及田家，童稚（一作稚子）开荆扉。

绿竹入幽楥，青萝拂行衣。
欢言得所憩，美酒聊共挥。
长歌吟松风，曲尽河星稀。
我醉君复乐，陶然共忘机。

【点评】

《唐诗解》：此诗首述下山之景，次写田家之幽。既得息足之所，则相与乐饮酣歌，忘夜之久，遗世之情且与山人俱化矣。

《李诗直解》：此下终南过隐士之家得酒共乐以忘机也。言天色已晚，从终南而下，幸皓月逐人归矣。回顾所来之路，苍苍杳霭以横翠微之间也。相携到农家，童稚欢迎，开荆扉以待，何情理之兼至哉！门前绿竹入幽静之径，径上青萝拂行人之衣，欢言得憩，美酒共挥，故乘兴长歌以吟松风之曲，曲尽更深，而见星河之稀，我醉矣君复乐，不知主之为主，客之为客也，陶然相忘于机心之外而共游真率之天矣，今夜之宿不大可乐哉。

朝下过卢郎中叙旧游

君登金华省，我入银台门。
幸遇圣明主，俱承云雨恩。
复此休浣时，闲为畴昔言。

却话山海事，宛然林壑存。
明湖思晓月，叠嶂忆青猿。
何由返初服，田野醉芳樽。

侍从游宿温泉宫作

羽林十二将，罗列应星文。
霜仗悬秋月，蜺[1]旌卷夜云。
严更[2]千户肃，清乐[3]九天闻。
日出瞻佳气，葱葱绕圣君。

【注释】 **1** 蜺（ní）：同霓。 **2** 严更：警示夜行的更鼓。 **3** 清乐：《唐会要》：清乐，九代之遗声，其始即清商三调是也。并汉魏已来旧曲，乐器制度并诸歌章古调，与魏三祖所作者，皆被于史籍。

邯郸南亭观妓

（燕赵）

歌鼓[1]（一作妓）燕赵儿，魏姝弄鸣丝。
粉色艳月彩，舞袖（一作衫）拂花枝。
把酒领（一作顾）美人，请歌邯郸词。

清筝何缭绕，度曲绿云垂。
平原君安在？科斗[2]生古池。
座客三千人，于今知有谁？
我辈不作乐，但为后代悲。

【注释】 **1** 歌鼓：朱谏注：歌鼓者，击鼓而歌曲也。燕赵之地多有豪侠之士。 **2** 科斗：即蝌蚪。

【点评】

朱谏：言歌曲击鼓以相乐者，燕赵之少年也。善于弹筝而鸣丝者，魏地之美女也。女之美色艳如日彩，而舞袖之娇，拂乎花枝。把酒亭中，领此美女，令其歌邯郸之词以佐终宴之欢乎？弹清筝，其音缭绕而不绝，度曲相授（此句解释不恰，当谓唱曲时），绿云为之而低垂。歌舞之妙如此，而人生之乐能几何哉？夫平原君者，邯郸之贵公子也。昔日秦以狼虎之威，尝围邯郸之城，平原以三千死士遂成却敌之功，固一世之雄也。而今安在哉？但见邯郸古池，科斗生焉，池存而人则亡矣。所养三千之客，亦无存者，此皆往事之可鉴也。若我辈不能及时而为乐，亦徒为后人之所悲耳！今日南亭，其可不尽观乎！

春游罗敷潭

行歌入谷口，路尽无人跻。
攀崖度绝壑，弄水寻回溪。
云从石上起，客到花间迷。
淹留未尽兴，日落群峰西。

春陪商州裴使君游石娥溪

（时欲东游遂有此赠）

裴公有仙标，拔俗[1]数千丈。
澹荡沧洲云，飘摇紫霞想。
剖竹[2]商洛间，政成心已闲。
萧条出世表，冥寂闭玄关。
我来属芳节，解榻[3]时相悦。
褰[4]帷对云峰，扬袂指松雪。
趋[5]出东城边，遂游西岩前。
横天耸翠壁，喷壑鸣红泉[6]。
寻幽殊未歇，爱此春光发。
溪傍饶名花，石上有好月。
命驾归去来，露华生绿苔。
淹留昔将晚，复听清猿哀。

清猿断人肠，游子思故乡。
明发首东路，此欢焉可忘？

【注释】1 拔俗：超越凡俗。 2 剖竹：授予官职。竹，竹符，官员的凭证。 3 解榻：朱谏注：解榻，即下榻事，言其相敬也。 4 褰（qiān）：揭起。 5 踅（xué）：同“暂”，暂时。 6 红泉：朱谏注：丹砂之泉也。

陪从祖济南太守泛鹊山湖三首

（齐州）

其一

初谓鹊山近，宁知湖水遥？
此行殊访戴，自可缓归桡。

其二

湖阔数千里，湖光摇碧山。
湖西正有月，独送李膺还。

其三

水入北湖去，舟从南浦回。
遥看鹊山转，却似送人来。

春日陪杨江宁及诸官宴北湖感古作

（金陵）

昔闻颜光禄，攀龙宴京（一作重，又作明）湖[1]。
楼船入天镜，帐殿[2]开云衢。
君王歌《大风》[3]，如乐丰沛都。
延年献嘉作，邈与诗人俱。
我来不及此，独立钟山孤。
杨宰穆清飙（一作风），芳声腾海隅。
英寮满四座，粲若琼林敷[4]。
鹢首弄倒景，峨眉掇明珠。
新弦采（一作来）梨园，古舞娇吴歈。
曲度绕云（一作清）汉，听者皆欢娱。
鸡栖何嘈嘈[5]，沿（一作江）月[6]沸笙竽。
古之帝宫苑，今乃人樵苏。
感此□[7]一觞，愿君覆瓢壶。
荣盛（一作盛时）当作乐，无令后贤吁。

【注释】 **1** 京湖：朱谏注：京湖，北湖也。 **2** 帐殿：朱谏注：帐殿，以帐为殿，与今帐房相似。 **3** 君王歌《大风》：《史记》：高祖还归，过沛，留。置酒沛宫，悉召故人父老子弟纵酒，发沛中儿得百二十人，教之歌。酒酣，高祖击筑，自为歌诗曰："大风起兮云飞扬，威加海内兮归故乡，安得猛士兮守四方！"令儿皆和习之。 **4** 敷：布。 **5** 鸡栖何嘈嘈：朱谏注：鸡栖，晚也。《国风》云："鸡栖于埘，日之夕矣。"嘈嘈，众声也。 **6** 沿月：朱谏注：沿，从流也。沿月者，随月也。如舟者之从流也。 **7** 宋本模糊不清，根据其他版本应该是"劝"。

宴郑参卿山池

尔恐碧草晚，我畏朱颜移。
愁看杨花飞，置酒正相宜。
歌声送落日，舞影回清池。
今夕不尽杯，留欢更邀谁？

游谢氏山亭

沦老[1]卧江海，再欢天地清[2]。
病闲久寂寞，岁物徒芬荣。

借君西池游，聊以散我情。
扫雪松下去，扪萝石道行。
谢公池塘上[3]，春草（一作风）飒已生。
花枝拂人来，山鸟向我鸣。
田家有美酒，落日与之倾。
醉罢弄归月，遥欣稚子迎。

【注释】 **1** 沦老：朱谏注：沦老者，老而沦没无所用也。 **2** 再欢天地清：朱谏注：再欢天地清者，肃宗复两京也。 **3** 谢公池塘上：朱谏注：谢公池塘借同姓故事言之也。

把酒问月

（故人贾淳令余问之）

青天有月来几时？我今停杯一问之。
人攀明月不可得，月行却与人相随。
皎如飞镜临丹阙，绿烟灭尽清晖发。
但见宵从海上来，宁知晓向云间没。
白兔捣药秋复春，姮娥孤栖与谁邻？
今人不见古时月，今月曾经照古人。
古人今人若流水，共看明月皆如此。
唯愿当歌对酒时，月光长照金樽里。

【点评】

《李诗直解》：此把酒问月，见月长在而人不能长存，故当对酒高歌以行乐也。言青天有皎月来于何时乎？我今停杯一问之，人之欲攀皎月则不可得，月却与人长相随也。试言其形，皎皎如明镜飞临丹阙之上，盖绿烟灭尽，四塞氤氲之气消散，而清辉之光始发也。但见宵升晓落而玉兔捣药秋而复春，嫦娥则独居于广寒清虚之府，而谁与之相邻也？然嫦娥虽孤栖，犹得与青天同老，而世人则何如哉！今人不见古时之月，今时之月曾照古人来矣。昨日是今，而今日又古，古人今人若流水之去而不返，其共看皓月皆如此也。深知此理则宜乘月行乐，唯愿当歌对酒之时，使月光长照金樽，酒不空而月亦不落，常得与君把盏以相问也，幸矣。

同族侄（一作弟）评事黯游昌禅师山池二首

其一

远公爱康乐，为我开禅关。
萧然松石下，何异清凉山？
花将色不染，水与心俱闲。
一坐度小劫，观空天地间。

其二

客来花雨际[1]，秋水落金池[2]。
片石寒青锦，疏杨挂绿丝。
高僧拂玉柄，童子献霜梨。
惜去爱佳景，烟萝欲瞑时。

【注释】 1 花雨际：朱谏注：花雨际者，花雨台之畔也，台在金陵长干山头。 2 金池：《弥陀经》：极乐国土有七宝池，八功德水充满其中，池底纯以金沙布地。

【点评】

《李诗直解》：此同族侄游僧舍而爱其景之佳也。言客到花雨之际，秋水落于金池。唯秋则片石似寒青色之锦，疏杨尚挂残绿之丝。高僧拂玉柄之尘以谈禅，童子献双（霜）梨之实以啖客。今我惜此不去者，爱此佳景也。虽烟萝欲暮之时，尚流连于禅师之山池矣。

金陵凤凰台置酒

置酒延落景[1]，金陵凤凰台。
长波写万古，心与云俱开。

借问往昔时，凤凰为谁来？
凤凰去已久，正当今日回。
明君越羲轩[2]，天老[3]坐三台[4]。
豪士无所用，弹弦醉金罍。
东风吹山花，安可不尽杯？
六帝没幽草，深宫冥绿苔。
置酒勿复道，歌钟但相催。

【注释】 1 落景：朱谏注：落景，落日也。延落景者，欲以永长此日也。 2 羲轩：伏羲与轩辕。 3 天老：黄帝的臣子。《列子》：黄帝既寤，怡然自得，召天老、力牧、太山稽。 4 三台：朱谏注：三台，上、中、下台，星也。在天为三台，在人为三公。

秋浦清溪雪夜对酒客，有唱鹧鸪者

（秋浦）

披君（一作我）貂襜褕[1]，对君白玉壶。
雪花酒上灭，顿觉夜寒无。
客有桂阳至，能吟《山鹧鸪》。
清风动窗竹，越鸟起相呼。
持此足为乐，何烦笙与竽？

【注释】 1貂襜褕（chān yú）：朱谏注：或云：蔽膝也。盖衣之短者也。襜褕，古代单衣。

与周刚青溪玉镜潭宴别

（潭在秋浦桃树陂下，予新名此潭。）

康乐上官去，永嘉游石门。
江亭有孤屿，千载迹犹存。
我来憩秋浦，三入桃陂源。
千峰照（一作点）积雪，万壑尽啼猿。
兴与谢公合，文因周子论。
扫崖去落叶，席月开清樽。
溪当大楼南，溪水正南奔。
回作玉镜潭，澄明洗心魂。
此中得佳境，可以绝嚣喧。
清夜方归来，酣（一作莲）歌出平原。
别后经此地，为予谢兰荪。

游秋浦白笴陂二首

其一

何处夜行好？月明白笴陂。
山光摇积雪，猿影挂寒枝。
但恐佳景晚，小令归棹移。
人来有清兴，及此有相思。

【点评】

朱谏：言何处可以夜行乎？唯月明之时，白笴陂中可以行也。山光动如积雪，猿影挂于寒枝，此佳景也。但恐佳景之易去，吾当缓棹而行，迟迟而归，以尽留连之情可也。乘此清兴，而又有怀人之思，惜知己者不得同斯游也。

其二

白笴夜长啸，爽然溪谷寒。
鱼龙动陂水，处处生波澜。
天借一明月，飞来碧云端。
故乡不可见，肠断正西看。

宴陶家亭子

（寻阳）

曲巷幽人宅，高门大士家。
池开照胆镜，林吐破颜花[1]。
绿水藏春日，青轩秘晚霞。
若闻弦管妙，金谷不能夸。

【注释】 **1** 破颜花：朱谏注：破颜，笑也。言花开如人之笑也。

【点评】

《李诗直解》：此宴陶家亭子而极赞美之也。言巷之曲，真幽人之宅，门之高，是大士之家。池有清泉若镜，可以照人之心胆，林有名花如锦，可破人之颜色。绿水掩映，而春若藏于水中，青轩鲜丽，而晚霞似秘于轩际。况有丝竹管弦之盛，令人闻之，不觉赏心，即石崇金谷之华丽，亦不能夸而胜于此也。今日之宴，洵可乐矣。

在水军宴韦司马楼船观妓

（永王军中）

摇曳帆在空，清流（一作川）顺归风。

诗因鼓吹[1]发，酒为剑歌雄。
对舞青楼妓，双鬟白玉童[2]。
行云且莫去，留醉楚王宫。

【注释】 **1** 鼓吹：朱谏注：鼓吹，革音竹音。凡饮宴必击鼓吹管作乐以相乐也。 **2** 白玉童：萧士赟注：言其童之颜如白玉也。

流夜郎至江夏，陪长史叔及薛明府，宴兴德寺南阁

（江夏）

绀殿[1]横江上，青山落镜中。
岸回沙不尽，日映水成空。
天乐流（一作闻）香阁，莲舟飏晚风。
恭陪竹林宴，留醉与陶公。

【注释】 **1** 绀殿：朱谏注：绀殿，佛宇也。

【点评】

《唐诗解》：前三联赋阁中所见，末联言己陪二公以宴于此也。以阮籍比长史，以咸自谓，故用竹林事。陶尝为彭泽令，故以况明府。

泛沔州城南郎官湖（并序）

乾元岁秋八月，白迁于夜郎，遇故人尚书郎张谓出使夏口，沔州牧杜公、汉阳宰王公觞于江城之南湖，乐天下之再平也。方夜，水月如练，清光可掇，张公殊有胜概，四望超然，乃顾白曰："此湖古来贤豪游者非一，而枉践佳景，寂寥无闻。夫子可为我标之嘉名以传不朽。"白因举酒酹水，号之曰"郎官湖"，亦由郑圃之有仆射陂也。席上文士辅翼、岑静以为知言，乃命赋诗纪事，刻石湖侧，将与大别山其相磨灭焉。

张公多逸兴，共泛沔城隅。
当时秋月好，不减武昌都。
四坐醉清光，为欢古来无。
郎官爱此水，因号郎官湖。
风流若未减，名与此山俱。

陪侍郎叔游洞庭醉后三首

其一

今日竹林宴，我家贤侍郎。
三杯容小阮，醉后发清狂。

其二

船上齐桡乐，湖心泛月归。
白鸥闲不去，争拂酒筵飞。

【点评】

《李诗直解》：此咏泛湖之乐也。言船上齐桡拨水以为乐。泛月于湖心，而天已晚矣。得不归乎？先此之白鸥，见人之进宴，彼亦闲而不去，而争拂酒筵以飞，若为之助其景也。

其三

刬却君山好，平铺湘水流。
巴陵无限酒，醉杀洞庭秋。

【点评】

《李诗直解》：此咏湖景而欲醉酒以为乐也。言洞庭之广阔无际，独君山砥柱其中，今铲去君山，则水面平铺，而湖水益流也。况巴陵有无限之酒，相与醉煞洞庭之秋，而日游泛于中，不洵可乐哉！

夜泛洞庭寻裴侍御清酌

日晚湘水渌，孤舟无端倪。
明湖涨秋月，独泛巴陵西。
遇憩裴逸人，岩居陵丹梯。
抱琴出深竹，为我弹《鹍鸡》。
曲尽酒亦倾，北窗醉如泥。
人生且行乐，何必组与珪。

陪族叔刑部侍郎晔及中书贾舍人至游洞庭五首

其一

洞庭西望楚江分，水尽南天不见云。
日落长沙秋色远，不知何处吊湘君。

【点评】

《李诗直解》：此贾至与白均是逐臣，邂逅而为洞庭之游作是诗也。言洞庭湖中，从西望之，则岷江与楚江之水分，至岳阳而始合也。且水尽南天，茫无涯际，而不见云气，是水天一色矣。今秋景日落之时，长沙亦远，渺渺浩浩之中，不知何处为湘君之神而吊之也。此正形容秋色远耳，岂苦欲吊湘君耶！

其二

南湖秋水夜无烟，耐可乘流直上天。
且就洞庭赊月色，将船买酒白云边。

【点评】

《李诗直解》：此咏洞庭之寥廓且赊月买酒以为游也。言南湖之水，至秋而碧且澄矣。夜深则天水相映，而无烟气蒙眬，直可乘流轻棹以上无也。且就洞庭赊此皎月之光，将船买酒于白云边，相与醉卧舟中，一任东方之白焉。

其三

洛阳才子谪湘川，元礼同舟月下仙。
记得长安还欲笑，不知何处是西天。

【点评】

《唐诗解》：贾生比至，惜其谪，元礼指晔，美其名。二子虽流落于此，能不复想长安而西笑乎？但波心迷惑，莫识为西天耳。四诗之中，三用“不知”字，心之烦乱可想。

其四

洞庭湖西秋月辉，潇湘江北早鸿飞。
醉客满船歌《白纻》，不知霜露入秋衣。

其五

帝子潇湘去不还，空余秋草洞庭间。
淡扫明湖开玉镜，丹青画出是君山。

【点评】

朱谏：言灵妃一去潇湘不复还矣。空余秋草于洞庭之间。净扫湖光，莹如玉镜，君山一抹，宛若修眉之画出者也。宝镜修眉，想象若存，帝子又安在哉！

楚江黄龙矶南宴杨执戟治楼

（荆楚）

五月分五洲，碧山对青楼。
故人杨执戟，春赏楚江流。
一见醉漂月，三杯歌棹讴。
桂枝攀不尽，他日更相求。

铜官山醉后绝句

（宣城）

我爱铜官乐，千年未拟还。
要须回舞袖，拂尽五松山。

与南陵常赞府游五松山

（山在南陵铜井西五里，有古精舍。）

安石泛溟渤，独啸长风还[1]。
逸韵动海上，高情出人间。
灵异[2]可并迹，淡然与世闲。
我来五松下，置酒穷跻攀。
征古绝遗老，因名五松山。
五松何清幽，胜境美沃洲。
萧飒鸣洞壑，终年风雨秋。
响入百泉去，听如三峡流。
剪竹扫天花，且从傲吏[3]游。
龙堂若可憩，吾欲归精修。

【注释】 1 独啸长风还:《世说新语》：谢太傅盘桓东山时，与孙兴公诸人泛海戏。风起浪涌，孙、王诸人色并遽，便唱使还。太傅神情方王，吟啸不言。舟人以公貌闲意悦，犹去不止。既风转急，浪猛，诸人皆喧动不坐。公徐云:“如此，将无归！”众人即承响而回。于是审其量，足以镇安朝野。 **2** 灵异：朱谏注：灵异者，山川之神明也。 **3** 傲吏：朱谏注：傲吏，为吏而不屑于吏者也。庄子为漆园吏，王使人聘之，欲以为相，曰“亟去，毋污我”。人谓之傲吏。

宣城清溪

（一作入清溪山）

清溪胜桐庐，水木有佳色。
山貌日高古，石容天倾侧。
彩鸟昔未名，白猿初相识。
不见同怀人，对之空叹息。

【点评】

朱谏：此言清溪之景，水木、山石、鸟兽之奇胜如此，有过于桐庐也。夫桐庐者，浙东之胜也，而犹不及于清溪，则清溪之胜可知矣。值此佳境，不见我同怀之人，则谁与我同赏此景？对之徒然叹息而已矣。

与谢良辅游泾川陵岩寺

乘君素舸泛泾西，宛似云门对若溪。
且从康乐寻山水，何必东游入会稽？

游水西简郑明府

天宫水西寺，云锦[1]照东郭。
清湍鸣回溪，绿竹绕飞阁。
凉风日潇洒，幽客时憩泊。
五月思貂裘，谓言秋霜落。
石萝引古蔓，岸笋开新箨[2]。
吟玩空复情，相思尔佳作。
郑公诗人秀，逸韵宏寥廓。
何当一来游，惬我雪山诺。

【注释】 **1** 云锦：朱谏注：云锦者，其宫殿之美如云如锦。 **2** 箨（tuò）：竹笋上的皮。

九日登山

渊明归去来，不与世相逐。
为无杯中物[1]，遂偶本州牧。
因招白衣人，笑酌黄花菊[2]。
我来不得意，虚过重阳时。
题舆何俊发，遂结城南期。
筑土接响山，俯临宛水湄。
胡人叫玉笛，越女弹霜丝[3]。
自作英王胄[4]，斯乐不可窥。
赤鲤涌琴高，白龟道冰夷[5]。
灵仙如仿佛[6]，奠酹遥相知。
古来登高人，今复几人在?
沧州违宿诺，明日犹可待。
连山似惊波，合沓出溟海。
扬袂[7]挥四座，酩酊安所知?
齐歌送清觞，起舞乱参差。
宾随落叶散，帽逐秋风吹[8]。
别后登此台，愿言长相思。

【注释】**1** 杯中物：酒。 **2** 笑酌黄花菊：《艺文类聚》：陶潜尝九月九日无酒，宅边菊丛中，摘菊盈把，坐其侧久，望见白衣至，乃王弘送酒也，即便就酌，醉而后归。 **3** 霜丝：杨齐贤注：

霜丝，白丝也。 **4** 英王胄：朱谏注：白自谓为唐之宗室也。**5** 冰夷：《山海经》：从极之渊，深三百仞，维冰夷恒都焉。冰夷，人面，乘两龙。冰：一作冯。 **6** 灵仙如仿佛：朱谏注：灵仙指琴高、冰夷也。仿佛，想象而见之之意。 **7** 扬袂：朱谏注：醉而扬其袖也。挥，动也。 **8** 帽逐秋风吹：《晋书》：九月九日，（桓）温燕龙山，僚佐毕集。时佐史并着戎服，有风至，吹嘉帽堕落，嘉不知觉。温使左右勿言，欲观其举止。嘉良久如厕，温令取还之，命孙盛作文嘲嘉，着嘉坐处。嘉还见之，即答之，其文甚美，四坐嗟叹。

九日

今日云景好，水绿秋山明。
携壶酌流霞，搴菊泛寒荣。
地远松石古，风扬弦管清。
窥觞照欢颜，独笑还自倾。
落帽醉山月，空歌怀友生。

【点评】

朱谏：言今日风景甚好，水绿山明，于此可以登高，乃酌酒泛菊以酬佳节。地远而松石古，风扬而弦管清。此处登高而举燕，甚适所怀，窥觞中之酒而照我欢颜。自笑自酌亦自乐也。醉后帽落而山月出矣。惜乎不见同欢之人，未免空歌而兴怀也。

九日龙山饮

（当涂）

九日龙山饮，黄花笑逐臣。
醉看风落帽，舞爱月留人。

【点评】

《唐诗解》：时有夜郎之放，故称逐臣，而任风落帽，爱月留人，所为花亦笑其狂态也。

九月十日即事

昨日登高罢，今朝更举觞。
菊花何太苦，遭此两重阳。

【点评】

朱谏：九日登高而采菊者，重阳之故事也。十日而复登焉，似乎两重阳矣。菊花再折，何太苦邪？菊非有所苦也，白诗善谑，体物悉情，化无为有，后世遂以为名言。诗人风流，千古一人也。

陪族叔当涂宰游化城寺升公清风亭

化城若化出，金榜天宫开。
疑是海上云，飞空结楼台。
升公湖上（一作中）秀，粲然有辩才。
济人不利己，立俗无嫌猜。
了见水中月，青莲出尘埃。
闲居清风亭，左右清风来。
当暑阴广殿，太阳为徘徊。
茗酌待幽客，珍盘荐雕梅。
飞文何洒落，万象为之摧。
季父拥鸣琴[1]，德声布云雷。
虽游道林[2]室，亦（一作不）举陶潜杯。
清乐动诸天，长松自吟哀。
留欢若可尽，劫石乃成灰[3]。

【注释】 1 鸣琴:《说苑》：宓子贱治单父，弹鸣琴，身不下堂而单父治。 2 道林:《法苑珠林》：支遁，字道林，本姓关氏，陈留人。或云河东林虑人，幼有神理，聪明秀彻，晋王羲之睹遁才藻惊绝罕俦，遂披衿解带留连不能已，乃请住灵嘉寺。意存相近，又投迹剡山，于沃洲小岭立寺行道，僧众百余。常随禀学。

3 劫石乃成灰:《搜神记》：汉武帝凿昆明池，极深，悉是灰墨，无复土。举朝不解，以问东方朔。朔曰:“臣愚，不足以知之。可试问西域人。”帝以朔不知，难以移问。至后汉明帝时，西域道人入来洛阳，时有忆方朔言者，乃试以武帝时灰墨问之。道人云:“经云：天地大劫将尽则劫烧。此劫烧之余也。”乃知朔言有旨。

第十九卷

歌诗三十六首

登览

登锦城散花楼

（蜀中）

日照锦城头，朝光散花楼。
金窗夹绣户，珠箔悬琼钩。
飞梯绿云中，极目散我忧（一作愁）。
暮雨向三峡，春江绕双流。
今来一登望，如上九天游。

登峨眉山

蜀国多仙山，峨眉邈难匹。
周流试登览，绝怪[1]安可悉。
青冥倚天开，彩错疑画出。
泠然紫霞赏，果得锦囊术[2]。
云间吟琼箫，石上弄宝瑟。
平生有微尚[3]，欢笑自此毕。
烟容如在颜，尘累忽相失。
傥逢骑羊子[4]，携手凌白日。

【注释】 1 绝怪：朱谏注：言其境之胜绝而奇怪也。息，止也，言登览之不可止也。 2 锦囊术：《武帝内传》：其后，帝以王母所授《五真图》《灵光经》，及上元夫人所授《六甲灵飞十二事》，自撰集为一卷，及诸经、图，皆奉以黄金之箱，封以白玉之函，以珊瑚为轴，紫锦为囊，安着柏梁台上。 3 微尚：朱谏注：微，小：尚，志也。微小之志尚，自谦之词也。李白自谓从仙之志也。 4 骑羊子：《列仙传》：葛由者，羌人也。周成王时，好刻木羊卖之，一旦骑羊而入西蜀，蜀中王侯贵人追之上绥山。绥山在峨眉山西南，高无极也。随之者不复还，皆得仙道。

【点评】

《李诗直解》：此咏峨眉之景面有游仙之思也。言蜀国之中虽多仙山，而峨眉之佳，真难并矣。一登之而周流试览，怪怪奇奇，安可止息也！青冥之色，若依天开；彩错之景，恍疑画出。清趣泠然而多紫霞之赏，隐地经传而得锦囊之术。且琼箫吟于云间，宝瑟弄于石上，真仙境也。我平生有登眺之微尚，欢欣笑乐，自此峨眉而尽矣。况烟霞之容若在我颜，尘埃之累忽尔相失，此时此心已洒然如仙也。倘逢骑羊之仙子，自当契合，携手以凌白日，而同与之逍遥矣。

大庭库

（鲁中）

朝登大庭库，云物何苍然？

莫辨陈郑火[1]，空霾邹鲁烟。

我来寻梓慎，观化入寥天。

古□[2]翔气多，松风如五弦[3]。

帝图终冥没，叹息满山川。

【注释】 **1** 陈郑火:《左传》：宋、卫、陈、郑皆火。梓慎登大庭氏之库以望之，曰:“宋、卫、陈、郑也。”数日，皆来告火。 **2** 宋本模糊不清，根据其他版本写作“木”。 **3** 五弦：琴声。

登单父陶少府半月台

陶公有逸兴，不与常人俱。

筑台像半月，迴向（一作出）高城隅。

置酒望白云，商（一作高）飙[1]起寒梧。

秋山入远海，桑柘罗平芜。

水色渌且明（一作清），令人思镜湖。

终常过江去，爱此暂踟蹰。

【注释】 1 商飙：秋风。

天台晓望

（吴中）

天台邻四明，华顶高百越。
门标[1]赤城霞，楼栖沧岛月。
凭高远登览，直下见溟渤。
云垂大鹏翻，波动巨鳌没。
风潮争汹涌，神怪何翕忽[2]。
观奇迹无倪，好道心不歇。
攀条摘朱实，服药炼金骨。
安得生羽毛？千春卧蓬阙[3]。

【注释】 1 门标：朱谏注：门楼，寺之门楼也。即天姥寺。标，举也。 2 翕忽：朱谏注：翕，聚也；忽，灭也。倏然聚散而出没也，言神怪之像如此。 3 蓬阙：朱谏注：蓬阙，蓬莱之阙也。

早望海霞边

四明三千里，朝起赤城霞。

日出红光散，分辉照雪崖。
一餐咽琼液，五内发金沙。
举手何所待？青龙白虎车。

焦山杳望松寥山

石壁望松寥，宛然在碧霄。
安得五彩虹，架天作长桥？
仙人如爱我，举手来相招。

杜陵绝句

（长安）

南登杜陵上，北望五陵间。
秋水明落日，流光灭远山。

登太白峰

西上太白峰，夕阳穷登攀。
太白与我语，为我开天关[1]。

愿乘泠风去，直出浮云间。
举手可近月，前行若无山。
一别武功去，何时复更还？

【注释】 1天关：朱谏注：天关者，山之极高与天而相近也。

登邯郸洪波台置酒观发兵

（燕赵，时将游蓟门）

我把两赤羽[1]，来游燕赵间。
天狼正可射，感激无时闲。
观兵洪波台，倚剑望玉关。
请缨[2]不系越，且向燕然山。
风引龙虎旗，歌钟昔（一作忆）追攀。
击筑落高月，投壶破愁颜。
遥知百战胜，定扫鬼方[3]还。

【注释】 1赤羽：王琦注：谓箭之羽染以赤者。 2请缨：《汉书》：南越与汉和亲，乃遣军使南越说其王，欲令入朝，比内诸侯。军自请：愿受长缨，必羁南越王而致之阙下。军遂往说越王，越王听许，请举国内属。天子大说。 3鬼方：殷周时西北部族名。

登广武古战场怀古

秦鹿[1]奔野草，逐之若飞蓬。
项王气盖世，紫电明双瞳[2]。
呼吸八千人，横行起江东。
赤精斩白帝[3]，叱咤入关中。
两龙[4]不并跃，五纬[5]与天同。
楚灭无英图[6]，汉兴有来功。
按剑清八极，归酣歌《大风》。
伊昔临广武，连兵决雌雄。
分我一杯羹，太皇乃汝翁。
战争有古迹，壁垒颓层穹。
猛虎吟洞壑，饥鹰鸣秋空。
翔云列晓阵，杀气赫长虹。
拨乱属豪圣，俗儒[7]安可通？
沉湎呼竖子，狂言非至公。
抚掌黄河曲，嗤嗤[8]阮嗣宗。

【注释】 **1** 秦鹿:《史记》：秦失其鹿，天下共逐之，于是高材疾足者先得焉。 **2** 双瞳:《史记》：太史公曰：吾闻之周生曰：舜目盖重瞳子，又闻项羽亦重瞳子，羽岂其苗裔耶？ **3** 赤精斩白帝:《史记》：高祖被酒夜径泽中，令一人前行，行者还报曰："前有大蛇当径，顾还。"高祖醉曰："壮士行何畏！"乃前，拔剑击斩蛇，蛇遂分为两，径开。行数里，醉，因卧。后人来至蛇所，有一老妪夜哭，人问何哭？妪曰："人杀吾子，故哭之。"人曰："妪子何为见杀？"妪曰："吾子白帝子也，化为蛇当道，今为赤帝子斩之，故哭之。" **4** 两龙：项羽与汉高祖刘邦。**5** 五纬：《汉书》：汉元年十月，五星聚于东井，以历推之，从岁星也，此高祖受命之符也。故客谓张耳曰："东井"秦地；汉王人秦，五星从，岁星聚，当以义取天下。 **6** 英图：朱谏注：英图，良谋也，犹言长策也。 **7** 俗儒：《汉书》：俗儒不达时宜，好是古非今，使人眩于名实。 **8** 嗤嗤：杨齐贤注：太白谓籍沉湎于酒，狂言妄呼，如嗤嗤之氓，不足据也。

登新平楼

（陕西）

去国登兹楼，怀归伤暮秋。
天长落日远，水净寒波流。
秦云起岭树，胡雁飞沙洲。
苍苍几万里，目极令人愁。

【点评】

《唐诗解》：言登楼而值秋暮，已动怀归之思，及眺望既远，而所见之景，咸足以令人生愁，则归心愈切耳。

谒老君庙

（梁宋）

先君[1]怀圣德，灵庙肃神心。
草合人踪断，尘浓鸟迹深。
流沙[2]丹灶灭，关路紫烟沉。
独伤千载后，空余松柏林。

【注释】**1** 先君：萧士赟注：唐祖老子，故白称为先君。 **2** 流沙：《列仙传》：关令尹喜者，周大夫也……老子西游，喜先见其气，知有真人当过，物色而遮之，果得见老子。老子亦知其奇，为著书授之。关令尹后与老子俱游流沙化胡，服苣胜实，莫知其所终。

秋日登扬州西灵塔

（淮南）

宝塔凌苍苍，登攀览四荒。
顶高元气合，标出海云长。
万象分空界，三天接画梁。
水摇金刹影，日动火珠光。
鸟拂琼檐度，霞连绣栱张。

目随征路断，心逐去帆扬。
露浩梧楸[1]白，风催橘柚黄。
玉毫[2]如可见，于此照迷方。

【注释】 **1** 梧楸（wú qiū）：梧桐树与楸树。 **2** 玉毫:《一切经音义》：玉毫者，如来眉间白毫毛也，皓白光润，犹如白玉。佛从毫相，放大光明，照十方界。

登金陵冶城西北谢安墩

（此墩即晋太傅谢安与右军王羲之同登，超然有高世之志，余将营园其上，故作是诗。金陵）

晋室昔横溃[1]，永嘉遂南奔。
沙尘[2]何茫茫，龙虎斗朝昏。
胡马风汉草，天骄蹙中原。
哲匠[3]感颓运，云鹏忽飞翻。
组练[4]照楚国，旌旗连海门。
西秦百万众，戈甲如云屯。
投鞭[5]可填江，一扫不足论。
（一作投策可填江，一朝为我吞。）
皇运有返正，丑虏无遗魂。
谈笑遏横流，苍生望斯存。

冶城访古迹（一作至今冶城隅），犹有谢安墩。
凭览[6]周地险，高标[7]绝人喧。
想像东山姿，缅怀右军[8]言。
梧桐识佳树，蕙草留芳根。
白鹭映春洲，青龙见朝暾。
地古云物在，台倾禾黍[9]繁。
我来酌清波[10]，于此树名园。
功成拂衣去，归入（一作长啸）武陵源。

【注释】**1** 横溃：河水横流崩溃。此处指国家溃乱。 **2** 沙尘：比喻战乱。 **3** 哲匠：贤臣良才。 **4** 组练：战衣。 **5** 投鞭：《晋书》：坚曰："虽有长江，其能固乎？以吾之众旅，投鞭于江，足断其流。" **6** 凭览：朱谏注：凭，依也；凭览者，依之而登眺也。 **7** 高标：朱谏注：高标者，言其墩之高出乎平地之上也。 **8** 右军：王羲之。 **9** 禾黍：《诗》：王城谱《黍离》，闵宗周也。周大夫行役至于宗周，过故宗庙宫室，尽为禾黍，闵周室之颠覆，彷徨不忍去而作是诗也。 **10** 清波：酒。

登瓦官阁

晨登瓦官阁，极眺金陵城。
钟山对北户，淮水入南荣[1]。

漫漫雨花[2]落，嘈嘈天乐鸣。
两廊振法鼓[3]，四角吟（一作吹）风筝。
杳出霄汉上，仰攀日月行。
山空霸气[4]灭，地古寒阴生。
寥廓云海晚，苍茫宫观平。
门余阊阖字，楼识凤皇名。
雷作白山动，神扶万栱倾。
灵光[5]何足贵，长此镇吴京。

【注释】 **1** 南荣：房屋的南檐。 **2** 雨花：王琦注：雨花者，诸天于空中散花供养，若雨之从天而下，故曰雨花。 **3** 法鼓：佛鼓。 **4** 霸气：朱谏注：霸气者：金陵，六朝之所都也。宫观门楼，皆六朝之旧宇也。 **5** 灵光：宫殿名。

登梅岗望金陵，赠族侄高座寺僧中孚

钟山抱金陵，霸气昔腾发。
天（一作神）开帝王居，海色照宫阙。
群峰如逐鹿，奔走相驰突。
江水九道来，云端遥明没。
时迁大运去，龙虎势[1]休歇。
我来属天清，登览穷楚越[2]。

吾宗挺禅伯，特秀鸾凤骨。

（一作吾宗道门秀，特异鸾凤骨。）

众星罗青天，朗者独有月。

冥居顺生理，草木不翦伐。

烟窗引蔷薇，石壁老野蕨。

吴风[3]谢安屐，白足[4]傲履袜。

几宿一下山（一作下山来），萧然忘干谒。

谈经演金偈，降鹤舞海雪。

时闻天香来，了与世事绝。

佳游不可得，春去惜远别。

赋诗留岩屏，千载庶不灭。

【注释】 **1** 龙虎势：指龙盘虎踞之势。 **2** 楚越：王琦注：金陵之地，古为吴地，其西为楚，其南为越。 **3** 吴风：吴地风俗。 **4** 白足：《高僧传》：义熙初，复还关中，开导三辅。始足白于面，虽跣涉泥水，未尝沾湿，天下皆称白足和尚。

登金陵凤皇台

凤皇台上凤皇游，凤去台空江自流。

吴宫（一作时）花草埋幽径，晋代（一作国）衣冠成古丘。

三山半落青天外，一水（一作二水）中分白鹭洲。

总为（一作尽道）浮云[1]能蔽日，长安不见使人愁。

【注释】1浮云：《世说新语》：邪臣之蔽贤，犹浮云之障日月也。

【点评】

《唐诗解》：言凤台本凤凰所游，金陵乃吴晋之故国，非古之佳丽地耶？今空台之下，长江自流，文物衣冠总成黄土，而三山之通天，二水之环洲，徒令人怅望而已。然我非止吊古而兴怀，特以浮云蔽日，不见长安为悲耳。以比谗邪蔽君而贤路塞，是以使逐臣怀望而生愁也。方感黍离而忽思魏阙，盖亦有深意云。

望庐山瀑布二首

（寻阳）

其一

西登香炉峰，南见（一作望）瀑布水。
挂流三百丈（一作三千匹），喷壑数十里。
欻如飞电（一作练）来，隐若白虹起。
初惊河汉（一作银河）落，半洒云天里（一作半泻金潭里）。
仰观势转雄，壮哉造化功！

海风吹不断，江（一作山）月照还空。
空中乱潨射，左右洗青壁。
飞珠散轻霞，流沫沸穹石。
而我游名山，对之心益闲。
无论漱琼液，且得洗尘颜。
且谐宿所好，永愿辞人间。
（一作集谱宿所好，永不归人间。）

其二

日照香炉生紫烟，遥看瀑布挂长川。
飞流直下三千尺，疑是银河落九（一作半）天。
（一本题云望庐山香炉山瀑布曰：庐山上与星斗连，日照香炉生紫烟。下两句同。）

望庐山五老峰

庐山东南五老峰，青天削出金芙蓉。
九江秀色可揽结，吾将此地巢云松。

江上望皖公山

（宿松）

奇峰出奇云，秀木含秀气。
青宴皖公山，巉绝称人意。
独游沧江上，终日淡无味。
但爱兹岭高，何由讨灵异？
默然遥相许，欲往心莫遂。
待吾还丹[1]成，投迹归此地。

【注释】 1还丹:《抱朴子》：凡草木烧之即烬，而丹砂烧之成水银，积变又还成丹砂，其去草木远矣。故能令人长生。

望黄鹤山

（江夏岳阳）

东望黄鹤山，雄雄半空出。
四面生白云，中峰倚红日。
岩峦行穹跨，峰嶂亦冥密。
颇闻列仙人[1]，于此学飞术。
□[2]朝向蓬海，千载空石室。
金灶生烟埃，玉潭秘清谧。

地古遗草木，庭寒老芝朮。
蹇余羡攀跻，因欲保闲逸。
观奇遍诸岳，兹岭不可匹。
结心寄青松，永悟客情毕。

【注释】 1 颇闻列仙人:《南齐书》：夏口城据黄鹄矶，世传仙人子安乘黄鹄过此上也。 2 宋本原缺字，根据其他版本写作“一”。

鹦鹉洲

鹦鹉来过吴江水，江上洲传鹦鹉名。
鹦鹉西飞陇山去，芳洲□□□[1]青青。
烟开兰叶香风暖，岸夹桃花锦浪生。
迁□□□[2]徒极目，长洲孤月向谁明。

【注释】 1 宋本此处模糊不清，根据其他版本写作“之树何”。 2 宋本此处模糊不清，根据其他版本写作“客此时”。

【点评】

《唐诗解》：此登览而伤迁逐也。洲名鹦鹉，因步骤黄鹤楼以成篇，兰叶、桃花，即洲上之景也。末言我方极目伤神，月果为谁而明耶？岂不益我之愁也！

九日登巴陵置酒，望洞庭水军

（时贼逼华容县）

九日[1]天气清，登高无秋云。
造化辟川岳，了然楚汉分。
长风鼓横波，合沓蹙龙文。
忆昔传游豫[2]，楼船壮横汾。
今兹讨鲸鲵，旌旆何缤纷。
白羽落酒樽，洞庭罗三军。
黄花不掇手，战鼓遥相闻。
剑舞转颓阳，当时日停曛。
酣歌激壮士，可以摧妖氛。
握齱[3]东篱下，泉明不足群。

【注释】 **1** 九日：《艺文类聚》：今世人每至九日登山饮菊酒。 **2** 游豫：游乐。 **3** 握齱（zōu）：气量小。

秋登巴陵望洞庭

清晨登巴陵，周览无不极。
明湖映天光，彻底见秋色。
秋色何苍然，际海俱澄鲜。

山青灭远树，水渌无寒烟。
来帆出江中，去鸟向日边。
风清长沙浦，霜空云梦田。
瞻光[1]惜颓发，阅水[2]悲徂年。
北渚既荡漾，东流自潺湲。
郢人唱《白雪》，越女歌采莲。
听此更肠断，凭崖泪如泉。

【注释】 1 瞻光：王琦注：瞻日月之光。 2 阅水：王琦注：阅逝去之水。

与夏十二登岳阳楼

楼观岳阳尽，川迥洞庭开。
雁引愁心去（一作雁别秋江去），山衔好月来。
云间逢下榻，天上接行杯。
醉后凉风起，吹人舞袖回。

【点评】

朱谏：李白《与夏十二登岳阳楼》，言登楼一望，岳阳之景尽在目中。川水周回而渺茫，洞庭之湖，又见其开阔也。客愁虽多，登楼见雁引之而去，愁心亦为之而顿减矣。月出山头，有若山衔好月而来者，使其清光之近人也。宾朋下榻相连而坐，如在云间；饮酒传杯，以次相接，若出天上。楼之高也，有如此夫。既醉之后凉风四起，吹回舞袖，楼高风清，而人意适也。

登巴陵开元寺西阁赠衡岳僧方外

衡岳有开士[1]，五峰秀真骨。
见君万里心，海水照秋月。
大臣南溟去，问道皆请谒。
洒明甘露言，清凉润肌发。
明湖落天镜，香阁凌银阙。
登眺餐惠风，新花期启发。

【注释】 **1** 开士：对僧人的敬称。开，一作阐。

与贾舍人于龙兴寺剪落梧桐枝望㴩湖

剪落青梧枝，㴩湖坐可窥。
雨洗秋山净，林光澹碧滋。
水闲明镜转，云绕画屏移。
千古风流事，名贤共此时。

挂席上待月有怀

待月月未出，望江江自流。
倏忽城西郭，青天悬玉钩。
素华难可揽，清景不同游。
耿耿金波里，空瞻鳷鹊楼。

金陵望汉江

汉江回万里，派作九龙盘。
横溃豁中国，崔嵬飞迅湍。
六帝沦亡后，三吴不足观。
我君混区宇，垂拱众流安。
今日任公子，沧浪罢钓竿。

秋登宣城谢朓北楼

（宣城）

江城如画里，山晚望晴空。
两水夹明镜，双桥落采虹。
人烟寒（一作空）橘柚，秋色老梧桐。

谁念北楼上，临风怀谢公。

【点评】

《唐诗解》：宣城山水奇秀，晓望尤佳。水明若镜，桥架成虹，皆画景也。人烟因橘柚而寒，秋色为梧桐而老。斯时也，谁念我登此楼而怀谢朓乎？盖言调谐古人，而世之知己者寡也。

《李诗直解》：此登北楼览秋景而因怀谢朓也。言登北楼望之，江城如在画里。山晓晴空，一览无余，尽在目中矣。雨水夹绕，如明镜之光映；双桥遥落，如彩虹之驾卧。烟村杳，而秋气以寒橘柚；秋色来，而落叶以老梧桐。此皆凭栏所望之景也。谁念楼之上，临秋风而怀风流文采之谢公，公不复生矣，吾与公千载一辙，登其楼而得不怀其人哉！

望天门山

（当涂）

天门中断楚江开，碧水东流直北回。

两岸青山相对出，孤帆一片日边来。

【点评】

《李诗直解》：此咏天门之对峡而赋望中景也。言天门固一气也，因中断而楚江得开。碧水向东流，至北而忽为旋转，以波涛之汹涌而砥柱也。两岸青山夹大江，相对以出，凝望缥缈之际，孤帆一片从日边而来。此时此景，直与心会，而言有不能尽者。

望木瓜山

早起见日出，暮见栖鸟还。
客心自酸楚，况对木瓜山。

登敬亭北二小山，余时客逢崔侍御，并登此地

送客谢亭北，逢君纵酒还。
屈盘戏白马，大笑上青山。
回鞭指长安，西日落秦关。
帝乡三千里，杳在碧云间。

过崔八丈水亭

高阁横秀气，清幽并在君。

檐飞宛溪水，窗落敬亭云。

猿啸风中断，渔歌月里闻。

闲随白鸥去，沙上自为群。

【点评】

《唐诗解》：亭钟山水之秀，是清幽皆属于君。宛溪、敬亭，秀之所钟也；猿啸渔歌，又山水之妙境。栖集于此，便当物我两忘，唯与沙鸥相浃耳。

第二十卷

歌诗六十一首

行役

安州应城玉女汤作

（安州）

神女殁幽境，汤池流大川。
阴阳结炎炭，造化开灵泉。
地底烁朱火，沙旁歊素烟。
沸珠跃晴月，皎镜涵空天。
气浮兰芳满，色涨桃李然。
精览[1]万殊入，潜行[2]七泽连。
愈疾[3]功莫尚，变盈道乃全。
濯缨掬清泚[4]，晞[5]发弄潺湲。
散下楚王国，分浇宋玉田[6]。
可以奉巡幸，奈何隔穷偏？
独随朝宗[7]水，赴海输微涓。

【注释】 **1** 精览：朱谏注：精览，细观也。万殊，言其不同。若上文所云炎炭、朱火、珠镜、兰桃之类。 **2** 潜行：水在地下流动。 **3** 愈疾：朱谏注：愈疾者，世俗相传，汤泉能去寒痺（bì）等疾。 **4** 清泚（cǐ）：泉水。 **5** 晞（xī）：干燥。 **6** 宋玉田：朱谏注：宋玉田，宋玉所食之采地也。宋玉居江陵，而食邑或在于此。

7 朝宗：朱谏注：海为众水之所宗，故水之赴海曰朝宗。

之广陵宿常二南郭幽居

（淮南）

渌水接柴门，有如桃李[1]源。
忘忧或假草，满院罗丛萱[2]。
瞑色湖上来，微雨飞南轩。
故人宿茅宇，夕鸟归杨园。
还惜诗酒别，深为江海言。
明朝广陵道，独忆此倾樽。

【注释】 1 李：应为“花”。 2 萱：萱草。《述异记》：萱草，一名紫萱，又呼为忘忧草。

夜下征虏亭

船下广陵去，月明征虏亭。
山花如绣颊，江火似流萤。

下途归石门旧居

（吴中）

吴山高，越水清，握手无言伤别情。

将欲辞君挂帆去，离魂不散烟郊树。

此心郁怅谁能论？有愧叨承国士恩。

云物共倾三月酒，岁时同饯五侯门。

羡君素书常满案，含丹[1]照白霞色烂。

余尝学道穷冥筌[2]，梦中往往游仙山。

何当脱屣[3]谢时去？壶中别有日月天。

俯仰人间易凋朽，炉峰五云在轩牖。

惜别愁窥玉女窗，归来笑把洪崖手。

隐居寺，隐居山[4]，陶公[5]炼液栖其间。

灵神[6]闭气昔登攀，恬然但觉心绪闲。

数人不知几甲子，昨来犹带冰霜颜。

我离虽则岁物改，如今了然识所在。

别君莫道不尽欢，悬知乐客遥相待。

石门流水遍桃花，我亦曾到秦人家。

不知何处得鸡豕，就中仍见繁桑麻。

翛然远与世事间，装鸾驾鹤又服□[7]。

何必长从七贵[8]□[9]？劳生徒聚万金产。

挹[10]君去，长相思，云游雨散从此辞。

欲知怅别心易苦，向暮春风杨柳丝。

【注释】 1 含丹：王琦注：含丹者，书中之字，以朱写之，白者绢色，丹白相映，烂然如霞矣。 2 冥筌：王琦注：冥，幽也，筌，迹也。冥筌，道中幽冥之迹也。 3 脱屣：《汉书》：天子曰："嗟乎！诚得如黄帝，吾视去妻子如脱屣耳。" 4 隐居山：《因话录》：宣州当涂隐居山岩，即陶贞白炼丹所也。炉迹犹在，后为佛舍。 5 陶公：陶弘景。南朝齐梁时道教学者、炼丹家、医药学家。 6 灵神：《大戴礼》：阳之精气曰神，阴之精气曰灵。 7 宋本缺字，根据其他版本写作"远"。 8 七贵：汉代七个权贵家族。 9 宋本模糊不清，根据其他版本写作"游"。 10 挹：王琦注：挹，即揖也，古字通用。

客中作

□□□[1]酒郁金香，玉碗盛来琥珀光。
但使主人能醉客，不知何处是他乡？

【注释】 1 宋本模糊不清，根据其他版本写作"兰陵美"。

【点评】

《李诗直解》：此客中得美酒而忘其为异乡人也。言兰陵之地有美酒，以郁金香草煮之，而酒亦香矣。玉碗白也，以此酒盛来，益显沉红之色，而若琥珀光也。但使此地之主人，有美酒以醉客，不知何处是他乡，而忘其为家矣。虽在客中，亦得以为乐也。

太原早秋

（并州）

岁落众芳歇，时当大火流。
霜威出塞早，云色渡河秋。
梦绕边城月，心飞故国楼。
思归若汾水，无日不悠悠。

【点评】

《唐诗解》：此感秋而怀归也。芳歇火流，夏秋之交，此时未应有霜。今太原近塞而寒，故霜威独早，即渡河之色，亦觉其含秋矣。梦虽绕乎边月，心已飞于故园，是以怀归之念，方如汾水之无极耳。岁落，犹言岁晏，若作摇落之落，便与歇字无别。

《李诗直解》：此诗感太原之早秋而思归也。言岁当摇落，则众芳凋谢，正值大火西流之时也。严霜之威，出塞已早；寒云之色，渡河成秋。梦虽绕于边城，心则飞于故园。盖旅寓太原，秋来寂寞，思归之心，若汾河之水，无日不悠悠。是心与水而不舍昼夜也，果何得归哉？

奔亡道中五首

（江东）

其一

苏武天山上，田横海岛边。
万重关塞断，何日是归年？

【点评】

朱谏：此李白奔亡道中而作。言苏武不肯降匈奴而饿于天山之上，田横不肯事暴秦而投于海岛之中。武欲归于汉而横欲归于齐也。奈何关塞阻隔，无路可通，未知何时而可以归乎。

其二

亭伯去安在？李陵降未归。
愁容变海色，短服改胡衣。

其三

谈笑三军却，交游七贵疏。
仍留一只箭，未射鲁连书。

其四

函谷如玉关，几时可生还？
洛川为易水，嵩岳是燕山。
俗变羌胡语，人多沙塞颜。
申包唯恸哭，七日鬓毛班。

其五

淼淼望湖水，青青芦叶齐。
归心落何处？日没大江西。
歇马傍春草，欲行远道迷。
谁忍子规鸟，远声向我啼？

郢门秋怀

（荆州江夏岳阳）

郢门一为客，巴月三成弦[1]。
朔风正摇落，行子愁归旋。
杳杳山外日，茫茫江上天。
人迷洞庭水，雁度潇湘烟。
清旷谐宿好，缁磷及此年。

百龄何荡漾？万化相推迁。
空谒苍梧帝，徒寻溟海仙。
已闻蓬岳浅，岂见三桃园[2]！
倚剑增浩叹，扪襟还自怜。
终当游五湖，濯足沧浪泉。

【注释】 1三成弦：杨齐贤注：月至八日上弦，至二十三日下弦。 2三桃园：《太平预览》：《汉武故事》：东郡送一短人，长五寸，衣冠具足。上疑其精，召东方朔至。朔呼短人曰："巨灵，阿母还来否？"短人不对。因指谓上："王母种桃，三千年一结子。此儿不良，已三过偷之。失王母意，故被谪来此。"上大惊，始知朔非世中人也。园：一作圆。

至鸭栏驿上白马矶赠裴侍御

侧叠万古石，横为白马矶。
乱流若电转，举棹扬珠辉[1]。
临驿卷缇幕，升堂接绣衣。
情亲不避马[2]，为我解霜威[3]。

【注释】 1珠辉：月光。 2避马：《后汉书》：典执政无所回避。常乘骢马，京师畏惮，为之语曰："行行且止，避骢马御史。"

3 霜威：王琦注：御史为风霜之任，故曰霜威。

荆门浮舟望蜀江

春水月峡来，浮舟望安极？
正见桃花流，依然锦江色。
江色渌且明，茫茫与天平。
逶迤巴山尽，遥曳楚云行。
雪照聚沙雁，花飞出谷莺。
芳洲却已转，碧树森森迎。
流目浦烟夕，扬帆海月生。
江陵识遥火，应到渚宫城。

上三峡

巫山夹青天，巴水流若兹。
巴水忽可尽，青天无到时。
三朝上黄牛，三暮行太迟。
三朝又三暮，不觉鬓成丝。

【点评】

《李诗直解》：此极言三峡之险而难上也。言巫山两壁，直夹青天。下有巴水之流，巴水可尽，而青天则无到之时矣。三朝上黄牛之峡，即三暮亦不速行，三朝三暮，黄牛如故，令人愁之，不觉鬓成丝矣，上三峡舟行之难如此哉！

自巴东舟行经瞿唐峡，登巫山最高峰，晚还题壁

江行几千里，海月十五圆。
始经瞿唐峡，遂步巫山巅。
巫山高不穷，巴国尽所历。
日边攀垂萝，霞外倚穹石。
飞步凌绝顶，极目无纤烟。
却顾失丹壑，仰观临青天。
青天若可扪，银汉去安在？
望云知苍梧，记水辨瀛海。
周游孤光晚，历览幽意多。
积雪照空谷，悲风鸣森柯。
归途行欲曛，佳趣尚未歇。
江寒早啼猿，松暝已吐月。
月色何悠悠！清猿响啾啾。

辞山不忍听，挥策还孤舟。

早发白帝城

（一作白帝下江陵）

朝辞白帝彩云间，千里江陵一日还。
两岸猿声啼不尽，轻舟已过万重山（一作须臾过却万重山）。

【点评】

《李诗直解》：此咏峡江之水溜而舟行神速也。清晨之时，每多霞彩，舟于此时而辞白帝之城，暮至江陵，千里之遥，一日而还，虽乘奔御风，无此疾也。两岸猿声，啼犹未住，是声尚在耳也，轻舟疾飞，已过万重之山矣，此千里所以一日也。

秋下荆门

霜落荆门江树空，布帆无恙挂秋风。
此行不为鲈鱼鲙[1]，自爱名山入剡中。

【注释】 1 鲈鱼鲙:《世说新语》：张季鹰（翰）辟齐王东曹椽，在洛，见秋风起，因思吴中莼菜羹，鲈鱼绘，曰：“人生贵得适意尔，何能羁宦数千里，以要名爵！”遂命驾便归。俄而齐王败，时人皆谓为见机。

【点评】

《李诗直解》：此下荆门而慕剡中山水之佳也。言霜落之时，别荆门而下，叶脱而江树空矣。布帆挂秋风而行，顺流安稳，固无恙也。但此行而之吴越也，岂为鲈鱼脍哉？因此中多名山，故自爱以入剡中，或以流寓逍遥，遂疏狂之性耳。

《唐宋诗醇》：轻秀，运古入化，绝妙好辞。

《唐人万首绝句选评》：清景幽情，自然深出，若着一点俗意，作不得亦读不得。此等句点拨入神，笔端真有造化。

江行寄远

刳木[1]出吴楚，危槎百余尺。
疾风吹片帆，日暮千里隔。
别时酒犹在，已为异乡客。
思君不可得，愁见江水碧。

【注释】 1 刳（kū）木:《周易》：刳木为舟。此处指乘舟。

宿五松山下荀媪家

（宣州）

我宿五松下，寂寥无所欢。
田家秋作苦，邻女夜舂寒。
跪进雕葫饭[1]，月光明素盘。
令人惭漂母，三谢[2]不能餐。

【注释】 1 跪进雕葫饭：朱谏注：跪进，敬也。雕胡，菰米也。葫，一作胡。 2 三谢：朱谏注：谢者，客谢主人之意。

【点评】

《李诗直解》：此宿荀媪家，悯其贫苦而复感其惠也。言我宿媪家，寂寞所无欢娱，唯见田家有秋作之苦，邻女有夜舂之寒，何其劳也。家无余羡，以菰米之饭，跪进敬客，而月光明于素盘之中，又何其贫而能敬也。今荀媪不愧漂母，奈我非韩信，故三谢而不能餐也。不知日后能如韩信之报否？

下泾县陵阳溪至涩滩

涩滩鸣嘈嘈，两山足猿猱。
白波若卷雪，侧石不容舠。

渔人与舟人，撑折万张篙。

下陵阳沿高溪三门六刺滩

三门横峻滩，六刺走波澜。
石惊虎伏起，水状龙萦盘。
何惭七里濑，使我欲垂竿。

夜泊黄山闻殷十四吴吟

昨夜谁为吴会吟？风生万壑振空林。
龙惊不敢水中卧，猿啸时闻岩下音。
我宿黄山碧溪月，听之却罢松间琴。
朝来果是沧洲逸，酤酒提盘饭霜栗[1]。
半酣更发江海声，客愁顿向杯中失。

【注释】 1 霜栗：秋霜后的栗子。

宿鰕湖

鸡鸣发黄山，暝投鰕湖宿。
白雨映寒山，森森似银竹。
提携采铅客，结荷[1]水边沐。
半夜四天开，星河烂人目。
明晨大楼去，冈陇多屈伏。
当与持斧翁，前溪伐云木。

【注释】 1 结荷：用荷叶遮蔽。

怀古

西施

（吴越）

西施越溪女，出自苎萝山。
秀色掩今古，荷花羞玉颜。
浣纱弄碧水，自与清波闲。
皓齿信难开，沉吟碧云间。
勾践征绝艳，扬蛾入吴关。

提携馆娃宫，杳渺讵可攀！
一破夫差国，千秋竟不还。

王右军

右军本清真，潇洒在风尘。
山阴遇羽客，要此好鹅宾。
扫素写道经，笔精妙入神。
书罢笼鹅去，何曾别主人！

【点评】

朱谏：此咏王羲之也。清真潇洒，其性情也。书法精妙，其技能也。笼鹅非贪，以见其与物之简率也。若其作郡之有惠爱，谏北伐而知国体，则又不可以风流技艺概之矣。

上元夫人

上元谁夫人？偏得王母娇。
嵯峨三角髻，余发散垂腰。
裘披青毛锦，身著赤霜袍。
手提嬴女儿，闲与凤吹箫。

眉语两自笑，忽然随风飘。

【点评】

《李诗直解》：此咏上元夫人妆饰殊异，而人当知其乐之无拘也。言上元谁氏之夫人？总统仙籍，而偏得王母之娇爱也。头上嵯峨高耸，而作三角之髻，余发则任其飘散而垂腰矣。所服之裘，披青毛之锦，着赤霜之袍，总人世所未见也。又素手提携者，是秦女弄玉，闲与之吹箫，作凤鸣以为乐。而复以眉为语，口不言而心自惺，自两相得而惧笑也。忽然之间，随风飘摇，不知所之。此仙夫人之潇洒也。太白若或见之，着意亦奇矣。每咏仙人，宛若对语，总以高旷之怀，言之不自觉耳。

苏台览古

旧苑荒台杨柳新，菱歌清唱不胜春。
只今唯有江西[1]月，曾照吴王宫里人。

【注释】1江西：应为“西江”。

【点评】

《唐诗解》：古称绮丽者莫如吴，今苑中春色非不佳也，要非吴宫旧物，求其亲涉当时之盛者，唯江月在也。观此则世之粉华靡丽尽或空花矣。

《李诗直解》：此伤今思古而见繁华之易尽也。言吴王之桂苑已旧，苏台已荒，而杨柳犹新。彼时日与西施为戏，而菱歌清唱，宫妓千人，不胜春矣。只今唯有西江之月，千载流辉，已曾照吴王宫里之人也。而昔日之乐，今安在哉！

《唐诗合解》：所见者新柳，所闻者菱歌，然悉非当年故物也。只今所有当年故物，其唯西江之月乎！

越中览古

越王勾践破吴归，义士还家尽锦衣。
宫女如花满春殿，只今唯有鹧鸪飞。

【点评】

《李诗直解》：此咏昔日豪华之盛而伤目前之凄凉也。言越王勾践，蓄二十年之图谋，一旦灭吴而归，其同仇之义士，奏凯还家，尽着锦衣，以鸣得意。且宫中如花之美女，满于春殿之间，而豪华已极矣。只今春殿之地，唯有鹧鸪之鸟飞鸣其上，而今昔盛衰之感，宁能忘怀耶？

商山四皓

白发四老人，昂藏南山侧。
偃卧[1]松雪间，冥翳不可识。
云窗拂青霭，石壁横翠色。
龙虎方战争，于焉自休息。
秦人失金镜，汉祖升紫极。
阴虹[2]浊太阳，前星遂沦匿。
一行佐明两，欻起生羽翼。
功成身不居，舒卷在胸臆。
窅冥[3]合元化，茫昧信难测。
飞声塞天衢，万古仰遗迹。

【注释】 1 偃卧:《后汉纪》: 伏见太原周党，使者三聘乃肯就车，陛下亲见诣庭，党伏而不谒，偃蹇自高，逡巡求退，钓采华石以夸主上。卧，一作蹇。 2 阴虹:《易》: 明两作离，大人以继明照于四方。 3 窅冥（yǎo míng）: 幽暗的样子。

过四皓墓

我行至商洛，幽独访神仙。
园绮复安在? 云萝尚宛然。

荒凉千古迹，芜没四坟连。
伊昔炼金鼎，何言[1]闭玉泉[2]？
陇寒唯有月，松古渐无烟。
木魅风号去，山精雨啸旋。
紫芝高咏罢，青史旧名传。
今日并如此，哀哉信可怜。

【注释】 **1** 言：应为“年”。 **2** 闭玉泉：安旗注：闭玉泉，谓殁后葬于地下。玉泉即九泉。

岘山怀古

访古登岘首，凭高眺襄中。
天清远峰出，水落寒沙空。
弄珠见游女，醉酒（一作月）怀山公。
感叹发秋兴，长松鸣夜风。

【点评】

朱谏：此李白登岘山而作也。言访古迹而登岘首之山，以望乎襄阳之中，但见远峰出而寒沙空也。解珠以赠者，则有汉皋之游女；倒载而归者，则有酩酊之山公。往事非而旧迹荒矣，令人感慨以动秋兴，松风夜鸣而凄怆之情不能已也。

自广平乘醉走马六十里，至邯郸登城楼，览古书怀

（燕赵）

醉骑白花骆（一作马），西走邯郸城。
扬鞭动柳色，写鞚[1]春风生。
入郭登高楼，山川与云平。
深宫翳绿草（一作雄都半谷冢），万事伤人情。
相如[2]章华巅，猛气折秦嬴。
两虎不可斗，廉公终负荆。
提携袴中儿，杵臼及程婴[3]。
空孤献白刃（一作立孤就白刃），必死耀丹诚。
平原三千客，谈笑尽豪英。
毛君[4]能颖脱，二国且同盟。
皆为黄泉土，使我涕纵横。
磊磊石子岗，萧萧白杨声。
诸贤[5]（一作贤豪）没此地，碑版有残铭。
太古共今时，由来互衰荣。
伤哉何足道，感激仰空（一作虚）名。
赵俗爱长剑，文儒少逢迎。
闲从博陵（一作徒）游，帐饮雪朝酲[6]（一作雪中醒）。
歌酣易水动，鼓震丛台倾。
日落把烛归，凌晨向燕京。

方陈五饵策[7]，一使胡尘清。

【注释】 1 鞚（kòng）：马勒。 2 相如：蔺相如。《史记》：赵王于是遂遣相如奉璧西入秦。秦王坐章台见相如。 3 杵臼及程婴：公孙杵臼，春秋时晋国人。公孙杵臼原是赵盾门客，赵盾受陷害，公孙杵臼与程婴合谋藏匿赵氏孤儿赵武，他痛骂仇人屠岸贾后触阶而亡。赵武长大后得知真相，最终报仇。 4 毛君：毛遂。 5 诸贤：王琦注：另指当时贤豪死葬于石子冈者，故下文以“太古”“今时”双承言之。 6 酲（chéng）：醉酒后的病态，病酒。 7 五饵策：《汉书》：及欲试属国，施五饵三表以系单于。

苏武

苏武在匈奴，十年持汉节。
白雁上林飞，空传一书札。
牧羊边地苦，落日归心绝。
渴饮月窟冰，饥餐天上雪。
东还砂塞远，北怆河梁别。
泣把李陵衣，相看泪成血。

经下邳圯桥怀张子房

（淮泗）

子房未虎啸[1]，破产不为家。
沧海得壮士，椎秦博浪沙。
报韩虽不成，天地皆振动。
潜匿游下邳，岂曰非智勇？
我来圯桥上，怀古钦英风。
唯见碧流水，曾无黄石公。
叹息此人去，萧条徐泗[2]空。

【注释】 **1** 虎啸：朱谏注：虎啸者，汉王褒《圣主得贤臣颂》曰：虎啸而风烈。以喻君臣之相逢也。 **2** 徐泗：朱谏注：徐泗，下邳之地。

【点评】

《李诗直解》：此咏子房之忠气而多智勇，令人怀之而钦其风也。言英雄用世，如虎之啸。子房未虎啸之时，见秦之灭韩，悉破产而无身家之念。乃见沧海君，得力士以铁椎刺秦王于博浪沙中，误中副车，虽未成报韩之功，而天地皆为震动矣。比时收之急，则潜迹隐匿，以游下邳。保其身复保其壮士，岂曰非智勇而能然乎哉？我来圯桥之上，怀古而钦仰其英风。唯见桥下有碧流之水，曾无授书之黄石公也。子房得此书以作帝王师。叹息此人已去矣，今但见萧条之景，而徐泗之水，空流于淮而已矣。若子房之忠悫智勇，千古一人也，我安得不怀哉！

月夜金陵怀古

（金陵）

苍苍金陵月，空悬帝王州。
天文列宿在，霸（一作鼎）业大江流。
渌水绝驰道，青松摧古丘。
台倾鳷鹊观，宫没凤皇楼。
别殿悲清暑[1]，芳园罢乐游[2]。
一闻歌玉树，萧瑟后庭秋（一作千古不胜愁）。

【注释】 1 清暑:《景定建康志》：晋清暑殿在台城内，晋孝武帝造，殿前重楼复道，通华林园，爽垲奇丽，天下无比，虽暑月常有清风，故以为名。 2 乐游:《景定建康志》：古乐游苑，案《寰宇记》：其地在覆舟山南。《舆地志》云：在晋为药圃，义熙中卢循反，刘裕筑药园垒以拒循，即此处也。宋元嘉中，以其地为北苑，更造楼观于覆舟山，后改曰乐游苑。

金陵三首

其一

晋家南渡日，此地旧（一作即）长安。
地即帝王宅，山为龙虎盘。
（一作碧宇楼台满，青山龙虎盘。）
金陵空壮观，天堑（一作江塞）净波澜。
醉客回桡去，吴歌且自欢（一作谁云行路难）。

其二

地拥金陵势，城回江（一作汉）水流。
当时百万户，夹道起朱楼。
亡国生春草，离宫没古丘。
空余后湖月，波上对瀛州。

其三

六代兴亡国，三杯为尔歌。
苑方秦地少（一作小），山似洛阳多。
古殿吴花草，深宫晋绮罗。
并随人事灭，东逝与（一作只）沧波。

秋夜板桥浦泛月独酌怀谢朓

天上何所有？迢迢白玉绳。
斜低建章阙，耿耿对金陵。
汉水旧如练，霜江夜清澄。
长川泻落月，洲渚晓寒凝。
独酌板桥浦，古人谁可征？
玄晖难再得，洒酒气填膺。

金陵新亭

金陵风景好，豪士集新亭。
举目山河异，偏伤周顗情。
四坐楚囚悲，不忧社稷倾。
王公何慷慨！千载仰雄名。

过彭蠡湖

（寻阳）

谢公入彭蠡，因此游松门。
余方窥石镜，兼得穷江源。

前赏迹可见，后来道空存。
而欲继风雅，岂唯清心魂。
云海方助兴，波涛何足论？
青嶂忆遥月，绿萝鸣愁猿。
水碧或可采，金膏[1]秘莫言。
余将振衣去，羽化出嚣烦。

【注释】 1 金膏:《穆天子传》：天子之宝：玉果、璿珠、烛银、黄金之膏。

入彭蠡经松门观石镜，缅怀谢康乐，题诗书游览之志

（二篇或同或异故并录之）

谢公之彭蠡，因此游松门。
余方窥石镜，兼得穷江源。
将欲继风雅，岂徒清心魂！
前赏逾所见，后来道空存。
况属临泛美，而无洲渚喧。
漾水[1]向东去，漳流直南奔。
空濛三川夕，回合千里昏。
青桂隐遥月，绿枫鸣愁猿。

水碧或可采，金精秘莫论。
吾将学仙去，冀与琴高[2]言。

【注释】 1 漾水:《尚书》：嶓冢导漾，东流为汉，又东流为沧浪之水，过三澨，至于大别，南入于江，东汇泽为彭蠡。 2 琴高:《列仙传》：琴高者，赵人也，以鼓琴为宋康王舍人。行涓彭之术，浮游冀州、涿郡之间。二百余年，后辞入涿水中取龙子。与诸弟子期曰：皆洁斋待于水傍，设祠。果乘赤鲤来，出坐祠中。旦有万人观之，留一月余，复入水去。

庐江主人妇

（宿松）

孔雀东飞何处栖？庐江小吏仲卿妻。
为客裁缝石自见，城乌独宿夜空啼[1]。

【注释】 1 夜空啼:《禽经注》：乌之失雄，雌则夜啼。

陪宋中丞武昌夜饮怀古

（江夏）

清景南楼夜，风流在武昌。

庾公爱秋月，乘兴坐胡床。

龙笛吟寒水，天河落晓霜。

我心还不浅，怀古（一作留客）醉余觞。

【点评】

朱谏：此李白陪宋中丞武昌夜饮而怀古。言南楼秋夜其景甚清，使君爱月，乘兴登楼，据胡床而坐，作乐饮酒，自夕达旦。我有同玩之心，其兴亦不浅也。远怀古人如庾亮者，与佐吏同赏于南楼，必取醉而后已也。

望鹦鹉洲悲祢衡

魏帝营八极，蚁观一祢衡。

黄祖斗筲[1]人，杀之受恶名。

吴江赋《鹦鹉》，落笔超群英。

锵锵振金玉，句句欲飞鸣。

鸷鹗啄孤凤[2]，千春伤我情。

五岳起方寸，隐然讵可平。

才高竟何施？寡识冒天刑。
至今芳洲上，兰蕙不忍生。

【注释】 1 斗筲:《论语》：斗筲之人，何足算也。 2 鸷鹗啄孤凤：杨齐贤注：鸷鹗以喻黄祖，孤凤以喻衡。

宿巫山下

（巫峡）

昨夜巫山下，猿声梦里长[1]。
桃花飞渌水，三月下瞿塘。
雨色风吹去，南行拂楚王。
高丘怀宋玉，访古一沾裳。

【注释】 1 猿声梦里长:《水经注》：每至晴初霜旦，林寒涧肃，常有高猿长啸，属引凄异，空谷传响，哀转久绝。故渔者歌曰：巴东三峡巫峡长，猿鸣三声泪沾裳。

【点评】

《李诗直解》：此诗因宿巫山而怀楚王之幻梦、宋玉之高才也。言昨夜宿巫山之下，峡中猿声梦寐闻之，不胜悲切。况当桃花飞绿水之际，三月以下瞿塘，春光水色皆可掬也。

雨色风吹之而去，而南行以拂楚王，神女冥会之事亦奇矣。比时宋玉有高唐之赋，文思藻丽，令人至今起高山仰止之怀。访古迹，听猿声，为之一沾裳也。

金陵白杨十字巷

白杨十字巷，北夹湖沟道。
不见吴时人，空生唐年草。
天地有反覆，宫城尽倾倒。
六帝余古丘，樵苏泣遗老。

谢公亭

（盖谢朓范云之所游）

谢亭离别处，风景每生愁。
客散青天月，山空碧水流。
池花春映日，窗竹夜鸣秋。
今古一相接，长歌怀旧游。

【点评】

《唐诗合解》：此处乃谢公送范云之处，今之风景犹昔也，然不免对之而生愁，今昔之感伤也。第二联：承风景之生愁也，客有聚散，青天之月色常存，山中之碧流如故，而谢公安在哉？第三联：池花、窗竹，今虽娱目，昔岂无之？但见当春而花之映日，至秋而竹之鸣夜，此亭中不知历几春秋矣。末联：合句便云：今我于亭中，而想谢公之踪，是今古一相接也。但千古以下，谁知谢公哉？唯有长歌而怀旧游之地而已。

纪南陵题五松山

（一作南陵五松山感时赠别，山在铜坑村五里）

圣□□[1]去就，潜光愚其德。
鱼与龙同池，龙去鱼不测。
当时□□□[2]，岂知傅说情？
一朝和（一作雨）殷人，光气为列星。
伊尹生空桑，捐庖佐皇极。
桐宫放太甲，摄政无愧色。
三年帝道明，委质终辅翼。
旷哉至人心，万古可为则。
时命或大谬，仲尼将（一作其）奈何？
鸾凤忽覆巢，麒麟不来过。
龟山蔽鲁国，有斧且无柯。

归去来，归去来（一作归来归去来），宵济越洪波。

【注释】 1 宋本模糊不清，根据其他版本写作“达有”。 2 宋本模糊不清，根据其他版本写作“板筑辈”。

夜泊牛渚怀古

（此地即谢尚闻袁宏咏史处）

牛渚西江夜，青天无片云。
登舟望秋月，空忆谢将军。
余亦能高咏，斯人不可闻。
明朝挂帆席（一作洞庭去），枫叶落（一作正）纷纷。

【点评】

《唐诗解》：此以袁宏自况而叹世无谢尚也。言牛渚夜景清绝，正袁宏咏史之时。所以登舟望月而怀谢公者，以我亦能高咏，无减于宏，而谢不可复作，所为空忆也。及旦而挂席以去，所睹唯落叶纷纷，盖无复有相邀者矣。

姑熟十咏

姑熟溪

爱此溪水闲，乘流兴无极。
漾楫怕鸥惊，垂竿待鱼食。
波翻晓霞影，岸叠春山色。
何处浣纱人？红颜未相识。

丹阳湖

湖与元气连，风波浩难止。
天外贾客归，云间片帆起。
龟游莲叶上，鸟宿芦花里。
少女棹轻舟，歌声逐流水。

谢公宅

青山日将暝，寂寞谢公宅。
竹里无人声，池中虚月白。
荒庭衰草遍，废井苍苔积。
唯有清风闲，时时起泉石。

陵歊台

旷望登古台，台高极人目。
叠嶂列远空，杂花间平陆。
闲云入窗牖，野翠生松竹。
欲览碑上文，苔侵岂堪读！

桓公井

桓公名已古，废井曾未竭。
□□[1]冷苍苔，寒泉湛孤月。
秋来桐暂落，春至桃还发。
路远人罕窥，谁能见清澈？

【注释】1宋本模糊不清，据其他版本写作“石甃”。

慈姥竹

野竹攒石生，含烟映江岛。
翠色落波深，虚声带寒早。
龙吟曾未听，凤曲吹应好。
不学蒲柳凋，贞心常自保。

望夫山

写望临碧空，怨情感离别。
江草不知愁，岩花但争发。
云山万重隔，音信千里绝。
春去秋复来，相思几时歇？

牛渚矶

绝壁临巨川，连峰势相向。
乱石流洑间，回波自成浪。
但惊群木秀，莫测精灵状。
更听猿夜啼，忧心醉江上。

灵墟山

丁令辞世人，拂衣向仙路。
伏炼九丹成，方随五云去。
松萝蔽幽洞，桃杏深隐处。
不知曾化鹤，辽海归几度？

天门山

迥出江上山，双峰自相对。
岸映松色寒，石分浪花碎。
参差远天际，缥缈晴霞外。
落日舟去遥，回首沉青霭。

第二十一卷

歌诗四十七首

闲适

与元丹丘方城寺谈玄作

（蜀中，一作仙城山寺）

茫茫大梦中，唯我独先觉。
腾转风火来[1]，假合作容貌。
灭除昏疑尽，领略入精要。
澄虑观此身，因得通寂照。
朗悟前后际，始知金仙妙。
幸逢禅居人，酌玉[2]坐相召。
彼我俱若丧[3]，云山岂殊调！
清风生虚空，明月见谈笑。
怡然青莲宫，永愿恣游眺。

【注释】 **1** 腾转风火来：王琦注：释家以此身为地、水、火、风四大假合而成。坚者是地，润者是水，暖者是火，动者是风。 **2** 酌玉：饮酒。 **3** 若丧：《庄子》：南郭子綦隐机而坐，仰天而嘘，荅（tà）焉似丧其耦（ǒu）。

寻高凤石门山中元丹丘

（楚汉）

寻幽无前期，乘兴不觉远。
苍崖渺难涉，白日忽欲晚。
未穷三四山，已历千万转。
寂寂闻猿愁，行行见云收。
高松上好月，空谷宜清秋。
溪深古雪[1]在，石断寒泉流。
峰峦秀中天，登眺不可尽。
丹丘遥相呼，顾我忽而哂。
遂造穷谷间，始知静者闲。
留欢达永夜，清晓方言还。

【注释】 **1** 古雪：朱谏注：古时之雪也。犹杜子《铁堂峡》诗云“嵌空太始雪”，太始犹太古也。

安州般若寺水阁纳凉，喜遇薛员外乂

（安州）

翛然金园赏，远近含晴光。
楼台成海气，草木皆天香。

忽逢青云士，共解丹霞裳。
水退池上热，风生松下凉。
吞讨破万象，搴窥临众芳。
而我遗有漏[1]，与君用无方。
心垢[2]都已灭，永言题禅房。

【注释】 **1** 有漏：有烦恼的事物。 **2** 心垢：烦恼。

鲁中都东楼醉起作

（鲁中）

昨日东楼醉（一作东城饮），还应（一作归来）倒接篱。
阿谁扶上马？不省下楼时。

对酒醉题屈突明府厅

（吴中）

陶令八十日，长歌《归去来》。
故人建昌宰，借问几时回？
风落吴江雪，纷纷入酒杯。
山翁今已醉，舞袖为君开。

月下独酌四首

（长安）

其一

花间（一作下）一壶酒，独酌无相亲。
举杯邀明月，对影成三人。
月既不解饮，影徒随我身。
暂伴月将影，行乐须及春。
我歌月徘徊，我舞影凌乱。
醒时同交欢，醉后各分散。
永结无情游，相期邈云汉。

【点评】

《李诗直解》：此对月独饮，放怀达观以自乐也。言花间酌一壶之酒，却无相亲之人，但邀明月作伴；月照人并人影，居然成三人矣。夫月与影固身外物耳。月既不饮，影徒随身，皆与我暂相为伴，我正宜及春行乐。对月而歌，则月与徘徊；对影而舞，则影随凌乱。饮尚醒时，且可与月影交欢；饮既醉后，不妨与月影分散。是我与月影永结无情之游，而相期于云汉间也，岂不乐哉！

其二

天若不爱酒，酒星[1]不在天。

地若不爱酒，地应无酒泉。

天地既爱酒，爱酒不愧天。

已闻清比圣[2]，复道浊如贤。

贤圣既已饮，何必求神仙。

三杯通大道，一斗合自然。

但得醉中趣，勿为醒者传。

【注释】 **1** 酒星:《晋书》：轩辕右角南三星曰酒旗，酒官之旗也，主宴享饮食。 **2** 已闻清比圣:《三国志》：平日醉客，谓酒清者为圣人，浊者为贤人。

【点评】

《李诗直解》：此以天地圣贤证喻酒中之趣无穷也。言天如不爱酒，天不应有酒旗之星；地若不爱酒，地不应有酒泉之郡。是天地固皆爱酒，而人之爱酒者，可不愧于天矣。古人以酒之清者称为圣，酒之浊者称为贤，是圣贤既已饮酒，而人之饮酒者，又何必求神仙乎？盖陶然自得之趣，三杯可通乎大道，一斗可合乎自然。人但能得酒中之趣，则天可不愧，神仙亦不必求，只宜常醉，不必为醒者传矣，其乐为何如也！

其三

三月咸阳时（一作城），千花昼如锦。
（一作好鸟吟清风，落花散如锦。又作园鸟语成歌，庭花笑如锦。）
谁能春独愁？对此径须饮。
穷通与修短[1]，造化夙所禀。
一樽齐死生[2]，万事固难审。
醉后失天地，兀然就孤枕。
不知有吾身，此乐最为甚。

【注释】 **1** 穷通与修短：朱谏注：穷通以出处言，修短以寿数言。

2 齐死生：朱谏注：不知有吾身，即齐生死之意也。

其四

穷愁千万端（一作有千端），美酒三百杯（唯数杯）。
愁多酒虽少，酒倾愁不来。
所以知酒圣（一作圣贤），酒酣心自开。
辞粟卧首阳（一作饿伯夷），屡空饥（一作悲）颜回。
当代不乐饮[1]，虚名安用哉？
蟹螯即金液[2]，糟丘是蓬莱。
且须饮美酒，乘月醉高台。

【注释】 1 当代不乐饮:《晋书》: 或谓之曰:“卿乃可纵适一时，独不为身后名耶？”答曰:“使我有身后名，不如即时一杯酒。”时人贵其旷达。 2 蟹螯即金液:《晋书》: 卓尝谓人曰:“得酒满数百斛船，四时甘味置两头。右手持酒杯，左手将蟹螯，拍浮酒船中，便足了一生。”

春归终南山松龙旧隐

我来南山阳，事事不异昔。
却寻溪中水，还望岩下石。
蔷薇缘东窗，女萝绕北壁。
别来能几日，草木长数尺。
且复命酒樽，独酌陶永夕。

冬夜醉宿龙门觉起言志

（洛阳）

醉来脱宝剑，旅憩高堂眠。
中夜忽惊觉，起立明灯前。
开轩聊直望，晓雪河冰壮。
哀哀歌《苦寒》，郁郁独惆怅。

傅说板筑臣，李斯鹰犬人。
飚起匡社稷，宁复长艰辛。
而我胡为者？叹息龙门下。
富贵未可期，殷忧向谁写？
去去泪满襟，举声《梁甫吟》。
青云当自致，何必求知音？

寻山僧不遇作

（金陵）

石径入丹壑，松门闭青苔。
闲阶有鸟迹，禅室无人开。
窥窗见白拂，挂壁生尘埃。
使我空叹息，欲去仍徘徊。
香云隔山起，花雨从天来。
已有空乐好，况闻青猿哀。
了然绝世事，此地方悠哉。

过汪氏别业二首

其一

游山谁可游？子明[1]与浮丘[2]。
叠岭碍河汉，连峰横斗牛。
汪生面北阜，池馆清且幽。
我来感意气，搥炰[3]列珍羞。
扫石待归月，开池涨寒流。
酒酣益爽气，为乐不知秋[4]。

【注释】1子明:《列仙传》：陵阳子明者，铚乡人也，好钓鱼，得白鱼，腹中有书，教子明服食之法。子明遂上黄山采五石脂，沸水而服之。　2浮丘：浮丘公，传说中黄帝时仙人。《列仙传》：浮丘公接（王子乔）以上嵩高山。　3炰（páo）：烧烤。　4为乐不知秋：萧士赟注：秋者，岁功将成之时也。士有志而不遇，功业未建，年已蹉跎，往往感之而悲。此则为乐之极，不知老之将至，忘其悲也。

其二

畴昔未识君，知君好贤才。
随山起馆宇，凿石营池台。

大火[1]五月中，景风从南来。
数枝石榴发，一丈荷花开。
恨不当此时，相过醉金罍。
我行值木落，月苦青猿哀。
永夜达五更，吴歈送琼杯。
酒酣欲起舞，四座歌相催。
日出远海明，轩车且徘徊。
更游龙潭去，枕石拂莓苔。

【注释】 **1** 大火：大，一作星。《尚书》：日永星火，以正仲夏。蔡沈《尚书集传》：星火，东方苍龙七宿。火，谓大火，夏至昏之中星也。正者，夏至阳之极。

待酒不至

玉壶系青丝，沽酒来何迟？
山花向我笑，正好衔杯时。
晚酌东窗下，流莺复在兹。
春风与醉客，今日乃相宜。

独酌

春草如有意，罗生玉堂阴。
东风吹愁来，白发坐相侵。
独酌劝孤影，闲歌面芳林。
长松尔何知（一作本无情），萧瑟为谁吟？
手舞石上月，膝横花间琴。
过此一壶外，悠悠非我心。

（一本云：春草变绿野，新莺有佳音。落日不尽欢，恐为愁所侵。独酌劝孤影，闲歌面芳林。清风寻空来，碧松与其吟。手舞石上月，膝横花间琴。过此一壶外，悠悠非我心。）

友人会宿

涤荡千古愁，留连百壶饮。
良宵宜清谈，皓月（一作然）未能寝。
醉来卧空山，天地即衾枕。

春日独酌二首

其一

东风扇淑气，水木荣春晖。
白日照绿草，落花散且飞。
孤云还空山，众鸟各已归。
彼物皆有托，吾生独无依。
对此石上月，长歌醉芳菲。

【点评】

《唐诗合解》：此感春而自伤飘荡也。言东风一吹，淑气遍乎宇宙，水木向荣于春晖，白日所照，草芳绿矣。及花开复落，散而且飞。物各有时，亦可慨也。又后六句云：及其晚也，孤云众鸟，各有所归。彼物且皆有托，而吾生何独无依乎？不免对此石上之月，举杯邀饮，长醉而歌春日之芳菲，以了此一生耳。

其二

我有紫霞想，缅怀沧洲间。
且对一壶酒，淡然万事闲。
横琴倚高松，把酒望远山。

长空去鸟没，落日孤云还。
但悲光景晚，宿昔成秋颜。

【点评】

朱谏：言我欲修炼而游于仙洲，所以脱落万虑，弹琴饮酒，怡情于飞鸟孤云之间，淡然与世而相忘也。但恐蹉跎易老，不得从仙而游耳。盖炼服学仙，必须气血未衰乃可为也。苟或老而衰矣，则无生气之可续，而欲其蜕形而羽化，不可得也。

金陵江上遇蓬池隐者

（时于落星石上以紫绮裘换酒为饮）

心爱名山游，身随名山远。
罗浮麻姑台，此去或未返。
遇君蓬池隐，就我石上饭。
空言不成欢，强笑惜日晚。
绿水向雁关，黄云蔽龙山。
叹息两客鸟，徘徊吴越间。
一语一执手，留连夜将久。
解我紫绮裘，且换金陵酒。
酒来笑复歌，兴酣乐事多。

水影弄月色，清光奈愁何！
明晨挂帆席，离恨满沧波。

月夜听卢子顺弹琴

闲夜坐明月，幽人弹素琴。
忽闻《悲风》调，宛若《寒松吟》。
《白雪》乱纤手，《渌水》清虚心。
钟期[1]久已殁，世上无知音。

【注释】 1钟期：钟子期。《吕氏春秋》：伯牙鼓琴，钟子期听之。方鼓琴而志在太山，钟子期曰："善哉乎鼓琴，巍巍乎若太山。"少选之间而志在流水，钟子期又曰："善哉乎鼓琴，汤汤乎若流水。"钟子期死，伯牙破琴绝弦，终身不复鼓琴。

青溪半夜闻笛

（秋浦）

羌笛《梅花引》，吴溪陇水清（一作情）。
寒山秋浦月（一作空山满明月），肠断玉关情（一作声）。

【点评】

《李诗直解》：此半夜闻笛而感征妇之情也。言羌笛吹梅花之曲，吴溪出陇水，有数千里之远，而情则不远也。当寒山秋浦之月，而闻此笛声，秋风吹不尽者，总是玉关之情，堪断肠也，而征夫当何如哉！

日夕山中忽然有怀

（庐山）

久卧名（一作青）山云，遂为名（一作青）山客。
山深（一作春）云更好，赏弄终日夕。
月衔楼间峰，泉漱阶下石。
素心自此得，真趣非外借。
鼯[1]啼桂方秋，风灭籁归寂。
缅思洪崖术[2]，欲往沧海（一作岛）隔。
云车来何迟，抚己空叹息。

【注释】 **1** 鼯（wú）：飞鼠。 **2** 洪崖术：神仙术。

夏日山中

懒摇白羽扇，裸袒青林中。
脱巾挂石壁，露顶洒松风。

山中与幽人对酌

两人对酌山花开，一杯一杯复一杯。
我醉欲眠卿且去，明朝有意抱琴来。

【点评】

《李诗直解》：此与友人对饮尽欢，而期其复来也。言我与友人皆山中之人也，山中则长闲而无朝市之事矣。故两人对酌，正值山花盛开，以佐我之饮也。一杯一杯，又复一杯，幽人不辞，我亦不止。是幽人之量洪，而我醉矣。欲眠也，卿且去，而毋以为简；明日有意，抱琴而来。相与倡和，以共酌此酒，复尽山中之兴，亦可矣。

春日醉起言志

处世若大梦，胡为劳其生[1]？

所以终日醉，颓然卧前楹。
觉来眄庭前，一鸟花间鸣。
借问此何时，春风语流莺。
感之欲叹息，对酒还自倾。
浩歌待明月，曲尽已忘情。

【注释】 1劳其生:《庄子》：夫大块载我以形，劳我以生。

【点评】

《唐诗解》：此厌世而逃于酒也。言我觉悟此理，知劳生无益，所以终日醉卧，岁月都忘。及闻啼鸟，而始知春风互换，传语流莺。此时此景，我盖不胜爱惜，而且欲痛饮以消之也。唯诗酒自适，而万事忘情，我庶几得全于酒耳。

庐山东林寺夜怀

我寻青莲宇，独往谢城阙。
霜清东林钟，水白虎溪月。
天香生虚空，天乐鸣不歇。
宴坐[1]寂不动，大千[2]入毫发。
湛然冥真心，旷劫[3]断出没。

【注释】 1 宴坐：朱谏注：宴坐者，安坐也，佛家有宴坐法。 2 大千：朱谏注：大千者，佛家谓世界为三千大千，盖言其数之多也。 3 劫：《法苑珠林》：夫劫者，盖是纪时之名，犹年号耳。

寻雍尊师隐居

群峭碧磨天，逍遥不记年。
拨云寻古道，倚树听流泉。
花暖青牛卧，松高白鹤眠。
语来江色暮，独自下寒烟。

【点评】

《李诗直解》：此美雍师之隐居若仙境，而不忍别也。言山川之奇，便是仙居。今群峭峙立，而翠碧摩天，雍师之于焉逍遥，不记年矣。我今来也，拨云以寻古道，又倚树以听流泉。及诣隐居之所，则花气和暖，而青牛闲适，卧于其间。松枝高耸，而白鹤清幽，眠于其上。雍师隐居，不啻神仙之境也。我与之笑语竟日，不觉江色之暮。独下寒烟，以出群峭，复寻古道而归矣。

与史郎中饮听黄鹤楼上吹笛

（江夏）

一为迁客[1]去长沙，西望长安不见家。
黄鹤楼中吹玉笛，江城五月落《梅花》。

【注释】 1 迁客：朱谏注：长沙迁客，李白以贾谊自喻也。

【点评】

朱谏：白流夜郎，过鄂州，与史郎中会于州之黄鹤楼。五月本无梅花，以笛中所吹，有落梅之曲，故云耳。诗人假借用事，化无为有，而无所拘泥也如此。此绝句之妙也。

《唐诗解》：按太白未尝家长安，今云“不见家”者，疑史钦亦同时坐贬，故语及之耳。《落梅》本笛中曲，今于五月听之，旅思所以生也。

对酒

劝君莫拒杯，春风笑人来。
桃李如旧识，倾花向我开。
流莺啼碧树，明月窥金罍。
昨来朱颜子，今日白发催。

棘生石虎[1]殿，鹿走姑苏台[2]。
自古帝王宅，城阙闭黄埃[3]。
君若不饮酒，昔人安在哉！

【注释】 **1** 石虎:《晋书》：石季龙大飨群臣于太武前殿，澄吟曰:“殿乎殿乎，棘子成林，将坏人衣。”季龙令发殿石，下视之，有棘生焉。 **2** 鹿走姑苏台:《汉书》：昔子胥谏吴王，吴王不用，乃曰:“臣今见麋鹿游姑苏之台也。” **3** 黄埃：尘埃。

醉题王汉阳厅

我似鹧鸪鸟，南迁懒北飞。
时寻汉阳令，取醉月中归。

嘲王历阳不肯饮酒

（历阳）

地白风色寒，雪花大如手。
笑杀陶泉明，不饮杯中酒。
浪抚一张琴，虚栽五株柳。
空负头上巾，吾于尔何有？

【点评】

朱谏：言天寒宜饮酒，而历阳不饮酒。历阳即古彭泽之令渊明也。渊明于此而不饮酒，甚为可笑。则所畜之琴、所栽之柳、所戴之巾皆为无用之长物矣。尔渊明也，吾于尔而何有乎？言与己不同也。渊明本嗜酒，而曰不饮酒者，盖反其意以谑耳。岂真谓渊明之不饮者乎？此白之善于词诫也。

独坐敬亭山

（宣城）

众鸟高飞尽，孤云独去闲。
相看两不厌，只有敬亭山。

【点评】

《唐诗解》：鸟飞云去，似有厌时；求不相厌者，唯此敬亭耳。模写独坐之景，非深知山水趣者不能。

《李诗直解》：此独坐而有目中无人之景也。游敬亭而有众鸟孤云，不见其为独也。至鸟飞尽、云去闲，而相看不厌者，唯有山而已。不唯摹写独坐之境，无有余蕴，而目中无人之景，直空一境矣。

自遣

对酒不觉暝，落花盈我衣。
醉起步溪月，鸟还人亦稀。

【点评】

《李诗直解》：此自遣之词，亦静中之景也。言人之怀抱，非酒不遣，我对酒自酌，不觉日之入而天暝矣。且坐久而花落满我衣也。醉起以闲步溪月，宿鸟还栖，而人迹亦稀。盖有酒有花有月有鸟，虽无人亦可以自遣矣。

访戴天山道士不遇

犬吠水声中，桃花带露浓。
树深时见鹿，溪午不闻钟。
野竹分青霭，飞泉挂碧峰。
无人知所去，愁倚两三松。

【点评】

《唐诗解》：首暗用桃源事。言闻犬吠于水声之中，即非尘境，况桃花方吐乎？真仙源矣。然见鹿而不闻钟，则道士他适也。所睹唯竹分青霭，泉挂碧峰而已。谁知吾之来去哉，徒倚松而惆怅也。停午当击钟以食，不闻钟则主不在矣。

秋日与张少府楚城韦公藏书高斋作

日下空亭暮，城荒古迹余。
地形连海尽，天影落江虚。
旧赏人虽隔，新知乐未疏。
彩云思作赋[1]，丹壁间藏书。
查拥随流叶，萍开出水鱼。
夕来秋兴满，回首意何如？

【注释】 1 彩云思作赋：王琦注：“彩云作赋”，用宋玉赋朝云事，是赞其才思之美。

秋夜独坐怀故山

（去长安后）

小隐慕安石，远游学子平。
天书访江海，云卧起咸京。
入侍瑶池宴，出陪玉辇行。
夸胡新赋作，谏猎短书成[1]。

但奉紫霄顾，非邀青史名。
庄周空说剑，墨翟耻论兵。
拙薄遂疏绝，归闲事耦耕。
顾无苍生望[2]，空爱紫芝荣。
寥落暝霞色，微茫旧壑情。
秋山绿萝月，今夕为谁明？

【注释】 **1** 谏猎短书成:《史记》：尝从上至长杨猎，是时天子方好自击熊、彘，驰逐野兽。相如因上疏谏。 **2** 苍生望:《晋书》：征西大将军桓温请为司马，将发新亭，朝士咸送，中丞高崧戏之曰:“卿累违朝旨，高卧东山，诸人每与言，安石不肯出，将如苍生何？”

忆崔郎中宗之游南阳，遗吾孔子琴，抚之潸然感旧

昔在南阳城，唯餐独山蕨。
忆与崔宗之，白水[1]弄素月。
时过菊潭上，纵酒无休歇。
泛此黄金花，颓然清歌发。
一朝摧玉树[2]，生死殊飘忽。
留我孔子琴，琴存人已没。

谁传《广陵散》？但哭邙山骨。
泉户何时明，长归狐兔窟。

【注释】 1 白水：王琦注：白水，即清水也。 2 摧玉树：《世说新语》：庾文康亡，何扬州临葬云："埋玉树著土中，使人情何能已已！"

忆东山二首

不向东山久，蔷薇几度花？
白云他自散，明月落谁家？

【点评】

《李诗直解》：此忆东山而不知谁为之主也。言不向东山已久，蔷薇之花，已几度开矣。春秋几易，而东山之白云自来还自散，见聚散之无时也。且东山皎月，必有主者，今皎月落谁人之家，而作东山之主也哉？

其二

我今携谢妓，长啸绝人群。
欲报东山客，开关扫白云。

【点评】

《唐诗解》：上言此山荒芜既久，今我仿谢之携妓，旷然绝俗，彼东山之客，能不开关迎我耶？是己之风流堪继谢也。按末二句意想己已隐东山，欲报答“东山客”来访之厚意，不再闭门却扫谢客，而是开门扫白云，以迎高洁之客。

望月有怀

清泉映疏松，不知几千古。
寒月摇轻波，流光入窗户。
对此空长吟，思君意何深！
无因见安道，兴尽愁人心。

【点评】

《唐诗解》：此怀友之诗。言于泉石松林之际，而月影当窗，怀人良切矣。于此时而不能乘兴相从，徒使兴尽而愁生耳。

对酒忆贺监二首（并序）

太子宾客贺公，于长安紫极宫一见余，呼余为“谪仙人”[1]，因解金龟，换酒为乐。没后对酒，怅然有怀，而作是诗。

其一

四明有狂客，风流（一作霞衣）贺季真。
长安一相见，呼我谪仙人。
昔好杯中物，翻（一作今）为松下尘。
金龟换酒处，却忆泪沾巾。

【注释】 1 谪仙人：贺知章《本事诗》：李太白初自蜀至京师，舍于逆旅。贺知章闻其名，首访之。既奇其姿，复请所为文。出《蜀道难》以示之。读未竟，称叹者数四，号为“谪仙”。解金龟换酒，与倾尽醉，期不间日，由是称誉光赫。

其二

狂客归四明，山阴道士迎。
敕赐镜湖水，为君台沼荣。
人亡余故宅，空有荷花生。
念此杳如梦，凄然伤我情。

重忆一首

欲向江东去，定将谁举杯？

稽山无贺老，却棹酒船回。

春滞沅湘有怀山中

沅湘春色还，风暖烟草绿。
古之伤心人，于此肠断续。
予非怀沙客，但美《采菱曲》。
所愿归东山，寸心于此足。

落日忆山中

雨后烟景绿，晴天散余霞。
东风随春归，发我枝上花。
花落时欲暮，见此令人嗟。
愿游名山去，学道飞丹砂。

忆秋浦桃花旧游时窜夜郎

桃花春水生，白石今出没。
摇荡女萝枝，半挂青天月。

不知旧行径，初拳几枝蕨？

三载夜郎还，于兹炼金骨[1]。

【注释】 1 炼金骨：炼丹。

第二十二卷

歌诗四十五首

感遇

越中秋怀

越水绕碧山，周回数千里。
乃是天镜[1]中，分明尽相似。
（一本首四句云：蹈海思仲连，游山慕康乐。攀云穷千峰，弄水涉万壑。下同。）
爱此从冥搜[2]，永怀临湍游（一作林湍幽）。
一为沧波客，十见红蕖秋。
观涛壮天险，望海令人愁。
路遐迫西照，岁晚悲东流。
何必探禹穴，誓将归蓬丘。
不然五湖上，亦可乘扁舟。

【注释】 **1** 天镜：杨齐贤注：王羲之曰："每行山阴道上，如镜中游。"

2 冥搜：探访幽微之地。

效古二首

其一

朝入天苑中，谒帝蓬莱宫。
青山映辇道，碧树摇烟空。
谬题金闺籍[1]，得与银台通。
待诏[2]奉明主，抽毫颂清风。
归时落日晚，躞蹀[3]浮云骢。
人马本无意，飞驰自豪雄。
入门紫鸳鸯[4]，金井双梧桐。
清歌弦古曲，美酒沽新丰。
快意且为乐，列筵坐群公。
光景不可留，生世如转蓬。
早达胜晚遇，羞比垂钓翁[5]。

【注释】**1** 金闺籍：朱谏注：籍，以竹为之，书其爵名于上，以进内朝，即今朝廷门籍之类也。唐制，银台司掌奏章，今通政司也。李白为待诏供奉翰林，故每朝题籍而通进也。金闺，天子之门也。**2** 待诏：《通鉴》：上即位，始置翰林院，密迩禁廷。延文章之士，下至僧道书画琴棋数术之工皆处之，谓之待诏。 **3** 躞蹀（xiè dié）：小步徘徊。 **4** 紫鸳鸯：杨齐贤注：《西京杂记》曰：茂陵富人袁广汉于北邙山筑园，激流水注，内养紫鸳鸯。 **5** 垂钓翁：

王琦注：垂钓翁，谓吕尚，年八十钓于渭滨，始遇文王。

其二

自古有秀色，西施与东邻。
蛾眉不可妒，况乃效其嚬。
所以尹婕妤，羞见邢夫人[1]。
低头不出气，塞默少精神。
寄语无盐子，如君何足珍。

【注释】 1 羞见邢夫人:《史记》:（汉武帝时）尹夫人与邢夫人同时并幸，有诏不得相见。尹夫人自请武帝，愿望见邢夫人。帝许之，即令他夫人饰从御者数十人，为邢夫人来前，尹夫人前见之曰：“此非邢夫人身也。”帝曰：“何以言之？”对曰：“视其身貌形状不足以当人主矣。”于是帝乃诏使邢夫人衣故衣独身来前，尹夫人望见之曰：“此真是也。”于是乃低头俯而泣，自痛其不如也。谚曰：美女入室，恶女之仇。

感寓二首

其一

宝剑双蛟龙，雪花照芙蓉[1]。
精光射天地，电腾不可冲。
一去别金匣，飞沉失相从。
风胡[2]殁已久（一作圣人殁已久），所以潜其锋。
吴水深万丈，楚山邈千重。
雌雄终不隔，神物会当逢。

【注释】 **1** 雪花照芙蓉：朱谏注：雪花者，言剑体之明也。芙蓉，锋锷之艳也。 **2** 风胡：风胡子，古代相剑者。

其二

咸阳二三月，百鸟鸣花枝（一作宫柳黄金枝）。
玉剑谁家子？西秦豪侠儿。
（一作绿帻谁家子？卖珠轻薄儿。）
日暮醉酒归，白马骄且驰。
意气人所仰（一作倾），游冶方及时。
子云不晓事[1]，晚献长杨词[2]。
赋达身已老，草《玄》鬓若丝[3]。

投阁良可叹，但为此辈嗤。

【注释】1子云不晓事：扬雄，字子云。《文选》：修家子云，老不晓事，强著一书，悔其少作。2长杨词：扬雄的《长杨赋》。3草《玄》鬓若丝：《汉书》：哀帝时，丁、傅、董贤用事，诸附离之者或起家至二千石。时雄方草《太玄》，有以自守，泊如也。

【点评】

《李诗直解》：此感当时戚里骄纵逾制，儒者沉困下僚，咏古以寓讽也。言咸阳二三月时，宫柳若黄金。绿帻谁家之子，乃卖珠轻薄儿也。公然日暮醉归，白马骄驰，其意气之豪，人所共仰，而冶游方及时也。小人之得志如此。若子云之好学，真若不晓事者。晚献《长杨》之赋，赋达而身已老，草《玄》而鬓若丝，投阁徒为人所嗤也。

拟古十二首

其一

青天何历历，明星白如石。
黄姑与织女，相去不盈尺。
银河无鹊桥，非时将安适？

闺人理纨素，游子悲行役。
瓶冰[1]知冬寒，霜露欺远客。
客似秋叶飞，飘飖不言归。
别后罗带长，愁宽去时衣。
乘月托宵梦，因之寄金徽。

【注释】 1 瓶冰:《淮南子》：见一叶落而知岁之将暮，睹瓶中之冰而知天下之寒。

【点评】

《李诗直解》：此篇伤唐穷兵黩武，行役怨旷，而不得遂室家之情也。言青天历历，明星如石，黄姑织女，相去咫尺，使银河之中无乌鹊成桥，非七夕之时，将安适也？天上如此，人间可知。闺人理纨素于内，游子悲行役于外。见瓶水凝结，乃知冬寒。霜露坠落，偏欺远客。此时隆寒，行役者宜归矣。奈为客之苦，似秋叶之飞，飘摇随风，不得言归也。而闺中之愁怨，更有甚焉者。别后罗带渐长，去时衣衿顿宽。总之为郎憔悴，而容光之消瘦也。凝眸悬望，不归何晤，须托梦魂以寄金徽，与之相聚会耳。其怨旷之情，可胜道哉！

其二

高楼入青天，下有白玉堂。
明月看欲堕，当窗悬清光。
遥夜一美人，罗衣沾秋霜。
含情弄柔瑟，弹作《陌上桑》。
弦声何激烈，风卷绕飞梁。
行人皆踯躅，栖鸟去回翔。
但写妾意苦，莫辞此曲伤。
愿逢同心者，飞作紫鸳鸯。

【点评】

《唐诗解》：此为贞女择偶之辞，以比贤者思得明君而仕也。言居高楼玉堂之中，而当月朗霜清之夕，其人已凛然高洁矣。又弹瑟而成悲声，使途人、宿鸟靡不凄惋。其伤如此者，正以写不遇之情也。安得同心之人以成佳偶哉！观此则太白非无心用世也，特以时王为不足事耳。不然，何以颓然自放耶？

其三

长绳难系日，自古共悲辛。
黄金高北斗，不惜买阳春。

石火无留光，还如世中人。
即事已如梦，后来我谁身？
提壶莫辞贫，取酒会四邻。
仙人殊恍惚，未若醉中真。

【点评】

《李诗直解》：此言流光易掷，富贵神仙皆虚，而唯饮酒为真也。虽有长绳，难系白日，自古以来，共为悲辛。即黄金高至北斗，不惜买阳春以使之迟。奈世人不能留石火之光，安能留其身哉！即目前之事，转盼如梦，又知后来谁之身乎？故提壶沽酒，莫辞贫乏，取酒会聚四邻相为饮乐，以度流光可耳。虽云仙人长生，亦恍惚疑似之说，未若会邻饮酒之为真也。此亦达生之诗，人当详味，而及时为乐矣。

其四

清都绿玉树，灼烁瑶台春。
攀花弄秀色，远赠天仙人。
香风送紫蕊，直到扶桑津。
取掇世上艳，所贵心之珍。
相思传一笑，聊欲示情亲。

【点评】

朱谏：言玉树生于清都之中，而明媚乎瑶台之春。我将扳其花而弄其秀色，远寄与天仙之人。天仙在扶桑也，则因香风而送至扶桑之津。然此花也，极世上之美艳，为吾心之所珍，取掇远赠，以所思者，在乎伊人，正欲借此以博一笑，示吾相亲之情耳。

其五

今日风日好，明日恐不如。
春风笑于人，何乃愁自居？
吹箫舞彩凤，酌醴鲙神鱼[1]。
千金买一醉，取乐不求余。
达士遗天地[2]，东门有二疏。
愚夫同瓦石，有才知卷舒。
无事坐悲苦，块然涸辙鱼。

【注释】**1** 神鱼：朱谏注：神鱼，大鱼也。 **2** 遗天地：朱谏注：遗天地者，言其超乎万物之表也。

其六

运速天地闭[1]，胡风结飞霜。

百草死冬月，六龙颓西荒。
太白出东方，彗星扬精光。
鸳鸯非越鸟，何为眷南翔？
唯昔鹰将犬，今为侯与王。
得水成蛟龙，争池夺凤皇。
北斗不酌酒，南箕空簸扬。

【注释】 1 运速天地闭：朱谏注：运，四时之序，天运也。闭，闭塞而不通，阴气凝而生物息也。

其七

世路今太行，回车竟何托。
万族皆凋枯，遂无少可乐。
旷野多白骨，幽魂共销铄。
荣贵当及时，春华宜照灼。
人非昆山玉，安得长璀错！
身没期不朽，荣名在麟阁。

其八

月色不可扫，客愁不可道。
玉露生秋衣，流萤飞百草。

日月终销毁，天地同枯槁。
蟪蛄[1]啼青松，安见此树老？
金丹宁误俗，昧者难精讨。
尔非千岁翁，多恨去世早。
饮酒入玉壶，藏身以为宝。

【注释】 **1 蟪蛄**:《庄子》：朝菌不知晦朔，蟪蛄不知春秋，此小年也。

【点评】

《李诗直解》：此太白素志学仙，至此知神仙不可成，而发为感叹也。言月色不可扫，扫之而不开，以兴客愁不可遣。道之而愈增。其光阴迅速，白露生秋衣之寒，流萤飞百草之上。日月不可留，易堕落而销毁；天地更无私，同草木以枯槁。又不观之蟪蛄啼青松乎？蟪蛄易化，而青松则不老也。且人之柔脆亦蟪蛄耳。故世俗多炼金丹以求长生，而金丹不成。昧者岂能精讨哉！尔非神仙千岁之翁，去世不得不早也。无已则学壶公饮酒，跳入壶中，藏身免累，以为宝耳。即不能长生，犹得饮酒以为乐也。

其九

生者为过客，死者为归人[1]。
天地一逆旅，同悲万古尘。

月兔空捣药，扶桑已成（一作为）薪。
白骨寂无言，青松岂知春？
前后更叹息，浮荣[2]何足珍。

【注释】 1 归人:《列子》：古者谓死人为归人。夫言死人为归人，则生人为行人矣。 2 浮荣：朱谏注：浮荣，言其荣华之不久也。

其十

仙人骑彩凤，昨下阆风[1]岑。
海水三清浅[2]，桃源一见寻。
遗我绿玉杯，兼之紫琼琴。
杯以倾美酒，琴以闲素心。
二物非世有，何论珠与金？
琴弹松里风，杯劝天上月。
风月长相知，世人何倏忽！

【注释】 1 阆风：山名，在昆仑山上。 2 海水三清浅:《神仙传》：麻姑自说，接待以来已见东海三为桑田，向到蓬莱，水又浅于往昔。

其十一

涉江弄秋水，爱此荷花鲜。

攀荷弄其珠，荡漾不成圆。
佳期彩云重，欲赠隔远天。
相思无由见，怅望凉风前。

【点评】

朱谏：言涉秋江之水，爱此荷花之鲜，扳弄荷珠，荡漾不定，不复圆矣。美人佳期，杳隔绿云，欲以所爱荷花赠之，奈何各天一方，徒尔相思，无由相见，使我怅望于凉风之前。时迈荷衰，虽欲扳赠，无可及矣。

其十二

去去复去去，辞君还忆君。
汉水既殊流，楚山亦此分。
人生难称意，岂得长为群。
越燕喜海日，燕鸿思朔云。
别久容华晚，琅玕不能饭。
日落知天昏，梦长觉道远。
望夫登高山，化石竟不返。

【点评】

《唐诗解》：此托妇人思夫之辞，以写恋主之情也。意谓被弃之始，未忍轻离，踌躇再三，而去志始决。既以辞君，而又怀想不置。然河山隔绝，永无见期，唯强自宽解，以为人生苦难称意，岂得终身相保耶？譬之越燕、燕鸿，各从所好耳。然所思终不能忘，遂至荣华凋落，沉忧废餐，伤君德之不明，借魂梦以来往，惓惓之衷，至化石而已耳。吁，此非身江湖而魏阙者乎！

感兴八首

其一

瑶姬天帝女，精彩化朝云。
宛转入梦宵，无心向楚君。
锦衾抱秋月，绮席空兰芬。
茫昧竟谁测，虚传宋玉文。

其二

洛浦有宓妃，飘飖雪争飞[1]。
轻云拂素月[2]，了可见清辉。
解珮[3]欲西走，含情讵相违？
香尘动罗袜，渌水不沾衣。
陈王徒作赋，神女岂同归？

好色伤大雅，多为世所讥。

【注释】 **1** 飘飖雪争飞:《洛神赋》：飘飖兮若流风之回雪。 **2** 轻云拂素月:《洛神赋》：仿佛兮若轻云之蔽月。 **3** 解珮:《洛神赋》：愿诚素之先达兮，解玉佩以要之。

其三

裂素持作书，将寄万里怀。
眷眷待远信，竟岁无人来。
征鸿务从阳，又不为我栖。
委之在深箧，尘鱼坏其题[1]。
何如投火[2]中，流落他人开。
不惜他人开，但恐生是非。

【注释】 **1** 题：王琦注：古人谓书签为题，传所云“隋唐藏书皆金题玉躞”是矣。此所云题者，乃书札面上手笔封题之处。 **2** 火：应为“水”。

其四

芙蓉娇绿波，桃李夸白日。
偶蒙春风荣，生此艳阳质。

岂无佳人色，但恐花不实。
宛转龙火飞，零落互相失。
讵知凌寒松，千载长守一？

其五

十五游神仙，仙游未曾歇。
吹笙吟松风，泛瑟窥海月。
西山玉童子，使我炼金骨。
欲逐黄鹤飞，相呼向蓬阙。

其六

西国有美女，结楼青云端。
蛾眉艳晓月，一笑倾城欢。
高节夺明主，炯心如凝丹。
常恐彩色晚，不为人所观。
安得配君子？共成双飞鸾。

【点评】

萧士赟：此篇喻贤者有所抱负，审所去就，不肯轻以身许人。复恐老之将至，功业未建，于时无闻，思见君子，尽心以事之，与共禄位也。

其七

竭来荆山客，谁为珉玉分?
良宝绝见弃，虚持三献君。
直木忌先伐，芬兰哀自焚。
盈满天所损，沉冥道所群。
东海有碧水，西山多白云。
鲁连及夷齐，可以蹑清芬。

其八

嘉谷[1]隐丰草，草深苗且稀。
农夫既不异，孤穗将安归?
常恐委畴陇，忽与秋蓬飞。
乌得荐宗庙[2]，为君生光辉。

【注释】 **1** 嘉谷：朱谏注：嘉谷，谷之美者也。 **2** 荐宗庙：朱谏注：《孟子》曰："易其田畴"，荐宗庙以供黍稷也。君者，奉宗庙以主祭者也。

【点评】

萧士赟：此篇比兴之诗，刺时贤不能引类拔萃，以为国用者与。"嘉谷隐丰草，草深苗且稀"，喻贤人在野，混于常人之中。“农夫既不异，孤穗将安归”，盖谓农夫见谷之在草而不别异之，犹贤者见贤之在野而不能荐进之也。“常恐委畴陇，忽与秋蓬飞”，喻在野之贤，唯恐老之将至，与草木俱腐也。“乌得荐宗庙，为君生光辉”，以喻在野之贤冀望在位之贤引而进之，以羽仪朝廷也。嗟夫，士怀才而不遇，千载读之，犹有感激。

寓言三首

其一

周公负斧扆[1]，成王何夔夔[2]！
武王昔不豫，剪爪投河湄。
贤圣遇谗慝，不免人君疑。
天风拔大木，禾黍咸伤萎。
管蔡扇苍蝇，公赋鸱鸮诗。
金滕若不启，忠信谁明之？

【注释】 **1** 斧扆（yǐ）：朱谏注：斧扆，状如屏风，画斧于上，取其断也。扆：古代的一种屏风。 **2** 夔夔：惊悚的样子。

其二

遥裔双彩凤，婉娈三青禽。
往还瑶台里，鸣舞玉山岑。
以欢秦娥意，复得王母心。
驱驱精卫鸟，衔木空哀吟。

【点评】

萧士赟：此篇比兴之诗。彩凤、青禽以比佞幸之人，瑶台、玉山以比宫掖，秦娥以比公主，王母以比后妃。盖以讽刺当时出入宫掖、取媚后妃公主以求爵位者。“精卫衔木石”以比小臣怀区区报国之心，尽忠竭力而不见知者，其意微而显矣。

其三

长安春色归，先入青门道。
绿杨不自持，从风欲倾例。
海燕还秦宫，双飞入帘栊。
相思不相见，托梦辽城东。

秋夕旅怀

凉风度秋海，吹我乡思飞。
连山去无际，流水何时归？
日夕浮云色，心断明月晖。
芳草歇柔艳，白露催寒衣。
梦长银汉落，觉罢天星稀。
含欢想旧国，泣下谁能挥？

【点评】

朱谏：此白客寓他方，思长安而作。言凉风度海，搅动乡思。山长水遥而不得归。秋时景物伤情，痛念旧京，有怀耿耿，为之挥泪而情不能已也。岂当遭乱之后，白乃流寓江南而不得归之时乎？

感遇四首

其一

吾爱王子晋，得道伊洛滨。
金骨既不毁，玉颜长自春。
可怜浮丘公，猗靡与情亲。

举手白日间，分明谢时人。
二仙去已远，梦想空殷勤。

其二

可叹东篱菊，茎疏叶且微。
虽言异兰蕙，亦自有芳菲。
未泛盈樽酒，徒占清露辉。
当荣君不采，飘落欲何依？

【点评】

朱谏：此以菊而取喻。言可叹哉，东篱之菊也！其茎自疏而叶又稀矣。虽然不及兰蕙之芬香，亦自有芳菲之可爱也。未泛盈觞之酒，徒沾清露之辉。当此荣茂之时，不蒙见采，则节过时晚，菊亦衰矣。终至飘落而已，欲何依乎！白盖自喻适年富之时，抱可用之才，不蒙录用，蹉跎衰老，不能有为，将至流落而无所成，岂不可叹也哉！

其三

昔余闻常娥，窃药驻云发。
不自娇玉颜，方希炼金骨。
飞去身莫返，含笑坐明月。

紫宫夸蛾眉，随手会凋歇。

其四

宋玉事楚王，立身本高洁。
巫山赋彩云，郢路歌白雪[1]。
举国莫能和，巴人皆卷舌。
一惑登徒言，恩情遂中绝。

【注释】 1 郢路歌白雪:《对楚王问》:客有歌于郢中者，其始曰《下里》《巴人》，国中属而和者数千人。其为《阳阿》《薤露》，国中属而和者数百人。其为《阳春》《白雪》，国中属而和者不过数十人。引商刻羽，杂以流徵，国中属而和者不过数人而已。是其曲弥高，其和弥寡。

写怀

翰林读书言怀呈集贤院内诸学士

（长安）

晨趋紫禁中，夕待金门诏。

观书散遗帙，探古穷至妙。
片言苟会心，掩卷忽而笑。
青蝇易相点，《白雪》难同调。
本是疏散人，屡贻褊促诮。
云天属清朗，林壑忆游眺。
或时清风来，闲倚栏（檐）下啸。
严光桐庐溪，谢客临海峤。
功成谢人君（一作间），从此一投钓。

寻阳紫极宫感秋作

何处闻秋声？翛翛[1]北窗竹。
回薄[2]万古心，揽之不盈掬。
静坐观众妙，浩然媚幽独。
白云南山来，就我檐下宿。
懒从唐生决，羞访季主[3]卜。
四十九年非，一往不可复。
野情转萧散，世道有翻覆。
陶令归去来，田家酒应熟。

【注释】 **1** 翛翛（xiāo）：风吹竹林的声音。 **2** 回薄：动荡。 **3** 季主：《史记》：司马季主者，楚人也，卜于长安东市。宋忠、贾谊俱出洗沐，游于卜肆，谒季主以问休咎。季主告之，各如所验。

江上秋怀

餐霞[1]卧旧壑，散发谢远游。
山蝉号枯桑，始复知天秋。
朔雁别海裔，越燕辞江楼。
飒飒风卷沙，茫茫雾萦洲。
黄云结暮色，白水扬寒流。
恻怆心自悲，潺湲泪难收。
蘅兰方萧瑟，长叹令人愁。

【注释】 **1** 餐霞：朱谏注：盖仙人道引之法，服食之功也。

秋夕书怀

（一作秋日南游书怀）

北风吹海雁，南度落寒声。
感此潇湘客，凄其流浪情。
海怀结沧洲（一作远心飞苍梧），霞（一作遐）想遥（一作游）赤城。

始探蓬壶事（一作始采蓬壶术），旋觉天地轻。
澹然吟（一作思）高秋，闲卧瞻太清。
萝月掩（一作隐）空幕，松霜皓（一作云散）前楹。
灭见息群动，猎微穷至精。
桃花有源水，可以保吾生。

避地司空原言怀

（舒州）

南风昔不竞，豪圣思经伦。
刘琨与祖逖[1]，起舞鸡鸣晨。
虽有匡济心，终为乐祸人。
我则异于是，潜光皖水滨。
卜筑司空源[2]，北将天柱邻。
雪霁万里月，云开九江春。
俟乎太阶平，然后托微身[3]。
倾家事金鼎[4]，年貌可长新。
所愿得此道，终然保清真。
弄景奔日驭，攀星戏河津。
一随王乔去，长年玉天[5]宾。

【注释】 1 刘琨与祖逖:《晋书》:（祖逖）与刘琨俱为司州主簿。情好绸缪，共被同寝。中夜闻荒鸡鸣，蹴琨觉曰："此非恶也。"因起舞。逖、琨并有英气，每语世事，或中宵起坐，相谓曰："若四海鼎沸，豪杰并起，吾与足下当相避于中原耳。" **2** 司空源：一作原。朱谏注：司空原，在皖水旁。 **3** 托微身：朱谏注：托身者，隐也。 **4** 金鼎：朱谏注：金鼎，炼丹之器也。丹有内外之名，而鼎器亦有内外之殊，此道即金丹之术也。 **5** 玉天：朱谏注：玉天者，犹曰玉帝也，玉者贵之之辞。

南奔书怀

（一作自丹阳南奔道中作）

遥夜何漫漫（一作何时旦），空歌白石烂[1]。
宁戚未匡齐，陈平终佐汉。
欃枪[2]扫河洛，直割鸿沟[3]半。
历数[4]方未迁，云雷屡（一作起）多难。
天人秉旄钺，虎竹光藩翰。
侍笔黄金台，传觞青玉案。
不因秋风起[5]，自有思归叹。
主将动谗疑，王师忽离叛。
自来白沙上（一作兵罗沧海上），鼓噪丹阳岸。
宾御如浮云，从风各消散。
舟中指可掬[6]，城上骸争爨[7]。

草草出近关，行行昧前算。

南奔剧星火，北寇无涯畔。

顾乏七宝鞭，留连道边玩。

太白夜食昴[8]，长虹日中贯。

秦赵兴天兵，茫茫九州乱。

感遇（一作结）明主恩，颇高祖逖言。

过江誓流水，志在清中原[9]。

拔剑击前柱，悲歌难重论。

【注释】 **1** 白石烂:《饭牛歌》：南山矸，白石烂，生不遭尧与舜禅。短布单衣适至骭，从昏饭牛薄夜半，长夜漫漫何时旦？ **2** 欃枪：彗星。 **3** 鸿沟:《史记》：汉王复使侯公往说项王，项王乃与汉约中分天下，割鸿沟以西者为汉，鸿沟而东者为楚。 **4** 历数：天道。 **5** 秋风起:《晋书》：翰因见秋风起，乃思吴中菰菜、莼羹、鲈鱼脍，曰："人生贵得适志，何能羁宧数千里以要名爵乎？"遂命驾而归。 **6** 舟中指可掬:《左传》：遂疾进师，车驰卒奔，乘晋军。桓子不知所为，鼓于军中曰：先济者有赏，中军下军争舟，舟中之指可掬也。 **7** 城上骸争爨:《左传》：使华元夜入楚师，登子反之床起之曰："寡君使元以病告，曰：敝邑易子而食，析骸以爨。" **8** 太白夜食昴：太白星吞噬了昴宿，将发生战乱的预兆。 **9** 志在清中原:《晋书》：（祖逖）渡江中流击楫而誓曰："祖逖不能清中原而复济者，有如大江。"辞色壮烈，众皆慨叹。

上崔相百忧章

（四言时在寻阳狱）

共工赫怒，天维中摧。
鲲鲸喷荡，扬涛起雷。
鱼龙陷人，成此祸胎。
火焚昆山，玉石相磓[1]。
仰希霖雨，洒宝炎煨。
箭发石开，戈挥日回。
邹衍恸哭，燕霜飒来。
微诚不感，犹贽（一作絷）夏台[2]。
苍鹰搏攫，丹棘崔嵬。
豪圣凋枯[3]，王风伤哀。
斯文未丧，东岳岂颓！
穆逃楚难，邹脱吴灾。
见机苦迟，二公所咍[4]。
骥不骤进[5]，麟何来哉[6]？
星离[7]一门，草掷二孩。
万愤结缉，忧从中催。
金瑟玉壶，尽为愁媒。
举酒大息，泣血盈杯。
台星[8]再朗，天网重恢。
屈法申恩，弃瑕取材。

冶长非罪，尼父无猜。

覆杯傥举，应照寒灰[9]。

【注释】1 碓（duī）：撞击。 2 夏台：监狱名。 3 豪圣凋枯：杨齐贤注：豪圣，周公也。周公遭流言之变，王道凋枯，故《豳》以下诸诗伤哀之。 4 咍（hāi）：笑。 5 骥不骤进：《九辩》：骥不骤进而求服兮。 6 麟何来哉：《家语》：叔孙氏之车士曰子钽商，采薪于大野，获麟焉，折其前左足，载以归。叔孙以为不祥，弃之于郭外。使人告孔子曰："有麇而角者何也？"孔子往观之曰："麟也，胡为来哉！"反袂拭面，涕泣沾襟。叔孙闻之，然后取之。子贡问曰："夫子何泣尔？"孔子曰："麟之至，为明王也，出非其时而见害，吾是以伤焉。" 7 星离：分散。 8 台星：《晋书》：三台六星，两两而居，起文昌列抵太微。 9 寒灰：《三国志》：遭乾坤之灵，起烟于寒灰之上，生华于已枯之木。

万愤词投魏郎中

海水渤潏[1]，人罗鲸鲵。蓊[2]胡沙而四塞，始滔天于燕齐。何六龙之浩荡，迁白日于秦西。九土[3]星分，嗷嗷凄凄。南冠君子，呼天而啼。恋高堂[4]而掩泣，泪血地而成泥。狱户春而不草，独幽怨而沉迷。兄九江兮弟三峡，悲羽化之难齐。穆陵关北愁爱子，豫章天南隔老妻。一门骨肉散百草，遇难不复相提携。树榛拔桂，囚鸾宠鸡。舜昔受[5]禹，伯成耕犁[6]。德自此衰，吾将安栖？好我者恤我，不好我者何忍临危而相挤！子胥鸱夷[7]，彭越醢醢[8]。自古豪烈，胡为此繄？苍苍之天，高乎视低。如其听卑，脱我牢狴[9]。傥辨美玉，君收白珪[10]。

【注释】1 渤潏（yù）：沸腾奔涌的样子。潏：水泉涌出。 2 蓊（wěng）：草木茂盛。 3 九土：《国语》：共工氏之伯九有也，其子曰后土，能平九土。 4 高堂：萧士赟注：高堂，喻朝廷也。 5 受：应为“授”。 6 伯成耕犁：《庄子》：尧治天下，伯成子高立为诸侯。尧授舜，舜授禹，伯成子高辞为诸侯而耕。禹往见之，则耕在野。禹趋就下风，立而问焉，曰：“昔尧治天下，吾子立为诸侯，尧授舜，舜授予，而吾子辞为诸侯而耕，敢问其何故也？”子高曰：“昔尧治天下，不赏而民劝，不罚而民畏，今子赏罚而民且不仁，德自此衰，刑自此立，后世之乱，自此始矣。夫子阖行耶！无落吾事。”俋俋乎耕而不顾。 7 子胥鸱夷：《国语》：王愠曰：“孤不使大夫得有见也。”乃使取申胥之尸，盛以鸱夷，而投之于江。 8 彭越醢醢（hǎi xī）：《史记》：汉诛梁王彭越醢之，盛其醢遍赐诸侯。醢醢，把人剁成肉酱的酷刑。 9 牢狴（bì）：监狱。狴，画在监狱门上的兽。 10 白珪：《诗》：白圭之玷，尚可磨也。斯言之玷，不可为也。

荆州贼乱临洞庭言怀

修蛇[1]横洞庭，吞象临江岛。
积骨成巴陵，遗言闻楚老。
水穷三苗国，地窄三湘道。
岁晏[2]天峥嵘，时危人枯槁。
思归阻丧乱，去国伤怀抱。
郢路方丘墟，章华亦倾倒。
风悲猿啸苦，木落鸿飞早。
日隐西赤沙，月明东城草。
关河[3]望已绝，氛雾[4]行当扫。
长叫天可闻，吾将问苍昊。

【注释】 **1** 修蛇：长蛇。 **2** 晏：晚。 **3** 关河：朱谏注：关河，指中原都会之地而言也。望绝者，隔绝而音问之不通也。 **4** 氛雾：妖气。

览镜书怀

得道[1]无古今，失道还衰老。
自笑镜中人，白发如霜草。
扪心空叹息，问影何枯槁？

桃李竟何言？终成南山皓[2]。

【注释】 1 道：朱谏注：道者，长生之术也。无古今者，不老也。

2 南山皓：杨齐贤注：南山皓，即商山四皓。

田园言怀

贾谊三年谪，班超万里侯[1]。
何如牵白犊[2]，饮水对清流？

【注释】 1 班超万里侯：《后汉书》：（超）其后行诣相者，曰："祭酒，布衣诸生耳，而当封侯万里之外。"超问其状，相者指曰："生燕颔虎头，飞而食肉，此万里侯相也。" 2 白犊：《淮南子》：宋人好善者三世不解，家无故而黑牛生白犊。以问先生，先生曰：此吉祥也，以飨鬼神。

江南春怀

青春几何时？黄鸟鸣不歇。
天涯失乡（一作归）路，江外老华发。
心飞秦塞云，影滞楚关[1]月。

身世殊烂漫，田园久芜没。

岁晏何所从？长歌谢金阙。

【注释】 1 楚关：朱谏注：江南之地，白之所寓也。

第二十三卷

歌诗五十三首

咏物

听蜀僧濬弹琴

（蜀中）

蜀僧抱绿绮[1]，西下峨眉峰。
为我一挥手，如听万壑松。
客心洗流水[2]，遗响入霜钟。
不觉碧山暮，秋云暗几重。

【注释】 1 绿绮:《全晋文》：楚庄有鸣琴曰绕梁，中世司马相如有琴曰绿绮，蔡邕有琴曰焦尾，皆名器也。 2 流水:《列子》：伯牙善鼓琴，钟子期善听。伯牙鼓琴，志在登高山。钟子期曰："善哉，峨峨兮若泰山！"志在流水。曰："善哉！洋洋兮若江河！"伯牙所念，钟子期必得之。

鲁东门观刈蒲

（鲁中）

鲁国寒事早，初霜刈渚蒲。
挥镰若转月，拂水生连珠。

此草最可珍，何必贵龙须？
织作玉床席，欣承清夜娱。
罗衣能再拂，不畏素尘芜。

咏邻女东窗海石榴

鲁女东窗下，海榴世所稀。
珊瑚映渌水，未足比光辉。
清香随风发，落日好鸟归。
愿为东南枝，低举拂罗衣。
无由一攀折，引领望金扉。

南轩松

南轩有孤松，柯叶自绵幂。
清风无闲时，萧洒终日夕。
阴生古苔绿，色染秋烟碧。
何当凌云霄？直上数千尺。

咏山樽二首

（前一首一作咏柳少府山瘿木樽）

其一

蟠木不雕饰，且将斧斤疏。
樽成山岳势，材是栋梁余。
外与金罍并，中涵玉醴虚。
惭君垂拂拭，遂忝玳筵居。

其二

拥肿寒山木，嵌空成酒樽。
愧无江海量，偃蹇在君门。

初出金门寻王侍御不遇，咏壁上鹦鹉

（一作敕放归山留别陆侍御不遇咏鹦鹉）

落羽辞金殿，孤鸣托绣衣。
能言终见弃，还向陇山飞。

紫藤树

紫藤挂云木，花蔓宜阳春。
密叶隐歌鸟，香风留美人。

观放白鹰二首

其一

八月边风高，胡鹰白锦毛。
孤飞一片雪，百里见秋毫。

其二

寒冬十二月，苍鹰八九毛。
寄言燕雀莫相啅，自有云霄万里高。

观博平王志安少府山水粉图

粉壁为空天，丹青状江海。
游云不知归，日见白鸥在。

博平真人王志安，沉吟至此愿挂冠。
松溪石嶝带秋色，愁客思归生晓寒。

题雍丘崔明府丹灶

美人为政本忘机，服药求仙事不违。
叶县已泥丹灶毕，瀛洲当伴赤松归。
先师有诀神将助，大圣无心火自飞。
九转[1]但能生羽翼，双凫[2]忽去定何依？

【注释】 1 九转：反复炼丹药。 2 双凫：《风俗通义》：俗说，孝明帝时，尚书郎河东王乔，迁为叶令。乔有神术，每月朔当诣台朝。帝怪其来数而无车骑，密令太史候望。言其临至时，常有双凫从南飞来，因伏伺，见凫举罗，但得一双舄耳。使尚方识视，四年中所赐尚书官属履也。

观元丹丘坐巫山屏风

昔游三峡见巫山，见画巫山宛相似。
疑是天边十二峰，飞入君家彩屏里。
寒松萧飒如有声，阳台微茫如有情。

锦衾瑶席何寂寂，楚王神女徒盈盈。
高咫尺，如千里，翠屏丹崖粲如绮。
苍苍远树围荆门，历历行舟泛巴水。
水石潺湲万壑分，烟光草色俱氲氛。
溪花笑日何年发？江客听猿几岁闻？
使人对此心缅邈，疑入嵩丘梦彩云。

求崔山人百丈崖瀑布图

百丈素崖裂，四山丹壁开。
龙潭中喷射，昼夜生风雷。
但见瀑泉落，如潈云汉来。
闻君写真图，岛屿备萦回。
石黛刷幽草，曾青泽古苔。
幽缄傥相传，何必向天台？

见野草中有名白头翁者

醉入田家去，行歌荒野中。
如何青草里，亦有白头翁？
折取对明镜，宛将衰鬓同。

微芳似相诮，流恨向东风。

【点评】

《李诗直解》：此见草中有白头翁而因有所感也。言我乘醉以入田家去，而行歌荒野之中。如何青草之里亦有白头翁者？折取归来，以明镜对看，人之白头与草之白头宛然相同也。彼微芳似有相诮之意，不觉留恨以向东风，庶几解释耳。不然，若境遇不善，有知之老翁，反不如无知之白头翁矣。

流夜郎题葵叶

惭君能卫足，叹我远移根。
白日如分照，还归守故园。

莹禅师房观山海图

真僧闭精宇[1]，灭迹[2]含达观。
列嶂图云山，攒峰入霄汉。
丹崖森在目，清昼疑卷幔。
蓬壶[3]来轩窗，瀛海入几案。
烟涛争喷薄，岛屿相凌乱。

征帆飘空中，瀑水洒天半。
峥嵘若可陟，想象徒盈叹。
杳与真心冥，遂谐静者玩。
如登赤城里，揭涉沧洲畔。
即事能娱人，从兹得萧散。

【注释】1 精宇：寺庙。 2 □迹：远离世俗。 3 蓬壶：《拾遗记》：三壶则海中三山也。一曰方壶，则方丈也；二曰蓬壶，则蓬莱也；三曰瀛壶，则瀛洲也，形如壶器。

白鹭鸶

白鹭下秋水，孤飞如坠霜。
心闲且未去，独立沙洲傍。

【点评】

《李诗直解》：此咏鹭鸶之洁白，而叹其闲适也。言白鹭之下秋水，孤飞蹁跹，如坠霜之白矣。大凡不足则忙，彼其无求不足，心闲且未去，而独立于沙洲之旁，亦得时行时止之妙机也。

咏桂二首

其一

园花笑芳年，池草艳春色。
犹不如槿花，婵娟玉阶侧。
芬荣何夭促，零落在瞬息。
岂若琼树枝，终岁长翕赩。

其二

世人种桃李，多在金张[1]门。
攀折争捷径，及此春风暄。
一朝天霜下，荣耀难久存。
安知南山桂，绿叶垂芳根。
清阴亦可托，何惜树君园。

【注释】 **1** 金张:《汉书》：功臣之世，唯有金氏、张氏，亲近宠贵，比于外戚。

白胡桃

红罗袖里分明见，白玉盘中看却无。
疑是老僧休念诵，腕前推下水晶珠。

巫山枕障

巫山枕障画高丘，白帝城边树色秋。
朝云夜入无行处，巴水横天更不流。

庭前晚开花

西王母桃种我家，三千阳春始一花。
结实苦迟为人笑，攀折唧唧长咨嗟。

宣州长史弟昭赠余琴溪中双舞鹤诗以见志

令弟佐宣城，赠余琴溪鹤。
谓言天涯雪，忽向窗前落。
白玉为毛衣，黄金不肯博。

当风振六翮，对舞临山阁。
顾我如有情，长鸣似相托。
何当驾此物，与尔腾寥廓？

题咏

题随州紫阳先生壁

神农好长生，风俗久已成。
复闻紫阳客，早署丹台名。
喘息餐妙气[1]，《步虚》吟真声[2]。
道与古仙合，心将元化[3]并。
楼疑出蓬海，鹤似飞玉京。
松雪窗外晓，池水阶下明。
忽耽笙歌乐，顿失轩冕情。
终愿惠金液，提携凌太清。

【注释】 **1** 喘息餐妙气：朱谏注：喘息殗气，即吐纳之法也。 **2** 真声：朱谏注：真声者，谓无尘俗之杂也。 **3** 元化：朱谏注：元化者，一元造化之气，即妙气也。

题元丹丘山居

故人栖东山，自爱丘壑美。
青春卧空林，白日犹不起。
松风清襟袖，石潭洗心耳。
羡君无纷喧，高枕碧霞里。

题元丹丘颍阳山居（并序）

丹丘家于颍阳，新卜别业。其地北倚马岭，连峰嵩丘，南瞻鹿台，极目汝海，云岩映郁，有佳致焉。白从之游，故有此作。

仙游渡颍水，访隐同元君。
忽遗苍生望，独与洪崖群。
卜地初晦迹，兴言且成文。
却顾北山断，前瞻南岭分。
遥通汝海月，不隔嵩丘云。
之子合逸趣，而我钦清芬。
举迹倚松石，谈笑迷朝曛。
终愿狎青鸟，拂衣栖江濆。

题瓜州新河饯族叔舍人贲

齐公凿新河，万古流不绝。
丰功利生人，天地同朽灭。
两桥对双阁，芳树有行列。
爱此如甘棠，谁云敢攀折？
吴关倚此固，天险自兹设。
海水落斗门，湖平见沙汭。
我行送季父，弭棹徒流悦。
杨花满江来，疑是龙山雪。
惜此林下兴，怆为山阳别。
瞻望清路尘，归来空寂蔑。

洗脚亭

白道向姑苏，洪亭临道旁。
前有吴时井，下有五丈床。
樵女洗素足，行人歇金装。
西望白鸟洲，芦花似朝霜。
送君此时去，回首泪成行。

劳劳亭

天下伤心处，劳劳送客亭。
春风知别苦，不遣柳条青。

【点评】

《李诗直解》：此于送客之亭而伤分别之苦也。言天下伤心之处，唯劳劳送客之亭。人生莫苦于离别，春风亦知别苦，故有意迟迟而不遣柳条青，恐人折之以赠行也。夫亭曰劳劳，则人不得安逸。而百年易尽，离别苦多，宁得不伤心耶？

题金陵王处士水亭

（此亭盖齐朝南苑，又是陆机故宅。）

王子耽玄言，贤豪多在门。
好鹅[1]寻道士，爱竹啸名园[2]。
树色老（一作秀）荒苑，池光荡华轩。
此堂见明月，更忆陆平原。
扫地青玉簟，为余置金樽。
醉罢（一作后）欲归去，花枝宿鸟喧。
何时复来此，再（一作更）得洗嚣烦？

【注释】 1 好鹅：王羲之曾写经换鹅。 2 爱竹啸名园:《世说新语》：王子猷尝行过吴中，见一士大夫家，极有好竹。主已知子猷当往，乃洒扫施设，在听事坐相待。王肩舆径造竹下，讽啸良久。

题嵩山逸人元丹丘山居（并序）

白久在庐霍，元公近游嵩山，故交深情，出处无间。岳[1]信频及，许为主人，欣然适会本意，当冀长往不返。欲便举家就之，兼书共游，因有此赠。

家本紫云山，道风未沦落。
况怀丹丘志，冲赏归寂寞。
朅来游闽荒，扪涉穷禹凿。
夤缘[2]泛潮海，偃蹇陟庐霍。
凭雷蹑天窗，弄景憩霞阁。
且欣登眺美，颇惬隐沦[3]诺。
三山旷幽期，四岳聊所托。
故人契嵩颍，高义炳丹雘[4]。
灭迹遗纷嚣，终言本峰壑。
自矜林湍好，不羡市朝[5]乐。
偶与真意并，顿觉世情薄。
尔能折芳桂，吾亦采兰若。
拙妻好乘鸾，娇女爱飞鹤。
提携访神仙，从此炼金药。

【注释】1 嵒（yán）：岩的古字。 2 夤（yín）缘：绵延。 3 隐沦：隐居。 4 雘（huò）：颜料。 5 市朝：《战国策》：臣闻争名者于朝，争利者于市。今三川，周室，天下市朝也。

题江夏修静寺

（此寺是李北海旧宅。）

我家北海[1]宅，作寺南江滨。
空庭无玉树，高殿坐幽人。
书带[2]留青草，琴堂（一作台）幂素尘。
平生种桃李，寂灭不成春。

【注释】1 北海：朱谏注：北海者，李邕也。白与邕为叔侄，白尝自称为小阮。邕为北海太守，天宝中为吉温所陷，诏就郡杖杀之。2 书带：《太平御览》：《三齐略记》曰：不其城东有郑玄教授山。山下生草如薤，长尺余，坚韧异常，土人名作康成书带。

改九子山为九华山联句（并序）

青阳县南有九子山，山高数十丈，上有九峰如莲华。按图征名，无所依据，太史公南游，略而不书。事绝古老之口，复阙名贤之纪，虽灵仙往复，而赋咏罕闻。予乃削其旧号，加以九华之目。时访道江汉，憩于夏侯回之堂，开檐岸帻[1]，坐眺松雪，因与二三子联句，传之将来。

妙有分二气[2]，灵山开九华。（李白）
层标[3]遏迟日，半壁明朝霞。（高霁）
积雪曜阴壑，飞流喷阳崖。（韦权兴，权一作瓘）
青荧玉树色，缥缈羽人家。（李白）

【注释】1岸帻：推起头巾，露出前额。形容态度洒脱。 2二气：朱谏注：二气，阴阳也。 3层标：朱谏注：层标，山之重垒而高举者也。

题宛溪馆

吾怜宛溪好，百尺照心明（一作久照心益明）。
何谢新安水，千寻见底清。
白沙留月色，绿竹助秋声。
却笑严湍上，于今独擅名。

【点评】

《李诗直解》：此题宛溪之清澈，而见严湍之擅名者，地以人重也。吾怜宛陵溪水，澄澈如镜，不唯照人，亦可照心以倍明，则此溪可谢新安之水矣。百尺千寻，莫不见底清也。况溪际白沙，与月色相映，而沙可留月；岸上绿竹，与秋声相鼓，而竹可助秋。此宛溪之好，不减严湍。却笑严湍之上，至今独擅名者，地以贤人重也。今宛溪惜无严子陵以垂钓耳。

题东溪公幽居

杜陵[1]贤人清且廉，东溪卜筑岁将淹。
宅近青山同谢朓，门垂碧柳似陶潜。
好马[2]迎春歌后院，飞花送酒舞前檐。
客到但知留一醉，盘中只有水精盐。

【注释】 1 杜陵：朱谏注：杜陵贤人，谓东溪公也。其人或李姓，或居杜陵，必仕而后隐者也。 2 马：应为“鸟”。

【点评】

《唐诗解》：此美东溪公幽居之乐。言公清廉而有高隐之志，故卜筑东溪以为幽栖之地，盖将淹留于此矣。且其依山荫柳，媲美古人；花舞莺歌，与物无间。及客至留饮，而盘无他味，则其清廉为何如哉？

杂咏

嘲鲁儒

鲁叟谈《五经》，白发死章句。
问以经济策，茫如坠烟雾。
足著远游履，首戴方头巾。
缓步从直道，未行先起尘。
秦家丞相府，不重褒衣人[1]。
君非叔孙通[2]，与我本殊伦。
时事且未达，归耕汶水滨。

【注释】 **1** 褒衣人：儒生。 **2** 叔孙通：原为秦朝博士，汉朝建立后辅佐刘邦，为刘邦汉朝制定宗庙仪法。

惧谗

二桃杀三士，讵假剑如霜？
众女妒蛾眉，双花竞春芳。
魏姝信郑袖，掩袂对怀王。
一惑巧言子，朱颜成死（一作损）伤。

行将泣团扇，戚戚愁人肠。

观猎

太守耀清威，乘闲弄晚辉。
江沙横猎骑，山火绕行围。
箭逐云鸿落，鹰随月兔飞。
不知白日暮，欢赏夜方归。

观胡人吹笛

胡人吹玉笛，一半是秦声。
十月吴山晓，《梅花》落敬亭。
愁闻《出塞》曲，泪满逐臣缨。
却望长安道，空怀恋主情。

【点评】

《李诗直解》：此太白放逐之余，闻笛声而眷恋宗社之怀也。言我流落江湖，旅寓不定。忽闻胡人吹笛，一半犹是秦声也。十月之时，吴山方晓，何梅花落于敬亭乎？此出塞之曲，闻之不觉凄然而愁，而泪满我逐臣之缨矣。我今流落于此，去长安已远，却望长安之道，空怀恋主之情。而主不我用，徒为眷眷已矣。尔胡人休得再吹矣，毋令人入于耳，伤于心也。

军行

骝马新跨（一作夸）白玉鞍，战罢沙场月色寒。
城头铁鼓声犹震，匣里金刀血未干。

从军行

百战沙场碎铁衣，城南已合数重围。
突营射杀呼延将，独领残兵千骑归。

平虏将军妻

平虏将军妇，入门二十年。
君心自不悦，妾宠岂能专？
出解床前帐，行吟道上篇。
古人不唾井，莫忘昔缠绵。

春夜洛城闻笛

谁家玉笛暗飞声，散入春风满洛城。
此夜曲中闻《折柳》，何人不起故园情。

【点评】

《李诗直解》：此春夜闻笛而动思乡之情也。一言谁家之玉笛暗飞声乎？而其声之嘹亮，散入春风之中，以满洛城也。此夜曲中，闻有折柳之腔。而遥思故园，杨柳长条，已堪攀折矣。当此春光逆旅，何人不起故乡之情哉？

《唐诗合解》：忽然闻笛，不知吹自谁家。因是夜闻，声在暗中飞也。笛声以风声而吹散，风声引笛声以远扬，于是洛城春夜遍闻风声，即遍闻笛声矣。折柳所以赠别，而笛调中有《折杨柳》一曲。闻折柳而伤别，故情切乎故园。本是自我起情，却说闻者“何人不起”，岂人人有别情乎？只为“散入春风”，满城听得耳。

嵩山采菖蒲者

神人多古貌，双耳下垂肩。
嵩岳逢汉武，疑是九疑仙。
我来采菖蒲，服食可延年。

言终忽不见，灭影入云烟。
喻帝竟莫悟，终归茂陵田。

金陵听韩侍御吹笛

韩公吹玉笛，倜傥流英音。
风吹绕钟山，万壑皆龙吟[1]。
王子停凤管，师襄[2]掩瑶琴。
余响渡江去，天涯安可寻？

【注释】 1 龙吟:《长笛赋》：近世双笛从羌起，羌人伐竹未及已。龙鸣水中不见已，截竹吹之声相似。 2 师襄:《史记》：孔子学鼓琴师襄子。

流夜郎闻酺不预

北阙圣人歌大康，南冠君子窜遐荒。
汉酺[1]闻奏钧天乐，愿得风吹到夜郎。

【注释】 1 汉酺（pú）:《汉书》：朕初即位，其赦天下，赐民爵一级，女子百户牛酒，酺五日。酺，酒。

放后遇恩不沾

天作云与雷[1]，霈然德泽开。
东风日本至，白雉越裳[2]来。
独弃长沙国，三年未许回。
何时入宣室，更问洛阳才？

【注释】**1**天作云与雷：朱谏注：云雷、德泽，言君恩也。《易》曰：“云雷屯，君子以经纶。”又曰：“雷雨作。解，君子以赦过宥罪。” **2**越裳：今越南南部。

宣城见杜鹃花

蜀国曾闻子规鸟，宣城还见杜鹃花。
一叫一回肠一断，三春三月忆三巴。

白田马上闻莺

黄鹂啄紫椹，五月鸣桑枝。
我行不记日，误作阳春时。
蚕老客未归，白田已缫丝（一作吴人欲缫丝）。

驱马又前去，扪心空自悲（一作嗤）。

暖酒

热暖将来宾铁文，暂时不动聚白云。
拨却白云见青天，掇头里许便乘仙。

三五七言

秋风清，秋月明。
落叶聚还散，寒鸟栖复惊。
相思相见知何日，此时此夜难为情。

【点评】

《李诗直解》：此闺怨。因秋至而深相思之情也。言风至秋而倍清，月至秋而倍明。当此风清月白之景，正堪聚娱。而今则不然。故落叶聚而遇风还为飘散，寒鸦宿而闻响又复惊乱。我因相离而相思，期其相见，知何日乎？此秋气凄凉时，当寂寞独宿之夜，有难为情者。安得忽然来归，以相娱于风清月白之下也！

杂诗

白日与明月，昼夜尚（一作常）不闲。
况尔悠悠人，安得久世间？
传闻海水上，乃有蓬莱山。
玉树生绿叶，灵仙每登攀。
一食驻玄发，再食留红颜。
吾欲从此去，去之无时还。

第二十四卷

歌诗六十二首

闺情

寄远十二首

其一

三鸟别王母，衔书来见过。
肠断若剪弦，其如愁思何？
遥知玉窗里，纤手弄云和。
奏曲有深意，青松交女萝。
写水落井中，同泉岂殊波？
秦心与楚恨，皎皎为谁多？

其二

青楼何所在，乃在碧云中。
宝镜挂秋水（一作月），罗衣轻春风。
新妆坐落日，怅望金（一作锦）屏空。
念此（一作剪彩）送短书，愿因（一作同）双飞鸿。

其三

本作一行书，殷勤道相忆。
一行复一行，满纸情何极？
瑶台有黄鹤，为报青楼人。
朱颜凋落尽，白发一何新！
自知未应还（一作老），离居（一作君）经三春。
桃李今若为？当窗发光彩。
莫使香风飘，留与（一作取）红芳待。

其四

玉箸[1]落春（一作清）镜，坐愁湖阳水。
闻（一作且）与阴丽华，风烟接邻里。
青春已复过，白日忽相催。
但恐荷（一作飞）花晚，令人意已摧。
相思不惜梦，日夜向阳台。

【注释】 1 玉箸：杨齐贤注：玉箸，泪也。

其五

远忆巫山阳，花明渌江暖。

踌躇未得往，泪向南云满。
春风复无情，吹我梦魂断。
不见眼中人，天长音信短。

其六

阳台隔楚水，春草生黄河。
（一作阴云隔楚水，转蓬落渭河。）
相思无日夜，浩荡若流波。
流波向海去，欲见终无因（一作定绕珠江滨）。
遥将一点泪，远寄如花人。

其七

昔（一作妾）在舂陵东，君居汉江岛。
百里望花光，往来成白道。
（一作日日采蘼芜，上山成白道。）
一为云雨别，此地生秋草。
秋草秋蛾飞，相思愁落辉。
何由一相见，灭烛解罗衣。
（一本辉下添昔时携手去，今时流泪归。遥知不得意，玉箸点罗衣。）

其八

忆昨东园桃李红碧枝，与君此时初别离。金瓶落井无消息，令人行叹复坐思。坐思行叹成楚越，春风玉颜畏销歇。碧窗纷纷下落花，青楼寂寂空明月。两不见，但相思，空留锦字表心素，至今缄愁不忍窥。

其九

长短春草绿，缘门如有情。
卷葹[1]心独苦，抽却死还生。
睹物知妾意，希君种后庭。
闲时当采掇，念此莫相轻。

【注释】 1 葹（shī）：草本植物。

其十

鲁缟如玉霜，笔（一作剪）题月支书。
寄书白鹦鹉，西海畏离居。
行数虽不多，字字有委曲。
天末如见之，开缄泪相续。
千里若在眼，万里若在心。

相思千万里，一书直千金。

其十一

美人在时花满堂，美人去后余空床。

床中绣被卷不寝（一作更不卷），至今三载闻余香（一作犹闻香）。

香亦竟不灭，人亦竟不来。

相思黄叶尽（一作落），白露湿（一作点）青苔。

（此首一作赠远。）

其十二

爱君芙蓉婵娟之艳色，若可餐兮难再得。怜君冰玉清迥之明心，情不极兮意已深。朝共琅玕[1]之绮食，夜同鸳鸯之锦衾。恩情婉娈忽为别，使人莫错乱愁心。乱愁心，涕如雪。寒灯厌梦魂欲绝，觉来相思生白发。盈盈汉水若可越，可惜凌波步罗袜。美人美人兮归去来，莫作朝云飞阳台。

【注释】 1 琅玕:《艺文类聚》：闻南方有鸟，其名为凤。所居积石千里，天为生食，其树名琼枝，高百仞，以璆琳琅玕为实。天又为生离珠，一人三头，递卧递起，以伺琅玕。

长信宫

月皎昭阳殿，霜清长信宫。
天行乘玉辇，飞燕与君同。
更有欢娱处（一作别有留情处），承恩乐未穷。
谁怜团扇妾，独坐怨秋风？

【点评】

《唐诗解》：此为班姬失宠而羡飞燕之词。月皎昭阳，彼之佳景也：霜清长信，己之落寞也。天子乘辇，昔欲与我共载矣，今乃与飞燕同之。且欢娱非一，承恩侍寝，其乐无限，谁怜我团扇之妾，独坐而怨此秋风乎？盖太白召见金銮之时，帝亲为之调羹，后为妃子所谮，宠遇日衰，故托此以自叹。

长门怨二首

其一

天回北斗挂西楼，金屋无人萤火流。
月光欲到长门殿，别作深宫一段愁。

其二

桂殿长愁不记春，黄金四屋起秋尘。
夜悬明镜青天上，独照长门宫里人。

【点评】

《李诗直解》：此诗隐括汉后之事而比玄宗王后之怨也。言陈后居长门宫之桂殿，长愁而不记春矣。昔欲以金屋贮之，而今四屋寂寞起秋尘也。夜悬皎月青天之上，虽皎月于人无所不照，似独照我长门里长愁之人也。借古慨唐，其意微而婉矣。

春怨

白马金羁辽海东，罗帷绣被卧春风。
落月低轩窥烛尽，飞花入户笑床空。

代赠远

（一作寄远）

妾本洛阳人，狂夫[1]幽燕客。

渴饮易水波，犹来多感激。
胡马西北驰，香鬃摇绿丝。
鸣鞭从此去，逐虏荡边陲。
昔去有好言，不言久离别。
燕支多美女，走马轻风雪。
见此不记人，恩情云雨绝。
啼流玉箸尽，坐恨金闺切。
织锦作短书[2]，肠随回纹[3]结。
相思欲有寄，恐君不见察。
焚之扬其灰[4]，手迹自此灭。

【注释】 1狂夫：对丈夫的谦称。 2织锦作短书：《晋书》：窦滔妻苏氏，始平人也。名蕙，字若兰，善属文。滔，苻坚时为秦州刺史，被徙流沙。苏氏思之，织锦为回文旋图诗以赠滔。宛转循环以读之，词甚凄惋，凡八百四十字。 3纹：应为“文”。 4扬其灰：《有所思》：闻君有他心，拉杂摧烧之。摧烧之，当风扬其灰。

陌上赠美人

（一云小放歌行，一首在第三，此是第二篇。）

骏马骄行踏落花，垂鞭直拂五云车。
美人一笑褰珠箔，遥指红（一作青）楼是妾家。

【点评】

《李诗直解》：此游春而咏陌上之情景也。言春日之景，关情者无如花与美人。今乘骏马以游陌上，落花满地，骄行以踏之。而春意可怜也。忽望见五云华丽之车，知彼美在中，乃垂鞭躞行，而直拂其车。美人见其狂态，嫣然一笑，以褰珠箔。遥指远远红楼之中，即是妾家。是美人有情，而骏马随行，频拂之以至红楼之处矣。

闺情

流水去绝国，浮云辞故关。
水或恋前浦，云犹归旧山。
恨君流（一作龙）沙去，弃妾渔阳间。
玉箸夜垂（一作日夜）流，双双落朱颜。
黄鸟坐相悲，绿杨谁更攀？
织锦心草草，挑灯泪斑斑。
窥镜不自识，况乃狂夫还。

代别情人

清水本不动，桃花发岸傍。

桃花弄水色，波荡摇春光。
我悦子容艳，子倾我文章。
风吹绿琴去，曲度《紫鸳鸯》。
昔作一水鱼，今成两枝鸟。
哀哀长鸡鸣，夜夜达五晓。
起折相思树，归赠知寸心。
覆水不可收，行云难重寻。
天涯有度鸟，莫绝瑶华音。

代秋情

几日相别离，门前生穞[1]葵。
寒蝉聒梧桐，日夕长鸣悲。
白露湿萤火，清霜零兔丝。
空掩紫罗袂（一作空闺掩罗袂），长啼无尽时。

【注释】 1 穞（lǔ）：同稆，自生谷物。

对酒

蒲萄酒，金叵罗，吴姬十五细马驮。

青黛画眉红锦靴，道字不正娇唱歌。
玳瑁筵中怀里醉，芙蓉帐底奈君何。

【点评】

《李诗直解》：此对酒而咏吴姬之妖冶情艳也。言蒲萄之美酒，金叵之纤罗，吴姬十五，年最夭小。细马驮之而来，青黛画眉，红锦为靴，其妆饰亦丽矣。且秉吴音而道字不正，启樱口，吐娇声，其唱歌也，闻者莫不爱其柔媚，而为之绝倒。故玳瑁筵中，从怀里而醉；芙蓉帐底，极幽艳之情，亦且奈君何哉？

怨情

新人如花虽可宠，故人似玉犹来重。
花性飘扬不自持，玉心皎洁终不移。
故人昔新今尚故，还见新人有故时。
请看陈后黄金屋，寂寂珠帘生网丝。

湖边采莲妇

小姑织白纻，未解将人语。

大嫂采芙蓉，溪湖千万重。
长兄行不在，莫使外人逢。
愿学秋胡妇，贞心比古松。

怨情

美人卷珠帘，深坐嚬蛾眉。
但见泪痕湿，不知心恨谁？

【点评】

《李诗直解》：此咏深闺之怨妇，而见其情之极也。言妇人抱美色而守空闺，卷起珠帘，深坐而锁蛾眉，愁怨之极也。愁极则泪落，但见泪痕之湿，而不知心之所恨者谁也。恨其独处之寂寞耳。

代寄情人楚词体

君不来兮，徒蓄怨积思而孤吟。
云阳一去，以远隔巫山渌水之沉沉。
留余香兮染绣被，夜欲寝兮愁人心。
朝驰余马于青楼，恍若空而夷犹。

浮云深兮不得语，却惆怅而怀忧。
使青鸟兮衔书，恨独宿兮伤离居。
何无情而两绝，梦虽往而交疏。
横流涕而长嗟，折芳洲之瑶华。
送飞鸟以极目，怨夕阳之西斜。
愿为连根同死之秋草，不作飞空之落花。

学古思边

衔悲上陇首，肠断不见君。
流水若有情，幽哀从此分。
苍茫愁边色，惆怅落日曛。
山外接远天，天际复有云。
白雁从中来，飞鸣苦难闻。
足系一书札，寄言叹离群。
离群心断绝，丨见花成雪。
胡地无春晖，征人行不归。
相思杳如梦，珠泪湿罗衣。

思边

（一作春怨）

去年何时君别妾？南园绿草飞蝴蝶。
今岁何时妾忆君？西山白雪暗秦云。
玉关去此三千里，欲寄音书那可闻？

【点评】

《李诗直解》：此征妇感岁时之易迈，音书之难寄，而怨益深也。言去年何时君徂征而别妾也。南园之间，绿草飞蝴蝶，正艳阳之天矣。今岁何时妾孤处而忆君也？西山之上，白雪暗秦云，又冷寂之景矣。睹时序之易换，盼来归之无期。设使边方密迩，犹书信可通，奈迢迢玉关，去此三千里，即音书欲寄，那得到君边而使之闻也？音书杳绝，存亡未审，年复一年，毋怪怨思之深切矣。

口号吴王舞人半醉

风动荷花水殿香，姑苏台上宴吴王。
西施醉舞娇无力，笑倚东窗白玉床。

【点评】

《李诗直解》：此咏吴王之美人，因半醉而益显其媚态也。言风过荷翻，而水殿之中，皆清香之袭人也。姑苏台上，正吴王行乐之时矣。西施半醉微醺之时，蹁跹而舞，其娟容媚态，娇弱无力，笑倚东窗白玉之床，似不胜情者。吴王一见，神魂俱消，安得不乐之以倾国也？

折荷有赠

涉江玩秋水，爱此红蕖鲜。
攀荷弄其珠，荡漾不成圆。
佳人彩云里，欲赠隔远天。
相思无因见，怅望凉风前。

代美人愁镜二首

其一

明明金鹊镜[1]，了了玉台前。
拂拭皎冰月，光辉何清圆。
红颜老昨日，白发多去年。

铅粉坐相误，照来空凄然。

【注释】 **1** 金鹊镜:《太平御览》：昔有夫妻将别，破镜，人执半以为信。其妻与人通，其镜化鹊，飞至夫前，夫乃知之。后人因铸镜为鹊安背上，自此始也。

其二

美人赠此盘龙之宝镜，烛我金缕之罗衣。时将红袖拂明月，为惜普照之余辉。影中金鹊飞不灭，台下青鸾思独绝。藁砧[1]一别若箭弦，去有日，来无年。狂风吹却妾心断，玉箸并堕菱花前。

【注释】 **1** 藁砧（gǎo zhēn）：称呼丈夫的隐语。

赠段七娘

罗袜凌波生网尘，那能得计访情亲？
千杯绿酒何辞醉，一面红妆恼杀人。

别内赴征三首

其一

王命三征去未还，明朝离别出吴关。
白玉高楼看不见，相思须上望夫山。

其二

出门妻子强牵衣，问我西行几日归。
来时倘佩黄金印，莫见苏秦不下机。

其三

翡翠为（一作高）楼金作梯，谁人独宿倚门啼（一作卷帘独坐待鸣鸡）？
夜泣寒灯连晓月，行行泪尽楚关西。

秋浦寄内

我今寻阳去，辞家千里余。
结荷见水宿，却寄大雷书[1]。

虽不同辛苦，怆离各自居。
我自入秋浦，三年北信疏。
红颜愁落尽，白发不能除。
有客自梁苑，手携五色鱼。
开鱼得锦字，归问我何如。
江山虽道阻，意合不为殊。

【注释】 1大雷书:《登大雷岸与妹书》：吾自发寒雨，全行日少。加秋潦浩汗，山溪猥至，渡泝无边，险径游历。栈石星饭，结荷水宿，旅客贫辛，波路壮阔，始以今日食时仅及大雷。

自代内赠

宝刀截流水，无有断绝时。
妾意逐君行，缠绵亦如之。
别来门前草，春尽秋转碧。
扫尽更还生，萋萋满行迹。
鸣凤始相得，雄惊雌各飞。
游云落何山？一往不见归。
估客发大楼（一作东海），知君在秋浦。
梁苑空锦衾，阳台梦行雨。
妾家三作相[1]，失势去西秦。

犹有旧歌管，凄清闻四邻。
曲度入紫云，啼无眼中人。
女帝争笑弄，悲羞泪盈巾。
妾似井底桃，开花向谁笑？
君如天上月，不肯一回照！
窥镜不自识，别多憔悴深。
安得秦吉了[2]，为人道寸心。

【注释】 **1** 三作相：宗楚客曾三次为宰相。 **2** 秦吉了：王琦注：《桂海虞衡志》：秦吉了，如鸜鹆，绀黑色。丹咮黄距，目下连项有深黄文，项毛有缝，如人分发。能人言，比于鸜鹆尤慧。大抵鸜鹆声如儿女，吉了声则如丈夫。出邕州溪洞中。

秋浦感主人归燕寄内

霜朽楚关木，始知杀气严。
寥寥金天廓，婉婉绿红潜。
胡燕[1]别主人，双双语前檐。
三飞四回顾，欲去复相瞻。
岂不恋华屋，终然谢珠帘。
我不及此鸟，远行岁已淹。
寄书道中叹，泪下不能缄。

【注释】 1 胡燕:《酉阳杂俎》：胸斑黑，声大，名胡燕，其巢有容匹素者。

送内寻庐山女道士李腾空二首

其一

君寻腾空子，应到碧山家。
水舂云母碓，风扫石楠花。
若恋幽居好，相邀弄紫霞。

其二

多君相门女，学道爱神仙。
素手掬青霭，罗衣曳紫烟。
一往屏风叠，乘鸾着玉鞭（一作不著鞭）。

赠内

三百六十日，日日醉如泥。
虽为李白妇，何异太常妻[1]？

【注释】 1 太常妻:《后汉书》:（周泽）复为太常，清洁循行，尽敬宗庙，常卧病斋宫。其妻哀泽老病，窥问所苦，泽大怒，以妻干犯斋禁，遂收送诏狱谢罪，当世疑其诡激。时人为之语曰:“生世不谐，作太常妻，一岁三百六十日，三百五十九日斋，一日不斋醉如泥。”

在寻阳非所寄内

闻难知恸哭，行啼入府中。
多君同蔡琰，流泪请曹公。
知登吴章岭，昔与死无分。
崎岖行石道，外折入青云。
相见若悲叹，哀声那可闻？

南流夜郎寄内

夜郎天外怨离居，明月楼中音信疏。
北雁春归看欲尽，南来不得豫章书。

越女词五首

其一

长干吴儿女，眉目艳星月。
屐上足如霜，不著鸦头袜。

其二

吴儿多白皙，好为荡舟剧。
卖眼掷春心，折花调行客。

其三

耶溪采莲女，见客棹歌回。
笑入荷花去，佯羞不肯来。

其四

东阳素足女，会稽素舸郎。
相看月未堕，白地断肝肠。

其五

镜湖水如月，耶溪女如雪。
新妆荡新波，光景两奇绝。

浣纱石上女

玉面耶溪女，青蛾红粉妆。
一双金齿屐，两足白如霜。

示金陵子

（一作金陵子词）

金陵城东谁家子（一作金陵子），窃听琴声碧（一作夜）窗里。
落花一片天上来，随人直渡西江水。
楚歌吴语娇不成，似能未能最有情。
谢公正要东山妓，携手林泉处处行。

出妓金陵子呈卢六四首

其一

安石东山三十春，傲然携妓出风尘。
楼中见我金陵子，何似阳台云雨人？

其二

南国新丰酒，东山小妓歌。
对君君不乐，花月奈愁何？

其三

东道烟霞主，西江诗酒筵。
相逢不觉醉，日堕历阳川。

其四

小妓金陵歌楚声，家僮丹砂学凤鸣。
我亦为君饮清酒，君心不肯向人倾。

巴女词

巴水急如箭，巴船去若飞。
十月三千里，郎行几岁归？

哀伤

哭晁卿衡

日本晁卿辞帝都，征帆一片绕蓬壶。
明月不归沉碧海，白云愁色满苍梧。

自溧水道哭王炎三首

（宣州作）

其一

白杨双行行，白马悲路傍。
晨兴见晓月，更似发云阳。
溧水通吴关，逝川去未央。

故人万化尽，闭骨茅山冈。
天上坠玉棺，泉中掩龙章。
名飞日月上，义与风云翔。
逸气竟莫展，英图俄夭伤。
楚国一老人，来嗟龚胜亡[1]。
有言不可道，雪泣惜兰芳。

【注释】 1 楚国一老人，来嗟龚胜亡:《汉书》：有老父来吊，哭甚哀，既而曰:“嗟乎，薰以香自烧，膏以明自销，龚生竟夭天年，非吾徒也。”遂趋而出，莫知其谁。龚胜，汉代名士，为拒绝王莽征召绝食而亡。

其二

王公希代宝，弃世一何早!
吊死不及哀，殡宫已秋草。
悲来欲脱剑[1]，挂向何枝好?
哭向茅山虽未摧，一生泪尽丹阳道。

【注释】 1 脱剑:《史记》：季札之初使，北过徐君。徐君好季札剑，口弗敢言，季札心知之，为使上国，未献。还至徐，徐君已死，于是乃解其宝剑，系之徐君冢树而去。

其三

王家碧瑶树，一树忽先摧。
海内故人泣，天涯吊鹤[1]来。
未成霖雨用，先夭济川材。
一罢《广陵散》[2]，鸣琴更不开。

【注释】1吊鹤:《太平御览》：侃丁母艰，在墓下，忽有二客来吊，不哭而退。仪服鲜异，知非常人，遣看之，但见双鹤飞而冲天。 2《广陵散》:《晋书》：康将刑东市，顾视日影，索琴弹之，曰:“昔袁孝尼尝从吾学《广陵散》，吾每靳固之，《广陵散》于今绝矣！”

哭宣城善酿纪叟

纪叟黄泉里，还应酿老春[1]。
夜台[2]无晓日，沽酒与何人？

（一作题戴老酒店，云：戴老黄泉下，还应酿大春。夜台无李白，沽酒与何人？）

【注释】1老春：酒名。 2夜台：坟墓。

宣城哭蒋征君华

敬亭埋玉树，知是蒋征君。
果得相如草，仍[1]余封禅文[2]。
池台空有月，词赋旧凌云。
独挂延陵剑，千秋在古坟。

【注释】 **1** 仍：空。 **2** 封禅文：《史记》：相如既病免，家居茂陵，天子曰："司马相如病甚，可往从悉取其书，若不然，后失之矣。"使所忠往而相如已死。家无书。问其妻，对曰："长卿固未尝有书也。时时著书，人又取去，即空居。长卿未死时，为一卷书，曰：有使来求书，奏之，无他书。"其遗札言封禅事。所忠奏其书，天子异之。

第二十五卷

古赋

明堂赋（并序）

昔在天皇，告成岱宗，改元乾封，经始明堂，年纪总章。时缔构之未集，痛威灵之遐迈。天后继作，中宗成之。因兆人之子来，崇万祀之丕业。盖天皇先天，中宗奉天。累圣纂就，鸿勋克宣。臣白美颂，恭唯述焉。其辞曰：伊皇唐之革天创元也，我高祖乃仗大顺。赫然雷发以首之。于是横八荒，漂九阳，扫叛换，开混茫。景星耀而太阶平，虹蜺灭而日月张。钦若太宗，继明重光。廓区宇以立极，缀苍昊之颓纲。淳风沕穆，鸿恩滂洋。武义烜赫于有截，仁声驱骼乎无疆。若乃高宗绍兴，祐统锡羡，神休旁臻，瑞物咸荐。元符剖兮地珍见，既应天以顺人，遂登封而降禅。将欲考有洛，崇明堂，唯厥功之未辑兮，乘白云于帝乡。天后勤劳辅政兮，中宗以钦明克昌。遵先轨以继作兮，扬列圣之耿光。则使轩辕草图，羲和练日。经之营之，不彩不质。因子来于四方，岂殚税于万室。乃准水臬，攒云梁，罄玉石于陇坂，空瓌材于潇湘。巧夺神鬼，高穷昊苍。听天语之察察，拟帝居之锵锵。虽暂劳而永固兮，始圣谟于我皇。观夫明堂之宏壮也，则突兀曈昽，乍明乍蒙，若大古元气之结空。巃嵸颓沓，若嵬若嶪，似天阃地门之开阖。尔乃划岩巘以岳立，郁穹崇而鸿纷。冠百王而垂勋，烛万像而腾文。寥惚恍以洞启，呼嵌岩而傍分。又比乎昆山之天柱，矗九霄而垂云。于是结构乎黄道，岧峣乎紫微。络勾陈以缭垣，辟阊阖而启扉。峥嵘嶒嶷，粲宇宙兮光辉。崔嵬赫奕，张天地之神威。夫其背泓黄河，垠濑清洛。太行却立，通谷前廓。远则标熊耳以作揭，豁龙门以开关。点翠彩于洪荒，洞清阴乎群山。及乎烟云卷舒，忽出乍没。岌嵩喷伊，倚日薄月。雷霆之所鼓荡，星斗之所伾扢。挐金龙之蟠蜿，挂天珠之硉矶。势拔五岳，形张四维。轧地轴以盘根，摩天倪而创规。楼台崛岉以奔附，城阙崟岑而蔽亏。珍树翠草，含华扬蕤。目瑶井之荧荧，拖玉绳之离离。擞华盖以傥漭，仰太微之参差。拥以禁扃，横以武库。献房心以开凿，瞻少阳而举措。采殷制，酌夏步。杂以代室重屋之名，括以辰次火木之数。壮不及奢，丽不及素。层檐屹其霞矫，广厦郁以云布。掩日道，遏风路。阳乌转影而翻飞，大鹏横霄而侧度。近则万木森下，千宫对出。熠乎光碧之堂，炅乎琼华之室。锦烂霞驳，星错波沏。飒萧寥以飕飗，窅阴郁以栉密。含佳气之青葱，吐祥烟之郁律。九室窈窕，五闱联绵。飞楹磊砢，走栱夤缘。云楣立岌以横绮，彩桷攒栾而仰天。皓壁昼朗，朱甍晴鲜。赪栏各落，偃蹇霄汉。翠楹回合，蝉联汗漫。沓苍穹之绝垠，跨皇居之太半。远而望之，赫煌煌以辉辉，忽天旋而云昏；迫而察之，粲炳焕以照烂，倏山讹而晷换。蔑蓬壶之海楼，吞岱宗之日观。猛虎失道，潜虬蟠梯。经通天而直上，俯长河而下低。玉女攀星于网户，金娥纳月于璇题。藻井彩错以舒蓬，天窗赩翼而衔霓。扶标川而罔足，拟跟桂而罢跻。要离欻矐而外丧，精视冰背而中迷。亘以复道，接乎宫掖。坌入西楼，寔为昆仑。前承后疑，正仪躅以出入；九夷五狄，顺方面而来奔。其左右也，则丹陛崿崿，彤庭煌煌，列宝鼎，敌金光。流辟雍之滔滔，像环海之汤汤。辟青阳，启总章，廓明台而布玄堂。俨以太庙，处乎中央。发号施令，采时顺方。其阃阈也，三十六户，七十二牖，度延列位，西八东九。白虎列序而蹲踞，青龙承隅而蚴蟉。其深沉奥密也，则赤熛掌火，招拒司金，灵威制阳，叶光摧阴，坤斗主土，据乎其心。若乃熠燿五色，张皇万殊。人物禽兽，奇形异模。势若飞动，瞪眄睢盱。明君暗主，忠臣烈夫。威政兴灭，表贤示愚。

于是天正孟月，朝阳登曦。天子乃施苍玉，轡苍螭，临乎青阳左个，方御瑶瑟而弹鸣丝。展乎国容，辉乎皇仪。傍瞻神台，顺观云之轨；俯对清庙，崇配天之规。钦若肸蠁，惟清缉熙。崇牙树羽，荧煌葳蕤。纳六服之贡，受万邦之籍。张龙旗与虹旌，攒金戟与玉戚。延五更，进百辟，奉珪瓒，献琛帛。颙昂俯偻，俨容叠迹。乃洁俎醢，修粢盛，奠三牺，荐五牲，享于神灵。太祝正辞，庶官精诚。鼓大武之隐辚，张钧天之铿訇。孤竹合奏，空桑和鸣。尽六变，齐九成，群神来兮降明庭，盖圣主之所以孝治天下而享祀窅冥也。然后临辟雍，宴群后，阴阳为庖，造化为宰，餐元气，洒太和，千里鼓舞，百寮赓歌。于斯之时，云油雨霈，恩鸿溶兮泽汪濊，四海归兮八荒会。咙聒乎区寓，骈阗乎阙外。群臣醉德，揖让而退。而圣主犹夕惕若，惧人未安，乃目极于天，耳下于泉。飞聪驰明，无远不察，考鬼神之奥，摧阴阳之荒。下明诏，班旧章，振穷乏，散敖仓。毁玉沉珠，卑宫颓墙。使山泽无间，往来相望。帝躬乎天田，后亲于郊桑。弃末反本，人和时康。建翠华兮萋萋，鸣玉銮之鉠鉠。游乎升平之圃，憩乎穆清之堂。天欣欣兮瑞穰穰，巡陵于鹑首之野，讲武于骊山之旁。封岱宗兮祀后土，掩栗陆而苞陶唐。遂邀崆峒之礼，汾水之阳。吸沆瀣之精，黜滋味而贵理国，其若梦华胥之故乡。于是元元澹然，不知所在，若群云从龙，众水奔海，此真所谓我大君登明堂之政化也。

岂比夫秦、赵、吴、楚，争高竞奢，结阿房与丛台，建姑苏及章华。非享祀与严配，徒掩月而凌霞。由此观之，不足称也。况瑶台之巨丽，复安可以语哉！敢扬国美，遂作辞曰：穹崇明堂倚天开兮，巃嵸鸿濛构瓌材兮，偃蹇坱莽邈崔嵬兮，周流辟雍岌灵台兮。赫奕日，喷风雷。宗祀肸蠁，王化弘恢。镇八荒，通九垓。四门启兮万国来，考休征兮进贤才。俨若皇居而作固，穷千祀兮悠哉！

大猎赋（并序）

白以为赋者，古诗之流，辞欲壮丽，义归博远。不然，何以光赞盛美，感天动神。而相如、子云竞夸辞赋，历代以为文雄，莫敢诋讦。臣谓语其略，窃或褊其用心。《子虚》所言，楚国不过千里，梦泽居其太半，而齐徒吞若八九，三农及禽兽无息肩之地，非诸侯禁淫述职之义也。《上林》云：左苍梧，右西极。考其实地，周袤才经数百。《长扬》夸胡，设网为周陆，放麋鹿其中，以搏攫充乐。《羽猎》于灵台之囿，围经百里而开殿门。当时以为穷壮极丽，迨今观之，何龌龊之甚也。但王者以四海为家，万姓为子，则天下之山林禽兽，岂与众庶异之？而臣以为不能以大道匡君，示物周博，平文论苑之小，窃为微臣之不取也。今圣朝园池遐荒，殚穷六合，以孟冬十月大猎于秦，亦将曜威讲武，扫天荡野，岂淫荒侈靡，非三驱之意耶？臣白作颂，折中厥美。

其辞曰：

粤若皇唐之契天地而袭气母兮，粲五叶之葳蕤。唯开元廓海寓而运斗极兮，总六圣之光熙。诞金德之淳精兮，漱玉露之华滋。文章森乎七曜兮，制作参乎两仪，括众妙而为师。明无幽而不烛兮，泽无远而不施。慕往昔之三驱兮，须生杀于四时。若乃严冬惨切，寒气凛冽，不周来风，玄冥掌雪。木脱叶，草解节，土囊烟阴，火井冰闭。是月也，天子处乎玄堂之中，餐八水兮休百工，考王制兮遵《国风》。乐农人之闲隙兮，困校猎而讲戎。乃使神兵处于九阙，天仗罗于四野。征水衡与林虞，辨土物之众寡。千骑飙扫，万乘雷奔。梢扶桑而拂火云兮，刮月窟而搜塞门。赫壮观于今古，粜摇荡于乾坤。此其大略也。而内以中华为天心，外以穷发为海口。豁咽喉以洞开，吞荒裔以尽取。大章按步以来往，夸父振策而奔走。足迹乎日月之所通，囊括乎阴阳之未有。君王于是撞鸿钟，发銮音，出凤阙，开宸襟，驾玉辂之飞龙，历神州之层岑。游五柞兮瞰三危，挟细柳兮过上林。攒高牙以总总兮，驻华盖之森森。于是擢倚天之剑，弯落月之弓。昆仑叱兮可倒，宇宙噫兮增雄。河汉为之却流，川岳为之生风。羽旄扬兮九天绛，猎火燃兮千山红。乃召蚩尤之徒，聚长戟，罗广泽，呵雨师，走风伯。棱威曜乎雷霆，烜赫震于蛮貊。陋梁都之体制，鄙灵囿之规格。而南以衡、霍作襟，北以岱、常作袪。夹东海而为壍兮，掩西溟而流渠。麾九州之珍禽兮，回千群以坌入；联八荒之奇兽兮，屯万族而来居。云罗高张，天网密布。罝罘绵原，峭格掩路。蠛蠓过而犹碍，蟭螟飞而不度。彼层霄与殊榛，罕翔鸟与伏兔。从营合技，弥峦被冈。金戈森行，洗晴野之寒霜。虹旗电掣，卷长空之飞雪。吴骖走练，宛马蹀血。萦众山之联绵，隔远水之明灭。使五丁摧峰，一夫拔木。下整高颓，深平险谷。摆桩栝，开林丛。喤喤呷呷，尽奔突于场中。而田强、古冶之畴，乌获、中黄之党。越峥嵘，猎莽仓。喑呼哮阚，风旋电往。脱文豹之皮，抵玄熊之掌。批狻手猱，挟三挈两。既徒搏以角力，又挥锋而争先。行麃号以鹗睨兮，气赫火而敌烟。拳封貒，引巨狿。枭羊应叱以毙踣，猰貐亡精而坠巅。或碎脑以折脊，或歕髓而飞涎。穷遐荒，荡林薮，扼土狛，殪天狗。脱角犀顶，探牙象口。扫封狐于千里，捩雄虺之九首。咋腾蛇而仰吞，拖奔兕以却走。君王于是峨通天，靡星旃，奔雷车，挥电鞭。观壮士之效获，顾三军而欣然。曰：夫何神狭鬼慄之骇人也！又命建夔鼓，励武卒。虽躏轹之已多，犹拗怒而未歇。集赤羽兮照日，张乌号兮满月。戎车轞轞以陆离，彀骑煌煌而奋发。鹰犬之所腾捷，飞走之所蹉蹶。攫麔麚之咆哮，蹂豺貉以挂格。膏锋染锷，填岩掩窟。观殊材举逸群，尚挥霍以出没。则有白猬、飞骏，穷奇、貙貓。牙若错剑，鬣如丛竿。口吞殳鋋，目极枪櫓。碎琅弧，攫玉弩，射猛彘，透奔虎。金镞一发，旁叠四五。虽凿齿磨牙而致伉，谁谓南山白额之足睹？总八校，搜四隅，驰专诸，走都卢。趫乔林，撇绝壁，抄獑猢，揽貊貆。囚鼬鼯于峻崖，顿彀玃于穹石。养由发箭，奇肱飞车，巧聒更赢，妙兼蒱且。坠鸘䲹于青云，落鸿雁于紫虚。梢鸧鹄，漂鸬鶿，弹地庐，与神居。斩飞鹏于日域，摧大凤于天墟。龙伯钓其灵鳌，任公获其巨鱼。穷造化之谲诡，何神怪之有余。所以喷血流川，飞毛洒雪，状若乎高天雨兽，上坠于大荒；又似乎积禽为山，下崩于林穴。阳乌沮色于朝日，阴兔丧精于明月。思腾装上猎于太清，所恨穹昊于路绝。而忽也，莫不海晏天空，万方来同。虽秦皇与汉武兮，复何足以争雄？俄而君王茫然改容，愀然有失。于安思危，防险戒逸，斯驰骋以狂发，非至理之弘术。且夫人君以端拱为尊，玄妙为宝。暴殄天物，是谓不道。乃命去三面之网，示六合之仁。已杀者皆其杞命，未伤者全其天真。虽剪毛而不献，岂割鲜以悴轮。解凤皇与鸑鷟兮，旋驺虞与麒麟。获天宝于陈仓，载非熊于渭滨。于是享猎徒，封劳苦，轩行庖，骑酌醋，韬兵戈，火网罟。然后登九霄之台，宴八纮之圃，开日月之扃，辟生灵之户。圣人作而万物睹，览蒐敖与狩岐，何宣城之足数。哂穆王之荒诞，歌白云之西母。

曷若饱人以淡泊之味，醉时以淳和之觞，鼓之以雷霆，舞之以阴阳。虞乎神明，狃于道德。张无外以为罝，琢大朴以为杙。顿天网以掩之，猎贤俊以御极。若此之狩，罔有不克。使天人宴安，草木蕃植。六宫斥其珠玉，百姓乐于耕织。寝郑、卫之声，却靡曼之色。天老掌图，风后侍侧。是三阶砥平，而皇猷允塞。岂比夫《子虚》《上林》《长杨》《羽猎》，计麇鹿之多少，夸苑囿之大小哉！方将延荣光于后昆，轶玄风于邃古，拥嘉瑞，臻元符，登封于太山，篆德于社首，岂与乎七十二帝同条而共贯哉？君王于是回蜺旌，反銮舆。访广成于至道，问大隗之幽居。使罔象掇玄珠于赤水，天下不知其所如也。

大鹏赋（并序）

余昔于江陵，见天台司马子微，谓余有仙风道骨，可与神游八极之表，因著《大鹏遇希有鸟赋》以自广。此赋已传于世，往往人间见之。悔其少作，未穷宏达之旨，中年弃之。及读《晋书》，睹阮宣子《大鹏赞》，鄙心陋之。遂更记忆，多将旧本不同。今腹存手集，岂敢传诸作者，庶可示之子弟而已。其辞曰：

南华老仙（一作仙老）发天机于漆园，吐峥嵘之高论，开浩荡之奇言，征至（一作志）怪于齐谐，谈北溟之有鱼。吾不知其几千里，其名曰鲲。化成大鹏，质凝胚浑。脱鬐鬣于海岛，张羽毛于天门。刷渤澥之春流，晞扶桑之朝暾。烜赫乎宇宙，凭凌乎昆仑。一鼓一舞，烟朦沙昏。五岳为之震落，百川为之崩奔。

乃蹶厚地，揭太清，亘层霄，突重溟。激三千以崛起，向九万而迅征。背嶫大山（一作虚）之崔嵬，翼举长云之纵横。左回右旋，倏阴忽明。历汗漫以夭矫，羾阊阖之峥嵘，簸鸿濛。扇雷霆，斗转而天动，山摇而海倾。怒无所搏，雄无所争。固可想像其势，仿佛其形。若乃足萦虹蜺，目耀日月，连轩沓拖，挥霍翕忽。喷气则六合生云，洒毛则千里飞雪。邈彼北荒，将穷南图。运逸翰以傍击，鼓奔飙而长驱。烛龙衔光以照物，列缺施鞭而启途。块视三山，杯观（一作看）五湖。其动也神应，其行也道俱。任公见之而罢钓，有穷不敢以弯弧。莫不投竿失镞，仰之长吁。尔其雄姿壮观，坱轧河汉，上摩苍苍，下覆漫漫。盘古开天而直视，羲和倚日而旁叹。缤纷乎八荒之间，掩映乎四海之半。当胸臆之掩昼，若混茫之未判。忽腾覆以回转，则霞廓而雾散。

然后六月一息，至于海湄。欻翳景以横翥，逆高天而下垂。憩乎泱漭之野，入乎汪湟之池。猛势所射，余风所吹。溟涨沸渭，岩峦纷披。天吴为之怵慄，海若为之躨跜。巨鳌冠山而却走，长鲸腾海而下驰。缩壳挫鬣，莫之敢窥。吾亦不测其神怪之若此，盖乃造化之所为。岂比夫蓬莱之黄鹄，夸金衣与菊裳？耻苍梧之玄凤，耀彩质与锦章。既服御于灵仙，久驯扰于池隍。精卫勤苦于衔木，鶢鶋悲愁乎荐觞。天鸡警曙于蟠桃，踆乌晰耀于太阳。不旷荡而纵适，何拘挛而守常？未若兹鹏之逍遥，无厥类乎比方。不矜大而暴猛，每顺时而行藏。参方根以比寿，饮元气以充肠。戏旸谷而徘徊，冯炎洲而抑扬。俄而希有鸟见谓之曰：“伟哉鹏乎，此之乐也。吾右翼掩乎西极，左翼蔽乎东荒。跨蹑地络，周旋天纲。以恍惚为巢，以虚无为场。我呼尔游，尔同我翔。”于是乎大鹏许之，欣然相随。此二禽已登于寥廓，而尺鷃之辈空见笑于藩篱。

剑阁赋

（送友人王炎入蜀）

咸阳之南，直望五千里，见云峰之崔嵬。前有剑阁横断，倚青天而中开。上则松风萧飒瑟飓，有巴猿兮相哀。旁则飞湍走壑，洒石喷阁，汹涌而惊雷。送佳人兮此去，复何时兮归来？望夫君兮安极，我沉吟兮欢息。视沧波之东注，悲白日之西匿。鸿别燕兮秋声，云愁秦而暝色。若明月出于剑阁兮，与君两乡对酒而相忆。

拟恨赋

晨登大山，一望蒿里。松楸骨寒，草宿坟毁。浮生可嗟，大运同此。于是仆本壮夫，慷慨不歇，仰思前贤，饮恨而没。

昔如汉祖龙跃，群雄竞奔，提剑叱咤，指麾中原。东驰渤澥，西漂昆仑。断蛇奋怒，扫清国步，握瑶图而倏升，登紫坛而雄顾。一朝长辞，天下缟素。若乃项王虎斗，白日争辉。拔山力尽，盖世心微。闻楚歌之四合，知汉卒之重围。帐中剑舞，泣挫雄威。骓兮不逝，喑呜何归？至如荆卿入秦，直度易水，长虹贯日，寒风飒起。远仇始皇，拟报太子。奇谋不成，愤惋而死。若夫陈后失宠，长门掩扉。日冷金殿，霜凄锦衣。春草罢绿，秋萤乱飞。恨桃李之委绝，思君王之有违。昔者屈原既放，迁于湘流。心死旧楚，魂飞长楸。听江枫之袅袅，闻岭狖之啾啾。永埋骨于渌水，怨怀王之不收。及夫李斯受戮，神气黯然。左右垂泣，精魂动天。执爱子以长别，叹黄犬之无缘。或有从军永诀，去国长违，天涯迁客，海外思归。此人忽见愁云蔽日，目断心飞，莫不攒眉痛骨，杖血沾衣。若乃错绣毂，填金门。烟尘晓沓，歌钟昼喧。亦复星沉电灭，闭影潜魂。

已矣哉，桂华满兮明月辉，扶桑晓兮白日飞。玉颜灭兮蝼蚁聚，碧台空兮歌舞稀。与天道兮共尽，莫不委骨同归。

惜余春赋

天之何为令北斗而知春兮，回指于东方。水荡漾兮碧色，兰葳蕤兮红芳。试登高而望远，极云海之微茫。魂一去兮欲断，泪流颊兮成行。吟清枫而咏沧浪，怀洞庭兮悲潇湘。何余心之缥缈兮，与春风而飘扬。飘扬兮思无垠，念佳期兮莫展。平原萋兮绮色，爱芳草兮如剪。惜余春之将阑，每为恨兮不浅。汉之曲兮江之潭，把瑶草兮思何堪。想游女于岘北，愁帝子于湘南。恨无极兮心氲氲，目眇眇兮忧纷纷。披卫情于淇水，结楚梦于阳云。春每归兮花开，花已阑兮春改。叹长河之流春，送驰波于东海。春不留兮时已失，老衰飒兮逾疾。恨不得挂长绳于青天，系此西飞之白日。若有人兮情相亲，去南国兮往西秦。见游丝之横路，网春辉以留人。沉吟兮哀歌，踯躅兮伤别。送行子之将远，看征鸿之稍灭。醉愁心于垂杨，随柔条以纠结。望夫君兮咨嗟，横涕泪兮怨春华。遥寄影于明月，送夫君于天涯。

愁阳春赋

东风归来，见碧草而知春，荡漾惚恍，何垂扬旖旎之愁人。天光青而妍和，海气绿而芳新。野彩翠兮芊绵，云飘飖而相鲜。演漾兮夤缘，窥青（一作新）苔之生泉。缥渺兮翩绵，见游丝之萦烟。魂与此兮俱断，醉（一作对）风光兮凄然。若乃陇水秦声，江猿巴吟。明妃玉塞，楚客枫林。试登高而望远，痛切骨（一作咸痛骨）而伤心。春心荡兮如波，春愁乱兮如雪。兼万情之悲欢，兹一感于芳节。若有一人（一作我所思）兮湘水滨，隔云霓而见无因。洒别泪于尺波，寄东流于情亲。若使春光可揽而不灭兮，吾欲赠天涯之佳人。

悲清秋赋

登九疑兮望清川，见三湘之潺湲。水流寒以归海，云横秋而蔽天。余以鸟道计于故乡兮，不知去荆吴之几千。于时西阳半规，映岛欲没。澄练明，遥海上月。念佳期之浩荡，渺怀燕而望越。荷花落兮江色秋，风袅袅兮夜悠悠，临穷溟以有羡，思钓鳌于沧洲。无修竿以一举，抚洪波而增忧。归去来兮，人间不可以托此，吾将采药于蓬丘。

第二十六卷

表

为吴王谢责赴行在迟滞表

臣某言：伏蒙圣恩，追赴行在，臣诚惶诚恐，顿首。臣闻胡马矫首，嘶北风以踊顾；越禽归飞，恋南枝而刷羽。所以流波思其旧浦，落叶坠于本根。在物尚然，矧于臣子？

臣位叨盘石，辜负明时；才阙总戎，谬当强寇。驽拙有素，天实知之。伏唯陛下重纽乾纲，再清国步，愍臣不逮，赐臣生全。归见白日，死无遗恨。然臣年过耳顺，风瘵日加。锋镝残骸，劣有余喘。虽决力上道，而心与愿违。贵贪尺寸之程，转增犬马之恋。非有他故，以疾淹留。今大举天兵，扫除戎羯。所在邮驿，征发交驰。臣逐便水行，难于陆进，瞻望丹阙，心魂若飞。惭坠履之还收，喜遗簪之再御。不胜涕恋屏营之至。

为宋中丞请都金陵表

臣某言：臣诚惶诚恐，顿首顿首。臣闻社稷无常奉，明者守之；君臣无定位，暗者失之。所以父作子述，重光叠辉。天未绝晋，人惟戴唐。以功德有厚薄，运数有修短。功高而福祚长永，德薄而政教陵迟。三后之姓，于今为庶，非一朝也。伏唯陛下钦六圣之光训，拥千载之鸿休。有国之本，群生属望。粤自明两，光岐之阳。昔有周大王之兴，发迹于此，天启有类，岂人事与？皇朝百五十年，金革不作。逆胡窃号，剥乱中原。虽平嵩丘，填伊洛，不足以掩宫城之骸骨。决洪河，洒秦雍，不足以荡犬羊之膻臊。毒浸区宇，愤盈穹旻。此乃猛士奋剑之秋，谋臣运筹之日。夫不拯横流，何以彰圣德；不斩巨猾，无以兴神功。十乱佐周而克昌，四凶及虞而乃去。去元凶者，非陛下而谁？且道有兴废，代有中季。汉当三十七，莽亦为灾。赤伏再起，丕业终光。非陛下至神至圣，安能勃然中兴乎？

以臣料人事得失，敢献疑于陛下。臣犹望愚夫千虑，或冀一得。何者？贼臣杨国忠蔽塞天聪，屠割黎庶，女弟席宠，倾国弄权。九土泉货，尽归其室。怨气上激，水旱荐臻。重罹暴乱，百姓力屈。即欲平殄鳌贼，恐难应期。且图万全之计，以成一举之策。今自河以北，为胡所凌；自河之南，孤城四垒。大盗蚕食，割为洪沟；宇宙峣杌，昭然可睹。臣伏见金陵旧都，地称天险。龙盘虎踞，开扃自然。六代皇居，五福斯在。雄图霸迹，隐轸由存。咽喉控带，萦错如绣。天下衣冠士庶，避地东吴，永嘉南迁，未盛于此。臣又闻汤及盘庚，五迁其邑，典谟训诰，不以为非。卫文徙居楚丘，风人流咏。伏唯陛下因万人之荡析，乘六合之涛张，去扶风万有一危之近邦，就金陵太山必安之成策。苟利于物，断在宸衷。况齿革羽毛之所生，楩楠豫章之所出，元龟大贝，充牣其中；银坑铁冶，连绵相属。划铜陵为金穴，煮海水为盐山。以征则兵强，以守则国富。横制八极，克复两京，俗畜来苏之欢，人多徯后之望。陛下西以峨嵋为壁垒，东以沧海为沟池。守海陵之仓，猎长洲之苑。虽上林、五柞，复何加焉。上皇居天帝运昌之都，储精真一之境。有虞则北闭剑阁，南扃瞿塘，蚩尤、共工，五兵莫向，二圣高枕，人何忧哉！飞章问安，往复巴峡，朝发白帝，暮宿江陵，首尾相应，率然之举。不胜屏营瞻云望日之至，谨先奉表陈情以闻。

为宋中丞自荐表

臣某闻，天地闭而贤人隐，云雷屯而君子用。臣伏见前翰林供奉李白，年五十有七。天宝初，五府交辟，不求闻达，亦由子真谷口，名动京师。上皇闻而悦之，召入禁掖。既润色于鸿业，或间草于王言，雍容揄扬，特见褒赏。为贱臣诈诡，遂放归山，闲居制作，言盈数万。属逆胡暴乱，避地庐山，遇永王东巡胁行，中道奔走，却至彭泽。具已陈首。前后经宣慰大使崔涣及臣推覆清雪，寻经奏闻。

臣闻古之诸侯进贤受上赏，蔽贤受明戮。若三适称美，必九锡先荣，垂之典谟，永以为训。臣所荐李白，实审无辜，怀经济之才，抗巢由之节。文可以变风俗，学可以究天人，一命不霑，四海称屈。伏惟陛下大明广运，至道无偏，收其希世之英，以为清朝之宝。昔四皓遭高皇而不起，翼惠帝而方来，君臣离合，亦各有数，岂使此人名扬宇宙，而枯槁当年。传曰：举逸人而天下归心。伏惟陛下，回太阳之高辉，流覆盆之下照，特请拜一京官，献可替否，以光朝列，则四海豪俊，引领知归。不胜悽悽之至，敢陈荐以闻。

书

代寿山答孟少府移文书

淮南小寿山谨使东峰金衣双鹤，衔飞云锦书，于维阳孟公足下，曰：仆包大块之气，生洪荒之间。连翼、轸之分野，控荆、衡之远势。盘薄万古，邈然星河。凭天霓以结峰，倚斗极而横嶂。颇能攒吸霞雨，隐居灵仙。产隋侯之明珠，蓄卞氏之光宝，罄宇宙之美，殚造化之奇。方与昆仑抗行，阆风接境，何人间巫庐台霍之足陈耶！

一昨于山人李白处奉见吾子移文，责仆以多奇，叱仆以特秀，而盛谈三山五岳之美。谓仆小山无名无德而称焉。观乎斯言，何太谬之甚也？吾子岂不闻乎？无名为天地之始，有名为万物之母。假令登封禋祀，曷足以大道讥耶？

然能损人费物，庖杀致祭，暴殄草木，镌刻金石，使载图典，亦未足为贵乎？且达人庄生常有余论，以为尺鷃不羡于鹏鸟，秋毫可并于太山。由斯而谈，何小大之殊也。又怪于诸山藏国宝，隐国贤，使吾君膀道烧山披访不获，非通谈也。夫皇王登极，瑞物昭至，蒲萄翡翠以纳贡，河图洛书以应符。设天网而掩贤，穷月窟以率职。天不秘宝，地不藏珍，风威百蛮，春养万物。王道无外，何英贤珍玉而能伏匿于岩穴耶？所谓膀道烧山，此则王者之德未广矣。昔太公大贤，傅说明德，栖渭川之水，藏虞虢之岩，卒能形诸兆朕，感乎梦想。此则天道暗合，岂劳乎搜访哉？果投竿诣麾，舍筑作相，佐周文，赞武丁，总而论之，山亦何罪？乃知岩穴为养贤之域，林泉非秘宝之区，则仆之诸山，亦何负于国家矣？近者逸人李白自蛾眉而来，尔其天为容，道为貌，不屈己，不干人，巢由以来，一人而已。乃虬蟠龟息，遁乎此山。仆尝弄之以绿绮，卧之以碧云，嗽之以琼液，饵之以金砂。既而童颜益春，真气愈茂，将欲倚剑天外，挂弓扶桑，浮四海，横八荒，出宇宙之寥廓，登云天之渺茫。俄而李公仰天长吁，谓其友人曰：吾未可去也。吾与尔达则兼济天下，穷则独善一身，安能餐君紫霞，荫君青松，乘君鸾鹤，驾君虬龙，一朝飞腾，为方丈、蓬莱之人耳，此方未可也。乃相与卷其丹书，匣其瑶瑟，申管晏之谈，谋帝王之术。奋其智能，愿为辅弼，使寰区大定，海县清一。事君之道成，荣亲之义毕，然后与陶朱留侯，浮五湖，戏沧洲，不足为难矣。

即仆林下之所隐客，岂不大哉？必能资其聪明，辅以正气，借之以物色，发之以文章，虽烟花中贫，没齿无恨。其有山精木魅，雄虺猛兽，以驱之四荒，磔裂原野，使影迹绝灭，不干户庭。亦遣清风扫门，明月侍坐。此乃养贤之心，实亦勤矣。孟子孟子，无见深责耶？明年青春，求我于此岩也。

上安州李长史书

白，嵚崎历落可笑人也。虽然，颇尝览千载，观百家，至于圣贤，相似厥众，则有若似其仲尼，纪信似于高祖，牢之似于无忌，宋玉似于屈原。而遥观君侯，窃疑魏洽，便欲趋就，临然举鞭，迟疑之间，未及回避。且理有疑误而成过，事有形似而类真，唯大雅含弘，方能恕之也。

白少颇周慎，忝闻义方，入暗室而无欺，属昏行而不变。今小人履疑误形似之迹，君侯流恺悌矜舍之恩。戢秋霜之威，布冬日之爱。睟容有穆，怒颜不彰。虽将军息恨于长孙之前，比无惭德；司空爱揖于元淑之际，彼未为贤。一言见冤，九死非谢。

白孤剑谁托，悲歌自怜，迫于恓惶，席不暇暖。寄绝国而何仰，若浮云而无依，南徙莫从，北游失路，言客汝海，近还郧城，昨遇故人，饮以狂药，一酌一笑，陶然乐酣，困河朔之清觞，饫中山之醇酎。属早日初眩，晨霾未收，乏离朱之明，昧王戎之视。青白其眼，瞢而前行，亦何异抗庄公之轮，怒螗螂之臂，御者趋召，明其是非。入门鞠躬，精魄飞散。昔徐邈缘醉而赏，魏王却以为贤；无盐因丑而获，齐君待之逾厚。白妄人也，安能比之。上挂《国风》相鼠之讥，下怀《周易》履虎之惧。憋以固陋，礼而遣之。幸容宁越之辜，深荷王公之德。铭刻心骨，退思狂愆，五情冰炭，罔知所措。昼愧于影，夜惭于魄。启处不遑，战跼无地。伏唯君侯，明夺秋月，和均韶风，扫尘词场，振发文雅。陆机作太康之杰士，未可比肩；曹植为建安之雄才，惟堪捧驾。天下豪俊，翕然趋风，白之不敏，窃慕余论。何图叔夜潦倒，不切于事情，正平猖狂，自贻于耻辱。一忤容色，终身厚颜，敢沐芳负荆，请罪门下。倘免以训责，恤其愚蒙，如能伏剑结缨，谢君侯之德。敢一夜力撰《春游救苦寺》诗一首十韵、《石岩寺》诗一首八韵、《上杨都尉》诗一首三十韵，辞旨狂野，贵露下情，轻干视听，幸乞详览。

与贾少公书

宿昔唯清胜。白绵疾疲苶，去期恬退，才微识浅，无足济时。虽中原横溃，将何以救之。王命崇重，大总元戎，辟书三至，人轻礼重。严期迫切，难以固辞。扶力一行，前观进退。且殷源庐岳十载，时人观其起与不起，以卜江左兴亡。

谢安高卧东山，苍生属望。白不树矫抗之迹，耻振玄邈之风，混游渔商，隐不绝俗。岂徒贩卖云壑，要射虚名，方之二子，实有惭德。徒尘忝幕府，终无能为。唯当报国荐贤，持以自免。斯言若谬，天实殛之。以足下深知，具申中款。惠子知我，夫何间然？勾当小事，但增悚惕。

为赵城与杨右相

某启。辞违积年，伏恋轩屏，首冬初寒，伏唯相公尊体起居万福。某蒙恩才朽齿迈，徒延圣日。少忝末吏，本乏远图；中年废缺，分归园壑。昔相公秉国宪之日，一拔九霄，拂刷前耻，升腾晚官。恩贷稠叠，实戴丘山。落羽再振，枯鳞旋跃，运以大风之举，假以磨天之翔。衣绣霜台，含香华省。宰剧惭强项之名，酌贪砺清心之节。三典列郡，寂无成功，但宣布王泽，式酬天奖。伏惟相公，开张徽猷，賨亮天地。入夔龙之室，持造化之权。安石高枕，苍生是仰。某鸣跃无已，剪拂因人。银章朱绂，坐荣宦达，身荷宸眷，目识龙颜。既齐飞于鹓鹭，复寄迹于门馆，皆相公大造之力也。而钟鸣漏尽，夜行不息，止足之分，实愧古人。犬马恋主，迫于西汜，所冀枯松晚岁，无改节于风霜；老骥余年，期尽力于蹄足。上答明主，下报相公，悽悽之诚，屏息于此。伏惟相公，收遗簪于少昊，念亡弓于楚泽。衰当益壮，结草知归。瞻望恩光，无忘景刻。

与韩荆州书

白闻天下谈士相聚而言曰：“生不用万户侯，但愿一识韩荆州。”何令人之景慕，一至于此耶！岂不以有周公之风，躬吐握之事，使海内豪俊，奔走而归之，一登龙门，则声誉十倍。所以龙盘凤逸之士，皆欲收名定价于君侯。愿君侯不以富贵而骄之，寒贱而忽之，则三千宾中有毛遂，使白得颖脱而出，即其人焉。

白陇西布衣，流落楚汉。十五好剑术，遍干诸侯。三十成文章，历抵卿相。虽长不满七尺，而心雄万夫。王公大臣，许与气义。此畴曩心迹，安敢不尽于君侯为！君侯制作侔神明，德行动天地，笔参于造化，学究于天人。幸愿开张心颜，不以长揖见拒。必若接之以高宴，纵之以清谈，请日试万言，倚马可待。今天下以君侯为文章之司命，人物之权衡，一经品题，便作佳士。而君侯何惜阶前盈尺之地，不使白扬眉吐气，激昂青云耶？昔王子师为豫章，未下车即辟荀慈明；既下车又辟孔文举。山涛作冀州，甄拔三十余人，或为侍中、尚书，先代所美。而君侯亦荐一严协律，入为秘书郎。中间崔宗之、房习祖、黎昕、许莹之徒，或以才名见知，或以清白见赏。白每观其衔恩抚躬，忠义奋发，以此感激，知君侯推赤心于诸贤腹中，所以不归他人，而愿委身国士。倘急难有用，敢效微躯。且人非尧、舜，谁能尽善？白谟猷筹画，安能尽矜？至于制作，积成卷轴，则欲尘秽视听，恐雕虫小伎，不合大人。若赐观刍荛，请给以纸墨，兼人书之。然后退归闲轩，缮写呈上。庶青萍、结绿，长价于薛、卞之门，幸唯下流，大开奖饰，唯君侯图之。

上安州裴长史书

白闻天不言而四时行，地不语而百物生。白，人焉，非天地也，安得不言而知乎？敢剖心析肝，论举身之事，便当谈笑，以明其心。而粗陈其大纲，一快愤懑，惟君侯察焉。

白本家金陵，世为右姓。遭沮渠蒙逊难，奔流咸秦，因官寓家，少长江汉。五岁诵六甲，十岁观百家，轩辕以来，颇得闻矣。常横经籍书，制作不倦，迄于今三十春矣。以为士生则桑弧蓬矢，射乎四方，故知大丈夫必有四方之志。乃杖剑去国，辞亲远游。南穷苍梧，东涉溟海。见乡人相如大夸云梦之事，云楚有七泽，遂来观焉。而许相公家见招，妻以孙女，便憩于此，至移三霜焉。曩昔东游维阳，不逾一年，散金三十馀万，有落魄公子，悉皆济之。此则是白之轻财好施也。又昔与蜀中友人吴指南同游于楚，指南死于洞庭之上，白禫服恸哭，若丧天伦。炎月伏尸，泣尽而继之以血。行路间者，悉皆伤心。猛虎前临，坚守不动。遂权殡于湖侧，便之金陵。数年来观，筋骨尚在。白雪泣持刃，躬申洗削。裹骨，徒步，负之而趋。寝兴携持，无辍身手，遂丐贷营葬于鄂城之东。故乡路遥，魂魄无主，礼以迁窆，式昭明情。此则是白存交重义也。又昔与逸人东严子隐于岷山之阳，白巢居数年，不迹城市。养奇禽千计，呼皆就掌取食，了无惊猜。广汉太守闻而异之，诣庐亲睹，因举二人以有道，并不起。此则白养高忘机，不屈之迹也。又前礼部尚书苏公出为益州长史，白于路中投刺，待以布衣之礼。因谓群寮曰："此子天才英丽，下笔不休，虽风力未成，且见专车之骨，若广之以学，可以相如比肩也。"四海明识，具知此谈。前此郡督马公，朝野豪彦，一见礼，许为奇才。因谓长史李京之曰："诸人之文，犹山无烟霞，春无草树。李白之文，清雄奔放，名章俊语，络绎间起，光明洞澈，句句动人。"此则故交元丹，亲接斯议。若苏、马二公愚人也，复何足尽陈；倘贤贤也，白有可尚。夫唐虞之际，于斯为盛，有妇人焉，九人而已。是知才难不可多得。白，野人也，颇工于文，惟君侯顾之，无按剑也。伏惟君侯，贵而且贤，鹰扬虎视，齿若编贝，肤如凝脂，昭昭乎，若玉山上行，朗然映人也。而高义重诺，名飞天京，四方诸侯，闻风暗许。倚剑慷慨，气干虹霓。月费千金，日宴群客，出跃骏马，入罗红颜，所在之处，宾朋成市。故时节歌曰："宾朋何喧喧，日夜裴公门。愿得裴公之一言，不须驱马将华轩。"白不知君侯何以得此声于天壤之间，岂不由重诺好贤，谦以得也？而晚节改操，栖情翰林，天才超然，度越作者。屈佐邳国，时惟清哉。稜威雄雄，下慑群物。

白窃慕高义，已经十年。云山间之，造谒无路。今也运会，得趋末尘，承颜接辞，八九度矣。常欲一雪心迹，崎岖未便。何图谤詈忽生，众口攒毁，将欲投杼下客，震于严威。然自明无辜，何忧悔吝。孔子曰：畏天命，畏大人，畏圣人之言。过此三者，鬼神不害。若使事得其实，罪当其身，则将浴兰沐芳，自屏于烹鲜之地，唯君侯死生。不然，投山窜海，转死沟壑。岂能明目张胆，托书自陈耶！昔王东海问犯夜者曰："何所从来？"答曰："从师受学，不觉日晚。"王曰："吾岂可鞭挞宁越，以立威名？"想君侯通人，必不尔也。愿君侯惠以大遇，洞开心颜，终乎前恩，再辱英眄。白必能使精诚动天，长虹贯日，直度易水，不以为寒。若赫然作威，加以大怒，不许门下，逐之长途，白即膝行于前，再拜而去，西入秦海，一观国风，永辞君侯，黄鹄举矣。何王公大人之门不可以弹长剑乎？

第二十七卷

序

暮春江夏送张祖监丞之东都序

吁咄哉，仆书室坐愁，亦已久矣。每思欲遐登蓬莱，极目四海，手弄白日，顶摩青穹，挥斥幽愤，不可得也。而金骨未变，玉颜已缁，何常不扪松伤心，抚鹤叹息。误学书剑，薄游人间。紫微九重，碧山万里。有才无命，甘于后时。刘表不用于祢衡，暂来江夏；贺循喜逢于张翰，且乐船中。达人张侯，大雅君子。统泛舟之役，在清川之湄。谈玄赋诗，连兴数月，醉尽花柳，赏穷江山。国祖有程，告以行迈，烟景晚色，惨为愁容。系飞帆于半天，泛渌水于遥海。欲去不忍，更开芳樽，乐虽寰中，趣逸天半。平生酣畅，未若此筵。至于清谈浩歌，雄笔丽藻，笑饮醁酒，醉挥素琴，余实不愧于古人也。扬袂远别，何时归来？想洛阳之秋风，将脍鱼以相待。诗可赠远，无乃阙乎？

奉饯十七翁二十四翁寻桃花源序

昔祖龙灭古道，严威刑，煎熬生人，若坠大火。三坟五典，散为寒灰。筑长城，建阿房，并诸侯，杀豪俊，自谓功高羲皇，国可万世。思欲凌云气，求仙人，登封太山，风雨暴作。虽五松受职，草木有知，而万象乖度，礼刑将弛，则绮皓不得不遁于南山，鲁连不得不蹈于东海。则桃源之避世者，可谓超升先觉。夫指鹿之俦，连颈而同死，非吾党之谓乎？二翁耽老氏之言，继少卿之作，文以述大雅，道以通至精。卷舒天地之心，脱落神仙之境。武陵遗迹，可得而窥焉。问津利往，水引渔者，苑藏仙溪，春风不知从来，落英何许流出？石洞来入，晨光尽开。有良田名池，竹果森列，三十六洞，别为一天耶？今扁舟而行，笑谢人世，阡陌未改，古人依然。白云何时而归来？青山一去而谁往？诸公赋桃源以美之。

夏日奉陪司马武公与群贤宴姑熟亭序

通驿公馆南有水亭焉，四甍翚飞，巉绝浦屿。盖有前摄令河东薛公，栋而宇之。令宰陇西李公明化，开物成务，又横其梁而阁之。昼鸣闲琴，夕酌清月，盖为接辎轩，祖远客之佳境也。制置既久，莫知何名。司马武公长材博古，独映方外。因据胡床，岸帻啸咏，而谓前长史李公及诸公曰："此亭跨姑熟之水，可称为'姑熟亭'焉。嘉名胜概，自我作也。"且夫曹官绂冕者，大贤处之。若游青山，卧白云，逍遥偃傲，何适不可？小才居之，窘而自拘，悄若桎梏，则清风朗月，河英岳秀，皆为弃物，安得称焉？所以司马南邻，当文章之旗鼓；翰林客卿，挥辞锋以战胜。名教乐地，无非得俊之场也。千载一时，言诗纪志。

江夏送林公上人游衡岳序

江南之仙山，黄鹤之爽气，偶得英粹，后生俊人。林公世为豪家，此土之秀。落发归道，专精律仪。白月在天，朗然独出。既洒落于彩翰，亦讽诗于金口。闲云无心，与化偕往。欲将振五楼之金策，浮三湘之碧波。乘杯溯流，考室名岳。瞰憩冥壑，凌临诸天。登祝融之峰峦，望长沙之烟火。遥谢旧国，誓遗归踪。百千开士，稀有此者。余所以叹其峻节，扬其清波。龙象先辈，回眸拭视。比夫汩泥沙者，相去如牛之一毛。昔智者安禅于台山，远公托志于庐岳，高标胜概，斯亦向慕哉！紫霞摇心，青枫夹岸，目断川上，送君此行，群公临流，赋诗以赠。

春于姑熟送赵四流炎方序

白以邹鲁多鸿儒，燕赵饶壮士，盖风土之然乎？赵少翁才貌瑰雅，志气豪烈，以黄绶作尉，泥蟠当涂，亦鸡栖鹤笼，不足以窘束鸾凤耳。以疾恶抵法，迁于炎方。辞高堂而坠心，指绝国以摇恨。天与水远，云连山长。借光景于顷刻，开壶觞于洲渚。黄鹤晓别，愁闻命子之声，青枫暝色，尽是伤心之树。然自吴瞻秦，日见喜气。上当攫玉弩，摧狼狐，洗清天地，雷雨必作。冀白日回照，丹心可明。巴陵半道，坐见还吴之棹。令雪解而松柏振色，气和而兰蕙开芳。仆西登天门，望子于西江之上。吾贤可流水其道，浮云其身，通方大适，何往不可？何戚戚于路歧哉？

秋于敬亭送从侄耑游庐山序

余小时，大人令诵《子虚赋》，私心慕之。及长，南游云梦，览七泽之壮观。酒隐安陆，蹉跎十年。初，嘉兴季父谪长沙西还时，途拜见，预饮林下。耑乃稚子，嬉游在傍。今来有成，郁负秀气。吾衰久矣，见尔慰心，申悲导旧，破涕为笑。方告我远涉，西登香炉，长山横蹙，九江却转。瀑布天落，半与银河争流，腾虹奔电，潨射万壑，此宇宙之奇诡也。其上有方湖石井，不可得而窥焉。羡君此行，抚鹤长啸。恨丹液未就，白龙来迟。使秦人着鞭，先往桃花之水。孤负夙愿，惭归名山。终期后来，携手五岳。情以送远，诗宁阙乎？

送黄钟之鄱阳谒张使君序

东南之美者，有江夏黄公焉。白切饮风流，尝接谈笑。亦有杭节玉立，光辉冏然。气高时英，辩折天口。道可济物，志栖无垠。鄱阳张公，朝野荣望，爱客接士，即原、尝、春、陵之亚焉。每钦其辞华，悬榻见往。而黄公因访古迹，便从贵游，乃侨装撰行，去国遐陟。诸子衔酒惜别，脱巾分赠，沉醉烟夕，惆怅凉月。天南回以变夏，火西飞而献秋。汀葭飒然，海草微落。夫子行迈，我心若何？毋金玉尔音，而有遐心。湖水悠沔，勖哉是待。共赋武昌钓台篇，以慰别情耳。

早春于江夏送蔡十还家云梦序

吾观蔡侯，奇人也。尔其才高气远，有四方之志，不然，何周流宇宙太多耶？白遐穷冥搜，亦以早矣。海草三绿，不归国门，又更逢春，再结乡思。一见夫子，冥心道存。穷朝晚以作宴，驱烟霞以辅赏。朗笑明月，时眠落花。斯游无何，寻告睽索。来暂观我，去还愁人。乃浮汉阳，入云梦。乡枻云叩，归魂亦飞。且青山绿枫，累道相接，遇胜因赏，利君前行。既非远离，曷足多叹！秋七月，结游镜湖，无愆我期，先子而往。敬慎好去，终当早来。无使耶川白云，不得复弄尔。乡中廖公及诸才子为诗略谢之。

秋日于太原南栅饯阳曲王赞公贾少公石艾尹少公应举赴上都序

天王三京，北都居一。其风俗远，盖陶唐氏之人欤？襟四塞之要冲，控五原之都邑。雄藩剧镇，非贤莫居。则阳曲丞王公，神仙之胄也。尔其学镜千古，知周万殊。又若少府贾公，以述作之雄也。鳌弄笔海，虎攫辞场。又若石艾尹少公，廊庙之器，口折黄马，手挥青萍。咸道贯于人伦，名飞于日下。实难沉屈，永怀青霄。剑有隐而气冲七星，珠虽潜而光照万壑。今年春，皇帝有事千亩，湛恩八埏，大搜群才，以缉邦政。而王公以令宰见举，贾公以王霸升闻。海激仡乎三千，天飞期于六月。必有以也，岂徒然哉？从兄太原主簿舒，才华动时，规谋匠物。乃黕翠幕，筵虹梁，琼羞霞开，羽觞雷举。然后抗目远览，凭轩高吟。汾河镜开，涨蓝都之气色；晋山屏裂，横朔塞之郊原。屏俗事于烦襟，结浮欢于落景。俄而皓月生海，来窥醉容；黄云出关，半起秋色。数君乃辍酌慷慨，摇心促装。望丹阙而非远，挥玉鞭而且去。白也不敏，先鸣翰林。幸叨玳瑁之筵，敢竭麒麟之笔。请各探韵，赋诗宠行。

江夏送倩公归汉东序

昔谢安四十，卧白云于东山；桓公素征，为苍生而一起。常与支公游赏，贵而不移。大人君子，神冥契合，正可乃尔。仆与倩公一面，不忝古人。言归汉东，使我心痗。夫汉东之国，圣人所出。神农之后，季良为大贤。尔来寂寂，无一物可纪。有唐中兴，始生紫阳先生。先生六十而隐化，若继迹而起者，唯倩公焉。蓄壮志而未就，期老成于他日。且能倾产重诺，好贤士文。即惠休上人与江、鲍往复，各一时也。仆平生述作，罄其草而授之。思亲遂行，流涕惜别。今圣朝已舍季布，当征贾生。开颜洗目，一见白日。冀相视而笑于新松之山耶？作小诗绝句，以写别意：彼美汉东国，川藏明月辉。宁知丧乱后，更有一珠归。

饯李副使藏用移军广陵序

夫功未足以盖世，威不可以震主。必挟此者，持之安归？所以彭越醢于前，韩信诛于后。况权位不及于此者，虚生危疑，而潜苞祸心，小拒王命。是以谋臣将啖以节钺，诱而烹之，亦由借鸿涛于奔鲸，鲙生人于哮虎。呼吸江海，横流百川。左萦右拂，十有余郡。国计未及，谁当其锋？我副使李公，勇冠三军，众无一旅。横倚天之剑，挥驻日之戈。吟啸四顾，熊罴雨集。蒙轮扛鼎之士，杖干将而星罗。上可以决天云，下可以绝地维。翕振虎旅，赫张王师。退如山立，进若电逝。转战百胜，僵尸盈川。水膏于沧溟，陆血于原野。一扫瓦解，洗清全吴。可谓万里长城，横断楚塞。不然，五岭之北，尽饵于修蛇，势盘地蹙，不可图也。而功大用小，天高路遐。社稷虽定于刘章，封侯未施于李广。使慷慨之士，长吁青云。且移军广陵，恭揖后命。组练照雪，楼船乘风。箫鼓沸而三山动，旌旗扬而九天转。良牧出祖，烈将登筵。歌酣易水之风，气振武安之瓦。海日夜色，云河中流。席阑赋诗，以壮三军之事。白也笔已老矣，序何能为？

泽畔吟序

《泽畔吟》者，逐臣崔公之所作也。公代业文宗，早茂才秀。起家校书蓬山，再尉关辅，中佐于宪车，因贬湘阴。从宦二十有八载，而官未登于郎署，何遇时而不偶耶？所谓大名难居，硕果不食。流离乎沅湘，摧悴于草莽。同时得罪者数十人，或才长命夭，覆巢荡室。崔公忠愤义烈，形于清辞。恸哭泽畔，哀形翰墨。犹风雅之什，闻之者无罪，睹之者作镜。书所感遇，总二十章，名之曰《泽畔吟》。惧奸臣之猜，常韬之于竹简；酷吏将至，则藏之于名山。前后数四，蠹伤卷轴。观其逸气顿挫，英风激扬，横波遗流，腾薄万古。至于微而彰，婉而丽，悲不自我，兴成他人，岂不云怨者之流乎？余览之怆然，掩卷挥涕，为之序云。

夏日诸从弟登汧州龙兴阁序

夫槿荣芳园，蝉啸珍木，盖纪乎南火之月也。可以处台榭，居高明。吾之友于，顺此意也，遂卜精胜，得乎龙兴。留宝马于门外，步金梯于阁上。渐出轩户，霞瞻云天。晴山翠远而四合，暮江碧流而一色。屈指乡路，还疑梦中。开襟危栏，宛若空外。呜呼！屈宋长逝，无堪与言。起予者谁？得我二季。当挥尔凤藻，搜乎需觞。与白云老兄，俱莫负古人也。

秋夜与安府送孟赞府兄还都序

夫士有饰危冠，佩长剑，扬眉吐诺，激昂青云者，咸夸炫意气，托交王侯。若告之急难，乃十失八九。我义兄孟子则不然耶！道合而襟期暗亲，志乖而肝胆楚越。鸿骞凤立，不循常流。孔明披书，每观于大略；少君读《易》，时作于小文。四方贤豪，眩然景慕。虽长不过七尺，而心雄万夫。至于酒情中酣，天机俊发，则谈笑满席，风云动天。非嵩丘腾精，何以及此？白以弱植，早饮香名。况亲承光辉，恩甚华萼。他乡此别，谁无恨耶？时林风吹霜，散下秋草。海雁嘶月，孤飞朔云。惊魂动骨，戛瑟落涕。抗手缅迈，伤如之何？且各赋诗，以宠岐路。

春夜宴从弟桃花园序

夫天地者，万物之逆旅也；光阴者，百代之过客也。而浮生若梦，为欢几何？古人秉烛夜游，良有以也。况阳春召我以烟景，大块假我以文章。会桃花之芳园，序天伦之乐事。群季俊秀，皆为惠连；吾人咏歌，独惭康乐。幽赏未已，高谈转清。开琼筵以坐花，飞羽觞而醉月。不有佳咏，何伸雅怀？如诗不成，罚依金谷酒斗数。

冬夜于随州紫阳先生餐霞楼送烟子元演隐仙城山序

吾与霞子元丹，烟子元演，气激道合，结神仙交，殊身同心，誓老云海，不可夺也。历可天下，周求名山，入神农之故乡，得胡公之精术。胡公身揭日月，心飞蓬莱。起餐霞之孤楼，炼吸景之精气。延我数子，高谈混元。金书玉诀，尽在此矣。白乃语及形胜，紫阳因大夸仙城。元侯闻之，乘兴将往。别酒寒酌，醉青田而少留；梦魂晓飞，度渌水以先去。吾不滞于物，与时推移。出则以平交王侯，遁则以俯视巢许。朱绂狎我，绿萝未归。恨不得同栖烟林，对坐松月。有所款然，铭契潭石。乘春当来，且抱琴卧花，高枕相待。诗以宠别，赋而赠之。

送戴十五归衡岳序

白上探玄古，中观人世，下察交道。海内豪俊，相识如浮云。自谓德参夷、颜，才亚孔、墨，莫不名由口进，实从事退，而风义可合者，厥惟戴侯。寓居长沙，禀湖岳之气；少长咸、洛，窥霸王之图。精微可以入神，懿重可以崇德，谟猷可以尊主，文藻可以成化。兼以五材，统以四美，何往而不济也？其二三诸昆，皆以才秀擢用，辞翰炳发，升闻天朝。而此君独潜光后世，以期大用。鲲海未跃，鹏霄悠然。不远千里，访余以道。邵国之秀，有廖侯焉。人伦精鉴，天下独立。每延以宴谑，许为通人。独孤有邻及薛诸公，咸亦以为信然矣。属明主未梦，且归衡阳。憩祝融之云峰，弄茱萸之湍水。轩骑纠合，祖于魏公之林亭。笙歌鸣秋，剑舞增气。况江叶坠绿，沙鸿冥飞，登高送远，使人心醉。见周、张二子，为论平生。鸡黍之期，当速赴也。

早夏于江将军叔宅欲诸昆季送傅八之江南序

《易》曰:“观乎人文，以化成天下。”穷此道者，其唯傅侯耶？侯篇章惊新，海内称善。五言之作，妙绝当时。陶公愧田园之能，谢客惭山水之美。佳句籍籍，人为美谈。前许州司马宋公，蕴冰清之姿，重傅侯玉润之德，妻以其子。凤皇于飞，潘、杨之好，斯为睦矣。仆不佞也，忝于芳尘。宴同一筵，心契千古。清酌连晓，玄谈入微。欢携无何，旋告睽拆。将军叔，英略盖古，英明洞神。天王贵宗，诞育贤子。八龙增秀以列次，五色相辉而有文。会言高乐，晓饯金门。洗德弦觞怡颜。朱明草木已盛。且江嶂若画，赏盈前途，自然屏间坐游，镜里行到，霞月千里，足供文章之用哉。征帆空悬，落日相逼。二季挥翰，诗其赠焉。

冬日于龙门送从弟京兆参军令问之淮南觐省序

紫云仙季，有英风焉。吾家见之，若众星之有月。贵则天王之令弟，宝则海岳之奇精。游者所谓风生玉林，清明萧洒，真不虚也。常醉目吾曰:“兄心肝五藏，皆锦绣耶？不然，何开口成文，挥翰雾散？”吾因抚掌大笑，扬眉当之。使王澄再闻，亦复绝倒。观夫笔走群象，思通神明，龙章炳然，可得而见。岁十二月，拜省于淮南。思白华之长吟，眺黄云之晚色。目断心尽，情悬高堂。倾兰醑而送行，赫金鞍而照地。错毂蹲野，朝英满筵。非才名动时，何以及此。日落酒罢，前山阴烟。殷勤惠言，吾道东坐。想洛桥春色，先到淮城。见千条之绿杨，折一枝以相赠。则华萼情在，吾无恨焉。群公赋诗，以光荣饯。

第二十八卷

赞

当涂李宰君画赞

天垂元精[1]，岳降粹灵。
应期命世，大贤乃生。
吐奇献策，敷闻王庭。
帝用休[2]之，扬光泰清。
滥觞百里，涵量八溟。
缙云飞声，当涂政成。
雅颂一变，江山再荣。
举邑抃舞[3]，式图丹青。
眉秀华盖[4]，目朗明星。
鹤矫阆风，麟腾玉京。
若揭日月[5]，昭然运行。
穷神[6]阐化，永世作程。

【注释】 **1**元精：元气。 **2**休：赞美。 **3**抃（biàn）舞：拍手舞蹈。抃：拍手。 **4**华盖：道教中眉毛的别称。 **5**若揭日月：《庄子》：昭昭乎，若揭日月而行也。 **6**穷神：《易》：穷神知化，德之盛也。

金陵名僧頵公粉图慈亲赞

神妙不死，惜生此身。
托休明淑，而称厥亲。
粉为造化，笔写天真。
貌古松雪，心空世尘。
文伯之母，可以为邻。

李居士赞

至人[1]之心，如镜中影。
挥斤[2]万变，动不离静。
彼质我斤，挥风是骋。
了物无二，皆为匠郢。
吾族贤老，名喧写真。
貌图粉绘，□[3]为垢尘。
从白得衰[4]，与天为邻。
默然不灭，长存此身。

【注释】 **1** 至人:《庄子》：得至美而游乎至乐，谓之至人。 **2** 斤：应为“斥”。 **3** 宋本模糊不清，根据其他版本应该是“生”。 **4** 得衰:《养生论》：至于措身失理，亡之于微。积微成损，积损成衰，从衰得白，从白得老，从老得终。

安吉崔少府翰画赞

齐表巨海，吴嗟大风。
崔为令族，出自太公。
克生奇才，骨秀神聪。
炳若秋月，骞然云鸿。
爰图伊人，夺妙真宰[1]。
卓立欲语，谓行而在。
清晨一观，爽气十倍。
张之座隅，仰止[2]光彩。

【注释】 1 真宰:《庄子》：必有真宰，而特不得其眹（zhèn）。 2 仰止:《诗》：高山仰止，景行行止。

宣城吴录事画赞

大名之家，昭彰日月。
生此髦士，风霜秀骨。
图真像贤，传容写发。

束带岳立[1]，如朝天阙。

岩岩兮谓四方之削成；澹澹兮申五湖之澄明。

武库肃穆，辞峰峥嵘。

大辩若讷，大音希声。

默然不语，终为国祯[2]。

【注释】 1 岳立：像山岳一样站立。 2 国祯：国家栋梁。祯，一作桢，支柱。

壁画苍鹰赞

（讥主人）

突兀枯树，傍无寸枝。

上有苍鹰独立，若秋胡之攒眉。

凝金天之杀气，凛粉壁之雄姿。

觜铦[1]剑戟，爪握刀锥。

群宾失席以愕眙，未悟丹青之所为。

吾尝恐出户牖以飞去，何意终年而在斯！

【注释】 1 觜铦（zī xiān）：觜，同嘴。铦，锋利。

方城张少公听画师猛赞

张公之堂，华壁照雪。
师猛在图，雄姿奋发。
森竦（一作疏）眉目，飒洒毛骨。
锯牙衔霜[1]，钩爪抱（一作把）月。
掣蹲胡[2]以震怒，谓有厦之峣屼。
永观厥容，神骇不歇。

【注释】 **1** 锯牙衔霜：像锯齿一样的牙，像霜一样白。 **2** 蹲胡：王琦：“蹲胡，谓调狮之胡，蹲踞而牵挽者，狮方震怒，曳狮之胡，方若为狮所曳也。”

羽林范将军画赞

羽林列卫，壁垒南垣。四十五星，光辉至尊。范公拜将，遥承主恩。位宠虎臣，封传雁门。瞻天蹈舞，踊跃精魂。逐逐鹗视，昂昂鸿骞。心豪祖逖，气爽刘琨。名震大国，威扬列藩。麟阁之阶，粉图华轩。胡兵百万，横行纵舌。爪牙帝室，功业长存。

金银泥画西方净土变相赞

我闻金天之西，日没之所，去中华十万亿刹，有极乐世界焉。彼国之佛，身长六十万亿常沙由旬，眉间白毫，向右宛转，如五须弥山，目光清白，若四海水。端坐说法，湛然常存。沼明金沙，岸列珍树，栏楯弥覆，罗网周张。车渠琉璃，为楼殿之饰；颇黎码碯，耀阶砌之荣。皆诸佛所证，无虚言者。金银泥画西方净土变相，盖冯翊郡秦夫人奉为亡夫湖州刺史韦公之所建也。夫人蕴冰玉之清，敷圣善之训，以伉俪大义，希拯拔于幽涂；父子恩深，用重修于景福。誓舍珍物，构求名工，图金创端，绘银设像[1]。八法功德[2]，波动青莲之池；七宝香花，光映黄金之地。清风所拂，如生五音，百千妙乐[3]，咸疑动作。若已发愿，未及发愿；若已当生，未及当生，精念[4]七日，必生其国，功德罔极，酌而难明。赞曰：向西日没处，遥瞻大悲颜。目净四海水，身光紫金山[5]。勤念必往生，是故称极乐。珠网珍宝树，天花散香阁。图画了在眼，愿托彼道场。以此功德海，冥佑为舟梁。八十一劫罪[6]，如风扫轻霜。庶观无量寿[7]，长愿玉毫光。

【注释】 **1** 图金创端：王琦：图金创端者，泥金为质地，而以为创始。绘银设像者，以银代彩色而绘成形像。　**2** 八法功德：《称赞净土经》：何等名为八功德水？一者澄净，二者清冷，三者甘美，四者轻软，五者润泽，六者安和，七者饮时除饥渴等无量过患，八者饮已定能长养诸根四大，增益种种殊胜善根。 **3** 百千妙乐：《阿弥陀经》：彼佛国土，微风吹动诸宝行树及宝罗网，出微妙音，譬如百千种乐，同时俱作。 **4** 精念：王琦：精念，即所谓一心不乱也。今人念念迁流，不能终日。若能注心净土，无二无杂，至于七日，终不散乱，则心中佛境，自然全现矣。或有不信是事，良由业障深重故耳。 **5** 紫金山：王琦：《佛报恩经》：我见佛身相，喻如紫金山。 **6** 八十一劫罪：《观无量寿佛经》：若观是地者，除八十亿劫生死之罪，舍身，他世必生净国。一，应为“亿”。 **7** 无量寿：《无量寿经》：佛告阿难，无量寿佛威神光明，最尊第一。

江宁杨利物画赞

太华高岳，三峰倚天。
洪波[1]经海，百代生贤。
为夔为龙，廓土济川。
赵城开国，玉树凌烟。
笔鼓元化，形分自然。
明珠[2]独转，秋月孤悬。
作宰作程，摧刚挫坚。
德合窈冥，声播兰荃。
鸿渐麟阁，英图可传。

【注释】 1洪波：黄河。 2明珠：《晋书》：王济尝语人曰："与玠同游，若明珠之在侧，朗然照人。"

金乡薛少府厅画鹤赞

高堂闲轩兮，虽听讼而不扰。
图蓬山之奇禽，想瀛海之縹眇。
紫顶烟艳，丹眸星皎。
昂昂欲飞（一作伫眙），霍若惊矫。
形留座隅，势出天表[1]。
谓长唳于风霄，终寂立于露晓。
凝玩益古，俯察逾妍。
舞疑倾市[2]，听似闻弦[3]。
倘感至精以神变，可弄影而浮烟。

【注释】 1天表：天外。 2舞疑倾市：《艺文类聚》：《吴越春秋》曰：吴王阖庐有女，王伐楚，与夫人及女会食蒸鱼。王尝半，女怨曰："王食我残鱼，辱我。"不忍久生，乃自杀。阖庐痛之，葬于郡西昌门外。凿地为女坟。积土为山，文石为椁，金鼎玉杯，银樽珠襦之宝，皆以送之。乃舞白鹤于吴市，令万民随观之。 3听似闻弦：《韩非子》：（师旷）援琴而鼓，一奏之，有玄鹤二八，道南方来，集于廊门之垝。再奏之而列，三奏之延颈而鸣，舒翼而舞，音中宫商之声，声闻于天。

志公画赞

水中之月[1]，了不可取。

虚空其心（一作身），寥廓无主。

锦幪[2]鸟爪[3]，独行（一作游）绝侣。

刀齐尺梁，扇迷陈语[4]。

丹青圣容，何住（一作往）何所。

【注释】**1** 水中之月：王琦：水中之月，只一影耳，初非真实，幻躯亦尔，虽贤圣降生，化身灵变，显迹甚奇，要亦无殊于此，故曰“了不可取”。 **2** 幪（méng）：帷幕。 **3** 鸟爪：《神僧传》：宝志，本姓朱氏，金城人。初，朱氏妇闻儿啼鹰窠中，梯树得之。举以为子。七岁，依钟山僧俭出家，修习禅业。往来皖山剑水之下。面方而莹彻如镜。手足皆鸟爪。 **4** 刀齐尺梁，扇迷陈语：王琦：剪刀者，齐也；尺者，量（梁）也；尘尾扇者，尘也。盖隐语历齐、梁、陈三朝耳。

琴赞

峄阳孤桐，石耸天骨。
根老冰泉，叶苦霜月。
斫为绿绮，徽声粲发。
秋风入松，万古奇绝。

朱虚侯赞

嬴氏[1]秽德，金精摧伤。
秦鹿[2]克获，汉风飞扬。
赤龙登天[3]，白日升光。
阴虹贼虐，诸吕扰攘。
朱虚来归，会酌高堂。
雄剑奋击，太后震惶。
爰锄产、禄[4]，大运乃昌。
功冠帝室，于今不忘。

【注释】 **1** 嬴氏：指秦始皇嬴政。 **2** 秦鹿：《史记》：（蒯通）对曰："秦失其鹿，天下共逐之，于是高材疾足者先得焉。" **3** 赤龙登天：王琦："赤龙登天"，谓高祖升遐；"白日升光"，谓惠帝即世；"阴虹贼虐"，谓吕后比杀三赵王。 **4** 产、禄：吕产、吕禄。

观佽飞斩蛟龙图赞

佽飞斩长蛟，遗图画中见。
登舟既虎啸，激水方龙战。
惊波动连山，拔剑曳雷电。
鳞摧白刃下，血染沧江变。
感此壮古人，千秋（一作载）若对面。

地藏菩萨赞（并序）

大雄掩照[1]，日月崩落，唯佛知慧大而光生死雪。赖假普慈[2]力，能救无边苦。独出旷劫[3]，导开横流，则地藏菩萨为当仁矣。弟子扶风窦滔，少以英气爽迈，结交王侯。清风豪侠，极乐生疾。乃得惠剑[4]于真宰，湛本心于虚空。愿图圣容，以祈景福，庶冥力凭助，而厥苦有瘳[5]。爰命小才，式赞其事。赞曰：本心若虚空，清净无一物。焚荡淫怒痴，圆寂了见佛。五彩图圣像，悟真非妄传。扫雪万病尽，爽然清凉天。赞此功德海，永为旷代宣。

【注释】 1 大雄掩照：王琦：大雄掩照，谓释迦入般涅槃也。 2 普慈：普渡慈航，指佛法。 3 旷劫：王琦：旷劫，谓久远之劫也；横流，谓苦海也。 4 惠剑：《维摩诘经》：以智慧剑，破烦恼贼。

5 瘳（chōu）：病愈。

鲁郡叶和尚赞

海英岳灵，诞彼开士。
了身皆空[1]，观月在水。
如薪传火，朗彻生死。
如云开天，廓然万里。
寂灭为乐[2]，江海而闲[3]。
逆旅形内，虚舟世间。
邈彼昆阆[4]，谁云可攀？

【注释】 1 了身皆空：王琦：四大幻身，本来空无，故智者观之，如水中月影，初非真实。 2 寂灭为乐：《涅槃经》：诸行无常，是生灭法。生灭灭已，寂灭为乐。 3 江海而闲：《庄子》：就薮泽，处闲旷，钓鱼闲处，无为而已矣。此江海之士，避世之人，闲暇者之所好也。 4 昆阆：昆仑、阆风，都是仙山。

第二十九卷

颂

赵公西候新亭颂

惟十有四载，皇帝以岁之骄阳，秋五不稔，乃慎择明牧，恤南方凋枯。伊四月孟夏，自淮阴迁我天水赵公，作藩于宛陵，祗明命也。惟公代秉天宪，作保南台，洪柯大本，聿生懿德。宜乎哉！横风霜之秀气，郁王霸之奇略。初以铁冠白笔，佐我燕京。威雄振肃，虏不敢视。而后鸣琴二邦，天下取则；起草三省，朝端有声。天子识面，宰衡动听。殷南山之雷，剖赤县之剧。强项不屈，三州所居大化，咸列碑颂。至于是邦也，酌古以训俗，宣风以布和。平心理人，兵镇唯静。画一千里，时无莠言。退公之暇，清眺原隰。以此郡东堑巨海，西襟长江，咽三吴，扼五岭，輶轩错出，无旬时而息焉。出自西郭，苍然古道，道寡列树，行无清阴。至有疾雷破山，狂飙震壑，炎景烁野，秋霖灌途。马逼侧于谷口，人周章于山顶。亭候靡设，逢迎阙如。

自唐有天下，作牧百数，因循龌龊，罔恢永图。及公来思，大革前弊。实相此土，陟降观之，壮其回岗龙盘，沓岭波起，胜势交至，可以有作。方农之隙，廓如是营。遂铲崖坦堙卑，驱石剪棘，削污壤，阶高隅，以门以墉，乃栋乃宇。俭则不陋，丽而不奢。森沉闬闳，燥湿有庇。若鬼之勇，如鹏斯骞。萦流镜转，涵映池底，纳远海之余清，泻连峰之积翠。信一方雄胜之郊，五马踟蹰之地也。

长史齐公光义，人伦之师表；司马武公幼成，衣冠之髦彦。录事参军吴镇、宣城令崔钦，令德之后，良材间生。纵风教之乐地，出人伦之高格，卓绝映古，清明在躬。佥谋僝功，不日而就。揔是役也，伊二公之力欤？过客沉吟以称叹，邦人聚舞以相贺。佥曰："我赵公之亭也！"群寮献议，请因谣颂以名之，则必与谢公北亭同不朽矣！白以为谢公德不及后世，亭不留要冲，无勿拜之言，鲜登高之赋，方之今日，我则过矣。敢询耆老而作颂曰：眈眈高亭，赵公所营。如鳌背突兀于太清，如鹏翼开张而欲行。赵公之宇，千载有睹，必恭必敬，爰游爰处。瞻而思之，罔敢大语。赵公来翔，有礼有章。煌煌锵锵，如文翁之堂。清风洋洋，永世不忘。

崇明寺佛顶尊胜陀罗尼幢颂（并序）

共工不触山，娲皇不补天，其洪波汩汩流。伯禹不治水，万人其鱼乎？礼乐大坏，仲尼不作，王道其昏乎？而有功包阴阳，力掩造化，首出众圣，卓称大雄，彼三者之不足征矣！粤有我西方金仙之垂范，觉旷劫之大梦，碎群愚之重昏，寂然不动，湛而常存。使苦海静滔天之波，疑山灭炎昆之火，囊括天地，置之清凉。日月或坠，神通自在，不其伟欤？

鲁郡崇明寺南门佛顶尊胜陁罗尼石幢者，盖此都之壮观。昔善住天子及千大天游于园观，又与天女游戏，受诸快乐，即于夜分中闻有声曰：“善住天子七日灭后当生，七反畜生之身。”于是如来授之吉祥真经，遂脱诸苦，盖之天征为大法印，不可得而闻也。我唐高宗时，有罽宾桑门持入中土，犹日藏大宝，清园虚空，檀金净彩，人皆悦见。所以山东开士，举国而崇之。时有万商投珍，士女云会，众布蓄沓如陵。琢文石于他山，耸高标于列肆。镵珉错彩，为鲸为螭，天人海怪，若叱若语。贝叶金言刊其上，荷花水物形其隅。良工草莱，献技而去。圣君垂拱南面，穆清而居，大明广运，无幽不烛。以天下所立兹幢，多临诸旗亭，喧嚣湫隘，本非经行网绕之所。乃颁下明诏，令移于宝坊。吁！百尺中标，矗若云断，委翳苔藓，周流星霜，俾龙象兴嗟，仰瞻无地，良可叹也。

我太官广武伯陇西李公，先名琬，奉诏书改为辅。其从政也，肃而宽，仁而惠，五镇方牧，声闻于天。帝乃加剖竹于鲁，鲁道粲然可观。方将和阴阳于太阶，致君于尧舜。岂徒闭閤坐啸，鸿盘二千哉！乃再崇厥功，发挥象教。于是与长史卢公、司马李公等，咸明明在公，绰绰有裕。韬大国之宝，钟元精之和，荣兼半刺，道光列岳。才或大而用小，识无微而有通。政其有经，谈岂更仆？有律师道宗，心总群妙，量苞大千。日何莹而常明，天不言而自运。识岸浪注，玄机清发，每口演金偈，舌摇电光，开关延敌，罕有当者。由万窍同号于一风，众流俱纳于溟海。若乃严饰佛事，规矩梵天。法堂郁以雾开，香楼岌乎岛峙。皆我公之缔构也。以天宝八载五月一日示灭大寺。百城号天，四众泣血，焚香散花，扶榇卧辙，仙鹤数十，飞鸣中绝。非至德动天，深仁感物者，其孰能与于此乎？三纲等皆论穷弥天，惠湛清月。传千灯于智种，了万法于真空。不谋同心，克树圣迹。

太官李公，乃命门于南垣庙通衢，曾盘旧规，累构余石。壮士加勇，力侔拔山。才击鼓以雷作，掩鸿縻而电掣。千人壮，万夫势，转鹿卢于横梁，泯环合而无际。常六合之振动，崛九霄之峥嵘。非鬼神功，曷以臻此？况其清景烛物，香风动尘，群形所霑，积苦都雪。粲星辰而增辉，挂文字而不灭。虽汉家金茎，伏波铜柱，拟兹陋矣！或日月圆满，方檀散华，清心讽持，诸佛称赞。夫如是，亦可以从一天至一天，开天宫之门，见群圣之颜，巍巍功德不可量也。其录事参军、六曹英寮及十一县官属，有宏才硕德，含香绣衣者，皆列名碑阴，此不具载。

郡人都水使者宣道先生孙太冲，得真人紫蕊玉笈之书，能令太一神自成还丹以献于帝。帝服享万寿，与天同休。功成身退，谢病而去，不谓古之玄通微妙之士欤？乃谓白曰："昔王文考观艺于鲁，骋雄辞于灵光；陆佐公知名在吴，铭双阙于盘石。吾子盍可美盛德，扬中和？"恭承话言，敢不惟命。遂作颂曰：揭高幢兮表天宫，嶷独出兮凌星虹。神撝撝兮来空，仡扶倾兮苍穹。西方大圣称大雄，横绝苦海舟群蒙。

陀罗尼藏万法宗，善住天子获厥功。明明李君牧东鲁，再新颓规扶众苦。如大云王注法雨，邦人清凉喜聚舞。扬鸿名兮振海浦，铭丰碑兮昭万古。

铭

化城寺大钟铭（并序）

噫！天以震雷鼓群动，佛以鸿钟惊大梦。而能发挥沉潜，开觉茫蠢，则钟之取象，其义博哉！夫扬音大千，所以清真心，警俗虑；协响广乐，所以达元气，彰天声；铭勋皇宫，所以旌丰功，昭茂德。莫不配美金鼎，增辉宝坊。仍事作制，岂徒然也？

粤有唐宣城郡当涂县化城寺大钟者，量函千盈，盖邑宰李公之所创也。公名有则，系玄元之英蕤，茂列圣之天枝。生于公族，贵而秀出。少蕴才略，壮而有成。西逾流沙，立功绝域。帝畴乎厥庸，始学古从政。历宰洁白，声闻于天。天书褒荣，辉之简牍，稽首三复，子孙其传。天宝之初，鸣琴此邦，不言而治。日计之无近功，岁计之有大利。物不知化，潜臻小康。神明其道，越不可尚。

方入于禅关，睹天宫峥嵘，闻钟声琐屑，乃谓诸龙象曰:“盍不建大法鼓，树之层台，使群聋六时有所归仰，不亦美乎？”于是发一言以先觉，举百里而感应。秋毫不挫，人多子来。铜崇朝而山积，工不日而云会。乃采凫氏，撰鸣钟，火天地之炉，扇阴阳之炭。回禄奋怒，飞廉震惊。金精转潜以融熠，铜液星萦而爔灿。光喷日道，气敌天维。红云点于太清，紫烟矗于遥海。烜赫宇宙，功侔鬼神。莹而察之，吁骇人也。尔其龙质炳发，虎形躨跜。縻金索以上絙，悬宝楼而迭击。傍振万壑，高闻九天。声动山以隐隐，响奔电而阗阗。赦汤镬于幽途，息剑轮于苦海。景福肸蠁，被于人天。非李公好谋而成，弘济群有，孰能兴于此乎！

丞尉等并衣冠之龟龙，人数之标准。大雅君子，同僚尽心。闻善贾勇，赞成厥美。寺主升朝，闲心古容，英骨秀气，洒落毫素，谦柔笑言。海受水而皆纳，镜无形而不烛。直道妙用，乃如是然。常虚怀忘情，洁己利物。是人行空寂，不动见如来。有若上座灵隐，都维那则舒，名僧日晖、蕴虚，常因调护。贤哉六开士，普闻八万法。深入禅惠，精修律仪。将博我以文章，求我以述作。功德大海，酌而难名。遂与六曹豪吏，姑熟贤老，乃缁乃黄，凫趋梵庭，请扬宰君之鸿美。白昔忝侍从，备于辞臣，恭承德音，敢阙清风之颂。

其辞曰:

雄雄鸿钟砰隐天，雷鼓霆击警大千。含号烜赫声无边，摧慑魑魅招灵仙。傍极六道极九泉，剑轮辍苦期息肩，汤镬猛火停炽燃。恺悌贤宰人父母，兴功利物信可久，德方金钟永不朽。

天门山铭

梁山博望，关扃楚滨，夹据洪流，实为吴津。两坐错落，如鲸张鳞。唯海有若，唯川有神。牛渚怪物，目围车轮。光射岛屿，气凌星辰。卷沙扬涛，溺马杀人。国泰呈端，时讹返珍。开则九江纳锡，闭则五岳飞尘。天险之地，无安匪亲。

记

任城县厅壁记

风姓之后，国为任城，盖古之秦县也。在《禹贡》则南徐之分，当周成迺东鲁之邦，自伯禽到于顺公，三十二代，遭楚荡灭，因属楚焉。炎汉之后，更为郡县。隋开皇三年，废高平郡，移任城于旧居。邑乃屡迁，井则不改。鲁境七百里，郡有十一县，任城其冲要。东盘琅邪，西控钜野，北走厥国，南驰互乡。青帝太昊之遗墟，白衣尚书之旧里。土俗古远，风流清高，贤良间生，掩映天下。地博厚，川疏明。汉则名王分茅，魏则天人列土。所以代变豪侈，家传文章。君子以才雄自高，小人则鄙朴难治。况其城池爽垲，邑屋丰润。香阁倚日，凌丹霄而欲飞；石桥横波，惊彩虹而不去。其雄丽块圠，有如此焉。故万商往来，四海绵历，实泉货之橐籥，为英髦之咽喉。故资大贤，以主东道。制我美锦，不易其人。今乡二十六，户一万三千三百七十一。帝择明德，以贺公宰之。公温恭克修，俨实有立。季野备四时之气，士元非百里之才。拨烦弥闲，剖剧无滞。镝百发克破于杨叶，刀一鼓必合于《桑林》。宽猛相济，弦韦适中。一之岁肃而教之，二之岁惠而安之，三之岁富而乐之。然后青衿向训，黄发履礼。耒耜就役，农无游手之夫；持轴和鸣，机罕嚬蛾之女。物不知化，陶然自春。权豪锄纵暴之心，黠吏返淳和之性。行者让于道路，任者并于轻重。扶老携幼，尊尊亲亲，千载百年，再复鲁道。非神明博远，孰能契于此乎？白探奇东蒙，窃听舆论，辄记于壁，垂之将来。俾后贤之操刀，知贺公之绝迹者也。

第三十卷

碑

比干碑

太宗文皇帝既一海内，明君臣之义，贞观十九年，征岛夷，师次殷墟，乃诏赠少师比干为太师，谥曰忠烈公。遣大臣持节吊祭，申命郡县，封墓葺祠，置守冢，以少牢时享，著于甲令，刻于金石。故比干之忠益彰，臣子得述其志。

昔商王受毒痛于四海，悖于三正，肆厥淫虐，下罔敢诤。于是微子去之，箕子囚之，而公独死之。非夫捐生之难，处死之难。故不可死而死，是轻其生，非孝也。可死而不死，是重其死，非忠也。王曰叔父，亲其至焉。国之元臣，位莫崇焉。亲不可以观其危，昵不可以忘其祖，则我臣之业将坠于泉，商王之命将绝于天。整扶其颠，遂谏而死。剖心非痛，止殷为痛。公之忠烈，其若是焉。故能独立危邦，横抗兴运。周武以三分之业，有诸侯之师，实其十乱之谋，总其一心之众。当公之存也，乃戢彼西土；及公之丧也，乃观乎孟津。公存而殷存，公丧而殷丧。兴亡两系，岂不重欤？

且圣人立教，惩恶劝善而已矣。人伦大统，父子君臣而已矣。少师存则垂其统，殁则垂其教，奋乎千古之上，行乎百王之末，俾夫淫者惧，佞者惭，义者思，忠者劝。其为戒也，不亦大哉？而夫子称殷有三仁，是岂无微旨？尝敢颐之曰：存其身，存其宗，亦仁矣。存其名，存其祀，亦仁矣。亡其身，图其国，亦仁矣。若进死者，退生者，狂狷之士将奔走之；褒生者，贬死者，宴安之人将寘力焉。故同归诸仁，各顺其志，殊涂而一揆，异行而齐致。俾后人优柔而自得焉。盖《春秋》微婉之义，必将建皇极，立彝伦，辟在三之门，垂不二之训，以明知于世。则夫人臣者，既移孝于亲而致之于君，焉有闻亲失而不诤，亲危而不救，从容安地而自得？甚哉不然矣！夫孝于其亲，人之亲皆欲其子；忠于其主，人之主皆欲其臣。故历代帝王皆欲精显。周武下车而封其墓，魏武南迁而创其祠。我太宗有天下，禋百神，盛其礼，追赠大师，谥曰忠烈。申命郡县，封坟葺祠，置守冢五家，以少牢时享。著于甲令，刻于金石。於戏！哀伤列辟，主君封德。正与神明，秩视郡王，身灭而荣益大，世绝而祀愈长。然后知忠烈之道，激天感人深矣。

天宝十祀，余尉于卫。拜首祠堂，魄感精动。而庙在邻邑，官非式闾。斫石铭表，以志丕烈。铭曰：麋躯非仁，蹈难非智。死于其死，然后为义。忠无二躯，烈有余气。正直聪明，至今猛视。咨尔来代，为臣不易。

天长节使鄂州刺史韦公德政碑（并序）

太虚既张，唯天之长。所以白帝真人，当高秋八月五日，降西方之金精，采天长为名，将传之无穷，纪圣诞之节也。我高祖创业，太宗成之，三后继统，王猷如一。大盗间起，开元中兴，力倍造化，功包天地。不然，何能遏牺、农之颓波，返淳朴于太古。虽轩后至道，由闻蚩尤之师；今网漏吞舟，而胡夷起于毂下。

光天文武孝感皇帝，越在明两，总戎扶风。正帝车于北斗，拯横流于鲸口；回日辔于西山，拂蒙尘于帝颜。呼吸而收两京，烜赫而安六合。历列辟而罕匹，顾将来而无俦。太阳重轮，合耀并出。宇宙翕变，草木增荣。一麾而静妖氛，成功不处；五让而传剑玺，德冠乐推。

於戏！昔尧及舜、禹，皆无圣子，审历数去己，终大宝假人，饰让以成千载之美，未若以文明鸿业，授之元良，与天同休，相统亿祀。则我唐至公而无私，越三圣而殊轨。腾万人之喜气，烂八极之祥云。上皇思汾阳而高蹈，解负重于吾君。能事斯毕，与人更始。

乃展祀郊庙，望秩山川。方掩骼于河、洛，吊人于幽、燕。但诛元凶，不问小罪。噫大块之气，歌炎汉之风。云滂洋，雨汪濊。澡渥泽，除瑕颣。削平国步，改号乾元。至矣哉！其雄图景命，有如此者。

我邦伯韦公，大彭之洪胤，扶阳之贵族。雄略迈古，高文变风。运当一贤，才堪三事。历职剖剧，能声旁流。振绣而白笔横冠，分符而彤襜入境。曩者永王以天人授钺，东巡无名。利剑承喉以胁从，壮心坚守而不动。房陵之俗，安于太山；休奕列郡，去若始至。帝召岐下，深嘉直诚。移镇夏口，救时艰也。慎厥职，康乃人。减兵归农，除害息暴。大水灭郭，洪霖注川。人见忧于鱼鳖，岸不辨于牛马。公乃抗辞正色，言于城隍曰：“若三日雨不歇，吾当伐乔木，焚清祠。”精心感动，其应如响。无何，中使衔命，遍祈名山，广征牲牢，骤欲致祭。公又盱衡而称曰：“今主上明圣，怀于百灵，此淫昏之鬼，不载祀典，若烦国礼，是荒巫风。”其秉心达识，皆此类也。物不知化，如登春台。有若江夏县令薛公，揖四豪之风，当百里之寄。干蛊有立，含章可贞。遵之典礼，恤疲于和乐，政其成也，臻于小康。中京重睹于汉仪，列郡还闻于舜乐。选鄂之胜，帐于东门。乃登豳歌，击土鼓，祀蓐收，迎田祖。招摇回而大火乃落，阊阖启而凉风始归。笙竽和籥之音，象星辰而迭奏；吴、楚、巴、渝之曲，各土风而备陈。礼容有穆，簪笏列序。罗衣蛾眉，立乎玳筵之上；班剑虎士，森乎翠幕之前。千变百戏，分曹贾勇。蔺子跳剑，迭跃流星之辉；都卢寻橦，倒挂浮云之影。百川绕郡，落天镜于江城；四山入牖，照霜空之海色。献觞醉于晚景，舞袖纷于广庭。鹤发之叟，雁序而进曰：“恭闻天子无戏言，恐转公以大用。老父不畏死，愿留公以上闻。”悦坐棠而餐风，庶刻石以宾美。白观乐入楚，闻韶在齐，采诸行谣，遂作颂曰：

爽朗太白，雄光下射。峥嵘金天，华岳旁连。降精腾气，赫矣昭然。诞圣五日，垂休万年。孽胡挺灾，大人有作。雷霆发扬，欃枪乃落。九服交泰，五云蒙薄。扫雪屯蒙，洗清寥廓。轩后访道，来登峨眉。上皇西去，异代同时。六龙转驾，两曜回规。重遭唐主，更睹汉仪，肃肃韦公，大邦之翰。秀骨岳立，英谋电断。宣风树声，远威逆乱。不长不极，乐奏争观。丸剑挥霍，鱼龙屈盘。东回舞袖，西笑长安。颂声载路，丰碑是刊。

溧阳濑水贞义女碑铭

皇唐叶有六圣，再造八极，镜照万方，幽明咸熙，天秩有礼。自太古及今，君君臣臣，烈士贞女，采其名节尤彰，可激清颓俗者，皆扫地而祠之。兰蒸椒浆，岁祀罔缺。而兹邑贞义女，光灵翳然，埋冥古远，琬琰不刻，岂前修博达者为邦之意乎？

贞义女者，溧阳黄山里史氏之女也，以家溧阳，史阙书之。岁三十，弗移天于人，清英洁白，事母纯孝。手柔荑而不龟，身击漂以自业。当楚平王时，平王虐忠助谗，苛虐厥政。芟于尚，斩于奢，血流于朝，赤族伍氏。怨毒于人，何其深哉！子胥始东奔勾吴，月涉星遁。或七日不火，伤弓于飞。逼迫于昭关，匍匐于濑渚。舍车而徒，告穷此女。目色以臆，授之壶浆，全人自沉，形与口灭。卓绝千古，声凌浮云。激节必报之仇，雪诚无疑之地。难乎哉！

借如曹娥潜波，理贯于孝道；聂姊殒肆，概动于天伦。

鲁姑弃子，以却三军之众；漂母进饭，没受千金之恩。方之于此，彼或易耳。卒使伍君开张阖闾，倾荡鄢、郢。吴师鞭尸于楚国，申胥泣血于秦庭。我亡尔存，亦各壮志。张英风于古今，雪大愤于天地。微此女之力，虽云为之士，焉能咆哮烜赫，施于后世也。望其溺所，怆然低回而不能去。每风号昊天，月苦荆水，响像如在，精魂可悲。惜其投金有泉，而刻石无主，哀哉！

邑宰荥阳郑公名晏，家康成之学，世子产之才。琴清心闲，百里大化。有若主簿扶风窦嘉宾、县尉广平宋陟、丹阳李济、南郡陈然、清河张昭，皆有卿才霸略，同事相协，缅纪英淑，勒铭道周，虽陵颓海竭，文或不死。

其辞曰：

粲粲贞女，孤生寒门。上无所天，下报母恩。春风三十，花落无言。乃如之人，激漂清源。碧流素手，萦彼潺湲。求思不可，秉节而存。伍胥东奔，乞食于此。女分壶浆，灭口而死。声动列国，义形壮士。入郢鞭尸，还吴雪耻。投金濑址，报德称美。明明千秋，如月在水。

武昌宰韩君去思颂碑（并序）

仲尼，大圣也，宰中都而四方取则；子贱，大贤也，宰单父，人到于今而思之。乃知德之休明，不在位之高下，其或继之者，得非韩君乎！君名仲卿，南阳人也。昔延陵知晋国之政，必分于韩。献子虽不能遏屠岸之诛，存孤嗣赵，太史公称天下阴德也。其贤才罗生，列侯十世，不亦宜哉！七代祖茂，后魏尚书令、安定王。五代祖钧，金部尚书。曾祖晙，银青光禄大夫、雅州刺史。祖泰，曹州司马。考睿素，朝散大夫、桂州都督府长史。分茅纳言，剖符佐郡，奕叶明德，休有烈光。君乃长史之元子也。妣有吴钱氏，及长史即世，夫人早孀，弘圣善之规，成名四子，文伯、孟轲二母之俦欤？少卿当涂县丞，感慨重诺，死节于义。云卿文章冠世，拜监察御史，朝廷呼为子房。绅卿尉高邮，才名振耀，幼负美誉。君自潞州铜鞮尉调补武昌令，未下车，人惧之；既下车，人悦之。惠如春风，三月大化，奸吏束手，豪宗侧目。有爨玉者，三江之巨横。白额且去，清琴高张。兼操刀永兴，二邑同化。时凿齿磨牙而两京，宋城易子而炊骨。吴、楚转输，苍生熬然。而此邦晏如，襁负云集。居未二载，户口三倍。其初铜铁曾青，未择地而出，太冶鼓铸，如天降神。既烹且烁，数盈万亿，公私其赖之。官绝请托之求，吏无丝毫之犯。

本道采访大使皇甫公侁，闻而贤之，擢佐辅轩，多所弘益。尚书右丞崔公禹，称之于朝。相国崔公涣，特奏授鄱阳令，兼摄数县。所谓投刃而皆虚，为其政而则理成，去若始至，人多怀恩。新宰王公名庭璘，岩然太华，浼然洪河。含章可贞，干蛊有立。接武比德，弦歌连声。服美前政，闻诸耆老。与邑中贤者胡思泰一十五人，及诸寮吏，式歌且舞，愿扬韩公之遗美。白采谣刻石，而作颂曰：

峨峨楚山，浩浩汉水。黄金之车，大吴天子。武昌鼎据，实为帝里。时艰世讹，薄俗如毁。韩君作宰，抚兹遗人。滂汪王泽，犹鸿得春。和风潜畅，惠化如神。刻石万古，永思清尘。

虞城县令李公去思颂碑（并序）

王者立国君人，聚散六合，咸土以百里，雷其威声。革其俗而风之，渔其人而涵之。其犹众鲜洋洋，乐化在水。波而动之则忧，赪尾之刺作焉；徐而清之则安，颁首之颂兴焉。苟非大贤，孰可育物，而能光昭弦歌，卓立振古，则有虞城宰公焉。

公名锡，字元勋，陇西成纪人也。高祖揩，隋上大将军，绵、益、原三州刺史，封汝阳公。曾祖腾云，皇朝广、茂二州都督，广武伯。祖立节，起家韩王府记室参军，袭广武伯。父浦，郢、海、淄、唐、陈五州刺史，鲁郡都督，广平太守，袭广武伯。皆纳忠王庭，名镂钟鼎，侯伯继迹，故可略而言焉。公即广武伯之元子也。年十九，拜北海寿光尉。心不挂细务，口不言人非。群吏罕测，望风敬惮。秩满，转右武卫仓曹参军，次任赵郡昭庆县令。奉诏修建初、启运二陵，总徒五郡，支用三万贯。举筑雷野，不鞭一人。功成，馀八千贯，其干能之声大振乎齐、赵矣。时名卿巡按，陵有黄赤气上冲太微，散为庆云数千处，盖精勤动天地也如此。因粉图奏名，编入国史。

天宝四载，拜虞城令，而天章宠荣，俾金玉王度，炯若七曜，昭回堂隅。於戏！敬之哉！宸威临顾，作训以理，其俗鲁而木，舒而徐，急则狼戾，缓则鸟散。公酌以钧道，和之琴心，于是安四人，敷五教。处必粝食，行惟单车。观其约而吏俭，仰其敬而俗让。激直士之素节，扬廉夫之清波。三月政成，邻境取则。因行春见枯骸于路隅，恻然疚怀，出俸而葬。由是百里掩骼，四封归仁。有居丧行号城市者，习以成俗。公勖之亲邻，厄以凶事。而鳏寡惸独，众所赖焉。可谓变其颓风，永锡尔类。先时，邑中有聚党横猾者，实惟二耿之族，几百家焉。公训为纯人，易其里曰大忠正之里。北境黎丘之古鬼焉，或醉父以刃其子，自公到职，蔑闻为灾。官宅旧井，水清而味苦，公下车尝之，莞尔而笑曰："既苦且清，足以符吾志也。"遂汲用不改，变为甘泉。蠡丘馆东有三柳焉，公往来憩之，饮水则去。行路勿剪，比于甘棠。乡人因树而书颂四十有六篇。唯公志气塞乎天地，德音发乎声容。缟乎若寒崖之霜，湛乎若清川之月。弹恶雪善，速若箭飞。尤能笔工新文，口吐雅论。天下美士，多从之游。非汝阳三公三伯之积德，则何以生此。邑之贤老刘楚瑰等乃相谓曰："我李公以神明之化，大赖于虞人。虞人陶然歌咏其德，官则敬，去则思。山川鬼神犹怀之，况于人乎！”乃咨群寮，兴去思之颂。县丞王彦暹，员外丞魏陟，主簿李诜，县尉李向、赵济、卢荣等，同德比义，好谋而成，相与采其瑰踪茂行，俾刻石纂美，庶清风令名，奋乎百世之上。

其词曰：

激扬之水兮，白石有凿。李公之来兮，雪虞人之恶。厥德孔昭，折狱既清。五教大行，殷云雷之声。既父其父，又子其子。春之以风，化成草靡。乃影我岗，乃雨我田。阳无骄僭，四载有年。人戴公之贤，犹百里之天。弃余往矣，茫如坠川。哀丧惠博，掩骼仁深。苦井变甘，凶人易心。三柳勿剪，永思清音。

文

为窦氏祭小师璿和尚文

年月日，某谨以斋蔬之奠，敢昭告于和尚之灵。伏惟和尚，降灵自天，依化游世，角立独出，嶷然生知。凤凰开九苞之翼，豫章横万顷之陂。始传灯而纳照，因落发以从师。迈龙象以蹴踏，为天人之羽仪。绍释风于西域，回佛日于东维。若大块之噫气，鼓和风而一吹。热恼清洒，道芽荣滋。

走吴、楚以宗仰，将扫地而归之。呜呼！来无所从，去复何适？水还火归，萧散本宅。宝舟辍棹，禅月掩魄。痛一往而无踪，怆双林之变白。

某早承训诲，偏荷恩慈。忝餐风于法侣，旋落荫于禅枝。号无辍响，泣有余悲。手撰茗药，精诚严思。冀神道之昭格，庶明灵而飨之。

为宋中丞祭九江文

谨以三牲之奠，敬祭于长源公之灵。惟神包括乾坤，平准天地。划三峡以中断，流九道以争奔。纲纪南维，朝宗东海。牲玉有礼，祀典无亏。今万乘蒙尘，五陵惨黩楚锦切，参上声。苍生悉为白骨，赤血流于紫宫。宇宙倒悬，搀抢未灭。含识结愤，思剪元凶。若思参列雄藩，各当重寄。遵奉王命，大举天兵。照海色于旌旗，肃军威于原野。而洪涛渤潏，狂飙振惊。惟神使阳侯卷波，羲和奉命。楼船先济，士马无虞。扫妖孽于幽燕，斩鲸鲵于河洛。唯神佑我，降休于民。敬陈精诚，庶垂歆飨。

《李太白文集》后序

宋敏求序

唐李阳冰序李白《草堂集》十卷云："当时著述，十丧其九。"咸平中，乐史别得白歌诗十卷，合为《李翰林集》二十卷，凡七百七十六篇。史又纂杂著为别集十卷。治平元年，得王文献公溥家藏白诗集上中二帙，凡广二百四篇，惜遗其下帙。熙宁元年，得唐魏万所纂白诗集二卷，凡广四十四篇，因裒《唐类诗》诸编洎刻石所传，别集所载者，又得七十七篇，无虑千篇。沿旧目而厘正其汇次，使各相从，以别集附于后。凡赋、表、书、序、碑、颂、记、铭、赞文六十五篇，合为三十卷。同舍吕缙叔出《汉东紫阳先生碑》，而残缺间莫能辨，不复收云。夏五月晦，常山宋敏求题。

曾巩序

《李白集》三十卷，旧歌诗七百七十六篇，今千有一篇，杂著六十五篇者，知制诰常山宋敏求字次道之所广也。次道既以类广白诗，自为序，而未考次其作之先后。余得其书，乃考其先后而次第之。盖白蜀郡人，初隐岷山，山居襄汉之间，南游江淮，至楚观云梦。云梦许氏者，高宗时宰相圉师之家也，以女妻白，因留云梦者三年。去之齐鲁，居徂徕山竹溪。入吴，至长安。明皇闻其名，召见，以为翰林供奉。

顷之不合，去。北抵赵、魏、燕、晋，西涉岐邠。历商于，至洛阳，游梁最久。复之齐鲁，明皇在蜀，永王璘节度东南，白时卧庐山，璘迫致之。璘军败丹阳，白奔亡至宿松，坐系寻阳狱。宣抚大使崔涣与御史中丞宋若思验治白，以为罪薄宜贯。而若思军赴河南，遂释白囚，使谋其军事。上书肃宗荐白才可用，不报。是时，白年五十有七矣。乾元元年，终以污璘事长流夜郎。遂泛洞庭，上峡江，至巫山。以赦得释。憩岳阳、江夏。久之，复如寻阳，过金陵，徘徊于历阳、宣城二郡。其族人阳冰为当涂令，白过之，以病卒，年六十有四。是时宝应元年也。其始终所更涉如此。次白之诗书所自叙可考者也。范传正为白墓志，称白偶乘扁舟，一日千里，或遇胜景，终年不移。则见于白之自叙者，盖亦其略也。《旧史》称白山东人，为翰林待诏。又称永王璘节度扬州，白在宣城谒见，遂辟为从事。而《新书》又称白流夜郎，还寻阳，坐事下狱，宋若思释之者，皆不合于白之自叙，盖史误也。白之诗连类引义，虽中于法度者寡，然其辞闳肆俊伟，殆骚人所不及，近世所未有也。《旧史》称白有逸才，志气宏放，飘然有超世之心。余以为实录。而《新书》不著其语，故录之，使览者得详焉。南丰曾巩序。

毛渐序

临川晏公知止，字处善，守苏之明年，政成暇日，出李翰林诗，以授于渐曰：“白之诗历世浸久，所传之集，率多讹缺。予得此本，最为完善，将欲镂版以广其传。”渐切谓李诗为人所尚，以宋公编类之勤，而曾公考次之详，世虽甚好，不可得而悉见。今晏公又能镂版以传，使李诗复显于世，实三公与成始而成终也。元丰三年夏四月，信安毛渐校正谨题。

附录

宋蜀本补遗

菩萨蛮

平林漠漠烟如织，寒山一带伤心碧。
暝色入高楼，有人楼上愁。
玉阶空伫立，宿鸟归飞急。
何处是归程，长亭连短亭。

忆秦娥

箫声咽，秦娥梦断秦楼月。
秦楼月，年年柳色，灞陵伤别。
乐游原上清秋节，咸阳古道音尘绝。
音尘绝，西风残照，汉家陵阙。

戏赠杜甫

饭颗山头逢杜甫，头戴笠子日卓午。
借问别来太瘦生，总为从前作诗苦。

寒女吟

昔君布衣时，与妾同辛苦。
一拜五官郎，便索邯郸女。
妾欲辞君去，君心便相许。
妾读蘼芜书，悲歌泪如雨。
忆昔嫁君时，曾无一夜乐。
不是妾无堪，君家妇难作。
起来强歌舞，纵好君嫌恶。
下堂辞君去，去后悔遮莫。

会别离

结发生别离，相思复相保。
如何日已远，五变庭中草。
渺渺天海途，悠悠汉江岛。
但恐不出门，出门无远道。
道远行既难，家贫衣复单。
严风吹雨雪，晨起鼻何酸。
人生各有志，岂不怀所安？
分明天上日，生死誓同欢。

初月

玉蟾离海上，白露湿花时。
云畔风生爪，沙头水浸眉。
乐哉弦管客，愁杀战征儿。
因绝西园赏，临风一咏诗。

雨后望月

四郊阴霭散，开户半蟾生。
万里舒霜合，一条江练横。
出时山眼白，高后海心明。
为惜如团扇，长吟到五更。

对雨

卷帘聊举目，露湿草绵绵。
古岫披云毳，空庭织碎烟。
水红愁不起，风线重难牵。
尽日扶犁叟，往来江树前。

晓晴

野凉疏雨歇，春色偏萋萋。
鱼跃青池满，莺吟绿树低。
野花妆面湿，山草纽斜齐。
零落残云片，风吹挂竹溪。

望夫石

仿佛古容仪，含愁带曙辉。
露如今日泪，苔似昔年衣。
有恨同湘女，无言类楚妃。
寂然芳霭内，犹若待夫归。

冬日归旧山

未洗染尘缨，归来芳草平。
一条藤径绿，万点雪峰晴。
地冷叶先尽，谷寒云不行。
嫩篁侵舍密，古树倒江横。
白犬离村吠，苍苔上壁生。

穿厨孤雉过，临屋旧猿鸣。
木落禽巢在，篱疏兽路成。
拂床苍鼠走，倒箧素鱼惊。
洗砚修良策，敲松拟素贞。
此时重一去，去合到三清。

邹衍谷

燕谷无暖气，穷岩闭严阴。
邹子一吹律，能回天地心。

入清溪行山中

轻舟去何疾，已到云林境。
起坐鱼鸟间，动摇山水影。
岩中响自合，溪里言弥静。
无事令人幽，停桡向余景。

日出东南隅行

秦楼出佳丽，正值朝日光。
陌头能驻马，花处复添香。

代佳人寄翁参枢先辈

等闲经夏复经寒，梦里惊嗟岂暂安？
南国风光当世少，西陵演浪过江难。
周旋小字挑灯读，重叠遥山隔雾看。
直是为君餐不得，书来莫说更加餐。

送客归吴

江村秋雨歇，酒尽一帆飞。
路历波涛去，家唯坐卧归。
岛花开灼灼，汀柳细依依。
别后无余事，还应扫钓矶。

送友生游峡中

风静杨柳垂，看花又别离。
几年同在此，今日各驱驰。
峡里闻猿叫，山头见月时。
殷勤一杯酒，珍重岁寒姿。

送袁明府任长江

别离杨柳青，樽酒表丹诚。
古道携琴去，深山见峡迎。
暖风花绕树，秋雨草沿城。
自此长江内，无因夜犬惊。

送史司马赴崔相公幕

峥嵘丞相府，清切凤凰池。
羡尔瑶台鹤，高栖琼树枝。
归飞晴日暖，吟弄惠风吹。
正有乘轩乐，初当学舞时。
珍禽在罗网，微命苦犹丝。

愿托周周羽，相衔汉水湄。

战城南

战地何昏昏，战士如群蚁。
气重日轮红，血染蓬蒿紫。
乌鸟衔人肉，食闷飞不起。
昨日城上人，今日城下鬼。
旗色如罗星，鼙声殊未已。
妾家夫与儿，俱在鼙声里。

胡无人行

十万羽林儿，临洮破郅支。
杀添胡地骨，降足汉营旗。
寒阔牛羊散，兵休帐幕移。
空余陇头水，呜咽向人悲。

鞠歌行

丽莫似汉宫妃，谦莫似黄家女。
黄女持谦齿发高，汉妃恃丽天庭去。
人生容德不自保，圣人安用推天道？
君不见，蔡泽嵌枯诡怪之形状，大言直取秦丞相。
又不见，田千秋才智不出人，一朝富贵如有神。
二侯行事在方册，泣麟老人终困厄。
夜光抱恨良叹悲，日月逝矣吾何之？

题许宣平庵壁

我吟传舍诗，来访真人居。
烟岭迷高迹，云林隔太虚。
窥庭但萧索，倚柱空踌躇。
应化辽天鹤，归当千岁余。

题峰顶寺

夜宿峰顶寺，举手扪星辰。
不敢高声语，恐惊天上人。

瀑布

断岩如削瓜，岚光破崖绿。
天河从中来，白云涨川谷。
玉案赤文字，落落不可读。
摄衣凌青霄，松风吹我足。

断句

举袖露条脱，招我饭胡麻。
野禽啼杜宇，山蝶舞庄周。

阳春曲

芣苡生前径，含桃落小园。
春心自摇荡，百舌更多言。

舍利佛

金绳界宝地，珍木荫瑶池。

云间妙音奏，天际法蠡吹。

摩多楼子

从戎向边北，远行辞密亲。
借问阴山候，还知塞上人？

春感

茫茫南与北，道直事难谐。
榆荚钱生树，杨花玉糁街。
尘萦游子面，蝶弄美人钗。
却忆青山上，云门掩竹斋。

殷十一赠栗冈砚

殷侯三玄士，赠我栗冈砚。
洒染中山毫，光映吴门练。
天寒水不冻，日用心不倦。
携此临墨池，还如对君面。

普照寺

天台国清寺，天下为四绝。
今到普照游，到来复何别？
楠木白云飞，高僧顶残雪。
门外一条溪，几回流岁月！

钓台

磨尽石岭墨，寻阳钓赤鱼。
靄峰尖似笔，堪画不堪书。

小桃源

黟县小桃源，烟霞百里间。
地多灵草木，人尚古衣冠。

题窦圌山

樵夫与耕者，出入画屏中。

赠江油尉

风光深院里，傍砌水泠泠。
野燕巢官舍，溪云入古厅。
日斜孤吏过，帘卷乱峰青。
五色神仙尉，焚香读道经。

清平乐令二首

（翰林应制）

禁庭春昼，莺羽披新绣。
百草巧求花下斗，只赌珠玑满斗。
日晚却理残妆，御前闲舞霓裳。
谁道腰肢窈窕，折旋消得君王。

其二

禁帏秋夜，月探金窗罅。
玉帐鸳鸯喷沉麝，时落银灯香灺。
女伴莫话孤眠，六宫罗绮三千。
一笑皆生百媚，宸游教在谁边？

清平乐三首

其一

烟深水阔，音信无由达。
惟有碧天云外月，偏照悬悬离别。
尽日感事伤怀，愁眉似锁难开。
夜夜长留半被，待君魂梦归来。

其二

鸾衾凤褥，夜夜常孤宿。
更被银台红蜡烛，学妾泪珠相续。
花貌些子时光，抛人远泛潇湘。
攲枕悔听寒漏，声声滴断愁肠。

其三

画堂晨起，来报雪花坠。
高卷帘栊看佳瑞，皓色远迷庭砌。
盛气光引炉烟，素草寒生玉佩。
应是天仙狂醉，乱把白云揉碎。

桂殿秋

仙女下，董双成，汉殿夜凉吹玉笙。
曲终却从仙官去，万户千门惟月明。
河汉女，玉炼颜，云軿往往在人间。
九霄有路去无迹，袅袅香风生佩环。

连理枝二首

其一

雪盖宫楼闭，罗幕昏金翠。
斗压阑干，香心淡薄，梅梢轻倚。
喷宝猊香烬麝烟浓，馥红绡翠被。

其二

浅画云垂帔，点滴昭阳泪。
咫尺宸居，君恩断绝，似遥千里。
望水晶帘外竹枝寒，守羊车未至。

杂题四则

其一

乘兴踏月，西入酒家。不觉人物两忘，身在世外。

其二

夜来月下卧醒，花影零乱。满人衿袖，疑如濯魄于冰壶也。

其三

楼虚月白，秋宇物化。于斯凭阑，身势飞动。非把酒自忘，此兴何极？

其四

吾头懵懵，试书此不能自辨，贺生为我读之。

汉东紫阳先生碑铭

呜呼！紫阳竟夭其志以默化，不昭然白日而升九天乎？

或将潜宾皇王，非世所测。□□□□□□□□□□□挺列仙明拔之英姿，明堂平白，长耳，广额，挥手振骨，百关有声，殊毛秀采，居然逸异。□□□□□□□□□□而直达。何龟鹤早世，蟪蛄延秋？元命乎？遭命乎？予长息三日，懵于变化之理。先生姓胡氏，□□□□□□族也。代业黄老，门清儒素，皆龙脱世网，鸿冥高云。但贵天爵，何征阀阅。始八岁经仙城山，□□□□□□□□□□□有清都紫微之遐想。九岁出家，十二休粮。二十游衡山，云寻洞府，水涉冥壑。神王□□□□□□□□召为威仪，及天下采经使。因遇诸真人，受赤丹阳精石景水母。故常吸飞根，吞日魂，密而修之。□□□□□□所居苦竹院，置餐霞之楼，手植双桂，栖迟其下。闻金陵之墟道始盛于三茅，波乎四许。华阳□□□□□□□陶隐居传升元子，升元子传体元，体元传贞一先生，贞一先生传天师李含光，李含光合契乎紫阳。□□□□□于神农之里，南抵朱陵，北越白水，禀训门下者三千馀人。邻境牧守，移风问道，忽遇先生之宴坐，□□□□□隐机雁行而前，为时见重，多此类也。

天宝初，威仪元丹丘，道门龙凤，厚礼致屈，传箓于嵩山。东京大唐□□宫三请固辞。偃卧未几，而诏书下责，不得已而行。入宫一革轨仪，大变都邑。然海鸟愁臧文之享，猿狙裂周公之衣，志往迹留，称疾辞帝。克期离阙，临别自祭，其文曰："神将厌予，予非厌世。"乃顾命侄道士胡齐物具平肩舆，归骨旧土。王公卿士送及龙门，入叶县，次王乔之祠。目若有睹，泊然而化，天香引道，尸轻空衣。及本郡太守裴公以幡花郊迎，举郭雷动。□□□□开颜如生。观者日万，群议骇俗。至其年十月二十三日，葬于郭东之新松山，春秋六十有二。

先生含弘光大，不修小节。书不尽妙，郁有崩云之势；文非夙工，时动雕龙之作。存也，宇宙而无光；殁也，浪化而蝉蜕。岂□□□□□□□□□乎？

有乡僧贞倩，雅仗才气，请予为铭。予与紫阳神交，饱飡素论，十得其九。弟子元丹丘等，咸思鸾凤之羽仪，想珠玉之云气。洒扫松月，载扬仙风，篆石颂德，与兹山不朽。其词曰：

贤哉仙士！六十而化，光光紫阳，善与时而为龙蛇。固亦以生死为昼夜，有力者挈之而趋。劫运颓落，终归于无。惟元神不灭，湛然清都。延陵既没，仲尼呜呼。青青松柏，离离山隅。篆石颂德，名扬八区。

上清宝鼎诗二首

其一

人生烛上花，光灭巧妍尽。
春风绕树头，日与花工进。

惟知雨露贪，不念零落近。
昔我飞骨时，惨见当涂坟。
青松霭明霞，缥渺上下村。
既死明月魄，无彼玻璃魂。
念此一脱洒，长啸登昆仑。
醉着鸾凤衣，星斗俛可扪。

其二

朝披梦泽云，笠钓青茫茫。
寻丝得双鲤，中有三元章。
篆字若丹蛇，逸势如飞翔。
归来问天姥，妙义不可量。
金刀割青素，灵文烂煌煌。
咽服十二镮，想见仙人房。
暮跨紫鳞去，海气侵肌凉。
龙子喜变化，化作梅花妆。
遗我累累珠，靡靡明月光。
劝我穿绛缕，系作裙间珰。
揖余以辞去，谈笑闻余香。

白微时，募县小吏，入令卧内，尝驱牛经堂下，令妻怒将加诘责，白亟以诗谢云

素面倚栏钩，娇声出外头。
若非是织女，何必问牵牛。

断句二句

其一

焰随红日去，烟逐暮云飞。

其二

绿鬓随波散，红颜逐浪无。
因何逢伍相，应是想秋胡。

断句

玉阶一夜留明月，金殿三春满落花。

上清宝鼎诗

我居清空表，君处红埃中。
仙人持玉尺，废君多少才。
玉尺不可尽，君才无时休。

北斗延生经注解序

原夫太素未分，无光无象，混黄成化，有始有终，则升清而滞秽，辅善而贬凶。置百二十曹局，列于冥府；造三十六部经，秘于琼宫。度天人之有道，启含识之不曚。余叹曰：莫非三界十方，天地人伦，斯所以为道之纪也。今窃见圣世，幸逢丰年，得遇皇恩。将道德而安家邦，效勋华而育黎庶，而况天下晏然，太元彰耀。今即启有道之心者，扶风氏等志奉日新，慕真岁久。祷天佑而制凶魔，求师训而传道要。遂得遇崆峒山元真人，明龙汉之元文，演赤文之妙奥。教符十洞三乘，化列万机一义，注解《北斗延生经》一卷。上则有飞神金阙，中则有保国宁家，次则有延龄益寿。普度有情之品，同登无碍之门，于是谨作斯文，用题经首。李白谨序。

桃源二首

其一

昔日狂秦事可嗟，直驱鸡犬入桃花。
至今不出烟溪口，万古潺湲二水斜。

其二

露暗烟浓草色新，一番流水满溪春。
可怜渔父重来访，只见桃花不见人。

题上阳台

山高水长，物象千万，非有老笔，清壮何穷？
十八日上阳台书，太白。

栖贤寺

知见一何高，拭眼避天位。
同观洗耳人，千古应无愧。

题楼山石笋

石笋如卓笔，县之山之巅。
谁为不平者，与之书青天。

阙题

庭中繁树乍含芳，红锦重重剪作囊。
还合炎蒸留栎景，题来消得好篇章。

别匡山

晓峰如画参差碧，藤影摇风拂槛垂。
野径来多将犬伴，人间归晚带樵随。
看云客倚啼猿树，洗钵僧临失鹤池。
莫怪无心恋清境，已将书剑许明时。

独坐敬亭山

合沓牵数峰，奔地镇平楚。

中间最高顶，仿佛接天语。

秀华亭

遥望九华峰，诚然是九华。
苍颜耐风雪，奇态灿云霞。
曜日凝成锦，凌霄增壁崖。
何当余荫照，天造洞仙家。

炼丹井

闻说神仙晋葛洪，炼丹曾此占云峰。
庭前废井今犹在，不见长松见短松。

宿无相寺

头陀悬万仞，远眺望华峰。
聊借金沙水，洗开九芙蓉。
烟岚随遍揽，踏屐走双龙。
明日登高去，山僧孰与从？

禅床今暂歇，枕月卧青松。
更尽闻呼鸟，恍来报晓钟。

咏方广诗

圣寺闲栖睡眼醒，此时何处最幽清？
满窗明月天风静，玉磬时闻一两声。